教育部人文社会科学研究青年基金项目（批准号09YJC751052）

本书得到厦门大学哲学社会科学繁荣计划资助

洪迎华 著

唐两京与文学创作的文化学考察

中国社会科学出版社

图书在版编目（CIP）数据

唐两京与文学创作的文化学考察 / 洪迎华著 .—北京：
中国社会科学出版社，2017.4
ISBN 978-7-5203-0040-7

Ⅰ.①唐…　Ⅱ.①洪…　Ⅲ.①中国文学—古典文学研
究—唐代　Ⅳ.① I206.42

中国版本图书馆 CIP 数据核字（2017）第 054339 号

出 版 人	赵剑英	
责任编辑	史慕鸿	
责任校对	李　莉	
责任印制	戴　宽	

出　　版	中国社会科学出版社	
社　　址	北京鼓楼西大街甲 158 号	
邮　　编	100720	
网　　址	http://www.csspw.cn	
发 行 部	010-84083685	
门 市 部	010-84029450	
经　　销	新华书店及其他书店	

印　　刷	北京明恒达印务有限公司	
装　　订	廊坊市广阳区广增装订厂	
版　　次	2017 年 4 月第 1 版	
印　　次	2017 年 4 月第 1 次印刷	

开　　本	710×1000	1/16	
印　　张	25		
插　　页	2		
字　　数	379 千字		
定　　价	108.00 元		

凡购买中国社会科学出版社图书，如有质量问题请与本社营销中心联系调换
电话：010-84083683

目　录

绪　　论

　　京都，中央政府所在地，国家的政治文化中心，唐韩愈《御史台上论天旱人饥状》云："京师者，四方之腹心，国家之根本。"①根据史料记载，我国历史上最古老的京都有所谓的"三皇五帝之都"。如宋代的《册府元龟》、《太平御览》和郑樵《通志·都邑略》皆有此方面的梳理和记录。"京都"和"京师"正式称谓的出现则最早见于西周时期，如《诗经·大雅·公刘》云："京师之野，于时处处。"汉班固《白虎通德论》卷三亦载："或曰夏，曰夏邑，殷曰商邑，周曰京师。"②追溯京都的起源，其形成与建立之始即因政治因素的制动和主导。历史典籍上的记载或以"宗庙之置"言之，如《墨子·明鬼篇下》有："昔者虞夏、商、周三代之圣王其始建国营都日，必择国之正坛，置以为宗庙。"③《左传·庄公二十八年》也记有："凡邑，有宗庙先君之主曰都，无曰邑。邑曰筑，都曰城。"④或者以"天子之居"来表征，如汉刘熙《释名》卷二曰："国城曰都者，国君所居，人所都会也。"⑤《春秋公羊传·桓公九年》亦曰："京师者何？天子之居也。京者何？大也。师者何？众也。天子之居，必以众大之辞言之。"⑥无论"宗庙"，抑或"天子"，皆是古代朝廷和国家政权的代称。

　　① 屈守元、常思春：《韩愈全集校注》，四川大学出版社1996年版，第1611页。
　　② （汉）班固：《白虎通德论》，四部丛刊景元大德覆宋监本。
　　③ （清）孙诒让：《墨子间诂》，中华书局2001年版，第235页。
　　④ 蒋冀骋点校：《左传》卷三，岳麓书社2006年版，第38页。
　　⑤ （汉）刘熙：《释名》，四部丛刊景明翻宋书棚本。
　　⑥ （汉）公羊寿传，（汉）何休解诂，（唐）徐彦疏：《春秋公羊传注疏》，《十三经注疏》本，北京大学出版社1999年版，第94页。

中国历史上的京都涵括了浓厚的政治语义色彩，但仍必须建立在某个具体的地域范围内，承载于一定的地理空间和物质基础之上，所以在本质上仍是一个地域概念。《周礼》曰："距国五百里为都。"①《白虎通德论》卷三亦云："京师者何谓也？千里之邑号也。"皆描述了古代京都的空间规模和辐射地带。所以京都与文学的研究，仍属于地域与文学的研究范畴。

一　古代文学的地域研究

时间和空间是人物活动及历史演进的二维基本要素，对文学活动和文学发展来说亦复如此。这就要求我们解读和研究古代文学时，既要有时间的和"史"的维度，也要有空间的和"地"的维度。也就是说，当我们理解一篇文学作品或者一个文学活动时，不仅要弄清楚它发生于何时、考察它的时代背景，还要了解它出现于何地、追究它的空间背景，二者缺一不可。事实上，在我国古代文学学术史上，从地域的角度来关注和考量文学家和文学创作，不仅源远流长，而且代不绝响。如文学史上两部最早的文学集子《诗经》和《楚辞》的编撰，就已明显体现出地方和地域的眼光与特色。所以袁行霈在《中国文学的地域性》中讲道："先秦时期的《诗经》和《楚辞》就是地域性很强的作品。《诗经》主要是北方文学；《楚辞》则植根于南方，而又吸取了北方的文化营养。《诗经》的质朴淳厚，《楚辞》的浪漫热烈，体现着北方和南方两地的差异。"②后来散见于各时期史料记载中的地方文人群和地域文学流派，前者如"吴中四士"、"永嘉四灵"、"闽中十才子"、"金陵四杰"、"娄东三凤"等，后者如江西诗派、岭南诗派、公安派、竟陵派、桐城派等；或者是历朝文人编撰的地方诗文集和地域诗话，前者如《丹阳集》、《会稽掇英总集》、《河汾诸老诗集》等，后者如《全闽诗话》、《全浙诗话》、《榕城诗话》等，都带有明确的地域考量和研究的意识，是地域文学的典型范例。还有历史上对自晋以后日益凸显的家族文学活动的记载和关注，因"家族复限于地域"，也与文学的地

---

① （清）孙诒让撰，王文锦、陈玉霞点校：《周礼正义》卷三，中华书局1987年版。

② 袁行霈：《中国文学概论》，高等教育出版社1990年版，第33页。

域研究紧密相关。较早的如"东海三何"，《梁书·何思澄传》载："何思澄，字元静，东海郯人。……初，思澄与宗人逊及子朗俱擅文名，时人语曰：'东海三何，子朗最多。'思澄闻之，曰：'此言误耳。如其不然，故当归逊。'思澄意谓宜在己也。"①之后又如明人胡应麟对唐代家族文学的评论："唐诗赋程士，故父子兄弟文学并称者甚众，而不能如汉、魏之烜赫。至祖孙相望，则襄阳之杜，亦今古所无也。""唐著姓若崔、卢、韦、郑之类，赫奕天下，而崔尤著。……（崔之显著，大率清河、博陵，自余不过十三耳。）"②凡此种种，虽分散零乱、不成系统，但已充分显示了在地域与文学的关注上，我们已有悠久的传统和丰富的学术史料。

　　文学的地域研究，归根结底就是要开展文学的地理学研究，考察一定地域空间内的人文地理环境和自然地理环境对文人和文学的影响，从而掌握历史上文学的地域分布、地域差异和变迁。在这一方面，前人的论述亦精彩纷呈。比如关注自然地理环境对文学创作之助益的，最典型者莫过于刘勰在《文心雕龙·物色》篇中提出的"江山之助"："若乃山林皋壤，实文思之奥府，略语则阙，详说则繁。然屈平所以能洞监风骚之情者，抑亦江山之助乎！"③从人文环境、地理风俗来讨论文学的，著名的如《汉书·地理志》中对"风""俗"的定义及对《诗经·国风》内容风格的阐释。还有的关注到了地理环境的变迁对文人创作的影响，如《唐才子传》中谓张说谪刺岳州之后，"诗益凄婉，人谓得江山之助"④。又如宋葛胜仲《中散兄诗集序》所评："先生所长不特诗而已。昔司马迁历游郡邑。故文增秀杰之气。张燕公得江山之助，故诗极凄婉之美。先生以使事行天下，几半名山峻嶷瑰伟卓绝之观，无所不历，今其诗粹清而气壮，平淡而趣深，亦岂胜游之助耶！"⑤这些见解和观念，至今为学人所承袭，对我们的文学研究产生了重要的启示和影响。

---

①　《梁书》卷五〇《文学下》，中华书局1975年版，第713页。
②　（明）胡应麟：《诗薮》外编卷三，上海古籍出版社1979年版，第167、174页。
③　范文澜：《文心雕龙注》，人民文学出版社1958年版，第695页。
④　（元）辛文房：《唐才子传》卷一《张说传》，古典文学出版社1957年版，第13页。
⑤　（宋）葛胜仲：《丹阳集》卷八，文渊阁四库全书本。

在学术史上,古代文学的地域研究开始走向自觉,并形成气候和体系,是在19世纪末20世纪初。当时国门开启,西学东渐,思想活跃。在学术界除了盛行实证主义的研究方法外,因西方社会学中地理学的影响,文化与地理、文学与地理的研究亦成为一时所趋和热门的话题,学界出现了一系列颇有分量的论著。如梁启超的《中国地理大势论》(1902)、刘师培的《南北文学不同论》(1905)、王国维的《屈子文学之精神》(1906)。在这些论述中,古典文学在地域上的南北划分成为最常见的一种研究模式,如刘师培一文勾勒了从先秦至清末中国南北文学的不同特点,王国维从南方学派和北方学派的思想论述"吾国之文学",认为"屈子南人而学北方之学者也"。梁启超在《中国地理大势论》亦论及文学云:"燕赵多慷慨悲歌之士,吴楚多放诞纤丽之文,自古然矣。自唐以前,于诗于文于赋,皆南北各为家数。长城饮马,河梁携手,北人之气概也;江南草长,洞庭始波,南人之情怀也。散文之长江大河,一泻千里者,北人为优;骈文之镂云刻月善移我情者,南人为优。盖文章根于性灵,其受四围社会之影响特甚焉。"①之后的三四十年代,此方面的研究仍然得以传承。代表者如陈寅恪在文化地理上的相关著述《天师道与滨海地域之关系》,同时他在《隋唐制度渊源略论稿》亦指出:"魏、晋、南北朝之学术、宗教皆与家族、地域两点不可分离。"②还出现了一部专门的地域文学史,即汪辟疆的《近代诗派与地域》。可以说,在20世纪上半叶,文学的地域研究在整个学科体系向现代化转型的大背景下也取得了突破性的进展。

然而,在20世纪后来颇为热闹的古代文学研究中,文学的地域性因素却没有得到相应的重视和关注。正是针对这一不足,从20世纪80年代起,不断有学人提出研究上的偏向和问题,并对文学的地域研究予以倡导和设想,如金克木《文艺的地域学研究设想》一文云:

　　我觉得我们的文艺研究习惯于历史的线性探索,作家作品的点

---

① 梁启超:《中国地理大势论》,《饮冰室文集》之十,中华书局1989年版,第84—87页。

② 陈寅恪:《隋唐制度渊源略论稿》,生活·读书·新知三联书店2004年版,第20页。

的研究；讲背景也是着重点和线的衬托面；长于编年表而不重视画地图，排等高线，标走向、流向等交互关系。是不是可以扩展一下，作以面为主的研究、立体研究，以至于时空合一内外兼顾的多"维"研究呢？假如可以，不妨首先扩大到地域方面，姑且说是地域性研究。①

袁行霈《中国文学家的地理分布》云：

中国文学的研究，除了史的叙述、作家作品的考证评论，以及文体的描述外，还有一个被忽视了的重要方面，就是地域研究。②

李浩在《唐代三大地域文学士族研究》中也指出：

以往的研究重视时（时间）而忽略地（空间）。唐代文学是历史时期的文学，文学演进过程中先后有许多重大事件依次展开，许多重要人物相继登场亮相，故对时间的强调无疑是必要的。但历史同时又是在一定空间中展开的，空间是历史人物、历史事件演出的舞台，有了地理空间，人物与事件就能立体地突显、具体地活动。文学研究如果只考虑时间元素（时代性）而忽略空间元素（地域性），许多问题就根本无法解释。③

这些看法皆切中时弊，指出长期以来我们文学研究中重时间而轻空间、重历史而轻地理的明显偏向。卡西尔《人论》云："空间和时间是一切实在与之相关联的框架，我们只有在空间和时间的条件下才能设想人和真实的事物。"④文学，作为人的创造物，和一切实在的人与事物一样，同样离不

---

① 《读书》1986 年第 4 期。
② 袁行霈：《中国文学概论》，第 46 页。
③ 李浩：《唐代三大地域文学士族研究》，中华书局 2002 年版，第 4 页。
④ ［德］恩斯特·卡西尔著：《人论》，甘阳译，上海译文出版社 2004 年版，第 58 页。

开时间和空间这两种框架和条件。文学史的书写，也只有做到了在时间和空间上的交融并重，才能对历史上的文学活动和真实图景完整再现。所以文学研究中空间条件的缺失，其导致的一个直接后果，就是我们对文学发展的认知是片面的、平面的，而不是全面的、立体的。相应地也造成了，"目前文学史的书写，只有时间的序列性，而没有空间的序列性。我们比较清楚每个时代文学史的历时性变化，但我们不太清楚每个时期文学史共时性的空间分布与变化"①。

即使学界古代文学的地域研究在整体成就上远远不如文学史的研究，但 20 世纪 80 年代后，随着中国文学研究模式的解放和多元，与学界对以往学术研究的反思和拓进，从地域和地理的角度来研究古代文学逐渐吸引了学人的眼球，相关论著陆续出现，不断增多，并在近二十年内日渐兴盛，成为一个大有可为的学术生长点。不仅有一系列的单篇论文聚焦于作品作家的地域性特点，如章培恒的《从〈诗经〉、〈楚辞〉看我国南北文学的差异》、曹道衡的《从〈文选〉看中古作家的地域分布》、唐圭璋的《宋代词人占籍考》、王水照的《北宋洛阳文人集团与地域环境的关系》等，还先后出现了一些力图在文学地理的研究上建构学科体系的论著，早期如曾大兴的《中国历代文学家之地理分布》（湖北教育出版社 1995 年版），按各代行政地域分布对文学家予以统计分析，探讨历代文学家地理分布的格局、特点、成因和规律，进而观察中国古代文坛在空间上的发展变化。又如胡阿祥的《魏晋本土文学地理研究》，其中提出创建"中国历史文学地理"学科，认为："中国历史文学地理有着广泛而又复杂的研究内容：诸如文学发达程度地区差异（以文学家和文学作品的多寡为主要指标），各类文体的区域异同及受地理环境影响的深浅，文学题材与风格的地域特色，各别地区文学的地理背景，地理环境对文人灵感的培育与文人创作的影响，形成文学地域差异的自然地理环境因素与人文地理环境因素等等，都属中国历史文学地理的基本内涵。"② 21 世纪后，文学地理学的理

---

① 王兆鹏：《建设中国文学数字化地图平台的构想》，《文学遗产》2012 年第 2 期。

② 胡阿祥：《魏晋本土文学地理研究》，南京大学出版社 2001 年版，第 174 页。

论研究和体系建构更显抬头之势，如杨义《重绘中国文学地图与中国文学的民族学、地理学问题》一文提出："值得关注的是，把地图这个概念引入文学史的写作，本身就具有深刻的价值。它以空间维度配合着历史叙述的时间维度和精神体验的维度，构成了一种多维度的文学史结构。因为过去的文学史结构，过于偏重时间维度，相当程度上忽视地理维度和精神维度，这样或那样地造成文学研究的知识根系的萎缩。地图概念的引入，使我们有必要对文学和文学史的领土，进行重新丈量、发现、定位和描绘，从而极大地丰富可开发的文学文化知识资源的总储量。"并认为文学地理学应关注四大问题，即地域文化的问题，对作家出生地、宦游地、流放地的关注，大家族的迁移和文化中心的转移问题。[①]另如梅新林的《中国古代文学地理形态与演变》（复旦大学出版社 2006 年版），以"场景还原"与"版图复原"的"二原"说作为理论支撑，系统梳理了中国古代文学地理的表现形态与演变规律。这些成果或高屋建瓴，或有实证、系统性的考察，所提出的构想和观念对古代文学的地域性研究起到了很好的引领和推动作用。相关的成果又如周晓琳《空间与审美：文化地理视域中的中国古代文学》（人民出版社 2009 年版）、刘跃进《秦汉文学地理与文人分布》（中国社会科学出版社 2012 年版）、张伟然《中古文学的地理意象》（中华书局 2014 年版）等，2011 年，学界还成立了"中国文学地理学会"，标志着文学的地域研究已经作为一门专门的学科被认同和重视，亦预示了这方面研究在未来的蓬勃开展之势。

二　唐代文学的地域研究

在中国文学地理学研究日渐兴盛的大背景下，唐代文学的地域研究亦受到关注并取得了一定的进展。所见文章如陈尚君《唐诗人占籍考》（见其著《唐代文学丛考》，中国社会科学出版社 1997 年版）、杜晓勤《地域文化的整合和盛唐诗歌的艺术精神》（《文学评论》1999 年第 4 期）、戴伟华的《唐代文学研究中的文人空间排序及其意义》（《扬州大学学报》

[①] 《文学评论》2005 年第 3 期。

1999 年第 1 期），专著如李浩的《唐代关中士族与文学》（中国社会科学
出版社 2003 年版）、《唐代三大地域文学士族研究》（中华书局 2002 年
版），李德辉的《唐代交通与文学》（湖南人民出版社 2003 年版），戴伟
华的《地域文化与唐代诗歌》（中华书局 2006 年版）等，均具有学术深
度和开创性。此外，还有一些散见的论文讨论某个地域空间和具体作家的
创作关系。纵观近代以来学界对于唐代文学与地域关系的探讨，集中表现
出以下研究格局。

　　一、立足于文献史料，爬梳唐代文人的地域分布和构成，从而考察文
人创作的地缘因素，及唐代文学在空间分布上的重心和格局。

　　这主要表现在文史研究学者对唐代文人籍贯的重视和清理。系统考
索成果如陈尚君《唐诗人占籍考》、曾大兴《中国历代文学家之地理分
布》（隋唐五代部分）、史念海《两〈唐书〉列传人物本贯的地理分布》
（见其著《唐代历史地理研究》，中国社会科学出版社 1998 年版），以实
证的方法为唐代文学的地域考量提供了可靠的基础和具体的数据。另外
戴伟华《地域文化与唐代诗歌》、袁行霈《中国文学概论》之"中国文
学家的地理分布"、余恕诚的《地域、民族和唐诗刚健的特质》等论著
在研究的过程中，也对唐代文人的籍贯情况进行了梳理，从而得出自己
的研究结论。如余恕诚《地域、民族和唐诗刚健的特质》一文，据《全
唐诗》、《全唐诗外编》对唐代存诗一卷以上的 233 家诗人的籍贯进行统
计，最后认为："就唐诗初盛中晚四个阶段跟地域因素的横向联系去寻
索，前三个阶段，无论从诗歌创作的主体（作者）还是客体（描写对象）
看，创作主要基地都在北方，而晚唐则更多受南方风土人情影响。""唐
诗最后阶段正是随着创作方面南方因素的增长，气质发生了由刚向柔的
转化。"[1]

　　二、从唐代文人的空间活动和聚集状态，考察地理人文环境的变迁对
文学创作的影响，及文学群体和文学中心的构成。

　　相对文人的出生地和占籍分布来说，这是一种动态地空间考察。一

---

[1]　《安徽师大学报》1987 年第 3 期。

者，文人因漫游、贬谪、迁徙等行为造成的地域环境的变化，直接影响了他们的文学创作。这是历来研究者的共识，这方面的论著亦较多，如李德辉的《唐代交通与文学》、余恕诚的《李白与长江》(《文学评论》2002 年第 1 期）、贺秀明的《刘禹锡与巴山楚水》(《厦门大学学报》2004 年第 1 期）、许总的《文化与心理坐标上的王维诗》(《东南大学学报》1999 年第 1、2 期）等，皆是着眼于"地"的因素，从自然和人文地理的角度来探讨诗人创作内容及风格的优秀成果。二者，以地域或人物为向心而造成的文人流动和聚合，造成了相应时期文学在空间分布和创作风格上的变化。而且，相较以籍贯为视点的文学空间的静态分布来说，这种动态的分布更能反映唐代文学的时代风貌和创作实际，因而受到学人的关注。如戴伟华《唐方镇文职僚佐考》(广西师范大学出版社 2007 年版），以方镇为单位对其方镇幕僚作了全面梳理，因方镇以一定区域为其活动范围，故方镇幕僚的生活行为和创作活动也被相对地限制在一定的区域中，他们的文学创作势必带有地域文化特点。又如贾晋华的《唐代集会总集与诗人群研究》(北京大学出版社 2001 年版），考察了太宗宫廷诗人群、中宗文馆学士群、大历浙东浙西诗人群、大和至会昌东都闲适诗人群、大中襄阳诗人群、晚唐苏州诗人群等，实际已从地域的角度勾勒出了唐代诗歌在空间上的格局变动史。另如胡可先的《唐诗发展的地域因素和空间形态》(中国社会科学出版社 2010 年版）涵盖了三个方面的内容：以都城长安为代表的诗坛中心的研究，以吴越为代表的南方区域诗歌发展的研究和特殊区域的诗歌发展研究，亦是从文学人物的流动和汇集出发，观察唐诗的空间分布与变化。

三、宏观探讨区域文化对唐代文学的影响，在区域文化的划分上，受南北朝文化研究的影响和制约，或侧重于南北比较，或持江左、山东、关陇三大地域学说。

中国文学的南北差异，在《诗经》、《楚辞》的时代就已显露，并在学术史上受到长期和普遍的关注。隋唐王朝在历史上紧随南北朝的长期对峙之后，从唐初开始，学者对当时文学创作中的南北差异就有非常清晰的认识。如魏徵在《隋书·文学列传》序中说："江左宫商发越，贵于清绮，河朔词义贞刚，重乎气质。气质则理胜其词，清绮则文过其意，理深者便于时用，文华者宜于咏歌，此其南北词人得失之大较也。"①唐朝一统江山之后，在文风上积极提倡南北融合，主张"各去所短，合其两长"，以实现"文质斌斌，尽善尽美"的文学理想。而且，在后来的唐代文学发展过程中，南北文学的确实现了一定程度的交融，正如程千帆先生在《文论十笺》中所指出的："抑犹有进者，吾国学术文艺，虽以山川形势、民情风俗，自古有南北之分，然文明日启，交通日繁，则其区别亦渐泯。"②故而诗至盛唐，声律风骨兼备。但是，山川物理、人文积淀而形成的南北地域文化的差异并没有因此而消解和融化。所以在学术史上，甚至时至当今的唐代文学研究中，这种南北区域的文化分野仍成为一种常见的认识模式。如刘师培《南北文学不同论》对唐代文学的论述："若贞观以后，诗律日严。然宋、沈之诗，以严凝之骨，饰流丽之词，颂扬休明，渊乎盛世之音。中唐以降，诗分南北。少陵、昌黎，体峻词雄，有黄钟、大吕之音。若夫高、常、崔、李，诗带边音，粗厉猛起；张、孟、贾、卢，思苦语奇，缒幽凿险，皆北方之诗也。太白之诗，才思横溢，旨近苏、张；温、李之诗，缘情托兴，谊符楚《骚》；储、孟之诗，清言霏屑，源出道家；皆南方之诗也。"③又如袁行霈在《中国文学的地域性与文学家的地理分布》中所云："唐朝实现了国家的统一，而且融合了南北两种不同的诗风、文风，造就了一个文学的黄金时代。然而就在唐代，也仍然不乏具有地域色彩的作品。如岑参的边塞诗以西北边塞的自然风光为背景，展示了军旅生活的各个侧面，以其浓郁的地域色彩吸引广大的读者。而词，作为一种新兴的体裁，也带有相当明显的地域色彩。中唐时期第一批学习民间词的作家，他们的作品往往有一种南方的情调。"④又如景遐东的《江南文化与唐代文学研究》（人民文学出版社2005年），亦是在南北文化的粗略划分下对江南这一特定区域的文学进行的专

---

① 《隋书》卷七六，中华书局1973年版，第1730页。
② 程千帆：《文论十笺》，黑龙江人民出版社1983年版，第125页。
③ 转引自程千帆《文论十笺》，第108—109页。
④ 袁行霈：《中国文学概论》，第33、37页。

题研究。

唐代文学研究中的江左、山东、关陇三大地域学说，则是受陈寅恪对隋唐制度三大渊源的论述之影响，中云：

> 隋唐之制度虽极广博纷复，然究析其因素，不出三源：一曰（北）魏、（北）齐，二曰梁、陈，三曰（西）魏、周。所谓（北）魏、（北）齐之源者，凡江左承袭汉、魏、西晋之礼乐政刑典章文物，自东晋至南齐其间所发展变迁，而为北魏孝文帝及其子孙摹仿采用，传至北齐成一大结集者是也。其在旧史往往以"汉魏"制度目之，实则其流变所及，不止限于汉魏，而东晋南朝前半期俱包括在内。旧史又或以"山东"目之者，则以山东之地指北齐言，凡北齐承袭元魏所采用东晋南朝前半期之文物制度皆属于此范围也。又西晋永嘉之乱，中原魏晋以降之文化转移保存于凉州一隅，至北魏取凉州，而河西文化遂输入于魏，其后北魏孝文、宣武两代制定之典章制度遂深受其影响，故此（北）魏、（北）齐之源其中亦有河西一支派，斯则前人所未深措意，而今日不可不详论者也。所谓梁陈之源者，凡梁代继承创作陈氏因袭无改之制度，迄杨隋统一中国吸收采用，而传之于李唐者，易言之，即南朝后半期内其文物制度之变迁发展乃王肃等输入之所不及，故魏孝文及其子孙未能采用，而北齐之一大结集中遂无此因素者也。旧史所称之"梁制"实可兼该陈制，盖陈之继梁，其典章制度多因仍不改，其事旧史言之详矣。所谓（西）魏、周之源者，凡西魏、北周之创作有异于山东及江左之旧制，或阴为六镇鲜卑之野俗，或远承魏、（西）晋之遗风，若就地域言之，乃关陇区内保存之旧时汉族文化，以适应鲜卑六镇势力之环境，而产生之混合品。①

所谓（北）魏（北）齐、梁陈、（西）魏周这"三源"，即指山东、江左、

---

① 陈寅恪：《隋唐制度渊源略论稿》，第3—4页。

关中三大地域，这三大地域概念在《隋书》、《北史》、《唐书》中早有提出，但陈寅恪首次从江左、山东、关陇三大地域文化入手，对隋唐制度的文化渊源进行了切实的梳理和辨析，故而后来学者在唐代地域文化的认识和分区上多受其左右，并从这三大文化版块来研究地域文化对文学的影响。如杜晓勤的《地域文化的整合和盛唐诗歌的艺术精神》、尚定的《走向盛唐》（中国社会科学出版社1994年版），李浩的《唐代三大地域文学士族研究》即皆是以此为研究思路。

三　唐"两京"与文学的研究

关注古代文学与地域的关系，其中最重要的一个地域空间就是中国的古都。王国维曾言："都邑者，政治与文化之标征也。"① 古代的京都不仅是"天子之所居"和政治中心，同时也是学术和文化的中心，在文学的空间和地图上占据最核心的位置。而在中国的六大古都长安、洛阳、开封、北京、南京、杭州之中，长安和洛阳作为中国古代建都历史最为悠久的城市，又曾在汉代因迁都问题引起高下优劣的争议，故而最受学界关注。如在历史学的古都研究中，就以长安和洛阳的研究成果最为丰硕。相应地，以长安和洛阳为赋写对象的"京都赋"在文学研究中也一直颇受重视。

长安和洛阳的建都历史虽可溯自周朝，但在文学史上以"两京"之名昭著，则始自东汉班固《两都赋》及张衡《二京赋》的创作问世之后。降至唐朝，李氏以长安为首都和政治中心，同时沿袭古制又设有陪都。在唐代历史上，陪都的设置情况较为繁杂，除了洛阳以外，并州、太原、成都、荆州都曾一度作为陪都，而且增设废省，因时而异，先后有两次五都并存的情况。但洛阳作为唐朝陪都的性质，从唐太宗伊始，一直到唐末基本未有改变。长安和洛阳在唐代不仅被视为"东西帝王宅"，亦被唐人惯称为"两都"或"两京"，这在唐代诗歌的表述中比比皆是，如李端《送

---

① 王国维：《殷周制度论》，《王国维全集》第八卷《观堂集林》卷一〇，浙江教育出版社2010年版，第302页。

客东归》："昨夜东风吹尽雪，两京路上梅花发。"杜甫《立春》："春日春
盘细生菜，忽忆两京梅发时。"陪都洛阳虽不是政治中心，但因钟灵毓秀、
人文荟萃，也是学术和文化的一大中心。故而在唐代，两京作为地域文化
和京都文化的载体，对文人活动和创作产生了难以估量的影响，是唐代文
学研究的题中应有之义。

　　自唐玄宗时韦述撰《两京新记》开始，唐代两京的研究就已经成为
一门专门的学问。相关研究文献如宋代宋敏求的《长安志》、《河南志》，
清代徐松的《唐两京城坊考》，近代以来亦有辛德勇的《隋唐两京丛考》、
杨鸿年的《隋唐两京坊里谱》、平岗武夫的《唐代的长安与洛阳》等。而
对唐两京与文学创作及发展之关系的关注，则多见于 21 世纪以后的文学
研究中。在这些成果中，对唐代长安与文学的考察相对较多。专著如魏
景波《唐代长安与文学》（复旦大学 2003 年博士学位论文），从长安地
域文化、都市诗、唐代长安文化景观与诗歌创作等方面，考察了长安给
予唐代文学的影响。康震《长安文化与隋唐诗歌》（陕西人民教育出版
社 2008 年版），将周秦汉以至隋唐国都长安的历史、建筑、人文文化与
文学结合起来，深入探讨在长安文化传统与关陇集团精神影响下隋唐诗
歌的文化、美学品质。另外，随着对唐代大家如李白、杜甫、王维、元
稹、白居易等研究的细致和深入，这些作家的地域、时段专题研究亦非
常盛行。因此，其人生、创作与长安的关系自然受到关注，如邓乔彬的
《长安文化与王维诗》（《文学评论》2001 年第 4 期）、陆平的《王维诗
歌中的长安及其文化意义》（《江西师范大学学报》2007 年第 5 期）等。
同时，作为唐代的一大都市，洛阳与具体诗人的创作、洛阳与唐代文学
的关系也进入学人的研究视野，如赵建梅《唐大和初至大中初的洛阳诗
坛——以晚年白居易为中心》（中国社会科学院 2002 年博士学位论文），
即是着眼于地域与唐代诗歌的关系、专门研究大和初至大中初洛阳文学
的专著。这一时期，长安牛李党争激烈，一大批退罢官僚文人汇集洛阳，
交往唱和，促成了洛阳文学的兴盛。该著通过对裴度、李德裕、牛僧孺、
白居易等几位重要人物与洛阳关系，包括居洛原因、在洛活动、诗歌创
作、思想心态诸方面的考察，探究了晚唐二十年洛阳诗坛现象的特殊性

及其政治、历史、文化根源与内涵，由此折射出时代进入晚唐后士大夫精神心态的重要变化。又如陈燕妮《居住的诗篇：论唐诗中的洛阳城市建筑景观》（人民出版社 2011 年版），采用"文学表现城市形态"和"文学对城市性的表达"两种视角，考察城市建筑景观与文学的方式，从唐代洛阳城的公共建筑景观如"洛阳道"、"洛阳宫"、"洛阳楼"，和私家建筑景观如唐代洛阳分司官的私家园林，来论述洛阳城与唐诗、城市建筑景观与文学的关系。

　　除了分别考察长安、洛阳与唐代文学的关系外，亦有学人开始注意到两京作为唐代的京都这一独特的地域和文化属性给予唐代文学的影响。如李德辉《唐代两京驿道——真正的唐诗之路》（《山西大学学报》2007 年第 1 期）一文，着眼于交通与文学的关系，论述了两京驿道上的行旅盛况，及唐诗创作的繁荣。又如杨为刚《唐代"长安—洛阳"文学地理与文学空间研究》（复旦大学 2009 年博士学位论文），提出以京洛交通线为轴线，以长安、洛阳为两极的"京—洛"文化区域，选择了这一区域几个具有代表性的地理空间，如都城、行宫、楼阁、祠庙、馆驿、山岳等，对"京洛"区域的文学现象与文学活动展开考察，其研究在地域视野上已不局限于两京，而扩展到京洛之间由京洛交通贯穿起来的文化区域版块。又如胡可先《唐诗发展的地域因素和空间形态》，关注到长安和洛阳作为诗坛中心的地位和作用，并认为："唐代洛阳诗坛的盛衰，与长安文学的盛衰，有着一定的联系，但也有各自的特点。"① 另如谢遂联《唐代都市文化与诗人心态》（浙江大学出版社 2010 年版），从政治、商业、民俗、生存、宗教诸方面探讨等唐代重要城市对诗人生存及心态的影响，其中也关涉到了长安和洛阳。

　　综上所述，随着 21 世纪后中国文学研究方法的多元化，亦因唐两京是唐代文人最集中的活动场域，兼具地域、城市及帝都多重文化的特殊属性，其与唐代文学的关系已在相关研究中部分得以揭示。这些成果或从地

---

① 胡可先:《唐诗发展的地域因素和空间形态》，中国社会科学出版社 2010 年版，第 9 页。

理、交通、建筑、人文等宏观层面对唐代长安、洛阳与文学创作进行总体观照，或对个别作家的两京创作进行具体探讨，不仅使得作家研究得到了深入和丰富，亦推进了唐代文学的地域性研究和文化学研究，显示出两京在唐代文学地图上的重要位置和意义。

四　研究思路和主要内容

在唐代文学的地域研究方面，虽然学界已有不少的成果涌现，但还有很多切实和具体的研究工作有待展开。唐代四海一统，八方来仪，其包容性、开放性的主体文化正是多民族和各地域文化相互交融和碰撞的结果，所以唐代也是中国地域文化形成和发展的一个重要时期。从文化区域来讲，关中文化、河洛文化、燕赵文化、齐鲁文化、吴越文化、荆楚文化、岭南文化、巴蜀文化等都参与了唐代文化的构筑。从行政区域的划分来讲，唐代存在京都与京外的差异、首都与陪都的差异、京外各州道之间的差异。这些地域因素的多元性与地域文化的丰富性，都在唐代文学的发生与发展中产生了作用，不可忽视。

从地域和空间的角度对唐代文学进行观照，长安和洛阳始终是文学地图上最重要的两个坐标点。袁行霈先生谈文学家的地理分布时说："地理分布，包括以下三种情况：一、在某个时期，同一地区集中出现一批文学家，使这个地区成为人文荟萃之地；二、在某个时期，文学家们集中活动于某一地区，使这个地区成为文学的中心；三、在某个时期，各地区出现的作家数量的统计分析。"[①] 无论是"集中出现"还是"集中活动"，两京皆在地理分布上占首要位置。据陈尚君《唐诗人占籍考》一文所考，唐代诗人以两京诗人占籍数量最多。其中京兆府186人，河南府120人，京兆府以万年县和长安县诗人最多，河南府以河南县和洛阳县诗人最多。[②] 当然，这是一种静态的地域分布状况。若从"集中活动"之动态分布来看，唐两京作为历代文学和文化的重心，更自不待言。

---

① 袁行霈：《中国文学概论》，第 40 页。
② 陈尚君：《唐代文学丛考》，中国社会科学出版社 1997 年版。

在唐两京与文学创作这一研究课题上，学界虽取得了一定的进展，但在深层挖掘与比较、宏观把握及规律性问题等的探讨上，仍有若干学术空白。比如，在唐代将近三百年盛衰起伏的历史上，两京发生了怎样的历史变迁，其对文学的影响如何？长安和洛阳作为"两京"被唐人认同和接受，那么，两者在唐人的生活和创作中有什么样的共性意义？同时，长安和洛阳存在首都与陪都的差异，这种地域和政治文化的不同在唐人的创作中又有着怎样的体现？如此等等，皆有必要进一步探索和考察。

本著研究的思路和构想基于以下三个层面。第一，对唐两京与文学创作的关系作静态观照。二者之间的联系突出表现在唐人文学创作的题材上，如京都文学、游谒文学、唱和文学几种文学类型明显受两京文化影响，并表现出文学主题的恒定性。第二，动态考察唐两京与文人、文学创作的关系。一者着眼于唐代文人以两京为中心的地域空间移动，如京外诗人、贬谪诗人、流寓诗人、东都分司官诗人等，探究他们的心态、创作、文学传播与两京的关系；二者投射于唐两京的时代变迁及其对文学发生的影响，以期从时、空两方面的变化对唐两京与文学的关系予以呈现。第三，通过唐代诗歌中的典型案例分析，对长安与文学、洛阳与文学进行内部比较，以展示两京文化在文学表述中的差异。

依此思路，本著拟为八章，分别从以下四个部分展开研究。

第一部分：唐两京的时代变迁与文学研究。这部分主要论述唐两京的建制、历史变迁及其与唐代文学的关系。内容分三节论述：1.唐都长安的历史建设及盛衰变化；2.唐代东都洛阳的地位变迁；3.东都洛阳的历史变迁与唐代的文学发展。长安和洛阳在唐代历史上皆经历了盛衰变化，其中东都洛阳的地位消长对唐人创作产生了明显的影响，如帝王巡幸、则天执政、东都散地皆直接导致了诗文创作的变化。

第二部分：唐两京与文学的题材类型研究。这部分按三个主题展开：1.唐两京与京都文学。主要考察以两京和两京生活为描写及歌咏对象的诗歌创作，如初唐诗坛京都诗、唐代京城早朝与诗歌、唐代京城寓直与诗歌，探讨帝都文化影响下的诗歌风格及王朝气象。2.唐两京与唱和文学。唐代诗文唱和风气甚浓，两京作为文人士子的汇聚之地，自然在唱和文学的空间分布上占据首要位置。京城特有的政治文化，亦导致了两京文学唱和与其他地域不同的几种形式，如君臣之间的应制唱和、京官的同朝唱和。3.唐两京游谒与文学。唐代士人在京城的游谒活动及诗文创作，已为学人广泛关注。本著立足于京城文化，主要对唐代文人的游谒目的、方式、生活以及由此形成的士风世态进行考察。

第三部分：唐两京与文人变迁研究。本部分从唐代文人在地域上与两京的疏离为着眼点，探讨以下内容：1.唐代士人的恋京心态。唐代文人普遍怀有一种恋京的情结，并在诗歌创作中多有展露。这种恋京情结的心理内涵和情感层次在京外士子、贬逐文官和战乱流寓文人的身上有不同的书写和体现。2.唐两京与贬地文学传播的差异考察。唐代的文学传播技术有限，传播方式和文学环境的不同，导致作家在当世不同的传播效应和社会影响力，进而直接关联到整个文坛面貌和创作风气。在唐代文学传播的场域空间里，京城和贬地具有优劣两极的典型意义。对此考察，可以一探地域空间的差异给予唐代文学的意义与影响。3.唐代东都分司官与文学。在唐代文学的创作队伍中，东都分司官这一群体尤其值得注意。它既位列京官，同时因对长安和政治权力的退避而带有贬黜和闲置的性质。这一散秩不仅促成了洛阳文学创作的活跃，也造就了唐代洛阳文学独有的文化特性。但在唐代不同时期的政治背景下，分司文人的心态和创作亦有不同。

第四部分：唐两京在诗歌表现中的文化差异。长安和洛阳，虽在唐代同为京都，但由于历史文化积淀的不同和在唐代政治地位的差异，相应生成了各自不同的地域文化和京城文化。因之，唐代诗歌对其亦有差异性的文学表达和文化呈现，如唐诗中的《长安道》和《洛阳道》、"灞桥"和"津桥"，以及晚唐咏史怀古诗中的两京书写，皆表现出不同的城市风貌和文化意蕴。对这些典型案例进行考察，可以窥斑知豹，从中认识两京文化的差异及其与唐代文学的关系。

第 一 章

唐两京的历史变迁与文学

唐代前后历时289年，在这近三百年的历史长河中，随着统治王朝的政治起伏和社会的演进发展，长安和洛阳这两个表征着王朝气象的最重要的文化场域，其政治经济、城市格局、社会状况及历史地位也发生了相应的变迁。在唐代历史上，长安和洛阳分别经历了怎样的变迁过程？其历史变迁对文学创作带来了怎样的作用和影响？这是本章所要探索的主要问题。

第一节　唐都长安的建设及盛衰变化

唐定都于长安，长安城的前身即隋朝的大兴城。开皇元年（581），北周贵族杨坚废帝自立、建立隋朝之后，开始仍以汉长安城为都。但此时汉长安城历时既久，屡经战火丧乱，已宫宇朽蠹、满目疮痍，"水皆咸卤，不甚宜人"[①]。而且汉城北临渭水，随着渭河不断向南移动，都城存在被水淹没的隐患。再加上王朝革故鼎新，亦有迁定新都、创昌新业之需，故在开皇二年（582）六月，隋文帝正式颁布了营建新都的诏书。诏书曰："此城从汉，雕残日久，屡为战场，旧经丧乱。今之宫室，事近权宜，又非谋筮从龟，瞻星揆日，不足建皇王之邑，合大众所聚。论变通之数，具幽显之情，同心固请，词情深切。然则京师百官之府，四海归向，非朕一人之所独有。苟利于物，其可违乎！且殷之五迁，恐人尽死，是则以吉凶之

---

① 《隋书》卷七八《庾季才传》，第1766页。

土，制长短之命。谋新去故，如农望秋，虽暂勒劳，其究安宅。今区宇宁一，阴阳顺序，安安以迁，勿怀胥怨。龙首山川原秀丽，卉物滋阜，卜食相土，宜建都邑，定鼎之基永固，无穷之业在斯。公私府宅，规模远近，营构资费，随事条奏。"新都地址选在汉长安城东南二十里的龙首原之南。新都营建工程开始之后，进展非常迅速。据《隋书·高祖纪》，开皇二年（582）十二月，"名新都曰大兴城"；三年（583）正月，"将入新都，大赦天下"，可见时已基本建成。同年三月，"雨，常服入新都"①。也即是说，新都修建仅历时九个多月，隋朝就正式由汉长安城迁入新都大兴城。

隋恭帝义宁二年（618）五月，太原太守李渊在大兴城废帝自立，改元武德，建立了唐朝。唐开国后仍以大兴城为都，改名长安。隋祚短暂，新建的大兴城历时未久，而且李渊在太原起兵后，首先直取都城，攻克大兴城时很顺利，对城市没有造成很大破坏，所以唐初长安城基本上"因隋之旧，无所改创"②，只是将带有"大兴"标记的宫苑等名称改换，如武德元年（618），大兴殿、大兴门分别改为太极殿、太极门，大兴县改回万年县，大兴苑改为禁苑。但之后，随着政局的巩固稳定、经济的发展繁荣和国力的增强，因帝王生活、国家政事、国际交往等实用之需，唐王朝也对长安城进行了多次的增修和扩建，使之更加宏伟壮丽。特别是宫室建筑方面，唐朝帝王颇为重视。如太宗贞观八年（634）和高宗龙朔二年（662），在郭城外东北的龙首原上营建了大明宫；玄宗开元二年（714），在城东春明门内隆庆坊，营建了兴庆宫，从而与隋原建的都城北部中心宫城中的太极宫③，一起形成了唐代不同时期政治活动的中心"三大内"和长安城内最为壮丽的三大宫殿建筑群。与此同时，宫殿的修缮和维护也未停止，如《旧唐书·杜暹传》记载，开元二十年（732），玄宗行幸东都，以杜暹为京留守，"暹因抽当番卫士，缮修三宫，增峻城隍，躬自巡检，未尝休懈。上闻而嘉之，赐敕书曰：'卿素以清直，兼之勤干。自委居守，

---

① 《隋书》卷一《高祖纪》，第17—19页。

② （宋）程大昌撰，黄永年校：《雍录》卷一《龙首山龙首原》，中华书局2002年版，第21页。

③ 睿宗景云元年（710），大兴宫改称太极宫。

每事多能，政肃官僚，惠及黎庶。城隍宫室，随事修营，且有成功，不疲人力。甚善甚善，慰朕怀也。'"①特别是唐朝新建的东内（亦称北内或北阙）大明宫，在"三大内"中，规模最大，气势尤为雄伟，在建成之后，成为玄宗以下各位帝王的主要听政之处。大明宫及宫内的主要殿阙如含元殿、宣政殿等，亦屡见唐代诗赋咏及，如王维《和贾至舍人早朝大明宫之作》、李华《含元殿赋》、崔立之《南至隔仗望含元殿香炉》、张祜《元日仗》等。另外，外郭城的里坊街道、寺观、山水园林等建设方面，唐代亦有不断的增修完善，如著名的夹城、曲江风景区以及大小雁塔，皆造就于此时。徐松《唐两京城坊考》描述长安郭城内的城坊面貌云："郭中南北十四街，东西十一街，其间列置诸坊。有京兆万年、长安二县，所治寺观、邸第、编户错居焉。当皇城南面朱雀门，有南北大街曰朱雀门街，东西广百步，万年、长安二县以此街为界。万年领东五十四坊及东市，长安领西五十四坊及西市。"②总之，长安城由隋初创建，又经唐代进一步的规划营建，呈现出更加宏伟壮观的都城气象。唐代诗人对此多有铺陈描绘，代表作如骆宾王的《帝京篇》、卢照邻的《长安古意》、杜牧的《长安杂题长句六首》等，其中杜牧《长安杂题长句六首》其五云：

　　洪河清渭天池浚，太白终南地轴横。祥云辉映汉宫紫，春光绣画秦川明。草妒佳人钿朵色，风回公子玉衔声。六飞南幸芙蓉苑，十里飘香入夹城。③

又如王维《奉和圣制从蓬莱向兴庆阁道中留春雨中春望之作应制》写道：

　　渭水自萦秦塞曲，黄山旧绕汉宫斜。銮舆迥出千门柳，阁道回看上苑花。云里帝城双凤阙，雨中春树万人家。为乘阳气行时令，不是

---

① 《旧唐书》卷九八，中华书局 1975 年版，第 3076—3077 页。
② （清）徐松撰，（清）张穆校补：《唐两京城坊考》卷二，中华书局 1985 年版。
③ 吴在庆：《杜牧集系年校注》"樊川文集卷二"，中华书局 2013 年版，第 89 页。

宸游重物华。①

白居易《登观音台望城》云：

> 百千家似围棋局，十二街如种菜畦。遥认微微入朝火，一条星宿五门西。②

在这些诗歌的描写中，长安的宫殿楼阁巍峨壮丽、高耸入云，街道人家错综密布、宛如棋局，加上山川映带，星云照耀，呈现出一派雄伟壮阔的城市景观。

唐代长安城的富庶繁华亦为当世所瞩目。经过前期百年的发展和积累之后，唐朝在玄宗开元天宝之际社会经济水平达到了顶峰。杜甫《忆昔二首》（其二）描述当时的社会繁荣与熙和局面："忆昔开元全盛日，小邑犹藏万家室。稻米流脂粟米白，公私仓廪俱丰实。九州道路无豺虎，远行不劳吉日出。齐纨鲁缟车班班，男耕女桑不相失。宫中圣人奏云门，天下朋友皆胶漆。百余年间未灾变，叔孙礼乐萧何律。"仇兆鳌注此诗曰："古今极盛之世，不能数见。自汉文景、唐贞观后，惟开元盛时，称民熙物阜。考柳芳《唐历》，开元二十八年，天下雄富，京师米价，斛不盈二百，绢亦如之。东由汴宋、西历岐凤，夹路列店，陈酒馔待客，行人万里，不持寸刃。呜呼，可谓盛矣！"③在这样安定、发达的社会条件下，都城长安的市井生活更是显得喧闹、富贵和繁华。宋敏求《长安志》如下记载东市的景况："货财二百二十行，四面立邸，四方珍奇，皆所积聚。"④李白《古风》第二十四首和第四十六首这样描绘眼中的长安："大车扬飞尘，亭午暗阡陌。中贵多黄金，连云开甲宅。路逢斗鸡者，冠盖何辉赫。""一百四十年，国容何赫然。隐隐五凤楼，峨峨横三川。王侯象星月，宾客如云

①　陈铁民：《王维集校注》卷四，中华书局 1997 年版，第 382 页。
②　朱金城：《白居易集笺校》卷二五，上海古籍出版社 1988 年版，第 1718 页。
③　（清）仇兆鳌：《杜诗详注》卷一三，中华书局 1979 年版，第 1165 页。
④　（宋）宋敏求：《长安志》卷八 "次南东市"，中华书局 1991 年版，第 108 页。

烟。斗鸡金宫里，蹴踘瑶台边。"①这些史料和诗笔，仍可生动再现当时唐长安城的辉煌。

　　安史之乱后，王室中央集权日渐削弱，社会矛盾及隐患重重，整个唐王朝在政治气象上走向下坡路，但长安作为一国之都，在城市景象上仍不失为壮观、奢华及繁荣之地。这在唐代诗文史料中多有描述，如李肇《唐国史补》卷下："长安风俗，自贞元侈于游宴，其后或侈于书法图画，或侈于博奕，或侈于卜祝，或侈于服食，各有所蔽也。"②即记录了中晚唐长安奢侈享乐的生活习俗。元和诗人王建《元日早朝》描绘当时长安万国来朝的大唐威仪云："大国礼乐备，万邦朝元正。东方色未动，冠剑门已盈。帝居在蓬莱，肃肃钟漏清。将军领羽林，持戟巡宫城。翠华皆宿陈，雪仗罗天兵。庭燎远煌煌，旗上日月明。圣人龙火衣，寝殿开璇扃。龙楼横紫烟，宫女天中行。六蕃陪位次，衣服各异形。举头看玉牌，不识宫殿名。"③另外，京华市井的生活亦显得和乐而富足，咸通时人胡曾《寒食都门作》一诗写道："二年寒食住京华，寓目春风万万家。金络马衔原上草，玉颜人折路傍花。轩车竞出红尘合，冠盖争回白日斜。"④特别是到了重要的节日，长安更是热闹非凡，元和中进士殷尧藩《上巳日赠都上人》一诗写上巳节时长安的盛况："三月初三日，千家与万家。蝶飞秦地草，莺入汉宫花。鞍马皆争丽，笙歌尽斗奢。"⑤晚唐李商隐甚至有诗书写上元夜身不在长安的遗憾，《正月十五夜闻京有灯恨不得观》云："月色灯光满帝都，香车宝辇隘通衢。身闲不睹中兴盛，羞逐乡人赛紫姑。"⑥可见，作为一国之都，长安以其繁华富庶在唐人的心目中始终是艳羡和梦想之地。

　　然而，到了武人为祸的唐末，长安城最终遭到严重的破坏。赵翼《二

---

　　① 安琪等：《李白全集编年注释》，巴蜀书社 2000 年版，第 153—154、917 页。
　　② （唐）李肇：《唐国史补》卷下，古典文学出版社 1957 年版，第 60 页。
　　③ 《王建诗集》卷三，中华书局 1959 年版，第 23 页。
　　④ 《全唐诗》卷六四七，诗前小传云："胡曾，邵阳人。咸通中举进士，不第。"中华书局 1960 年版，第 7417 页。
　　⑤ 《全唐诗》卷四九二，第 5564 页。
　　⑥ 朱怀春、曹光甫、高克勤校点：《李商隐全集》卷二，上海古籍出版社 1999 年版，第 67 页。

十二史札记》卷二十"长安地气"叙唐代长安盛衰，云：

地气之盛衰，久则必变。唐开元、天宝间，地气自西北转东北之大变局也。秦中自古为帝王州，周、秦、西汉递都之。符秦、姚秦、西魏、后周相间割据，隋文帝迁都于龙首山下，距故城仅二十余里，仍秦地也，自是混一天下，成大一统。唐因之，至开元、天宝，而长安之盛极矣。盛极必衰，理固然也。是时地气将自西趋东北，故突生安、史以兆其端。自后河朔三镇，名虽属唐，仅同化外羁縻，不复能臂指相使。盖东北之气将兴，西方之气，已不能包举而收摄之也。东北之气，始兴而未盛，故虽不为西所制，尚不能制西。西之气渐衰而未竭，故虽不能制东北，尚不为东北所制，而无如气已日薄一日，帝居遂不能安。于是元宗避禄山，有成都之行；代宗避吐蕃，有陕州之行；德宗避泾师，有奉天、梁洋之行。地之阽危不安，和气之消耗渐散。迨僖宗走成都、走兴元、走凤翔，昭宗走莎城、走华州，又被劫于凤翔，被迁于洛，而长安自此夷为郡县矣。当长安夷为郡县之时，契丹安巴坚已起于辽，此正地气自西趋东北之真消息，特以气虽东北趋，而尚未尽结，故仅有幽蓟，而不能统一中原。而气之东北趋者，则有洛阳、汴梁为之迤逦潜引，如堪舆家所谓过峡者。至一二百年，而东北之气，积而益固，于是金源遂有天下之半，元、明遂有天下之全，至我朝不惟有天下之全，且又扩西北塞外数万里，皆控制于东北，此王气全结于东北之明证也。而抑知转移关键，乃在开元、天宝时哉。今就唐书所载开宝以后，长安景象，日渐衰耗之处，撮而叙之，可以验地气之变也。

唐人诗所咏长安都会之繁盛，宫阙之壮丽，以及韦曲莺花，曲江亭馆，广运潭之奇瑶异锦，华清宫之香车宝马，至天宝而极矣。安禄山兵陷长安，宫殿未损，收京时战于香积寺，贼将张通儒守长安，闻败即遁，未暇焚剿（惟太庙久为贼所焚，故肃宗入京，作九庙神主，告享于长乐殿），都会之雄丽如故也。代宗时，吐蕃所燔，惟衢衔庐舍，而宫殿仍旧。朱泚之乱，李晟收京时，诸将请先拔外城，然后北清宫阙，晟曰："若收坊市，地隘人嚣，非计也。贼兵皆在苑中，自苑击之，贼走不暇，则宫阙保安。"乃自光泰门入，泚果遁去。远方居人，至有越宿始知者，则并坊市亦无恙矣。故晟表有云："钟簴不惊，庙貌如故。"盖地运尚有百余年，故不至一旦尽扫也。黄巢之乱，九衢三内，宫室尚宛然，自诸道勤王兵破贼后，入城争货相攻，纵火焚掠，市肆十去六七，大内惟含元殿独存。此外惟西内、南内及光启宫而已。僖宗在蜀，诏京兆尹王徽修复，徽稍稍完聚，及奉表请帝还，其表有云："初议修崇，未全壮丽。"则非复旧时景象可知也。及昭宗时，因王重荣、李克用沙苑之战，田令孜劫帝出奔，焚坊市并火宫城，仅存昭阳、蓬莱二宫。还京后，坐席未暖，又因李茂贞之逼，奔华州，岐军入京，宫室廛间，鞠为灰烬。自中和以来，王徽葺构之功，至是又扫地而尽。于是长安王气，衰歇无余矣。①

以上赵氏所论，着眼于长安地气，并将其置于上迄周秦、下至明清的宏阔视野中进行观察，最后得出的结论是：开元天宝之际为长安在历史上自盛转衰的关键，其分水岭的标志性事件即天宝末引发的安史之乱，自后长安便呈衰败之象。赵氏所云"地气"，以政治因素为主，同时也包含了其他难以言表的玄妙内容，体现了他论述历史兴衰的独特眼光。李唐王朝以长安为政治根基，若上升到政治气运这一层面，长安和唐室确实在安史乱后因为藩镇坐大、宦官乱政等因素制约而渐呈衰耗的征兆。其典型的反映是安史之乱后不久，唐王室即连续遭受了两次灾难和流徙：一是代宗广德元年（763），吐蕃兵入长安，代宗东走陕州。《资治通鉴》卷二二三载："（广德元年十月）吐蕃入长安……吐蕃剽掠府库市里，焚闾舍，长安中萧然一空。……六军散者所在剽掠，士民避乱，皆入山谷。"②钱起《广德初銮驾出关后登高愁望二首》其一记载当时长安的景象云："长安不可望，远处边愁起。荤毂混戎夷，山河空表里。黄云压城阙，斜照移烽垒。

---

① 丛书集成初编本，商务印书馆1937年版，第403—404页。
② 《资治通鉴》卷二二三，中华书局1956年版，第7151页。

汉帜远成霞，胡马来如蚁。"① 杜甫时在阆州亦记录了这一事件，其《遣忧》云："乱离知又甚，消息苦难真。……隋氏留宫室，焚烧何太频。"② 所幸的是，不逾月，长安即为郭子仪率军收复，并在上书请天子还京时云："且圣旨所虑，岂不以京畿新遭剽掠，田野空虚，恐粮食不充，国用有阙，以臣所见，深谓不然。"③ 二是德宗建中四年（783）十月的泾原兵变，朱泚在长安称帝，德宗出奔奉天，至兴元元年（784）七月，叛乱平息、德宗回驾。在这场兵乱中，李晟率兵收复长安时，朱泚率余众仓皇出亡，晟领军攻入，"公私安堵，秋毫无犯，远坊有经宿乃知官军入城者"。故史书上记载，长安收复后，"李晟遣掌书记吴人于公异作露布上行在曰：'臣已肃清宫禁，祗谒寝园，钟虡不移，庙貌如故。'"④ 即使如此，兵乱对长安的破坏是在所难免的。史念海论及此事云："当时乱兵剽夺京师后，屯于白华殿，朱泚由含元殿移居白华殿，自是仰仗于乱兵的拥戴。乱兵屯于白华殿，可能是当地易于防守。白华殿虽近光泰门，光泰门外浐河岸旁悬崖陡峭，是不容易逾越的。后来李晟收复长安，就是由东渭桥，攻入光泰门，进取白华殿。乱事虽告平定，但争夺之地就曾在宫城和禁苑之中，不能了无摧残和破坏。宫城之内都未能避免浩劫，则外郭城的里坊也就难说了。"⑤ 总的来说，长安在安史之乱后经历了外族洗劫和藩镇的叛乱自立，虽然在某种程度上遭受到破坏，但其城市根基和政治文化的中心地位并未动摇。故而，我们在中晚唐诗人的长安歌咏中，看到的仍是颇为宏丽繁华的京都景象。

长安城的严重破坏和凋敝是到了唐末僖宗和昭宗时，以上赵翼所论已明确指出黄巢之乱、田令孜劫帝出奔、李茂贞之逼奔华州这几次祸乱对长安城的严重伤害。今将长安在唐末动乱中所遭到的大规模破坏，据所存史料，分次归类、陈列如下。

---

① 《全唐诗》卷二三六，第2610页。

② （清）仇兆鳌：《杜诗详注》卷一二，第1054—1055页。

③ 《旧唐书》卷一二〇《郭子仪传》，第3458页。

④ 《资治通鉴》卷二三一，第7436页。

⑤ 史念海：《中国古都和文化》，第537—538页。

1. 僖宗中和三年（883），黄巢军败退长安时，曾焚烧抢掠，此后京兆尹王徽虽领旨修缮，但仍不能恢复。《资治通鉴》卷二五五载：

> （中和三年四月）甲辰，克用等自光泰门入京师，黄巢力战不胜，焚宫室遁去。贼死及降者甚众，官军暴掠，无异于贼，长安室屋及民所存无几。巢自蓝田入商山，多遗珍宝于路。官军争取之，不急追，贼遂逸去。①

《资治通鉴》卷二五六载：

> （中和四年九月）以右仆射、大明宫留守王徽知京兆尹事。上以长安宫室焚毁，故久留蜀未归。徽招抚流散，户口稍归，复缮治宫室，百司粗有绪。冬，十月，关东藩表请车驾还京师。……（光启元年）三月，丁卯，至京师；荆棘满城，狐兔纵横，上凄然不乐。②

《资治通鉴考异》卷二十五载：

> 敬翔《梁太祖编遗录》："四月乙巳，巢焚官闱、省寺，居第略尽，拥残党越蓝田而逃。明日，上与诸军收复长安。"③

2. 僖宗光启元年（885）十二月，王重荣连结李克用与宦官田令孜战于沙苑，田令孜败退，劫持僖宗逃离长安时，大肆焚掠。《旧唐书·僖宗本纪》载：

> （光启元年）十二月辛亥朔。癸酉，官军合战，为沙陀所败，朱玫走还邠州。神策军溃散，遂入京师肆掠。乙亥，沙陀逼京师，田令

---

① 《资治通鉴》卷二五五，第8293页。
② 《资治通鉴》卷二五六，第8313页。
③ （宋）司马光：《资治通鉴考异》卷二五，四部丛刊本。

孜奉僖宗出幸凤翔。初，黄巢据京师，九衢三内，宫室苑然。及诸道兵破贼，争货相攻，纵火焚剽，宫室居市闾里，十焚六七。贼平之后，令京兆尹王徽经年补葺，仅复安堵。至是，乱兵复焚，宫阙萧条，鞠为茂草矣。①

《资治通鉴》卷二五六载：

> （光启元年）十二月，癸酉，合战，玫、昌符大败，各走还本镇，溃军所过焚掠。克用进逼京城，乙亥夜，令孜奉天子自开远门出幸凤翔。初，黄巢焚长安宫室而去，诸道兵入城纵掠，焚府寺民居什六七，王徽累年补葺，仅完一二，至是复为乱兵焚掠，无孑遗矣。②

3. 昭宗乾宁三年（896）七月，凤翔节度使李茂贞率岐军兵逼长安，昭宗出奔华州。茂贞入长安，再次焚毁。《资治通鉴》卷二六〇载：

> （乾宁三年）七月，茂贞进逼京师。……韩建遣其子从允奉表请幸华州……茂贞遂入长安，自中和以来所葺宫室、市肆，燔烧俱尽。③

《旧唐书·昭宗本纪》载：

> （乾宁三年）秋七月庚辰朔。壬辰，岐军逼京师，诸王率禁兵奉车驾将幸太原。癸巳，次渭北。华州韩建遣子充奉表起居，请驻跸华州……时岐军犯京师，宫室廛闾，鞠为灰烬，自中和已来葺构之功，扫地尽矣。④

---

① 《旧唐书》卷一九下，第722页。
② 《资治通鉴》卷二五六，第8327页。
③ 《资治通鉴》卷二六〇，第8490页。
④ 《旧唐书》卷二〇，第758—759页。

4. 昭宗天复元年（901）十一月，宦官韩全诲勾结神策军指挥使李继筠等劫持昭宗去凤翔，火宫城。《资治通鉴》卷二六二载：

> （天复元年十一月）韩全诲等陈兵殿前，言于上曰："全忠以大兵逼京师，欲劫天子幸洛阳，求传禅。臣等请奉陛下幸凤翔，收兵拒之。"上不许，杖剑登乞巧楼。全诲等逼上下楼，上行才及寿春殿，李彦弼已于御院纵火。……出门，回顾禁中，火已赫然。①

5. 昭宗天祐元年（904）正月，朱全忠强迫昭宗迁都洛阳，彻底废毁长安城。《资治通鉴》卷二六四载：

> （天祐元年正月）丁巳，上御延喜楼，朱全忠遣牙将寇彦卿奉表，称邠、岐兵逼畿甸，请上迁都洛阳。及下楼，裴枢已得全忠移书，促百官东行。戊午，驱徙士民，号哭满路，骂曰："贼臣崔胤召朱温来倾覆社稷，使我曹流离至此！"老幼襁属，月余不绝。壬戌，车驾发长安，全忠以其将张廷范为御营使，毁长安宫室百司及民间庐舍，取其材，浮渭河而下，长安自此遂丘墟矣。②

《旧唐书·昭宗本纪》载：

> （天祐元年正月）全忠率师屯河中，遣牙将寇彦卿奉表请车驾迁都洛阳。全忠令长安居人按籍迁居，彻屋木，自渭浮河而下，连甍号哭，月余不息。秦人大骂于路曰："国贼崔胤，召朱温倾覆社稷，俾我及此，天乎！天乎！"丁巳，车驾发京师。③

经过以上数次的破坏和焚毁，昔日繁华壮丽的长安城在二十余年里

---

① 《资治通鉴》卷二六二，第8560页。
② 《资治通鉴》卷二六四，第8626页。
③ 《旧唐书》卷二〇，第778页。

逐渐荒废。唐末诗人韦庄在诗中记录了当时长安城的残破景象，其《长安旧里》云："满目墙匡春草深，伤时伤事更伤心。车轮马迹今何在，十二玉楼无处寻。"①《秦妇吟》云："长安寂寂今何有，废市荒街麦苗秀。采樵斫尽杏园花，修寨诛残御沟柳。华轩绣毂皆销散，甲第朱门无一半。含元殿上狐兔行，花萼楼前荆棘满。昔时繁盛皆埋没，举目凄凉无故物。"②因为长安遭到极大的破坏，朝廷中甚至有迁都之议，据《新唐书·朱朴传》载：

> 擢国子《毛诗》博士。上书言当世事，议迁都曰："古王者不常厥居，皆观天地兴衰，随时制事。关中，隋家所都，我实因之，凡三百岁，文物资货，奢侈僭伪皆极焉。广明巨盗陷覆宫阙，局署帑藏，里闬井肆，所存十二，比幸石门、华阴，十二之中又亡八九，高祖、太宗之制荡然矣。……自古中兴之君，去已衰之衰，就未王而王。今南阳，汉光武虽起而未王也。臣视山河壮丽处多，故都已盛而衰，难可兴已；江南土薄水浅，人心嚣浮轻巧，不可以都；河北土厚水深，入心强愎狠戾，不可以都。惟襄、邓实惟中原，人心质良，去秦咫尺，而有上洛为之限，永无夷狄侵轶之虞，此建都之极选也。"不报。③

朱朴于乾宁初任国子学博士，其上书建议迁都襄邓，可见当时长安遭到破坏之后已不足据以为都。特别是天祐元年（904），朱全忠逼迫昭宗迁都洛阳，百官、士民皆随之迁徙，并"毁长安宫室百司及民间庐舍"，长安彻底成为一座废墟，都城亦不复存在。时佑国军节度使韩建留守长安，不得已对这座废墟之城进行了改建，《长安志图》卷上载："新城，唐天祐元年，匡国节度使韩建筑。时朱全忠迁昭宗于洛，毁长安宫室百司及民庐舍，长安遂墟。建遂去宫城，又去外郭城，重修子城（即皇城也），南闭

①　向迪琮校订：《韦庄集·浣花集》卷一〇，人民文学出版社1958年版，第98页。
②　向迪琮校订：《韦庄集·浣花集补遗》，第105页。
③　《新唐书》卷一八三，中华书局1975年版，第5385页。

朱雀门，又闭延喜安福门，北开元武门，是为新城（即今奉元路府治也）。城之制，内外二重，四门，门各三重。今存者惟二重，内重其址尚在。东又有小城二，以为长安咸宁县治所。"①改建后的长安城以原皇城为主，规模和面貌已远非其旧。这样，代表了大唐帝国赫赫声威和繁华盛貌的一国之都长安，最终还是和李唐王朝一起走向了没落。

第二节　唐代洛阳的建设和地位变迁

洛阳的建设发展和历史地位在唐代经历了一个比较曲折的起伏过程。安史之乱前，城市由战乱破坏后的萧条逐渐恢复生机、发展和繁荣，其政治经济地位上的鼎盛甚至一度超过长安。安史之乱后，东都洛阳遭到严重破坏，帝王不再东巡。随着唐王朝政治的衰败，洛阳亦日趋没落。从某种意义上说，唐代洛阳的升沉变迁，就是整个唐王朝政治变迁和社会盛衰的一个缩影。

一　安史之乱前洛阳的发展及鼎盛

唐代洛阳的城市空间及建设和长安一样，在隋朝洛阳的基础上发展。而且，唐朝在建都上以长安和洛阳为东西两京的政策，同样也受到了隋朝的影响。在汉魏故城洛阳屡遭战乱破坏以后，隋朝东京洛阳的营建在隋炀帝时。仁寿四年（604）十一月，炀帝即位后不久，为了加强对关东地区的控制，就正式发布了营建东京的诏书。诏书云："……然洛邑自古之都，王畿之内，天地之所合，阴阳之所和。控以三河，固以四塞，水陆通，贡赋等。故汉祖曰：'吾行天下多矣，唯见洛阳。'自古皇王，何尝不留意，所不都者盖有由焉。或以九州岛岛未一，或以困其府库，作洛之制所以未暇也。我有隋之始，便欲创兹怀、洛，日复一日，越暨于今。念兹在兹，兴言感哽！朕肃膺宝历，篡临万邦，遵而不失，心奉先志。今者汉王谅悖逆，毒被山东，遂使州县或沦非所。此由关河悬远，兵不赴急，加

---

① （宋）宋敏求：《长安志》附《长安志图》卷上，第305页。

以并州移户复在河南。周迁殷人，意在于此。况复南服遐远，东夏殷大，因机顺动，今也其时。群司百辟，佥谐厥议。但成周墟堞，弗堪葺宇。今可于伊、洛营建东京，便即设官分职，以为民极也。……民惟国本，本固邦宁，百姓足，孰与不足！今所营构，务从节俭，无令雕墙峻宇复起于当今，欲使卑宫菲食将贻于后世。有司明为条格，称朕意焉。"①从中可见，炀帝下旨营建东京，既出于对洛阳"控以三河，固以四塞，水陆通，贡赋等"这一地理位置重要性的认识，又有"心奉先志"的因素，同时还是当时谅王悖逆、平定山东局势这一政治现实的需要。北魏洛阳城在动乱分裂以后已非常残破，杨衒之《洛阳伽蓝记》描述当时所见云："城郭崩毁，宫室倾覆，寺观灰烬，庙塔丘墟，墙被蒿艾，巷罗荆棘。"②所以，隋时东京洛阳的营建并未在旧址上进行，而是于"故洛城西移十八里"新置。大业元年（605）三月，炀帝"诏尚书令杨素、纳言杨达、将作大匠宇文恺营建东京，徙豫州郭下居人以实之。"③大业二年（606）正月，东京建成，"北据邙山，南对伊阙，洛水贯都，有河汉之象"④。洛阳的城市规划和长安相似，由宫城、皇城和外郭城三部分组成。虽然炀帝在诏书中声称"务从节俭"，但《隋书·宇文恺传》载："恺揣帝心在宏侈，于是东京制度穷极壮丽。帝大悦之，进位开府，拜工部尚书。"⑤建成之后，"上自伊阙，陈法驾，备千乘万骑，入于东京"⑥，并于大业五年（609）正月，正式改东京为东都。而且，炀帝自东都建成后再未返回长安，洛阳名为陪都，但已成为实际上的政治中心。

隋末动乱，洛阳成为各方争夺要地，最后王世充占据洛阳，并自立为帝，国号郑。唐祚建立以后，直至武德四年（621）五月，秦王李世民围洛阳，获窦建德，王世充举东都降，中原得才得以平定。《资治通鉴》卷一八九载唐兵入城时："秦王世民观隋宫殿，叹曰：'逞侈心，穷人欲，无

---

① 《隋书》卷三《炀帝纪》，第61页。
② （北魏）杨衒之撰，周祖谟校：《洛阳伽蓝记·序》，中华书局1965年版。
③ 《隋书》卷三《炀帝纪》，第63页。
④ 《旧唐书》卷三八《地理志》，第1420页。
⑤ 《隋书》卷六八，第1588页。
⑥ 《隋书》卷三《炀帝纪》，第66页。

亡得乎！'命撤端门楼，焚乾阳殿，毁则天门及阙；废诸道场，城中僧尼，留有名德者各三十人，余皆返初。"①《唐会要》卷三〇亦载："武德四年十二月七日，使行台仆射屈突通焚乾元殿应天门紫微观，以其太奢。"②可见，炀帝营建东都极尽侈丽，已成为其暴政的一大表现。唐朝新建伊始，为了同暴虐的隋炀帝划清界限，厉行节俭，故下令焚烧其在洛阳所建奢华宫殿。经过了隋末战争的破坏及唐军入城后一定范围内的焚毁，洛阳在唐初还是一番萧条残破的景象。《唐会要》卷七二载武德三年（620）七月十一日高祖诏书曰："况今伊洛犹芜，江湖尚梗。"③武德四年（621）秋，凌敬于窦建德兵败后入关，经洛阳，作《游隋故都》描述当时所见情景云："洛城聊顾步，长想遂留连。水斗宫初毁，风变鼎将迁。……兹辰素商节，灰管变星躔。平原悴秋草，乔木敛寒烟。翻黄坠疏叶，凝翠积高天。参差海曲雁，寂寞柳门蝉。兴悼今如此，悲愁复在旃。彷徨不忍去，杖策屡回遭。"④贞观六年（632）正月，文武百官复请封禅，魏徵独以为不可，其劝谏言辞中还着重提到伊洛一带萧条凋敝的景况："承隋末大乱之后，户口未复，仓廪尚虚，而车驾东巡，千乘万骑，其供顿劳费，未易任也。且陛下封禅，则万国咸集，远夷君长，皆当扈从；今自伊、洛以东至于海、岱，烟火尚希，灌莽极目，此乃引戎狄入腹中，示之以虚弱也。"⑤

洛阳平定后，唐王朝对于其行政区域及级别的设置亦多反复。《唐会要》卷六八载："武德四年，平王世充，废东都，置总管府，以淮阳王道玄为之。其年十一月十一日，置洛州大行台，改为东都。六年九月二十六日，改东都为洛州。九年六月十三日，废行台，置都督府，以屈突通为之。"⑥可见，唐初南北一统后，曾在短时间内沿袭隋制、以洛阳为东都，然而在武德六年（623）又废除了东都之制。太宗贞观时，洛阳的地位问

---

① 《资治通鉴》卷一八九，第5918页。
② 《唐会要》卷三〇"洛阳宫"条，上海古籍出版社2006年版，第641页。
③ 《唐会要》卷七二"京城诸军"条，第1529页。
④ 见《全唐诗》卷三三，第455页。诗作者"陆敬"乃"凌敬"之误，见岑仲勉《读全唐诗札记》。据《唐五代文学编年史》，诗作于武德四年秋。辽海出版社1998年版，第17页。
⑤ 《资治通鉴》卷一九四，第6093页。
⑥ 《唐会要》卷六八"河南尹"条，第1407页。

题再次提上议程并得到重视。这主要表现在贞观君臣对营建洛阳宫一事的争议上。《资治通鉴》记载，贞观四年（630）六月，太宗发卒修洛阳宫以备巡幸，给事中张玄素上书，以隋炀帝劳民伤财的暴虐之训加以谏阻，云："陛下初平洛阳，凡隋氏宫室之宏侈者皆令毁之，曾未十年，复加营缮，何前日恶之而今日效之也！且以今日财力，何如隋世！陛下役疮痍之人，袭亡隋之弊，恐又甚于炀帝矣！"太宗谓房玄龄曰："朕以洛阳土中，朝贡道均，意欲便民，故使营之。今玄素所言诚有理，宜即为之罢役。后日或以事至洛阳，虽露居亦无伤也。"故而此事搁浅。贞观五年（631）九月，太宗"又将修洛阳宫，民部尚书戴胄表谏，以'乱离甫尔，百姓凋弊，帑藏空虚，若营造不已，公私劳费，殆不能堪！'上嘉之曰：'戴胄于我非亲，但以忠直体国，知无不言，故以官爵酬之耳。'久之，竟命将作大匠窦璡修洛阳宫，璡凿池筑山，雕饰华靡。上遽命毁之，免璡官。"①可见，在洛阳宫的修建上，贞观大臣主要着眼于前朝暴虐亡国的前车之鉴，以及唐初国库不盈、亟须节俭图治的政治形势加以反对，而太宗则看到"洛阳土中，朝贡道均"的地理优势，为便民和临制四方执意坚持这一计划，并最终得以施行。据《通鉴》卷一九四贞观八年（634）载，中牟丞皇甫德参因上言"修洛阳宫，劳人"等，太宗怒，欲治其谤讪之罪。可知，贞观八年（634）左右，洛阳宫的修建是在进行中的。洛阳宫建成之后，贞观十一年（637）三月，太宗"车驾至洛阳"，并"改洛州为洛阳宫"②。之后，贞观十五年（641）正月、贞观十八年（644）十一月，又两次巡幸洛阳。而且，在太宗时，洛阳的科举活动也拉开了序幕。《唐会要》卷七五载："贞观元年，京师米贵，始分人于洛州置选。"③《新唐书·选举志》云："太宗时，以岁旱谷贵，东人选者集于洛州，谓之'东选'。"④贞观十一年（637）太宗首次巡幸时，"诏河北、淮南举孝悌淳笃，兼闲时务；儒术该通，可为师范；文辞秀美，才堪著述；明识政体，可委字人：

---

① 《资治通鉴》卷一九三，第6079、6088页。
② 《旧唐书》卷三《太宗本纪》，第47页。
③ 《唐会要》卷七五"东都选"条，第1620页。
④ 《新唐书》卷四五，第1180页。

并志行修立，为乡闾所推者，给传诣洛阳宫"①。这时，洛阳虽名为行宫，实际上已具有准都城的地位。

高宗显庆二年（657），正式诏改洛阳宫为东都，"洛州官员阶品并准雍州"②。高宗《建东都诏》云："朕闻践华固德，百二称乎建瓴；卜洛归仁，七百崇乎定鼎。是以控膏腴于天府，启黄图于渭滨，襟沃壤于王城，撝绿宇于河渚。市朝之城，丽皇州之九纬；丹紫之原，邈神皋之千里。二京之盛，其来自昔。此都中兹宇宙，通赋贡于四方；交乎风雨，均朝宗于万国。置槷之规犹勤，测圭之地载革。岂得宅帝之乡，独称都于四塞；来王之邑，匪建国于三川。宜改洛阳宫为东都。"③这篇诏文将唐两京制度化、正规化，其中讲到了自古建都长安和洛阳的悠久历史，并着重强调了东都"中兹宇宙"、"交乎风雨"的地理重要性。除了下诏确立东都的性质、提升洛阳的政治地位，高宗时还对东都进行了大规模的建设。据《旧唐书·狄仁杰传》记载：

> 时司农卿韦机兼领将作、少府二司，高宗以恭陵玄宫狭小，不容送终之具，遣机续成其功，机于埏之左右为便房四所，又造宿羽、高山、上阳等宫，莫不壮丽。④

《唐会要》卷三〇"洛阳宫"载录更详：

> 上元二年，高宗将还西京，乃谓司农少卿韦机曰："两都是朕东西之宅也。见在官馆，隋代所造，岁序既淹，渐将颓顿，欲修殊费财力，为之奈何？"机奏曰："臣曹司旧式，差丁采木，皆有雇直。今户奴采斫，足支十年，所纳丁庸，及蒲荷之直。在库见贮四十万贯，用之市材造瓦，不劳百姓，三载必成矣。"上大悦，乃召机摄东都将作、

---

① 《旧唐书》卷三《太宗本纪》，第48页。
② 《旧唐书》卷四《高宗本纪》，第77页。
③ 《全唐文》卷一二，中华书局1983年版，第147页。
④ 《旧唐书》卷八九，第2886页。

少府两司事，使渐营之。于是机始造宿羽、高山等官。其后，上游于洛水之北，乘高临下，有登眺之美，乃敕韦机造一高馆，及成临幸，即令列岸修廊，连亘一里，又于涧曲疏建阴殿。至仪凤四年，车驾入洛，乃移御之（即今之上阳宫也）。尚书左仆射刘仁轨谓侍御史狄仁杰曰："古之陂池台榭，皆在深宫重城之内，不欲外人见之，恐伤百姓之心也。韦机之作，列岸修廊，在于阛堞之外，万方朝谒，无不睹之，此岂致君尧、舜之意哉？"韦机闻之曰："天下有道，百司各奉其职，辅弼之臣，则思献替之事；府藏之臣，行诏守官而已。吾不敢越分也。"①

除了宿羽、高山、上阳宫，它如《唐会要》卷三〇载："至麟德二年二月十二日，所司奏，乾元殿成。其应天门先亦焚之，及是造成，号为则天门。"②可见，高宗时，朝廷破费财力，在东都增修了一系列壮观华丽的宫殿楼阁，以备临幸游览。其铺张奢华之况，甚至还引起了朝中官员的弹劾和讽议。

　　因朝廷机构的设置和政策的制定施行，东都的教育科举活动也在高宗时变得活跃和稳定。龙朔二年（662）正月，"东都初置国子监，并加学生等员，均分于两都教授"③。官学的建立，无疑带来洛阳人才的汇集和文化的繁荣。在科举选拔上，也有此时将东都作为常举地点的历史记载。如《唐会要》卷七五"东都选"云："永徽元年，始置两都举，礼部侍郎官号，皆以两都为名，每岁两地别放及第。……开耀元年十月，崇文馆直学士崔融议选事曰：'关外诸州，道里迢递，洛河之邑，天地之中。伏望诏东西二曹，两京都分简留放，既毕同赴京师。'"④东都恢复以后，高宗在

----

① 《唐会要》卷三〇"洛阳宫"条，第643页。
② 同上。
③ 《旧唐书》卷四《高宗本纪》，第82页。
④ 《唐会要》卷七五"东都选"条，第1620页。这条材料所记设置两都贡举的时间永徽元年（650）颇受质疑。傅璇琮《唐代科举与文学》（陕西人民出版社2003年版，第73—74页）认为两都并试当始于光宅元年（684）武则天称制后，郭绍林《唐五代洛阳的科举活动与河洛文化的地位》（《洛阳大学学报》2001年第1期）一文据彭庆生《陈子昂年谱》所系调露二年（680）陈子昂在东都应举落第后所作《落第西还别刘祭酒高明府》等诗，认为洛阳科举的起始年份至少应不迟于此年。

26 年间经常往来于两都之间，幸洛阳多达 7 次，前后居东都累计 11 年之久。故而除了常科以外，制举考试也因高宗的驻跸时常在洛阳进行。如永隆元年（680）制举科岳牧举，高宗在洛阳武成殿亲问，武陟县尉员半千及第①。

高宗巡幸洛阳的原因有多种。有出于关中生产供应不足，而洛阳是南北水陆转运中心、全国的财赋租税多集中于此这一经济原因，如《册府元龟》载："咸亨元年十一月壬戌，帝亲于殿前宴京城父老，有不能行者，仍许子弟扶至殿庭宣敕。谓之曰：朕虽居九重之内，尝以万姓为心，而诚不动天，遂使阴阳错谬。自从去岁，关中旱俭，禾稼不收，多有乏绝，百姓不足。责在朕躬，每自思此，深以为愧。今洛口仓廪，且复充实，更为转运，于是艰辛，理有便宜，所以行也。"②《唐大诏令集》载仪凤二年（677）十月《幸东都诏》："咸京天府，地狭人繁，百役所归，五方胥萃。虽获登秋之积，犹亏浃岁之资。瞵言于此，思蠲徭赋。夫以交风奥壤，测景神州，职贡所均，水陆辐凑，今兹丰熟，特倍常时，事贵从宜，实惟权道，即以来年正月幸东都。"③即是为避关中地狭人多、粮物紧缺这一现实困难。亦有政事上的各种需要。其中比较突出的，是临镇洛阳处理朝廷与东北方高丽、百济、新罗之间的战事和外交关系。如显庆五年（660）至龙朔元年（661），高宗在洛阳指挥出击高丽，《资治通鉴》卷二〇〇龙朔元年（661）载："三月，丙申朔，上与群臣及外夷宴于洛城门，观屯营新教之舞，谓之《一戎大定乐》。时上欲亲征高丽，以象用武之势也。……（四月）庚辰，以任雅相为浿江道行军总管，契苾何力为辽东道行军总管，苏定方为平壤道行军总管，

---

① 《唐会要》卷七六"制举科"条载："永隆元年，岳牧举，武陟县尉员半千及第。上御武成殿，亲问曰：'兵书云，天阵、地阵、人阵，各何谓也？'半千对曰：'臣观载籍，多谓天阵谓星辰孤虚也，地阵谓山川向背也，人阵谓偏伍弥缝也。以臣愚见，谓不然矣。夫师出以义，有若时雨，得天之时，此天阵也；兵在足食，且耕且战，得地之利，此地阵也；士卒轻利，将帅和睦，此人阵也。若有兵者，使三者去矣，其何以战？'上深赏之。"（第 1641 页）亦见两《唐书·员半千传》。

② 《册府元龟》卷一一〇，中华书局 1960 年版，第 1307 页。

③ （宋）宋敏求：《唐大诏令集》卷七九，商务印书馆 1959 年版，第 450 页。

与萧嗣业及诸胡兵凡三十五军，水陆分道并进。上欲自将大军继之；癸巳，皇后抗表谏亲征高丽；诏从之。"①若遇东行举行封禅大典，洛阳则成为各道及诸国的集结地，《唐会要》卷七即载："麟德二年十月丁卯，帝发东都，赴东岳。从驾文武兵士及仪仗法物，相继数百里，列营置幕，弥亘郊原。突厥、于阗、波斯、天竺国、罽宾、乌苌、昆仑、倭国及新罗、百济、高丽等诸蕃酋长，各率其属扈从，穹庐毡帐及牛羊驼马，填候道路。是时，频岁丰稔，斗米至五钱，豆麦不列于市。议者以为古来帝王封禅，未有若斯之盛者也。"②百官公卿、各国酋长、使者云集洛阳，其盛况可以想见。可以说，高宗时，长安和洛阳正如其所说，乃东西二宅。当然，洛阳的地位虽得以提升，但长安作为首都和全国的政治中心，并未有所减色。

武则天时期，洛阳取代长安成为正式的首都和实际的政治中心。光宅元年（684），武则天临朝称制，改东都为神都。天授元年（690），武则天革唐命正式称帝，改国号为周。武则天在位二十余年，除长安元年（701）十月至长安三年（703）十月两年内行幸西京长安，其余时间均留在洛阳。武周首都洛阳，学界一个比较统一的看法，即出于改旗易色这一政治上的考虑。关中是李唐王室的政治根据地，而武则天"不属于关陇军事贵族和关中士族，而是关东庶族，不必首崇长安。在插手政治多年的基础上，她着手改朝换代，就必须在制度上标新立异，另立系统，选择都城是其中重要的一环。她抛弃长安，都于洛阳，无非想要摆脱李唐王朝的大本营和政治、礼仪氛围，淡化甚至消泯人们对于长安和唐帝室的回忆和感情，利用洛阳巩固新政权，建立新秩序。因此，洛阳凌驾于长安之上，便意味着关陇势力的失势和唐祚中止、江山变色。"③武则天将政治中心迁往洛阳以后，不仅在政治和舆论上进行了改革和造势，如改尚书省及诸司官名，拜洛水、受"天授圣图"，"立武氏七庙于神都"，"改唐太庙为享德

---

① 《资治通鉴》卷二〇〇，第6323—6324页。
② 《唐会要》卷七"封禅"条，第113页。
③ 郭绍林：《隋唐洛阳》，三秦出版社2006年版，第46页。

庙"，"令释教在道法之上，僧尼处道士女冠之前"等①，还对都城洛阳进行了隆重的建设。不仅大张旗鼓地增修宫殿，如建明堂、铸天枢、造九鼎，而且为了整个城市的繁荣，于天授二年（691）七月，徙关内雍、同等七州户数十万以实洛阳。另外，朝廷权贵如宗楚客、许敬宗、张易之兄弟、安乐公主等，在洛阳城内竞造宅邸山池，穷天下之壮丽，更添城市富丽豪华。《朝野佥载》载："洛州昭成佛寺，有安乐公主造百宝香炉，高三尺，开四门，绛桥、勾栏、花草、飞禽、走兽，诸天妓乐、麒麟、鸾凤、白鹤、飞仙，丝来线去，鬼出神入，隐起钑镂，窈窕便娟，真珠玛瑙，琉璃琥珀，颇梨珊瑚，车渠琬琰，一切宝贝，用钱三万，库藏之物，尽于是矣。"②《通典》卷七亦载："武太后、孝和朝，太平公主、武三思、悖逆庶人，恣情奢纵，造罔极寺、太平观、香山寺、昭成寺，遂使农功虚费，府库空竭矣。"③随着政治中心的迁移，武周时科举、铨选等活动也相应主要在洛阳举行。如徐松《登科记考》卷三载永昌元年（689）进士及第，神都六人，西京二人；天授元年（690）进士及第，神都十二人，西京四人。而且，当时的洛阳作为全国的漕运中心，交通发达，物资充足，经济昌盛。这在诗文史料中可以得到佐证。如万岁通天元年（696），陈子昂《上军国机要事》云："即日江南、淮南诸州租船数千艘，已至巩洛，计有百余万斛。"④长安四年（704），有人曾将两京在经济上予以对比："长安四年正月，幸西京，洛阳县尉杨齐哲上书谏曰：'……陛下今幸长安也，乃是背逸就劳，破益为损。何者？神都帑藏储粟，积年充实，淮海漕运，日夕流衍，地当六合之中，人悦四方之会，陛下居之，国无横费。长安府库及仓，庶事空缺，皆藉洛京，转输价直，非率户征科，其物尽官库酬给，公私縻耗，盖亦滋多，陛下居之，是国有横费，人疲重徭。由此言之，陛下之居长安也，山东之财力日匮，在洛邑也，关西百姓，赋役靡加，背逸

---

① 皆见《旧唐书》卷六《则天皇后本纪》，第 119、121 页。

② 《太平广记》卷二三六"奢侈一"引，中华书局 1961 年版，第 1817 页。

③ 《通典》卷七，中华书局 1984 年版，第 40 页。

④ 《全唐文》卷二一一，第 2135 页。据《资治通鉴》卷二〇五："（万岁通天元年九月）右拾遗陈子昂为攸宜府参谋，上疏曰：'恩制免天下罪人及募诸色奴充兵讨击契丹，此乃捷急之计……'"（《资治通鉴》卷二〇五，第 6507 页）所引疏文即陈子昂《上军国机要事》。

就劳，破益为损，殷鉴不远，伏惟念之。'"① 由此得见，武周时，洛阳在物质的富足和城市的繁荣上要远超长安。可以说，武则天以洛阳为都，使这一城市在唐代历史上发展到了顶峰。

神龙元年（705），中宗复位，政治中心迁回长安，"社稷、宗庙、陵寝、郊祀、行军旗帜、服色、天地、日月、寺宇、台阁、官名，并依永淳已前故事。神都依旧为东都"②。玄宗天宝元年（742），又改东都为东京。此时洛阳复为陪都，政治地位虽不及长安，但其经济上的优势仍十分明显，故帝王不得不予以重视。这主要表现在玄宗于开元年间五次巡幸洛阳③，巡幸的主要原因便是对洛阳位居全国经济中心这一重要性的认识。玄宗数次巡幸东都的诏令对其有直接的说明，如先天二年（713）七月《行幸东都诏》④：

> 崤函乃金汤之地。天下大定，河洛为会同之府。周公测景，是曰土中。总六气之所交，均万方之来贡。引鱼盐于淮海，通粳纻于吴越。瞻彼洛汭，长无阻饥。自中宗入关，于今八载，省方之典，阙而莫修。遂使水漕陆挽，方春不息。劳人夺农，卒岁何望。关东嗟怨，朕实悯焉。思欲宁人而休转运，绾谷而就敖庾。加以暑雨作害，灾拂秦川。岁星有福，祥归豫野。……宜以今年十一月行幸东都。

开元四年（716）十二月三日《幸东都制》：

> 中朝公卿，屡言以沃朕，咸谓国之中洛，王者上地，均诸侯之赋，当天下之枢，陆行漕引，方舟系轫，费省万计，利逾十陪。更知夫便于物者，非自奉以怀安。嗟于人者，岂不因而阻愿。于是乎见

---

① 《唐会要》卷二七"行幸"条，第603页。又见《全唐文》卷二六○杨齐哲《谏幸西京疏》。

② 《旧唐书》卷七《中宗本纪》，第136页。

③ 唐玄宗五次巡幸洛阳的时间分别为：开元五年（717）、开元十年（722）、开元十二年（724）、开元十九年（731）、开元二十二年（734）。

④ 此年并未成行。

品汇之皁，因京坻之饶，则无夺农矣。……宜以来年正月五日行幸东都。

开元九年（721）九月九日《幸东都诏》：

　　顷年关辅之地，转输实繁，重以河塞之役，兵戎屡动，千金有费，九载未储。……故因时以巡幸，卜洛万方之隩，维嵩五岳之中，风雨之所交，舟车之所会，沟通江汉之漕，控引河淇之运。利俗阜财，于是乎在。今欲省其费务，以实关中。即彼敖仓，少资河邑。……宜以明年正月十五日幸东都。①

开元十九年（731）六月《幸东都制》：

　　三秦九雉，咸曰帝京；五载一巡，时惟邦典。上腴多饶衍之美，仍劳于转输；中壤均舟车之凑，颇闻于殷积。朕所以相时度宜，期于利物者也。况河汴频稔，江淮屡登，二周驰望幸之诚，三川勤徯予之请，然犹未便顺动，且念人劳，期以来年，方议时迈。而顷京辅近甸，膏泽未均，陕雉之交，稼穑亦盛……宜以今年十月四日幸东都。②

　　以上数道诏令一致强调了洛阳四隩辐凑、舟车所会及漕粮殷积、经济富庶这一地理交通和经济上的突出优势。这说明两个问题：一者，洛阳自武周以后，至玄宗开元时期，漕运和经济得到了持续的繁荣和发展，《唐会要》亦载：开元时期，"东都含嘉仓，积江淮之米"③。二者，唐中宗复位以后，政治中心虽然迁回了长安，但关中粮物生产

---

　　①　以上诏令皆见宋敏求《唐大诏令集》卷七九，第451—453页。其中开元四年十二月三日《幸东都制》为苏颋作，又见《全唐文》卷二五三。
　　②　《全唐文》卷二三，第269页。
　　③　《唐会要》卷八七"漕运"条，第1895页。

仍不足消费，尚依赖于漕运关东和以洛阳为枢纽的转运供给。这正如白居易《策林二十四·议罢漕运可否》所说："秦居上腴，利号近蜀，然都畿所理，征赋不充。故岁漕山东谷四百万斛用给京师。"① 神龙二年（706）十月，唐中宗车驾还京师，宋之问《为东都僧等请留驾表》云："王主陪奉，更促工徒；虽力以子来，而颇妨农事。倘千官扈辇，同费太仓之粟；万国来庭，共索长安之米，将何给用，以济公私？且东都有河朔之饶，食江淮之利，九年之储已积，四方之赋攸均。"② 也说明了当时这一情况。

玄宗巡幸东都时，多次在洛阳主持科举活动。如开元十年（722），"帝御雒城门试文章，及第二十人"。十四年（726）七月，"上御雒城南门楼，亲试岳牧举人及东封献赋颂人"。十五年（727）九月，"帝御雒城南门，亲试沈沦草泽，诣阙自举文武人等"③。另外，唐玄宗即位之后，还于东都设置了集贤殿书院，《旧唐书》卷四三《职官志》"集贤殿书院"载："玄宗即位，大校群书。开元五年，于乾元殿东廊下写四部书，以充内库，置校定官四人。七年，驾在东都，于丽正殿置修书使。十二年，驾在东都。十三年与学士张说等宴于集仙殿，因改名集贤，改修书使为集贤书院学士。"④ 集贤殿书院作为藏书修书的学术文化机构，同时兼具举荐人才和参政议政的政治功能，在唐代的政治及文化领域里扮演了重要的角色，不可不谓是东都文化史上的一大创举。

二　安史之乱后洛阳的衰落

安史之乱后，洛阳逐渐走向萧条和衰落，其主要原因有以下两点。

1. 政治经济形势及洛阳地位的变化

归纳而言，唐代前期，朝廷以洛阳为都和天子数次巡幸，主要出于两

---

① 朱金城：《白居易集笺校》卷六三，第 3479 页。

② 陶敏、易淑琼：《沈佺期宋之问集校注》下册卷七，中华书局 2001 年版，第 695 页。

③ （清）徐松撰，赵守俨点校：《登科记考》卷七，中华书局 1984 年版，第 235、241、250 页。

④ 《旧唐书》卷四三《职官志》，第 1851 页。

个方面的原因。

一是"洛口集天下之粟"重要的经济地位。关中物资依赖洛阳的转运与供给，若遇关中饥荒或储蓄不丰，帝王常幸东都以就食。如前文所述玄宗几次临幸东都，即与这一因素相关。其中第五次，见《旧唐书·玄宗本纪》载：开元二十一年（733），"是岁，关中久雨害稼，京师饥，诏出太仓米二百万石给之"。二十二年（734）春正月，"己巳，幸东都"①。《新唐书·裴耀卿传》亦记："迁京兆尹。明年（开元二十一年）秋，雨害稼，京师饥。帝将幸东都，召问所以救人者。耀卿曰：'陛下既东巡，百司毕从，则太仓、三辅可遣重臣分道赈给，自东都益广漕运，以实关辅，关辅既实，则乘舆西还，事蔑不济。且国家大本在京师，但秦地狭，水旱易匮。往贞观、永徽时，禄禀者少，岁漕粟二十万略足；今用度寝广，运数倍且不支，故数东幸，以就敖粟。为国大计，臣愿广陕运道，使京师常有三年食，虽水旱不足忧。……'天子然其计，拜黄门侍郎、同中书门下平章事，充转运使。于是置河阴、集津、三门仓，引天下租籴盟津溯河而西。三年积七百万石，省运费三十万缗。"②其中，裴耀卿非常明确地讲到漕粟供应上长安对东都洛阳的高度依赖，故而建议改革漕运问题，结果大有收效。

二是出于对关东及江淮的控御。李唐王室出身于西魏、北周以来形成的关陇军事贵族集团，关中是其政治根据地，故建祚后以长安为首都。但长安在地理位置上处于中原偏西，在全国统一的形势下，对东方的山东和南方江淮一带的控制有鞭长莫及之憾。这层原因早在隋炀帝建立东都时即有明显的表述，其诏书云："今者汉王谅悖逆，毒被山东，遂使州县或沦非所。此由关河悬远，兵不赴急，加以并州移户复在河南。周迁殷人，意在此。况复南服遐远，东夏殷大，因机顺动，今也其时。"③因为"南服"和"东夏"距离关中较远，朝廷不易控制，故而于"天下之中"的洛阳建都，有利于国家政令推行和在政治军事上临制四方。唐前期统治者

---

① 《旧唐书》卷八，第200页。
② 《新唐书》卷一二七，第4453页。
③ 《隋书》卷三《炀帝纪》，第61页。

和朝臣对洛阳亦有这层认识。史念海曾论述东西魏分立之后关陇与山东之间相抗衡的历史渊源，并云："正是由于有了这样的差距，以关陇集团为基础的建于关中的皇朝，就难免对山东人士有了若干戒心。"① 唐太宗时虽然未以洛阳为都，但贞观十八年（644）第三次巡幸洛阳宫，即是为了完成隋朝收复辽东故土的未竟之业。《旧唐书·太宗本纪》载：贞观十八年（644），"十一月壬寅，车驾至洛阳宫。……发天下甲士，召募十万，并趣平壤，以伐高丽"②。时太宗欲亲征，褚遂良在长安上疏反对，云："东京、太原，谓之中地，东挥可以为声势，西指足以摧延陀，其于西京，径路非远。为其节度，以设军谋，系莫离支颈，献皇家之庙。此实处安全之上计，社稷之根本。"③ 十九年（645）正月，太宗自将诸军发洛阳，以萧瑀为洛阳宫留守，尉迟敬德又上言："陛下亲征辽东，太子在定州，长安、洛阳心腹空虚，恐有玄感之变。且边隅小夷，不足以勤万乘，愿遣偏师征之，指期可殄。"④ 皆建议太宗坐镇洛阳，指挥辽东战事。唐高宗以洛阳为东都，更是将其作为宅第长期驻留，以推行政令和处理四方政事。时李峤《百官请不从灵驾表》明确指出："东都则水漕淮海，易资盐穀之蓄；陆走幽、并，近压戎夷之便。"⑤ 开元时，唐玄宗五次东幸，除了经济上的主要原因，另外也不能排除自周以来洛阳居天下之中以均统四方的思想。如前引先天二年（713）七月玄宗《行幸东都诏》即云："帝业初启崤函，乃金汤之地。天下大定，河洛为会同之府。周公测景，是曰土中。"

　　然而自唐玄宗后期，全国的政治经济形势发生了变化，洛阳的地位也随之改变。

　　首先，漕运线路的改革，使得洛阳的经济趋于衰落。自隋开通大运河以后，洛阳水陆交会，可以说是全国的经济命脉。唐代前期，洛阳集天下贡赋，是物资转输的中心和必经之地。但自唐玄宗后期，朝廷开始对漕

①　史念海：《中国古都和文化》，第498页。
②　《旧唐书》卷三，第56页。
③　《旧唐书》卷八〇《褚遂良传》，第2735页。
④　《资治通鉴》卷一九七，第6216页。
⑤　《全唐文》卷二四五，第2482页。

运线路进行改革，这一经济地理形势便相应发生了变化。学界对此多有关注，并形成较为一致的认识。如全汉升《唐宋帝国与运河》指出："唐自开元二十二年以后，裴耀卿韦坚及其他人等改革漕运的结果，关中物资的供给至为丰富宽裕。关中物资既然这样富裕，玄宗在位的下半期便可长期在长安居住，不必复如上半期那样仆仆风尘于两都之间了。……裴耀卿及韦坚等对于漕运的改革，以改进洛阳长安间的交通为主。洛阳以西的交通改善以后，由江淮经运河北上的物资，便不须像以前那样先集中于洛阳，而可以一直运抵关中了。这在当日的经济地理上是一种很大的变动，因为运往关中的江淮物资既然不再像过去那样以洛阳为转运中心，洛阳的经济地位便不复如过去那样重要而日渐低落。"① 程存洁在论述洛阳城市历史变迁时云："安史之乱以前，岭南道、江南道的赋税皆由扬州入运河漕运至洛阳，再由洛阳向北往幽州、向西往关中转运。这条漕运线路是当时一条沟通全国南北经济的重要动脉。洛阳城市正处在这条漕运线路的中心点，故获得了迅速发展。"但从唐玄宗后期，洛阳作为一个中转的地位，已经开始衰落。一是汉水到关中襄汉路的开通，使得漕运线路转移，洛阳失去了往日的优势，经济形势每况愈下。二是地处洛阳东部的汴州，同样是漕运线路的一个重要中转站。安史之乱以后，随着汴州经济的繁荣，逐渐取代了洛阳的地位②。在这种情况下，洛阳建立于交通枢纽之上的经济地理位置自然急转而下。

其次，中央集权的弱化及地方割据势力的膨胀，使得洛阳失去了居其以控御四方的政治意义。从古代的建都历史来看，在唐末以前，历代统一王朝建都基本上是以长安和洛阳为中心，在两者之间来回摇摆，汉代甚至因此而发生了两都优劣的讨论和争议。这主要是因为，长安为四塞之地，地理形势颇为险要，在军事上占有"有利则出攻，无利则入守"③的安全性和优越条件。而洛阳则位居天下之中，有利于各地输入贡赋和政令推行控御四方。对于志在一统的王朝，两者都有重要的政治意义。而安史之乱后

---

① 全汉升：《唐宋帝国与运河》，商务印书馆 1944 年版，第 37 页。
② 程存洁：《唐代城市史研究初编》第一章，中华书局 2002 年版。
③ 《旧唐书》卷一二〇《郭子仪传》，第 3457 页。

的中晚唐时期，各方藩镇割据称雄，中央权力衰弱，不足以控制各方，特别是河朔藩镇势力颇为强悍，"在政治上，藩镇不由中央派遣而由本镇拥立……在财政上，赋税截留本镇而拒不上供中央。在军事上，养蓄重兵，专恣一方，并倚之作为与中央分庭抗礼的凭借。大历、建中、贞元、元和、长庆时，唐廷皆与河朔诸镇发生过激烈的战争，无不以唐廷的屈辱告终"①。在这种地方势力膨胀割据，以及朝廷认可的政治形势下，洛阳自然不复有唐代前期中央权力集中时重要的政治地位。

安史乱后东都政治地位的衰落，直接表现在朝廷多都并立的政策施行上。在唐代前期，长安和洛阳东西两都的政治地位，得到了统治者和朝臣的高度认同。如唐高宗曾云："两都是朕东西之宅也。"②苏颋《幸东都制》亦云："设为二京，况称于帝宅，东幸西顾，乃其常也。"③虽然其间也曾临时穿插设置别的陪都，如并州因为李唐王业的始基，武周长寿元年（692）改置北都，神龙元年（705）罢，玄宗开元十一年（723）再置北都，天宝元年（742）改为北京；又如开元九年（721）正月八日，因帝王巡幸临时改蒲州为中都，六月三日即停④。但这均未能改变长安和洛阳在唐代前期如同帝王东西二宅的重要格局和地位。如开元二十四年（736），宰相李林甫曾言于上曰："长安、洛阳，陛下东西宫耳，往来行幸，何更择时。"⑤到了安史之乱时，这种格局就被多都同时并立所打破。至德二载（757）十二月，肃宗在天宝元年（742）以长安为西京、

---

① 张国刚：《唐代藩镇类型及其动乱特点》，《历史研究》1983 年第 4 期。

② 《唐会要》卷三〇"洛阳宫"条，第 643 页。

③ 《全唐文》卷二五三，第 2565 页。

④ 《唐会要》卷六八"诸府尹"条记其为开元元年五月，中都设置因扬州功曹参军丽正殿学士韩覃上疏谏而停。其疏曰："臣闻《礼记月令》曰：'孟夏之月，无起土功，无聚大众。'昔鲁夏城中丘，《春秋》书之，垂为后诫。今建国都，乃长久之大业也。犯天地之大义，袭《春秋》之所书，夺人盛农之时，愚臣窃以为甚不可也。至若两都旧制，分官众多，费耗用度，尚以为损，岂可更建中都乎？夫河东者，国之股肱郡也，劲锐强兵，尽出于是。其地隘狭，今又置都，使十万之户，将安投乎？一旦陋东都，而幸西都，而造中都，乐一君之欲，遗万人之患。务在郡国之多，不恤危亡之变；悦在游幸之丽，不顾兆庶之困。非所以深根固蒂，不拔之长策矣。昔汉帝感钟离之言，息事德阳之殿；赵主采续咸之谏，止造邺都之宫。臣愚，诚愿下明诏，罢中都，则福履无疆矣。天下幸甚！"（第 1410 页）

⑤ 《资治通鉴》卷二一四"开元二十四年"条，第 6822 页。

洛阳为东京、太原为北京的旧制上，又增改"蜀郡为南京，凤翔郡为西京，西京为中京"①；上元元年（760），五京中去成都南京之号，同时改荆州为南都②，这样就形成了唐肃宗时五都并立的局面。至上元二年（761）九月，"停京兆、河南、太原、凤翔四京及江陵南都之号"。但这种五都并立的局面很快又得以恢复，宝应二年（763），复以京兆为上都、河南为东都、凤翔为西都、江陵为南都、太原为北都。③这无疑表明，安史之乱后，洛阳的都城地位已大不同前。而且，自唐玄宗开元二十四年（736）之后，至唐末天祐元年（904）朱全忠逼昭宗幸洛阳，李唐皇帝再无巡幸东都之举。其间乾元二年（759）十月，唐肃宗下制称幸东京、亲征史思明，群臣上表谏止；广德元年（763）吐蕃乱华，代宗出幸陕州，曾欲都洛阳以避蕃寇，因郭子仪上奏力谏而罢；宝历二年（826），唐敬宗欲行幸洛阳，因李逢吉、裴度等众臣阻挠亦未成行。銮舆西去不重返，直接表明了东都政治地位的衰落。元和诗人张籍《洛阳行》一作写道：

> 洛阳宫阙当中州，城上峨峨十二楼。翠华西去几时返，枭巢乳鸟藏蛰燕。御门空锁五十年，税彼农夫修玉殿。六街朝暮鼓冬冬，禁兵持戟守空宫。百官月月拜章表，驿使相续长安道。上阳宫树黄复绿，野豹入苑食麋鹿。陌上老翁双泪垂，共说武皇巡幸时。④

晚唐诗人杜牧《洛中二首》其一云：

> 柳动晴风拂路尘，年年宫阙锁浓春。一从翠辇无巡幸，老却蛾眉

---

① 《新唐书》卷六《肃宗本纪》，第159页。
② 《唐会要》卷六八"诸府尹"成都府："至德二载十二月十五日，改为成都府，称南京，以裴冕为尹。上元元年九月七日，去南京之号。"又江陵府："上元元年九月七日，改为江陵府，称南都。以吕谭为尹。"第1409、1411页。
③ 见《新唐书》卷六《肃宗代宗本纪》及《资治通鉴》卷二二二。
④ 《全唐诗》卷三八二，第4285页。

几许人。[①]

洛阳虽然宫阙具存，亦有禁兵把守和百官驻留，但因皇帝不再临幸，仍充斥着萧条荒废的气息。宫苑中枭鸟筑巢、野豸出没，"陌上老翁"只有在对历史的忆想中感受天子巡幸时的洛阳光景。

自洛阳被立为东都后，朝廷便派遣官员和分设中央的一套职官体系进行管理。东都一方的行政长官即东都留守。因安史乱后洛阳地位日渐衰落，东都留守的职权也相应发生了由前期的位高到后期位低的变化，程存洁《唐代城市史研究初编》在史料和数据分析的基础上指出："东都留守的地位在唐代前期和后期发生了很大的变化。与后期相比，前期东都留守的地位甚高。……唐前期东都留守常由皇帝亲信大臣或李唐宗室充任"，或"常由宰相和尚书省六部尚书迁入或兼领"。"从安史之乱后到唐末，东都留守仍然主要由尚书省六部尚书充任……而这时尚书省的地位早已衰落。这种现象显示东都留守的地位已不如前期了。另一方面，唐后期担任东都留守有被贬逐之意，而且东都留守已是朝廷安置失势者的官位。……再次，唐后期东都留守已成为一个优容、养老、位尊职闲的官。"[②]但即使如此，东都的陪都性质依然存在，而且，因时之需，洛阳的贡举活动亦断续举行。如代宗永泰元年（765）至大历十年（775），并设两都举[③]；文宗大和元年（827），"权于东都置举，其明经、进士便在东都赴集"[④]。另外，由于洛阳地处中心的地理位置，历来为兵家必争之地，它对唐首都长安乃至全国的稳定仍具有支持和屏障的重要作用。如唐宪宗时为了强化中央权威用兵征讨藩镇，时任东都留守的权德舆在《留镇将士加置二千人状》中云："臣伏以都畿宫阙之重，四方水陆之冲，密迩淮夷，兵数鲜少，安危之计，责在微臣，夙夜忧惶，逼扰是惧，陛下神武独运，睿略下临，加此

---

① 吴在庆：《杜牧集系年校注》"樊川别集"，第749页。
② 程存洁：《唐代城市史研究初编》，第38—44页。
③ 见《唐摭言》卷一"两都贡举"条："永泰元年，始置两都贡举，礼部侍郎官号皆以'知两都'为名，每岁两地别放及第。自大历十一年停东都贡举，是后不置。"上海古籍出版社1978年版，第9页。
④ 《唐会要》卷七六"缘举杂录"条，第1640页。亦见《旧唐书》卷一七《文宗本纪》。

新军，保安洛土，凡在都邑，已如金汤。"又《请置防御军状》云："东都与淮西地近，又少阳丁忧未闻疾状非轻，虑有军中动静，苦无备拟，不免忧虞。又阳翟去冬□有劫杀，亦为在镇人少，所以草窃公行。居守寄崇，临制东夏，淮西缓急，切在堤防，须假军声，以重威望。"① 由此可见，"四方水陆之冲"的东都对于"临制东夏"和中央集权的战略意义，时人仍有清醒的认识。

2. 战乱的破坏和城市的萧条

洛阳在安史之乱中即遭到严重破坏。安史之乱爆发以后，以洛阳为中心的地区成为唐军和叛军鏖战的主战场，洛阳不可避免受到极大的摧残。这在史料中有明确的记载，如《旧唐书·刘晏传》：

> 宝应二年，迁吏部尚书、平章事，领度支盐铁转运租庸使。坐与中官程元振交通，元振得罪，晏罢相，为太子宾客。寻授御史大夫，领东都、河南、江淮、山南等道转运租庸盐铁使如故。时新承兵戈之后，中外艰食……晏受命后，以转运为己任，凡所经历，必究利病之由。至江淮，以书遗元载曰：……函、陕凋残，东周尤甚。过宜阳、熊耳，至武牢、成皋，五百里中，编户千余而已。居无尺椽，人无烟爨，萧条凄惨，兽游鬼哭。牛必赢角，舆必说辕，栈车挽漕，亦不易求。②

《旧唐书·郭子仪传》：

> 自西蕃入寇，车驾东幸，天下皆咎程元振，谏官屡论之。元振惧，又以子仪复立功，不欲天子还京，劝帝且都洛阳以避蕃寇，代宗然之，下诏有日。子仪闻之，因兵部侍郎张重光宣慰回，附章论奏曰：……咸谓陛下已有成命，将幸洛都。臣熟思其端，未见其利。夫

---

① 《全唐文》卷四八七，第4976、4977页。
② 《旧唐书》卷一二三，第3511—3513页。

以东周之地，久陷贼中，宫室焚烧，十不存一。百曹荒废，曾无尺椽，中间畿内，不满千户。井邑榛棘，豺狼所嗥，既乏军储，又鲜人力。东至郑、汴，达于徐方，北自覃怀，经于相土，人烟断绝，千里萧条，将何以奉万乘之牲牷，供百官之次舍？①

刘晏书信及郭子仪章奏中所谓"东周"，即洛阳。据《旧唐书·程元振传》：代宗广德元年（763）十月，"蕃军至便桥，代宗苍黄出幸陕州，贼陷京师，府库荡尽。及至行在，太常博士柳伉上疏切谏诛元振以谢天下，代宗顾人情归咎，乃罢元振官，放归田里，家在三原。十二月，车驾还京，元振服缞麻于车中，入京城，以规任用。与御史大夫王升饮酒，为御史所弹。诏……长流溱州百姓"②。知以上刘晏与郭子仪二人所言洛阳情况同时，皆在广德元年（763）吐蕃掠华之乱初定，也即安史之乱结束后不久。从刘晏和郭子仪的描述中可以看出，昔日繁华的都会洛阳，在刚经过安史之乱的浩劫之后，宫室焚毁，人烟断绝，荆棘丛生，甚至兽游鬼哭，已是一副残破凄惨的景象。

当时的诗人亦用诗笔记录了洛阳在祸乱中所遭受的灾难。杜甫《忆昔二首》其二云："岂闻一绢直万钱，有田种谷今流血。洛阳宫殿烧焚尽，宗庙新除狐兔穴。"③代宗广德元年（763），韦应物为洛阳丞，有诗伤洛阳残破，《广德中洛阳作》云：

生长太平日，不知太平欢。今还洛阳中，感此方苦酸。饮药本攻病，毒肠翻自残。王师涉河洛，玉石俱不完。时节屡迁斥，山河长郁盘。萧条孤烟绝，日入空城寒。蹇劣乏高步，缉遗守微官。西怀咸阳道，踯躅心不安。④

---

① 《旧唐书》卷一二○，第3456—3457页。
② 《旧唐书》卷一八四，第4762页。
③ （清）仇兆鳌：《杜诗详注》卷一三，第1164页。
④ 陶敏、王友胜校注：《韦应物集校注》卷六，上海古籍出版社2011年版，第423页。

又《登高望洛城作》云：

> 高台造云端，遐瞩周四垠。雄都定鼎地，势据万国尊。河岳出云雨，土圭酌乾坤。舟通南越贡，城背北邙原。帝宅夹清洛，丹霞捧朝暾。葱茏瑶台榭，窈窕双阙门。十载构屯难，兵戈若云屯。膏腴满榛芜，比屋空毁垣。圣主乃东眷，俾贤拯元元。熙熙居守化，泛泛太府恩。至损当受益，苦寒必生温。平明四城开，稍见市井喧。坐感理乱迹，永怀经济言。吾生自不达，空鸟何翩翻。天高水流远，日晏城郭昏。裴回讫旦夕，聊用写忧烦。①

韦应物身在战乱后的洛阳，所写乃实见实景。洛阳本是自古定鼎之地，山川映带、四隩辐凑，但眼前却断壁残垣，狼烟榛棘："萧条孤烟绝，日入空城寒"，"膏腴满榛芜，比屋空毁垣"。诗人正是在这样空寒荒芜的洛阳城中追忆太平盛世的光华，并排遣自身"不达"的"忧烦"。

安史之乱后，朝廷曾对残破的洛阳加以整顿修葺，如《旧唐书·代宗本纪》载："（永泰元年）十一月，宰臣河南都统王缙请减诸道军资钱四十万贯修洛阳宫，从之。"②元和诗人张籍《洛阳行》亦云："御门空锁五十年，税彼农夫修玉殿。"③中晚唐时期的洛阳，虽然在宫阙建筑方面得到了一定程度的修复，但仍不改其萧条荒废的总体样貌。宝历二年（826）唐敬宗欲行幸洛阳，即因此而作罢。《资治通鉴》卷二四三载此事：

> 上自即位以来，欲幸东都，宰相及朝臣谏者甚众。上皆不听，决意必行，已令度支员外郎卢贞按视，修东都宫阙及道中行宫。裴度从容言于上曰："国家本设两都以备巡幸，自多难以来，兹事遂废。今宫阙、营垒、百司廨舍率已荒圮，陛下倘欲行幸，宜命有司岁月间徐加完葺，然后可往。"上曰："从来言事者皆云不当往，如卿所言，不

---

① 陶敏、王友胜校注：《韦应物集校注》卷七，第 428 页。
② 《旧唐书》卷一一，第 281 页。
③ 《全唐诗》卷三八二，第 4285 页。

往亦可。"会朱克融、王庭凑皆请以兵匠助修东都。三月丁亥，敕以修东都烦扰，罢之，召卢贞还。①

从裴度的话中可以看出，洛阳宫阙虽存，但因长久荒废，已不再具备皇帝临幸的客观条件，需修葺之后方可备行，其颓败之象可以想见。

在唐末的动乱中，东都又遭到进一步的摧毁。《资治通鉴》卷二五三广明元年（880）载黄巢之乱：

> 九月，东都奏："汝州所募军李光庭等五百人自代州还，过东都，烧安喜门，焚掠市肆，由长夏门去。"②

《资治通鉴》卷二五六光启元年（885）七月载：

> 孙儒据东都月余，烧宫室、官寺、民居，大掠席卷而去，城中寂无鸡犬。李罕之复引其众入东都，筑垒于市西而居之。③

《旧五代史·李罕之传》：

> 光启元年，蔡贼秦宗权遣将孙儒来攻，罕之对垒数月，以兵少备竭，委城而遁，西保于渑池。蔡贼据京城月余，焚烧宫阙，剽剥居民。贼既退去，鞠为灰烬，寂无鸡犬之音，罕之复引其众，筑垒于市西。④

《资治通鉴》卷二五七光启三年（887）六月又记：

---

① 《资治通鉴》卷二四三，第7848页。
② 《资治通鉴》卷二五三，第8232页。
③ 《资治通鉴》卷二五六，第8324页。
④ 《旧五代史》卷一五，中华书局1976年版，第207页。

（张）全义据东都……初东都经黄巢之乱，遗民聚为三城以相保，继以秦宗权、孙儒残暴，仅存坏垣而已。全义初至，白骨蔽地，荆棘弥望，居民不满百户，全义麾下才百余人，相与保中州城，四野俱无耕者。全义乃于麾下选十八人材器可任者，人给一旗一榜，谓之屯将，使诣十八县故墟落中，植旗张榜，招怀流散，劝之树艺。惟杀人者死，余但笞杖而已，无严刑，无租税，民归之者如市。又选壮者教之战陈，以御寇盗。数年之后，都城坊曲，渐复旧制，诸县户口，率皆归复，桑麻蔚然，野无旷土。①

《资治通鉴》卷二六四天祐元年（904）载：

初，上在华州，朱全忠屡表请上迁都洛阳，上虽不许，全忠常令东都留守佑国军节度使张全义缮修宫室。……全忠发河南、北诸镇丁匠数万，令张全义治东都宫室，江、浙、湖、岭诸镇附全忠者，皆输货财以助之。②

《新五代史·张全义传》亦载：

全义德梁出己，由是尽心焉。是时，河南遭巢、儒兵火之后，城邑残破，户不满百，全义披荆棘，劝耕殖，躬载酒食，劳民畎亩之间，筑南、北二城以居之。数年，人物完盛，民甚赖之。及梁太祖劫唐昭宗东迁，缮理宫阙、府廨、仓库，皆全义之力也。③

由上可见，在黄巢之乱和军阀混战中，洛阳皆遭到兵火殃及与毁灭性破坏。诗人韦庄《秦妇吟》描写其时洛阳之况云："自从洛下屯师旅，日夜巡兵入村坞。……入门下马若旋风，馨室倾囊如卷土。家财既尽骨肉

①《资治通鉴》卷二五七，第8359页。
②《资治通鉴》卷二六四，第8626页。
③《新五代史》卷四五，中华书局1974年版，第490页。

离，今日残年一身苦。一身苦兮何足嗟，山中更有千万家。朝饥山草寻
蓬子，夜宿霜中卧荻花。"① 后张全义盘踞洛阳时，宽刑免租，劝耕务农，
大力整顿兴复，残破的城邑才编户渐多、粮食殷积。至朱全忠逼迫昭宗
东迁，又命张全义聚集财力大肆修缮宫室，《旧五代史·梁太祖纪》载：
"邠、岐兵士侵逼京畿，帝因是上表坚请昭宗幸洛。昭宗不已而从之，帝
乃率诸道丁匠财力，同构洛阳宫，不数月而成。"② 天祐元年（904）昭宗制
亦云："披荆棘而立朝廷，划灰烬而化轮奂。左郊祧而右社稷，肃尔崇严；
前广殿而后重廊，蔼然华邃。公卿佥议，龟筮协从。"③ 由史可见，洛阳得
以恢复帝都气象，张全义功不可没。《张季澄墓志》叙其功德曰："城煨
烬之余，再修天苑；辟荆榛之所，复创神皋。"④《旧五代史·杨凝式传》引
《别传》云："凝式诗什，亦多杂以诙谐，少从张全义辟，故作诗纪全义之
德。云：'洛阳风景实堪哀，昔日曾为瓦子堆。不是我公重葺理，至今犹
自一堆灰。'"⑤ 但修复后的洛阳城规模已大大缩小，原城中的许多里坊都已
被耕殖用于农业生产，唐哀帝天祐二年（905）十月所敕即云："洛城坊曲
内，旧有朝臣诸司宅舍，经乱荒榛。张全义葺理已来，皆已耕垦，既供军
赋，即系公田。或恐每有披论，认为世业，须烦按验，遂启幸门。其都内
坊曲及畿内已耕植田土，诸色人并不得论认。如要业田，一任买置。凡论
认者，不在给还之限。如有本主元自差人勾当，不在此限。如荒田无主，
即许识认。付河南府。"⑥ 虽不复旧貌，但这时洛阳已结束了其在唐代作为
陪都的历史，走上了后梁、后唐和后晋三朝首都的地位。

---

① 向迪琮校订：《韦庄集·浣花集补遗》，第108—109页。
② 《旧五代史》卷二《梁太祖纪》，第34页。
③ 《旧唐书》卷二〇《昭宗本纪》，第780页。
④ 李献奇：《洛阳新获墓志》，文物出版社1996年版。
⑤ 《旧五代史》卷一二八，第1684页。
⑥ 《旧唐书》卷二〇《哀帝本纪》，第800页。

第三节　唐代洛阳的历史变迁与文学

在近三百年的唐代历史中，长安作为一国首都和全国政治、文化的中心，始终是文人活动的主要舞台。除了武周时期和安史之乱、黄巢之乱等战乱破坏时期，其文学创作的繁荣局面是较为稳定的。而洛阳作为武周首都历时 23 年，同时又以陪都在唐代经历了地位升降的变迁过程，其文学的发展样态在一定意义上受到了京都地位历史变迁的影响。

一　帝王巡幸与洛阳文学

帝王巡幸之礼，自古有之。《册府元龟》卷一一二载："《易》曰：风行地上，观。先王以省方观民设教。《书》曰：五载一巡狩，群后四朝。蔡邕云：天子车驾所至，民臣以为徼幸，故谓之幸。汉制曰：巡狩之制以宣声教。如此，则王者巡幸之礼，有自来矣。是故省风俗，见高年，所过必给复，所至必赦宥，出警入跸，清道而郊驾。春游秋豫，从容以展义，必有节制，是谓礼经。"①总体来看，唐代帝王的巡幸，形式多种，有"访问高年，巡视地方、奖黜吏官，来往两京避暑就食，巡游名胜，祭奠先贤等"②。而且，唐代皇舆巡幸，王公贵族及百官卫队随行，其场面很是浩大。《唐六典》卷一四记其仪仗规模云："凡大驾卤簿一千八百三十八人，分为二十四队，列为二百一十四行；小驾卤簿一千五百人，分为二十四队，列为一百二十行；东宫卤簿六百二十四人，分为九队，列为三十一行。"③除此之外，唐廷还专门设有知顿使、桥道使等职负责巡幸相关事务。帝王巡幸，多在社稷承平安定之时。而驾幸之地，往往会出现赋诗、献诗以及文人唱和的彬彬局面以作粉饰点缀。《文苑英华》卷五八专设"行幸"一类，并以庾信《三月三日华林园马射赋》为首选篇目，可见，古人即对此有所关注。唐代前期，洛阳文学的发展面貌便与帝王行幸密切相关。

---

① 《册府元龟》卷一一二，第 1327 页。
② 参见拜根兴《试论唐代帝王的巡幸》，《南都学坛》1997 年第 1 期。
③ （唐）李林甫撰，陈仲夫点校：《唐六典》卷一四，中华书局 1992 年版，第 408 页。

这首先表现在帝王巡幸洛阳时君臣之间的应制唱和上。唐前期帝王驾幸洛阳，或因关中米粟不济，或出于政治上的考虑，皆有闲暇时光在洛阳暂驻。在太宗、玄宗这样爱好文学的帝王身上，便少不了有与臣子赋诗唱和的风雅之举。如贞观十一年（637）太宗巡幸洛阳，《大唐新语》卷八载：

> 太宗在雒阳，宴群臣于积翠池。酒酣，各赋一事。太宗赋《尚书》曰："日昃玩百篇，临灯披五典。夏康既逸怠。商辛亦沉湎。恣情昏主多，克己明君鲜。灭身资累恶，成名由积善。"魏徵赋西汉曰："受降临轵道，争长趣鸿门。驱传渭桥上，观兵细柳屯。夜燕经栢谷，朝游出杜原。终藉叔孙礼，方知天子尊。"太宗曰："魏徵每言，必约我以礼。"①

另如太宗《仪鸾殿早秋》诗、许敬宗《奉和仪鸾殿早秋应制》及杨师道、长孙无忌、朱子奢和作《五言仪鸾殿早秋侍宴应诏》等，亦作于銮舆东幸时。开元时唐玄宗五次巡幸东都，君臣唱和的雍容场面则更为频繁。《新唐书·许景先传》载：

> （开元）十三年，帝自择刺史……凡十一人。治行，诏宰相、诸王、御史以上祖道洛滨，盛具，奏太常乐，帛舫水嬉，命高力士赐诗，帝亲书，且给笔纸令自赋，赍绢三千遣之。②

又玄宗《春晚宴两相及礼官丽正殿学士探得风字序》云：

> 既家六合，时巡两京。函秦则委输斯远，鼎邑则朝宗所利。封畿四塞，从来测景之都；城阙千门，自昔交风之地。阴阳代谢，日月

---

① （唐）刘肃：《大唐新语》卷八，中华书局1984年版，第123页。
② 《新唐书》卷一二八，第4465页。

相推，岂可使春色虚捐，韶华并歇。乃置旨酒，命英贤，有文苑之高才，有掖垣之良佐，举杯称庆，何乐如之。同吟湛露之篇，宜振凌云之藻。于时岁在乙丑，开元十三年三月二十七日。①

这两次由君王主持的文酒活动均发生在开元十二年（724）唐玄宗第三次驾幸东都后，一者饯送外官，一则宴集臣属。在君臣之间的诗文酬唱中，不仅洛阳城市本身进入诗文写作的审美领域，如玄宗《春晚宴两相及礼官丽正殿学士探得风字》云："介胄清荒外，衣冠佐域中。言谈延国辅，词赋引文雄。野霁伊川绿，郊明巩树红。晷旒多暇景，诗酒会春风。"②而且洛阳的人文及历史活动，也成为重要的创作题材，如张说《春晚侍宴丽正殿探得开字》："圣政惟稽古，宾门引上才。坊因购书立，殿为集贤开。髦彦星辰下，仙章日月回。字如龙负出，韵是凤衔来。庭柳余春驻，宫莺早夏催。喜承芸阁宴，幸奉柏梁杯。"③即记载了唐玄宗在东都设置书院藏书修书的文化贡献。因之，洛阳应制诗便因自己的地域特点而与长安应制诗有了不同风貌。

由于天子驻跸，在洛阳亦有献赋、献颂的文学活动发生。如《旧唐书·谢偃传》：

（贞观）十一年，驾幸东都，谷、洛泛溢洛阳宫，诏求直谏之士。偃上封事，极言得失，太宗称善，引为弘文馆直学士，拜魏王府功曹。偃尝为《尘》、《影》二赋，甚工。太宗闻而召见，自制赋序，言"区宇乂安，功德茂盛"。令其为赋，偃奉诏撰成，名曰：《述圣赋》，赐彩数十匹。偃又献《惟皇诫德赋》以申讽……时李百药工为五言诗，而偃善作赋，时人称为李诗谢赋焉。④

① 《全唐诗》卷三，第34页。
② 同上。
③ 《全唐诗》卷八八，第964页。
④ 《旧唐书》卷一九〇，第4989页。

《旧唐书·崔仁师传》：

> 太宗幸翠微宫，仁师上《清暑赋》以讽，太宗称善，赐帛五
> 十段。①

《旧唐书·王勃传》：

> 乾封初，诣阙上《宸游东岳颂》。时东都造乾元殿，又上《乾元
> 殿颂》。②

无论献赋还是献颂，皆以对君王的讽谏、歌颂为具体内容，而以希求赏
识和谋取出仕为根本目的。另外，除了以天子为对象的创作和投献活动，
亦有向从帝巡幸的重要官员投献诗文的干谒行为，如咸亨二年（671）高
宗幸东都，左丞许圉师随驾在洛阳，王勃自龙门至洛，作《上许左丞启》
云："自违阻恩华，婴缠风恙，守愚空谷，敛迹仙台。……朝野既殊，风
献遂隔。望芝兰之渐远，觉鄙吝之都生。所以暂下松丘，言游洛邑。"③开
元十五年（727），玄宗在东都，主客郎中吕向从帝东巡，储光羲有《河
中望鸟滩作贻吕四郎中》、《洛阳道五首献吕四郎中》多首诗投献。开元二
十二年（734）正月，玄宗幸东都，张九龄随行，王维至洛阳，作《上张
令公》、《献始兴公》等诗干谒。这些赋、颂、诗、文的创作，皆因皇帝巡
幸而发生，亦成为洛阳文学的重要内容。

二　武则天执政与洛阳文学

武则天执政时，洛阳取代长安成为实际的政治中心，洛阳文学亦随之
出现了唐代历史上最鼎盛繁荣的局面。周祖譔《武后时期之洛阳文学》一

---

① 《旧唐书》卷七四，第 2622 页。
② 《旧唐书》卷一九〇《王勃传》，第 5005 页。
③ （清）蒋清翊注，汪贤度校点：《王子安集注》卷四，上海古籍出版社 1995 年版，第
141—142 页。

文云：

　　洛阳既成为武周时政治、经济之中心，人才荟萃，文学活动亦随之而活跃，其势然也。重以武后"素多智计，兼涉文史"，于文学一事，尤所属意。故沈既济有云："初，国家自显庆以来，高宗圣躬多不康，而武太后任事，参决大政，与天子并。太后颇涉文史，好雕虫之技。永隆中，始以文章选士。永淳之后，太后君临天下二十余年，当时公卿百辟，无不以文章达，因循日久，浸以成风。"上有所好，下必有尽然者，观夫杜审言之贬吉州司户也，朝士祖饯而赋者，竟达四十五人之多，觞咏之盛，可谓前此未有，信乎沈氏之非虚语也。

　　神龙之时，中宗不为"逐食"之君，驾返长安，文学侍从之臣，亦多随驾西还，东洛文坛，顿形衰落。开元中叶以后，裴耀卿改革潜运，随后韦坚又开广运潭，漕米入关竟达二百五十万石，较之永徽时之一二十万石，猛增一二十倍有余，朝廷毋需东徙就食矣。且宇内大安，无东顾之优。洛阳随之失去其政治中心之地位，文学活动亦无复武后时之盛况矣。自贞元季叶至大和之间，虽有中立、退之、持正、乐天、牧之辈前后仕宦或寓居东洛，亦时有诗酒之会，然其创作，就文学史上之作用言之，于兹后并无明显影响，较之武后时洛阳地区之文学创作，直接影响盛唐之文坛，固不可同日而语矣。①

　　以上所论武后时洛阳文学之盛，主要着眼于两点：一是武后对文学的重视；二是武后时洛阳文学对盛唐文坛的直接影响②。无疑，在这两者之中，武后"大崇文章之选，破格用人"的御国政策是制动者和最为根本的原因。它打破了唐初武德、贞观时"非勋即旧"的政治格局，以科举取士大力擢拔庶族寒士，而在考试中尤以词章诗赋为重，由此大开文士仕进之

　　①　《厦门大学学报》1991年第1期。
　　②　周文着重论述了洛阳文学对盛唐文学的影响，认为："武后时期洛阳地区之文学创作影响于盛唐文学者，不独伯玉一人而已。""珠英学士辈上承贞观、永徽之遗风，下启开元、天宝之新声，实为初唐文学转变为盛唐文学之关键人物。"

门。于此学界早有共识。而从武后时洛阳文学繁盛的具体表现来看，以下
几点可为代表：

一是大量人才向洛阳聚集。

经隋末战乱，唐初的洛阳人烟萧条。至显庆二年（657）十月高宗巡
幸许、汝州时，河南府仍"田地极宽，百姓太少"①。故武则天执政后，于
天授二年（691）七月徙关内雍、同等七州户数十万以实洛阳。洛阳既为
政治中心，王公贵族、官吏、士兵、平民、商贩、僧侣等各色人等相应
纷纷入居，导致洛阳人口数量激增。人口数量的扩大，必然导致人才的
集中和增多。学人毛汉光曾对唐代士族籍贯的迁移进行研究，最后得出
唐代士族迁徙"新贯"以河南府、京兆府为主的结论，并说："两京亦有
区别，大士族著支迁移河南府（洛阳）者比京兆府（长安）者几多一倍，
唐代东都有其实际作用，全汉升先生从经济因素指出唐天子屡屡就食于
东都，而运河是连接经济中心与政治中心的大动脉，这是重大贡献。本
文除了承认经济因素以外，还加上社会因素，自北魏定都洛阳，以迄隋
唐之发展，洛阳已成为当时人文荟聚之所，是一个最重要的社会中心。"②
从唐代洛阳的人口迁移和建设发展来看，其"人文荟萃"和社会中心的
地位，应该是在武周时开始得以形成的。在用人政策上，武后不仅打破
士庶界限、大力擢拔寒士，而且广开仕途门径，《旧唐书·陆贽传》即载
陆贽论奏云："往者则天太后践祚临朝，欲收人心，尤务拔擢，弘委任之
意，开汲引之门，进用不疑，求访无倦，非但人得荐士，亦许自举其才。
所荐必行，所举辄试。"③同时，还开拓了殿试、武举等新的科考形式和内
容。这种相对宽易的用人政策导致全国的士子向都城洛阳汇集，《大唐新
语》卷八载："则天初革命，大搜遗逸，四方之士应制者向万人。则天御
雒阳城南门，亲自临试。张说对策为天下第一。则天以近古以来未有甲
科，乃屈为第二等……拜太子校书。仍令写策本于尚书省，颁示朝集及

---

① 《通典》卷七《食货·历代盛衰户口》，第 40 页。
② 毛汉光：《中国中古社会史论》，上海书店出版社 2002 年版，第 330 页。
③ 《旧唐书》卷一三九，第 3803 页。

蕃客等，以光大国得贤之美。"①可见其时洛阳人才熙熙，而在这"向万人"的四方之士中，幸运者一旦拔萃登科，便风光无限。

二是重视文学润饰的社会风气。

武后篡唐立周、革命称制后，喜好用文字粉饰鸿业，为自己歌颂功德。宋之问《早秋上阳宫侍宴序》云："我金轮圣神皇帝垂妙觉……圣皇乃望芝田，赋葛天，和者万，唱者千。乃命小臣，编纪众作，流汗拜首，而为序云。"②在上阳宫的一次宴会上，武后赋诗，竟达到"和者万，唱者千"的规模，主上的文学好尚与夸饰之风于此尽显。上有所好，下必甚焉。当时不仅有"文章四友"、"珠英学士"所作的大量颂体诗应运而生，而且整个朝士阶层在行事中都流行文学点缀和颂美的社会风气。如《旧唐书·张行成传》载：

> 时谀佞者奏云，昌宗是王子晋后身。乃令被羽衣，吹箫，乘木鹤，奏乐于庭，如子晋乘空。辞人皆赋诗以美之，崔融为其绝唱，其句有"昔遇浮丘伯，今同丁令威。中郎才貌是，藏史姓名非"。③

《旧唐书·武崇训传》载：

> 长安中，尚安乐郡主。时三思用事于朝，欲宠其礼，中宗为太子在东宫，三思宅在天津桥南，自重光门内行亲迎礼，归于其宅。三思又令宰臣李峤、苏味道，词人沈佺期、宋之问、徐彦伯、张说、阎朝隐、崔融、崔湜、郑愔等赋《花烛行》以美之。其时张易之、昌宗、宗楚客兄弟贵盛，时假词于人，皆有新句。④

可见，"赋诗以美"在武周时亦成为宠信和权贵者日常生活中的润色和喜

---

① （唐）刘肃：《大唐新语》卷八，第127页。
② 陶敏、易淑琼：《沈佺期宋之问集校注》下册卷六，第647页。
③ 《旧唐书》卷七八，第2706页。
④ 《旧唐书》卷一八三，第4736页。

好。不仅如此，在武后时，当朝官自洛阳出使或外贬时，亦有合朝赋诗饯送的盛大场面。如《唐会要》卷七七载：

> 天授二年，发十道存抚使，以右肃政御史中丞、知大夫事李嗣真等为之。合朝有诗送之，名曰《存抚集》，十卷，行于世。杜审言、崔融、苏味道等诗尤著焉。①

又如圣历元年（698），杜审言自洛阳丞贬吉州司户参军，朝廷众人相送，陈子昂为序，《送吉州杜司户审言序》云：

> 杜司户炳灵翰林，研幾策府，有重名于天下，而独秀于朝端。……天子以桓谭之非，谪居外郡。苍龙阖茂，扁舟入吴。告别千秋之亭，回棹五湖之曲，朝廷相送，驻旌盖于城隅。……群公嘉之，赋诗以赠，凡四十五人，具题爵里。②

朝官出巡，合朝送行之诗多至编集"十卷"；即使京官谪外，赋诗赠行者亦达"四十五人"。如此盛大的规模和合朝饯送的形式，在武周以前的太宗朝、高宗朝是不曾见过的。而且，方外之士亦享朝廷饯送之殊荣，《旧唐书·司马承祯传》载："承祯尝遍游名山，乃止于天台山。则天闻其名，召至都，降手敕以赞美之。及将还，敕麟台监李峤饯之于洛桥之东。"③今《全唐诗》尚存李峤《送司马先生》、宋之问《送司马道士游天台》、薛曜《送道士入天台》数诗。可以说，诗文润饰和点缀的风气渗透到当时洛阳政治、文化及日常生活各个层面，文学的繁盛自不待言。

三是在文学空间上，形成了洛阳为中心的繁荣局面。

武则天以女主掌权，并改旗易帜、革唐为周，是破天荒的举动。这

---

① 《唐会要》卷七七"巡察按察巡抚等使"条，第1672页。
② 《全唐文》卷二一四，第2164页。
③ 《旧唐书》卷一九二《司马承祯传》，第5127页。

就使得人们的传统道德价值观受到强烈冲击，《资治通鉴》卷一九九载许敬宗对高宗立武则天为后一事宣言于朝曰："田舍翁多收十斛麦，尚欲易妇；况天子欲立后，何豫诸人事而妄生异议乎！"①原来上层社会以儒家道德思想作为正统地位的格局被打破，人们的思想意识得到了解放。加上武则天为了更换李唐王朝的统治秩序，从立后起就开始采取一系列措施抬高道教、释教的地位，从而使儒、释、道兼容并蓄，文人思想活跃，文学创作丰富多样。这一时期，人才辈出，来自不同的文化地域和社会阶层。既有勋旧贵族，也有庶族寒士；既有宫廷诗人，也有贬逐士人；既有仕进诗人，亦有方外诗人。仅从文人群体而言，武周以后便骤然增多，出现了"文章四友"、"北门学士"、"珠英学士"、"方外十友"等若干称谓。武周以文取士广开门径，文人在仕途上一方面迎来了前所未有的政治机遇，另一方面也时刻面临着须臾变化的压力和危机。武则天秉政，虽然不拘一格提拔人才，但宫廷斗争和政治形势复杂多变，同时，朝廷又设立了严密的监察措施和严酷的惩治手段，以告密、恐吓、杀戮来臣服天下，常使得朝士人人自危。在这种特定的政治文化背景下，文人们的仕途常不可测，甚至会朝不保夕、屡遭贬斥。随着他们的仕途沉浮，这一时期的文学空间和地图形成了以洛阳为中心向四周辐射的创作格局，洛阳对全国各地的创作有着发散式的影响。有学人云："洛阳作为一个重要的科举考场，每次考试都会聚集大批流动士子，他们或考中后被委任京城小官定居洛阳，或落第留滞东都，或考完返回家乡。而各种政治力量的斗争也使得许多卷入政治权力圈的宫廷文士随之升沉浮降，其中一些人远离洛阳、贬逐他乡，又使得其时的诗歌超越宫廷，走向广阔天地。"②文士的迁徙、流动和贬谪，使得武周时期的文学创作获得了广阔的社会空间，这无疑对文学境界的扩展发生了重要的影响。因文人境遇和思想的起伏变化，他们的创作身份亦随之变化，如沈佺期、宋之问曾身列"珠英学士"，作为宫廷诗人写了不少应制诗，但一旦贬逐，他们

---

① 《资治通鉴》卷一九九永徽六年，第6292页。
② 赵小华：《武则天执政与洛阳文学发展分析》，《殷都学刊》2006年第2期。

又创作了不少情韵俱佳的贬谪诗。陈子昂、杜审言、宋之问有青云之志，曾受武后青睐，但同时又热衷于道教和赤松之游，并属"方外十友"[①]。相应地，这一时期的文学创作大步走出了贞观时期以君臣唱和中心的宫廷诗人群，在创作内容和文学风格上得到了极大地丰富和拓展，张说评价时人的创作云："李峤、崔融、薛稷、宋之问，皆如良金美玉，无施不可。富嘉谟之文，如孤峰绝岸，壁立万仞，丛云郁兴，震雷俱发，诚可畏乎！若施于廊庙，则为骇矣。阎朝隐之文，则如丽色靓妆，衣之绮绣，燕歌赵舞，观者忘忧。然类之风雅，则为俳矣。"[②]严羽在《沧浪诗话》中亦提到"陈拾遗体"、"沈宋体"等，说明一些有代表性的文学新体在这一时期出现。总之，文学史上的武周时期，以洛阳的人才集中和文学繁盛为中心，在创作队伍、文学风貌和文学空间上皆发生了极大的变化，由此直接影响了后来盛唐文学的发展。梁乙真《中国妇女文学史纲》这样评价："唐兴文雅之盛，尤在则天以来。内有上官之流，染翰流丽，天下闻风。而苏、李、沈、宋接声并鹜，文士之多，于此为盛。虽当时则天诗笔，不无崔融、元万顷等代作，然小眚不足以掩大德。唐代律诗与古文之体所以超越前代者，推源溯委，武后发扬倡导之功，不可没也。"[③]此论实非虚言。

三　东都"散地"与洛阳文学

安史之乱后，洛阳在政治经济上的地位急剧下降，皇帝亦不再巡幸。相应地，东都的官职亦表现出与政治一定程度的退避和疏离。与其他州郡相比，东都的官僚系统较为庞杂和独特。程存洁研究唐代东都城市居民结构时指出："我们无法得知究竟有多少官员住在东都。像东都留守官及其僚佐系统、东都分司官、河南尹及其所属县级官员、坊市

---

① 《新唐书》卷一一六《陆余庆传》："（余庆）雅善赵贞固、卢藏用、陈子昂、杜审言、宋之问、毕构、郭袭微、司马承祯、释怀一，时号方外十友。"（第 4239 页）
② （唐）刘肃：《大唐新语》卷八，第 130 页。
③ 梁乙真：《中国妇女文学史纲》，上海书店 1990 年版，第 107 页。

管理人员等等都属东都城市官员阶层。"①苏小华《唐代洛阳的地域文化与职官制度》一文则认为，安史乱后的洛阳存在四个职官体系，即"分司体系、留守府体系、河南府县体系以及使职官体系"②。这些众多的职守，虽然体系、功能不一，但相对于西京长安，总体上皆带有褪去政治风云后的宽松和散淡。受东都地位的影响，中晚唐河南尹的治政风格，就大多清净无为，以惠养为先。刘禹锡《唐故宣歙池等州都团练观察处置使宣州刺史兼御史中丞赠左散骑常侍王公神道碑》即载："居数月，迁河南尹……河南，帝之别京，其治尚体度风采，而别白区处之。"③《旧唐书·柳仲郢传》亦载："数月，复出为河南尹。以宽惠为政，言事者以为不类京兆之政。仲郢曰：'辇毂之下，弹压为先；郡邑之治，惠养为本。何取类耶？'"④前文提到的东都留守，虽作为一地的最高行政长官，尚有一些职权和实务⑤，但此时地位已远不及唐代前期，故朝廷常用来安置德高位重的大臣，有位尊优容之意。如会昌三年（843），崔珙拜东都留守就体现了朝廷的眷顾，《旧唐书·崔珙传》载："（会昌）三年，崔铉复知政事，珙辞疾请罢，制曰：'……忽览退闲之请，颇乖毗倚之诚。陈力之方，岂无其道？匪躬之故，或异于是。以其故老，特为优容，俾居青宫之辅，仍从分洛之命。'"⑥与之相比，东都分司官则更为悠闲无事。白居易在《唐银青光禄大夫太子少保安定皇甫公墓志铭（并序）》中描述友人分司东都后的优游状态云："初，元和中，公始因郎官分司东洛，由是得伊、嵩趣，惬吏隐心。故前后历官八九，凡二十有五年，优游洛中，无哂笑意。"⑦其著名的《中隐》诗甚至将"留司官"看作隐逸的一种手段，声称"不如作中隐，隐在留司官"，并大谈其中的妙处，可见

---

①　程存洁：《唐代城市史研究初篇》，第82页。
②　《中国历史地理论丛》第19卷第3辑，2004年9月。
③　陶敏、陶红雨：《刘禹锡全集编年校注》卷一九，岳麓书社2003年版，第1230页。
④　《旧唐书》卷一六五《柳仲郢传》，第4306页。
⑤　据程存洁《唐代城市史研究初篇》对东都留守职掌的研究，知唐东都留守的职掌与宋代留守职掌大体一致，具有守卫东都、施行教化、维护东都社会治安、修葺东都、发展东都畿内经济和主管畿内兵民财政等职责和权力。
⑥　《旧唐书》卷一七七，第4589页。
⑦　朱金城：《白居易集笺校》卷七〇，第3773页。

其散淡之境。正因如此，东都在中晚唐常被冠以"散地"之称，这屡见唐史书记载，如《旧唐书·裴度传》：

> 继上三章，辞情激切。穆宗虽不悦……然宠积之意未衰，俄拜积平章事，寻罢度兵权，守司徒、同平章事，充东都留守。谏官相率伏阁诣延英门者日二三。帝知其谏，不即被召，皆上疏言：时未偃兵，度有将相全才，不宜置之散地。①

《旧唐书·牛僧孺传》：

> 开成初，搢绅道丧，阉寺弄权，僧孺嫌处重藩，求归散地，累拜章不允，凡在淮甸六年。开成二年五月，加检校司空，食邑二千户，判东都尚书省事、东都留守、东畿汝都防御使。僧孺识量弘远，心居事外，不以细故介怀。洛都筑第于归仁里。任淮南时，嘉木怪石，置之阶廷，馆宇清华，竹木幽邃。常与诗人白居易吟咏其间，无复进取之怀。②

《新唐书·李听传》：

> 郑注掎其过，诏以太子太保分司东都。开成初，为河中晋绛慈隰节度使。文宗叹曰："付之兵不疑，退处散地不怨，惟听为可。"③

除了"散地"以外，唐代诗人亦称洛阳为"闲地"，如白居易《咏怀》："闲地唯东都。"④《八月十五日夜同诸客玩月》："月好共传唯此夜，境

---

① 《旧唐书》卷一七〇，第4423页。
② 《旧唐书》卷一七二，第4472页。
③ 《新唐书》卷一五四，第4880页。
④ 朱金城：《白居易集笺校》卷二九，第2029页。

闲皆道是东都。"① 要之，"闲"、"散"已是中晚唐时人对东都地域特色的一种普遍认识。

除了闲散的在职官员，因其宽松的政治气候、丰厚的人文底蕴以及温润的自然环境，在中晚唐东都亦是官僚养病、告老、罢居及致仕的首选之地。大历时诗人韦应物即曾因刚直为居守所讼而罢官闲居洛阳，其《任洛阳丞请告》云："方凿不受圆，直木不为轮。揆材各有用，反性生苦辛。折腰非吾事，饮水非吾贫。休告卧空馆，养病绝嚣尘。游鱼自成族，野鸟亦有群。家园杜陵下，千岁心氤氲。天晴嵩山高，雪后河洛春。乔木犹未芳，百草日已新。著书复何为？当去东皋耘。"② 在韦应物看来，洛阳是远离"嚣尘"的休养之地，这里有"游鱼"、"野鸟"为伴，有嵩山、乔木、芳草娱情，可谓归耕"东皋"的隐居生活。可见，在安史乱后的代宗时期，东都就已经完全失去了前期的喧闹与光华。穆宗长庆二年（822），崔群以秘书监分司东都，白居易所拟《崔群可秘书监分司东都制》云："及离征镇，召赴阙庭。方登道途，遂遘疾恙。正在颐养之际，岂任朝谒之劳？诚宜许以便安，不可阙其禄食。而移秩外史，分曹东周，加宠优贤，无易于此。"③ 因东都是休闲、养身的好去处，在时人眼里，已把分司之职作为"便安"、"加宠优贤"的一种方式。在两《唐书》的记载中，因病或年老而上表乞归、致仕东都的官员更是不胜枚举。如《旧唐书·郗士美传》："到京，以年老乞身，表三上，除太子詹事致仕，东归洛阳。"④《卢简求传》："咸通初，以疾辞，表章沥恳，制以太子太师致仕，还于东都。"⑤《李渤传》："渤在桂管二年，风恙求代，罢归洛阳。"⑥ 因此，中晚唐的东都，虽没有了政治经济上的显赫和优势，但也是贤达所重、人文荟萃之地。

大量闲散官员的聚集和退居，加上洛阳在交通上处于长安与东方的

---

① 朱金城：《白居易集笺校》卷三二，第 2194 页。
② 陶敏、王友胜：《韦应物集校注》卷八，第 495—496 页。
③ 朱金城：《白居易集笺校》卷五一，第 2988 页。
④ 《旧唐书》卷一五七，第 4145 页。
⑤ 《旧唐书》卷一六三，第 4272 页。
⑥ 《旧唐书》卷一七一，第 4442 页。

中转位置，常有文人与官员过往于此，故而中晚唐的洛阳始终不乏文人集会和诗文唱和的风雅场景。特别是因洛阳特殊的交通地理位置，这里经常上演着赋诗送别的文学活动。如代宗永泰元年（765），独孤及自江东应诏入京，至洛阳，时河南尹崔昭饯送徐浩归京，同会者十八人赋诗，独孤及为序曰："侍郎者为河南督邮、河阳令……去之日，主人……又醋酒于此池……而兰台金闺建礼承明之英十有八人，序列其次……伊洛春树，若刺绣布锦，仙桃火燃，顾我则笑。……宜歌而诗之，且以见追攀者之志。"①大历年间，韦应物罢官闲居洛阳和任河南府兵曹参军时，亦有不少的文学交游与活动，如章八元于东都及第后赴上都应制举，作《送章八元秀才擢第往上都应制》；又与友人宴集于贾至林亭，作《贾常侍林亭燕集》等。贞元、元和年间韩愈、孟郊在洛阳时，与鲍溶、刘叉、卢仝等不少诗人往来唱和。洛阳处士石洪受辟为河阳节度从事，东都文士以诗送之，韩愈为之作《送石处士序》。乾符年间，卢渥居洛阳，自中书舍人出任陕虢观察使，"及赴任，陕郊洛城，自居守分司朝臣以下，互设祖筵，洛城为之一空，都人耸观，亘数十里"②。特别是唐文宗大和至武宗会昌年间，裴度、白居易、刘禹锡、牛僧孺、李德裕等数十人以留守或分司官驻居洛阳，文人雅集，觞咏弦歌，诗酒唱和，使得洛阳文学成为晚唐诗坛的一个亮点。此时东都的诗酒盛况与京城长安的政治形势密切相关。这一时期正是长安牛李党争最为激烈的时期，东都"散地"因政治气候温和成了朝廷罢黜、优容在朝官员和文人避祸、休养的理想之地。因之，反而带来了诗人的汇集及洛阳文学一时的繁盛。进入北宋一朝，随着洛阳又被立为三大陪都之一，这种闲散的地域文化与人才熙熙的文化场景又重新得以上演，故而时人张琰在《洛阳名园记序》中有叹："夫洛阳帝王东西宅，为天下之中；土圭日景，得阴阳之和；嵩少瀍涧，钟山水之秀；名公大人，为冠冕之望；天匠地孕，为花卉之奇。加以富贵利达、优游闲暇之士，配造物而相妩媚，争妍竞巧于鼎新革故之际；

---

　　① 《全唐文》卷三八七《崔中丞城南池送徐侍郎还京序》，第3939页。此文酒活动的时间据《唐五代文学编年史》（中唐卷），辽海出版社1998年版，第145页。

　　② （宋）计有功：《唐诗纪事》卷五九"卢渥"条，中华书局1965年版，第897页。

馆榭池台，风俗之习，岁时嬉游，声诗之播扬，图画之传写，古今华夏莫比。"①其中折射的文化信息，正反映了政治与文学、古都与文学之间复杂而紧密的关系。

---

① 《全宋笔记》第三编第一册，大象出版社 2008 年版，第 162 页。

第二章

唐两京与京都文学

"空间地域的因素，作为人地关系地域系统中的重要方面，不仅是历史人物的活动舞台，历史事件的演出场所，而且是历史时期文学艺术创作者歌咏的对象，取譬的素材，理想的归宿。"① 在古代文学作品对空间地域的歌咏中，作为政治文化中心、集中承载人文活动和理想的帝都自然最为常见，亦最值得关注。本章拟探讨唐代以长安、洛阳以及两京生活为书写题材的诗歌创作。

第一节　初唐诗坛京都诗

检阅唐代以两京为创作题材的诗歌创作，赫然瞩目的首先是初唐诗坛一系列的长安题材诗歌，如唐太宗《帝京篇十首》、卢照邻的《长安古意》和《行路难》、骆宾王的《帝京篇》、王勃的《临高台》和《畴昔篇》等。在初唐太宗以至高宗武后时期，这些长安书写诗歌的集中涌现，有其特定的历史文化背景，亦折射出特殊的文学色彩与文化信息。

一　唐太宗《帝京篇》——宫廷唱和的京城书写

贞观一朝，文学和文化活动的主体是以唐太宗为中心的宫廷诗人群，诗歌创作以君臣之间的应制酬唱为主。唐太宗《帝京篇》的创作即诞生于唐初宫廷应制唱和的诗坛背景和历史语境下。《大唐新语》卷八载："李百

---

① 李浩:《地域空间与文学的古今演变》,《陕西师范大学学报》2005 年第 3 期。

药，德林之子。才行相继，海内名流莫不宗仰。藻思沉蔚，尤工五言。太宗尝制《帝京篇》，命其和作，叹其精妙。手诏曰：'卿何身之老而才之壮？何齿之宿而意之新？'及悬车告老，怡然自得，穿地筑山，以诗酒自适，尽平生之意。"①李百药和作今不存，据学人考证，《帝京篇》约作于贞观十四年（640）②。《帝京篇》前有序云：

> 余以万幾之暇，游息艺文，观列圣之皇王，考当时之行事，轩昊舜禹之上，信无间然矣。至于秦皇、周穆、汉武、魏明，峻宇雕墙，穷侈极丽。征税悍于宇宙，辙迹遍于天下。九州岛无以称其求，江海不能瞻其欲，覆亡颠沛，不亦宜乎。予追踪百王之末，驰心千载之下，慷慨怀古，想彼哲人。庶以尧舜之风，荡秦汉之弊；用咸英之曲，变烂漫之音。求之人情，不为难矣。故观文教于六经，阅武功于七德。台榭取其避燥湿，金石尚其谐神人。皆节之于中和，不系之于淫放。故沟洫可悦，何必江海之滨乎；麟阁可玩，何必两陵之间乎；忠良可接，何必海上神仙乎；丰镐可游，何必瑶池之上乎！释实求华，以人从欲，乱于大道，君子耻之。故述帝京篇以明雅志云尔。③

这是一段帝王在理政治国上的明志之言，展现出唐太宗以史为镜、躬身深省而守正进取的精神风貌。他在"游息文艺"中，追寻先圣辙迹，领悟到"节之于中和，不系之于淫放"政教思想的重要性和"穷侈极丽"、"覆亡颠沛"的历史教训，从而得出去浮华尚务实的治国之道，故作诗以书雅志。

《帝京篇》十首分别写道：

> 秦川雄帝宅，函谷壮皇居。绮殿千寻起，离宫百雉余。连甍遥接汉，飞观迥凌虚。云日隐层阙，风烟出绮疏。

---

① （唐）刘肃：《大唐新语》卷八，第123页。
② 彭庆生：《初唐诗歌系年考》，北京大学出版社2012年版，第52—53页。
③ 《全唐诗》卷一，第1页。

岩廊罢机务，崇文聊驻辇。玉匣启龙图，金绳披凤篆。韦编断仍续，缥帙舒还卷。对此乃淹留，敬案观坟典。

移步出词林，停舆欣武宴。雕弓写明月，骏马疑流电。惊雁落虚弦，啼猿悲急箭。阅赏诚多美，于兹乃忘倦。

鸣笳临乐馆，眺听欢芳节。急管韵朱弦，清歌凝白雪。彩凤肃来仪，玄鹤纷成列。去兹郑卫声，雅音方可悦。

芳辰追逸趣，禁苑信多奇。桥形通汉上，峰势接云危。烟霞交隐映，花鸟自参差。何如肆辙迹，万里赏瑶池。

飞盖去芳园，兰桡游翠渚。萍间日彩乱，荷处香风举。桂楫满中川，弦歌振长屿。岂必汾河曲，方为欢宴所。

落日双阙昏，回舆九重暮。长烟散初碧，皎月澄轻素。搴幌玩琴书，开轩引云雾。斜汉耿层阁，清风摇玉树。

欢乐难再逢，芳辰良可惜。玉酒泛云罍，兰肴陈绮席。千钟合尧禹，百兽谐金石。得志重寸阴，忘怀轻尺璧。

建章欢赏夕，二八尽妖妍。罗绮昭阳殿，芬芳玳瑁筵。佩移星正动，扇掩月初圆。无劳上悬圃，即此对神仙。

以兹游观极，悠然独长想。披卷览前踪，抚躬寻既往。望古茅茨约，瞻今兰殿广。人道恶高危，虚心戒盈荡。

奉天竭诚敬，临民思惠养。纳善察忠谏，明科慎刑赏。六五诚难继，四三非易仰。广待淳化敷，方嗣云亭响。①

以上十首诗分别描写皇宫之壮丽辉煌，及唐太宗处理政务之余揽读坟典、观武畋猎、临馆听乐、逸游苑林、泛舟翠渚、赏景玩琴、宴饮群臣、夜观艳舞等宫廷生活，然后表达了"虚心"、"诚敬"、"惠养"、"纳善"、"明科"等为政理念。从题写内容来看，诗歌虽不脱贞观诗坛宫廷文学的时代主流，但体现出与一般宫廷诗不同的精神气质。

1. 诗以咏帝京起兴，实为咏志

诗歌第一首歌咏帝京景色，第二首至第九首从各个层面披露一代帝王丰富高雅的生活内容，但立足点和重点皆在于末句展现唐太宗在序中提出的"节之于中和，不系之于淫放"的"雅志"。如读书："对此乃淹留，欹案观坟典。"练武："阅赏诚多美，于兹乃忘倦。"听乐："去兹郑卫声，雅音方可悦。"逸游："何如肆辙迹，万里赏瑶池。"泛舟："岂必汾河曲，方为欢宴所。"欢宴："得志重寸阴，忘怀轻尺璧。"观舞："无劳上悬圃，即此对神仙。"也就是说，唐太宗既以诗歌创作表现自己罢政之余娱乐生活的宫廷文学主题，同时又不忘政治家的身份与职责，借以彰显自己作为一国之君有节有度、克己自律的心志和约之以礼的道德意识，从而达到文德教化的政治目的。故有学人评之曰："题曰《帝京》，而通篇说君道，所谓在德不在险。"②作为大唐帝国的主要开创者，唐太宗以武得天下，但在治国方面深知文以化成的治世之道，曾云："虽以武功定天下，终当以文德绥海内，文武之道，各随其时"③"少从戎旅，不暇读书，贞观以来，手不释卷，知风化之本，见政理之源。"④其继位之后，不仅锐意经籍，开设弘文馆，延揽优容文学之士，而且对前朝穷奢极欲、淫靡放纵的亡国教训深以为戒，在社会教化和文学建设上积极倡导理性有节、中和雅正的精神和风气。贞观之初，他曾对兼修国史的房玄龄说过：

①《全唐诗》卷一，第1—3页。

②《汇编唐诗十集》，陈伯海《唐诗汇评》上册，浙江教育出版社1995年版，第3页。

③《旧唐书》卷二《太宗本纪》，第21页。

④（唐）吴兢：《贞观政要》卷一○"慎终"，上海古籍出版社1978年版，第294页。

比见前、后《汉史》载录扬雄《甘泉》、《羽猎》，司马相如《子虚》、《上林》，班固《两都》等赋，此既文体浮华，无益劝诫，何假书之史策？其有上书论事，词理切直，可裨于政理者，朕从与不从，皆须备载。①

司马相如、班固等人的赋，同是以京都为题材，但太宗却认为："文体浮华，无益劝诫，何假书之史策？"显然，这是传统儒家理论体系中的政教思想和诗教观。正因为唐太宗立足政治、以儒家诗教作为文学准的，所以他在序中提出："庶以尧舜之风，荡秦汉之弊；用咸英之曲，变烂漫之音。"倡导以朴实、雅正的文学及风俗化成来抵制、荡除虚华浮夸的社会风气，从而达到有益于治国和理政的根本目的。有文论述道：《帝京篇》所呈现的是秦川函谷的雄奇地貌、帝宅皇居的壮美景观与文治武功的理想情怀汇聚而成的英雄主义崇高感，这与其说是美的境界，倒不如说是善的光辉，诗借助长安城的地理、建筑形胜，对唐朝政教文治思想的阐发与表述。"②可见，太宗《帝京篇》虽以帝京为题，书写了自己的宫廷生活，而实则以咏志为正意。

2. 诗歌折射出宏伟恢廓、生机蓬勃的帝都气象和时代精神

这首先表现在组诗第一首对皇宫景色的描写。诗中先写帝京宏阔的山川地理形势，既有秦川之依托，又有函关之屏障："秦川雄帝宅，函谷壮皇居。"再写宫殿建筑之雄伟壮丽："绮殿千寻起，离宫百雉余。连薨遥接汉，飞观迥凌虚。"无论是秦川、函谷、连薨、飞观等意象的选择，还是雄、壮、千寻、百雉、遥、迥等语词的运用，皆呈现出皇宫和帝都极其壮伟恢宏的景象和气派。

其次，诗歌所表现的为政理念和宏阔远大的政治理想，昭示了唐朝建立之初自信进取、生机蓬勃的发展气象，也是帝都文化的重要组成部分。在儒家的教化理论和政治思想里，"君子之德风。小人之德草。草上之风，

---

① （唐）吴兢：《贞观政要》卷七"文史"，第 222 页。
② 康震：《文化地理视野中的诗美境界——唐长安城建筑与唐诗的审美文化内涵》，《文艺研究》2007 年第 9 期。

必偃"（《论语·颜渊》）。太宗本人亦认识到："若安天下，必须先正其身，未有身正而影曲，上治而下乱者。"① 所以，在组诗中他先从生活的各个方面表现自己以古为鉴、强烈的自律自省意识，然后在最后一首表达了自己的为政方略和治国图景："人道恶高危，虚心戒盈荡。奉天竭诚敬，临民思惠养。纳善察忠谏，明科慎刑赏。六五诚难继，四三非易仰。广待淳化敷，方嗣云亭响。"字里行间，传达出一种自信自励、蹈厉奋发的精神气概。这种戒骄惧盈的思想和锐意进取的积极心态在唐太宗其他诗歌中也多有表现，如《赋尚书》："纵情昏主多，克己明君鲜。"《初春登楼即目观作述怀》："明非独材力，终藉栋梁深。弥怀矜乐志，更惧戒盈心。"《正日临朝》："虽无舜禹迹，幸欣天地康。"《咏风》："劳歌大风曲，威加四海清。"② 读之，我们可以领略到一代明主自信豪迈的胸襟及雄视百代的政治气魄、宏阔高远的政治理想。

因亲历前朝战乱灭亡的教训，并深知得天下之艰辛不易，开国皇帝常勤于政事、励精图治。在改朝易代后的建业之初，统治者常会把政治的稳固、经济的复苏和社会的安定作为治国的首要任务。唐太宗亲睹隋末以来的天下动乱，并亲身参与了建唐及夺权的武装斗争，自然也会对如何巩固和发展自己的帝业作一番考虑和深思，所以他经常和身边的大臣讨论守业的问题，如《贞观政要》记载：

> 贞观十年，太宗谓侍臣曰："帝王之业，草创与守成孰难？"尚书左仆射房玄龄对曰："天地草昧，群雄竞起，攻破乃降，战胜乃克。由此言之，草创为难。"魏徵对曰："帝王之起，必承衰乱，覆彼昏狡，百姓乐推，四海归命，天授人与，乃不为难。然既得之后，志趣骄逸，百姓欲静而徭役不休，百姓凋残而侈务不息，国之衰弊，恒由此起。以斯而言，守成则难。"太宗曰："玄龄昔从我定天下，备尝艰苦，出万死而遇一生，所以见草创之难也。魏徵与我安天下，虑生骄

---

① （唐）吴兢：《贞观政要》卷一"君道"，第1页。
② 《全唐诗》卷一，第8、10、3、11页。

逸之端，必践危亡之地。所以见守成之难也。今草创之难既已往矣，
守成之难者，当思与公等慎之。"①

"今草创之难既已往矣，守成之难者，当思与公等慎之"，表现出一个政
治家冷静、清醒的治国头脑。惟其如此，他才会有诗歌中所表现的常萦心
头的自省意识和追踪前贤的自觉行为，也才会在诗末"亮剑"，提出"虚
心"、"诚敬"的为政态度和"惠养"、"纳善"、"明科"的具体方略。作
为国家的掌舵人和政权的统治者，一国之君这种清醒理智、奋发有为的治
理态度无疑会凝聚一种推动封建政治和社会向前发展的生命力，它表征着
生机勃勃、乐观奋扬的帝都气象和社会精神。而历史亦证明，太宗贞观一
朝，君臣团结，锐意进取，并在治国上采取了诗中所提出的虚心纳谏、安
民惠养、厉行节约、修明法度等主要措施，终于使得社会出现了国泰民
安、和谐有序的局面，史书记载贞观之治云："官吏多自清谨。制驭王公、
妃主之家，大姓豪猾之伍，皆畏威屏迹，无敢侵欺细人。商旅野次，无复
盗贼，图圄常空，马牛布野，外户不闭。又频致丰稔，米斗三四钱，行旅
自京师至于岭表，自山东至于沧海，皆不赍粮，取给于路。入山东村落，
行客经过者，必厚加供待，或发时有赠遗。此皆古昔未有也。"②"致治之
美，庶几成康。"这种"治世"局面，为后来开元盛世的高度繁荣奠定了
重要的基础。

当然，《帝京篇》诗中所彰显的这般宏阔气象本质上取决于唐太宗个
人的雄主风范和进取精神。而在诗歌所咏写的宫廷生活主题及词藻、声
色、格律、写景状物等文学属性诸方面，该诗又不脱初唐诗坛的六朝习
气。如"绮殿千寻起，离宫百雉余"、"连薨遥接汉，飞观迥凌虚"、"雕
弓写明月，骏马疑流电"、"惊雁落虚弦，啼猿悲急箭"等句，偶对工整，
已开律径；"玉匣启龙图，金绳披凤篆"、"长烟散初碧，皎月澄轻素"等
句，用语典丽清绮。历来诗评家亦常在帝者气象和陈隋旧习这两方面对此

① （唐）吴兢：《贞观政要》卷一"君道"，第3页。
② （唐）吴兢：《贞观政要》卷二，第24页。

诗展开批评，如《唐诗分类绳尺》："六朝气习，欲脱未脱。"①《诗薮》："唐初惟文皇《帝京篇》，藻赡精华，最为杰作，视梁、陈神韵少减，而富丽过之，无论大略，即雄才自当驱走一世。"②《诗辨坻》："唐太宗诗虽偶俪，乃鸿硕壮阔，振六朝靡靡。"③

在宫廷酬唱的文学氛围和时代语境中，若无个人情志和气骨的寄托贯注，对帝都的歌咏和描写则会陷于普泛的宫体诗，如杨师道的《阙题》：

> 汉家伊洛九重城，御路浮桥万里平。桂户雕梁连绮翼，虹梁绣柱映丹楹。朝光欲动千门曙，丽日初照百花明。燕赵蛾眉旧倾国，楚宫腰细本传名。二月桑津期结伴，三春淇水逐关情。兰丛有意飞双蝶，柳叶无趣隐啼莺。扇里细妆将夜并，风前独舞共花荣。两鬟百万谁论价，一笑千金判是轻。不为披图来侍寝，非因主第奉身迎。羊车讵畏青门闭，兔月今宵照后庭。④

又如许敬宗《奉和初春登楼即目应诏》：

> 旭日临重壁，天眷极中京。春晖发芳甸，佳气满层城。去鸟随看没，来云逐望生。歌里非（一作"霏"）烟扬，琴上凯风清。文波浮镂槛，摛景焕雕楹。璇玑体宽政，隆栋象端衡。创规虽有作，凝拱遂无营。沐恩空改鬓，将何谢夏成。⑤

杨师道和许敬宗都是唐太宗身边重要的宫廷诗人。许敬宗来自六朝文化区杭州新城，入唐前仕隋，是宫体诗的行家里手；杨师道乃关陇文人，籍贯弘农华阴，入唐后为弘文馆学士，创作以宫廷应制、唱和为主，《旧

---

① 陈伯海：《唐诗汇评》上册，第3页。
② （明）胡应麟：《诗薮》内编卷二，第36页。
③ 陈伯海：《唐诗汇评》上册，第1页。
④ 《全唐诗》卷三四，第458—459页。
⑤ 《全唐诗》卷三五，第463—464页。

唐书》本传记载："师道退朝后，必引当时英俊宴集园池，而文会之盛，当时莫比。雅善篇什，又工草隶，酣赏之际，援笔直书，有如宿构。太宗每见师道所制，必吟讽嗟赏之。"①据贾晋华《贞观宫廷诗人群唱和活动考述》一文统计②，杨师道和许敬宗分别是贞观时期北方籍和南方籍宫廷诗人中预唱诗篇最多的诗人。上引两诗以帝京、宫廷为歌咏题材，明显体现出六朝诗写景状物雕饰辞藻、巧构俪偶的特色，特别是杨师道的《阙题》一诗。从"汉家伊洛九重城，御路浮桥万里平"一句来看，此诗作于洛阳，"据两《唐书》本传，师道自武德初归唐、尚桂阳公主后，为帝近臣，未曾外任，其至洛阳，必扈从也"③。诗当作于贞观十一年（637）或十五年（641）唐太宗幸洛阳时。诗歌先叙帝京规模宏大、建筑辉煌，然后以浓重的笔墨铺写美女美色，流露出强烈的脂粉气，是一首典型的宫体诗。许敬宗《奉和初春登楼即目应诏》是一首侍游寓目应制诗，在内容结构上体现出此类诗惯有的书写模式，即先描摹登楼寓目所见宫景，然后以颂圣谀美结尾。写景中有宫城的自然春色，如"旭日"、"春晖"、"芳甸"、"佳气"、"去鸟"、"来云"、"霏烟"、"文波"等，亦穿插宫阙建筑的华丽景观，如"镂槛"、"雕楹"、"璇玑"、"隆栋"之类。全诗虽脱尽女子脂粉气，但可谓雕章镂句、纤巧绮丽；虽给人以审美的愉悦，但"骨气都尽"，踵武齐梁。

二　四杰长安诗——唐代京都诗的产生

初唐贞观时期出现了唐太宗《帝京篇》、杨师道《阙题》之类以京都为题写对象的作品，但其在创作本质上还属于宫廷诗的文学范畴。高宗武后时期，初唐四杰登上诗坛，才真正拉开了唐代京都诗的帷幕。

在中国古代文学领域，京都赋的创作在西汉后期至东汉前期即已繁荣。自萧统《文选》把"京都赋"作为一个独立的文学类型置于开篇，历来对京都赋的关注和研究亦非常多。相较而言，"京都诗"是一个崭新的

---

① 《旧唐书》卷六二《杨师道传》，第 2383 页。
② 贾晋华：《唐代集会总集与诗人群研究》，北京大学出版社 2001 年版，第 30—31 页。
③ 彭庆生：《初唐诗歌系年考》，第 57 页。

概念。虽然自《诗经》开始，历代诗歌中有关京都的描写从未间断过。现学界已有人提出"古代都市诗歌"这一题材类型，如谢遂联《古代都市诗歌与都市文化心态研究论纲》①、吴晟《古代都市诗歌特点初论》②两文。谢文认为："所谓古代都市诗歌，主要指以古代都市为诗歌创作的时空背景，描述古代都市场景和生态或以都市为明显情感指向的诗歌。"吴文认为："凡以都市生活为题材、以市民形象为主要描写对象的诗歌——主要渲染都市王侯贵族奢侈腐朽生活；或描绘都市建筑风光；或刻画市民形象；或反映都市文化习俗；或感喟都市的盛兴衰废，都将纳入都市诗歌这一流系。"但"都市诗"的提法容易使人将古代都市与现代都市在本质和文化属性上予以混淆和等同，从而陷入"都市文学"的误区。本书称"京都诗"，在内容上界定为以古代政治文化中心都城和都城生态为创作题材的诗歌。这样，一则与现当代文学语境中的"都市文学"廓清了界限，二则与古代文学中的"京都赋"保持了表述上的一致，因为唐代京都诗的产生，直接受到了汉京都赋的影响。而且在古代总集的诗歌分类中，虽不见"京都诗"这一正式名目，但思想意识不是没有。如《文苑英华》卷一九二"乐府一"收录梁简文帝的《京洛篇》，张正见的《帝王所居篇》、《煌煌京洛行》，骆宾王的《帝京篇》，谢举的《凌云台》，梁简文帝及他人的《长安道》和《洛阳道》等，共43篇，即皆是以京都描写为中心题材的诗歌作品；清张英《渊鉴类函》卷三三二明列"京邑五"，收录了曹植《名都篇》、梁简文帝《长安道》、卢照邻《长安古意》等诗，也就是京都诗。

在四杰以《长安古意》、《帝京篇》等为代表的京都诗问世之前，高祖太宗朝有袁朗、郑世翼两位诗人的诗作开其先声。袁朗《和洗掾登城南坂望京邑》诗云：

> 二华连陌塞，九陇统金方。奥区称富贵，重险擅雄强。龙飞灞水上，凤集岐山阳。神皋多瑞迹，列代有兴王。我后膺灵命，爰求宅兹

---

① 《社会科学家》2007 年第 4 期。
② 《九江师专学报》1990 年第 4 期。

土。宸居法太微，建国资天府。玄风叶黎庶，德泽浸区宇。醒醉各相扶，讴歌从圣主。南登少陵岸，还望帝城中。帝城何郁郁，佳气乃葱葱。金凤凌绮观，璇题敞兰宫。复道东西合，交衢南北通。万国朝前殿，群公议宣室。鸣佩含早风，华蝉曜朝日。柏梁宴初罢，千钟欢未毕。端拱肃岩廊，思贤听琴瑟。逶迤万雉列，隐轸千闾布。飞甍夹御沟，曲台临上路。处处歌钟鸣，喧阗车马度。日落长楸间，含情两相顾。是月冬之季，阴寒昼不开。惊风四面集，飞雪千里回。狐白登廊庙，牛衣出草莱。讵知韩长孺，无复重然灰。①

袁朗，仕历陈、隋，入唐十年左右即卒。《旧唐书》本传记载："雍州长安人……武德初，授齐王文学、祠部郎中，封汝南县男，再转给事中。贞观初卒官。"②《全唐诗》现存诗四首，此即其一。关中自古形胜之地，久为古代王朝安邦立国的帝王之乡，诗歌开篇叙写帝都长安雄要的山川地形，赞美京邑自古就是兴王的祥瑞之所。然后以"南登少陵岸，还望帝城中"一句转入京城景色。其中主要渲染宫廷中万国来朝、百官参列的威仪壮观，君臣共议的和乐欢愉，间从道衢、车马、宫观、歌钟等方面描写帝都的繁华壮丽。最后点明创作的具体时节是在惊风飞雪交加的冬季，并在结尾处以"狐白登廊庙，牛衣出草莱。讵知韩长孺，无复重然灰"一句，抒发议论，预示布衣登上庙堂的政治新气象。

郑世翼《登北邙还望京洛》云：

　　步登北邙坂，踟蹰聊写望。宛洛盛皇居，规模穷大壮。三河分设险，两崤资巨防。飞观紫烟中，层台碧云上。青槐夹驰道，迢迢修且旷。左右多第宅，参差居将相。清晨谒帝返，车马相追访。胥徒各异流，文物纷殊状。嚣尘暗天起，箫管从风扬。伊余孤且直，生平独沦丧。山幽有桂丛，何为坐惆怅。③

---

① 《全唐诗》卷三〇，第432页
② 《旧唐书》卷一九〇《袁朗传》，第4984页。
③ 《全唐诗》卷三八，第488—489页。

诗主要描写了登北邙所望京洛之景，如山川地势的险固，观台的高耸雄伟，大道的宽广，王侯宅邸的密集，以及京城中官员胥徒各色人等汇集过从以至车水马龙、尘埃蔽天的繁华景象。最后抒发了潦倒不遇、惆怅孤独的人生感慨。《旧唐书》本传记载：

> 郑世翼，郑州荥阳人也，世为著姓。……弱冠有盛名，武德中，历万年丞、扬州录事参军。数以言辞忤物，称为轻薄。时崔信明自谓文章独步，多所凌轹，世翼遇诸江中，谓之曰："尝闻'枫落吴江冷。'"信明欣然示百余篇。世翼览之未终，曰："所见不如所闻。"投之于江，信明不能对，拥楫而去。世翼贞观中坐怨谤，配流巂州卒。①

从史传可见，郑世翼才高有盛名，然性孤高倨傲，仕偃蹇。诗末云："伊余孤且直，生平独沦丧。山幽有桂丛，何为坐惆怅。"正是其性情遭际的真实写照。

与前文太宗贞观朝宫廷诗中的长安书写相比，袁朗《和洗掾登城南坂望京邑》和郑世翼《登北邙还望京洛》两诗所不同的是，诗中牛衣、草莱、道衢、车马、嚣尘、箫管等物象纷呈，使得京城的描写场域不仅限于宫廷台阁和风云山水，而有了人间的世俗气息。而且，诗人自我的感慨和议论进入诗中，带来了诗歌的情绪化和个性化。这种书写直接为后来骆宾王、卢照邻等人的系列长安诗导夫先路。

文学史上初唐四杰意气风发地闯入诗坛，是在高宗和武周时期。《大唐新语》卷八记载："华阴杨炯与绛州王勃、范阳卢照邻、东阳骆宾王，皆以文词知名海内，称为'王杨卢骆'。"②据文献记载，四人在高宗时期作为一个诗人群体被关注，并享有盛名，与吏部侍郎裴行俭的评鉴不无关系。张说《赠太尉裴公神道碑》载："在选曹见骆宾王、卢照邻、王勃、

---

① 《旧唐书》卷一九〇《郑世翼传》，第4988页。
② （唐）刘肃：《大唐新语》卷八，第124页。

杨炯，评曰：'炯虽有才名，不过令长，其余华而不实，鲜克令终。'"①学界现有成果考明，高宗咸亨二年（671）冬，卢照邻、骆宾王、王勃、杨炯四人同在长安，共参选补，吏部侍郎裴行俭典选，故得以评之。而骆宾王《帝京篇》的创作和问世，也正是应裴行俭的"垂索"，骆宾王《上吏部侍郎帝京篇启》云："昨引注日，垂索鄙文。拜手惊魂，承恩累息。"②《帝京篇》写道：

山河千里国，城阙九重门。不睹皇居壮，安知天子尊。皇居帝里崤函谷，鹑野龙山侯甸服。五纬连影集星躔，八水分流横地轴。秦塞重关一百二，汉家离宫三十六。桂殿嵚岑对玉楼，椒房窈窕连金屋。三条九陌丽城隈，万户千门平旦开。复道斜通鸧鹊观，交衢直指凤凰台。剑履南宫入，簪缨北阙来。声名冠寰宇，文物象昭回。钩陈肃兰戺，璧沼浮槐市。铜羽应风回，金茎承露起。校文天禄阁，习战昆明水。朱邸抗平台，黄扉通戚里。平台戚里带崇墉，炊金馔玉待鸣钟。小堂绮帐三千户，大道青楼十二重。宝盖雕鞍金络马，兰窗绣柱玉盘龙。绣柱璇题粉壁映，锵金鸣玉王侯盛。王侯贵人多近臣，朝游北里暮南邻。陆贾分金将宴喜，陈遵投辖正留宾。赵李经过密，萧朱交结亲。丹凤朱城白日暮，青牛绀幰红尘度。侠客珠弹垂杨道，倡妇银钩采桑路。倡家桃李自芳菲，京华游侠盛轻肥。延年女弟双凤入，罗敷使君千骑归。同心结缕带，连理织成衣。春朝桂尊尊百味，秋夜兰灯灯九微。翠幌珠帘不独映，清歌宝瑟自相依。且论三万六千是，宁知四十九年非。古来荣利若浮云，人生倚伏信难分。始见田窦相移夺，俄闻卫霍有功勋。未厌金陵气，先开石椁文。朱门无复张公子，灞亭谁畏李将军。相顾百龄皆有待，居然万化咸应改。桂枝芳气已销亡，柏梁高宴今何在。春去春来苦自驰，争名争利徒尔为。久留郎署终难遇，空扫相门谁见知。当时一旦擅豪华，自言千载长骄奢。倏忽抟风

---

① 《全唐文》卷二二八，第2304页。
② （清）陈熙晋：《骆临海集笺注》卷一，上海古籍出版社1985年版，第1页。

生羽翼，须臾失浪委泥沙。黄雀徒巢桂，青门遂种瓜。黄金销铄素丝
变，一贵一贱交情见。红颜宿昔白头新，脱粟布衣轻故人。故人有湮
沦，新知无意气。灰死韩安国，罗伤翟廷尉。已矣哉，归去来。马卿
辞蜀多文藻，扬雄仕汉乏良媒。三冬自矜诚足用，十年不调几邅回。
汲黯薪逾积，孙弘阁未开。谁惜长沙傅，独负洛阳才。①

诗篇可谓皇皇巨制。贺裳《载酒园诗话又编》评云：“《帝京篇》，铨官时
吏部侍郎裴行俭索文，作以献者也。故淋漓磊落，竭其才思。”②此语中的。
据张逊业《骆宾王文集序》载：“宾王五言律诗，秀丽精绝，不可易及。
然《帝京篇》尤一代绝唱也。”③《旧唐书·骆宾王传》亦云：“少善属文，
尤妙于五言诗，尝作《帝京篇》，当时以为绝唱。”④可见，《帝京篇》问世
之后，即在当时获得满天声誉。

差不多就在同一时段，卢照邻和王勃也创作了以长安为中心题材的京
都诗。卢照邻《长安古意》云：

> 长安大道连狭斜，青牛白马七香车。玉辇纵横过主第，金鞭络绎
> 向侯家。龙衔宝盖承朝日，凤吐流苏带晚霞。百丈游丝争绕树，一群
> 娇鸟共啼花。啼花戏蝶千门侧，碧树银台万种色。复道交窗作合欢，
> 双阙连甍垂凤翼。梁家画阁天中起，汉帝金茎云外直。楼前相望不相
> 知，陌上相逢讵相识？借问吹箫向紫烟，曾经学舞度芳年。得成比目
> 何辞死，愿作鸳鸯不羡仙。比目鸳鸯真可羡，双去双来君不见。生憎
> 帐额绣孤鸾，好取门帘帖双燕。双燕双飞绕画梁，罗纬翠被郁金香。
> 片片行云着蝉鬓，纤纤初月上鸦黄。鸦黄粉白车中出，含娇含态情非
> 一。妖童宝马铁连钱，娼妇盘龙金屈膝。御史府中乌夜啼，廷尉门前
> 雀欲栖。隐隐朱城临玉道，遥遥翠幰没金堤。挟弹飞鹰杜陵北，探丸

---

① （清）陈熙晋：《骆临海集笺注》卷一，第6—15页。
② 《清诗话续编》本，上海古籍出版社1983年版，第297页。
③ 陈伯海：《唐诗汇评》上册，第147页。
④ 《旧唐书》卷一九〇，第5006页。

借客渭桥西。俱邀侠客芙蓉剑，共宿娼家桃李蹊。娼家日暮紫罗裙，清歌一啭口氛氲。北堂夜夜人如月，南陌朝朝骑似云。南陌北堂连北里，五剧三条控三市。弱柳青槐拂地垂，佳气红尘暗天起。汉代金吾千骑来，翡翠屠苏鹦鹉杯。罗襦宝带为君解，燕歌赵舞为君开。别有豪华称将相，转日回天不相让。意气由来排灌夫，专权判不容萧相。专权意气本豪雄，青虹紫燕坐春风。自言歌舞长千载，自谓骄奢凌五公。节物风光不相待，桑田碧海须臾改。昔时金阶白玉堂，即今唯见青松在。寂寂寥寥扬子居，年年岁岁一床书。独有南山桂花发，飞来飞去袭人裾。①

王勃《临高台》云：

临高台，临高台。迢递绝浮埃。瑶轩绮构何崔嵬，鸾歌凤吹清且哀。俯瞰长安道，萋萋御沟草。斜对甘泉路，苍苍茂陵树。高台四望同，佳气郁葱葱。紫阁丹楼纷照耀，璧房锦殿相玲珑。东迷长乐观，西指未央宫。赤城映朝日，绿树摇春风。旗亭百队开新市，甲第千甍分戚里。朱轮翠盖不胜春，叠树层楹相对起。复有青楼大道中，绣户文窗雕绮栊。锦衣昼不襞，罗帏夕未空。歌屏朝掩翠，妆镜晚窥红。为君安宝髻，蛾眉罢花丛。狭路尘间黯将暮，云开月色明如素。鸳鸯池上两两飞，凤凰楼下双双度。物色正如此，佳期那不顾。银鞍绣毂盛繁华，可怜今夜宿倡家。倡家少妇不须矉，东园桃李片时春。君看旧日高台处，柏梁铜雀生黄尘。②

从情感内容上看，三杰的长安诗明显发生了以下变化：

一是对京都长安繁华盛景的描写异彩纷呈、穷形尽相，其中既有点染，亦有浓墨。这一特点历来不乏关注，尤其是《帝京篇》，如黄尔调评

---

① 徐明霞点校：《卢照邻集　杨炯集》卷二，中华书局1980年版，第19—20页。
② （清）蒋清翊注，汪贤度校点：《王子安集注》卷三，第74—76页。

云："读宾王长篇，如入王都之市，璀璨夺目，其妙处在布置得宜。"《而庵说唐诗》云："宾王此篇，最有体裁，节节相生，又井然不乱。首望出帝居得局；次及星躔山川，城阙离宫；次及诸侯王贵人之邸第，衣冠文物之盛，车马饮馔之乐，乃至游侠娼妇，描写殆尽；后半言祸福倚伏，交情变迁。总见帝京之大，无所不有。"① 又如《长安古意》，沈德潜评说："长安大道，豪贵骄奢，狭邪艳冶，无所不有。自嬖宠而侠客，而金吾，而权臣，皆向娼家游宿，自谓可永保富贵矣。然转瞬沧桑，徒存墟墓。"② 其中，险要奇伟的地理形势，金碧辉煌、气势磅礴的宫殿，宽畅通达的大道，密如蛛网、纵横交织的复道小巷，络绎不绝的香车宝马，川流不息的人物衣冠，文武将相的气派风流等等，是我们能在以前袁朗、郑世翼等人的长安书写中找到先声的。所不同在于，他们力尽铺陈、渲染，给人以眼花缭乱、目不暇接之感。如《帝京篇》写长安城的庞大壮丽："山河千里国，城阙九重门。不睹皇居壮，安知天子尊。皇居帝里崤函谷，鹑野龙山侯甸服。五纬连影集星躔，八水分流横地轴。秦塞重关一百二，汉家离宫三十六。"气势凌厉，山河、星光、关塞、沃土等，尽收笔底。《长安古意》写车马的华贵精美："长安大道连狭斜，青牛白马七香车。玉辇纵横过主第，金鞭络绎向侯家。龙衔宝盖承朝日，凤吐流苏带晚霞。"真是镂金错彩，极尽雕饰之能事。

而其中对长安王侯贵戚骄奢纵欲、追逐享乐的富贵生活，和对长安以市井倡家为中心的夜生活的描绘，不仅是诗歌京都场景的浓墨重彩处，也是诗歌为我们带来的"新消息"。如《帝京篇》描写那些享有殊荣的权贵们居所的华丽和生活的考究："朱邸抗平台，黄扉通戚里。平台戚里带崇墉，炊金馔玉待鸣钟。"就连他们日常享乐的青楼也富丽非凡："小堂绮帐三千户，大道青楼十二重。宝盖雕鞍金络马，兰窗绣柱玉盘龙。绣柱璇题粉壁映，锵金鸣玉王侯盛。王侯贵人多近臣，朝游北里暮南邻。"王勃的《临高台》也同样写到青楼的豪华奢靡和权贵的艳情享乐："复有青楼大道

---

① 《四库全书存目丛书》集部第三九六册，齐鲁书社 1997 年版，第 583 页。
② （清）沈德潜：《唐诗别裁集》卷五，上海古籍出版社 1979 年版，第 149 页。

中，绣户文窗雕绮栊。锦衣昼不襞，罗帱夕未空。歌屏朝掩翠，妆镜晚窥红。为君安宝髻，蛾眉罢花丛。狭路尘间黯将暮，云开月色明如素。鸳鸯池上两两飞，凤凰楼下双双度。"相比之下，卢照邻的《长安古意》在此方面笔墨更多，而且别出新意。其中拈出豪门贵族与歌儿舞女的偶遇和情事这一细节来描写："楼前相望不相知，陌上相逢讵相识。借问吹箫向紫烟，曾经学舞度芳年。得成比目何辞死，愿作鸳鸯不羡仙。比目鸳鸯真可羡，双去双来君不见。生憎帐额绣孤鸾，好取门帘帖双燕。双燕双飞绕画梁，罗纬翠被郁金香。片片行云着蝉鬓，纤纤初月上鸦黄。鸦黄粉白车中出，含娇含态情非一。"而且还写到长安权贵除追逐声色享受外，别有一种权力欲，目空一切，骄横一时，互不相让："别有豪华称将相，转日回天不相让。意气由来排灌夫，专权判不容萧相。专权意气本豪雄，青虬紫燕坐春风。自言歌舞长千载，自谓骄奢凌五公。"暮色渐至，市井倡家则成了形形色色、各流人物追逐声色、醉生梦死的共同去处。《帝京篇》写道：

丹凤朱城白日暮，青牛绀幰红尘度。侠客珠弹垂杨道，倡妇银钩采桑路。倡家桃李自芳菲，京华游侠盛轻肥。延年女弟双凤入，罗敷使君千骑归。同心结缕带，连理织成衣。春朝桂尊尊百味，秋夜兰灯灯九微。翠幌珠帘不独映，清歌宝瑟自相依。

《长安古意》云：

挟弹飞鹰杜陵北，探丸借客渭桥西。俱邀侠客芙蓉剑，共宿娼家桃李蹊。娼家日暮紫罗裙，清歌一啭口氛氲。北堂夜夜人如月，南陌朝朝骑似云。南陌北堂连北里，五剧三条控三市。弱柳青槐拂地垂，佳气红尘暗天起。汉代金吾千骑来，翡翠屠苏鹦鹉杯。罗襦宝带为君解，燕歌赵舞为君开。

《临高台》：

> 银鞍绣毂盛繁华,可怜今夜宿倡家。倡家少妇不须颦,东园桃李
> 片时春。

艳若桃李、口气氛氲的娼妓,风流逍遥的侠客,还有常常光顾的王公贵人,他们笙歌曼舞、饮酒作乐、通宵达旦、热烈激情地沉迷于灯红酒绿的梦幻里,好一派艳冶而热闹的长安夜生活。如此穷形尽相、浓墨重彩,都是为诗人议论历史人生的兴衰更替埋下伏笔。

二是将长安置于历史兴衰的时空背景中,借以抒发对历史人生的深远思索和一己之怀抱。长安自古帝王都,在唐朝以前,先后有西周、秦、西汉、新、东汉(献帝)、前赵、北周、隋等十三个王朝在此立都或建朝,其中西汉王朝在长安立都共208年,在历史上最为鼎盛。故诗人在对长安权贵的描写和对长安的咏叹中,将目光投至久远的汉朝,回顾历史,将长安与汉朝史事联系起来。《帝京篇》写道:

> 古来荣利若浮云,人生倚伏信难分。始见田窦相移夺,俄闻卫霍
> 有功勋。未厌金陵气,先开石椁文。朱门无复张公子,灞亭谁畏李将
> 军。相顾百龄皆有待,居然万化咸应改。桂枝芳气已销亡,柏梁高宴
> 今何在。春去春来苦自驰,争名争利徒尔为。久留郎署终难遇,空扫
> 相门谁见知。当时一旦擅豪华,自言千载长骄奢。倏忽抟风生羽翼,
> 须臾失浪委泥沙。黄雀徒巢桂,青门遂种瓜。黄金销铄素丝变,一贵
> 一贱交情见。红颜宿昔白头新,脱粟布衣轻故人。故人有湮沦,新知
> 无意气。灰死韩安国,罗伤翟廷尉。已矣哉,归去来。马卿辞蜀多文
> 藻,扬雄仕汉乏良媒。三冬自矜诚足用,十年不调几遭回。汲黯薪逾
> 积,孙弘阁未开。谁惜长沙傅,独负洛阳才。

田蚡、窦婴、卫青、霍去病、张公子、李将军、韩安国、翟廷尉等汉代著名历史典故和人物一一登场,把西汉一代帝王将相、皇亲国戚你死我活的残酷的斗争景象和世态人情的炎凉,状写得淋漓尽致。继之又以司马相如、扬雄、汲黯、贾谊等汉代文人才子自比,抒发自己沉沦下僚的幽怨不

平。《长安古意》写道：

> 别有豪华称将相，转日回天不相让。意气由来排灌夫，专权判不容萧相。专权意气本豪雄，青虬紫燕坐春风。自言歌舞长千载，自谓骄奢凌五公。节物风光不相待，桑田碧海须臾改。昔时金阶白玉堂，即今唯见青松在。寂寂寥寥扬子居，年年岁岁一床书。独有南山桂花发，飞来飞去袭人裾。

据《史记》记载，灌夫是汉武帝时将军，因与窦婴相结，使酒骂座，为丞相武安侯田蚡族诛；萧何，为汉高祖时丞相，高祖封功臣以其居第一，武臣皆不悦。诗中引用二人的历史典故，刻画了朝廷文臣武将相互排斥、倾轧及其得意者自谓富贵千载、骄横一时的情态。最后以穷愁著书的扬雄自况，一抒愤慨寂寥之感。王勃的《临高台》诗末则云：

> 倡家少妇不须矉，东园桃李片时春。君看旧日高台处，柏梁铜雀生黄尘。

柏梁台为汉代所建，甚为壮丽。《史记·平准书》记载汉武帝元鼎二年（前115）："是时越欲与汉用船战逐，乃大修昆明池，列观环之。治楼船，高十余丈，旗帜加其上，甚壮。于是天子感之，乃作柏梁台，高数十丈。宫室之修，由此日丽。"[1]铜雀台，则为曹操暮年与歌妓享乐之处。"君看旧日高台处，柏梁铜雀生黄尘"，写出了繁华易逝、世道变迁的人生感慨。

　　诗中这种对长安历史的追忆，不仅使得京都诗的题材丰富了，由对京都现实生态的描绘扩大到历史图景的联想。重要的是，在历史和现实的碰撞中，在历史长空和世事变迁的观照思索中，作者由此激发出了对历史兴亡的喟叹，对沧海桑田的感慨，对现实社会的反省，对人生哲理的思索。试看："古来荣利若浮云，人生倚伏信难分。""桂枝芳气已销亡，柏梁高

---

① 《史记》卷三〇，中华书局1959年版，第1436页。

宴今何在。春去春来苦自驰，争名争利徒尔为。""节物风光不相待，桑田碧海须臾改。昔时金阶白玉堂，即今唯见青松在。"名利浮云、风光须臾、祸福相倚，这是何等深刻而警醒人心的诗句！故古人有评："照邻是诗一篇刺体，曲折尽情，转诵间令人起惩时痛世之想。"① "此诗（《帝京篇》）警豪华之难保，戒骄奢之终衰，移风易俗，有贾生之志焉，义近乎风。"② 正是因此，诗歌不仅感情充沛，而且显示出开阔的境界和视野，具有了强烈的思想力量和壮大的气势。这思想和气势，被闻一多在《宫体诗的自赎》中称为"颠狂中有战栗，堕落中有灵性"、"对于时人那虚弱的感情，这真有起死回生的力量"，又云："仅仅篇幅大，没有什么，要紧的诗背面有厚积的力量撑持者。这力量，前人谓之'气势'，其实就是感情。有真实感情，所以卢骆的来到，能使人们麻痹了百余年的心灵复活。有感情，所以卢骆的作品，正如杜甫所预言的，'不废江河万古流'。"③

从艺术渊源来看，《帝京篇》、《长安古意》明显受到京都赋的影响。这一点学界早有共识，如商伟在《论初唐诗歌的赋化现象》一文谈道：

> 我们只要稍稍将《帝京篇》、《长安古意》同汉代的京都赋相比较，就不难发现它们在题材、形象乃至结构上的相似。而大赋宏观的视野和铺张的写法也屡见于《畴昔篇》、《临高台》以及骆宾王的《艳情代郭氏答卢照邻》和《代女道士王灵妃赠道士李荣》等歌行作品中。这便是我称它们为赋体歌行的原因。……《帝京篇》及其姊妹篇《长安古意》，主要铺叙汉代的京都生活，基本上可与班固的《西都赋》、张衡的《西京赋》对照来读。如《西都赋》从长安的地理环境、宫廷建筑写起，《帝京篇》则与此全同；而《帝京篇》和《长安古意》叙写歌伎、游侠、豪富的奢侈、权贵的意气，又恰与《西京赋》铺陈"角触百戏"、"都邑游侠"、"商贾百族"、"辨论之士"的内容相印合。至于冠盖如云，车马杂沓、红尘四起，沸沸扬扬的京都生活的场

---

① 《唐诗选脉会通评林》，引自陈伯海《唐诗汇评》上册，第45页。
② 《唐诗观澜集》，引自陈伯海《唐诗汇评》上册，第150页。
③ 闻一多：《唐诗杂论》，上海古籍出版社1998年版，第12、15页。

景，也正是在汉大赋的背景上展开的。诗歌因此有了大赋那样宏阔的视野、壮观的气象，这无疑是当时诗坛上一个生疏的消息。①

除如上谈到的，《帝京篇》、《长安古意》、《临高台》三诗在叙尽长安繁华后对历史人生的反思自省，诗中层层铺排、反复渲染的写法，也明显来源于汉大赋"劝百讽一"的讽谕传统和铺张扬厉的赋法。在贞观宫廷唱和的中心人物太宗已逝和高宗朝诗歌急需从宫廷台阁解放出来的历史关口，"四杰"诸人从繁荣已过的京都赋中寻找源泉，洋洋洒洒、气势恢宏地创作京都诗，既延续了京都这一文学母体的生命力，又赋予了唐诗在"六朝余梦"之后成长的新力量。

第二节　唐代京城早朝与诗歌

在唐代京城的芸芸众生中，最惹人注目亦最能代表城市形象的社会群体是天子近前的文武百官们。据《通典·职官》记载："大唐一万八千八百五员。内官二千六百二十一，外郡县官一万六千一百八十五。"②又"内职掌：斋郎、府史、亭长、掌固、主膳、幕士、习驭、驾士、门仆、陵户、乐工、供膳、兽医、学生、执御、门事、学生、后士、鱼师、监门校尉、直屯、备身、主仗、典食、监门直长、亲事、帐内等。……内三万五千一百七十七。"③可见京城官僚机构庞大、官吏人数众多。依唐代官制，在京官的行政职责中，有一些例行的活动和公务是各部官员必须参与和履行的。这些政事生活因普遍和常见而成为诗歌创作的重要题材。其中，早朝和寓直因政事活动和场面的特殊性对唐代官员的心灵情思触动最大，因之留下的诗篇亦最多。

朝会作为一种政治礼仪制度，历史悠久，《周礼》中即有古代天子"三朝"之制的相关记载。汉高祖时，采用叔孙通的建议，"采古礼与秦

---

① 《北京大学学报》1986 年第 5 期。
② 《通典》卷一九《职官·官数》，第 109 页。
③ 《通典》卷四〇《职官·大唐官品》，第 230 页。

仪杂就之",创立汉家朝仪①;至汉宣帝时,则出现了"五日一听事"的常朝制度②。东汉以下其他时期,朝会制度史书记载不详,但应该也是得以持续推行的。在传统礼仪和治政活动中,朝会体现了尊天子的政治理念,所以汉高祖在仪法初成、接受百官朝贺之后云:"吾乃今日知为皇帝之贵也。"③唐魏徵《赋西汉》诗亦曰:"终藉叔孙礼,方知皇帝尊。"④同时,朝会又是一代君王和一个朝代政治面貌的直观体现,白居易《长恨歌》批评唐玄宗懈怠朝政即云:"春宵苦短日高起,从此君王不早朝。"可见,朝会是在京官员最重要的政事活动。君主临御,称为听朝、听事、视朝或临朝视事;臣子朝见,则为朝参、上朝、侍朝、朝谒、朝请。

唐代的朝会主要是早朝,根据举行时间和规模的不同,主要分为三种:即元日冬至朝贺、朔望朝参及常参。其中,元日、冬至朝会是朝廷一年中最重要的节日庆典和朝贺,规模和声势最为盛大,在京城中受众人瞩目,亦成为唐诗创作的重要题材。据《唐六典》卷四载:

> 凡元日大陈设于太极殿,皇帝衮冕临轩,展宫悬之乐,陈历代宝玉、舆辂,备黄麾仗。二王后及百官、朝集使、皇亲、诸亲并朝服陪位。皇太子献寿,次上公献寿,次中书令奏诸州表,黄门侍郎奏祥瑞,户部尚书奏诸州贡献,礼部尚书奏诸蕃贡献,太史令奏云物,侍中奏礼毕。然后,中书令又与供奉官献寿。时,殿上皆呼"万岁"……冬至大陈设如元正之仪,其异者,皇帝服通天冠,无诸州表奏、祥瑞、贡献。⑤

可见,元日、冬至这两天的朝贺讲究"大陈设":"皇帝衮冕临轩,展宫悬之乐,陈历代宝玉、舆辂,备黄麾仗。"参见朝会的除了王侯诸亲、文

---

① 《汉书》卷四三《叔孙通传》,中华书局 1962 年版,第 2126 页。
② 《汉书》卷八《宣帝纪》,第 247 页。
③ 《汉书》卷四三《叔孙通传》,第 2128 页。
④ 《全唐诗》卷三一,第 441 页。
⑤ (唐)李林甫,陈仲夫点校:《唐六典》卷四,第 113 页。

武百官、各州朝集使，还有前来贡贺的"诸蕃"，即周边少数民族和外国的使者。朝会以庆贺为主题，还有发布政令、赦令和接见宾客等重要的国事活动，《唐六典》卷七载："若元正、冬至大陈设，燕会，赦过宥罪，除旧布新，受万国之朝贡，四夷之宾客，则御承天门以听政。盖古之外朝也。"① 整个过程礼仪和秩序非常庄严、隆重②，极显天子尊贵和大唐声威。特别是元日朝会，因具有一年伊始、万象更新的重要意义，朝廷最为重视，场面最为隆重，得到了很多诗人诗笔的垂青。如王建《元日早朝》：

> 大国礼乐备，万邦朝元正。东方色未动，冠剑门已盈。帝居在蓬莱，肃肃钟漏清。将军领羽林，持戟巡宫城。翠华皆宿陈，雪仗罗天兵。庭燎远煌煌，旗上日月明。圣人龙火衣，寝殿开璇扃。龙楼横紫烟，宫女天中行。六蕃陪位次，衣服各异形。举头看玉牌，不识宫殿名。左右雉扇开，蹈舞分满庭。朝服带金玉，珊珊相触声。泰阶备雅乐，九奏鸾凤鸣。徘徊庆云中，笙磬寒铮铮。三公再献寿，上帝锡永贞。天明告四方，群后保太平。③

耿沣《元日早朝》：

> 九陌朝臣满，三朝候鼓赊。远珂时接韵，攒炬偶成花。紫贝为高阙，黄龙建大牙。参差万戟合，左右八貂斜。羽扇纷朱槛，金炉隔翠华。微风传曙漏，晓日上春霞。环佩声重叠，蛮夷服等差。乐和天易感，山固寿无涯。渥泽千年圣，车书四海家。盛明多在位，谁得守蓬麻。④

因参与了元日早朝的活动、亲眼目睹整个过程，所以诗人对朝会经过及场

---

① （唐）李林甫，陈仲夫点校：《唐六典》卷七，第217页。
② 《大唐开元礼》卷九七嘉礼"皇帝元正冬至受群臣朝贺"对其具体礼仪有详细记载。
③ 《王建诗集》卷三，第23页。
④ 《全唐诗》卷二六九，第2997页。

面的描摹很是形象具体、使人有身临其境之感。特别是王建一诗，对朝贺时守卫、仪仗、旗帜、位次、服章、礼乐以及皇帝出场、公卿献寿、天子赏告等环节都有细致生动的描绘，如写朝会地点即大明宫含元殿的雄丽①，以"龙楼横紫烟，宫女天中行"这一仰观的独特感受突出其高；写外蕃宾客云集，则抓住"六蕃倍位次，衣服各异形"这一最直观的特征；写百官朝服的隆重华贵，即以"朝服带金玉，珊珊相触声"佩饰相碰的声响来体现。耿沣诗稍有不同，因百官散居于长安各街坊，从家中到宫城早朝地点，有相当远的一段距离，所以其诗一开篇即从官员们在凌晨朦胧的夜色以烛火照明赶路的壮观情景起笔，然后再展开对宫阙、仪仗、陈设、朝服及朝会活动的描写，并在结尾寄予对太平盛世的祈愿与颂美。这可以看作是元日早朝主题比较完整的书写模式。

　　元日朝贺不仅充满了祥和、喜庆的气氛，因群官毕集、万国来朝，这一场景最能体现大唐声威和帝国气象，所以相关的早朝诗亦可谓是京都文学中泱泱大国及帝王气象的最典型代表。以上所举元日早朝诗对朝贺"陈设"及礼仪场面的铺陈已无不体现其气象之"大"，唐太宗贞观时君臣之间的一组元日早朝唱和诗，更是将此气象渲染得淋漓尽致。其中太宗首唱《正日临朝》云：

> 条风开献节，灰律动初阳。百蛮奉遐赆，万国朝未央。虽无舜禹迹，幸欣天地康。车轨同八表，书文混四方。赫奕俨冠盖，纷纶盛服章。羽旄飞驰道，钟鼓震岩廊。组练辉霞色，霜戟耀朝光。晨宵怀至理，终愧抚遐荒。②

在阳春初动的时节，唐太宗在大业已定之后临御接受百蛮及万国的朝拜和贡献，这是何等尊贵和高崇的气象！其内心亦不无豪迈欣慰，以古代帝王"舜禹"自比，咏赞自己驭宇之下"天地康"、"八表同"、"服章盛"的盛

---

① 唐初元日冬至朝会在太极宫内太极殿举行，唐高宗以后，大明宫落成，大朝会则移至大明宫内正殿含元殿举行。

② 《全唐诗》卷一，第3—4页。

世景观。李百药、魏徵、杨师道、颜师古皆有应制奉和之作，亦以高歌君王盛德及礼赞大唐气象为"和意"，举魏徵《奉和正日临朝应诏》为例：

> 百灵侍轩后，万国会涂山。岂如今睿哲，迈古独光前。声教溢四海，朝宗引百川。锵洋鸣玉佩，灼烁耀金蝉。淑景辉雕辇，高旌扬翠烟。庭实超王会，广乐盛钧天。既欣东日户，复咏南风篇。愿奉光华庆，从斯亿万年。①

诗人称太宗为前无古人的"睿哲"，赞颂其四海归一、声教天下的文武之功，并连用"百灵"、"万国"、"四海"、"百川"以及"万年"这些夸张性的时空用词，直接造就了诗歌阔大的气度。而中间对朝会场景的描绘又显得华丽辉煌，可以说是早朝和应制诗完美结合的典范之作。

元日朝贺的盛况和气象，不仅在早朝官员的笔下得到真实而形象的呈现，亦牵动了那些身在京城，却无缘与会的诗人们的遐想与情思。他们以旁观者的身份，用诗歌记下了对这一盛会的所见所感，如司空曙《和耿拾遗元日观早朝》：

> 元日争朝阙，奔流若会溟。路尘和薄雾，骑火接低星。门响双鱼钥，车喧百子铃。冕旒当翠殿，幢戟满彤庭。积岁方编瑞，乘春即省刑。大官陈禹玉，司历献尧蓂。寿酒三觞退，箫韶九奏停。太阳开物象，霈泽及生灵。南陌高山碧，东方晓气青。自怜扬子贱，归草太玄经。②

包佶《元日观百僚朝会》：

> 万国贺唐尧，清晨会百寮。花冠萧相府，绣服霍嫖姚。寿色凝丹

---

① 《全唐诗》卷三一，第 441 页。
② 《全唐诗》卷二九三，第 3336 页。

槛，欢声彻九霄。御炉分兽炭，仙管弄云韶。日昭金箓动，风吹玉佩摇。都城献赋者，不得共趋朝。①

灵澈《元日观郭将军早朝》：

> 欲曙九衢人更多，千条香烛照星河。今朝始见金吾贵，车马纵横避玉珂。②

元日朝会不仅规模场面在一年中最为盛大隆重，更重要的是一岁"元日"之万象更新、贺春祈福的重要意义，所以参与者无不以此为荣幸和要事，正如欧阳詹《元日陪早朝》诗云："斗柄东回岁又新，邅旒南面挹来宾。和光仿佛楼台晓，休气氛氲天地春。仪钤不唯丹穴鸟，称觞半是越裳人。江皋腐草今何幸，亦与恒星拱北辰。"③故而出现了以上诗歌观朝者眼中百官争赴、车马纵横及烛火成河这一京城清晨特有的壮观场景。而"自怜扬子贱"、"不得共趋朝"则表述了旁观者在遐想天子受贺这一辉煌场景后哀怨遗憾的心情和无比艳羡的心理。

除了元正冬至这两日，唐代君臣在每月朔日（初一）和望日（十五）举行的朝会活动，因参与官员人数众多，其场面和仪式也是非常隆重的。《旧唐书·职官志》载："凡京司文武职事，九品已上，每朔、望朝参。"④《新唐书·仪卫志》载："朝日，殿上设黼扆、蹑席、熏炉、香案。御史大夫领属官至殿西庑，从官朱衣传呼，促百官就班，文武列于两观。……朝罢，皇帝步入东序门，然后放仗。内外仗队，七刻乃下。"⑤可见朔望朝参主要由中央百司九品以上职事官参与，人数当不下千人，而且亦有一定规模的仪仗和陈设。其庄严、肃穆、壮丽的场景，亦在早朝者的诗中得以呈

---

① 《全唐诗》卷二〇五，第 2143 页。
② 《全唐诗》卷八一〇，第 9133 页。
③ 《全唐诗》卷三四九，第 3908 页。
④ 《旧唐书》卷四三，第 1829 页。
⑤ 《新唐书》卷二三，第 488 页。

现。如权德舆《奉和李相公早朝于中书候传点偶书所怀奉呈门下相公中书相公》云："五更钟漏歇，千门扃钥开。紫宸残月下，黄道晓光来。辨色趋中禁，分班列上台。"①窦叔向《春日早朝应制》："紫殿俯千官，春松应合欢。御炉香焰暖，驰道玉声寒。乳燕翻珠缀，祥乌集露盘。宫花一万树，不敢举头看。"②最著名的莫过于唐肃宗乾元元年（758）贾至与杜甫、岑参、王维四人在早朝大明宫后的唱和之作，贾至首倡《早朝大明宫呈两省僚友》云：

> 银烛熏天紫陌长，禁城春色晓苍苍。千条弱柳垂青琐，百啭流莺绕建章。剑佩声随玉墀步，衣冠身惹御炉香。共沐恩波凤池上，朝朝染翰侍君王。③

杜甫《奉和贾至舍人早朝大明宫》：

> 五夜漏声催晓箭，九重春色醉仙桃。旌旗日暖龙蛇动，宫殿风微燕雀高。朝罢香烟携满袖，诗成珠玉在挥毫。欲知世掌丝纶美，池上于今有凤毛。④

岑参《奉和中书贾至舍人早朝大明宫》：

> 鸡鸣紫陌曙光寒，莺啭皇州春色阑。金阙晓钟开万户，玉阶仙杖拥千官。花迎剑佩星初落，柳拂旌旗露未干。独有凤凰池上客，阳春一曲和皆难。⑤

---

① 《全唐诗》卷三二一，第3612页。
② 《全唐诗》卷二七一，第3029页。
③ 《全唐诗》卷二三五，第2596页。
④ （清）仇兆鳌：《杜诗详注》卷五，第427—428页。
⑤ 廖立：《岑嘉州诗笺注》卷五，中华书局2004年版，第711页。

王维《和贾舍人早朝大明宫之作》：

绛帻鸡人送晓筹，尚衣方进翠云裘。九天阊阖开宫殿，万国衣冠拜冕旒。日色才临仙掌动，香烟欲傍衮龙浮。朝罢须裁五色诏，佩声归向凤池头。①

从"旌旗日暖龙蛇动"、"玉阶仙杖拥千官"、"万国衣冠拜冕旒"诸语对朝会浩大场景的描述来看，应是春日里的某次朔望朝参。四位作者都是同朝为官的著名诗人，在唱和体裁上都选用七言律体，故引起后人较多的关注，从不同角度对这组诗的高下优劣加以比较和评判，如《唐音癸签》云："《早朝》四诗，名手汇此一题，觉右丞擅场，嘉州称亚，独老杜为滞钝无色。"②《唐诗别裁集》则曰："《早朝》倡和诗，右丞正大，嘉州明秀，有鲁、卫之目。贾作平平，杜作无朝之正位，不存可也。"③众说不一，可谓见仁见智。但这四首诗气象之阔大雄浑，风格之典雅伟丽，乃是诗家们的共识，如《诚斋诗话》："七言褒颂功德，如少陵、贾至诸人倡和《早朝大明宫》，乃为典雅重大。"④《诗法家数》："荣遇之诗，要富贵尊严，典雅温厚。写意要闲雅，美丽清细。如王维、贾至诸公《早朝》之作，气格雄深，句意严整，如宫商迭奏，音韵铿锵，真麟游灵沼，凤鸣朝阳也。学者熟之，可以一洗寒陋。"⑤由此可见，元日、朔望之类大型的朝贺，其活动本身隆重的陈设和排场，决定了相关早朝诗盛大的气象和华丽的风格。

与元日、朔望朝参诗的华丽壮大不同，有关常参的早朝诗较多地流露出个人的情思和风格。所谓常参，即每日皆要进行的朝参活动，据《旧唐书·职官志》："五品已上及供奉官、员外郎、监察御史、太常博士，每日参。"⑥又《唐六典》卷二云："凡京师有常参官。"下注："谓五品以上职事

<hr>

① 陈铁民：《王维集校注》卷六，中华书局1997年版，第488页。
② （明）胡震亨：《唐音癸签》卷一○，上海古籍出版社1981年版，第95页。
③ （清）沈德潜：《唐诗别裁集》卷一三，第436页。
④ （宋）杨万里：《诚斋诗话》，中华书局1983年版，第138页。
⑤ 陈伯海：《唐诗汇评》上册，第330页。
⑥ 《旧唐书》卷四三，第1830页。

官、八品以上供奉官、员外郎、监察御史、太常博士。"① 可见常参官人数少而品级高，皆是在京官员职权要重者。虽然唐代各位帝王对常参制度并不一定严格施行，如《唐会要》卷二四"受朝贺"即载："贞观十三年十月三日，尚书左仆射房玄龄奏：'天下太平，万幾事简，请三日一临朝。'诏许之。""显庆二年二月，太尉长孙无忌等奏以天下无虞，请隔日视事，许之。""（天宝）十四载三月一日敕：'常参官分日入朝，寻胜宴乐。'"② 但对于常参官来说，上早朝的次数还是相当频繁的。而且朝廷对早朝有严格的规定和相应的违规惩罚制度，《唐会要》卷二四载："又文武常参官，或有晚入，并全不到，及班列失仪，委御史台录名，牒所由，夺一月俸。经三度以上者，弹奏。"③《旧唐书·文宗本纪》："（大和元年）六月辛卯朔，敕文武常参官朝参不到，据料钱多少，每贯罚二十五文。"④ 为了按时到达早朝地点，官员需很早从家里起身，故王建《春词》一诗云："良人早朝半夜起，樱桃如珠露如水。下堂把火送郎回，移枕重眠晓窗里。"⑤ 施肩吾《冬日观早朝》云："紫烟捧日炉香动，万马千车踏新冻。绣衣年少朝欲归，美人犹在青楼梦。"⑥ 有学人在研究唐代朝参制度时指出：

　　唐代君臣常朝的内容包括朝谒君主、百官奏事和上封事以及殿廷议事等多种形式。朝谒君主是唐代君臣朝参制度中必先履行的一个不可或阙的重要仪式，当然常朝亦不例外。由于该仪式要在每天黎明时分宫门开启以后举行，故参加常朝的官员就须在黎明前，乘马赶至太极宫南承天门两侧的长乐门和广运门，或大明宫南丹凤门两侧的望仙门和建福门外等待，时称"待漏"。据有关文献记载，参加常朝的一般官员在望仙和建福门外待漏之时，宰相们则可在大明宫南光宅坊内太仆寺车坊"以避风雨"，直到唐宪宗元和初年，才在建福门外为朝

① （唐）李林甫，陈仲夫点校：《唐六典》卷二，第 33 页。
② 《唐会要》卷二四"受朝贺"、"朔望朝参"条，第 531、542 页。
③ 《唐会要》卷二四"朔望朝参"条，第 543 页。
④ 《旧唐书》卷一七，第 526 页。
⑤ 《王建诗集》卷九，第 81 页。
⑥ 《全唐诗》卷四九四，第 5593 页。

参官员修建了"待漏院"，作为朝参官员在朝谒君主之前的短暂休憩之所。又因有些官员的住宅距宫城较远，所以就要提前起程，有的甚至要在夜半出发，所受风霜之苦，可以想见。①

所以在早朝诗中，我们领略到的不仅是幸列朝班的壮志英姿，如姚合《春日早朝寄刘起居》："佩声清漏间，天语侍臣闻。莫笑冯唐老，还来谒圣君。"②或者是对君恩的诚心感戴，如韦元旦《早朝》："词庭草欲奏，温室树无言。鳞翰空为忝，长怀圣主恩。"③或者是对圣主的称赞颂美，如杨巨源《早朝》："朝时但向丹墀拜，仗下方从碧殿回。圣道逍遥更何事，愿将巴曲赞康哉。"④甚至是旁观者的艳羡和不能跻身于朝的失意不平，如韦应物《观早朝》："辉辉睹明圣，济济行俊贤。愧无鸳鹭姿，短翮空飞远。谁当假毛羽，云路相追攀。"⑤除此之外，还有早朝官员在诗中披露的频繁早起、趋朝的辛苦心境，特别是冬日里凌晨上朝所经历的风霜之苦，在诗中较为常见。如张籍《早朝寄白舍人严郎中》云：

　　　　鼓声初动未闻鸡，羸马街中踏冻泥。烛暗有时冲石柱，雪深无处认沙堤。常参班里人犹少，街漏房前月欲西。凤阙星郎离去远，阁门开日入还齐。⑥

"常参班里人犹少"一句说明了诗人所写的是冬日里常参的境况。张籍时任水部员外郎，官阶从六品上，亦符合《唐六典》所记"八品以上供奉官、员外郎、监察御史、太常博士"为常参官的规定。诗中描述了在严寒的冬天，"鼓声初动"、鸡声未啼时即起身赶路，据《新唐书·百官志》："左右街使，掌分察六街徼巡。……五更二点，鼓自内发，诸街鼓承振，

①　　杨希义：《唐代君臣朝参制度初探》，见《唐史论丛》第十辑，2008年2月。
②　《全唐诗》卷四九七，第2537—2538页。
③　《全唐诗》卷六九，第773页。
④　《全唐诗》卷三三三，第3722—3723页。
⑤　　陶敏、王友胜：《韦应物集校注》卷七，第440页。
⑥　《全唐诗》卷三八五，第4332页。

坊市门皆启，鼓三千挝，辨色而止。"①其时"五更二点"，相当于今日凌晨五时左右。冬日的凌晨五时，天色昏黑，只能以弱暗的烛火照路；路上冻泥乱溅、积雪较深，百官上朝所行走的沙堤亦难以辨认，故而出现了诗中所描述的诗人骑着一匹羸马在风雪昏暗之中横冲乱撞的狼狈情景。这只是我们在张籍一诗中所看到的。唐人韦绚《刘宾客嘉话录》记载了入朝路上的一则趣事："刘仆射晏五鼓入朝，时寒，中路见卖蒸胡饼之处，热气腾辉，使人买之，以袍袖包裙帽底，啖之，且谓同列曰：'美不可言，美不可言！'"②尚书左仆射尚得如此，其他早朝官员在严寒之中冲风冒雨的情形亦可想见。正是考虑到百官上朝时不堪天气恶劣之苦，所以唐朝对此亦有体恤和宽待，如《唐会要》卷二四载："（贞元十三年）六月十二日敕：卿等朝谒是常，或阴雨不闻鼓声，则不免奔波走马，忽有坠损，深轸朕怀。自今以后，纵鼓声差池，亦不得走马。及时暑稍甚，雨雪泥潦，亦量放朝参。"③

对早朝的辛酸苦楚写的最多亦最好的是中唐诗人白居易。白居易在朝时曾任京兆府户曹参军（正七品下）、太子左赞善大夫（正五品上）、司门员外郎（从六品上）、主客郎中（从五品上）、中书舍人（正五品上）、刑部侍郎（正四品下）等职，无论参与大规模的朝贺，还是具有常参官资格时，皆有诗写其早朝之苦。如《早朝贺雪寄陈山人》云：

> 长安盈尺雪，早朝贺君喜。将赴银台门，始出新昌里。上堤马蹄滑，中路蜡烛死。十里向北行，寒风吹破耳。待漏午门外，候对三殿里。须鬓冻生冰，衣裳冷如水。忽思仙游谷，暗谢陈居士。暖覆褐裘眠，日高应未起。④

据《白居易集笺校》所考，此诗作于元和五年（810），时任京兆府户曹

①《新唐书》卷四九，第 1285 页。

②（唐）韦绚：《刘宾客嘉话录》，中华书局 1985 年版，第 11 页。

③《唐会要》卷二四"朔望朝参"条，第 544 页。

④ 朱金城：《白居易集笺校》卷九，第 487 页。

参军、翰林学士。京兆府诸曹参军官阶正七品下，非常参官，诗中又云"早朝贺君喜"，当是写冬日某次朔望朝贺的经历。诗虽以早朝为主题，但全篇皆写赴朝的严寒冷冻与切肤感受，不见一般早朝诗中所常见的凌晨景色和朝阙局面。又有《初授赞善大夫早朝寄李二十助教》云：

> 病身初谒青官日，衰貌新垂白发年？寂莫曹司非热地，萧条风雪是寒天。远坊早起常侵鼓，瘦马行迟苦费鞭。一种共君官职冷，不如犹得日高眠。①

《早朝思退居》云：

> 霜严月苦欲明天，忽忆闲居思浩然。自问寒灯夜半起，何如暖被日高眠？唯惭老病披朝服，莫虑饥寒计俸钱。随有随无且归去，拟求丰足是何年？②

据考，前诗作于元和九年（814），守服满后，初授太子左赞善大夫（正五品上）一职；后诗作于元和十五年（820），刚从贬地召回，时任司门员外郎，皆具有常参官的资格。两诗在内容上亦以早朝的风霜之苦为正题。诗人家住新昌里，北距宫城有十里之遥，为赴早朝，即使是老病之体，亦需半夜起身，在风雪萧条、霜严月苦的寒天里鞭马赶路。可以想见，这种情形在常参官的生活中是常有的。正是不堪其苦，诗人的思想情绪亦发生了变化。以上早时所作《早朝贺雪寄陈山人》中诗人尚还只是对"暖覆褐裘眠，日高应未起"的陈居士（陈鸿）寄以艳羡，在这两首诗里，诗人则已转化为心理的上一种自觉调适和对自我状态的明确向往："不如犹得日高眠"、"何如暖被日高眠"、"随有随无且归去，拟求丰足是何年"。

---

① 朱金城：《白居易集笺校》卷一五，第886页。
② 朱金城：《白居易集笺校》卷一九，第1227页。

白居易早朝诗中的这种情绪与其仕宦经历及相应的思想变化是一致的。《旧唐书·白居易传》云："居易初对策高第，擢入翰林，蒙英主特达顾遇，颇欲奋厉效报，苟致身于讦谟之地，则兼济生灵。蓄意未果，望风为当路者所挤，流徙江湖。四五年间，几沦蛮瘴。自是宦情衰落，无意于出处，唯以逍遥自得，吟咏情性为事。"①"流徙江湖"即其任太子左赞善大夫时因越职言事而被贬江州一事，"自是宦情衰落"，白居易思想由"兼济"转向"独善"，这已成为学界较为一致的认识。就集中体现其"宦情"的早朝诗来看，如果说"一种共君官职冷，不如犹得日高眠"，反映出白氏对太子左赞善大夫这一闲官不满而滋生的失望情绪和逆反心理，那么贬后回朝所作"忽忆闲居思浩然"、"随有随无且归去，拟求丰足是何年"诸语，则是其知足保和人生观念与独善思想的理性表达。大约同时其他的早朝诗亦说明了这一点，如《行简初授拾遗同早朝入阁因示十二韵》云：

> 夜色尚苍苍，槐阴夹路长。听钟出长乐，传鼓到新昌。宿雨沙堤润，秋风桦烛香。马骄欺地软，人健得天凉。待漏排阊阖，停珂拥建章。尔随黄阁老，吾次紫微郎。并入连称籍，齐趋对折方。斗班花接萼，绰立雁分行。近职诚为美，微才岂合当。纶言难下笔，谏纸易盈箱。老去何侥幸，时来不料量。唯求杀身地，相誓答恩光。②

诗作于长庆元年（821），时白居易任中书舍人（正五品上）的"近职"，于司门员外郎、主客郎中两职后，又有升迁，可以说仕途开始变得坦顺。诗中所写是秋日的一次早朝经历，我们可以从中感受到宿雨之后早朝路上清新凉爽的秋意，甚至仿佛能闻到秋风吹拂下送来的"桦烛"之香，也看到了宫城中群官济济、"绰立"燕行的宏大场面，与前面"霜严月苦"的早朝情景大大不同。但此情此景在诗人心中已掀不起振奋和风发，诗中呈现的却是微才难当和政事难理的消极心理，以及对老去致仕、离朝退居的

---

① 《旧唐书》卷一六六，第 4353 页。
② 朱金城：《白居易集笺校》卷一九，第 1254 页。

悠然想往。

《旧唐书·白居易传》云："大和已后，李宗闵、李德裕朋党事起，是非排陷，朝升暮黜，天子亦无如之何。杨颖士、杨虞卿与宗闵善，居易妻，颖士从父妹也。居易愈不自安，惧以党人见斥，乃求致身散地，冀于远害。凡所居官，未尝终秩，率以病免，固求分务，识者多之。"①白居易离开京城、"致身散地"之后，亦在多首诗中表达他对早朝的记忆和感受。如《晏起》：

> 鸟鸣庭树上，日照屋檐时。老去慵转极，寒来起尤迟。厚薄被适性，高低枕得宜。神安体稳暖，此味何人知？睡足仰头坐，兀然无所思。如未凿七窍，若都遣四肢。缅想长安客，早朝霜满衣。彼此各自适，不知谁是非？②

《晓寝》：

> 转枕重安寝，回头一欠伸。纸窗明觉晓，布被暖知春。莫强疏慵性，须安老大身。鸡鸣犹独睡，不博早朝人。③

《风雪中作》：

> 岁暮风动地，夜寒雪连天。老夫何处宿？暖帐温炉前。两重褐绮衾，一领花茸毡。粥熟呼不起，日高安稳眠。是时心与身，了无闲事牵。以此度风雪，闲居来六年。忽思远游客，复想早朝士。蹋冻侵夜行，凌寒未明起。……④

---

① 《旧唐书》卷一六六，第4354页。
② 朱金城：《白居易集笺校》卷八，第458页。
③ 朱金城：《白居易集笺校》卷一七，第1107页。
④ 朱金城：《白居易集笺校》卷三〇，第2059页。

在闲居晚起、晓觉这些日常生活的描述中，犹能从安泰闲适的情景忆起长安早朝人，可见往日遭受的切肤之苦在其脑海中留下了深刻的裂痕。或许是冬日早朝的风霜严寒尤其刻骨铭心，在风雪之夜，诗人亦能以同情之心想起"凌寒未明起"的早朝之士，可见他对这一熟悉场景和往日经验的恐惧心理。由于白居易关注一己之身和现实生存的世俗心性，他对早朝的书写和认识更多展现的是一个作为"个体"存在的唐代早朝人，但早朝之苦对唐代文人却是普泛存在的，故布衣诗人孟浩然将之作为无意仕宦、归隐山林的托辞，作《京还赠张维》云："拂衣去何处？高枕南山南。欲徇五斗禄，其如七不堪。早朝非晏起，束带异抽簪。因向智者说，游鱼思旧潭。"①

第三节　唐代京城寓直与诗歌

唐人郑谷《试笔偶书》云："露花春直夜，烟鼓早朝时。世路多艰梗，家风免坠遗。"②在京官的例行公事和政务生活中，常见写进诗歌的除了早朝，就是寓直。《文苑英华》卷一九〇及一九一两卷收录"朝省"类诗歌时即分为两门，即朝会和寓直。

寓直即当直，今日谓之值班。因例在禁省（衙）内住宿，故又称夜直或宿直。唐代寓直制度是唐代官制的一部分，其内容主要见《唐六典》、《旧唐书》及《唐会要》三书记载，然稍流于简单和模糊，今人对此关注亦不多，所见有顾建国《唐代"寓直"制漫议》和林楚涛《也谈唐代"寓直"制》两文③。唐代官员多为文官，常将寓直生活及所思所感写进诗歌，故唐诗中存有大量以寓直为主题的作品。这不仅为研究唐代寓直制度这一职官文化提供了丰富的史料，亦向我们展示了唐代文人的政事生活及思想情趣。

---

① 徐鹏:《孟浩然集校注》卷三，人民文学出版社 1989 年版，第 181—182 页。
② 《全唐诗》卷六七五，第 7729 页。
③ 分别见《淮阴师范学院学报》2002 年第 3 期、《文史博览》（理论）2009 年 6 月。

一　唐代寓直诗的内容

据《旧唐书·职官志》："凡尚书省官，每日一人宿直。都司执直簿，转以为次。凡内外百僚，日出而视事，既午而退，有事则直官省之。其务繁，不在此例。"①可知唐代京官午后即放朝，当直官员则留供职部门，通宵宿直。寓直的清夜时分，没了人声的喧沸、人事的应酬，周围一片静谧；又少了家人、朋友的陪伴，略显孤独，正是诗情藻思萌生的良好环境。正如魏知古《春夜寓直凤阁怀群公》云："拜门传漏晚，寓直索居时。……夙夜怀山甫，清风咏所思。"②宋末方回在《瀛奎律髓》中曾单列"暮夜诗"一类，并在序中说："道途晚归，斋阁夜坐，眺瞑色，数长更，诗思之幽致，尤见于斯。"③显然，暮夜诗中就包括寓直诗。

唐代寓直诗多写深夜寓直时禁省之景和个人情思。据现存史料，唐代中书、门下、尚书三省机构皆须寓直，中书、门下二省在早朝宫殿（太极殿或宣政殿）的东西两侧④，有两掖之称；尚书省及其他监寺部门多在皇城内，故唐代京官寓直根据官职和供职部门的不同，有的在宫城，有的在皇城。寓直诗中有些诗题直接点明寓直机构和地点，中书省寓直如杨师道《中书寓直咏雨简褚起居上官学士》、苏颋《秋夜寓直中书呈黄门舅》；门下省寓直如王维《春日直门下省早朝》、徐铉《早春左省寓直》；尚书省寓直如厍狄履温《夏晚初霁南省寓直用余字》等。有些则没有说明，需据诗歌内容和作者身份进行判断。然无论身在宫城，还是皇城，因官员宿直时夜色苍茫，与早朝诗多描绘清晨宫阙的辉煌壮丽与朝廷的气象威仪不同，寓直诗则以描写禁省清夜的自然之景为主。下面以春夏秋冬四季为序各录一首为例。如白居易《春夜宿直》：

① 《旧唐书》卷四三，第1817页。

② 《全唐诗》卷九一，第991—992页。

③ （元）方回著，李庆甲集评校点：《瀛奎律髓汇评》卷八，上海古籍出版社1986年版，第529页。

④ 唐初在朝会地点太极殿两侧，高宗以后，皇帝居所迁至大明宫，早朝之所由太极殿移至大明宫的宣政殿，中书门下二省随迁。

三月十四夜，西垣东北廊。碧梧叶重叠，红药树低昂。月砌漏幽影，风帘飘暗香。禁中无宿客，谁伴紫微郎？①

库狄履温《夏晚初霁南省寓直用余字》（题下注：时兼尚书郎节度判官）：

薄宦因时泰，凉宵寓直初。沉沉仙阁闭，的的暗更徐。霁色连空上，炎氛入夜除。星回南斗落，月度北窗虚。待漏残灯照，含芳袭气余。寐来冠不解，奏罢草仍书。②

韦应物《夜直省中》：

河汉有秋意，南宫生早凉。玉漏殊杳杳，云阙更苍苍。华灯发新焰，轻烟浮夕香。顾迹知为忝，束带愧周行。③

宋之问《冬夜寓直麟台》：

直事披三阁，重关秘七门。广庭怜雪净，深屋喜炉温。月幌花虚馥，风窗竹暗喧。东山白云意，兹夕寄琴樽。④

在夜深人静的时候，人对周围的一花一木、风吹草动都极其敏感，以上诗歌即皆写深夜独处宫禁时对周围节物气候的感受，我们可以从中体会到春夜的叶荣花发、暑夜炎退的清爽、秋夜早生的寒凉及冬夜深屋生炉的暖意。寓直诗以写夜景为主，常呈现出幽静清冷的氛围和意境，而使用最为频繁的意象则是月、灯、漏、星、银河、影、露、雾等，以及风、烟、气、花、树、叶、竹之类自然风物和禁省中观、阙、楼、阁、

---

① 朱金城：《白居易集笺校》卷一九，第 1291 页。
② 《全唐诗》卷一二○，第 1210 页。
③ 陶敏、王友胜：《韦应物集校注》卷八，第 449 页。
④ 陶敏、易淑琼：《沈佺期宋之问集校注》下册卷一，第 407 页。

栏、窗等建筑意象。因寓直诗的创作诞生于宫廷环境中，有的则在这些名物前用带有宫廷色彩的形容词或名词加以修饰，如上引韦应物《夜直省中》："玉漏殊杳杳，云阙更苍苍。华灯发新焰，轻烟浮夕香。"它如权德舆《奉和张舍人阁老阁中直夜思闻雅琴因以书事通简僚友》："轩窗韵虚籁，兰雪怀幽音。珠露销暑气，玉徽结遐心。"① 杜牧《早春阁下寓直萧九舍人亦直内署因寄书怀四韵》："御水初销冻，宫花尚怯寒。千峰横紫翠，双阙凭阑干。玉漏轻风顺，金茎淡日残。"② "玉漏"、"云阙"、"御水"、"宫花"等，明显具有宫廷的华贵气息。因当直的官员需参加第二日的早朝，寓直诗有时亦写深夜渐退后的晓色，如王维《春日直门下省早朝》："骑省直明光，鸡鸣谒建章。遥闻侍中佩，暗识令君香。玉漏催铜史，天书拜夕郎。旌旗映闾阖，歌吹满昭阳。官舍梅初紫，宫门柳欲黄。"③ 姚合《西掖寓直春晓闻残漏》："直庐仙掖近，春气曙犹寒。隐隐银河在，丁丁玉漏残。微风飘更切，万籁杂应难。凤阁明初启，鸡人唱渐阑。静宜来禁里，清是下云端。我识朝天路，从容自整冠。"④ 如果寓直时天气突变，自然会引起诗人的咏唱，如杨师道《中书寓直咏雨简褚起居上官学士》：

　　云暗苍龙阙，沉沉殊未开。窗临凤凰沼，飒飒雨声来。电影入飞阁，风威凌吹台。长檐响奔溜，清簟肃浮埃。早荷叶稍没，新篁枝半摧。兹晨怅多绪，怀友自难裁。况复重城内，日暮独裴回。玉阶良史笔，金马揜天才。高甍通散骑，复道驾蓬莱。思君赠桃李，于此冀琼瑰。⑤

令狐楚《省中直夜对雪寄李师素侍郎》：

----

① 《全唐诗》卷三二一，第 3615 页。
② 吴在庆：《杜牧集系年校注》"樊川文集卷二"，第 108 页。
③ 陈铁民：《王维集校注》卷三，第 220 页。
④ 《全唐诗》卷五〇〇，第 5689 页。
⑤ 《全唐诗》卷三四，第 458 页。

密雪纷初降，重城杏未开。杂花飞烂漫，连蝶舞徘徊。洒散千株叶，销凝九陌埃。素华凝粉署，清气绕霜台。明觉侵窗积，寒知度塞来。谢家争拟絮，越岭误惊梅。暗魄微茫照，严飙次第催。稍封黄竹亚，先集紫兰摧。孙室临书幌，梁园泛酒杯。静怀琼树倚，醉忆玉山颓。翠陌饥乌噪，苍云远雁哀。此时方夜直，想望意悠哉。①

在夜直的清冷时分，人对自然气候的骤变比平日里的一静一动会有更为丰富敏锐的感受，何况有大的雨雪来袭？以上两首诗分别以咏雨和咏雪为主题，大笔刻画夜直时风雨和大雪降临时的形态和景色，笔触精工细致，如写风声雨势云"电影入飞阁，风威凌吹台"，写大雪纷飞云"杂花飞烂漫，连蝶舞徘徊"，皆十分形象入微。

除了写景咏物，寓直诗的一大内容就是抒写夜直时的各种活动和内心情感，鲁迅先生云："夜是造化所织的幽玄的天衣，普覆一切人，使他们温暖、安心，不知不觉的自己渐渐脱去人造的面具和衣裳，赤条条地裹在这无边际的黑絮似的大块里。"②夜晚是一个容易触动思绪、吐露心曲的时刻，这使得其不同于内容空泛、个性虚弱的宫廷诗，而具有了一定的气质和情韵。其中有写寓直时的冷清和寂寞，如白居易《夏夜宿直》：

人少庭宇旷，夜凉风露清。槐花满院气，松子落阶声。寂寞挑灯坐，沉吟蹋月行。年衰自无趣，不是厌承明。③

裴夷直《省中题新植双松》：

端坐高宫起远心，云高水阔共幽沉。更堂寓直将谁语，自种双松

①　《全唐诗》卷三三四，第3747页。
②　鲁迅：《夜颂》，《准风月谈》，《鲁迅全集》第五卷，人民文学出版社1981年版，第193页。
③　朱金城：《白居易集笺校》卷一九，第1292页。

伴夜吟。①

在寓直的夜晚，周围静寂得连松子掉落在台阶上的声音都可以听见。而身在此境的，是寂寞和孤独的寓直之人。为了排遣无人可语的孤寂，作者"挑灯"、"踏月"，甚至"自种双松伴夜吟"。这种冷清和孤单的感觉，有时候因有了他人的陪伴而消除，如白居易《冬夜与钱员外同直禁中》：

> 夜深草诏罢，霜月凄凛凛。欲卧暖残杯，灯前相对饮。连铺青缣被，对置通中枕。仿佛百余宵，与君同此寝。②

郑畋《禁直和人饮酒》：

> 卉醴陀花物外香，清浓标格胜椒浆。我来尚有钧天会，犹得金尊半日尝。③

据现有史料，唐代官员寓直除了以独自一人直宿为主，还可两名官员同直，如《新唐书·杜正伦传》即载："正伦工属文，尝与中书舍人董思恭夜直，论文章。思恭归，谓人曰：'与杜公评文，今日觉吾文顿进。'"④唐诗中也有同直的记载，如白居易《梦裴相公》云："梦中如往日，同直金銮宫。"⑤元稹《寄浙西李大夫四首》其三曰："禁林同直话交情，无夜无曾不到明。"⑥除此之外，亦可招人伴直，韦庄《南省伴直》诗云："何事爱留诗客宿，满庭风雨竹萧骚。"⑦郑谷《献制诰杨舍人》云："随行已有朱衣吏，伴直多招紫阁僧。"⑧林宽《和周繇校书先辈省中寓直》云："伴直僧谈

---

① 《全唐诗》卷五一三，第 5861 页。
② 朱金城：《白居易集笺校》卷五，第 282 页。
③ 《全唐诗》卷五五七，第 6464 页。
④ 《新唐书》卷一〇六，第 4039 页。
⑤ 朱金城：《白居易集笺校》卷一〇，第 521 页。
⑥ 周相录：《元稹集校注》卷二二，上海古籍出版社 2011 年版，第 668 页。
⑦ 向迪琮校订：《韦庄集·浣花集》卷八，第 90 页。
⑧ 《全唐诗》卷六七六，第 7745 页。

静，侵霜蛩韵低。"①可见伴直之人多为诗客和僧人。在有同直或伴直的情况下，两人便可开展对饮、论文以及闲谈之类的活动，比起"寂寞闻宫漏"的独直，心绪自然要好得多。即使一人独直，除了以上诗歌所写孤寂的感觉，亦有不同的状态和心境。有的于静寂中咀嚼出闲逸的味道，如徐铉《早春左省寓直》："旭景鸾台上，微云象阙间。时清政事少，日永直官闲。远籁飞箫管，零冰响珮环。终军年二十，默坐叩玄关。"②因名列金闺，方得寓直，唐人也将其视为仕宦得意和图报君恩的一种表现形式，有的内心则充满了任重的荣耀感，如郑谷《南宫寓直》："寓直事非轻，宦孤忧且荣。制承黄纸重，词见紫垣清。"③权德舆《奉酬张监阁老雪后过中书见赠加两韵简南省僚旧》："寓直久叨荣，新恩倍若惊。"④白居易《西掖早秋直夜书意》："遇圣惜年衰，报恩愁力小。素餐无补益，朱绶虚缠绕。"⑤即是描写这种政治满足感和感恩报君的心理。寓直本是在京官员政事活动的一部分，这些诗歌对寓直活动和心绪的记录，可以说为我们观察唐代文人的仕宦心态和个性精神提供了一个很好的窗口。

二　中书舍人与寓直诗

在现存唐诗中，因中书舍人一职的特殊性，相关寓直诗的数量较多，在内容情感上亦呈现出鲜明的特色。《通典》卷二一记载中书舍人职掌云："专掌诏诰，侍从署敕，宣旨劳问，授纳诉讼，敷奏文表，分判省事。"⑥其中，"专掌诏诰，侍从署敕"，是唐代中书舍人的专职和中心工作，亦与寓直制度密切相关。《唐六典》载："中书舍人掌侍奉进奏，参议表章。凡诏旨、制敕及玺书、册命，皆按典故起草进画；既下，则署而行之。"⑦这些制令诏书为了能在早朝时得以颁行，多为中书舍人宿直时

---

① 《全唐诗》卷六〇六，第 7004 页。
② 《全唐诗》卷七五一，第 8549 页。
③ 《全唐诗》卷六七六，第 7758 页。
④ 《全唐诗》卷三二一，第 3616 页。
⑤ 朱金城：《白居易集笺校》卷一一，第 617 页。
⑥ 《通典》卷二一，第 125 页。
⑦ 《唐六典》卷九，第 276 页。

起草和完成。若遇紧急事件或临时促命，更需要宿直者当夕召对和草诏，所以对中书舍人一职来说，一者，直宿之务不仅尤为重要，而且非常频繁，白居易《初下汉江舟中作寄两省给舍》一诗回忆自己任中书舍人之职时即云："晨无朝谒劳，夜无直宿勤。"①二者，此职文才突出者方能胜任，故被称之为"文士之极任，朝廷之盛选"②。唐史上有不少文人即因擅任此职而获盛誉，如开元二十四年（736），孙逖为中书舍人，史书记载："逖掌诰八年，制敕所出，为时流叹服。议者以为自开元已来，苏颋、齐浣、苏晋、贾曾、韩休、许景先及逖，为王言之最。逖尤善思，文理精练，加之谦退不伐，人多称之。"③亦有因文思不足而受责罚者，如《唐会要》载："大足元年，则天常引中书舍人陆馀庆入令草诏，馀庆回惑至晚，竟不能裁一词。由是转左司郎中。"④虽然在安史之乱后，因翰林学士直承天子诰命、领掌内制，中书舍人的草诏任务和权力大为削弱，但其仍是文人企羡的要职和官员升迁的重要阶梯，中书舍人宿直的现象亦十分常见。

正因宿直的频繁，加之任此职者文才甚高，故唐代寓直诗中，以中书舍人寓直诗最多。如苏颋《春晚紫微省直寄内》：

> 直省清华接建章，向来无事日犹长。花间燕子栖鸀鹍，竹下鹎鸰绕凤皇。内史通宵承紫诰，中人落晚爱红妆。别离不惯无穷忆，莫误卿卿学太常。⑤

"紫微省"即中书省，"内史"即中书舍人。《旧唐书·苏颋传》记载："俄拜中书舍人。寻而颋父同中书门下三品，父子同掌枢密，时以为荣。机事填委，文诰皆出颋手，中书令李峤叹曰：'舍人思如涌泉，峤所不及

---

①　朱金城：《白居易集笺校》卷八，第 428 页。

②　《通典》卷二一《职官三》"中书舍人"条，第 126 页。

③　《旧唐书》卷一九〇《孙逖传》，第 5044 页。

④　《唐会要》卷五五"中书舍人"条，第 1107 页。

⑤　《全唐诗》卷七三，第 806 页。

也。'"①诗中"内史通宵承紫诰",写的即是其任中书舍人省直时起草诏书工作的辛苦与繁重。宿直时因看到宫中"爱红妆"的宫女,牵动起对自己忙于公务而被冷落在家中的妻子的忆念,并警醒自己不要像冷血的周太常那样误了"卿卿"②,可见宿直对他来说极其频繁的。又如李绅《忆夜直金銮殿承旨》:

> 日当银汉玉绳低,深听箫韶碧落齐。门压紫垣高绮树,阁连青琐近丹梯。墨宣外渥催飞诏,草布深恩促换题。明日独归花路远,可怜人世隔云霓。③

李绅长庆元年(821)三月任司勋员外郎知制诰,二年(822)二月又迁中书舍人加翰林承旨,可见当时极受器重,内制、外命皆有参与和掌领。此诗即是其自京城出官之后回忆起当年于金銮殿夜直时的情景而作。金銮殿位于唐东内大明宫内,为皇帝在内廷召对臣下与议决大事之处。诗中写自己禁内夜直时奉诏承旨和起草诏书的专注与紧张场面:"墨宣外渥催飞诏,草布深恩促换题。"言语之中溢满了对君恩深重和自己才德胜任的荣耀感和成就感。

　　唐代以中书舍人身份创作寓直诗最多的是权德舆、白居易、郑畋几位诗人。相比之下,权德舆和白居易二人对宿直时孤独疲惫、寂寞衰老的主观意绪和个人心境的描写较为突出。如权德舆《中书夜直寄赠》:

> 通籍在金闺,怀君百虑迷。迢迢五夜永,脉脉两心齐。步履疲青琐,开缄倦紫泥。不堪风雨夜,转枕忆鸿妻。④

---

① 《旧唐书》卷八八,第2880页。
② 所用典故见《后汉书》卷七九《周泽传》:"泽性简,忽威仪,颇失宰相之望。数月,复为太常。清洁循行,尽敬宗庙。常卧疾斋宫,其妻哀泽老病,窥问所苦。泽大怒,以妻干犯斋禁,遂收送诏狱谢罪。当世疑其诡激。时人为之语曰:'生世不谐,作太常妻,一岁三百六十日,三百五十九日斋。'"中华书局1965年版,第2578页。
③ 卢燕平:《李绅集校注》,中华书局2009年版,第105页。
④ 《全唐诗》卷三二九,第3677页。

又如《病中寓直代书题寄》：

  愚夫何所任，多病感君深。自谓青春壮，宁知白发侵。寝兴劳善祝，疏懒愧良箴。寂寞闻官漏，那堪直夜心。①

据《新唐书·权德舆传》载：

  岁中，兼知制诰，进中书舍人。当是时，帝亲揽庶政，重除拜，凡命诸朝，皆手制中下。始，德舆知制诰，而徐岱给事中，高郢为舍人。居数岁，岱卒，郢知礼部，德舆独直两省，数旬一还舍，乃上书言："左右掖垣，承天子诰命，奉行详覆，各有攸司。旧制，分曹十员，以相防检。大抵事有所壅，则吏得为非。四方闻者，或以朝廷为乏士，要重之司，不宜久废。"帝曰："非不知卿之劳，但择如卿者未得其人耳。"②

中书舍人有数夜连直的情况，白居易即有《中书连直寒食不归因忆元九》诗。权德舆因受倚重，竟至"数旬一还舍"，甚至病中还得寓直，其辛劳程度可以想见。《旧唐书》本传称其"居西掖八年，其间独掌者数岁"③，杨嗣复《丞相礼部尚书文公权德舆文集序》亦云其"凡四任九年，专掌诏诰"④。抑或独掌纶诰，并有宿直之勤，其寓直诗中充斥着"疲"、"倦"、"愚"、"劳"以及"不堪"、"那堪"等消极色彩和情绪。

  如果说这种消极心理只是权德舆在身心疲惫状态下的一种感性诉求和倾泻，那么白居易寓直诗中的衰老病痛则是其江州之贬后宦情淡薄的一种具体表现。如其《中书连直寒食不归因忆元九》：

---

① 同上书，第3678页。
② 《新唐书》卷一六五，第5077页。
③ 《旧唐书》卷一四八，第4003页。
④ 《全唐文》卷六一一，第6176页。

去岁清明日，南巴古郡楼。今年寒食夜，西省凤池头。并上新人直，难随旧伴游。诚知视草贵，未免对花愁。鬓发茎茎白，光阴寸寸流。经春不同宿，何异在忠州？①

又《西掖早秋直夜书意》（下注：自此后中书舍人时作）：

凉风起禁掖，新月生宫沼。夜半秋暗来，万年枝袅袅。炎凉递时节，钟鼓交昏晓。遇圣惜年衰，报恩愁力小。素餐无补益，朱绶虚缠绕。冠盖栖野云，稻粱养山鸟。量力私自省，所得已非少。五品不为贱，五十不为夭。若无知足心，贪求何日了？②

又《中书寓直》：

缭绕宫墙围禁林，半开阊阖晓沉沉。天晴更觉南山近，月出方知西掖深。病对词头惭彩笔，老看镜面愧华簪。自嫌野物将何用？土木形骸麋鹿心。③

穆宗即位后，白居易自贬所召还长安，曾任主客郎中知制诰、旋转中书舍人。以上诗歌即是其以中书舍人宿直时所作。诗中不从客观上写夜直草诏的繁忙与劳累，而是从主观自身的"衰"、"老"、"病"、"愁"出发，表现自己不能胜任及黯然思退的惭愧和惋惜心情。而这一心理的制动者，则是其遭遇贬谪之后人生观念上转向"栖野云"、"养山鸟"及"土木形骸"的独善之想和知足之心。

与权德舆、白居易对主观心境和个人意绪的抒写不同，咸通时曾任中书舍人、翰林学士承旨的郑畋，其寓直诗中虽然也写公务的繁重，如《麸秋夜直》："蕊宫裁诏与宵分，虽在青云忆白云。待报君恩了归去，山翁

① 朱金城：《白居易集笺校》卷一九，第1232页。
② 朱金城：《白居易集笺校》卷一一，第617页。
③ 朱金城：《白居易集笺校》卷一九，第1266页。

急草移文。"① 但更突出的是用绝句这一体裁描写寓直时人物合一的情境,如其《初秋寓直三首》:

　　　晓星独挂结麟楼,三殿风高药树秋。玉笛数声飘不住,问人依约在东头。

　　　宿鸟翩翩落照微,石台楼阁锁重扉。步廊无限金羁响,应是诸司扈从归。

　　　幽阁焚香万虑凝,下帘胎息过禅僧。玉堂分照无人后,消尽金盆一碗冰。②

《夜景又作》:

　　　铃条无响闭珠宫,小阁凉添玉蕊风。枕簟满床明月到,自疑身在五云中。③

绝句诗重在含蓄,以情韵为先。因篇幅短小,"多用于抒述诗人在瞬刻间的片段的生活感受,一点一滴,都是诗人心灵的结晶。但瞬刻间的感受有时也比较复杂,不一定能为短短四句话概括得尽,因而绝句也很少象律诗那样正面刻划心理活动,往往采取避实就虚的手法,借助于侧面烘托或一点深入来揭示人的情思,求得以少胜多的艺术效果"④。以上数诗,皆写禁中寓直时的片刻感受,表现出一种寂静、孤独的意境和氛围。如"枕簟满床明月到,自疑身在五云中",表面写明月满床,我们联想到的则是作者的孤独不寐;又如"步廊无限金羁响,应是诸司

---

① 《全唐诗》卷五五七,第6463页。
② 同上。
③ 同上。
④ 陈伯海:《唐诗学引论》,东方出版中心1988年版,第145页。

扈从归"，正面写的是金羁响声，我们感受到的却是以动写静的艺术效果。郑畋现存诗十七首①，其中绝大部分都是寓直诗。而这些寓直诗除了《中秋月直禁苑》、《五月一日紫宸候对时属禁直穿内而行因书六韵》两首以外，其他则全用绝句一体。唐代寓直诗在体式上多用古体和律体，在其之前，也有诗人用绝句写宿直活动，如白居易《同钱员外禁中夜直》："宫漏三声知半夜，好风凉月满松筠。此时闲坐寂无语，药树影中唯两人。"②但在数量上非常少，所见仅两三篇，而且其中两篇皆是咏物之作，即韩愈《芍药》（下注：元和中知制诰寓直禁中作）："浩态狂香昔未逢，红灯烁烁绿盘龙。觉来独对情惊恐，身在仙宫第几重？"③裴夷直《省中题新植双松》："端坐高宫起远心，云高水阔共幽沉。更堂寓直将谁语，自种双松伴夜吟。"④可见，郑畋大量采用绝句一体写作寓直诗，是有艺术独创性的。其绝句善于在幽静的环境氛围中烘托出人物的情思，情景相生，正如方回评论暮夜诗时说"诗思之幽致，尤见于斯"。

三　唐代唱和与寓直诗

白居易《与元九书》云："索居则以诗相慰，同处则以诗相娱。"⑤宿直时无论是寂静孤独的情境，还是在单调紧张的工作氛围中，创作诗歌与他人如同僚、友朋等进行交流唱和，均是一种非常好的心理排遣和精神调节方式，所以寓直诗这一诗歌类型从一产生就与寄赠唱和的创作动机和创作形式联系在一起，如《文苑英华》卷一九〇"寓直"一类所选早期诗歌王筠《寓直中庶坊赠萧洗马》、吴均《入兰台赠王治书僧孺》、邢子才《冬夜酬魏少傅直史馆》等。唐代寓直诗亦是如此，初盛唐时期如杨师道《中书寓直咏雨简褚起居上官学士》、上官仪《酬薛舍人万年宫晚景寓直怀友》、

---

① 《全唐诗》卷五五七存其诗十六首，《全唐诗补编·补逸》补一首。
② 朱金城：《白居易集笺校》卷一四，第805页。
③ 屈守元、常思春：《韩愈全集校注》，四川大学出版社1996年版，第664页。
④ 《全唐诗》卷五一三，第5861页。
⑤ 朱金城：《白居易集笺校》卷四五，第2795页。

沈佺期《酬苏员外味道夏晚寓直省中见赠》、宋之问《和姚给事寓直之作》、崔颢《奉和许给事夜直简诸公》等，诗题内容明显反映出这些作品均创作于唐人宿直时的唱和活动中。

从现存唐诗来看，寓直诗唱和活动较为频繁是在大历、贞元时期，这一现象也直接导致了这一时期寓直诗的相对繁荣。首先，大历时期涌现了较多的唱和寓直诗，如卢纶、包何、李端、崔峒、钱起、李嘉祐、皇甫曾、皇甫冉、张南史等皆有作品存世，这些作品以和诗为主，在体式上多采用律体，尤以当时盛行的五律最多。如李嘉祐《和张舍人中书宿直》：

> 汉主留才子，春城直紫微。对花阍阖静，过竹吏人稀。裁诏催添烛，将朝欲更衣。玉堂宜岁久，且莫厌彤闱。①

《和都官苗员外秋夜省直对雨简诸知己》：

> 多雨南宫夜，仙郎寓直时。漏长丹凤阙，秋冷白云司。萤影侵阶乱，鸿声出苑迟。萧条人吏散，小谢有新诗。②

张南史《奉酬李舍人秋日寓直见寄》：

> 秋日金华直，遥知玉佩清。九重门更肃，五色诏初成。槐落宫中影，鸿高苑外声。翻从魏阙下，江海寄幽情。③

皇甫曾《和谢舍人雪夜寓直》：

> 禁省夜沉沉，春风雪满林。沧洲归客梦，青琐近臣心。挥翰宣鸣

---

① 《全唐诗》卷二〇六，第2151页。
② 同上书，第2153页。
③ 《全唐诗》卷二九六，第3356页。

玉，承恩在赐金。建章寒漏起，更助掖垣深。①

从诗题及内容来看，诗作者并未寓直，而是写给宿直之人的酬和之作，至于寓直者的寄赠之作，现无从考知了。诗歌内容以寓直活动为主题，遥想和描写对方寓直时的情与景，不仅在形式格律上显得工致精切，而且流露出一种冷清寂寞的情思氛围，典型体现出以"十才子"为代表的大历诗人擅于应酬唱和及大历诗风的时代特点。

至唐德宗贞元年间，寓直诗成为当时以权德舆为首的朝中文人诗歌唱和的重要题材内容。蒋寅《权德舆与贞元后期诗风》一文将贞元八年（792）以后在朝中任尚书郎或中书门下两省清要之职的文人如权德舆、张荐、崔邠、陈京、杨於陵、徐岱等称为以权德舆为盟主的"新台阁诗人集团"，并认为："台阁官僚的生活最突出的特征是单调，每天是固定的事务，周而复始的岁月。长久的无聊日子的重复足以消磨人的一切新鲜感和好奇心，使日常生活的一切经验变成平淡的散文内容。可以说，台阁官僚的生活本质上具有非诗的倾向。……他们如果作诗的话，表达的内容面将是很窄的。权德舆本人不像他的朋友们那么清闲，他是德宗多年倚重的笔杆子，任中书舍人时'独直两省，数旬一还舍'，繁冗的章表制诰耗费了他大量的时间与精力，使他台阁十年间诗作的数量与官样文字相比显得很不足道。总之，不管是忙还是闲，权德舆他们这一批人接触的生活面都很窄，只限于掖垣清禁早朝夜直。"②也就是说，有限的台阁生活决定了他们诗歌创作的内容题材。其中，寓直作为重要的台阁生活内容之一，自然成为台阁诗人之间交往唱和的必有主题。权德舆现存多首寓直诗，即是其与同僚间的唱和之作，如《初秋月夜中书宿直因呈杨阁老》：

敧枕直庐暇，风蝉迎早秋。沉沉玉堂夕，皎皎金波流。对掌喜新

---

① 《全唐诗》卷二一〇，第 2180 页。
② 见《唐代文学研究》第 5 辑，广西师范大学出版社 1994 年版，第 429—430 页。

命，分曹谐旧游。相思玩华彩，因感庾公楼。①

诗歌唱和既能吟咏情怀，又能交流思想、沟通感情、享受交游之乐。以上诗歌即是权德舆于月夜独直时因思友人而感怀寄赠给同僚的作品。

以诗会友时亦有寓直时多人唱和的现象，如权德舆《奉和张舍人阁老阁中直夜思闻雅琴因以书事通简僚友》：

> 紫垣宿清夜，蔼蔼复沉沉。圆月衡汉净，好风松涤深。轩窗韵虚籁，兰雪怀幽音。珠露销暑气，玉徽结退心。盛才本殊伦，雅诰方在今。伫见舒彩翮，翻飞归凤林。②

吕温《奉和张舍人阁中直夜思闻雅琴因书事通简僚友》：

> 迢递天上直，寂寞丘中琴。忆尔山水韵，起予仁智心。凝情在正始，超想疏烦襟。凉生子夜后，月照禁垣深。远风霭兰气，微露清桐阴。方袭缁衣庆，永奉南熏吟。③

张舍人即张弘靖④，其原诗已佚。从诗题来看，其在掖中宿直时因"思闻雅琴"故以诗代简写事寄赠给诸位僚友，现仅见权德舆、吕温二人的和诗。从所写内容来看，诗中亦不外对掖垣夜景的描写和对友人风雅才情的赞美。

这些台阁诗人宿直时以诗抒怀和交游的风气在当时颇为盛行，甚至创作游戏之诗以争奇斗巧和切磋诗艺，如贞元十九年（803），崔邠为了追和权德舆《离合诗赠张监阁老》及张荐《奉酬礼部阁老转韵离合见赠》而

---

① 《全唐诗》卷三二二，第3624页。
② 《全唐诗》卷三二一，第3615页。
③ 《全唐诗》卷三七〇，第4158页。
④ 据霍旭东校点《权德舆诗集》，甘肃人民出版社1994年版，第27页。

写的《礼部权侍郎阁老史馆张秘监阁老有离合酬赠之什宿直吟玩聊继此章》，即作于其以中书舍人之职宿直时。创作动机即是以离合诗这种近乎字谜的形式进行唱和，参与同僚间的这场文字游戏和智力竞赛。可见，唐代寓直诗的创作与发展，与京城文人唱和的风气密切相关。其唱和的对象和范围，并非局限于台阁文人，也包括了朝中官僚与在野文士之间的交游与互动。

第三章

唐两京唱和与文学

　　唐代的唱和诗自初唐至晚一直非常繁荣，而且地域性很强，现存许多知名的唱和集如《岳阳集》、《寿阳唱和集》、《吴蜀集》等，在题面上即很明显地体现出这一特点。虽然在唐代文学发展史上，诗歌唱和表现出从宫廷向地方、从君臣应制到文人集团的转变和走向 ①，但从地域空间的角度来看，唐两京长安和洛阳作为文人士子的中心和渊薮，其诗歌唱和的文学活动一直兴盛不衰。故而，唱和文学也是我们考察唐两京与文学关系的一个重要内容。

第一节　唐代两京唱和文集考述

　　唐人好文咏唱和，并常编集以纪风雅。这些唱和专集，是我们考察唐人唱和活动最直接的文献资料和历史见证。然唐人编撰的唱和集在历史上多亡逸，书家的载录亦多散乱和疏阙，胡应麟《诗薮》云："唐人倡和寄赠，往往类集成编。然今传世绝少，以未经刊落，故尤难传远。"并于后据诸家书目备录《断金集》、《元白倡和集》等 24 种，继云："《宋艺文志》

---

　　① 有学人认为：唐代唱和诗的发展，"与唐代历史相适应。在安史之乱爆发前，唱和诗经历了第一个繁荣期——宫廷唱和时期。大批的文人围聚在王朝的最高统治者皇帝身边，讴歌太平盛世，讽咏菁华文物，展开浩浩荡荡的同题应制唱和。……安史之乱改变了唐代历史的走向，也终止了宫廷唱和诗的发展，取而代之的是地方的唱和集团与唱和诗。在中朝持续弱化背景下兴起的各地唱和集团，以方镇统帅、地方官和知名幕僚为中心，以其他僚属为基础，在吸收本地、外地志同道合的文人，虽然规模小于宫廷，但唱和者之间的关系更为自由，诗歌的形式、内容也得到扩展"。总体来看，这一结论是符合实际的。见岳娟娟《唐代唱和诗研究》，复旦大学 2004 年博士学位论文，第 1 页。

所存仅十之四五，至《通考》则仅存《汉上题襟》、《松陵》三数种，今惟《松陵》行世，余悉不存。《毛仙翁诗》一卷，载《唐诗纪事》中。"①今陈尚君《唐人编选诗歌总集叙录》一文钩沉载籍、考录了唐人唱和集共46种，实际上在其所考送别集一类中也有数种在创作性质上属于唱和集②。这些有文献记录的唱和活动，有不少即发生在长安和洛阳，借此可以一探两京唱和之情景与风气，故考述如后。

长安唱和活动所编专集有：

1.《翰林学士集》。编者不详。现日本尾张国真福寺存唐写卷子本一卷，收贞观中唐太宗、许敬宗、上官仪、长孙无忌、杨师道、褚遂良等君臣唱和诗51首并序1首。其中许敬宗诗作最多，日本学者森立之疑此集为许敬宗所撰，陈尚君推测此卷为许敬宗别集之残卷。因唐太宗时尚无翰林学士之职称，此集标题为后人所妄加。陈伯海推测可能为敬宗后人据其示意所编唱和总集，或其所编大型总集、类书之一的残卷。因原集残缺，难以定论，但现存作品皆为贞观君臣唱和诗，唱和地点主要在长安宫廷。

2.《存抚集》。编者不详。《唐会要》卷七七载："天授二年，发十道存抚使，以右肃政御史中丞、知大夫事李嗣真等为之。合朝有诗送之，名曰《存抚集》，十卷，行于世。杜审言、崔融、苏味道等诗尤著焉。"③《唐五代文学编年史》据《旧纪》及《通鉴》考定于天授元年（690）九月，今从。现存杜审言《和李大夫嗣真奉使存抚河东》一诗。

3.《白云记》。徐彦伯编。《旧唐书·李适传》载："景龙中，为中书舍人，俄转工部侍郎。睿宗时，天台道士司马承祯被征至京师。及还，适赠诗，序其高尚之致，其词甚美，当时朝廷之士，无不属和，凡三百余人。徐彦伯编而叙之，谓之《白云记》，颇传于代。寻卒。"④按，此事最早见于唐刘肃《大唐新语》卷一〇："司马承祯，字子微，隐于天台山，自号白云子。有服饵之术。则天中宗朝，频征不起。睿宗雅尚道教，稍加尊

①　（明）胡应麟：《诗薮》杂编卷二，第272页。

②　见陈尚君《唐代文学丛考》，中国社会科学出版社1997年版，第203—218页。

③　《唐会要》卷七七"巡察按察巡抚等使"，第1672页。

④　《旧唐书》卷一九〇，第5027页。

异，承祯方赴召……睿宗深加赏异。无何，苦辞归，乃赐宝琴、花帔以遣之。工部侍郎李适之赋诗以赠焉。当时文士，无不属和。散骑常侍徐彦伯撮其美者三十一首，为制序，名曰《白云记》，见传于代。"①《太平广记》卷二一、《南部新书》卷七亦皆记"撮其美者三十余篇"，五代沈汾《续仙传》卷下载入选"二十余篇"，应讹。

又，《金石补录》卷一二："右睿宗赐子微书及送还天台诗一首。……按，睿宗尝召子微，问其学术，赐宝琴、霞帔还山。不云有书与诗，此传之疏脱也。"《全唐诗》卷九五沈佺期《同工部李侍郎适访司马子微》（司马承祯字"子微"，一作"子徵"）诗，《唐五代文学编年史》"景云二年"考此诗曰："《文苑英华》卷二二七题作《同工部李侍郎适送司马白云归天台》，李适本年十一月卒工部侍郎任，疑诗当为和李适送司马承祯归天台之作。"另，《全唐诗》卷五三宋之问《送司马道士游天台》、卷六一李峤《送司马先生》亦当此次和李适之作。

4.《景龙文馆记》。武平一编。《新唐书·艺文志》著录十卷，《直斋书录解题》卷七著录八卷，下案："《唐书·艺文志》作十卷。唐修文馆学士武甄平一撰。记中宗初置学士以后馆中杂事，及诸学士应制倡和篇什杂文之属，亦颇记中宗君臣宴衮无度以及暴崩。其后三卷，为诸学士传，今阙二卷。平一，以字行。"②《玉海》卷五七载《唐景龙文馆记》云："中宗景龙二年，诏修文馆置大学士、学士、直学士凡二十四员，赋诗赓唱，是书咸记录为七卷，又学士二十九人传为三卷。记云大学士四人象四时，学士八人象八节，直学士十二人象十二时。"③知该《记》主要载录中宗景龙二年（708）至景龙四年（710）中宗暴卒前修文馆文学唱和活动及应制唱和诗文。贾晋华《〈景龙文馆记〉考辑及编年》一文考定《玉海》所记修文馆学士29人之外，据相关史料又考得景龙预唱君臣35名，可参见④。此非纯粹唱和诗集，然是中宗景龙应制唱和的全面记载和首要资料，

---

① （唐）刘肃：《大唐新语》卷一〇，中华书局1984年版，第158页。
② 《直斋书录解题》卷七，上海古籍出版社1987年版，第196—197页。
③ 《玉海》卷五七，江苏古籍出版社1987年版，第1093页。
④ 见贾晋华《唐代集会总集与诗人群研究》，第43—63页。

姑系于此。

5.《龙池集》。蔡孚编。《唐会要》卷二二载:"开元二年闰二月,诏令祀龙池。六月四日,右拾遗蔡孚献《龙池篇》,集王公卿士以下一百三十篇,太常寺考其词合音律者,为《龙池篇乐章》,共录十首。"下注:"紫微令姚元之,右拾遗蔡孚,太府少卿沈佺期,黄门侍郎卢怀慎,殿中监姜皎,吏部尚书崔日用,紫微侍郎苏颋,黄门侍郎李义府,工部侍郎姜晞,兵部侍郎裴漼等,更为乐章。"①《册府元龟》卷三七则载:"玄宗开元二年六月,左拾遗蔡孚献《龙池集》,王公卿以上凡百三十篇,请付太常寺。其词合音律者为《龙池乐章》,以歌圣德,从之。"②按,《旧唐书》卷三〇《音乐志》录《享龙池乐章十首》,各章下注作者及官职名,《会要》注当据此。然《旧志》乐章第二章下注"左拾遗蔡孚作"、第八章下注"黄门侍郎李义作"、第十章下注"兵部郎中裴璀作",考《唐史》,李义府乾封元年(666)卒;玄宗朝臣名裴漼,开元初官兵部侍郎。则《会要》蔡孚官名"右拾遗"为"左拾遗"之讹、"李义府"为"李义"之讹,而改"兵部郎中裴璀"为"兵部侍郎裴漼",是。

又,宋敏求《长安志》卷九唐京城"次南兴庆坊"下记"北有龙池",注云:"在跃龙门南,本是平地,自垂拱初载后,因雨水流潦成小池,后又引龙首渠支分溉之,日以滋广。至神龙、景龙中,弥亘数顷,澄澹皎洁,深至数丈,常有云气。或见黄龙出其中,本以坊名为池,俗亦呼五王子池,置宫后,谓之龙池,拾遗蔡孚作龙池篇以赞其事,公卿多和之。"③则当蔡孚首唱,他人应制和之。今检《全唐诗》及《曲江集》,张九龄有《奉和圣制龙池篇》,与姚元之、蔡孚、崔日用、裴漼、卢怀慎几人同题,开元二年(714)张九龄在朝为拾遗,亦当同时应制唱和之作。

6.《偃松集》。疑蔡孚编。《唐文拾遗》卷一八韦璞玉《大唐故朝议郎京兆府功曹上柱国韦(希损)君墓志铭》云:"诏除京兆府功曹,士叹后时也。尝应制和蔡孚《偃松篇》曰:'大厦已成无所用,唯将献寿答尧

---

① 《唐会要》卷二二"龙池坛"条,第504页。
② 《册府元龟》卷三七,第412页。
③ (宋)宋敏求:《长安志》卷九,第115页。

心。'作者称之,深以为遗贤雅刺矣。"①陈尚君据此考曰:"疑蔡孚编。仅见《日本目》著录。……希损时仅为京兆府功曹,知应制和诗者甚众。《张说之文集》卷七有《遥同蔡起居偃松篇》,在岳州作,故称'遥同'。《偃松集》疑即和蔡孚《偃松篇》诸诗之结集。"②按,《太平御览》卷九五四"木部"载:"《西京杂记》曰'东都龙兴观有古松树,枝偃倒垂,相传云已经千年,常有白鹤飞止其间。'蔡孚赋《偃松篇》,玄宗赐和,御书刻石记之,公卿咸和焉。"③《玉海》卷二九"圣文"《唐元宗和偃松篇》后载:"开元初,蔡孚赋东都龙兴观偃松篇,元宗赐和,御书刻石纪之,公卿以下咸和。"④知此次唱和约在开元初,由蔡孚首发,玄宗及公卿和之。蔡孚时为起居郎,前引张说《遥同蔡起居偃松篇》及《全唐诗》卷一〇八胡皓《同蔡孚起居咏鹦鹉》可证。

7.《辋川集》。王维编,自为序云:"余别业在辋川山谷,其游止有孟城坳、华子冈、文杏馆、斤竹岭、鹿柴、木兰柴、茱萸沜、宫槐陌、临湖亭、南垞、欹湖、柳浪、栾家濑、金屑泉、白石滩、北垞、竹里馆、辛夷坞、漆园、椒园等,与裴迪闲暇各赋绝句云尔。"⑤《旧唐书·王维传》载:"得宋之问蓝田别墅,在辋口,辋水周于舍下,别涨竹洲花坞,与道友裴迪浮舟往来,弹琴赋诗,啸咏终日。尝聚其田园所为诗,号《辋川集》。"⑥向附收于《王摩诘文集》,后有单行本。中收王维、裴迪咏辋川景物之五言绝句各二十首。

8.《朝英集》。编者不详。《新唐书·艺文志》著录三卷,注云:"开元中张孝嵩出塞,张九龄、韩休、崔沔、王翰、胡皓、贺知章所撰送行歌诗。"⑦此说颇受质疑。张孝嵩开元七年(719)曾为安西副都护,但其时王翰尚在太原,其后孝嵩为太原尹,似未曾再出塞。故傅璇琮《唐代诗人丛

① 陆心源辑:《唐文拾遗》卷一八,台北:文海出版社1979年版,第289—290页。
② 见陈尚君《唐人编选诗歌总集叙录》,《唐代文学丛考》,第203页。
③ 《太平御览》卷九五三"木部",中华书局1960年版,第4233页。
④ 《玉海》卷二九"圣文",第566页。
⑤ 陈铁民:《王维集校注》卷五,第413页。
⑥ 《旧唐书》卷一九〇,第5052页。
⑦ 《新唐书》卷六〇,第1622页。

考》疑此集实即开元十年（722）君臣送张说巡边诗集。按《旧唐书·玄宗本纪》：开元十年，"闰五月壬申，兵部尚书张说往朔方巡边"①。今《张燕公集》卷四有张说《将赴朔方军应制》，同卷附录玄宗《送张说巡边御制》及源乾曜、张嘉贞、宋璟、卢从愿、许景光（先）、韩休、徐知仁、崔禹锡、王翰、苏晋、王光庭、袁晖、席豫、张九龄、徐坚、崔日用、贺知章十七人《奉和圣制送张尚书巡边》诗，并有贾曾《饯张尚书赴朔方奉敕撰序》。可知玄宗御制诗送之，他人奉和，贾曾奉制作序。今检《文苑英华》卷一七七亦载诸人唱和诗作，除《燕公集》所录奉和者十七人外，又有崔泰之、胡皓、王丘三人《奉和圣制送张尚书巡边》诗，并分见于《全唐诗》卷九一、卷一〇八、卷一一一，则三人亦当同时预唱者。然《新志》有崔沔，《燕公集》及《英华》所附皆无其诗；贾曾序亦未提及编集事。《朝英集》乃开元中为饯行诗酒唱和之集，大体无误，但是否送张说巡边诗集，尚存疑。

9.《送贺监归乡诗集》。编者不详。《通志》卷七〇著录"贺监归乡诗集一卷"。按《旧唐书·玄宗本纪》，天宝二载（743），"十二月乙酉，太子宾客贺知章请度为道士还乡"。三载（744）正月，"庚子，遣左右相已下祖别贺知章于长乐坡，上赋诗赠之"②。《全唐诗》卷三有玄宗《送贺知章归四明》诗并序，《会稽掇英总集》卷二载玄宗《送贺秘监归会稽诗》并序，序末云："独光汉册，乃赋诗赠行，凡预兹宴，宜皆属和。"③后录自李适之至卢象共 37 人同题奉和诗，知贺监请度道士还乡，玄宗御制诗序以赠，又命百官饯行属和。其中，姚鹄、王铎、何千里、严都、严向七言律诗各一首，学界已考定为晚唐人拟题限韵之作④。姚鹄诗亦见《全唐诗》卷五五三，题曰《送贺知章入道（一本题上有拟字）》。又，陈尚君考："北京大学图书馆有清抄本《贺秘监归乡诗》一卷，据《木樨轩藏书书录》所载，与《会稽掇英总集》所收相同。宋代著录者，疑亦即此集。《会稽

① 《旧唐书》卷九，第 183 页。
② 同上书，第 217 页。
③ （宋）孔延之：《会稽掇英总集》卷二，文渊阁四库全书本。
④ 见傅璇琮主编《唐五代文学编年史·初盛唐卷》"天宝三载正月"条，第 778 页。

掇英总集》所收，包括晚唐姚鹄、严都、王铎之拟诗，则此集编成，不会早于唐末。"①可参。

10.《送邢桂州诗》。《宋史·艺文志》著录一卷，萧昕编。按《旧唐书》卷九五《李范传》，肃宗上元二年（761），以金吾将军邢济兼桂州都督侍御史、充桂管防御都使。现《全唐文》卷三五五存萧昕《夏日送桂州刺史邢中丞赴任序》云："桂林巨镇，临川荒服，居五岭之表，控两越之郊。俗比华风，化同内地。然而洞居砦止，人好阻兵。有殊货重装，吏无廉政。选其任者，实难其才。故郡久旷官，朝思称职，以腹心之寄。辍爪牙之雄，俾其澄清，行独坐之事。俾其式遏，总防御之权。惟帝知人，亻乇报尤政。五月维夏，畏途万里，溽暑方起，火云始生。履苍梧瘴疠之郊，涉沅湘风涛之壮，众悦是举而伤此行。公陈力灭私，饮冰徇节，以忠则九折之涂可叱，以信则三江之水可航。聚粮戒徒，肃装候传，无酒酤我，缓仳离之忧，征文宠别，慰行迈之思。仆以渭阳之故，而首序云。"②今存王维《送邢桂州》诗。

11.《谢亭诗集》。《宋志》著录一卷，李逊编。《通志》作"谢亭诗一卷"，注云："唐李逊镇襄阳，以所送行诗笔于襄阳谢亭。"③《崇文总目》亦作"谢亭诗一卷"，下注"宋志有许孟容谢亭诗集"④，不见它载。按《旧唐书·宪宗本纪》，李逊镇襄阳在元和十年（815）。现存韩愈诗《送李尚书逊赴襄阳八韵得长字》，即此集中作。知此次多人送行，并分韵唱和。

12.《送白监归东都诗》。《通志》及《宋史·艺文志》皆著录一卷，编者不详。朱金城《白居易年谱》考定，大和三年（829）三月，白居易罢刑部侍郎职分司东都，裴度等于兴化亭里第置酒送行，此集当即此时诸人送行诗集⑤。《唐诗纪事》卷三九载："乐天分司东洛，朝贤悉会兴化亭送别。酒酣，各请一字至七字诗，以题为韵。"⑥并录王起、李绅、令狐楚、

①　陈尚君：《唐人编选诗歌总集叙录》，《唐代文学丛考》，第 216 页。
②　《全唐文》卷三五五，第 3598 页。
③　（宋）郑樵：《通志》卷七〇《艺文略》，文渊阁四库全书本。
④　《崇文总目》，中华书局 1985 年版，第 335 页。
⑤　详见朱金城《白居易年谱》，上海古籍出版社 1982 年版，第 199—208 页。
⑥　（宋）计有功：《唐诗纪事》卷三九"韦氏"条，第 590 页。

元稹、魏扶、韦式、张籍、范尧佐送诗及白居易答诗。陈尚君考云："此组诗应即录自是集。"卞孝萱《元稹年谱》以为时王起、李绅、令狐楚、元稹皆不在京，疑此组诗出于依托①。按，李绅、元稹、张籍、白居易各有别集行世，《唐诗纪事》所录诗皆不见其中，惟《全唐诗》采录5首，卞说似有可能。然白居易归东都、诸人唱和送行之事，应无误。

洛阳唱和活动所编文集有：

1.《高氏三宴诗集》。不见唐宋书志，《皕宋楼藏书志》卷一一二、《八千卷楼书目》一九、《四库全书总目》卷一八六皆著录三卷，高正臣编。《总目》云："所载皆同人会宴之诗，以一会为一卷，各冠以序。一为陈子昂，一为周彦晖，一为长孙正隐。三会正臣皆预，故汇而编之。与宴者凡二十一人。……而三宴诗之名，新旧唐书志皆不载。盖当时编次诗歌，装褙卷轴如兰亭诗之墨迹流传，但归赏鉴之家，故不著藏书之录。后好事者传钞成帙。乃列诸典籍之中耳。"清孙诒让《籀庼述林》卷八《唐明征君碑跋》云："考唐书，无正臣传，惟新书高氏世系载其官为襄州刺史。予家臧文澜阁传写本高氏三宴诗集三卷，即正臣与陈子昂、周彦晖、长孙正隐等唱和诗也。卷末附正臣小传，当是宋人所作。提要载此书为北宋本，略云：正臣广平人，官至卫尉卿，寓居洛阳，善咏好客，一时名士多所交接。"知此集为高正臣、陈子昂等名士于洛阳三次唱和诗文之结集。

按，《唐诗纪事》卷七对三次会宴有记载："《晦日宴高氏林亭》，凡二十一人，皆以华字为韵，子昂为之序……《晦日重宴》，八人，皆以池字为韵，周彦晖为之序。《上元夜效小庾体诗》，六人，以春字为韵，长孙正隐为之序。"②今《全唐诗》存各次预唱诗及其中二序，可考知唱和大致情形。《全唐诗》卷七二长孙正隐《上元夜效小庾体同用春字》诗前序云："且九谷帝畿，三川奥域。交风均露，上分朱鸟之躔；溯洛背河，下镇苍龙之阙。多近臣之第宅，即瞰铜街；有贵戚之楼台，自连金穴。美人竞

---

① 卞孝萱：《元稹年谱》，齐鲁书社1980年版，第473—478页。
② （宋）计有功：《唐诗纪事》卷七"高正臣"条，第86—87页。

出，锦障如霞。公子交驰，雕鞍似月。同游洛浦，疑寻税马之津；争渡河桥，似向牵牛之渚。实昌年之乐事，令节之佳游者焉。而戒晓严钟，俄喧绮陌。分空落宿，已半朱城。盖陈良夜之欢，共发乘春之藻。仍为庾体，四韵成章。同以春为韵。"①陈子昂、崔知贤、韩仲宣、高瑾、陈嘉言五人有同题诗，诗中有"相邀洛城曲，追宴小平津"、"今宵何处好，惟有洛城春"、"遨游终未已，相欢待日轮"云云，知长孙正隐、陈子昂、崔知贤、韩仲宣、高瑾、陈嘉言六人于上元夜共游洛城，并同赋诗效庾信体，长孙为序。

《全唐诗》卷八四陈子昂《晦日宴高氏林亭序》云："于时律穷太簇，气淑中京。山河春而霁景华，城阙丽而年光满。淹留自乐，玩花鸟以忘归；欢赏不疲，对林泉而独得。伟矣！信皇州之盛观也。岂可使晋京才子，孤摽洛下之游；魏室群公，独擅邺中之会。盍各言志，以记芳游。同探一字，以华为韵。"②除前上元夜邀游者陈子昂、长孙正隐等六人外，有高正臣、周彦昭、高球、弓嗣初、王茂时、徐皓、高绍、郎余令、周彦晖、高峤、刘友贤、周思均、王勔、张锡、解琬十五人同题诗，则上元夜后，陈子昂及其他文士共二十人同宴高氏林亭，各有诗作。检《全唐诗》卷八四陈子昂《晦日重宴高氏林亭》，卷七二高正臣、高峤、高瑾、周思钧、周彦晖、韩仲宣、弓嗣初、陈嘉言八人《晦日重宴》同题诗，及高正臣诗下注："是宴九人。皆以池字为韵，周彦晖为之序。"知当日其中九人重宴林亭，诗酒唱和。

又，同年三月三日，陈子昂与韩仲宣等六人同宴于洛阳王明府山亭，各赋四言诗，孙慎行为序。《全唐诗》卷七二崔知贤《三月三日宴王明府山亭》题注："得鱼字，同赋六人，孙慎行为之序。"序云："调露二年，暮春三日，同集于王令公之林亭，申交契也。……元巳迨辰，季阳司月。列芳林而荐赏，控清洛以开筵。追李郭之佳游，嗣裴王之故事。"③同作者陈子昂、席元明、韩仲宣、高球、高瑾五人。则上元夜、晦日数次唱和皆

---

① 《全唐诗》卷七二，第790页。
② 《全唐诗》卷八四，第910页。
③ 《全唐诗》卷七二，第785页。

在调露二年（680）初。

2.《洛下游赏宴集》。不见书志。《白氏长庆集》卷七一《白氏集后记》云："又有元白唱和因继集共十七卷、刘白唱和集五卷、洛下游赏宴集十卷，其文尽在大集内录出，别行于时。若集内无而假名流传者，皆谬为耳。会昌五年夏五月一日，乐天重记。"陈尚君考曰："仅见白居易会昌五年作《白氏长庆集后序》提及，应为居易退居香山后，与诸友游赏宴会之集。"①

3.《香山九老会诗》。《皕宋楼藏书志》卷一一二著录："《香山九老会诗》一卷，旧抄本，唐乐天白居易辑，自序。"按，《白氏长庆集》卷七一《胡吉郑刘卢张等六贤，皆多年寿，予亦次焉。偶于弊居，合成尚齿之会，七老相顾，既醉甚欢。静而思之，此会稀有，因成七言六韵以纪之，传好事者》云："七人五百七十岁，拖紫纡朱垂白须。手里无金莫嗟叹，樽中有酒且欢娱。诗吟两句神还王，酒饮三杯气尚麤。嵬峨狂歌教婢拍，婆娑醉舞遣孙扶。天年高过二疏传，人数多于四皓图。除却三山五天竺，人间此会更应无。"后注："前怀州司马安定胡杲年八十九、卫尉卿致仕冯翊吉旼年八十六、前右龙武军长史荥阳郑据年八十四、前慈州刺史广平刘真年八十二、前侍御史内供奉官范阳卢贞年八十二、前永州刺史清河张浑年七十四、刑部尚书致仕太原白居易年七十四。已上七人合五百七十岁，会昌五年三月二十一日，于白家履道宅同宴，宴罢赋诗。时秘书监狄兼謨、河南尹卢贞，以年未七十，虽与会而不及列。"则会昌五年（845）三月二十一日，在洛阳履道坊白宅，与会九人，预唱者仅七人。《新唐书·白居易传》据此载："东都所居履道里，疏沼种树，构石楼香山，凿八节滩，自号醉吟先生……尝与胡杲、吉旼、郑据、刘真、卢真、张浑、狄兼谟、卢贞燕集，皆高年不事者，人慕之，绘为《九老图》。"②

《全唐诗》卷四六二白居易《九老图诗并序》，不见《白集》。序云：

---

① 陈尚君：《唐人编选诗歌总集叙录》，《唐代文学丛考》，第210—211页。
② 《新唐书》卷一一九，第4304页。

"会昌五年三月，胡、吉、刘、郑、卢、张等六贤，于东都敝居履道坊合尚齿之会。其年夏，又有二老，年貌绝伦，同归故乡，亦来斯会。续命书姓名年齿，写其形貌，附于图右，与前七老，题为九老图，仍以一绝赠之。二老谓洛中遗老李元爽，年一百三十六归洛；僧如满，年九十五岁。"①此最早见《唐诗纪事》卷四九，当据此采录。

又，《四库全书总目》卷一八六载："又附《香山九老会诗》一卷，卷尾有夷白堂重雕字。考宋鲍慎由，字钦止，括苍人，元祐六年进士，著有《夷白堂集》，此或慎由所刊钦。"则北宋时已有《香山九老会诗》刊行。

4.《洛中集》。《新唐书·艺文志》著录"七卷"，《宋志》则录为"一卷"。皆无说明。仅见影宋绍兴本《刘宾客外集》所附宋敏求《后序》中提及，云编次中自《洛中集》录刘禹锡诗三十首、联句五首。今学界陈尚君、贾晋华等人对此集多有考证，疑为白居易编，并认为宋敏求所辑刘诗即《刘禹锡外集》卷四自《洛中早春寄乐天》至卷末所收三十五首，写作时间始于开成二年（837）春（一说开成三年春），上接《汝洛集》，迄于会昌初年，与唱者有白居易、牛僧孺、王起、裴度等。贾晋华考定："宋敏求从《洛中集》所辑三十五首诗，皆刘禹锡与白居易唱和之作，或包括白居易在内的更多人的唱和，其情况与《汝洛集》相合，时间又相衔接，由此可推知这一总集即《刘白唱和集》之第五卷。惟一成问题的是，《洛中集》仅一卷，不当有如《新唐书》所录七卷之多，此或系传抄之讹，而以《宋史》所录一卷为是。"②若此说成立，则《洛中集》乃刘禹锡、白居易在洛阳唱和之诗集。

以上所录唱和诗集，其唱和活动发生在长安和洛阳，在行为方式上属于同时同地唱和。然除此之外，唐人还可以书信、题壁等方式寄赠诗篇，在不同地域之间进行唱和，如元稹、白居易之间著名的"通江唱和"即是。现所见唐人唱和诗集，除以唱和地点为择录标准外，亦有以时间为

---

① 《全唐诗》卷四六二，第5262页。
② 贾晋华：《唐代集会总集与诗人群研究》，第107页。

限，而唱酬地点不拘于一者。也就是说，有些唱和诗集，既收录了诗人两京唱和诗，也收录了京内与京外，或者地方唱酬之作。大和、会昌年间以东都分司官刘禹锡、白居易为中心的群体唱和和相关诗集《汝洛集》、《彭阳唱和集》、《刘白唱和集》即是典型的例子，如刘禹锡所编《汝洛集》，时间起自大和八年（834）刘禹锡自苏州刺史转汝州、白居易以太子宾客分司东都以后。开成元年（836），禹锡以太子宾客分司洛阳，与白氏"日以章句交欢"，唱和作品亦在集中。又如《断金集》，《郡斋读书志》卷四载："右唐李逢吉、令狐楚自未第至贵显所唱和诗也。后逢吉卒，楚编次之，得六十余篇。裴夷直名曰《断金集》，为之序。"检两人现存12首唱和诗，既有京城唱和之作，如令狐楚《南宫夜直宿见李给事封题其所下制敕知奏直在东省因以诗寄》、《奉送李相公重镇襄阳》，李逢吉《再赴襄阳辱宣武相公贻诗今用奉酬》、《和严揆省中宿斋遇令狐员外当直之作》，亦有京外寄赠之诗，如令狐楚《游晋祠上李逢吉相公》、李逢吉《望京楼上寄令狐华州》等。

第二节　唐代京城与君臣之间的应制唱和

中国古代都城在本质上是政治性都城，以天子皇权为中心，这决定了京城唱和有自己独特的形式和特点，其中，君臣之间的应制唱和，即是京城唱和最典型的一种。

一　唐代应制诗及君臣唱和的三种形式

应制诗，即应帝王之命而作的诗。帝王称"制"始于秦，李斯《群臣上帝号议》云："臣等昧死上尊号，王为泰皇，命为制，令为诏，天子自称曰朕。"[1]王应麟《玉海》卷二〇二曰："唐虞至周皆曰命，秦改命为制，汉因之。"可见，帝王的命令，除应制外，还称应诏。现所见应制诗

---

① （明）贺复征：《文章辨体汇选》卷一四九，文渊阁四库全书本。

题，唐前皆称"应诏"，而无"应制"，最早如曹植的《应诏》。[①]之后屡见南北朝时期诗人作品，如谢灵运《从游京口北固应诏》，谢朓《三日侍华光殿曲水宴代人应诏》，庾信《至老子庙应诏》、《咏春近余雪应诏》，等等。至唐人诗作，题中"应诏"虽不乏有，如杨炯《奉和上元酺宴应诏》、褚遂良《春日侍宴望海应诏》，但多见于初唐前期。至武则天下令用"制"废"诏"后，诗题中则均称"应制"。因此类作品甚多，《文苑英华》在收录诗歌时，首次开列"应制"一目。

最早的应制诗虽说法不一，但其起源于君臣唱和，当是可以肯定的。《历朝应制诗选》凡例云："应制诗虽盛于唐，实起于汉魏。自武帝《柏梁台》肇开君臣唱和之端，曹植《应诏》诗始备阙庭尽献之体，兹选故以二首冠首。"[②]有学人认为：应制诗起源于建安末邺下文人的一次君臣唱和及因此产生的一组公宴诗。[③]总之，应制诗的创作动因和环境决定了它是唱和诗的一种特殊类型，也是我们考察京城唱和活动特殊形式的首要一种。当然，随着君王巡幸和外游，应制活动的发生地点可能临时离开京城而至外州，因之诗歌唱和的内容和气局都可能会发生变化。但亦是应帝王之命，可视为京城唱和的一种空间拓展。

据唐人应制诗，其唱和情形具体可分为以下三种。

第一种是和帝王之作。即帝王有唱作，臣子应制奉和。这较多表现在雅好文学并擅长写作的帝王身上，如唐太宗、唐玄宗两朝的诸多应制唱和之作即是如此。其中较为典型的应制情况是，帝王先有原唱，臣子再和作。如贞观元年（627），太宗作《秋日》诗，袁朗有《秋日应诏》；贞观五年（631），太宗作《正日临朝》，颜师古、魏徵、岑文本、杨师道、李百药则分别和有《奉和正日临朝应诏》。《唐诗纪事》卷三载：

---

① 关于曹植的《应诏》诗与应制诗的关系，学界存在争议。明人吴汶、吴英《历朝应制诗选》将其作为应制诗的源头置于卷首，亦有学人认为它不是一首应制诗，诗人并未获"作诗"之诏，而仅仅是获命进京，故以其为题，描写进京途中和抵京后的所见所感。见程建虎《中古应制诗的双重观照》，人民出版社2010年版，第165—173页。

② （明）吴汶、吴英：《历朝应制诗选》（文汇堂本），《故宫珍本丛刊》，海南出版社2000年版，第127页。

③ 见程建虎《应制诗的起源》一文，《中古应制诗的双重观照》，第165—173页。

中宗正月晦日幸昆明池赋诗，群臣应制百余篇。帐殿前结彩楼，命昭容选一首为新翻御制曲，从臣悉集其下。须臾，纸落如飞，各认其名而怀之。既进，唯沈、宋二诗不下。又移时，一纸飞坠，竞取而观，乃沈诗也。及闻其评曰：二诗工力悉敌。沈诗落句云：微臣雕朽质，羞睹豫章材。盖词气已竭。宋诗云：不愁明月尽，自有夜珠来。犹陟健举。沈乃伏，不敢复争。[①]

中宗幸昆明池所赋诗，即原唱之作今不存，检《全唐诗》只可见宋之问、沈佺期、苏颋、李乂几人《奉和晦日幸昆明池应制》诗。但从以上记录，可以想象当时应制之风采与盛况。除了明显的帝唱在先，同时也有帝王和臣子依题即景同时作诗，在创作上不存在先后顺序的情况。例如中宗景龙三年（709）重阳，帝与群臣登高赋诗，中宗自为《九月九日幸临渭亭登高得秋字》，并制序曰："陶潜盈把，既浮九酝之欢；毕卓持螯，须尽一生之兴。人题四韵，同赋五言。其最后成，罚之引满。"[②]《唐诗纪事》卷一记此事曰："是宴也，韦安石、苏瓌诗先成，于经野、卢怀慎最后成，罚酒。"[③]据记载来看，在此次唱和活动中，中宗极有可能参与臣子的竞赛中，以试才力。而且，除了同题应和，也有不同题的情况。如《册府元龟》卷四〇载："（贞观）十一年十月辛丑，幸集翠池，宴五品已上。帝曰：'公等酒既酣，各宜赋一事。'帝赋《尚书》，特进魏徵《赋西汉》，其卒章曰：'终藉叔孙礼，方知皇帝尊。'帝曰：'魏徵每言，必约我以礼，此语极好，特宜记录。'"今《全唐诗》卷四三存李百药《赋礼记》，亦同时应制唱和之作。

第二种是和帝王之意。即帝王下令群臣赋诗，自己亲为制序，或者完全不参与创作。前者如景龙三年（709）中宗游安乐公主西庄。据《类编长安志》卷三"定昆池"条载："本安乐公主西庄也，在京城延平门外。景龙初，命司农卿赵履温为公主疏园植果，中列台榭，凭官（按：当作

①　（宋）计有功：《唐诗纪事》卷三"上官昭容"条，第28页。
②　《全唐诗》卷二，第23页。
③　（宋）计有功：《唐诗纪事》卷一"中宗"条，第8页。

空）架回，栋宇相属。又敕将作少监杨务廉引水凿沼，延十数顷，时号定昆池。《通典》曰：'安乐公主恃宠，请昆明池，中宗不与，公主怒，自以家财别穿池，号曰定昆。'景龙，中宗幸焉，侍臣毕从，赋诗，御为之序。"①后者如文学史上著名的武则天改赐锦袍之事。《旧唐书·宋之问传》载："预修《三教珠英》，常扈从游宴。则天幸洛阳龙门，令从官赋诗，左史东方虬诗先成，则天以锦袍赐之。及之问诗成，则天称其词愈高，夺虬锦袍以赏之。"②显然，武则天并不赋诗，而是为从臣以"幸洛阳龙门"之行命意，并在此次应制唱和中担任诗艺评价者的角色，最终宋之问以《龙门应制》一诗获得青睐。今存有很多唐人同题应制诗，但不见君王原作，个中原因除了散佚之外，很大的可能就是君王本无创作。

还有一种情况即是，臣子中一人首唱，依帝王之意，他人继和。如前文所考《龙池篇》、《偃松篇》即是。据宋敏求《长安志》卷九唐京城"次南兴庆坊"下"北有龙池"注："或见黄龙出其中，本以坊名为池，俗亦呼五王子池，置宫后，谓之龙池，拾遗蔡孚作龙池篇以赞其事，公卿多和之。"③今存张九龄、姚元之、蔡孚、崔日用、裴漼、卢怀慎几人同题作《奉和圣制龙池篇》，则当蔡孚首唱，他人应制和之。《唐文拾遗》卷一八韦璞玉《韦希损墓志》云："尝应制和蔡孚《偃松篇》曰：'大厦已成无所用，唯将献寿答尧心。'作者称之，深以为遗贤雅刺矣。"④《太平御览》卷九五四"木部"载："蔡孚赋《偃松篇》，玄宗赐和，御书刻石记之，公卿咸和焉。"知此次唱和亦由蔡孚首创，玄宗令臣下公卿和之。又如《唐诗纪事》卷九载："景龙二年……九月，幸慈恩寺塔，上官氏献诗，群臣并赋。"⑤上官氏即上官婉儿，今《全唐诗》存其《九月九日上幸慈恩寺登浮图群臣上菊花寿酒》诗，又有李峤、宋之问等27人《奉和九月九日登慈恩寺浮图应制》诗，可推知，先有上官婉儿献诗，他人再依中宗之意纷纷奉和。

① （元）骆天骧：《类编长安志》卷三，中华书局1990年版，第85页。

② 《旧唐书》卷一九〇，第5025页。

③ （宋）宋敏求：《长安志》卷九，第115页。

④ 《全唐文》之《唐文拾遗》卷一八，第10562页。

⑤ 《唐诗纪事》卷九"李适"条，第114页。

二　唐代君臣应制唱和的演进及盛衰

唐代应制唱和诗在初唐至玄宗开元时期十分繁盛，天宝以后便数量遽减。虽然在德宗朝再兴波澜，但亦无力挽回天宝以后的"退潮"状况，整个中晚唐时期的应制创作寥寥可数。以帝王来论，太宗、武后、中宗、玄宗和德宗几位是唐史上相对雅好组织应制活动的，而且在活动组织和诗歌唱和的内容上体现出各自的偏好。借此，我们可以窥探帝王的心理，及文学史上的某些风气和变化。

唐太宗励精图治，身边有不少干将能臣忠心辅佐，同时也"以万机之暇，游息艺文"。他曾驳斥御史大夫杜淹的"亡国之音"文学论："夫音声岂能感人？欢者闻之则悦，哀者听之则悲。悲悦在于人心，非由乐也。将亡之政，其人心苦，然苦心相感，故闻之则悲耳。何乐声哀怨，能使悦者悲乎？今《玉树》、《伴侣》之曲，其声具存，朕能为公奏之，知公必不悲耳。"①因雅好文学并承认文学的独立性，其应制活动，多以咏物、赋景等纯文学性主题为由，表现出文学竞技及游艺享受的心理。已考知原唱作及和作俱存的如：

> 贞观元年（627）秋，太宗作《秋日》诗，袁朗和《秋日应诏》；
>
> 贞观元年（627），太宗作《小池赋》，许敬宗和《小池赋应诏》；
>
> 贞观五年（631）正月，太宗作《正日临朝》，颜师古、魏徵等和《奉和正日临朝应诏》；
>
> 贞观十一年（637）十月，太宗赋《尚书》，魏徵、李百药和赋《西汉》、《礼记》；
>
> 贞元十五年（641）七月，太宗作《仪鸾殿早秋》，杨师道、许敬宗等和《奉和仪鸾殿早秋应制》；
>
> 贞观二十年（646），太宗作《五言延庆殿集同赋花间鸟》，许敬宗和《五言侍宴延庆殿赋得花间鸟应诏》；

---

① 《贞观政要》卷七"礼乐"，第233页。

贞观二十一年（647），太宗作《咏棋》诗，许敬宗、上官仪等和《五言奉和咏棋应诏》。①

由以上所赋诗题秋日、小池、花间鸟、书棋等，即可见诗人的逸情雅致。太宗喜好文藻宏丽，以上诸诗无论是自己的创作，还是臣子的应制诗，皆表现出对形式技巧的讲究。如太宗《仪鸾殿早秋》："寒惊蓟门叶，秋发小山枝。松阴背日转，竹影避风移。提壶菊花岸，高兴芙蓉池。欲知凉气早，巢空燕不窥。"②许敬宗《奉和仪鸾殿早秋应制》："睿想追嘉豫，临轩御早秋。斜晖丽粉壁，清吹肃朱楼。高殿凝阴满，雕窗艳曲流。小臣参广宴，大造谅难酬。"③两诗均为五言律诗，对宫中早秋景色极尽刻画，物象密集，刻意整饬。如果说太宗诗在对自然风物的描摹中还透露出一股清气，许敬宗和诗则因雕楼画阁的嵌入显得富丽华艳，宫廷味十足。贾晋华《〈翰林学士集〉与太宗朝宫廷诗人群》一文认为："朝会、宴游、咏物在太宗君臣唱和诗中占绝对多数。贞观君臣此类诗大多数以五言新体的形式写成，刻意调节宫商，雕饰辞藻，写景状物，巧构俪偶。其中有不小一部分仍沿袭南朝宫廷诗风习，堆砌繁密的细碎景物，构造精致巧妙的对偶。"④此评甚确。

太宗以后，高宗虽然爱好文章词赋，尤重文教，但就个人而论，已不复先朝太宗之才力宏词，故而以帝王为中心的应制唱和活动大为逊色，而大型类书典籍的编撰活动却异常兴盛。据史载录，应制唱和规模稍大的有两次。一者在显庆中，以《雪诗》为题，君臣唱和。⑤另一次在开耀元

---

①　以上所列太宗、中宗、玄宗、德宗朝应制唱和活动之时间及事件，皆参傅璇琮主编《唐五代文学编年史》及贾晋华《唐代集会总集与诗人群研究》所考。

②　《全唐诗》卷一，第9页。

③　《全唐诗》卷三五，第465页。

④　见贾晋华《唐代集会总集与诗人群研究》，第36页。

⑤　《旧唐书》卷七九《吕才传》载："显庆中，高宗以琴曲古有《白雪》，近代顿绝，使太常增修旧曲。才上言曰：'……《白雪》琴曲，本宜合歌，以其调高，人和遂寡。自宋玉已来，迄今千祀，未有能歌《白雪》曲者。臣今准敕，依琴中旧曲，定其宫商，然后教习，并合于歌，辄以御制《雪诗》为《白雪》歌词。又案古今乐府，奏正曲之后皆别有送声，君唱臣和，事彰前史。今取太尉长孙无忌、仆射于志宁、侍中许敬宗等《奉和雪诗》以为送声，合十六节，今悉教讫，并皆合韵。'高宗大悦，更作《白雪歌词》十六首，付太常编于乐府。"第2726页。

年（681）七月，皇太子李显纳妃，太平公主出降薛绍①，高宗作《太子纳妃太平公主出降》诗，刘祎之、元万顷、郭正一、胡元范、任希古、裴守真等同题和诗《奉和太子纳妃太平公主出降》。而至武周时，随着洛阳政治中心地位的确立，应制唱和的地点也相应改至洛阳。这一时期，圣主好文，不仅复有雅颂之盛，"每豫游宫观，行幸河山，白云起而帝歌，翠华飞而臣赋"②。而且，一个较为显著的主题即为其登基即位及铭颂大周功德而组织的文学舆论及唱和活动，如垂拱四年（688），"十二月己酉，神皇拜洛水，受'天授圣图'"③，苏味道作《奉和受图温洛应制》，李峤、牛凤及各有《奉和拜洛应制》；天授元年（690）九月，则天即帝位，陈子昂有《奉和皇帝上礼抚事述怀应制》，李峤亦应制作《皇帝上礼抚事述怀》；万岁登封元年（696）腊月，武后封禅嵩山，宋之问有《扈从登封告成颂应制》。其中，最著名的莫过于武则天为铸造天枢而发起的应制活动，《大唐新语》卷八载：

> 长寿三年，则天征天下铜五十万余斤，铁三百三十余万，钱二万七千贯，于定鼎门内铸八棱铜柱，高九十尺，径一丈二尺，题曰"大周万国述德天枢"，纪革命之功，贬皇家之德。……武三思为其文，朝士献诗者不可胜纪。唯（李）峤诗冠绝当时，其诗曰："辙迹光西崦，勋名纪北燕。何如万国会，讽德九门前。灼灼临黄道，迢迢入紫烟。仙盘正下露，高柱欲承天。山类丛云起，珠疑大火悬。声流尘作劫，业固海成田。圣泽倾尧酒，熏风入舜弦。欣逢下生日，还偶上皇年。"④

李峤诗题名《奉和天枢成宴夷夏群僚应制》，从内容上看，其诗除有少量的笔墨描写铜柱外，它则为歌功颂德的政治需要充斥着谀美之词。在应制

---

① 　事见《资治通鉴》卷二〇二开耀元年。
② 　《全唐文》卷二二五张说《唐昭容上官氏文集序》，第2275页。
③ 　《旧唐书》卷六《则天皇后本纪》，第119页。
④ 　（唐）刘肃：《大唐新语》卷八，第126页。

诗的创作中，奉和帝王而作的文化属性决定了颂圣娱主是强制性的惯例，但不同帝王的爱好、志趣和期盼心理也规定了应制诗不尽相同的气象和特点。武后革唐命、以女主称制，比任何一个皇帝更需要舆论的认同与颂扬，所以这一时期应制诗的颂谀主题尤为突出。而且，为满足女主好大喜功、急剧膨胀的虚荣心理，以文华取幸的奉和之作常大开大阖，以极力描摹泱泱帝国的大气象为能事，如李峤《奉和拜洛应制》："七萃銮舆动，千年瑞检开。文如龟负出，图似凤衔来。殷荐三神享，明禋万国陪。"① 陈子昂《奉和皇帝上礼抚事述怀应制》："南面朝万国，东堂会百神。云陛旗常满，天庭玉帛陈。"② 诗歌在时空及数量上的极度夸大，祥瑞神明意象的密集使用，皆以颂圣娱圣为目的。圣历二年（699）春，宋之问、沈佺期、东方虬等扈从游龙门，宋之问一作亦以气局开阔而显得不同凡响，其《龙门应制》云："云跸才临御水桥，天衣已入香山会。山壁崭岩断复连，清流澄澈俯伊川。塔影遥遥绿波上，星龛奕奕翠微边。层峦旧长千寻木，远壑初飞百丈泉。彩仗蜺旌绕香阁，下辇登高望河洛。东城宫阙拟昭回，南陌沟塍殊绮错。林下天香七宝台，山中有酒万年杯。"③ 诗中少了景物聚焦式的精细刻画，天地云河、层峦远壑、东城南陌等尽揽其中，加之"千寻木"、"百丈泉"、"万年杯"等修饰手法，使得写景浩大，气度非凡。其最终能获得武后青睐，与正好迎合了帝王好大的心理密切相关。

唐中宗时，君臣之间的应制唱和达到最高潮。据统计，自景龙二年（708）四月中宗置修文馆学士，至景龙四年（710）六月卒，两年左右的时间里有三首以上应制诗的唱和活动高达 32 次，其中规模最大的一次竟有 28 人应制。这些应制唱和绝大多数在宴饮游乐的活动背景下发起，如：

> 景龙二年（708）九月九日，游慈恩寺塔，上官婉儿献诗，27 人属和；
>
> 景龙二年（708）闰九月九日，游总持寺，李峤等 4 人应制；

---

① 《全唐诗》卷六一，第 723 页。

② 《全唐诗》卷八四，第 912 页。

③ 陶敏、易淑琼：《沈佺期宋之问集校注》下册卷一，第 394 页。

景龙二年（708）十月三日，游三会寺，李峤等6人应制；

景龙二年（708）十一月十五日，中宗诞辰，宴于内殿，与李峤等15人为柏梁体联句；

景龙二年（708）十二月六日，游荐福寺，李峤等6人应制；

景龙二年（708）十二月十九日，游禁苑，韦元旦等7人应制；同日，宴集，内殿出彩花树，李峤等7人应制；

景龙二年（708）十二月二十一日，游临渭亭，李峤等5人应制；

景龙二年（708）十二月三十日，游长安故城，李峤等5人应制；

景龙三年（709）正月七日（人日），宴清晖阁，李峤等6人应制；

景龙三年（709）正日二十九日（晦日），游昆明池，赋诗，群臣应制百余篇，存宋之问等4人应制作；

景龙三年（709）正月，幸长宁公主庄，上官婉儿等应制；

景龙三年（709）二月十一日，幸太平公主山庄，李峤等8人应制；

景龙三年（709）三月，宴芙蓉园，李峤等4人应制；

景龙三年（709）七月，幸望春宫，制序作诗送朔方总管张仁愿赴军，李峤等6人应制；

景龙三年（709）八月三日，游安乐公主西庄，李峤等16人应制；

景龙三年（709）九月九日，游临渭亭，与韦安石等24人分韵赋诗；

景龙三年（709）十月八日，宴安乐公主新宅，武平一等17人应制；

景龙三年（709）十一月十五日，宴集，贺诞辰及长宁公主之女满月，李峤、郑愔2人应制；

景龙三年（709）十二月十二日，游温泉宫，武平一等5人应制；

　　景龙三年（709）十二月十四日，游宴韦嗣山庄，李峤等10人应制；

　　景龙三年（709）十二月十五日，游白鹿观，李峤等10人应制；

　　景龙四年（710）正月五日，宴蓬莱宫，与韦后等13人为柏梁体联句；

　　景龙四年（710）正月七日，重宴大明宫，李峤等12人应制；同日游梨园，武平一等3人应制；

　　景龙四年（710）正月八日，游苑至望春宫迎春，崔日用等7人应制；

　　景龙四年（710）正月二十九日（晦日），游沪水，宗楚客等3人应制；

　　景龙四年（710）二月二十一日，宴桃花园，李峤等6人应制；

　　景龙四年（710）三月二日，游望春宫，崔日用等14人应制；

　　景龙四年（710）三月三日（上巳），祓禊渭滨，韦嗣立等6人应制；

　　景龙四年（710）三月八日，宴窦希玠宅，苏颋等4人应制；

　　景龙四年（710）三月十一日，宴上官婉儿别院，婉儿献诗，郑愔和；

　　景龙四年（710）四月一日，游长宁公主庄，李峤等6人应制；

　　景龙四年（710）四月六日，幸兴庆池观竞渡，李适等11人应制。

从以上所列，可见中宗游宴之繁密。宫中寺庙、禁苑、亭台、楼阁、园池、山庄，甚至宠臣家宅，都无不是其游幸、宴享之处，以至到了刻意"寻胜"的地步，而所到之处，则无不以文会活动增饰。《唐诗纪事》卷九"李适"条记载了景龙二年至四年的游宴活动："凡天子飨会游豫，唯宰相、直学士得从，春幸梨园并渭水祓除，则赐柳圈辟疠；夏宴蒲萄园，赐朱樱；秋登慈恩浮图，献菊花酒称寿；冬幸新丰，历白鹿观，上骊山，赐浴汤池，给香粉兰泽。从行给翔麟马、品官黄衣各一。帝有所感，即赋诗，学士皆属和，当时人所钦慕。然皆狎猥佻佹，忘君臣礼法，惟以文华取幸……（景龙四年三月）八日，令学士寻胜，同宴于礼部尚书窦希玠亭，赋诗，张说为之序。"①《新唐书·上官昭容传》也记载了这种游宴娱乐、文华取幸的风气："帝即位，大被信任，进拜昭容，封郑沛国夫人。……婉儿劝帝侈大书馆，增学士员，引大臣名儒充选。数赐宴赋诗，君臣赓和，婉儿常代帝及后、长宁安乐二主，众篇并作，而采丽益新。又差第群臣所赋，赐金爵，故朝廷靡然成风。"②学界有观点认为，中宗在当太子前以喜好声色闻名朝野，后别幽禁房、均二州，艰苦备尝，即位后变本加厉，纵情声色，以求得心理上的补偿③，笔者认为十分中肯。如果说太宗朝的应制唱和尚专心于诗艺的雕琢，偶尔还会有言志述怀的成分，中宗时期的应制唱和与其奢侈行乐的补偿心理相适应，则以娱乐、献媚为主要意图，故而诗风淫乐浮靡。如景龙三年（709）九月九日君臣宴游临渭亭，中宗皇帝作《九月九日幸临渭亭登高得秋字并序》：

> 陶潜盈把，既浮九酝之欢；毕卓持螯，须尽一生之兴。人题四韵，同赋五言。其最后成，罚之引满。
>
> 九日正乘秋，三杯兴已周。泛桂迎尊满，吹花向酒浮。长房萸早熟，彭泽菊初收。何藉龙沙上，方得恣淹留。④

据《唐诗纪事》记载："是宴也，韦安石、苏瓌诗先成，于经野、卢怀慎最后成，罚酒。"⑤以苏瓌《奉和九日幸临渭亭登高应制得晖字》为例：

> 重阳早露晞，睿赏瞰秋矶。菊气先熏酒，萸香更袭衣。清切丝桐

---

①　（宋）计有功：《唐诗纪事》卷九"李适"条，第114页。
②　《新唐书》卷七六，第3488页。
③　程建虎：《中古应制诗的双重观照》，第196页。
④　《全唐诗》卷二，第23页。
⑤　《唐诗纪事》卷一"中宗"，第8页。

会，纵横文雅飞。恩深答效浅，留醉奉宸晖。①

在君王"须尽一生之兴"的鼓动下，花香、酒气熏染，丝竹、文华流溢，君臣陶醉欢娱，并以诗酒竞技的形式游戏其中。臣子们幸侍游赏，如此承欢，自然歌唱长寿千秋，力表感激深恩、报效圣明。这次唱和中的其他诗句如"小臣无以答，愿奉亿千杯"、"愿陪九九辰，长奉千千历"、"愿陪欢乐事，长与岁时深"、"愿陪阳数节，亿万九秋期"②等，附和献媚之意皆表现得十分露骨。

至唐玄宗时期，随着张说、张九龄先后入相，掌握了汲引文士的权力并喜延后进，朝廷聚集了一大批学优艺博的文笔翰墨之士，故而应制活动依然十分常见，并常以集贤学士为主体。如《职官分纪》卷一五就记载了玄宗在集贤殿赐宴及学士应制赋诗之频繁："时又频赐酒馔，学士等燕饮为乐，前后赋诗奏上凡数百首，上每嘉赏。院中既有宰臣及侍读，屡承恩渥，赐以甘瓜、绿李及四方珍异。燕公诗曰：'东壁图书府，西园翰墨林。诵诗闻国政，讲义见天心。'当时词人，称为尤美。前后令赵冬曦、张九龄、咸廙业、韦述等为诗序。学士等赋诗，编成卷轴以进上，上每嘉奖焉。"③但在唱和的主题上，与以前几位帝王相比，玄宗时期出现了一些变化：一则活动形式和内容十分丰富，咏物、赋诗、宴游、巡幸、岁时、送饯皆有应制唱和；二则饯送的内容明显增多。饯送应制在太宗、中宗时期亦有，但非常少见。如《全唐诗》存太宗《饯中书侍郎来济》及许敬宗《奉和圣制送来济应制》，据《旧唐书·来济传》，时来济当为中书舍人，所饯何事，今不得知。景龙三年（709）七月，中宗幸望春宫，制序作诗送朔方总管张仁愿赴军。据《旧唐书·张仁愿传》，张仁愿自武周以来便因抗击突厥入侵屡立功勋，中宗复位后便宠信有加，"景龙二年，拜

---

① 《全唐诗》卷四六，第562页。

② 分别出自《全唐诗》卷九三卢藏用《九日幸临渭亭登高应制得开字》、薛稷《九日幸临渭亭登高应制得历字》，卷九一韦嗣立《奉和九日幸临渭亭登高应制得深字》，卷七三苏颋《奉和九日幸临渭亭登高应制得时字》。

③ （宋）孙逢吉：《职官分纪》，中华书局1988年版，第380页。

左卫大将军、同中书门下三品，累封韩国公。春还朝，秋复督军备边。中宗赋诗祖饯，赏赐不可胜纪"①。时李峤、李适、刘宪、苏颋、李乂、郑愔均有和作。这是唐代前期为数不多的几次由帝王发起的祖饯文事。而至玄宗时，饯送应制的活动经常发生，如：

　　开元十年（722）闰五月，张说兼朔方军节度使，往朔方巡边，玄宗御制诗《送张说巡边》，张九龄、源乾曜、贺知章、王翰等二十人作《奉和圣制送张尚书巡边》；

　　开元十一年（723）六月，王晙赴朔方巡边，玄宗御制诗《饯王晙巡边》送行，张说作《奉和送王晙巡边应制》；

　　开元十三年（725）二月，玄宗在洛阳，自择许景先、源光裕等十一人为刺史，命百官饯送，自制并亲书《赐诸州刺史以题座右》，张说、张九龄、苏颋皆有《奉和圣制赐诸州刺史以题座右》；

　　开元十四年（726）正月，张嘉贞自工部尚书出为定州刺史，玄宗时在洛阳，自赋诗送，诏百官祖饯于上东门，有应制诗若干，张说为之序；

　　开元二十二年（734）二月十九日，初置十道采访使，以御史中丞卢绚等为之。玄宗以诗送行，张九龄作《奉和圣制送十道采访使及朝集使》；

　　开元二十三年（735），户部尚书李尚隐赴益州长史任，玄宗送，张九龄应制《奉和圣制送李尚书入蜀》。

　　开元二十五年（737），邢璹奉使新罗，太子及百僚赋诗送行，玄宗亲为制诗序。

　　天宝三载（744）正月，太子宾客贺知章因病请度为道士，求归越，玄宗许之，御制《送贺知章归四明》诗及序送，又命百官饯送于长乐坡，皇太子以下咸就执别，各有《送贺秘监归会稽》诗作。

----

① 《旧唐书》卷九三，第 2983 页。

无论是重臣巡边，还是官员外刺、出使，都有玄宗诏令饯送、朝臣应制唱和的雍容局面。其中有些场面非常盛大，尤其是天宝三载（744）文坛重臣贺知章告老还乡，朝廷饯送之礼十分隆重。据前《送贺监归乡诗集》所考可知，玄宗亲为御制诗、序以赠行，百官属和。李白在《对酒忆贺监二首》中亦曾道及当时贺知章退归之隆遇："狂客归四明，山阴道士迎。敕赐镜湖水，为君台沼荣。"其中，玄宗《送贺知章归四明并序》云：

> 天宝三年，太子宾客贺知章，鉴止足之分，抗归老之疏，解组辞荣，志期入道。朕以其年在迟暮，用循挂冠之事，俾遂赤松之游。正月五日，将归会稽，遂饯东路。乃命六卿庶尹大夫，供帐青门，宠行迈也。岂惟崇德尚齿，抑亦励俗劝人。无令二疏，独光汉册，乃赋诗赠行。

> 遗荣期入道，辞老竟抽簪。岂不惜贤达，其如高尚心。寰中得秘要，方外散幽襟。独有青门饯，群僚怅别深。①

文臣的应制和作以王琚、韦坚二人诗为例：

> 父子承恩日，遗荣拜职辰。挂冠辞圣主，佩印奉严亲。举代称贤智，当朝劝孝仁。退归将适越，攀饯乃倾秦。

> 解印辞荣禄，游真奉德音。赠行天藻下，饯席上台临。远驭仙山鹤，常怀帝里心。无因同执袂，相望但沾襟。②

在这里，诗人们仍以初盛唐时期应制诗中惯用的五律为体，但我们看不到以前赋景刻物、夸功颂德、侍宴欢娱之类应制诗中的踵事增华和刻意夸饰。饯别的具体事由、饯别之人的行迹与形象、双方的惜别之情皆进入诗

---

① 《全唐诗》卷三，第31页。
② （宋）孔延之编：《会稽掇英总集》卷二，文渊阁四库全书本。

中，用词平实，语气和缓，自然凸显了贺知章功成身退、挂冠归道的飘逸形象和唐玄宗爱贤崇德、体恤老臣的明君风范。读之后，饯别的盛大场景及文质彬彬之况，至今尚可想见。其中所折射的，是开元以至天宝前期君臣和谐、国家昌明的盛世气象。

应制诗创作在玄宗天宝后期急剧衰退，而至德宗时又出现了短暂的繁荣。据考，将德宗一朝的应制活动备列如下：

贞元四年（788）三月，宴群臣于麟德殿，赋诗（《全唐诗》卷四《麟德殿宴百僚》），群臣属和；

贞元四年（788）九月九日，重阳，宴百僚于曲江，赋诗（同卷《重阳日赐宴曲江亭赋六韵诗用清字》），令群臣和，限清字韵，自品第之。刘太真、李纾等四人为上等，鲍防、于邵等四人为次等；

贞元五年（789）二月一日，中和节，宴百僚，赋诗（同卷《中和节宴百僚赐诗》），群臣奉和；

贞元六年（790）二月一，中和节，宴百官于曲江，德宗赋七韵诗（同卷《中和节赐群臣宴赋七韵诗》）。

贞元六年（790）三月三日，上巳，宴曲江，德宗作诗以赐（同卷《三日书怀因示百僚》），崔元翰《奉和圣制三日书怀》；

贞观七年（791）七月十五日，中元日，幸章敬寺，赋九韵诗（同卷《七月十五日题章敬寺》），太子与群臣毕和之，今存崔元翰《奉和圣制中元日题奉（章）敬寺》（《全唐诗》卷三一三）；

贞元十年（794）年九月十八日，赐百官九日宴，有诗书怀（同卷《九月十八赐百寮追赏因书所怀》），群臣毕和，今存权德舆《奉和圣制九月十八日赐百寮追赏因书所怀》（《权载之文集》卷一）；

贞元十一年（795）年九月九日，重阳，宴群臣曲江，作诗赐（同卷《重阳日中外同欢以诗言志因示群臣》），百僚毕和，今存权德舆《奉和圣制重阳日中外同欢以诗言志因示百僚》（《权载之文集》卷一）；

贞元十三年（797）九日九日，重阳，德宗以诗言志示群臣，权德舆等和；

贞元十四年（798）二月，于麟德殿宴群臣，有诗（同卷《中春麟德殿会百僚观新乐》），权德舆、卢纶等和；

贞元十七年（801）二月一日，中和节，宴群臣于曲江亭，作诗（同卷《中和节赐百官燕集因示所怀》），权德舆等和之；

贞元十八年（802）九月九日，重阳，与群臣宴饮于故马璘池亭，作诗（同卷《丰年多庆九日示怀》），权德舆、武元衡等和。

从以上所列，可以发现德宗对节日岁时的重视，应制唱和多在庆祝节日的活动中发生，如中和节、上巳、中元节、重阳节等。特别是中和节、重阳节，宴集赋诗的场次最多。《唐会要》卷四一载德宗时："贞元六年正月二十八日敕：'每年中和节及九月九日，自今以后，逼节放三日开屠。'"① 德宗对两节的重视正好在应制唱和活动中得到了印证。其中，中和节是德宗新创立的节日，《旧唐书·德宗本纪》载：

（贞元）五年春正月壬辰朔。乙卯，诏："四序嘉辰，历代增置，汉崇上巳，晋纪重阳。或说禳除，虽因旧俗，与众共乐，咸合当时。朕以春方发生，候及仲月，勾萌毕达，天地和同，俾其昭苏，宜助畅茂。自今宜以二月一日为中和节，以代正月晦日，备三令节数，内外官司休假一日。"②

《新唐书·李泌传》：

帝以"前世上巳、九日，皆大宴集，而寒食多与上巳同时，欲以二月名节，自我为古，若何而可？"泌谓："废正月晦，以二月朔为中和节，因赐大臣戚里尺，谓之裁度。民间以青囊盛百谷瓜果种相问

---

① 《唐会要》卷四一"断屠钓"条，第857页。
② 《旧唐书》卷一三，第367页。

遗，号为献生子。里闾酿宜春酒，以祭勾芒神，祈丰年。百官进农书，以示务本。"帝悦，乃著令，与上巳、九日为三令节，中外皆赐缗钱燕会。①

可见，废原有的正月晦日而设中和节，意就春耕萌动、万物苏茂之时节而取去旧迎新之气象。其时文臣吕渭曾作《皇帝移晦日为中和节》一诗云："皇心不向晦，改节号中和。淑气同风景，嘉名别咏歌。湔裙移旧俗，赐尺下新科。历象千年正，醑酿四海多。花随春令发，鸿度岁阳过。天地齐休庆，欢声欲荡波。"②两《唐书》所载民间"献生子"、酿春酒、祭神以及"百官进农书"等节日活动，无不蕴含了朝野上下对年岁丰收和祥瑞的祈祷，同时也体现了德宗对民生和农事的重视。所以，德宗对中和节宴庆极为热心，每岁是日，不仅朝廷百官宴集曲江亭，据《全唐文》卷六九〇符载《中和节陪何大夫会宴序》③，外州亦须举行庆宴。当然，也有因故停宴的时候，如贞元十五年（799）春，"二月，罢中和节宴会，年凶故也"。二十年（804）春，"二月丙午朔，罢中和节宴，岁俭也"④。同时，德宗还自制中和乐舞，《唐会要》卷三三载：

> （贞元）十四年二月，上自制中和舞是也。又奏九部乐及禁中歌舞，妓者十数人，布列在庭。上制《中春麟德殿会百僚观新乐诗》，仍令太子书示百官。序曰："朕以中春之望，纪为令节，听政之暇，韵于诗歌，象中和之容，作中和之舞，聊复成篇，以言其志。"诗曰："芳岁肇嘉节，物华当仲春。乾坤既昭泰，烟景含氤氲。德浅荷元贶，乐成思治人。前庭列钟鼓，广殿延群臣。八卦随舞意，五音转曲新。顾非咸池奏，庶协南风薰。式宴礼所重，浃欢情必均。同和谅在兹，

---

① 《新唐书》卷一三九，第4637页。
② 《全唐诗》卷三〇七，第3488页.
③ 序中称"我岳鄂连帅御史大夫何公"，何大夫，即何士干，贞元四年至十八年为鄂岳观察使。
④ 《旧唐书》卷一四《德宗本纪》，第399页。

万国希可亲。"中书门下等称贺，谢赐观制中和乐诗，请付所司，颁示天下，仍编入乐府之中。①

　　从德宗"言其志"之诗，尤其是"德浅荷元贶，乐成思治人"一语可以看出，中和节的宴饮赋诗及应制唱和，不仅只是为了"休庆"和"欢情"，更多寄寓的是君王思治及社稷祥和的政治意味。

　　除了中和节，重阳节的应制唱和亦非常频繁和突出。重阳是传统的节日活动，《西京杂记》曰："汉武帝宫人贾佩兰，九月九日佩茱萸，食饵，饮菊花酒，云令人长寿。盖相传自古，末知其由。"②然从德宗的赋诗和权德舆等人奉和的应制诗来看，"年丰"、"丰年"、"秋稼"、"稼丰"等语词充斥其中，仍与中和节一样，充溢着对民生的关怀和社稷的祝福。如德宗《重阳日即事》："寡德荷天贶，顺时休百工。岂怀歌钟乐，思为君臣同。至化在亭育，相成资始终。未知康衢咏，所仰惟年丰。"又《丰年多庆九日示怀》（题下注：贞元十八年九月癸亥重阳，御制诗赐群臣）云："重阳有佳节，具物欣年丰。……惠合信吾道，保和惟尔同。推诚至玄化，天下期为公。"③权德舆《奉和圣制重阳日中外同欢以诗言志因示百僚》云："白露秋稼熟，清风天籁虚。和声度箫韶，瑞气深储胥。"《奉和圣制重阳日即事六韵》云："嘉节在阳数，至欢朝野同。恩随千钟洽，庆属五稼丰。"④如果说，玄宗朝的饯送唱和展示的是御臣有度的明君风范，那么德宗朝的岁节宴集及应制唱和彰显的则是一国之君对国家社稷的深切忧怀和关念。《旧唐书·刘太真传》载："德宗文思俊拔，每有御制，即命朝臣毕和。贞元四年九月，赐宴曲江亭，帝为诗，序曰：'朕在位仅将十载，实赖忠贤左右，克致小康。是以择三令节，锡兹宴赏，俾大夫、卿士得同欢洽也。夫共其戚者同其休，有其初者贵其终，咨尔群僚，颁朕不暇，乐而能节，职思其忧，咸若时则，庶乎理矣。因重阳之会，聊

---

① 《唐会要》卷三三"诸乐"条，第721页。
② （汉）刘歆：《西京杂记》，上海古籍出版社1991年版，第138页。
③ 《全唐诗》卷四，第76页。
④ 《全唐诗》卷三二〇，第3604页。

示所怀。'"①唐朝自安史之乱后，社会矛盾重重，至贞元时危机已十分严重，但德宗治国十分用心和勤勉，这在其时主导的应制唱和活动中也得到了体现。

德宗以下，应制唱和时有余声，如《旧唐书·宣宗本纪》载："帝雅好儒士，留心贡举。有时微行人间，采听舆论，以观选士之得失。每山池曲宴，学士诗什属和，公卿出镇，亦赋诗饯行。"②《昭宗本纪》载："七月甲戌，帝与学士、亲王登齐云楼，西望长安，令乐工唱御制《菩萨蛮》词，奏毕，皆泣下沾襟，覃王已下并有属和。"③但就现存应制之作来看，已是寥若星辰了。

第三节　唐代京城与京官的同朝唱和

唐代京城不仅是皇帝居宅和御政之地，也是中央军政机构和宗庙所在地，为全国封建统治的中枢。京城内众官云集，为文士间的同朝唱和提供了最好的舞台。除了以皇帝为中心的应制唱和，朝官间的游宴集会、交游唱和之频繁多样也是京城不同于其他地方唱和的一大特色景观。

一　京城的游宴祖饯及赋诗唱和之风

唐人好宴乐游赏，尤其在京城，因分布着众多的贵族园林、公卿宅邸和私家山池，还有曲江、杏园、乐游原等公共风景名胜区，为文人士子的雅集给予了极大的便利，宴游之风甚炽。《画墁录》载："唐京省人伏假，三日一开印，公卿近郭皆有园池。以至樊杜数十里间，泉石占胜，布满川陆。至今基地尚在。省寺皆有山池。曲江各置船舫，以拟岁时游赏。"④而朝廷对此的政策十分宽松，甚至大加提倡和鼓励，以赐钱、

① 《旧唐书》卷一三七，第3762页。
② 《旧唐书》卷一八，第617页。
③ 《旧唐书》卷二〇，第762页。
④ （宋）张舜民:《画墁录》，明稗海本。

赐物、造食或休假等方式予以支持。《唐会要》卷二九"追赏"即载：

开元十八年正月二十九日敕："百官不须入朝，听寻胜游宴，卫尉供帐，太常奏集，光禄造食。"自宰臣及供奉官，嗣王、郡王、诸司长官、少卿、少监、少尹、左右丞、侍郎、郎官、御史、朝集使皆会焉。因下制曰："自春末以来，每至假日，百司及朝集使，任追游赏。"至十九年二月八日，敕："至春末以来，每至假日，宜准去年正月二十九日敕，赐钱造食，任逐游赏。"至二十年二月十九日，许百僚于城东官亭寻胜，因置检校寻胜使，以厚其事。至二十五年正月七日，敕文："朝廷无事，天下大和，百司每旬节休假，并不须亲职事，任追胜为乐。"至天宝十载正月十七日，敕："自今以后，非惟旬及节假，百官等曹务无事之后，任追游宴乐。"至十四年三月一日，许常参官分日入朝，寻胜宴乐。二十二年六月敕："自今以后，宜听五日一辰，尽其欢宴，余两日但休假而已。任用当处公廨，不得别更科率，兼有宰杀采捕等。"天宝八载正月敕："今朝廷无事，思与百辟，同兹宴赏。其中书门下及百官等，共赐绢二万匹，其外官取当处官物，量郡大小，及官人多少，节级分赐。至春末以来，每旬日休假，任各追胜为乐。"

贞元元年五月，诏曰："今兵革渐息，夏麦又登，朝官有假日游宴者，令京兆府不须闻奏。"

四年九月二日敕："正月晦日、三月三日、九月九日，前件三节日，宜任文武百僚，择地追赏为乐。每节，宰相以下及常参官，共赐钱五百贯；翰林学士，共赐一百贯；左右神威、神策龙武等三军，共赐一百贯；金吾、英武、威远及诸卫将军，共赐二百贯；各省诸道奏事官，共赐一百贯。委度支每节前五日，准此数支付，仍从本年九月九日起给，永为定制。"

元和二年十二月，宰臣奉宣："如闻百官士庶等亲友追游，公私宴会，乃昼日出城饯送，每虑奏报，人意未舒。自今以后，各畅所怀，务从欢泰。"①

从以上材料可知，唐玄宗、德宗、宪宗时，对文武百官的公私宴会尤其是旬假、节假的游宴活动极为倡导，敕令任以寻胜、追赏为乐。特别是唐玄宗开元天宝时期，屡有敕令和赏赐。唐德宗则对三令节表现出很大的热情和关注，文武百僚，分级赐钱、择地追赏。又，《旧唐书·玄宗本纪》云："（天宝）八载春正月甲申，赐京官绢，备春时游赏。"②《德宗本纪》云：贞元九年（793），"二月庚戌朔。先是宰相以三节次宴，府县有供帐之弊，请以宴钱分给，各令诸司选胜宴会，从之。是日中和节，宰相宴于曲江亭，诸司随便，自是分宴焉"③。亦可参证《会要》所载。在京中这样的宴乐场合，朝官、文士云集，自然常见与会文人优游唱和、赋诗以纪的逸兴雅举。现存张说诗文中，有若干首唱和诗题中有"诏宴"、"奉敕"等语词，如《晦日诏宴永穆公主亭子赋得流字》、《三月三日诏宴定昆池官庄赋得筵字》、《清明日诏宴宁王山池赋得飞字》、《三月二十日诏宴乐游园赋得风字》、《季春下旬诏宴薛王山池序》、《四月十三日诏宴宁王亭子好字》、《恩制赐食于丽正书院宴林字》、《修书学士奉敕宴梁王宅树字》等。张九龄《曲江集》中，亦有数篇题中标明在东都"旬宴"的分韵唱和诗，如：《龙门旬宴得月字韵》、《天津桥东旬宴得歌字韵》、《上阳水窗旬宴得移字韵》等，即皆产生于为响应玄宗所倡"每旬节休假"、"任追胜为乐"而举行的宴集活动中。张说《酬崔光禄冬日述怀赠答》序还记载了先天元年（712）在洛阳的一次文会，中云："太极殿众君子，分司洛城，自春涉秋，日有游讨。既而韦公出守，兹乐便废。顷因公宴，方接咏言，崔光禄述志论文，首贻雅唱，诸公嘉德叙事，咸有报章。……是用缀集，勒成一卷，永存几阁之玩，无忘欢好之时焉。"④序中云洛中诸君子"日有游讨"，并"因公宴"而"方接咏言"，可见，唐代朝廷赏赐的"公宴"不仅仅在

---

① 《唐会要》卷二九"追赏"条，第629—630页。
② 《旧唐书》卷九，第222页。
③ 《旧唐书》卷一三，第376页。
④ 《全唐诗》卷八八，第970页。

长安，东都分司官位列京官，亦常有此类的集会和文酒唱和活动。

在京城士人的游赏活动中，重要节假日的宴乐集会因受到朝廷的重视和鼓励，其节日气氛最为浓厚，规模相对盛大，在诗歌唱和中亦常见上演文人们较量才艺的精彩场面。其中最为醒目的是正月十五日上元节。此节因为受到民间大众的喜爱，在唐代史书和诗笔的记载下盛况远超其他节日。如《旧唐书·音乐志》载："玄宗在位多年，善音乐，若宴设酺会，即御勤政楼。……每初年望夜，又御勤政楼，观灯作乐，贵臣戚里，借看楼观望。夜阑，太常乐府县散乐毕，即遣宫女于楼前缚架出眺歌舞以娱之。"①《中宗本纪》载：景龙四年，"丙寅上元夜，帝与皇后微行观灯，因幸中书令萧至忠之第。是夜，放宫女千人看灯，因此多有亡逸者。"②唐诗中亦多有对上元夜的描写，如顾况《上元夜忆长安》："沧州老一年，老去忆秦川。处处逢珠翠，家家听管弦。云车龙阙下，火树凤楼前。"③又如前文《高氏三宴诗集》所考，高宗调露二年（680）正月上元夜，陈子昂、长孙正隐等六人共游洛城，同赋《上元夜效小庾体同用春字》一题。其中长孙正隐《序》中写道："美人竞出，锦障如霞。公子交驰，雕鞍似月。同游洛浦，疑寻税马之津；争渡河桥，似向牵牛之渚。实昌年之乐事，令节之佳游者焉。"④可见，上元夜的长安和洛阳，月华朗照，灯火通明，上下同庆，朝野资欢。在这样的繁华胜景里，诗人们即兴赋诗、联袂唱和，无疑再添月夜华章，《大唐新语》卷八即载：

> 神龙之际，京城正月望日，盛饰灯影之会。金吾弛禁，特许夜行。贵游戚属，及下隶工贾，无不夜游。车马骈阗，人不得顾。王主之家，马上作乐以相夸竞。文士皆赋诗一章，以纪其事。作者数百人，惟中书侍郎苏味道、吏部员外郭利贞、殿中侍御史崔液三人为绝唱。味道诗曰："火树银花合，星桥铁锁开。暗尘随马去，明月逐

① 《旧唐书》卷二八，第1051页。
② 《旧唐书》卷七，第149页。
③ 《全唐诗》卷二六六，第2954页。
④ 《全唐诗》卷七二，第790页。

人来。游妓皆秾李，行歌尽落梅。金吾不禁夜，玉漏莫相催。"利贞曰："九陌连灯影，千门度月华。倾城出宝骑，匝路转香车。烂熳唯愁晓，周旋不问家。更逢清管发，处处落梅花。"液曰："今年春色胜常年，此夜风光正可怜。鸱鹊楼前新月满，凤凰台上宝灯燃。"文多不尽载。①

这次金吾弛禁、举城欢赏的夜游中，参与诗歌唱和的作者多达数百人，可见文会规模之大。苏味道、郭利贞、崔液三人，也正是在此次诗歌竞赛中以"绝唱"之作名动京城。如苏味道"火树银花合"一句，《本事诗·嘲戏第七》云："开元中，唐宰相苏味道与张昌龄俱有名，暇日相遇，互相夸诮。昌龄曰：某诗所以不及相公者，为无'银花合'故也。……味道云：子诗虽无'银花合'，还有'金铜钉'。昌龄赠张昌宗诗曰：'昔日浮丘伯，今同丁令威。'遂相与拊掌大笑。"②此外，唐人还重视春日里的其他节俗。南朝梁时《荆楚岁时记》记载："元旦至于月晦，并为酺聚饮食。士女泛舟，或临水宴会，行乐饮酒。"③唐代沿袭传统习俗，亦好春日寻胜，以娱新景、祈瑞年，故京城春天的游赏活动在一年四季中是最为普遍的。《开元天宝遗事》"游盖飘青云"条载："长安春时，盛于游赏，园林树木无闲地。故学士苏颋应制云：'飞埃结红雾，游盖飘青云。'帝览之嘉赏焉，遂以御花亲插颋之巾上，时人荣之。"又"油幕"条云："长安贵家子弟每至春时游宴，供帐于园圃中。""探春"条云："都人士女，每至正月半后，各乘车跨马，供帐于园圃或郊野中，为探春之宴。"④在"探春之宴"中，晦日亦称晦节，就受到唐人的重视，通常会有春游、泛舟、聚欢的活动。面对这样的良辰美景，亦免不了赋诗唱和、以记芳游，像陈子昂的《晦日宴高氏林亭》、张说的《晦日诏宴永穆公主亭子赋得流字》、岑参的《晦日陪侍御泛舟北池得寒字》等，皆可为例。

---

① （唐）刘肃：《大唐新语》卷八，第127—128页。
② （唐）孟棨：《本事诗》，古典文学出版社1957年版，第23页。
③ （南北朝）宗懔：《荆楚岁时记》，民国景明宝颜堂秘笈本。
④ （五代）王仁裕：《开元天宝遗事》卷下，中华书局1985年版，第20、23、27—28页。

京城的诗歌唱和之风除了体现在探春、节假日这样的游宴活动中，平日里则在饯行、送别的场合中最为突出。"赋诗追饯者，翰林之故事"①，在唐代，更是有别必有诗，而且常有"送行数百首，各以铿奇工"②这样集体参与、规模盛大的诗饯活动。唐两京不仅是政治文化的中心，而且陪都洛阳还在交通地理上处于枢纽的位置，两地各色衣冠因科举、仕途变动、外游等各种原因，人员流动更大，因之饯送的活动相比其他地域更为频繁。而且，参与者的地位、人数的多寡和饯别唱和规模的大小，往往被视为评价饯别对象社会地位和社会影响的一种参照和尺度。饯别之际，像贺知章回乡、裴相公出镇之时有"天子亲临楼上送，朝官齐出道旁辞"③的盛容，出行者地位之显要和个人之优荣自不必说。若有大量朝廷官员、文士参与的诗酒饯送，其场面也显得十分雍容隆重，并会在社会上产生一定的影响。如《旧唐书·李适传》载："睿宗时，天台道士司马承祯被征至京师。及还，适赠诗，叙其高尚之致，其词甚美，当时朝廷之士，无不属和，凡三百余人。徐彦伯编而叙之，谓之《白云记》，颇传于代。"④又《旧唐书·郗士美传》载："及德宗即位，崔祐甫作相，召拜左庶子、集贤学士。到京，以年老乞身，表三上，除太子詹事致仕，东归洛阳。德宗召见，屡加褒叹，赐以金紫。公卿大夫皆赋诗祖送于都门，搢绅以为美谈。"⑤这是史料中明确记载的。

另外，今唐人文集中存有大量的赠别诗序，亦有不少记录了京城祖饯、同会者赋诗唱和的盛况，如《全唐文》卷三八八独孤及《送少微上人之天台国清寺序》云：

> 岁次乙卯，自京持钵而来。给事中天水赵公涓赋诗抒别，卿大夫已下属而和者二十七章。⑥

① 《全唐文》卷四二七于邵《送王郎中赴蕲州序》，第4348页。
② 《全唐诗》卷三七九孟郊《奉同朝贤送新罗使》，第4252页。
③ 《全唐诗》卷三八五张籍《送裴相公赴镇太原》，第4331页。
④ 《旧唐书》卷一九〇，第5027页。
⑤ 《旧唐书》卷一五七，第4145页。
⑥ 《全唐文》卷三八八，第3949页。

这是朝廷文官为方外之人出京云游而举行的一次诗歌祖饯活动。又如《全唐文》卷三九五刘太真《送萧颖士赴东府序》：

> 先师微言既绝者千有余载，至夫子而后洵美无度，得夫天和。……从官三年，始参谋于洛京。家兄与先鸣者六七人，奉壶开筵，执弟子之礼于路左。太真以文求进，以无闻见举，而不怪为夫子羞。春云轻阴，草色新碧，皎皎匹马，出于青门。吾徒喟然，瞻望不及。赋诗仰饯者，自相里造贾邕以下，凡十二人，皆及门之选也。①

这是一次夫子自长安出官、门生行弟子之礼的饯送活动。今《全唐诗》存萧颖士《留别二三子得韵字诗》，以及刘舟《送萧颖士赴东府得适字》、长孙铸《得离字》、房白《得还字》、元晟《得引字》、刘太冲《得浅字》、姚发《得草字》、郑愕《得往字》、殷少野《得散字》、邹载《得君字》等诗，均为此次青门饯送、分韵唱和之作。萧颖士虽不是朝廷高官显贵，但在当时因文章学问颇有盛名，师从者甚众，有"萧夫子"、"萧门"之称，符载《尚书比部郎中萧府君（存）墓志铭》誉其曰："灵凤神龙，焕乎文章。高价风驰，撼动八荒。是时禹禹昂昂，贤隽之士，揖涯岸，趋闻望，如百川之委溟海，羣山之仰嵩岱。"②《旧唐书》本传则载："是时外夷亦知颖士之名，新罗使入朝，言国人愿得萧夫子为师，其名动华夷若此。"③以上诗序中所记载的这次夫子出官洛京，京城众弟子"奉壶开筵"、"赋诗仰饯"的文酒之会，无疑以具体生动的事件场景反映了萧颖士在当时朝野文士中的影响，也说明了唐代有别必有诗，而且往往是大规模诗歌唱和的文学现象。

在唐代京城这一各色衣冠、文士才子密集过从的特殊地域中，除了频繁的游宴、饯别活动而促发的文会唱和，亦不乏因某篇特殊诗文吸引了才彦的目光而引起的大规模追和，范摅《云溪友议》卷中"三乡略"记载了

---

① 《全唐文》卷三九五，第4017页。
② 《全唐文》卷六九一，第7083页。
③ 《旧唐书》卷一九〇《萧颖士传》，第5048页。

一件若耶溪女子题诗而引起文士唱和的韵事。此女子诗前有序：

> 无名序曰："余本若耶溪东，与同志者二三，纫兰佩蕙，每贪幽
> 闲之境，玩花光于松月之亭……自后不得已，从良人西入函关，寓居
> 晋昌里第。其居也，门绝嚣尘，花木丛翠。东西邻二佛宫，皆上国胜
> 游之最。伺其闲寂，因游览焉，亦不辜一时之风月也。不意良人已
> 矣，邈然无依。帝里芳春，吊影东迈。……凡经过之所，皆曩昔燕笑
> 之地，绸缪之所。衔冤加叹，举目魂销。虽残骸尚存，而精爽都失。
> 假使潘岳复生，无以悼其幽思也。遂命笔聊题，终不能涤其怀抱，绝
> 笔恸哭而去。以翰墨非妇人女子之事，名字是故隐而不书。时会昌
> 壬戌岁，仲春十九日。"又赋诗曰："昔逐良人西入关，良人身殁妾空
> 还。谢娘卫女不相待，为雨为云过此山。"①

序中记述了若耶溪女子从夫游长安，夫卒后甚为悲恸而赋诗以哭的情形。
《云溪友议》云"是诗继和者多，不能遍录，略举十余篇以次之"，并附
进士陆贞洞、王祝、刘谷等和诗十一首。又如《唐摭言》卷十五"贤仆
夫"载：

> 武公幹常事蒯希逸十余岁，异常勤干，洎希逸擢第，幹辞以亲在
> 乞归就养，公坚留不住。公既嘉其忠孝，以诗送之，略曰："山险不
> 曾离马后，酒醒长见在床前。"时人醵绢赠行，皆有继和。②

可见，在唐代能诗并引起文林关注与继和者，不仅有京城显贵、社
会名流，亦有普通士子、家庭妇女。以上文士间的诗文属和，一因夫妻深
情，一因仆之忠孝，完全抹去了社会交往、人际关系和名利色彩，纯粹表
现为唱者诗文和事件拨动了题咏者的情感和心弦，故而引起了诗坛上的大

---

① （唐）范摅：《云溪友议》卷五，中华书局1985年版，第29页。
② （五代）王定保：《唐摭言》卷一五，第165页。

规模追和，成为京城咏和中的别样风景。它们的存在亦说明，唐代京城，作为帝王居宅和中央官署所在地，同时作为全国的政治文化中心，为文人之间的赋诗唱和提供了诸多的形式和最好的舞台。

二　京城的私宅山池与文人的集会唱和

京城诗歌酬唱之风甚浓，还有一个重要的客观条件，即是唐两京公卿贵族云集，高宅园林密布，为文人间的宴集唱和提供了非常便利的场域空间。因宴乐活动需要有不菲的钱财花费，故群僚间的私人宴会特别是一定规模或层次的文人宴集，常以高官贵戚为中心，在个人的林亭山池中举行。《旧唐书·杨师道传》载：

> 寻尚桂阳公主，超拜吏部侍郎，累转太常卿，封安德郡公。……师道退朝后，必引当时英俊，宴集园池，而文会之盛，当时莫比。雅善篇什，又工草隶，酬赏之际，援笔直书，有如宿构。太宗每见师道所制，必吟讽嗟赏之。[1]

今《全唐诗》存岑文本、李百药、刘洎、褚遂良、杨续、许敬宗、上官仪七人同题作《安德山池宴集》诗，即杨师道退朝后于自家山池宴请群公时唱和之作。其中李百药诗云："朝宰论思暇，高宴临方塘。云飞凤台管，风动令君香。"[2]据《旧唐书·杨师道传》，贞观十三年（639），转中书令，诗称"令君"，此次宴集当在贞观十三年之后。此外，《全唐诗》卷三三有于志宁《冬日宴群公于宅各赋一字得杯》，它卷分别有令狐德棻、封行高、杜正伦、岑文本、刘孝孙、许敬宗六人各题《冬日宴于庶子宅各赋一字得趣》及《得色》、《得节》、《得平》、《得鲜》、《得归》诗，显为众人在太子左庶子于志宁家宅宴聚、分题唱和而作。可知，在太宗贞观时，除了帝王频繁诏令的宴享赏赐和宫廷唱和以外，朝臣私下的宴集及文会活动即已

---

① 《旧唐书》卷六二，第2383页。
② 《全唐诗》卷四三，第535页。

经时有发生了。

贞观以后，随着王朝江山的巩固和稳定，社会经济、城市建设的进一步发展，京中的亭台园池自然日益增多、荟萃纷呈，前引《画墁录》即载："唐京省人伏假，三日一开印，公卿近郭皆有园池。以至樊杜数十里间，泉石占胜，布满川陆。至今基地尚在。"①这些园林池台建构精心、风景如画，如《长安志》记载次南延福坊琼山县主宅的景况："县主开元中适慕容氏，即吐谷浑之苗裔，富于财产。宅内有山池院，溪磴自然，林木葱郁，京城称之。"②一普通官员住宅的山池尚且如此，其他显贵公卿家园亭台之富丽精美自不待言。如陈子昂所云："夫天下良辰美景，园林池观，古来游宴欢娱众矣。"③这些私人的山池林亭，除了宅园主人游憩其中，京中贵戚和朝中官僚所发起的文人聚会更是屡见不鲜。据李浩《唐代园林别业考录》"京兆府"所考，再检《全唐诗》现存诗，如卷八四陈子昂《群公集毕氏林亭》、《于长史山池三日曲水宴》，卷九七沈佺期《同李舍人冬日集安乐公主山池》，卷四八张九龄《三月三日申王园亭宴集》，卷二一二高适《宴韦司户山亭院》，卷二二四杜甫《崔驸马山亭宴集》，卷二四五韩翃《宴杨驸马山池》等，以及《全唐文》若干序：卷二四一宋之问《春游宴兵部韦员外韦曲庄序》、卷二二五张说《郑公园池饯韦侍郎神都留守序》、卷三二五王维《暮春太师左右丞相诸公于韦氏逍遥谷燕集序》及《洛阳郑少府与两省遗补宴韦司户南亭序》等，即皆创作于长安的这些私园聚会中。《旧唐书·杜鸿渐传》载："鸿渐晚年乐于退静，私第在长兴里，馆宇华靡，宾僚宴集。鸿渐悠然赋诗曰：'常愿追禅理，安能挹化源。'朝士多属和之。"④可见其时京城私第中宴集唱和之风气。

与长安相比，唐代洛阳因林亭密布，宴集之风有过之而无不及。洛阳自古多园林，至唐代，其地造园风气更盛。《洛阳名园记》载："唐贞

---

① （宋）张舜民：《画墁录》，明稗海本。
② （宋）宋敏求：《长安志》卷一〇"唐京城四"，第131页。
③ 《全唐诗》卷八四陈子昂《晦日宴高氏林亭》序，第910页。
④ 《旧唐书》卷一〇八，第3284页。

观、开元之间，公卿贵戚开馆列第于东都者，号千有余邸。"① 至中晚唐时期，东都政治气候温和，来此赋闲和归老的文人士大夫更是以开园筑园为雅趣追求，一大批名园如白居易的履道池台、裴度的午桥绿野堂、李德裕的平泉山庄等纷纷问世。其园池不仅规模宏大，而且风景秀美，如《旧唐书·李憕传》载："憕丰于产业，伊川膏腴，水陆上田，修竹茂树，自城及阙口，别业相望，与东部侍郎李彭年皆有地癖。"②《李德裕传》载："东都于伊阙南置平泉别墅，清流翠篠，树石幽奇。"③ 园林主人及文人宾客游赏吟咏其间，其致甚逸。《卢简求传》载："咸通初，以疾辞，表章沥恳，制以太子太师致仕，还于东都。都城有园林别墅，岁时行乐，子弟侍侧，公卿在席，诗酒赏咏，竟日忘归，如是者累年。"④ 在这样的林亭宴聚里，文人词客赋诗唱和的风华常溢彩其中，如宋之问《春日郑协律山亭陪宴饯郑卿同楼字》云："池平分洛水，林缺见嵩丘。"⑤ 张说《崔礼部园亭得深字》云："窈窕留清馆，虚徐步晚阴，水连伊阙近，树接夏阳深。"⑥ 以及苏颋《秋社日崇让园宴得新字》："树缺池光近，云开日影新。生全应有地，长愿乐交亲。"⑦ 皆为洛阳林亭宴集、席上唱和而作。文宗大和以后，分司东都以及从官场中退避、致仕而云集洛阳的官员，闲散无事，尤以追游园林、诗酒唱和为务。《旧唐书·裴度传》载：

> 自是，中官用事，衣冠道丧。度以年及悬舆，王纲版荡，不复以出处为意。东都立第于集贤里，筑山穿池，竹木丛萃，有风亭水榭，梯桥架阁，岛屿回环，极都城之胜概。又于午桥创别墅，花木万株，中起凉台暑馆，名曰绿野堂。引甘水贯其中，酾引脉分，映带左右。

① （宋）李格非：《洛阳名园记》，文学古籍刊行社1955年版，第13页。
② 《旧唐书》卷一八七，第4889页。
③ 《旧唐书》卷一七四，第4528页。
④ 《旧唐书》卷一六三，第4272页。
⑤ 陶敏、易淑琼：《沈佺期宋之问集校注》下册卷四，第618页。
⑥ 据考，崔礼部为崔泰之，先天元年为礼部侍郎分司东都。诗引自《全唐诗》卷八七，第948页。
⑦ 《全唐诗》卷七三。据李浩《唐代园林别业考录》，崇让园为唐代苏颋洛阳竹园，上海古籍出版社2005年版。

度视事之隙，与诗人白居易、刘禹锡酬宴终日，高歌放言，以诗酒琴书自乐，当时名士，皆从之游。每有人士自都还京，文宗必先问之曰："卿见裴度否？"①

裴度作为朝廷重臣以东都留守暂退洛阳，自然在文酒之会中起着领头者的作用。但在诗酒唱和中，刘禹锡、白居易两人晚年长居洛阳，诗才卓越，实占有中心人物的地位。今检刘、白唱和诗，很多作品即产生于与友人宴饮园林的场合，如白居易《长斋月满携酒先与梦得对酌醉中同赴令公之宴戏赠梦得》、刘禹锡《酬乐天斋满日裴令公置宴席上戏赠》；刘禹锡《奉和裴令公夜宴》（裴度原诗佚）；白居易《和令狐仆射小饮听阮咸》、刘禹锡《和令狐相公南斋小燕听阮咸》；白居易《樱桃花下有感而作》（题下注：开成三年春，李美周宾客南池者）、刘禹锡《和乐天燕李周美中丞宅池上赏樱花》等，另还有刘、白在洛阳时与其他文人之间的唱和诗，不胜枚举。唐代大和以下，因朝中党争及宦官祸政，政治中心长安政治形势严峻复杂，洛下的林亭游宴及诗酒唱和，成为当时东都文人的主要生活内容，并促就了洛阳文学的瞩目和繁荣。

在园林山池里举行的宴集活动，因空间场所具有一定的封闭性，而且有中心的发起人和组织者，所以其间的诗文酬唱活动除了具有游戏娱乐的功能，还常常具有一定的主题性和竞技性。《唐摭言》卷三就载录了这样一件趣事：

宝历年中，杨嗣复相公具庆下继放两榜。时先仆射自东洛入觐，嗣复率生徒迎于潼关。既而大宴于新昌里第，仆射与所执坐于正寝，公领诸生翼坐于两序。时元、白俱在，皆赋诗于席上。唯刑部杨汝士侍郎诗后成。元、白览之失色。诗曰："隔坐应须赐御屏，尽将仙翰入高冥。文章旧价留鸾掖，桃李新阴在鲤庭。再岁生徒陈贺宴，一时良史尽传馨。当年疏傅虽云盛，讵有兹筵醉酕醄。"汝士其日大醉，

---

① 《旧唐书》卷一七〇，第4432页。

归谓子弟曰："我今日压倒元、白。"①

从以上记载可知，在新昌里第举行的此次宴会不仅杨於陵座下门生，亦有朝廷中的文臣官僚参与。杨汝士一诗今见《全唐诗》卷四八四《宴杨仆射新昌里第》，白居易会宴诗为《和杨郎中贺杨仆射致仕后杨侍郎门生合宴席上作》。《全唐诗》卷五三四许浑《和人贺杨仆射致政》②，《丁卯集》卷上题《和人贺杨仆射致政》，序云："祠部杨员外以仆射杨公拜官致仕，旧府宾僚及门生合宴申贺，饮后书事，因和呈。"③亦此时酬和之作。三人诗作在内容上皆以颂美杨氏门庭为主题，从白居易、许浑诗题来看，当为杨汝士先唱，白、许再和之。然《唐摭言》所载汝士醉后大言，一定程度上反映了当时文人宴集唱和及才艺较量的风气。又如，文学史上的"大历十才子"，即因大历初年在长安频繁出入权贵门庭、参加朝臣的宴席唱和而驰名。《旧唐书·李虞仲传》载：

> 父端，登进士第，工诗。大历中，与韩翃、钱起、卢纶等文咏唱和，驰名都下，号"大历十才子"。时郭尚父少子暧尚代宗女升平公主，贤明有才思，尤喜诗人，而端等十人，多在暧之门下。每宴集赋诗，公主坐视帘中，诗之美者，赏百缣。暧因拜官，会十子曰："诗先成者赏。"时端先献，警句云："熏香荀令偏怜小，传粉何郎不解愁。"主即以百缣赏之。钱起曰："李校书诚有才，此篇宿构也。愿赋一韵正之，请以起姓为韵。"端即襞笺而献曰："方塘似镜草芊芊，初月如钩未上弦。新开金埒教调马，旧赐铜山许铸钱。"暧曰："此愈工也。"起等始服。④

---

① （五代）王定保：《唐摭言》卷三"慈恩寺题名游赏赋咏杂纪"条，第 32 页。

② 《许丁卯诗真迹录》题作《和祠部杨员外以仆射杨公拜官致仕旧府宾僚及礼部杨侍郎同年门生先辈合宴申贺座中饮后书事》。

③ （唐）许浑著，罗时进笺：《丁卯集笺证》卷七，中华书局 2012 年版，第 416—417 页。

④ 《旧唐书》卷一六三，第 4266 页。

《南部新书》戊载：

> 送王相之镇，韩翃擅场。送刘相巡江淮，钱起擅场。①

元代辛文房在《唐才子传·钱起传》中对唐人群贤毕集、宴饮赋诗的风韵感叹道：

> 凡唐人燕集祖送，必探题分韵赋诗，于众中推一人擅场者。刘相巡察江淮，诗人满座，而起擅场。郭暖尚主盛会，李端擅场。缅怀盛时，往往文会群贤毕集，觥筹乱飞，遇江山之佳丽，继欢好于畴昔，良辰美景，赏心乐事，于此能并矣。况宾无绝缨之嫌，主无投辖之困，歌阑舞作，微闻香泽，冗长之礼，豁略去之，王公不觉其大，韦布不觉其小，忘形尔汝，促席谈谐，吟咏继来，挥毫惊座。乐哉古人，有秉烛夜游，所谓非浅，同宴一室，无及于乱，岂不盛也。至若残杯冷炙，一献百拜，察喜怒于眉睫之间者，可以休矣。②

可见，唐代京城私台林亭中的"燕集祖送"和"文咏唱和"蔚为风气，可以说是京城文人生活的一种常态行为。由朝中权贵发起和主持的这些宴集活动中，既有"良辰美景"、"歌阑舞作"，又有"促席谈谐，吟咏继来"，岂不"乐哉"！而且，常有汲汲于仕途的年轻士子参与，并将其看作竞献诗艺、以期获得赏识的机会，故在这样的宴集活动逞才斗艺、暗地比拼，其中的优胜者如李端、韩翃、钱起者，还会获得"擅场"的荣耀。从传播学的角度看，游宴集会中的咏唱本身即是一种集创作、传播、接受三位一体的开放式写作，而且京城作为全国的政治文化中心，为诗歌传播提供了最好的文化氛围和环境，故身在京城的士人们不仅乐于与会题咏，还会在诗歌竞赛中尽显身手以斩获声名。

---

① （宋）钱易：《南部新书》戊，中华书局 1985 年版，第 46 页。
② （元）辛文房：《唐才子传》卷四，中华书局 1991 年版，第 59 页。

　　觥筹交错间的文学唱和，不仅激发了文人的智慧才思，使得其交锋力敌，一逞竞技之欢，同时也在一定程度上体现了朝官文士之间的人际交往，是"诗可以群"社会功能的直接表现。因此，文人间的游宴唱和在唐代历史上的某些特殊时期和事件中承担着一定的政治风险，如《旧唐书·睿宗诸子传》载："范好学工书，雅爱文章之士，士无贵贱，皆尽礼接待，与阎朝隐、刘庭琦、张谔、郑繇篇题唱和，又多聚书画古迹，为时所称。时上禁约王公，不令与外人交结。驸马都尉裴虚己坐与范游宴，兼私挟谶纬之书，配徙岭外。万年尉刘庭琦、太祝张谔皆坐与范饮酒赋诗，黜庭琦为雅州司户，谔为山茌丞。"① 即是其中的典例。

　　从诗歌唱和的具体形式来看，唐人林亭宴集中的唱和方式可谓丰富多样、不拘一格。这往往与参与唱和的人数和规模有关。当宴集中只有少数几人，则会采用诗歌唱和中最普遍最单纯的往复赠答式，如刘禹锡、白居易、裴度、牛僧孺与其他友人分司洛阳时在酒宴中的唱和诗即多采用这种传统形式，以吐露心曲、交流感情，这种唱和诗应酬成分少，诗中颇见作者怀抱和真情。而当宴席中唱和人数多或者集体参与创作时，则会有同题、分题、分韵、联句等多种形式。同题唱和中有同题不同韵的，如前所举岑文本、李百药、褚遂良等七人在杨师道家山池宴集时唱和之作《安德山池宴集》诗。也有同题同韵的唱和之作，如前《高氏三宴诗集》所考，调露二年（680）正月晦日，陈子昂、周彦晖等于洛阳宴集高氏林亭，先后以华字、池字为韵，同赋《晦日宴高氏林亭》、《晦日重宴高氏林亭》诗歌唱和。分题则指参与唱和的诗人各得一题赋诗，所分之"题"，往往就是诗歌的题材或主题。严羽《沧浪诗话》"诗体"中列有"分题"，并云："古人分题，或各赋一物，如云送某人分题得某物也。或曰探题。"② 其在南朝就已得到充分的发展，唐人宴集中亦有不少的分题诗，典型的例子如《唐诗纪事》卷三九"韦式"条所载："乐天分司东洛，朝贤悉会兴化亭送别。酒酣，各请一字至七字诗，以题为韵。"③ 后录王起《赋花》、李绅《赋

---

① 《旧唐书》卷九五，第3016页。
② 郭绍虞：《沧浪诗话校释》，人民文学出版社1983年版，第74页。
③ （宋）计有功：《唐诗纪事》卷三九"韦式"条，第590页。

月》、令狐楚《赋山》、元稹《赋茶》、魏扶《赋愁》、韦式《赋竹》、张籍《赋花》、范尧佐《赋书》、白居易《赋诗》数诗。如张籍《赋花》云："花，花。落早，开赊。对酒客，兴诗家。能回游骑，每驻行车。宛宛清风起，茸茸丽日斜。且愿相留欢洽，惟愁虚弃光华。明年攀折知不远，对此谁能更叹嗟。"诗以所分"花"为题，并以为韵，内容上咏花，但又不离送别之情感主题，在内容和形式上皆别具一格。与分题相比，分韵诗是唐代新发展起来并较为常见的唱和形式。所谓分韵，又曰"探韵"，即诸多文人在宴集唱和时采用每人分得一个韵字的方式，即席完成一首诗歌创作。其与分题诗的区别是：分题诗是"各赋一物"，而分韵诗所分的是"韵字"。如《全唐诗》卷五二宋之问《春日宴宋主簿山亭得寒字》、卷八九张说《三月三日定昆池奉和萧令得潭字韵》，又如前引萧颖士《留别二三子得韵字诗》，以及众弟子送别之作《送萧颖士赴东府得适字》、《得离字》、《得还字》、《得引字》等，均为宴席上的分韵唱和之作。分韵诗于分题之后，在唐代格律诗逐渐成熟和兴盛的背景下发展起来，显示了唐人在唱和形式上推陈出新的一面及在诗歌艺术上的讲究和追求。另外，酒宴上的联句唱和则多出现在中唐以后，如裴度、刘禹锡、白居易等人的《喜遇刘二十八偶书两韵联句》、《宴兴化池亭送白二十二东归联句》等等。总体来看，唐两京遍布的林亭山池为文人的群聚和交游提供了良好的客观条件，而宴集上的文人雅好和创作活动又极大地推动了唱和诗的发展和繁荣。

三　京城朝官的寄酬赠答与同朝唱和

京城朝官云集，同殿为臣，任职地域的集中使得他们之间的很多唱和诗并非产生于诸如以上的游宴集会，而是出现在朝中同僚以赠答寄酬为唱和方式的日常人际交往中。这种往来唱和的动机和功用多样。有的是为了加强联系，意在应酬；有的是为了交流生活，增进感情；有的则是为了逞才竞艺，以助雅兴。在唐代诗歌创作气氛浓厚的社会背景下，可以说在京为官，凡是能文者几乎都免不了以诗会友的交际方式。一次唱酬有时参与的朝官非常多，规模不逊于游宴集会。如唐代宗时，常衮在京官中书舍人，作《晚秋集贤院即事寄徐薛二侍郎》诗以寄怀，时钱起、包佶、卢纶、司空曙在长安，均有继和之作。德宗朝权德舆任礼部侍郎时，曾与其他朝官大范围地往复酬赠，几近于一种文字游戏。如贞元十九年（803），他作《离合诗》赠秘书监张荐，当时和者不仅有张荐，还有中书舍人崔邠、杨於陵、给事中许孟容、冯伉、国子司业武少仪等多数朝官。权德舆在《秦征君校书与刘随州唱和诗序》中借秦公绪之口云："今业六义以著称者，必当唱酬往复，亦所以极其思虑，较其胜败，而文以时之，闻人序而申之。"① 可见当时文学唱酬之风气。

从权力从属关系上来看，朝官间的这种人际唱和，首先表现为下级对上级、朝官对权贵的奉和。唱和诗的一大作用即是交流思想、沟通感情，故常作为官场交际和社会应酬的有效工具。京城权贵公卿云集，这种诗歌奉和在人际交往中自然非常普泛，有的甚至依附了非常浓厚的权力色彩和表现出阿谀奉承的情态，如《旧唐书·武三思传》载："三思略涉文史，性倾巧便僻，善事人，由是特蒙信任。则天数幸其第，赏赐甚厚。时薛怀义、张易之、昌宗皆承恩顾，三思与承嗣每折节事之。怀义欲乘马，承嗣、三思必为之执辔。又赠昌宗诗，盛称昌宗才貌，是王子晋后身，仍令朝士递相属和。"② 其中，崔融《和梁王众传张光禄是王子晋后身》一诗被誉绝唱，《旧唐书·张昌宗传》载："时谀佞者奏云，昌宗是王子晋后身。乃令被羽衣，吹箫，乘木鹤，奏乐于庭，如子晋乘空。辞人皆赋诗以美之，崔融为其绝唱，其句有'昔遇浮丘伯，今同丁令威。中郎才貌是，藏史姓名非。'"③ 因唱和行为本身体现的就是一种人际交往关系，与权贵间的文章往来与奉和在一定程度上反映了朝官间的群体关系和政治倾向，所以自然承担了相应的政治风险，并在朝廷局势的须臾变化中招来诽谤与祸患，如《旧唐书·魏玄同传》云："累转司列大夫，坐与上官仪文章属和，配流岭外。"④

其次，在京官之间的文字交往中，同一供职部门官僚之间的往来唱

---

①　《全唐文》卷四九〇，第 5003 页。

②　《旧唐书》卷一八三，第 4735 页。

③　《旧唐书》卷七八，第 2706 页。

④　《旧唐书》卷八七，第 2849 页。

和，因某些机构职能的特殊，相对来说，表现出一定的集中性和规律性。唐代王廷中央机构体系庞大、分门别类繁多，其中，重要的文职部门如历代文馆、秘书省、御史台、谏垣等通常是聚集文官最多的部门，故而这些文僚之间的赠答酬唱最为瞩目和常见。如唐代弘文馆、修文馆、集贤院等文馆，因集中了大批文士，常有一定规模的群体唱和，并编《景龙文馆记》之类的唱和集留世。他们的唱和活动除了以天子为中心侍宴应制外，馆内同僚之间也有诗文往复，如《宋史·艺文志》著录"集贤院诸厅壁记二卷"，下注"李吉甫、武元衡、常衮题咏集"①，据现存集中作品，如李吉甫《癸巳岁吉甫翻丘摄事合于中书后阁宿斋常负吞愧移止于集贤院会门下相公以七言垂寄亦有所酬短章绝韵不足抒意因叙所怀奉寄相公兼呈集贤院诸学士》、武元衡《奉酬中书柑公至日圜丘行事合于中书宿斋移止于集贤院叙情见寄之什》，以及崔曙、裴度同题酬和诗，可知此集当即集贤院同僚之间的唱和之作。如秘书省，因掌图书典籍，任者皆有文才，但其职务不剧，甚为清闲，所以同省官员之间就多有文章唱和以切磋诗艺、消遣时光。初唐诗人卢照邻在秘书省著作局任职时，就倍感寂寞无聊，有诗云："寂寂芸香阁，离思独悠哉"、"寂寂寥寥扬子居，年年岁岁一床书"②。他曾作《双槿树赋》（题下注：同崔少监作）与秘书少监崔行功唱和，序云："日昨于著作局，见诸著作竞写《双槿树赋》……故复奖刷刍鄙，作《双槿树赋》。"③文学史上著名的元白唱和也是始于贞元十九年（803）至元和元年（806）二人皆在秘书省任校书郎时，元稹《白氏长庆集序》云："予始与乐天同校秘书之名，多以诗章相赠答。"④除了元稹，当时白居易与其他文馆职员士，如秘书省校书郎吕炅、崔玄亮，秘书省正字张仲方，集贤殿校理王起，亦多有唱和，诗如《常乐里闲居偶题十六韵兼寄刘十五公舆王十一起吕二炅吕四颖崔十八玄亮元九

---

① 《宋史》卷二〇九《艺文志八》，中华书局1977年版，第5398页。

② 徐明霞校点：《卢照邻集　杨炯集》卷三《赠许左丞从驾万年宫》、卷二《长安古意》，中华书局1980年版，第38、19页。

③ 徐明霞校点：《卢照邻集　杨炯集》卷一，第4页。

④ 周相录：《元稹集校注》卷五一《白氏长庆集序》，第1280—1281页。

積刘三十二敦质张十五仲方时为校书郎》、《惜玉蕊花有怀集贤王校书起》、《和谈校书秋夜感怀呈朝中亲友》等，诗中描述其同馆交游之乐云："兰台七八人，出处与之俱。旬时阻谈笑，且夕望轩车。谁能髊校间，解带卧吾庐。窗前有竹玩，门外有酒酤。何以待君子，数竿对一壶！"①他们同朝为官，所任职务和工作环境又相似，故唱和诗中多吐露怀抱，感情真挚。

又如御史台，虽总领朝廷纲纪、监察百官，是朝廷中严峻的法曹重地，但其职在唐代也被视为清要官，《旧唐书·李素立传》即载："素立寻丁忧，高祖令所司夺情授以七品清要官，所司拟雍州司户参军，高祖曰：'此官要而不清。'又拟秘书郎，高祖曰：'此官清而不要。'遂擢授侍御史，高祖曰：'此官清而复要。'"②所以，唐代文人乐意并多任于此。因之，唐代各时期的宪台常聚纳了一大批文擅词美之士，而同台官员的唱和亦多有发生。如《大唐新语》卷八"文章第十八"就载录了多条御史台中的文学韵事：

　　苏味道使岭南，闻崔马二侍御入省，因寄诗曰："振鹭齐飞日，迁莺远听闻。明光共待漏，清鉴各披云。喜得廊庙举，嗟为台阁分。皎林怀柏悦，新幄阻兰孙。冠去神羊影，车连瑞雉群。独怜南斗外，空仰列星文。"

　　刘怀一有才藻，自瀛州司法拜右台殿中。时右台监察邓茂迁左台殿中，怀一赠之诗曰："惟昔参多世，无双仰异才。鹰鹯同放逐，鹓鹭忝游陪。入任光三命，迁荣历二台。隔墙钦素躅，对阁限清埃。紫署春光早，兰闱曙色催。谁怜夕阳至，空想邓林隈。"

　　吕太一拜监察御史里行，自负才华而不即真，因咏院中竹叶以寄

① 朱金城：《白居易集笺校》卷五，第265页。
② 《旧唐书》卷一八五，第4786页。

意焉。其诗曰："濯濯当轩竹，青青重岁寒。心贞徒见赏，箨小未成竿。"同列张沈和之曰："闻君庭竹咏，幽意岁寒多。叹息为冠小，良工将奈何。"

　　贺遂亮与韩思彦同在宪台，钦思彦之风韵，赠诗曰："意气百年内，平生一寸心。欲交天下士，未面一虚襟。君子重名义，贞道冠衣簪。风云行可托，怀抱自然深。落霞静霜景，坠叶下风林。若上南登岸，希访北山岑。"思彦酬之曰："古人一言重，常谓百年轻。今投欢会面，顾眄尽平生。簪裾非所托，琴酒冀相并。累日同游处，通宵款素诚。霜飘知柳脆，雪冒觉松贞。愿言何所道，幸得岁寒名。"①

可见，御史台官员在"肃政弹非"的工作之余，也常吟咏诗章，以文会友。作为中央的监察机构，御史台公务繁剧、责任重大、地位雄要，这样的特殊使命致使任职者亦需持正严谨，所以台中文士的赋诗酬唱，既有对岁寒之心、凛凛风骨的抒写，如"濯濯当轩竹，青青重岁寒"、"霜飘知柳脆，雪冒觉松贞"等，表现出这一群体特有的英锐俊发、刚强劲健的气质风格。同时，亦有案牍劳形之后的山水幽赏和闲情逸致，如贞元二十年（804），武元衡为御史中丞，本年秋有诗《秋日台中寄怀简诸僚》：

　　宪府日多事，秋光照碧林。干云岩翠合，布石地苔深。忧悔耿迟抱，尘埃缁素襟。物情牵局促，友道旷招寻。颓节风霜变，流年芳景侵。池荷足幽气，烟竹又繁阴。簪组赤墀恋，池鱼沧海心。涤烦滞幽赏，永度瑶华音。②

---

① （唐）刘肃：《大唐新语》卷八，第124—125页。
② 《全唐诗》卷三一七，第3564页。

刘禹锡时任监察御史，有《和武中丞秋日寄怀简诸僚故》云：

> 退朝还公府，骑吹息繁阴。吏散秋庭寂，乌啼烟树深。威生奉白简，道胜外华簪。风物清远目，功名怀寸阴。云衢念前侣，彩翰写冲襟。凉菊照幽径，败荷攒碧浔。感时江海思，报国松筠心。空愧寿陵步，芳尘何处寻。①

殿中侍御史吕温，次年九月自时西蕃使回，亦奉命追和，作《奉和武中丞秋日台中寄怀简诸僚友》云：

> 圣朝思纪律，宪府得中贤。指顾风行地，仪形月丽天。不仁恒自远，为政复何先。虚室唯生白，闲情却草玄。迎霜红叶早，过雨碧苔鲜。鱼乐翻秋水，乌声隔暮烟。旧游多绝席，感物遂成篇。更许穷荒谷，追歌白雪前。②

因为"宪府日多事"，身负重职的御史们亦需在风物芳景中"涤烦""清目"、陶情怡性。"风物清远目，功名怀寸阴"，"感时江海思，报国松筠心"，他们就是在功名和"冲襟"、朝阙和"江海"中调适着自己的心境，并作诗与志同道合的同僚们交流心曲。诗歌较为真实地反映了唐代御史台文士们的工作生活和闲情雅趣。同时也说明，柏台文士在唐代也是一个极有特色和生气的创作群体。

在唐朝重文和以诗赋取士的时代背景下，朝廷官僚以文士为主体，这决定了同朝为臣的文士们诗歌交往无处不在。这些同僚之间的酬赠唱和，有的迫于一时应酬交际而流于形式，如前所举刘禹锡《和武中丞秋日寄怀简诸僚故》诗，何焯即评曰："有不得已而牵率属和，诗虽工而非士胸怀本趣者亦作焉。"③有的则发自内心，视之诗友，无论官职转迁，皆有长期

---

① 陶敏、陶红雨：《刘禹锡全集编年校注》卷一，第30页。
② 《全唐诗》卷三七○，第4158页。
③ 《刘禹锡诗何焯批语考订》，见陶敏、陶红雨《刘禹锡全集编年校注》，第30页。

的往还，而且诗文唱和情真意挚，颇为动人。正如白居易在《与元九书》中所道："故自八九年来，与足下小通则以诗相戒，小穷则以诗相勉，索居则以诗相慰，同处则以诗相娱。"①虽然诗歌艺术和质量参差不齐，但毋庸置疑的是，作为京城文学创作的主力军，这些朝官之间的普遍唱酬为诗文的大量创作提供了契机，从而极大地推动了诗歌的繁荣。

---

① 朱金城：《白居易集笺校》卷四五，第 2795 页。

第 四 章

唐两京游谒与文学

京城作为唐代的政治和文化中心，自然吸引了四方士人的涌向和云集。他们游谒京城，或为学，或为官，皆以"仕"为中心。唐人的游谒行为有"关节"和"还往"两种方式，其中"关节"，即通常所谓的干谒。关于唐代干谒与文学，学界已给予多层次的关注和研究，如唐人干谒的原因、方式、心态以及干谒诗、干谒文的特点、风格及精神内涵等。本章则主要立足于京城文化，对唐人的干谒方式及其所影响的士风世态进行考察。

第一节 唐代士人的游谒活动：游学和游宦

唐代士人在京城的游谒活动不外乎有两种：游学和游宦。学而优则仕，游学和游宦是两种相互联系但又明显不同的游谒活动。

一 游学：京师和地方

游学之习自古有之，如战国时期齐国的稷下学宫就聚集了不少游学之士。后随着官学、私学并立，游学活动不仅见于京师，亦见于地方的私人教授。特别是东汉时期，游学之风盛行，无论京师或郡国，"经生所处，不远万里之路。精庐暂建，赢粮动有千百"①。至唐代，以教授经学为主的太学、国学、四门学等中央教育学术机构在太宗贞观时曾一度繁荣和显

---

① （明）李光瑨：《两汉萃宝评林》卷下"儒林传赞"，明万历二十年刻本。

赫,《新唐书·儒学传》载:

> 太宗身橐鞬,风缅露沐,然锐情经术,即王府开文学馆,召名儒十八人为学士,与议天下事。既即位,殿左置弘文馆,悉引内学士番宿更休,听朝之间,则与讨古今,道前王所以成败,或日昃夜艾,未尝少怠。贞观六年,诏罢周公祠,更以孔子为先圣,颜氏为先师,尽召天下惇师老德以为学官。数临幸观释菜,命祭酒博士讲论经义,赐以束帛。生能通一经者,得署吏。广学舍千二百区,三学益生员,并置书、算二学,皆有博士。大抵诸生员至三千二百。自玄武屯营飞骑,皆给博士受经,能通一经者,听入贡限。四方秀艾,挟策负素,坌集京师,文治煟然勃兴。于是新罗、高昌、百济、吐蕃、高丽等群酋长并遣子弟入学,鼓箧踵堂者,凡八千余人。纡侈袂,曳方履,闻闻秩秩,虽三代之盛,所未闻也。①

太宗锐意经术,所重亦多文儒和吏能之士,故而京师官学大兴,"国学之盛,近古未有",以至外族皆遣子弟入学。如《新唐书·吐蕃传》载:"吐蕃遣大臣仲琮入朝。仲琮少游太学,颇知书。"②据同传,此仲琮,曾于高宗显庆三年(658)以吐蕃使入朝,表吐谷浑罪。推算年龄,其"少游太学",应即在贞观时。

　　唐代的科举取士至武后以降,进士科兴盛,并以诗赋为先。科举制度和观念的变化直接刺激了诗赋和文学之士地位的增长。与此相应的,则是儒学的衰微和官学的低落。《唐会要》卷三五"学校"记载:

> 光宅二年,梓州陈子昂上疏曰:"臣窃独有私恨者,陛下方欲兴崇大化,而不知国家太学之废,积以岁月久矣。学堂芜秽,略无人踪,诗、书、礼、乐,罕闻习者,陛下明诏,尚未及之,愚臣所以私

---

① 《新唐书》卷一九八,第5636页。
② 《新唐书》卷二一六,第6076页。

恨也。……"

圣历二年十月，凤阁舍人韦嗣立上疏曰："……国家自永淳以来，二十余载，国学废散，胄子弃缺。时轻儒学之官，莫存章句之选。贵门后进，竞以侥幸升班；寒族常流，复因凌替弛业。考试之际，秀茂罕登，驱之临人，何以从政？又垂拱以后，文明在辰，盛典鸿休，日书月至，因藉际会，入仕尤多。陛下诚能下明制，发德音，广开庠序，大敦学校，三馆生徒，即令追集，王公已下子弟，不容别求仕进，皆入国学，服膺训典。崇饰馆庙，尊尚师儒，盛陈奠菜之仪，宏敷讲说之会，使士庶观听，有所发扬。宏奖道德，于是乎在，则四海之内，靡然向风矣。"

开元二十一年五月敕："诸州县学生，年二十五已下，八品九品子若庶人，生年二十一已下，通一经已上，及未通经，精神通悟，有文词史学者，每年铨量举选，所司简试，听入四门学，充俊士。即诸州人省试不第，情愿入学者，听国子监所管学生，尚书省补；州县学生，长官补。诸州县学生，专习正业之外，仍令兼习吉凶礼。公私礼有事处，令示仪式，余皆不得辄使。许百姓任立私学，欲其寄州县受业者，亦听。"

二十六年正月十九日敕："古者乡有序，党有塾，将以宏长儒教，诱进学徒。化民成俗，率由于是。其天下州县，每乡之内，各里置一学。仍择师资，令其教授。"①

王定保《唐摭言》卷一"两监"条载：

按《实录》：西监，隋制；东监，龙朔元年所置。开元已前，进士不由两监者，深以为耻。李华员外《寄赵七侍御诗》，略曰："昔日萧邵友，四人才成童。"（下注：华与赵七侍御骅、萧十功曹颖

---

① 《唐会要》卷三五"学校"条，第739—741页。

士、故邵十六司仓铨，未冠游太学，皆苦贫共被，五人登科，相次典
校。）……又郭代公、崔湜、范履冰辈，皆由太学登第。李肇舍人撰
《国史补》亦云：天宝中，袁咸用、刘长卿分为朋头，是时尚重两监。
尔后物态浇漓，稔于世禄，以京兆为荣美，同华为利市。莫不去实务
华，弃本逐末；故天宝二十载敕天下举人不得言乡贡，皆须补国子及
郡学生。广德二年制京兆府进士，并令补国子生，斯乃救压覆者耳。
奈何人心既去，虽拘之以法，犹不能胜。①

《唐会要》卷三六载：

> 永泰二年正月十四日，国子祭酒萧昕上言："请崇儒学，以正风
> 教。"其月二十九日，敕曰："顷以戎狄方虞，急于经略，太学空设，
> 诸生益寡。弦诵之地，寂寥无声，函丈之间，殆将不扫，念每及此，
> 甚用悯焉。其诸道节度、观察、都团、防御使等，朕之腹心，各镇方
> 面，诚兹子弟，各奉义方；并宰相朝官及神策六军子弟，欲习业者，
> 自今已后，并令补国学生。欲其业重籯金，器成琢玉，日新厥德，世
> 不乏贤。其中身虽有官，欲附学读书者听。其学官，委中书门下拣择
> 尤精，堪为师范者充。学生员数多少，所习经业，考试第等，并所供
> 粮料及缘修理，各委本司，作条件闻奏。"②

可见，武后时期已出现"学堂芜秽"、"国学荒废"的状况。玄宗时为宏长
儒教，着意整顿国子监与州县之学的建设，并"许百姓任立私学"，但总
体上仍不能挽救人心和改变官学颓势。天宝中，京城两监生徒不以学业为
本，而是多务朋游以求声名，将其作为取得科举资格的跳板。至代宗时，
则"太学空设，诸生益寡，弦诵之地，寂寥无声"，故而萧昕上书"广开
庠序"、"请崇儒学"。

---

① （五代）王定保：《唐摭言》卷一，第5页。
② 《唐会要》卷三六"附学读书"条，第778页。

　　而自唐初，地方和民间的私授学术一直在发展。官修《唐书》就有以下记载，如《新唐书·儒学传》：

　　　　马嘉运，魏州繁水人。少为沙门，还治儒学，长论议。贞观初，累除越王东阁祭酒。退隐白鹿山，诸方来授业至千人。[①]

《新唐书·王质传》：

　　　　王质，字华卿。五世祖通为隋大儒。质少孤，客寿春，力耕以养母。讲学不倦，诸生从业者甚众。[②]

《新唐书·萧颖士传》：

　　　　颖士四岁属文，十岁补太学生。观书一览即诵，通百家谱系、书籀学。……天宝初，颖士补秘书正字。于时裴耀卿、席豫、张均、宋遥、韦述皆先进，器其材，与钧礼，由是名播天下。奉使括遗书赵、卫间，淹久不报，为有司劾免，留客濮阳。于是尹徵、王恒、卢异、卢士式、贾邕、赵匡、阎士和、柳并等皆执弟子礼，以次授业，号萧夫子。[③]

如此来看，在唐代开明和宽松的政治文化氛围下，唐代各地的私学亦是士人游学的所向之地。

　　京师国学一度颓废，但其毕竟是中央最高的学术机构。而且，大历、贞元以后，伴随着中唐士人思欲变革以期王朝中兴的强烈愿望，儒学思潮逐渐复兴，文士多向其学。《旧唐书·韩愈传》即载："大历、贞元之间，文士多尚古学，效杨雄、董仲舒之述作，而独孤及、梁肃最称渊奥，

---

　　① 《新唐书》卷一九八，第5645页。
　　② 《新唐书》卷一六四，第5052页。
　　③ 《新唐书》卷二〇二，第5767页。

儒林推重。愈从其徒游，锐意钻仰，欲自振于一代。"①在这样的背景下，以儒术经学为本的官学地位重新抬头，而且治学走向繁荣和多样化。《唐国史补》卷下载："大历已后，专学者有蔡广成《周易》，强象《论语》，啖助、赵匡、陆质《春秋》，施士丐《毛诗》，刁彝、仲子陵、韦彤、裴茝讲《礼》，章廷珪、薛伯高、徐润并通经。其余地理则贾仆射，兵赋则杜太保，故事则苏冕、蒋乂，历算则董和，天文则徐泽，氏族则林宝。"②在重学的风气下，儒学之官亦得到尊重。如《新唐书·儒学传》载施士丐曰："吴人，兼善《左氏春秋》，以二经教授。繇四门助教为博士，秩满当去，诸生封疏乞留，凡十九年，卒于官。弟子共葬之。"③无论官学盛衰，有唐一代，在士人的游谒活动中，游学京师的行为和现象是必然发生的。检现存史料，如《新唐书卷·刘济传》：

> 字济，游学京师，第进士，历莫州刺史。④

《新唐书·韩思彦传》：

> 韩思彦字英远，邓州南阳人。游太学，事博士谷那律。律为匪人所辱，思彦欲杀之，律不可。⑤

《旧唐书·李巨传》：

> 子则之，以宗室历官，好学，年五十余，每执经诣太学听受。嗣曹王皋自荆南来朝，称荐之。⑥

---

① 《旧唐书》卷一六〇，第4195页。
② （唐）李肇：《唐国史补》卷下，第54页。
③ 《新唐书》卷二〇〇，第5707页。
④ 《新唐书》卷二一二，第5974页。
⑤ 《新唐书》卷一一二，第4163页。
⑥ 《旧唐书》卷一一二，第3347页。

《旧唐书·儒学传》：

> 高子贡者，和州历阳人也。弱冠游太学，遍涉《六经》，尤精
> 《史记》。与文伟及亳州朱敬则为莫逆之交。明经举，历秘书正字、弘
> 文馆直学士。[1]

《宾退录》卷九：

> 韦应物，京兆长安县人也……少游太学，开元天宝间，宿卫仗
> 内，亲近帷幄，行幸毕从，颇任侠负气。[2]

韦应物《赠旧识》云：

> 少年游太学，负气蔑诸生。蹉跎三十载，今日海隅行。[3]

储光羲《酬李处士山中见赠》云：

> 厥初游太学，相与极周旋。[4]

另如前文所引"（李）华与赵七侍御骅，萧十功曹颖士，故邵十六司仓
轸，未冠游太学"等。以上诸人只是有文字明确记载的，更多士人的京
师游学活动本无载录或者亡佚不存了。而且，自玄宗开元五年起，朝廷
有"谒先师"的礼仪和讨学活动，《唐摭言》卷一载："开元五年九月，
诏曰：'古有宾献之礼，登于天府，扬于王庭，重学尊师，兴贤进士；能
美风俗，成教化，盖先王之緖焉。朕以寡德，钦若前政，思与子大夫复

---

[1] 《旧唐书》卷一八九，第4960页。
[2] （宋）赵与时：《宾退录》卷九，上海古籍出版社1983年版，第119页。
[3] 陶敏、王友胜：《韦应物集校注》卷三，第203页。
[4] 《全唐诗》卷一三八，第1397页。

臻于理，故他日访道，有时忘餐；乙夜观书，分宵不寐。悟专经之义，笃学史之文。永怀覃思，有足尚者；不示褒崇，孰云奖劝！其诸州乡贡、明经、进士，见讫宜令引就国子监谒先师，学官为之开讲，质问其义。宜令所司优厚设食。两馆及监内得举人亦准。其日，清资官五品已上及朝集使往观礼，即为常式。'"①此之后，贞元、元和、咸通年间，仍见"谒先师"的活动记载，如《新唐书·刘伯刍传》："子允章，字蕴中，咸通中为礼部侍郎。请诸生及进士第并谒先师，衣青衿，介帻，以还古制。"②可见，游学论义，已成为科举取士中的一个重要内容和环节。

除了在太学、国子监等朝廷的中央教育机构游学之外，因在京城为官者，常多饱学之士，亦有投拜名师以问学的情况。如陆质，据柳宗元《唐故给事中皇太子侍读陆文通先生墓表》，在当时有"巨儒"之名③，其在京城任奉礼郎、给事中等职时，门下即拜集了不少名士问学。如吕温《祭陆给事文》云："某以弱龄，获谒于公。"④柳宗元《答元饶州论〈春秋〉书》云："京中于韩安平处，始得《微指》，和叔处始见《集注》。恒愿扫于陆先生之门，及先生为给事中，与宗元入尚书同日，居又与先生同巷，始得执弟子礼。"⑤而且，随着唐代诗文各体皆备和成熟，以及科举考试中以诗赋取士观念的形成，作诗弄文亦成为一门有法度可循的学问，文坛中兴起一股传授诗文的风气，如《唐才子传·灵彻上人传》："方便读书，便觉勤苦，授诗法于严维，遂藉有声。"⑥《南部新书》"辛"载："章八元尝于邮亭偶题数言，盖激楚之谓也。会严维至驿，问元曰：'汝能从我学诗乎？'曰：'能。'少顷遂发，元已辞家。维大异之，乃亲指喻。数年间，元擢

---

① （五代）王定保：《唐摭言》卷一"谒先师"条，第10页。
② 《新唐书》卷一六〇，第4970页。
③ 柳宗元《唐故给事中皇太子侍读陆文通先生墓表》云："盖讲道者二十年，书而志之者又十余年，其事大备，为《春秋集注》十篇、《辩疑》七篇、《微指》二篇。……既成，以授世之聪明之士，使陈而明之，故其书出焉，而先生为巨儒。"《柳宗元集》卷九，中华书局1979年版，第208—209页。
④ 《全唐文》卷六三一，第6369页。
⑤ 《柳宗元集》卷三一，第819页。
⑥ （元）辛文房：《唐才子传》卷三，第49页。

第。"① 故而，游学从师特别是汲汲于科举功名者不仅限于学术，问习诗文的也大有人在。如柳宗元《报袁君陈秀才避师名书》云："仆避师名久矣。往在京都，后学之士到仆门，日或数十人，仆不敢虚其来意，有长必出之，有不至必愆之。"②《旧唐书·柳宗元传》载："宗元少聪警绝众，尤精西汉、《诗》、《骚》。下笔构思，与古为侔。精裁密致，璨若珠贝。当时流辈咸推之。……江岭间为进士者，不远数千里皆随宗元师法；凡经其门，必为名士。"③ 柳宗元精于儒学，同时又是诗文大家，从记载中看，当时拜师求学者，大有人在。

二　游宦："关节"与"还往"

唐代在用人政策上打破士庶界限实行科举取士，为广大文人士子进入仕途提供了广泛的门径，亦激发了他们强烈的功名意识，故唐人游宦的现象极为普遍。就以上游学活动而言，亦大多是以仕宦为指归。士人在游宦时，交接名流公卿，干谒王侯显贵，为进入仕途或仕途的显达做准备。从地域上来讲，州郡、方镇、幕府，甚至塞外、山中，只要有社会名达，都是游宦者涉足之地。但唐代两京，作为科举铨选和权要云集之地，当之无愧地成为游宦活动最集中的地方。

在行为方式上，京城以"宦"为意的游谒活动包括两种：一种是在科考、铨选和调迁之时，以诗或文直接干谒，请求荐举或博得一席。这种游谒活动重在"干"，有明确直接的干求对象和干进意图，在唐代最为普遍，因之产生了大量干谒诗文，从而受到学界的关注。另一种则重在"游"，即以与才子名流交游的方式提高声名，从而为科选和铨选铺平道路，虽意在干进，但方式相对隐晦曲折。《唐国史补》卷下云："进士为时所尚久矣。是故俊乂实集其中，由此出者，终身为闻人。故争名常切，而为俗亦弊。……造请权要，谓之'关节'。激扬声价，谓之'还往'。"④ "关节"和

① （宋）钱易：《南部新书》"辛"，第87页。
② 《柳宗元集》卷三四，第880页。
③ 《旧唐书》卷一六〇，第4213—4214页。
④ （唐）李肇：《唐国史补》卷下，第55—56页。

"还往"，即是就两种游谒活动而分别而言的。"关节"，即现学界较为关注的干谒现象，本书将在后面专节论述。"还往"的现象在唐史上多有记载，如以下数例。《旧唐书·韦陟传》：

> 陟自幼风标整峻，独立不群，安石尤爱之。神龙二年，安石为中书令，陟始十岁，拜温王府东阁祭酒，加朝散大夫，累迁秘书太常丞，有文彩，善隶书，辞人、秀士已游其门矣。①

《旧唐书·韦述传》：

> 转右补阙，中书令张说专集贤院事，引述为直学士，迁起居舍人。说重词学之士，述与张九龄、许景先、袁晖、赵冬曦、孙逖、王翰常游其门。②

《旧唐书·孙逖传》：

> （开元）十年，应制登文藻宏丽科，拜左拾遗。张说尤重其才，逖日游其门，转左补阙。③

《旧唐书·萧颖士传》：

> 与华同年登进士第。当开元中，天下承平，人物骈集，如贾曾、席豫、张垍、韦述辈，皆有盛名，而颖士皆与之游，由是缙绅多誉之。④

---

① 《旧唐书》卷九二，第2958页。
② 《旧唐书》卷一〇二，第3183页。
③ 《旧唐书》卷一九〇，第5043页。
④ 《旧唐书》卷一九〇，第5048页。

《旧唐书·韦颛传》：

> 性嗜学，尤精阴阳、象纬、经略、风俗之书。善持论，有清誉。……累迁给事中、尚书左丞、户部侍郎、中丞、吏部侍郎。其在谏垣，与李约、李正辞迭申裨讽，颇回大政。宰相裴垍、李绛、崔群辈多与友善，而后进之有浮名者，亦游其门，以是称有时望。[1]

《旧唐书·孔述睿传》：

> 敏行名臣之子，少而修洁，为人所称；及游宦，与当时豪俊为友，虽名华为一时冠，而贞规雅操，与父远矣。[2]

《新唐书·柳璟传》：

> 武宗立，转礼部侍郎。璟为人宽信，好接士，称人之长，游其门者它日皆显于世。[3]

《唐摭言》卷七：

> 贞元中，李元宾、韩愈、李绛、崔群同年进士。先是四君子定交久矣，共游梁补阙之门；居三岁，萧未之面，而四贤造萧多矣，靡不偕行。萧异之，一日延接，观等俱以文学为萧所称，复奖以交游之道。[4]

中晚唐以后，随着方镇并立和文人入幕风气大兴，这种游谒活动在

---

① 《旧唐书》卷一〇八，第 3278 页。
② 《旧唐书》卷一九二，第 5131 页。
③ 《新唐书》卷一三二，第 4537 页。
④ （五代）王定保：《唐摭言》卷七“知己”条，第 81 页。

地方亦非常盛行，如《旧唐书·张建封传》载："建封在彭城十年，军州称理。复又礼贤下士，无贤不肖，游其门者，皆礼遇之，天下名士乡风延颈，其往如归。贞元时，文人如许孟容、韩愈诸公，皆为之从事。"①合读以上材料，可以发现，"还往"式的游谒具有以下特点：或者在时间上，相比一次或者数次的干谒，其交游具有长期性和常见性，典型者如李商隐与令狐楚、令狐绚的交游，鲍溶与杜佑的交游，《沈下贤文集》卷九《送杜憓序》云："鲍溶言前在长安，常出入冢官杜氏家，群孙皆喜溶。"②或者在范围上，相比面向一人或数人的干谒，其交游的对象具有广泛性，如以上事例中萧颖士即是。所以相对"关节"而言，"还往"易于形成群体而导致尚党的风气。如《封氏闻见记》卷三：

　　玄宗时，士子殷盛，每岁进士至省者，常不减千余人。在馆诸生更相造诣，互结朋党，以相渔夺，号之为"棚"。推声望者为棚头。权门贵戚，无不走谒，以此荧惑主司视听。其不第者率多喧讼，考功不能御。③

《旧唐书·高郢传》：

　　迁刑部郎中，改中书舍人，凡九岁，拜礼部侍郎。时应进士举者，多务朋游，驰逐声名；每岁冬，州府荐送后，唯追奉宴集，罕肄其业。郢性刚正，尤嫉其风，既领职，拒绝请托，虽同列通熟，无敢言者。志在经艺，专考程试。凡掌贡部三岁，进幽独，抑浮华，朋滥之风，翕然一变。④

以上记载正反映了京城中因"还往"而导致的朋游之风。

---

① 《旧唐书》卷一四〇，第3832页。
② 《全唐文》卷七三五，第7594页。
③ （唐）封演：《封氏闻见记》卷三，第20页。
④ 《旧唐书》卷一四七，第3976页。

在这种"还往"中，最有代表性的是因科举而形成的座主与门生，以及同年之间的交游。《唐国史补》卷下载进士科场名俗云："互相推敬谓之'先辈'，俱捷谓之'同年'。有司谓之'座主'。"①按照唐代科举制度的规定，新进士及第后必须拜谒座主，即"谢恩"，《唐摭言》卷三载："状元已下，到主司宅门下马，缀行而立，敛名纸通呈。入门，并叙立于阶下，北上东向。主司列席褥，东面西向。主事揖状元已下，与主司对拜。拜讫，状元出行致词，又退著行各拜，主司答拜。拜讫，主事云：'请诸郎君叙中外。'状元已下各各齿叙，便谢恩。""谢恩后，方诣期集院。大凡敕下已前，每日期集，两度诣主司之门；然三日后，主司坚请已，即止。"②其感恩恭敬之礼甚为隆重。而事实不仅止于此，这种"座主"与"门生"的关系还延伸到士人以后的仕宦生活中。一方面，新科士人希望倚重这种门生关系能够继续得到座主的青睐和提携，故唐诗中有不少进士及第后上献给座主的干谒诗；另一方面，座主也可利用荐拔门生，提高自己的声誉，或培植自己的羽翼和团队，扩张自己的政治势力。《唐才子传·王焕传》："焕，大顺二年礼部侍郎裴贽下进士及第。俄自左史拜考功员外郎，同年皆得美除，焕首唱感恩长句，上谢座主裴公，当时甚荣之。"③座主与门生在仕宦中的这种情感联系和互利关系，在唐人观念中是极合情理的，《因话录》卷二商部上载："李太师逢吉知贡举，榜成未放而入相，礼部王尚书播代发榜。及第人就中书见座主，时谓'好脚迹门生'，前世未有。"④李逢吉权高位重，自然被时人认为能给门生以后的仕途提供更好的机遇，所谓"好脚迹门生"，即建立在座主与门生之间较为长期稳固的交游和"还往"关系上。即使是两者之间没有实际的政治利益交往，门生对座主的感恩戴德之心也是终其一生的。《旧唐书·令狐峘传》载：

（齐）映至州，奏峘纠前政过失，鞠之无状，不宜按部临人，贬

---

①　（唐）李肇：《唐国史补》卷下，第55页。

②　（五代）王定保：《唐摭言》卷三"谢恩"条、"期集"条，第25、26页。

③　（元）辛文房：《唐才子传》卷一○，第169页。

④　（唐）赵璘：《因话录》卷二商部上，古典文学出版社1957年版，第79页。

衢州别驾。衢州刺史田敦，岠知举时进士门生也。初岠当贡部，放榜日贬逐，与敦不相面。敦闻岠来，喜曰："始见座主。"迎谒之礼甚厚，敦月分俸之半以奉岠。岠在衢州殆十年。①

《唐才子传·韩偓传》：

偓字致尧，京兆人。龙纪元年，礼部侍郎赵崇下擢第。……昭宗反正，论为功臣。帝疾，宦人骄横，欲去之。偓画策称旨，帝前膝曰："此一事终始以属卿。"偓因荐座主御史大夫赵崇，时称能让。②

《旧唐书·郑从谠传》：

会昌二年登进士第，释褐秘书省校书郎，历拾遗、补阙、尚书郎、知制诰。故相令狐绹、魏扶，皆父贡举门生，为之延誉，寻迁中书舍人。③

门生为对座主报恩，一是分俸，一是让官，一是为其子女延誉，非常典型地体现了唐代政坛上这层特殊的情感交游和"还往"关系。亦因之，在唐代文学史上，有不少门生与座主之间的文酒宴集及唱和活动。如《唐摭言》卷三："大中十年，郑颢都尉放榜，请假往东洛觐省，生徒饯于长乐驿。俄有纪于屋壁曰：'三十骅骝一哄尘，来时不锁杏园春。杨花满地如飞雪，应有偷游曲水人。'"④今《全唐诗》卷五九〇李郢《春晚与诸同舍出城迎座主侍郎诗》即此时作。又如白居易《与诸同年贺座主侍郎新拜太

---

① 《旧唐书》卷一四九，第4014页。
② （元）辛文房：《唐才子传》卷九，第165页。
③ 《旧唐书》卷一五八，第4169页。
④ （五代）王定保：《唐摭言》卷三"慈恩寺题名游赏赋咏杂纪"条，第41—42页。

常同宴萧尚书亭子》诗，题下注："座主于萧尚书下及第。得群字韵。"①据《登科记考》，白居易与"诸同年"于高郢榜下及第，而高郢于萧昕榜下及第。这样的宴集活动，足以说明座主与门生"还往"的连续性。②

不仅座主与门生，因科第而形成的"同年"关系在唐人观念中亦非常看重。《因话录》卷六羽部载：

> 大中九年，沈询侍郎以中书舍人知举。其登第门生李彬父丛为万年令。同年有起居者之会，仓部李郎中蟾时在座，因戏诸进士曰："今日极盛，蟾与贤座主同年。"时右司李郎中从晦，又在座戏蟾曰："殊未耳！小生与贤座主同年，如何？"谓郴州柳侍郎也。众皆以为异。是日，数公皆诣宾客。冯尚书审，则又柳公座主杨相国之同年，与坐嗟叹。③

以上虽是戏谑之语，但言谈中无不显示出官员们对"同年"的另眼相看。在唐代京城每年千军万马的科考队伍中，同年得第的士人拔萃而出，而且出于同一个主榜"座主"的赏识，这无疑在心理和情感上为彼此拉近了距离。唐代科举制度下新科进士后的一系列集会游宴活动，如谢恩、期集、过堂、关宴等，亦为同年之间的交游"还往"提供了具体现实的场域空间，唐诗中进士同年之间的交往赠答及唱和诗不胜枚举。文人有因同年而定为文字生死之交，著名者如韩愈与李观、欧阳詹二人。贞元八年（792），兵部侍郎陆贽知贡举，韩愈与李观、欧阳詹等同登进士第，时称"龙虎榜"。韩愈即因其与欧阳詹、李观相识，其《欧阳生哀辞并序》云："（贞元）八年春，遂与詹文词同考试登第，始相识。"④《北极赠李观》诗云："北极有羁羽，南溟有沈鳞。川源浩浩隔，影响两无因。风云一朝会，

---

① 朱金城：《白居易集笺校》卷三，第716页。
② （清）徐松：《登科记考》卷一〇宝应二年下记进士及第者高郢，知贡举者萧昕；又卷一四贞元十六年下记进士及第者白居易，知贡举者高郢，第358、531页。
③ （唐）赵璘：《因话录》卷六羽部，第118页。
④ 屈守元、常思春：《韩愈全集校注》，第1490页。

变化成一身。谁言道里远，感激疾如神。我年二十五，求友昧其人。哀歌西京市，乃与夫子亲。"① "风云一朝会"云云，即指贞元八年同登第事。之后，韩愈与二人以文字为交，结下深厚的情谊，李观、欧阳詹卒后，韩愈分别撰有《唐故太子校书李公墓志铭》、《欧阳生哀辞》哭之。亦有因同年而在仕途上相互帮衬和提携，如《南部新书》已："武翊皇以三头冠绝一代。后惑婢薛荔，苦其冢妇卢氏，虽李绅以同年为护，而众论不容，终至流窜。"②《青箱杂记》卷一："亚与章郇公同年友善，郇公当轴，将用之，而为言者所抑。"③又如《新唐书·许孟容传》载：

> 孟容为礼部侍郎，徙季同京兆少尹。时京兆尹元义方出为鄜坊观察使，奏劾宰相李绛与季同举进士为同年，才数月辄徙。帝以问绛，绛曰："进士、明经，岁大抵百人，吏部得官至千人，私谓为同年，本非亲与旧也。今季同以兄嫌徙少尹，岂臣所助邪？且忠臣事君，不以私害公，设有才，虽亲旧当自用。避嫌不用，乃臣下身谋，非天子用人意。"帝然之。④

从这段材料可以看出，在唐代官场，同年之间的"还往"已被视为获得晋升的一道阶梯。正因为同年之间、座主与门生之间的游谒具有长期性和稳固性，容易滋生官场树党的风气，故朝廷曾明令禁止进士发榜之后的集体拜谒及宴游活动。《唐摭言》卷三载：

> 进士题名，自神龙之后，过关宴后，率皆期集于慈恩塔下题名。故贞元中，刘太真侍郎试慈恩寺望杏园花发诗，会昌三年，赞皇公为上相，其年十一月十九日，敕谏议大夫陈商守本官，权知贡举。后因奏对不称旨，十二月十七日，宰臣遂奏：依前命左仆射兼太常卿王起

---

① 屈守元、常思春：《韩愈全集校注》，第 2 页。
② （宋）钱易：《南部新书》已，第 51 页。
③ （宋）吴处厚：《青箱杂记》卷一，中华书局 1991 年版，第 4 页。
④ 《新唐书》卷一六二，第 5001 页。

主文。二十二日，中书覆奏："奉宣旨，不欲令及第进士呼有司为座主，趋附其门。兼题名、局席等条疏进来者。'伏以国家设文学之科，求贞正之士，所宜行敦风俗，义本君亲，然后申于朝廷，必为国器。岂可怀赏拔之私惠，忘教化之根源！自谓门生，遂成胶固。所以时风寖薄，臣节何施？树党背公，靡不由此。臣等商量，今日已后，进士及第任一度参见有司，向后不得聚集参谒，及于有司宅置宴。其曲江大会朝官及题名、局席，并望勒停。缘初获美名，实皆少隽；既遇春节，难阻良游。三五人自为宴乐，并无所禁，惟不得聚集同年进士，广为宴会。仍委御史台察访闻奏。谨具如前。"奉敕："宜依。"于是向之题名，各尽削去，盖赞皇公不由科第，故设法以排之。洎公失意，悉复旧态。①

赞皇公即李德裕，其所建言亦见《全唐文》卷七〇一《停进士宴会题名疏》。此事发生在会昌三年（843）底，据《旧唐书·宣宗本纪》：大中元年（847）二月，"又敕：'自今进士放榜后，杏园任依旧宴集，有司不得禁制。'"②可知，仅历时三年之后，禁令即被废除。由此可以看出，在唐代士人的京城游谒中，因科举制度而伴生的这种特殊"还往"关系，在唐代历史上长期而必然地存在着。

第二节　唐代士人的京城干谒行为

《唐国史补》卷下言："造请权要，谓之'关节'。"记录的是唐代士人在科场上为疏通关节而以权要为实施对象、以投献诗文为具体手段的干谒活动和风气，同样也代表了唐代铨选、调迁和入幕时的同类行为。总体上看，唐代士人在京城的干谒行为主要分为两种。

一是为应举而从事的干谒活动。即唐代举子在科举考试中，为提高

---

① （五代）王定保：《唐摭言》卷三"慈恩寺题名游赏赋咏杂纪"条，第28—29页。
② 《旧唐书》卷一八，第617页。

及第的可能性和成功率，向政治权要、社会名流或者知贡举者本人投献诗文以求荐举和援引的行为。它伴生于唐代科举考试程序中考卷不封弥、不誊录以及一人主司、不锁宿避嫌的制度空间，和唐代举贤任能的社会风气下。在唐代最为普遍流行，直接影响录取结果、科场风习以及士风世情。唐代士子大多有此干谒经历，有的是通过干谒社会名流，以求延誉，从而影响主司视听进而得第。如《旧唐书·韩愈传》：

> 洎举进士，投文于公卿间，故相郑馀庆颇为之延誉，由是知名于时。寻登进士第。①

唐张固《幽闲鼓吹》载：

> 白尚书应举，初至京，以诗谒著作顾况。顾睹姓名，熟视白公，曰："米价方贵，居亦弗易！"乃披卷，首篇曰："离离原上草，一岁一枯荣。野火烧不尽，春风吹又生。"即叹赏曰："道得个语，居则以矣。"因为之延誉，声名大振。②

《唐诗纪事》卷四六载：

> （朱）庆馀遇水部郎中张籍知音，索庆馀新旧篇什，留二十六章，置之怀袖而推赞之。时人以籍重名，皆缮录讽咏，遂登科。③

有的直接干谒知贡举者本人，如皇甫冉《上礼部杨侍郎》、孟郊《上包祭酒》、施肩吾《上礼部侍郎陈情》、李观《帖经日上侍郎书》、刘得仁《省试日上崔侍郎四首》等诗文即为此而作。有的则向与主司关系密切、能够左右录取结果的"通榜"之人行干谒之事。如《唐摭言》卷八"通榜"载：

---

① 《旧唐书》卷一六〇，第 4195 页。
② （唐）张固：《幽闲鼓吹》，中华书局 1958 年版，第 27 页。
③ （宋）计有功：《唐诗纪事》卷四六"朱庆馀"条，第 704 页。

　　陆忠州榜时，梁补阙肃、王郎中杰佐之，肃荐八人俱捷，余皆共成之。故忠州之得人，皆烜赫。①

陆忠州即陆贽，其贞元八年（792）知贡举，《旧唐书·陆贽传》亦载："（贞元）七年，罢学士，正拜兵部侍郎，知贡举。时崔元翰、梁肃文艺冠时，贽输心于肃，肃与元翰推荐艺实之士，升第之日，虽众望不惬，然一岁选士，终十四五，数年之内，居台省清近者十余人。"②韩愈、李观、欧阳詹、崔群、王涯等即在此年因梁肃举荐而登第，时称"龙虎榜"，此史书多有记载，如《新唐书·崔群传》："未冠，举进士，陆贽主贡举，梁肃荐其有公辅才，擢甲科。"③又《王涯传》："涯博学，工属文。往见梁肃，肃异其才，荐于陆贽。擢进士。"④而且李观及第后，曾向梁肃举荐孟郊、崔宏礼两人，其《上梁补阙荐孟郊崔宏礼书》云："然观尝以未成名前，高见揄扬，远迩之人，以观为执事门生。……今有孟郊者，有崔宏礼者，俱在举场。静而无徒，各以累举，可嗟甚焉。孟之诗，五言高处，在古无二，其有平处，下顾两谢。崔之文，鸿健宏深，度中文质，言之他时，必得老成。言之今日，粲然出伦。……特惟哲匠执而匠之，引而涂之，未若观之愚也。"⑤孟郊亦有《古意赠梁肃补阙》诗："曲木忌日影，谗人畏贤明。自然照烛间，不受邪佞轻。不有百炼火，孰知寸金精？金铅正同炉，愿分精与粗。"⑥即因梁肃有"通榜"之力而向其干谒。《唐摭言》卷八"通榜"条又载：

　　贞元十八年，权德舆主文，陆傪员外通榜帖，韩文公荐十人于傪，其上四人曰侯喜、侯云长、刘述古、韦纾，其次六人：张苰、尉迟汾、李绅、张俊馀，而权公凡三榜共放六人，而苰、绅、俊馀不出五

①　（五代）王定保：《唐摭言》卷八，第82页。
②　《旧唐书》卷一三九，第3800页。
③　《新唐书》卷一六五，第5080页。
④　《新唐书》卷一七九，第5317页。
⑤　《全唐文》卷五三四，第5420页。
⑥　华忱之、喻学才：《孟郊诗集校注》卷六，人民文学出版社1995年版，第286—287页。

年内，皆捷矣。①

韩愈好奖掖后进，故在贞元十八年（802）向通榜者陆傪推荐了十人，结果相继及第，其举荐信即韩愈今存《与祠部陆员外书》。可见，在科考定榜时，除了知贡举者，通榜之人有很大的影响力甚至决策力。故而除了直接干谒主司和通榜者，亦有通过李观、韩愈这样的门生或社会名流间接引荐而达成效果的。

二是为授官而从事的干谒活动。即新及第士子为释褐入仕，职位低微或者在任期满的官员为调任和升迁而从事的干谒行为，它产生于唐代吏部主持的铨试环节和相应的铨选制度下。宋人章如愚在历数唐代选官的弊病时即指出：

> 唐之选法，始于孟冬，终于季春。天下之士，奔走于往来，秋而往，春而归。归装未解，而选期又至。是以远者不能至，贫者、老者不能至，至者不能归……凡选无常员，虽至者千百，而授者不能什一，则有出身二十年，而不能禄者……夫群天下之士，而决于一二有司之目，察其貌言，考其书判，任公之吏，力有所不逮，容私之人，亦何所不至。至于请托纵横，奸伪百出，无足怪也。②

与此相应，吏部官员、宰相以及能够在用人上左右形势的政治权要即成为主要的干谒对象。著名者如韩愈，"四举于礼部乃一得，三选于吏部卒无成"③，贞元八年（792）及第后在京城守选其间，他曾先后向考功员外郎崔元翰、宰相赵憬、贾耽、卢迈等干谒求官。然最终无成，故在贞元十二年（796），入汴州宣武节度使董晋幕府。董晋病故后，又去徐州节度使张建封的幕府下任推官职，直到贞元十七年（801），才被朝廷任命为国子监四门博士。贞元十九年（803），四门博士考满罢秩，韩愈以前资官

---

① （五代）王定保：《唐摭言》卷八，第82页。
② （宋）章如愚：《山堂考索》续集卷三八"铨选"，中华书局1992年版，第699页。
③ 韩愈：《上宰相书》，《韩愈全集校注》，第1238页。

身份守选，又向陈京（《与陈给事书》）、李实（《上李尚书书》）行干谒之事，同年迁监察御史。又如欧阳詹，在国子监四门助教任上，作《上郑相公书》与宰相郑馀庆，希望得到援引以升迁。薛逢在秘书省校书郎任上，上书宰相崔铉、翰林学士韦琮求援引。其《上崔相公启》云："桂折高枝，名登上第。但以依仁岁久，轩墀之桃李成阴。……伏惟相公推名意切，录旧情深，朝宣一言，夕济千里，俾平生志业，不负于辛勤。"①《上翰林学士启》云："三年欲飞，而长风不借。……方今选限犹远，官秩未期。伏希度以短长，择其任用。"②凡此种种，不胜罗列。中唐以后，地方方镇大兴，幕府权重，文人入幕风气盛行，不论是科考失意的举子，还是及第而未授官的进士，都可应幕主征召在幕府中获得一职，从而再谋求幕主举荐而入朝任职。白居易《温尧卿等授官赐绯充沧景江陵判官制》云："今之俊义，先辟于征镇，次升于朝庭。故幕府之选，下台阁一等，异日入为大夫公卿者十八九焉。"③很明显，为出入幕府而向幕主进行的干谒活动，亦是以授官为目的，亦可视同一类。但因其干谒活动多不在京城，故不主要论述。

　　因唐代科举和铨选制度的局限性，使得成绩和才干不再是考才和选官的唯一标准或主要依据，而多了许多人为活动和操作的不确定因素，甚至机遇、博弈的成分。故而唐人《绝句》有叹："传闻天子访沉沦，万里怀书西入秦。早知不用无媒客，恨别江南杨柳春。"④白居易《见尹公亮新诗偶赠绝句》亦云："袖里新诗十首余，吟看句句是琼琚。如何持此将干谒，不及公卿一字书？"⑤范摅《云溪友议》卷下"因嫌进"条载：

　　　安邑李相公吉甫，初自省郎为信州刺史。时吴武陵郎中，贵溪人也，将欲赴举。以哀情告于州牧，而遗五布三帛矣。吴以轻鲜，以书让焉。其词唐突，不存桑梓之分，乃非其礼，正郎微诮焉。赞皇母

---

① 《全唐文》卷七六六，第7968页。
② 同上。
③ 朱金城：《白居易集笺校》卷四九，第2924页。
④ 《全唐诗》卷七八六无名氏《绝句》，第8864页。
⑤ 朱金城：《白居易集笺校》卷一三，第763页。

氏谏曰:"小儿方求成人,何得与举子相忤?"遂与米二百斛。赵郡果为宰辅,竟其憾焉。元和二年,崔侍郎邠重知贡举,酷搜江湖之士,初春,将放二十七人及第,潜持名来呈相府,才见首座李公。公问:"吴武陵及第否?"主司恐是旧知,遽言:"吴武陵及第也。"其榜尚在怀袖,忽报中使宣口敕,且揖礼部从容,遂注武陵姓字,呈上李公,公谓曰:"吴武陵至是粗人,何以当其科第?"礼部曰:"吴武陵德行虽即未闻,文笔乃堪采录,名已上榜,不可却焉!"相府不能因私诎士,唯唯而从。①

按照唐代科举考试的规定,主司在定榜时,需向宰相呈榜。《册府元龟》卷六四一载:会昌三年(843)正月,"宰臣李德裕等奏:旧例进士未发榜前,礼部侍郎遍到宰相私第,先呈及第人名,谓之呈榜。比闻多有改换,颇致流言。宰相稍有寄情,有司固无畏忌,取士之滥,莫不由斯。将务责成,在于不挠。既无取舍,岂必预知。臣等商量,今年便任有司发榜,更不得先呈臣等,仍向后便为定例"。以上材料载元和二年(807)吴武陵见榜登第,即因主司崔邠向宰相李吉甫呈榜时阴差阳错、临时改换所致,正反映了李德裕等所奏"呈榜"的弊害。岑仲勉《吴武陵事迹》一文按此事云:"吉甫未尝为信、青二州,此殆牛、李党争故为诽语者。(吴湘为武陵兄子,德裕即以湘狱贬死崖州。《旧唐书》传言武陵坐赃时,德裕为相,故挟怨附李宗闵党,同作谤言。)"②虽然改榜一事可能为牛李党争所致的流言,但正折射出唐代在科举取士上诸多的偶然及不可捉摸的因素。连定榜名单都"多有改换",更别说在取士和选官时,因干谒请托和复杂的人事关系而导致最终决取的个人主观和随意性。《容斋四笔》曾论曰:"唐世科举之柄,专付之主司,仍不糊名。又有交朋之厚者为之助,谓之通榜。故其取人也,畏于讥议,多公而审。亦有胁于权势,或挠于亲故,或累于子弟,皆常情所不能免者。若贤者临之则不然,未引试之

---

① (唐)范摅:《云溪友议》卷八"因嫌进"条,第48页。
② 岑仲勉:《金石论丛》,上海古籍出版社1981年版,第76页。

前，其去取高下，固已定于胸中矣。"①在这种社会风气下，唐代士子在京城应举和求官时，无论有真实才行与否，纷纷干谒奔走，《文献通考》卷二九"选举"引"江陵项氏"所言描述此情形："天下之士，什什伍伍，戴破帽，骑蹇驴，未到门百步，辄下马，奉币刺，再拜，以谒于典客者。投其所为之文，名之曰'求知己'。如是而不问，则再如前所为者，名之曰'温卷'。如是而不问，则执贽于马前，自赞曰'某人上谒'者。嗟乎！风俗之弊，至此极矣。此不独为士者可鄙，其时之治乱盖可知矣。"②

第三节　干谒与京城躁进趋利之士风

干谒请托的盛行，直接导致京城躁进趋利的士风。《旧唐书·薛登传》载天授中左补阙薛登上疏曰："……今之举人，有乖事实。乡议决小人之笔，行修无长者之论。策第喧竞于州府，祈恩不胜于拜伏。或明制才出，试遣搜扬，驱驰府寺之门，出入王公之第。上启陈诗，唯希咳唾之泽；摩顶至足，冀荷提携之恩。故俗号举人，皆称觅举。觅为自求之称，未是人知之辞。察其行而度其材，则人品于兹见矣。徇己之心切，则至公之理乖；贪仕之性彰，则廉洁之风薄。"③在朝廷以选贤授能为本质目的的科选和铨选中，当选者本身的贤德和才干不能起决定作用的时候，士人的心态和行为因之而发生了变化。为了应选，除了操习业艺、力图表现，同时还要面临向王侯公卿之门干谒奔竞的艰难历程和心理压力。幸运者如朱庆馀能借助张籍的延誉一鸣惊人，而不幸者诸如杜甫、韩愈、孟郊等则要经历数年，多达十几年的干谒历程，甚至有的最终无功而返。如《唐摭言》卷一〇载："欧阳澥者，四门之孙也，薄有辞赋，出入场中仅二十年。善和韦中令在阁下，澥即行卷及门，凡十余载，未尝一面。""刘得仁，贵主之子。自开成至大中三朝，昆弟皆历贵仕，而得仁苦于诗，出入举场三十

①　（宋）洪迈：《容斋随笔·容斋四笔》卷五"韩文公荐士"条，上海古籍出版社1978年版，第669—670页。

②　（元）马端临：《文献通考》卷二九，中华书局1986年版，第274页。

③　《旧唐书》卷一〇一，第3138页。

年，竟无所成。尝自述曰：'外家虽是帝，当路且无亲。'既终，诗人争为诗以吊之。"①于是，在游谒公卿、干进权贵的过程中，急切好利的仕进风气自然产生。

唐人在干谒诗文中常常对自己的才能情感激越地自矜自夸、大言惊人，或者不遗余力地恭维赞扬干谒对象的显要身份和文治武功，甚至以一种恳求、互利或者激将的语气表达干进的目的，其背后实际掩藏的是对自己成功与否的观望、不自信及躁进、急功好利的心理。而一旦干谒不如意，则怨激悲切，如贞元十三年（797），李翱因屡试不第，恨无知己如梁肃，作《感知己赋》怀之，序云："贞元九年，翱始就州府之贡举人事，其九月，执文章一通，谒于右补阙安定梁君。……梁君知人之过也，亦既相见，遂于翱有相知之道焉。……每岁试于礼部，连以文章罢黜，声光晦昧于时俗，人皆谓之固宜，然后知先进者遇人特达，亦不皆有是心也。……不幸梁君短命遽殁，是以翱未能有成也，其谁能相继梁君之志而成之欤！已焉哉！天之遽丧梁君也，是使翱之命久迍遭厄穷也。"②甚至有怨愤报复的行为。如《旧唐书·李少良传》：

> 李少良者，以吏用，早从使幕，因职迁殿中侍御史。罢，游京师，干谒权贵。时元载专政，所居第宅崇侈，子弟纵横，货赂公行，士庶咸嫉之。少良怨不见用，乘众怒以抗疏上闻。③

《开元天宝遗事》卷上：

> 进士杨光远，惟多矫饰，不识忌讳。游谒王公之门，干索权豪之族，未尝自足。稍有不从，便多诽谤。常遭有势者挞辱，略无改悔。时人多鄙之，皆云："杨光远惭颜厚如十重铁甲也。"④

---

① （五代）王定保：《唐摭言》卷一〇 "海叙不遇"条，第108页。
② 《全唐文》卷六三四，第6397页。
③ 《旧唐书》卷一一八，第3414页。
④ （五代）王仁裕：《开元天宝遗事》卷上 "惭颜厚如甲"条，第2页。

《唐摭言》卷三：

> 乾符丁酉岁，关宴甲于常年。有温定者，久困场屋，坦率自恣，
> 尤愤时之浮薄，设奇以侮之。至其日，蒙衣肩舆，金翠之饰，敻出于
> 众，侍婢皆称是，徘徊于柳阴之下。俄顷，诸公自露棚移乐登鹢首，
> 既而谓是豪贵，其中姝丽，因遣促舟而进，莫不注视于此，或肆调谑
> 不已。群兴方酣，定乃于帘间垂足，定膝胫伟而毳。众忽睹之，皆掩
> 袂，亟命回舟避之。或曰："此必温定矣！"①

在众人皆以行干谒作为谋求勇进的手段时，也就形成了另一种形式的博弈
和竞争。其中，败落下风、不尽人意者，自然有激愤不平之常态，甚至奇
怪变态之行为。由于干谒公行，伎俩百出，甚至连新及第士人与未第举子
之间的普遍交往也变得有敏感的"利益"色彩，如贞元七年（791），孟
简及第后，时在长安应举的李观往访，孟简辞以有疾不见，李观则作《贻
先辈孟简书》诮让之："足下德非古人，何遽相浅？如一及第，仆保之久
矣，但与足下论其先后耳。"又云："敬料足下雅度，必以所报之人，云仆
貌不瑰杰，衣不鲜丽，前无高车，后无苍头，量仆为区区进次之人，而默
相遣。若使有一俗士，煌煌轻肥，足下必投袂而起，何疾之称尔。"②语词
之间，相轻相讥，于时士林躁进不平之气，可见一斑。

　　急功近利的心态和风气不仅存在于行干谒之事的士子一方，也表现在
被干谒投献的公卿权贵身上。在封建王朝，举贤荐能一直被视为政府公职
的一种职责和义务，如唐人苏晋即认为："夫官爵者，至公之器也，荐贤
者，至公之道也。"③在唐史的记载上，因识贤荐才而享誉"知人之鉴"的
官员不少，如《旧唐书·魏知古传》："知古初为黄门侍郎，表荐洹水令吕
太一、蒲州司功参军齐浣、前右内率府骑曹参军柳泽；及知吏部尚书事，
又擢用密县尉宋遥、左补阙袁晖、右补阙封希颜、伊阙尉陈希烈，后咸

---

① （五代）王定保：《唐摭言》卷三"慈恩寺题名游赏赋咏杂纪"条，第42页。
② 《全唐文》卷五三三，第5413页。
③ 《全唐文》卷三〇〇苏晋《应贤良方正科对策（并问）》，第3043页。

累居清要，时论以为有知人之鉴。"①《旧唐书·韦夏卿》："始在东都，倾心辟士，颇得才彦，其后多至卿相，世谓之知人。"②另如韦抗、张仁愿、李绩等③。但在唐代科举以进士和词赋为重后，崇尚进士和喜好诗赋文章的风习弥漫于社会，与之相应，对文士才子有论鉴、荐拔之功的公卿也会为士林传颂和推崇，再加上士子们在干谒奔竞的行为中，也常会以感恩、回报、效忠等实际利益许以说服，这使得公卿权达的推誉和引荐并不一定出于"至公之道"，而有争名好利之私心。韩愈《与凤翔邢尚书书》即云："布衣之士，身居穷约，不借势于王公大人，则无以成其志；王公大人，功业显者，不借誉于布衣之士，则无以广其名。"④在唐史上，权贵因个人私利、声名而引士荐士的例子，如《旧唐书·张镐传》：

> 博州人也。风仪魁岸，廓落有大志，涉猎经史，好谈王霸大略。少时师事吴兢，兢甚重之。后游京师，端居一室，不交世务。性嗜酒，好琴，常置座右。公卿或有邀之者，镐杖策径往，求醉而已。天宝末，杨国忠以声名自高，搜天下奇杰。闻镐名，召见荐之，自褐衣拜左拾遗。⑤

《旧唐书·韦颙传》：

> 宰相裴垍、李绛、崔群辈多与友善，而后进之有浮名者，亦游其门，以是称有时望。及李逢吉驾朋党以专政柄，而颙附丽之迹尤密，

---

① 《旧唐书》卷九八，第3064页。
② 《旧唐书》卷一六五，第4298页。
③ 分别见《旧唐书》卷九二《韦抗传》："抗为京畿按察使时，举奉天尉梁升卿、新丰尉王倕、金城尉王冰、华原尉王焘为判官及支使，其后升卿等皆名位通显，时人以抗有知人之鉴。"《旧唐书》卷九三《张仁愿传》："仁愿在朔方，奏用监察御史张敬忠何鸾、长安尉寇泚、鄠县尉王易从、始平主簿刘体微分判军事，太子文学柳彦昭为管记，义乌尉晁良贞为随机。敬忠等皆以文吏著称，多至大官，时称仁愿有知人之鉴。"《旧唐书》卷六七《李绩传》："魏徵、高季辅、杜正伦、郭孝恪皆客游其所，一见于众人中，即加礼敬，引之卧内，谈论忘倦，及平武牢，获伪郑州长史戴胄，知其行能，寻释放，竟推荐，咸至显达，当时称其有知人之鉴。"
④ 屈守元、常思春：《韩愈全集校注》，第1192页。
⑤ 《旧唐书》卷一一一，第3326页。

颇为时人所讥。①

而且，在干谒中因私托不成而导致权贵之间相互威吓，甚至反目攻击的现象亦有，如《旧唐书·李实传》：

> 故事，吏部将奏科目，奥密，朝官不通书问，而实身诣选曹迫赵宗儒，且以势恐之。前岁，权德舆为礼部侍郎，实托私荐士，不能如意，后遂大录二十人迫德舆曰："可依此第之；不尔，必出外官，悔无及也。"德舆虽不从，然颇惧其诬奏。②

《旧唐书·钱徽传》：

> 长庆元年，为礼部侍郎。时宰相段文昌出镇蜀川，文昌好学，尤喜图书古画。故刑部侍郎杨凭兄弟以文学知名，家多书画，钟、王、张、郑之迹在《书断》、《画品》者，兼而有之。凭子浑之求进，尽以家藏书画献文昌，求致进士第。文昌将发，面托钱徽，继以私书保荐。翰林学士李绅亦托举子周汉宾于徽。及榜出，浑之、汉宾皆不中选。李宗闵与元稹素相厚善。初稹以直道谴逐久之，及得还朝，大改前志，由径以徽进达，宗闵亦急于进取，二人遂有嫌隙。杨汝士与徽有旧，是岁，宗闵子婿苏巢及汝士季弟殷士俱及第。故文昌、李绅大怒。文昌赴镇，辞日，内殿面奏，言徽所放进士郑朗等十四人，皆子弟艺薄，不当在选中。穆宗以其事访于学士元稹、李绅，二人对与文昌同。遂命中书舍人王起、主客郎中知制诰白居易，于子亭重试，内出题目《孤竹管赋》、《鸟散余花落》诗，而十人不中选。……寻贬徽为江州刺史，中书舍人李宗闵剑州刺史，右补阙杨汝士开江令。③

---

① 《旧唐书》卷一〇八，第3278页。
② 《旧唐书》卷一三五，第3731页。
③ 《旧唐书》卷一六八，第4383—4384页。

如此来看，干谒请托之于权贵公卿这些干谒对象的弊害，不仅在于邀名取誉或者有利可图的隐秘私心，直接构成了士风的沦丧，甚而还会波及朝官之间的政治斗争以及朝局的稳定。特别是唐代大和以后牛李党争的矛盾形成以后，两党权要如李德裕、李宗闵和牛僧孺所延引擢拔之士，更是难以廓清结党营私、取士自助的功利色彩。

其实，对于干谒盛行而导致的不良士风和社会流弊，唐代官员中不乏有识之士深知其害，故不断有上奏朝廷陈其毒弊、要求改革者，如前文所引天授中薛登为左补阙，时选举颇滥，故而上疏一事。再如代宗宝应二年（763），礼部侍郎杨绾曾上书谏停明经、进士两科，要求改用举荐古制，《旧唐书·杨绾传》载其上疏条奏贡举之弊曰：

> 近炀帝始置进士之科，当时犹试策而已。至高宗朝，刘思立为考功员外郎，又奏进士加杂文，明经填帖，从此积弊，浸转成俗。幼能就学，皆诵当代之诗；长而博文，不越诸家之集。递相党与，用致虚声，《六经》则未尝开卷，《三史》则皆同挂壁。况复征以孔门之道，责其君子之儒者哉！祖习既深，奔竞为务。矜能者曾无愧色，勇进者但欲凌人，以毁谤为常谈，以向背为己任。投刺干谒，驱驰于要津；露才扬己，喧腾于当代。古之贤良方正，岂有如此者乎！朝之公卿，以此待士，家之长老，以此垂训。欲其返淳朴，怀礼让，守忠信，识廉隅，何可得也！譬之于水，其流已浊，若不澄本，何当复清。……望请依古制，县令察孝廉，审知其乡闾有孝友信义廉耻之行，加以经业，才堪策试者，以孝廉为名，荐之于州。刺史当以礼待之，试其所通之学，其通者送名于省。自县至省，不得令举人辄自陈牒。……并近有道举，亦非理国之体，望请与明经、进士并停。其国子监举人，亦请准此。如有行业不著，所由妄相推荐，请量加贬黜。所冀数年之间，人伦一变，既归实学，当识大猷。居家者必修德业，从政者皆知廉耻，浮竞自止，敦庞自劝，教人之本，实在兹焉。①

---

① 《旧唐书》卷一一九，第3430—3432页。

又《唐会要》卷五四载：

> 大和三年四月，中书门下奏："内外文武官除授，伏以为官择人，实资进选举能。考绩固切，旁求必当，按实循名，听言观行。事合先于徇众，道必恶于自媒，进退之间，风俗所系。近日人多干竞，迹罕贞修。或日诣宰司，自陈功状；或屡渎宸扆，曲祈恩波。乏受爵让能之贤，启施劳伐善之弊。亦有粗因劳绩，已授官荣，及居今任，别无课效，唯引向前事状，只希更与迁升。凡是此流，稍要立制。伏望自今后，应缘官阙须有除授，先选吏迹有闻，行已务实者，随才奖用；如有志涉浮躁，事近邀求者，量加摈斥。所觊官修其方，人思励行。"敕旨："宜依。"①

如果说杨绾专就科场浮躁显露、奔竞驱驰的不良风气而上疏条奏，那么大和三年（829）中书门下的奏议则是专门针对官场普遍存在的"自媒"、"干竞"、"浮躁"的行为而出台的整治举措。两者皆足以代表当时的社会风气和人情世态。据《新唐书·舒元舆传》载："元舆自负才有过人者，锐进取。大和五年，献文阙下，不得报，上书自言……文宗得书，高其自激卬，出示宰相，李宗闵以浮躁诞肆不可用，改著作郎，分司东都。"②及《旧唐书·文宗本纪》：大和五年（831）八月，"辛未，贬刑部员外郎舒元舆为著作郎。元舆累上表请自效，并进文章，朝议责其躁进也"③。可知，大和三年朝廷的政令并非完全是一纸空文。然大和以后，宦官把政，朋党大兴，随着整个唐朝政局的日趋混乱和没落，士风日下的形势已难以挽救。《北梦琐言》卷四云："唐末举人不问士行文艺，但勤于请谒，号曰精切。"④即是针对其时士风的颓丧而言的。更有士人为博得一第，在投献的诗文中钓奇以惊俗，如《北梦琐言》卷一〇："唐咸通中，前进士李昌符有诗名，久不登第。常岁卷轴，怠于装修，因出一奇，乃作

---

① 《唐会要》卷五四"门下省"条，第1089—1090页。
② 《新唐书》卷一七九，第5322页。
③ 《旧唐书》卷一七下，第542页。
④ （五代）孙光宪：《北梦琐言》卷四，中华书局2002年版，第79页。

《婢仆诗》五十首,于公卿间行之。有诗云:'春娘爱上酒家楼,不怕归迟总不留。推道那家娘子卧,且留教住待梳头。'又云:'不论秋菊与春花,个个能嗜空肚茶。无事莫教频入库,一名闲物要些些。'诸篇皆中婢仆之讳。浃旬京城盛传其诗篇,为奶妪辈怪骂腾沸,尽要掴其面。是年登第。"①

第四节　京城名利场与士人干谒的辛酸炎凉

有诗云:"尘中名利热,鸟外水云闲。"②京都自古是名利追逐之地,唐代诗人对此有更深切的感叹,如雍裕之《不了语》:"浮名世利知多少,朝市喧喧尘扰扰。车马交驰往复来,钟鼓相催天又晓。"③于邺《过洛阳城》:"古来利与名,俱在洛阳城。九陌鼓初起,万车轮已行。"④崔涂《灞上》:"长安名利路,役役古今情。"⑤当唐代士人为科举功名踏上京城的干谒之路时,幸遇知己、立马成功的毕竟在少数。而且,即使能荣登科榜,也还要面临仕途在守选、升迁包括贬谪之后起复过程中的借援和求进。所以,他们的京城干谒往往是漫长、辛酸甚至屈辱的。帝都名利场的城市本质既诱发了士人的营营奔竞,同时士人的干谒奔走亦强化和见证了京城以名利为中心的世态人情。杜甫《奉赠韦左丞丈二十二韵》述其干谒的凄惨经历云:"骑驴三十载,旅食京华春。朝扣富儿门,暮随肥马尘。残杯与冷炙,到处潜悲辛。"⑥韩愈显达后则在《与李翱书》中痛苦地回忆道:"仆在京城八九年,无所取资,日求于人,以度时月。当时行之不觉也;今而思之,如痛定之人思当痛之时,不知何能自处也。"⑦皆典型代表了当时士人的干谒境况。

---

① (五代)孙光宪:《北梦琐言》卷一〇,第228页。
② 《全唐诗》卷八三九齐己《送惠空上人归》,第9462页。
③ 《全唐诗》卷四七一,第5351页。
④ 《全唐诗》卷七二五,第8317页。
⑤ 《全唐诗》卷六七九,第7777页。
⑥ (清)仇兆鳌:《杜诗详注》卷一,第75页。
⑦ 屈守元、常思春:《韩愈全集校注》,第1386页。

总体上来讲，唐代士人京城干谒的艰难辛酸通常体现在以下几个层面，从中我们可以窥见京城的人情世态和众生万象。

一是干谒失败和干进无媒的痛苦。

在干谒风气盛行的唐代，干谒及托媒引荐是唐代绝大多数士人求进成功的必要手段和必经之路，这在唐人的诗篇中多有直接表露和佐证，如高适《行路难》其二云："有才不肯学干谒，何用年年空读书。"①韩偓《夏课成感怀》云："居世无媒多困踬，昔贤因此亦号咷。"②雍陶《感兴》云："贫女貌非丑，要须缘嫁迟。还似求名客，无媒不及时。"③尤其是在科举考试中，有无媒荐往往直接影响和决定最终的成败。所以，在唐人下第后的诗篇中，我们通常可以看到"无门"、"无媒"的书写和感叹。这里面既有送落第者回乡时的安慰与同情，如《唐才子传·喻坦之传》载："坦之，睦州人。咸通中举进士不第，久寓长安，囊罄，忆渔樵，还居旧山。与李建州频为友。频以诗送归云：'从容心自切，饮水胜衔杯。共在山中住，相随阙下来。修身空有道，取事各无媒。不信升平代，终遗草泽才。'又'彼此无依倚，东西又别离。'盖困于穷塞，情见于辞矣。"④亦有下第者自己的愤懑和遣怀，如钱起《长安落第作》："始愿今如此，前途复若何。无媒献词赋，生事日蹉跎。"⑤韦庄《下第题青龙寺僧房》："千蹄万毂一枝芳，要路无媒果自伤。题柱未期归蜀国，曳裾何处谒吴王。"⑥赵嘏《下第后归永乐里自题》其一："无地无媒只一身，归来空拂满床尘。尊前尽日谁相对，唯有南山似故人。"⑦雍陶《人问应举》："莫惊西上独迟回，只为衡门未有媒。惆怅赋成身不去，一名闲事逐秋回。"⑧

京城虽权贵如云，但寒微之士往往被拒之以外、无缘面进，从而导致

---

① 《全唐诗》卷二一三，第 2216 页。
② 《全唐诗》卷六八二，第 7819 页。
③ 《全唐诗》卷五一八，第 5918 页。
④ （元）辛文房：《唐才子传》卷九，第 162 页。
⑤ 《全唐诗》卷二三八，第 2653 页。
⑥ 向迪琮校订：《韦庄集·浣花集》卷一，第 4 页。
⑦ 《全唐诗》卷五五〇，第 6368 页。
⑧ 《全唐诗》卷五一八，第 5922 页。

举子在科场竞争中"无门致出身"、"无媒甘下飞"、"无媒魏阙深"的不公正局面。孟郊首次下第后作《长安道》言："胡风激秦树，贱子风中泣。家家朱门开，得见不可入。"①《长安旅情》云："尽说青云路，有足皆可至。我马亦四蹄，出门似无地。玉京十二楼，峨峨倚青翠。下有千朱门，何门荐孤士？"②朱门虽众却无一可以依托，正是当时出身寒门的庶族知识分子渴望有人提携却又无门可寻的鲜明写照。即使科举得第，在宦途中若无人引荐，要么是守选，如许棠登第后作《讲德陈情上淮南李仆射八首》其八："丹霄空把桂枝归，白首依前着布衣。当路公卿谁见待，故乡亲爱自疑非。东风乍喜还沧海，栖旅终愁出翠微。应念无媒居选限，二年须更守渔矶。"③要么是蹭蹬下僚，《唐才子传·薛据传》即载：

> 据，荆南人。开元十九年，王维榜进士。天宝六年，又中风雅古调科第一人，于吏部参选，据自恃才名，请受万年录事，流外官诉宰执，以为赤县是某等清要，据无媒，改涉县令。④

薛据于吏部参选时，因"无媒"延进，故不能实现其任赤县录事的本愿，而是改授潞州涉县县令一职，可见唐代仕宦在关键时刻人事关系的重要性和致命影响。唐人将造请权要谓之"关节"，所言不虚。钱起《送孙十尉温县》云："云衢有志终骧首，吏道无媒且折腰。"⑤元稹《三月三十日程氏馆饯杜十四归京》云："谋身诚太拙，从宦苦无媒。"⑥皆是感此而发。

　　行干谒之事的实质即是屈己以求人，所以在干谒过程中，唐代士人常会遭遇碰壁、受屈之类的心理打击，如《唐才子传·朱湾传》载：

① 华忱之、喻学才：《孟郊诗集校注》卷一，第4页。
② 华忱之、喻学才：《孟郊诗集校注》卷三，第151页。
③ 《全唐诗》卷六〇四，第6984—6985页。
④ （元）辛文房：《唐才子传》卷二，第25页。
⑤ 《全唐诗》卷二三九，第2669—2670页。
⑥ 周相录：《元稹集校注》续补遗卷二，第1599页。

湾字巨川，大历时隐君也，号沧洲子。率履贞素，潜辉不曜，逍遥云山琴酒之间，放浪形骸绳检之外。郡国交征，不应。工诗，格体幽远，兴用宏深，写意因词，穷理尽性，尤精咏物，必含比兴，多敏捷之奇。及李勉镇永平，嘉其风操，厚币邀来，署为府中从事，日相谈宴，分逾骨肉。久之。尝谒湖州崔使君，不得志，临发以书别之曰："湾闻蓬莱山藏，杳冥间行可到，贵人门无媒通不可到。骊龙珠潜混沔之渊或可识，贵人颜无因而前不可识。自假道路，问津主人，一身孤云，两度圆月，载请执事，三趋戟门。信知庭之与堂，不啻千里。况寄食漂母，夜眠渔舟，门如龙而难登，食如玉而难得。食如玉之粟，登如龙之门，实无机心，翻成机事，汉阴丈人闻之，岂不大笑？属溪上风便，囊中金贫，望甘棠而叹，自引分而退。湾白。"遂归会稽山阴别墅，其耿介类如此也。①

朱湾干谒崔使君不得志，临别以书自白并讥之，实为心理挫伤之后的自我宽解和疗救。此事虽然发生在湖州，但颇具有典型性，从中可见唐代士人尤其是耿介之士面对干谒时所遭受的精神屈辱及痛苦。

在中国古代的传统社会里，士人以儒家思想为主导和根基，干谒之事必然会引起经世致用之功名理想与个人贞节操守之间的矛盾和冲突。正是因为此，儒士之耿介者，常会有行路难、世道难的感叹，如岑参《送张秘书充刘相公通汴河判官便赴江外觐省》："因送故人行，试歌行路难。何处路最难？最难在长安。长安多权贵，珂佩声珊珊。儒生直如弦，权贵不须干。"② 杜甫和刘长卿也有同样的感叹。杜甫《自京赴奉先县咏怀五百字》云："以兹悟生理，独耻事干谒。兀兀遂至今，忍为尘埃没。"③ 刘长卿《罢摄官后将还旧居留辞李侍御》云："世难慵干谒，时闲喜放归。潘郎悲白

①　（元）辛文房：《唐才子传》卷三，第54页。
②　廖立：《岑嘉州诗笺注》卷一，第64页。
③　（清）仇兆鳌：《杜诗详注》卷四，第266页。

发，谢客爱清辉"。①因为耻于干谒，所以埋没风尘，并感慨世道多艰，而行路难，"最难在长安"。

在唐人干谒的队伍中，尤其让我们歔欷感叹的，是那些为了科举功名来到京城，数年甚至数十年牵累于干谒之途而久不显达的士人。干谒的失败，对他们的打击是可以想见的。如岑参《至大梁却寄匡城主人》云："一从弃鱼钓，十载干明王。无由谒天阶，却欲归沧浪。"②严维《送丘为下第归苏州》："沧江一身客，献赋空十年。明主岂能好，今人谁举贤。国门税征驾，旅食谋归旋。曒日媚春水，绿苹香客船。无媒既不达，余亦思归田。"③钱起《赠阙下裴舍人》："阳和不散穷途恨，霄汉长怀捧日新。献赋十年犹未遇，羞将白发对华簪。"④包何《寄杨侍御》："一官何幸得同时，十载无媒独见遗。今日不论腰下组，请君看取鬓边丝。"⑤

如果说一次、两次、数次的干谒无成，带给士人的多是失望、愤懑的情绪，如孟郊《落第》："晓月难为光，愁人难为肠。谁言春物荣，独见叶上霜。雕鹗失势病，鹪鹩假翼翔。弃置复弃置，情如刀剑伤。"⑥无名氏《绝句》："传闻天子访沉沦，万里怀书西入秦。早知不用无媒客，恨别江南杨柳春。"⑦《唐才子传·胡曾传》："咸通中进士。初，再三下第，有诗云：'翰苑几时休嫁女，文章早晚罢生儿。上林新桂年年发，不许闲人折一枝。'"⑧抑或凄怨、悲哀的心情，如李端《下第上薛侍郎》："蓬荜春风起，开帘却自悲。如何飘梗处，又到采兰时。"⑨赵嘏《下第后上李中丞》："落第逢人恸哭初，平生志业欲何如。鬓毛洒尽一枝桂，泪血滴来千里书。"⑩甚而是进退两难、孤独焦躁的烦闷，如李端《得山中道友书寄苗钱

---

① 杨世明：《刘长卿集编年校注》，人民文学出版社 1999 年版，第 162 页。
② 廖立：《岑嘉州诗笺注》卷一，第 97 页。
③ 《全唐诗》卷二六三，第 2923 页。
④ 《全唐诗》卷二三九，第 2675 页。
⑤ 《全唐诗》卷二〇八，第 2173 页。
⑥ 华忱之、喻学才：《孟郊诗集校注》卷三，第 139 页。
⑦ 《全唐诗》卷七八六，第 8864 页。
⑧ （元）辛文房：《唐才子传》卷八，第 141 页。
⑨ 《全唐诗》卷二六六，第 3274 页。
⑩ 《全唐诗》卷五四九，第 6360 页。

二员外》："有谋毕辔轲，非病亦迟回。壮志年年减，驰晖日日催。还山不及伴，到阙又无媒。"①郑谷《访题进士孙秦延福南街居》："多病久离索，相寻聊解颜。短墙通御水，疏树出南山。岁月何难老，园林未得还。无门共荣达，孤坐却如闲。"②那么十载岁月的长安蹉跎，则不仅苍老了容颜，还有壮心消磨、思欲归田的寂灭心境。倘若真能从中悔悟、得归沧浪，那还算是最终得到了解脱。令人扼腕而叹的是，有的士人数十载困于科场，但仍孜孜以求，终其一生不离干谒之苦。著名者如许棠，几次长安落第后，虽云"连春不得意，所业已疑非"③，然数十年间一直没有放弃干谒求进，其《献独孤尚书》云："虚抛南楚滞西秦，白首依前衣白身。退鹢已经三十载，登龙曾见一千人。魂离为役诗篇苦，泪竭缘嗟骨相贫。今日鞠躬高斾下，欲倾肝胆杳无因。"④所述科场不遇经历甚为凄苦。《唐摭言》卷八亦载：

> 许棠，宣州泾县人，早修举业。乡人汪遵者，幼为小吏，洎棠应二十余举，遵犹在胥徒；然善为歌诗，而深自晦密。一旦辞役就贡，会棠送客至灞浐间，忽遇遵于途中，棠讯之曰："汪都（下注：都者吏之呼也）何事至京？"遵对曰："此来就贡。"棠怒曰："小吏无礼！"而与棠同砚席，棠甚侮之，后遵成名五年，棠始及第。⑤

咸通十二年（871），许棠五十岁，终于进士及第，五代刘崇远《金华子杂编》卷下载：

> 许棠常言于人曰："往者年渐衰暮，行卷达官门下，身疲且重，上马极难。自喜一第以来，筋骨轻健，揽辔升降，犹愈于少年时。则

---

① 《全唐诗》卷二八六，第 3275 页。

② 《全唐诗》卷六七四，第 7712 页。

③ 《全唐诗》卷六〇三许棠《将归江南留别友人》，第 6963 页。

④ 《全唐诗》卷六〇四，第 6985 页。

⑤ （五代）王定保：《唐摭言》卷八"为乡人轻视而得者"条，第 89—90 页。

知一名能疗身心之疾，真人世孤进之还丹也。"①

喜得一第，居然到了"能疗身心之疾病"的地步，其在长达三十载的求进岁月中所沉积于心的冤屈与痛苦，远比孟郊"春风得意马蹄疾，一日看尽长安花"背后的辛酸压抑深重得多。对于许棠来说，这种苦心冥求也唯有一第才是最终的心灵出路和释放。在长安得第后，或是因为京城无门再进，他往游扬州，继续献诗淮南节度使李蔚，以期同情和援引，其《讲德陈情上淮南李仆射八首》之五云："三纪吟诗望一名，丹霄待得白头成。已期到老还沾禄，无复偷闲却养生。"之八云："丹霄空把桂枝归，白首依前著布衣。……应念无媒居选限，二年须更守渔矶。"②当然，许棠三十年间虽然历经失败和折磨，然终喜得一第而有所释怀。而那些干谒无门、仕进未果而心有不甘的士人如李洞者，就只能抱憾终身了。《唐才子传》卷九即载："昭宗时凡三上不第。裴公第二榜帘前献诗云：'公道此时如不得，昭陵恸哭一生休。'果失意流落，往来寓蜀而卒。"③

二是饱尝京城人情的冷暖和世态的炎凉。

张乔《秦原春望》云："无穷名利尘，轩盖逐年新。北阙东堂路，千山万水人。"④当"千山万水人"背井离乡共聚京城，为名利仕途干谒奔走时，这就意味着他们脱离了家乡中人与自然以及宗族家庭间的亲缘关系，而被抛置到了一个疏远而陌生的城市情境中。在"驱驰岐路共营营，只为人间利与名"（杜荀鹤《遣怀》）的京城生态里，人与人之间的社会关系上升到士人生活中最主要的层面，影响着他们的行为情绪，也引发他们的审视和思考。如孟郊《伤时》：

常闻贫贱士之常，草木富者莫相笑。男儿得路即荣名，邂逅失途成不调。古人结交而重义，今人结交而重利。……有财有势即相识，

---

① （五代）刘崇远撰，周广业校注：《金华子杂编》卷下，中华书局1985年版，第19页。

② 《全唐诗》卷六〇四，第6984页。

③ （元）辛文房：《唐才子传》卷九《李洞传》，第163—164页。

④ 《全唐诗》卷六三八，第7307页。

无财无势同路人。因知世事皆如此，却向东溪卧白云。①

白居易《送张山人归嵩阳》：

> 黄昏惨惨天微雪，修行坊西鼓声绝。张生马瘦衣且单，夜扣柴门与我别。愧君冒寒来别我，为君酤酒张灯火。酒酣火暖与君言，何事入关又出关？答云前年偶下山，四十余月客长安。长安古来名利地，空手无金行路难。朝游九城陌，肥马轻车欺杀客。暮宿五侯门，残茶冷酒愁杀人。春明门，门前便是嵩山路。幸有云泉容此身，明日辞君且归去。②

张谓《题长安壁主人》：

> 世人结交须黄金，黄金不多交不深。纵令然诺暂相许，终是悠悠行路心。③

可见，在以名利为主要指向的京城里，权势和金钱则成为考虑社会人际关系的重要维度。唐代士人的干谒，从人际关系上来讲，即是寒弱之士面向权贵名流之门的干求活动。虽然干谒诗文中常以念旧、提携、同情、感恩等人情因素作为说辞和武器，但行为本身带有明显的功利和势利的色彩。李华《杂诗六首》其六即感于此云："结交得书生，书生钝且直。争权复争利，终不得其力。我逢纵横者，是我牙与翼。相旋如疾风，并命趋紫极。奔车得停轨，风火何相逼。仁义岂有常，肝胆反为贼。勿嫌书生直，钝直深可忆。"④诗里的"书生"应当就是干谒奔走的后进士人的形象。趋炎附势自古是官场的一大痼疾，而在唐代的场屋宦情中，这一现象的产生

---

① 华忱之、喻学才：《孟郊诗集校注》卷二，第86—87页。
② 朱金城：《白居易集笺校》卷一二，第634—635页。
③ 《全唐诗》卷一九七，第2022页。
④ 《全唐诗》卷一五三，第1586页。

与干谒之风的盛行有直接紧密的关系。白居易《出府归吾庐》云："出府归吾庐，静然安且逸。更无客干谒，时有僧问疾。家僮十余人，栎马三四匹。"①正是不胜功利干进之徒的烦扰，诗人才有摆脱于此后的安然与喜悦。

在京城激烈的名利角逐中，人的财富和社会地位通过一定的机遇可能会迅速地发生变化。汲汲于功名的干谒士人，在求进成功后会成为显贵从而转化为被干谒的对象，如赞皇公李栖筠，早年曾作诗《投宋大夫》云："十处投人九处违，家乡万里又空归。严霜昨夜侵人骨，谁念高堂未授衣。"②入仕后则累进工部侍郎、拜浙西观察使等，并因喜奖善、盛选才彦而为天下士归重。又如韩愈，早年在长安求仕时"无所取资，日求于人，以度时月"③，可谓历经艰辛，成为朝廷显贵之后，则因乐引后进而被士人趋附，《唐摭言》卷六云："韩文公、皇甫湜，贞元中名价籍甚，亦一代之龙门也。"④《新唐书·韩愈传》云："成就后进士，往往知名，经愈指授，皆称'韩门弟子'，愈官显，稍谢遣。"⑤而被干谒的权要显贵、社会名流一方，其权势富贵、荣誉声名也不会恒久，甚至会因朝廷中的政治形势和斗争变故而发生骤然急剧的跌落变化。正是在这种权势地位发生变化的人际关系中，干谒的施受双方最能体味人情的冷暖和世态的炎凉。如李白《赠从弟南平太守之遥二首》其一云：

> 承恩初入银台门，著书独在金銮殿。龙驹雕镫白玉鞍，象床绮席黄金盘。当时笑我微贱者，却来请谒为交欢。一朝谢病游江海，畴昔相知几人在？前门长揖后门关，今日结交明日改。⑥

李白在诗中写自己在长安受唐玄宗礼遇和青睐时，多有朋友请谒及交欢。而一旦谢病还山，则昔日相知皆不在。可见在社会交往中人情淡薄，势利

---

① 朱金城：《白居易集笺校》卷二九，第 1999 页。
② 《全唐诗》卷二一五，第 2246 页。
③ 韩愈：《与李翱书》，屈守元、常思春：《韩愈全集校注》，第 1386 页。
④ （五代）王定保：《唐摭言》卷六"公荐"条，第 63 页。
⑤ 《新唐书》卷一七六，第 5265 页。
⑥ 安琪等：《李白全集编年注释》，第 1319 页。

为要。尤其是在因政治变故而被贬的朝廷官员，他们对此的体味最为深刻。如柳宗元，早年在长安联登科第出仕为官时，"名声大振，一时皆慕与之交"①，柳宗元自己在《答贡士廖有方论文书》中亦云："吾在京都时，好以文宠后辈，后辈由吾文知名者，亦为不少焉。"②但因永贞革新而被骤然贬斥后，则遭冷落歧视，其《答问》一文描述自己被贬后的交游情形道："独被罪辜，废斥伏匿。交游解散，羞与为戚，生平向慕，毁书灭迹。他人有恶，指诱增益，身居下流，为谤薮泽。"③《寄许京兆孟容书》亦云："伏念得罪来五年，未尝有故旧大臣肯以书见及者。何则？罪谤交积，群疑当道，诚可怪而畏也。"④变故前后，一热一冷，何啻天壤。

如果说权贵门庭的喧闹与冷落是官场中常见的现象，那么贫贱之友的态度变化更显京城人情的冷漠。白居易《秦中吟十首》之四《伤友》云：

> 陋巷孤寒士，出门苦栖栖。虽云志气在，岂免颜色低？平生同门友，通籍在金闺。曩者胶漆契，迩来云雨睽。正逢下朝归，轩骑五门西。是时天久阴，三日雨凄凄。蹇驴避路立，肥马当风嘶。回头忘相识，占道上沙堤。昔年洛阳社，贫贱相提携。今日长安道，对面隔云泥。近日多如此，非君独惨凄。死生不变者，唯闻任与黎。⑤

曾经的"同门友"、"胶漆契"，通籍金闺、骑上朝廷的高头肥马后，在下朝归来的路上，居然对"蹇驴避路立"的老友视而不见，形同陌路。昔日"贫贱相提携"，今日却"对面隔云泥"。可见在京城的名利驱逐中，人与人之间的友情、患难之情被完全忽视践踏。白居易在序中云："贞元、元和之际，予在长安，闻见之间，有足悲者。因直歌其事，命为《秦中吟》。"再联系诗中所言"近日多如此，非君独惨凄"，可以推想，这样的

①　《五百家注昌黎文集》卷三二《柳子厚墓志铭》，文渊阁四库全书本。
②　《柳宗元集》卷三四，第884页。
③　《柳宗元集》卷一五，第432页。
④　《柳宗元集》卷三〇，第779页。
⑤　朱金城：《白居易集笺校》卷二，第87页。

现象在长安并不偶然。唐代士人正是在这样的京城世态中，感受人情冷暖，而又大行干谒之事。在唐人干谒时期的诗文中，有很多以求知己、求友、交友为主题的作品，正是建立在这种人情淡薄、人心不古的世情上，如孟郊就有多首以交友为题的诗歌，其《求友》一诗云："北风临大海，坚冰临河面。下有大波澜，对之无由见。求友须在良，得良终相善。求友若非良，非良中道变。欲知求友心，先把黄金炼。"①《劝友》诗则云："至白涅不缁，至交淡不疑。人生静躁殊，莫厌相箴规。胶漆武可接，金兰文可思。堪嗟无心人，不如松柏枝。"②孟郊在长安和洛阳生活多年，并为科举功名多行干谒，其《长安羁旅行》云："失名谁肯访，得意争相亲。直木有恬翼，静流无躁鳞。始知喧竞场，莫处君子身。"③若不是对京城炎凉有深切的感受，是绝不会有诗中求良友、"嗟无心"如此之叹的。

　　三是遭受京城生存的萧瑟饥寒之苦。

　　白居易初到长安，以诗拜谒著作郎顾况时，顾况曾戏谑说"长安米贵，居大不易"，实际上道出了唐代干谒士人的一大困境。如果说干谒无成、人情世态的冷暖带给士人的主要是精神层面的孤独与痛苦，那么在京城遭受的饥寒馁冻与物质困境则是对身体的直接折磨与侵蚀。

　　物质条件的困乏主要表现在衣食住行诸方面。来到京城干谒求仕首先面临的是安身住宿的问题。京城物价昂贵，要想获得一个理想的住所特别是长久的安身之处对大多数士人来讲，都非常不易。白居易《卜居》曾感叹："游宦京都二十春，贫中无处可安贫。长羡蜗牛犹有舍，不如硕鼠解藏身。且求容立锥头地，免似漂流木偶人。但道吾庐心便足，敢辞湫隘与嚣尘！"④张籍《赠令狐博士》一诗云："头白新年六十余，近闻生计转空虚。久为博士谁能识，自到长安赁舍居。骑马出随寻寺客，呼儿散写乞钱书。古来贤哲皆如此，应是才高与众疏。"⑤白居易在京城诗名甚大，曾位列朝

班，令狐氏亦久为博士之职，二人尚且为居舍劳神，可推想一般士人的艰难应对之境。唐代士人进入京城以后，一般以寄寓或租赁的方式在寺院或客舍谋得一容身之所，如《唐摭言》卷七载："奇章公始举进士，致琴书于灞浐间，先以所业谒韩文公、皇甫员外。……二公相顾大喜曰：'斯高文必矣！'公因谋所居。二公沉默良久，曰：'可于客户坊税一庙院。'公如所教，造门致谢。"①《南部新书》"乙"载："长安举子，自六月以后，落第者不出京，谓之'过夏'。多借静坊庙院及闲宅居住，作新文章，谓之'夏课。'"②而这样的寺院、馆舍和闲宅一般极其简陋，且在偏僻冷清之处。身居其中，倍感萧瑟与孤寒，唐人对此滋味多有深切的感受，如张乔《城东寓居寄知己》：

　　　花木闲门苔藓生，浐川特去得吟情。病来久绝洞庭信，年长却思庐岳耕。落日独归林下宿，暮云多绕水边行。干时退出长如此，频愧相忧道姓名。③

贾岛《延寿里精舍寓居》：

　　　旅托避华馆，荒栖遂愚慵。短庭无繁植，珍果春亦浓。侧庐废扃枢，纤魄时卧逢。耳目乃鄽井，肺肝即岩峰。汲泉饮酌余，见我闲静容。霜蹊犹舒英，寒蝶断来踪。双履与谁逐，一寻青瘦筇。④

姚合《亲仁里居》：

　　　三年赁舍亲仁里，寂寞何曾似在城。饮酒自缘防冷病，寻人多是为闲行。轩车无路通门巷，亲友因诗道姓名。自别青山归未得，羡君

①　（五代）王定保：《唐摭言》卷七"升沉后进"条，第75页。
②　（宋）钱易：《南部新书》乙，第16页。
③　《全唐诗》卷六三九，第7325页。
④　齐文榜：《贾岛集校注》卷一，人民文学出版社2001年版，第34—35页。

长听石泉声。①

李洞《废寺闲居寄怀一二罢举知己》：

> 病居废庙冷吟烟，无力争飞类病蝉。槐省老郎蒙主弃，月陂孤客望谁怜。税房兼得调猿石，租地仍分浴鹤泉。处世堪惊又堪愧，一坡山色不论钱。②

无论寓居还是赁舍、税房，所居林舍、荒楼及废寺都是人际轩车罕至的深僻之处，故而感到寂寞、寒冷。尤其是生病的时候，更觉处世的孤单与世情的寒凉。正是因为饱尝寄寓京城的辛酸和居无定所的痛苦，有的士人则退居京城郊外，如长安郊外的终南山、沪水、灞陵，洛阳郊外的嵩山、少室山等处构筑草堂、陋室以幽居，如张籍《过贾岛野居》云："青门坊外住，行坐见南山。"③现存唐人诗作中，有很多诗题反映出他们在两京附近的山水有别业，如岑参《初授官题高冠草堂》、卢纶《落第后归终南别业》、韩翃《送田明府归终南别业》等，这一方面是为了便于隐居读书，另一方面也与京城住宿的困境密切相关。也有士人千方百计地要在都京城中购置自己的宅所，而导致更为窘迫的情况，如卢仝《冬行三首》其二：

> 长年爱伊洛，决计卜长久。赊买里仁宅，水竹且小有。卖宅将还资，旧业苦不厚。债家征利心，饿虎血染口。腊风刀刻肌，遂向东南走。贤哉韩员外，劝我莫强取。凭风谢长者，敢不愧心苟。赁载得估舟，估杂非吾偶。壮色排榻席，别座夸羊酒。落日无精光，哑暝被掣肘。漕石生齿牙，洗滩乱相揪。奔澌嚼篙杖，夹岸雪龙吼。可怜圣明朝，还为丧家狗。通运隔南溟，债利挂北斗。扬州屋舍贱，还债堪了不。此宅贮书籍，地湿忧蠹朽。贾儓旧相识，十年与营守。贫交多变

---

① 《全唐诗》卷四九八，第 5661 页。
② 《全唐诗》卷七二三，第 8294 页。
③ 《全唐诗》卷三八四，第 4314 页。

态，僕得君子不。利命子罕言，我诚孔门丑。且贵终焉图，死免惭狐首。何当归帝乡，白云永相友。①

卢仝为了在洛阳长久卜居，不顾好友韩愈"莫强取"的劝告，在里仁坊赊买宅所，故而导致为了还资奔走扬州卖掉旧宅惶惶如丧家之狗的惨况。据韩愈《寄卢仝》一诗"玉川先生洛城里，破屋数间而已矣"的描述，知其以血本购置的宅所，亦异常之简陋。

游谒京城的士人，不仅有安居的问题，还会面临衣食难继的窘迫与困境。有不少士人因此有挨饿受冻的切身体验。著名如杜甫，其旅食京华的十年，为前程干谒，为生计奔走，可谓尝尽饥寒之苦。其《投简咸华两县诸子》云：

> 赤县官曹拥才杰，软裘快马当冰雪。长安苦寒谁独悲，杜陵野老骨欲折。南山豆苗早荒秽，青门瓜地新冻裂。乡里儿童项领成，朝廷故旧礼数绝。自然弃掷与时异，况乃疏顽临事拙。饥卧动即向一旬，敝衣何啻联百结。君不见空墙日色晚，此老无声泪垂血。②

动即因饥饿卧床一旬之久，其痛苦的感受可谓刻骨铭心，难怪他在《病后过王倚饮赠歌》一诗中说："但使残年饱吃饭，只愿无事长相见。"③又如孟郊，韩愈《答孟郊》一诗记述他在长安的生活：

> 规模背时利，文字觑天巧。人皆余酒肉，子独不得饱。才春思已乱，始秋悲又搅。朝餐动及午，夜讽恒至卯。名声暂膻腥，肠肚镇煎熬。古心虽自鞭，世路终难拗。弱拒喜张臂，猛拏闲缩爪。见倒谁肯扶，从嗔我须咬。④

---

① 《全唐诗》卷三八八，第4380页。
② （清）仇兆鳌：《杜诗详注》卷二，第107—108页。
③ （清）仇兆鳌：《杜诗详注》卷三，第200页。
④ 屈守元、常思春：《韩愈全集校注》，第34页。

韩诗主要描述其饥肠辘辘的不幸经历，孟郊自己有诗写其冬天受冻的感受，《苦寒吟》云：

> 天色寒青苍，北风叫枯桑。厚冰无裂文，短日有冷光。敲石不得火，壮阴正夺阳。调苦竟何言？冻吟成此章。[①]

杜荀鹤亦有诗写其在长安应试的受冻经历，《长安冬日》云：

> 近腊饶风雪，闲房冻坐时。书生教到此，天意转难知。吟苦猿三叫，形枯柏一枝。还应公道在，未忍与山期。[②]

而在大雪纷飞的冬天，既要挨饿，又要受冻，也是常有的事，贾岛《朝饥》云：

> 市中有樵山，此舍朝无烟。井底有甘泉，釜中乃空然。我要见白日，雪来塞青天。坐闻西床琴，冻折两三弦。饥莫诣他门，古人有拙言。[③]

即使饥寒并侵，因"古人有拙言"，也要守节而强忍着。这是怎样一番痛楚难熬的情境啊！

赴集洛阳的士人同样也遭遇饥寒交迫的困境。《唐摭言》卷十一载张楚《与达奚侍郎书》：

> 寻应制举，同赴洛阳，时是春寒，正值雨雪，俱乘款段，莫不艰辛；朝则齐镳，夜还连榻，行迈靡靡，中心摇摇；……初到都下，同止客坊，早已酸寒，复加屯踬；属公家竖逃逸，窃藏无遗，赖仆侨装

---

① 华忱之、喻学才：《孟郊诗集校注》卷一，第 17 页。
② 《全唐诗》卷六九一，第 7929 页。
③ 齐文榜：《贾岛集校注》卷一，第 6 页。

未空，同霙斯在，殆过时月，以尽有无，巷虽如穷，坐客常满；还复嘲谑，颇展欢娱。公咏仆以衣袖障尘，仆咏公以浆粥和酒；复有憨姬，提携破筐，频来扫除，共为笑弄。①

又如欧阳詹《送张尚书书》云：

前乡贡进士欧阳詹于洛阳旅舍再拜授仆人书，献尚书阁下：……某闽越人，向京师七千里矣。去秋远应直言极谏诏，不逮试，便住西秦。今冬将从博学宏词科，赴集期。昨至东洛，旧负人钱五万，卒然以逢，某则合还。人又艰迫，唯一驴一马，悉以偿之。赁庑之下，如丧手足。兀然不能出门者，再旬于兹矣，亦以窘逼遍祈于人。人无非常，所与唯匹帛斗粟，供朝夕，则才可过，其外则莫就。无车无储，寄人之庐，士之穷莫穷乎此。②

可见，远方的士人来到京城，还会遭逢盗窃、逼迫等一些意想不到的变故，这更让他们兀然坠入一种酸寒、窘迫的境地。以上所载，张楚还能在嘲谑、笑弄中苦中作乐，而欧阳詹则已到了山穷水尽的地步，故不禁呼"士之穷莫穷乎此"！

实际上，对于在京城干谒的诗人来说，衣食安居的现实问题和功名不就的精神压力常常是一并存在的。如李观，在贞元八年（792）及第前，曾因应举不第作文述其长安应试读书之苦，其《报弟兑书》云："（贞元）六年春，我不利小宗伯。以初誓心不徒还，乃于京师穷居，读书著文，无阙日时。是年冬，复不利见小宗伯。……乃以其明年司分之月，乘罢驴，出长安，西游一二诸侯，求实于囊。往复千里，投身甚难。……会侯人举烽，我茫然谓戎来，遂夜驰归，长安穷居，萧条犹初。……行至八月，天地凄凉，叶下西郊，我在空房。晨起吟咏，闻乎无人。夜卧不寐，寒漏自

① （五代）王定保：《唐摭言》卷一一"怨怒"条，第126—127页。
② 《全唐文》卷五九六，第6023页。

长。"①空房索居、求食于囊的饥寒孤独，加上几次"不利小宗伯"的精神打击，使得誓不徒还的李观在寒夜里辗转不寐。又如孙樵，在宣宗大和年间，赴长安求仕，却"九黜有司"，故作《骂僮志》以泄怨："学猎今古，不为众誉。文近于奇，不为人知。九试泽官，九黜有司。"②且有《寓居对》描述冬居生活："一入长安，十年屡穷。长日猛赤，饿肠火迫。满眼花黑，晡西方食。暮雪严冽，入夜断骨。穴衾败褐，到晓方活。"③可谓惨不忍睹。这样的情形在京城士子的身上应该是普遍存在的，所以，他们在干谒诗文中亦常常自述悲苦，以博得有势者的同情和援引，如杜甫《奉赠韦左丞丈二十二韵》云："骑驴三十载，旅食京华春。朝扣富儿门，暮随肥马尘。残杯与冷炙，到处潜悲辛。主上顷见征，歘然欲求伸。青冥却垂翅，蹭蹬无纵鳞。"④又如姚鹄《书情献知己》云："有道期攀桂，无门息转蓬。赁居将磬比，乞食与僧同。"⑤这种自怜自哀的表述，一方面出于士人在干进时的压抑心态，因为在唐代干谒诗文中，违心地吹捧他人和自觉地自我贬值相结合，是常见的一种干谒模式。另一方面，也确实反映了唐代士人游谒京城的生存状况。韩愈有《将归赠孟东野房蜀客》一诗："君门不可入，势利互相推。借问读书客，胡为在京师。举头未能对，闭眼聊自思。倏忽十六年，终朝苦寒饥。宦途竟寥落，鬓发坐差池。颍水清且寂，箕山坦而夷。如今便当去，咄咄无自疑。"⑥正是有感于京师立足之不易，并有过切肤之痛，韩愈才劝其离开长安、便当归去的吧。

① 《全唐文》卷五三三，第5414页。
② 《全唐文》卷七九五，第8337页。
③ 同上书，第8331页。
④ （清）仇兆鳌：《杜诗详注》卷一，第75页。
⑤ 《全唐诗》卷五五三，第6406页。
⑥ 屈守元、常思春：《韩愈全集校注》，第103页。

第 五 章

唐代士人的恋京心态

唐代文人普遍存有一种恋京的情结，这种情感在诗歌中多有表述，成为我们观察唐代文人与京城二者文化关系最直接的窗口。由于身份、遭遇和时代环境的不同，唐代普通士人、贬谪文人和战乱时代的流寓文人，在创作中恋京心态的情感表达强度和心理内涵层次亦有不同。

一　唐代士子的长安梦——"生作长安草，胜为边地花"

唐人卿云《长安言怀寄沈彬侍郎》云："故园梨岭下，归路接天涯。生作长安草，胜为边地花。"① 此诗可谓极其形象且典型地道出了唐代士人心中普遍存在的恋京情结。长安作为一国之都，名贵云集，市井繁华，对怀揣名利之心的士子来说，既蕴含了无限的政治机遇，又是上演荣华富贵、丰富人生体验的风华场地。所以对唐人来说，长安是追逐功名和实现人生梦想的地方。章孝标《及第后寄李绅》云："及第全胜十政官，金鞍镀了出长安。马头渐入扬州郭，为报时人洗眼看。"② 既然在长安荣登科第、摘得桂冠，则可以衣锦还乡炫耀一番让"时人""洗眼"相看了。白居易《无梦》云："渐销名利想，无梦到长安。"③ 没有了名利之想，也就不再系念长安。可见"长安"即是功名的代名词和地理坐标。甚至有不少士子为了实现科举功名而久寄长安、不肯归家，如徐侃《留别安凤》序云："寿春人徐侃，与安凤友善，相期同觅举长安。凤先行，侃以母老中止。十年

---

①　《全唐诗》卷八二五，第 9295 页。

②　《全唐诗》卷八七〇，第 9860—9861 页。

③　朱金城：《白居易集笺校》卷二八，第 1943 页。

后，侃忽至长安，仍约凤同归。凤辞以久漂泊，耻还故乡。各为诗赠答，然侃死于家已三年矣。"诗云："君寄长安久，耻不还故乡。我别长安去，切在慰高堂。不意与离恨，泉下亦难忘。"① 为得一举，在长安漂泊十多年，未获功名，则耻还故乡。此中见证的，不仅是唐代举子漂泊长安的辛酸，还有长安对唐代士人的莫大吸引力。

唐代诗歌中，文人士子的恋京心态常化为作者与长安之间的一种距离表达，而且，在表达长安遥不可及的距离感时，常将其与自然界中的"日"意象进行对举，以书写遥望长安和遥想长安的心理感受。此类诗例很多，如：

> 行路难，行路难，歧路几千端。无复归云凭短翰，空余望日想长安。（骆宾王《从军中行路难二首》其一）②

> 京华遥比日，疲老飒如冬。窃羡能言鸟，衔恩向九重（张说《广州萧都督入朝过岳州宴饯得冬字》）③

> 东望望长安，正值日初出。长安不可见，但见长安日。（岑参《忆长安曲二章寄庞㴶》其一）

> 燕支山西酒泉道，北风吹沙卷白草。长安遥在日光边，忆君不见令人老。（岑参《过燕支寄杜位》）

> 关树晚苍苍，长安近夕阳。回风醒别酒，细雨湿行装。（岑参《虢州送天平何丞入京市马》）④

---

① 《全唐诗》卷八六六，第9791页。
② （清）陈熙晋：《骆临海集笺注》卷四，第140页。
③ 《全唐诗》卷八七，第950页。
④ 分别见廖立《岑嘉州诗笺注》卷六、卷七、卷三，第742、788、443页。

　　帝乡远于日，美人高在天。谁谓万里别？常若在目前。（白居易《答崔侍郎钱舍人书问因继以诗》）①

　　长安远于日，山川云间之。纵我生羽翼，网罗方絷维。（元稹《江陵梦三首》其一）②

　　万里边城远，千山行路难。举头惟见日，何处是长安。（张祜《昭君怨二首》其一）③

　　故国望不见，愁襟难暂开。春潮映杨柳，细雨入楼台。静少人同到，晴逢雁正来。长安远于日，搔首独徘徊。（崔涂《春日登吴门》）④

　　无论是望日怀京，还是直言长安比日远，皆传达出诗人对长安如同太阳一般可望而不可即的心理感觉。这不仅诉诸唐代诗人对太阳的实际感受，同时也源于古代士人对太阳的文化心理。在中国传统的文化思想里，太阳具有强烈的政治象征意义。因为"天之神，日为尊"，故而在天人合一的思维模式里，"日为君，月为臣"、"日为人君"之君日同构的观念深入人心，正所谓太阳是天上的君主，君主是人间的太阳。另外，由于受与太阳有关的神话故事如"后羿射日"、"夸父逐日"的影响，人类对太阳普遍怀有敬畏之心。所以，长安作为天子居宅及权力集中之地，很自然地在唐代诗歌中与太阳发生了联系。在唐人对长安与日的联系和遥想中，折射出的实际上是其心中不灭的向君意识和事功理想。

　　事实上，诗中遥不可及的距离感在多数情况下都是一种因身不在长安而产生的心理距离。岑参《忆长安曲二章寄庞潍》其二云："长安何处在？

---

① 朱金城：《白居易集笺校》卷七，第389页。
② 周相录：《元稹集校注》卷九，第255页。
③ 《全唐诗》卷五一一，第5834页。
④ 《全唐诗》卷六七九，第7774页。

只在马蹄下。明日归长安，为君急走马。"①皎然《送陆侍御士佳赴上京》云："长安三千里，喜行不言永。清路黄尘飞，大河沧流静。②"杜荀鹤《出山》云："病眼看春榜，文场公道开。朋人登第尽，白发出山来。处世曾无过，惟天合是媒。长安不觉远，期遂一名回。"③只要有机会进入京城为君效力，或者只要遂成"一名"，长安即使在三千里外也不觉远，甚至近在马蹄之下。可见，在唐代诗人笔下，长安的远近已超越了空间或时间上的距离，而成为衡量功名得失的一个心理标尺。

唐代士人恋京情结的另一个突出表现，即是现存唐代诗歌中，有大量梦长安、忆长安的诗句和作品。这些诗人曾经于长安游历或为官，一旦离开，长安便成为他们脑海中最深刻的记忆和魂牵梦绕的地方，如岑参《郡斋望江山》："庭树纯栽橘，园畦半种茶。梦魂知忆处，无夜不京华。"④顾况《上元夜忆长安》："沧州老一年，老去忆秦川。处处逢珠翠，家家听管弦。云车龙阙下，火树凤楼前。今夜沧州夜，沧州夜月圆。"⑤戎昱《罗江客舍》："有兴时添酒，无聊懒整冠。近来乡国梦，夜夜到长安。"⑥其中，最具有代表性的是大历四年（769）左右鲍防、严维、丘丹等人在越州，探题赋诗作《忆长安十二咏》：

忆长安，正月时，和风喜气相随。献寿彤庭万国，烧灯青玉五枝。终南往往残雪，渭水处处流澌。（谢良辅《忆长安·正月》）

忆长安，二月时，玄鸟初至祺祠。百啭宫莺绣羽，千条御柳黄丝。更有曲江胜地，此来寒食佳期。（鲍防《忆长安·二月》）

忆长安，三月时，上苑遍是花枝。青门几场送客，曲水竟日题

① 廖立:《岑嘉州诗笺注》卷六，第 742 页。
② 《全唐诗》卷八一八，第 9213 页。
③ 《全唐诗》卷六九一，第 7926 页。
④ 廖立:《岑嘉州诗笺注》卷三，第 613 页。
⑤ 《全唐诗》卷二六六，第 2954 页。
⑥ 《全唐诗》卷二七〇，第 3008 页。

诗。骏马金鞭无数，良辰美景追随。（杜奕《忆长安·三月》）

忆长安，四月时，南郊万乘旌旗。尝酎玉卮更献，含桃丝笼交驰。芳草落花无限，金张许史相随。（丘丹《忆长安·四月》）

忆长安，五月时，君王避暑华池。进膳甘瓜朱李，续命芳兰彩丝。竞处高明台榭，槐阴柳色通逵。（严维《忆长安·五月》）

忆长安，六月时，风台水榭逶迤。朱果雕笼香透，分明紫禁寒随。尘惊九衢客散，赭珂滴沥青骊。（郑概《忆长安·六月》）

忆长安，七月时，槐花点散采思。七夕针楼竞出，中元香供初移。绣毂金鞍无限，游人处处归迟。（陈元初《忆长安·七月》）

忆长安，八月时，阙下天高旧仪。衣冠共颁金镜，犀象对舞丹墀。更爱终南灞上，可怜秋草碧滋。（吕渭《忆长安·八月》）

忆长安，九月时，登高望见昆池。上苑初开露菊，芳林正献霜梨。更想千门万户，月明砧杵参差。（范灯《忆长安·九月》）

忆长安，十月时，华清士马相驰。万国来朝汉阙，五陵共猎秦祠。昼夜歌钟不歇，山河四塞京师。（樊珣《忆长安·十月》）

忆长安，子月时，千官贺至丹墀。御苑雪开琼树，龙堂冰作瑶池。兽炭毡炉正好，貂裘狐白相宜。（刘蕃《忆长安·十一月》）

忆长安，腊月时，温泉彩仗新移。瑞气遥迎凤辇，日光先暖龙

池。取酒虾蟆陵下，家家守岁传卮。①（谢良辅《忆长安·十二月》）

诸位诗人同题分月，就一年各月长安最具有特征性的城市景象进行了回忆与歌咏，如三月举子曲江赋诗，五月君王避暑华池，七月七夕中元节日等等。凯文·林奇云："景观也充当一种社会角色。人人都熟悉的有名有姓的环境，成为大家共同的记忆和符号的源泉，人们因此被联合起来，并得以相互交流。为了保存群体的历史和思想，景观充当着一个巨大的记忆系统。"② 以上诗中所书写的长安各月具体的景象和物事，皆源于诗人们的所见所闻和切身体验，现在各人的笔下一一得以凸现，可视为对长安帝都形象的一次集体追忆和完整表达。这些帝都景观，鲜活再现了大唐社会繁荣和政治清明的盛世图景。其创作背后的心理情感动因，不仅是各位诗人身在越州、心中对长安的共同忆念，更是安史之乱导致大唐渐衰后，文人士子对清明盛世的缅怀与回想。

二　贬逐文人的恋阙忠君心理

情感心理学认为："眷念是具有稳定性质的一种情感态度。它在个性生活中占有重要位置，并影响个人的行为；但是人具备的这种情感在通常的情况下并不表现为鲜明的、突出的体验。这是一种深沉而平和的情感。只有在条件急剧变化的情况下（失去人所眷念的事物）才能因这一情感而出现强烈的体验。"③ 唐人恋京的情绪在因故贬逐、外放而被迫离开京城的文人身上表现得最为强烈和突出。由于被贬受屈的悲剧心理，他们的怀京作品常写得悲泪交集，不忍卒读，如沈佺期《初达驩州二首》其二："流子一十八，命予偏不偶。配远天遂穷，到迟日最后。水行儋耳国，陆行雕题薮。魂魄游鬼门，骸骨遗鲸口。夜则忍饥卧，朝则抱病走。搔首向南荒，拭泪看北斗。何年赦书来，重饮洛阳酒。"④ 戎昱《谪官辰州冬至日有

---

① 十二首诗中谢良辅独作二首，疑其中一首为谢良弼诗。
② ［美］凯文·林奇：《城市意象》，华夏出版社 2001 年版，第 95 页。
③ ［苏］Π.Μ.雅科布松：《情感心理学》，黑龙江人民出版社 1988 年版，第 45 页。
④ 陶敏、易淑琼：《沈佺期宋之问集校注》上册卷二，第 97 页。

怀》："去年长至在长安，策杖曾簪獬豸冠。此岁长安逢至日，下阶遥想雪霜寒。梦随行伍朝天去，身寄穷荒报国难。北望南郊消息断，江头唯有泪阑干。"① 如此强烈、沉痛的思京情绪，在本质上则源于被贬文人恋阙忠君的执着心理。

在封建伦理道德思想中，忠君的观念占据首要的地位。所以唐代士人的事功理想，常常是与帝王和事君相联系的，如李白《代寿山答孟少府移文书》："申管晏之谈，谋帝王之术，奋其智能，愿为辅弼。使寰区大定，海县清一，事君之道成，荣亲之义毕。然后与陶朱留侯，浮五湖，戏沧洲，不足为难矣。"② 杜甫《奉赠韦左丞丈二十二韵》："致君尧舜上，再使风俗淳。"③ 贯休《闻征四处士》则云："一诏群公起，移山四海闻。因知丈夫事，须佐圣明君。"④ 一旦因故横遭贬谪离开京城，唐代文人恋阙忠君的心理便在现实的摩擦碰撞中迸发出强烈的恋京情绪，两者相互交织、互为表里。如韩愈《左迁至蓝关示侄孙湘》：

> 一封朝奏九重天，夕贬潮州路八千。欲为圣明除弊事，肯将衰朽惜残年。云横秦岭家何在，雪拥蓝关马不前。知汝远来应有意，好收吾骨瘴江边。⑤

元和十四年（819），韩愈因上《论佛骨表》犯颜直谏而被贬至八千里外的潮州安置。其诗将因忠被贬的悲愤、震惊与委曲展露无遗。本是一番耿耿忠心，"欲为圣朝除弊事"，却受到了"朝奏"而"夕贬"的严酷打击。诗人被迫远离京城，踏上八千里外的蛮荒之地，心中自然充满了对京阙的眷恋和去地的恐畏。其家人亦在其赴贬之后为有司迫遣、逐出京师，相

①　《全唐诗》卷二七〇，第3012页。
②　安琪等：《李白全集编年注释》，第1648页。
③　（清）仇兆鳌：《杜诗详注》卷一，第75页。
④　《全唐诗》卷八三〇，第9350页。
⑤　屈守元、常思春：《韩愈全集校注》，第759页。

继在冰天雪地中踏上南行之途①，对于诗人来说，不仅有忠贞被弃的冤屈，还要承受与家人仓皇分散、旧家不在的痛苦。如此悲怆的心境加上大雪寒天的侵袭，使得诗人行至蓝关时，一步三回头，连身边的马都仿佛受到了感染而不愿前行，诗人甚至产生了尸骨"瘴江"的绝望。但即使如此，因其忠君恋阙的心理，韩愈到了贬所之后即上《潮州刺史谢上表》认错："臣以狂妄戆愚，不识礼度，上表陈佛骨事，言涉不敬，正名定罪，万死犹轻。陛下哀臣愚忠，恕臣狂直，谓臣言虽可罪，心亦无他，特屈刑章，以臣为潮州刺史。"并且建议宪宗举行封禅大典："宜定乐章，以告神明，东巡泰山，奏功皇天，具著显庸，明示得意。使永永年代，服我成烈。当此之际，所谓千载一时不可逢之嘉会。而臣负罪婴衅，自拘海岛，戚戚嗟嗟，日与死迫，曾不得奏薄技于从官之内、隶御之间，穷思毕精，以赎罪过。怀痛穷天，死不闭目，瞻望宸极，魂神飞去。伏惟皇帝陛下，天地父母，哀而怜之，无任感恩恋阙、惭惶恳迫之至。"②言词之间，甚为诚服谦卑，恋阙之意亦跃然纸上。后来欧阳修在《与尹师鲁书第一书》中对此不胜感慨："每见前世有名人，当论事时，感激不避诛死，真若知义者。及到贬所，则戚戚怨嗟，有不堪之穷愁，形于文字。其心欢戚，无异庸人。虽韩文公不免此累。"③

被贬文人在赴任途中、或者谪居异乡时，一者受所至之地陌生、荒恶外在环境的折磨与压迫，二者源于内心恐惧被君主抛弃的忧虑和焦灼感，思京怀归的情绪往往会表现得非常普遍和明显。这在唐代贬谪诗作中皆有体现，如宋之问《度大庾岭》："度岭方辞国，停轺一望家。魂随南翥鸟，泪尽北枝花。"④张说《南中别蒋五岑向青州》："老亲依北海，贱子弃南荒。有泪皆成血，无声不断肠。此中逢故友，彼地送还乡。愿作枫林叶，随

---

① 据其后来诗文，如韩愈《去岁自刑部侍郎以罪贬潮州刺史，乘驿赴任，其后家亦谴逐，小女道死，殡之层峰驿旁山下，蒙恩还朝过其墓，留题驿梁》等。
② 屈守元、常思春：《韩愈全集校注》，第2306页。
③ 李之亮：《欧阳修集编年笺注》卷六七、《居士外集》卷一七，巴蜀书社2007年版，第281—282页。
④ 陶敏、易淑琼：《沈佺期宋之问集校注》下册卷二，第428页。

君度洛阳。"①贾至《岳阳楼宴王员外贬长沙》："忽与朝中旧，同为泽畔吟。停杯试北望，还欲泪沾襟。"②而且随着贬谪时间越长，思京望归的情绪会越强烈，甚而转化为一种哀怨、悲切以至近于绝望的情绪。如韦承庆《南中咏雁》："万里人南去，三春雁北飞。不知何岁月，得与尔同归。"③顾况《寄秘书包监》："一别长安路几千，遥知旧日主人怜。贾生只是三年谪，独自无才已四年。"④柳宗元永州作《零陵早春》："问春从此去，几日到秦原？凭寄还乡梦，殷勤入故园。"⑤这些北望、怀京、梦归的情感表达，实际皆出于被贬诗人恋阙忠君的深层心理。因为在他们心底，时刻期望着有朝一日能被召回朝，再展宏图和功业。如张说贬谪中作《闻雨》："断猿知屡别，嘶雁觉虚弹。心对炉灰死，颜随庭树残。旧恩怀未报，倾胆镜中看。"⑥王昌龄贬中作《留别司马太守》："辰阳太守念王孙，远谪沅溪何可论。黄鹤青云当一举，明珠吐着报君恩。"⑦柳宗元初至永州作《冉溪》："缧囚终老无余事，愿卜湘西冉溪地。却学寿张樊敬侯，种漆南园待成器。"⑧从生存状态上来讲，这种在贬谪的苦闷中所保存的丹心不灭或壮心不已，是士人们在困境中赖以前行的动力，而由此在诗歌中所激发出的希冀情怀和昂扬情调，正有力阐释了唐代士人的执着意识和上升精神。

有的贬谪士人在表达望京怀归的情感时，则直接以思君、恋阙为明确指向。如张署《赠韩退之》："九疑峰畔二江前，恋阙思乡日抵年。白简趋朝曾并命，苍梧左宦一联翩。"⑨崔湜《至桃林塞作》："去国未千里，离家已再旬。丹心恒恋阙，白首更辞亲。"⑩尤其在武后中宗朝频繁被贬的文人身上，这点表现得非常突出。如神龙元年（705）沈佺期被流驩州，途中

①　《全唐诗》卷八七，第951页。
②　《全唐诗》卷二三五，第2596页。
③　《全唐诗》卷四六，第557页。
④　《全唐诗》卷二六七，第2969页。
⑤　《柳宗元集》卷四三，第1237页。
⑥　《全唐诗》卷八八，第976页。
⑦　李国胜：《王昌龄诗校注》，（台湾）文史哲出版社1973年版，第184页。
⑧　《柳宗元集》卷四三，第1227页。
⑨　《全唐诗》卷三一四，第3538页。
⑩　《全唐诗》卷五四，第666页。

作《遥同杜员外审言过岭》云:"天长地阔岭头分,去国离家见白云。洛浦风光何所似,崇山瘴疠不堪闻。南浮涨海人何处,北望衡阳雁几群。两地江山万余里,何时重谒圣明君。"《初达驩州》云:"雨露何时及,京华若个边。思君无限泪,堪作日南泉。"①

同年,宋之问贬泷州参军,流放途中,所作《早发大庾岭》云:"自惟勖忠孝,斯罪懵所得。皇明颇昭洗,廷议日昏惑。……适蛮悲疾首,怀巩泪沾臆。感谢鹓鹭朝,勤修魑魅职。生还倘非远,誓拟酬恩德。"《途中寒食题黄梅临江驿寄崔融》云:"可怜江浦望,不见洛阳人。北极怀明主,南溟作逐臣。故园肠断处,日夜柳条新。"《入泷州江》云:"厚恩尝愿答,薄宦不祈成。违隐乖求志,披荒为近名。镜愁玄发改,心负紫芝荣。运启中兴历,时逢外域清。祇应保忠信,延促付神明。"《早发韶州》云:"虞翻思报国,许靖愿归朝。绿树秦京道,青云洛水桥。故园长在目,魂去不须招。"②诗中有的明言"怀主"、"思君",有的则力表忠信及无辜受贬的委曲,甚至云"生还倘非远,誓拟酬恩德",颇有急切、乞求之态而显得格调不高。这与武周中宗朝政治风云多变的时局下士人们普遍具有的交通显要、谄媚谀主的人格缺憾有关。尤其是沈佺期、宋之问等以文章晋身的诗人,在被贬之前,以供奉帝王为职,具有明显的御用性和依附性。所以一旦横遭贬谪、失去依附,思君恋阙的情绪便自然显得尤为突出。唐睿宗景云二年(711),宋之问再流岭南钦州,甚至有诗怀念洛阳的宫廷侍从生活,其《桂州三月三日》云:

　　代业京华里,远投魑魅乡。登高望不见,云海四茫茫。伊昔承休盼,曾为人所羡。两朝赐颜色,二纪陪欢宴。昆明御宿侍龙媒,伊阙天泉复几回。西夏黄河水心剑,东周清洛羽觞杯。苑中落花扫还合,河畔垂杨拨不开。千春献寿多行乐,柏梁和歌攀睿作。赐金分帛驻光辉,风举云摇入紫微。晨趋北阙鸣珂至,夜出南宫把烛归。载笔儒林

---

①　陶敏、易淑琼:《沈佺期宋之问集校注》上册卷一,第95页。
②　陶敏、易淑琼:《沈佺期宋之问集校注》下册卷二、卷三,第429—430、421、434、551页。

多岁月，幞被文昌佐吴越。越中山海高且深，兴来无处不登临。永和
九年刺海郡，暮春三月醉山阴。愚谓嬉游长似昔，不言流寓歘成今。
始安繁华旧风俗，帐饮倾城沸江曲。主人丝管清且悲，客子肝肠断还
续。荔浦蘅皋万里余，洛阳音信绝能疏。故园今日应愁思，曲水何能
更被除。作伴谁怜合浦叶，思归岂食桂江鱼。不求汉使金囊赠，愿得
佳人锦字书。①

诗中所怀念的是在洛阳侍从游宴的欢愉，不见佐君辅时的理想而显得志节
与气骨不足，典型体现出武周中宗时宫廷侍从文人的本色。它如沈佺期
《三日独坐欢州思忆旧游》、《和上巳连寒食有怀京洛》亦同此。这类诗歌
以对宫廷和京都生活的忆念明显体现出恋阙、恋君的心理倾向。

　　其实，对所有的贬谪士人来说，在其思京恋阙的情感内涵中，除了包
含对政治理想和功名权力的依恋和执着追求，对昔日京都美好生活及亲友
的追忆和怀念都是重要内容之一。如杜审言《春日怀归》："花杂芳园鸟，
风和绿野烟。更怀欢赏地，车马洛桥边。"②张说《岳州别梁六入朝》："容
华因别老，交旧与年颓。梦见长安陌，朝宗实盛哉。"③《幽州新岁作》："边
镇戍歌连夜动，京城燎火彻明开。遥遥西向长安日，愿上南山寿一杯。"④
再如晚唐韩偓被贬之后对翰苑生活的诸多想念等等。"记忆场域的存在，
是因为记忆的现场已不复存在。"⑤从心理学的角度来讲，京都生活仍能活
在记忆中，既是贬谪士人借以忘忧的精神慰藉，同时也在不断加深和强化
诗人的恋京情结。

　　在唐代的贬谪士人中，有的将恋阙思归的情绪通过诗文这一情感出口
明显地得以展露和释放，有的则在贬地以文史自娱、山水游历及人生致思
等行为，努力将之沉潜、调适或淡化。如贺裳《载酒园诗话·又编》云：

---

　　① 陶敏、易淑琼：《沈佺期宋之问集校注》下册卷三，第560页。
　　② 《全唐诗》卷六二，第734—735页。
　　③ 《全唐诗》卷八八，第973页。
　　④ 《全唐诗》卷八七，第962页。
　　⑤ [法]皮埃尔·诺拉：《历史与记忆之间：记忆场》，载韩尚译《文化记忆理论读本》，北京大学出版社2012年版，第94页。

"燕公中年淹萃江潭，曲江晚亦沦落荆楚，其诗皆多哀伤憔悴。然燕公唯切归阙之思，曲江已安止足之分。恬竟自别，言发于衷，作者亦不自知也。"①认为张说和张九龄二相在被贬后，张说有强烈的"归阙之思"，张九龄则较为安然自适。实际上，考察唐代被贬士人的心路历程即可发现，他们在贬地的精神状态虽然有别，或哀怨，或悲愤，或平静，或激越，但恋阙望归的心理期待是如一的。即使风流儒雅如张九龄者，史载："虽以直道黜，不戚戚婴望，惟文史自娱，朝廷许其胜流。"②但被贬之后，诗文中亦溢满"瘴疠之叹"和"拘囚之思"③。而一旦被召还朝，被贬士人内心恋阙忠君的心理便在境遇的改变和激动的情绪中再度"曝光"和"大白"天下，或者喜不自胜，归心似箭，如沈佺期《喜赦》："喜气迎冤气，青衣报白衣。还将合浦叶，俱向洛城飞。"④崔湜《喜入长安》："云日能催晓，风光不惜年。赖逢征客尽，归在落花前。"⑤或者踌躇满志，雄心再振，如张说《四月一日过江赴荆州》："春色沅湘尽，三年客始回。……比肩羊叔子，千载岂无才。"⑥柳宗元《汨罗遇风》："南来不作楚臣悲，重入修门自有期。为报春风汨罗道，莫将波浪枉明时。"⑦

　　唐代官员的恋阙思京心态与有唐一朝重京官轻外官的观念不无关系。在唐代的官职变迁中，除了典型的因罪贬逐，一般的出京外放也被视为对无才不贤者的一种贬罚手段。如神龙元年（705），赵冬曦疏曰："京职不称者，乃左为外任。"⑧元和二年（807），李吉甫言于上曰："末世命官，多轻外任，选授之际，意涉沙汰。"⑨即使宰相出镇，其中也有不少具有左迁

---

① 郭绍虞编选：《清诗话续编》，上海古籍出版社 1983 年版，第 304 页。
② 《新唐书》卷一二六《张九龄传》，第 4429 页。
③ 《旧唐书》卷一六〇《刘禹锡传》："禹锡积岁在湘、澧间，郁悒不怡，因读《张九龄文集》，乃叙其意曰：'世称曲江为相，建言放臣不宜于善地，多徙五溪不毛之乡。今读其文章，自内职牧始安，有瘴疠之叹，自退相守荆州，有拘囚之思。托讽禽鸟，寄辞草树，郁然与骚人同风。'"第 4211 页。
④ 陶敏、易淑琼：《沈佺期宋之问集校注》上册卷二，第 124 页。
⑤ 《全唐诗》卷五四，第 667 页。
⑥ 《全唐诗》卷八七，第 956 页。
⑦ 《柳宗元集》卷四二，第 1149 页。
⑧ 《唐会要》卷六八"刺史上"条，第 1418 页。
⑨ 《唐会要》卷五三"杂录"条，第 1084 页。

贬降的性质。所以，在唐代的外放、出镇官员中，也同样表现出浓厚的恋阙思京情绪。如令狐楚官宣武节度使时，曾改汴州城楼为"望京楼"，并作《重修望京楼因登楼赋诗》云："夷门一镇五经秋，未得朝天未免愁。因上此楼望京国，便名楼作望京楼。"①李逢吉任剑南东川节度使时，亦曾在镇所梓州建望京楼，并赋诗《望京楼上寄令狐楚华州》与友唱和。而且，在外人的眼中，对出镇官员的怀京心态亦复"同情"，故无可《夏日送田中丞赴蔡州》云："出守汝南城，应多恋阙情。地遥人久望，风起旆初行。"②刘禹锡《遥和令狐相公坐中闻思帝乡有感》云："当时造曲者为谁？说得思乡恋阙时。沧海西头旧丞相，停杯处分不须吹。"③另外，现存唐诗中，有若干以归京、归阙为主题的作品，普遍表现出一种昂扬、畅快或者艳羡的情绪，如齐己《送节大德归阙》："西京曾入内，东洛又朝天。圣上方虚席，僧中正乏贤。晨光金殿里，紫气玉帘前。知祝唐尧化，新恩异往年。"④李中三《送阎侍御归阙》："羡君乘紫诏，归路指通津。鼓棹烟波暖，还京雨露新。趋朝丹禁晓，耸辔九衢春。自愧湮沈者，随轩未有因。"⑤这些情绪的根源，皆在于唐人根深蒂固的恋阙意识和恋京心理。

三　战乱流寓文人的家国情怀

在因战乱而流寓在外的唐代士人身上，他们的恋京思归在情感内涵上则不仅止于恋阙忠君的心理层次，还因特定时代环境的感召，上升至家国同一的高尚情怀。

在文学史上的怀京书写中，家与国，也即故乡与国都的复而为一，在屈原身上即已产生。屈原忠而被谤，被迫离开郢都，其《离骚》一诗，抒发的不仅是对楚王的怀念和楚国现实政治的担忧。身为楚国公室和贵族，其家族的兴衰存亡及前途命运与楚国是一体的，亦是其关怀和愁思的重要

①　《全唐诗补编》（中）"全唐诗续拾"卷二七，中华书局1992年版，第1065页。
②　《全唐诗》卷八一三，第9155页。
③　陶敏、陶红雨：《刘禹锡全集编年校注》卷八，第529—530页。
④　《全唐诗》卷八四〇，第9487页。
⑤　《全唐诗》卷七四九，第8536页。

原因之一。对屈原来说，家即是国，国即是家。郢都被破后，家亦不复存，即以自沉而明志。有学人论："家国通一精神，一方面，将中国人的乡关之恋政治化、理性化。思家的魂梦飞萦，不仅是一己小我的温煦之情，而且是与国家民族文化理想循循相通的庄严圣洁之情。另一方面，家国通一精神又将中国人的政治情结生命化、人伦化。政治之治乱兴衰，不再是外在于生命人伦之事，而是由生命中延伸开展而出的真实需求。"① 这在国破家亡后诗人的乡国之思中表现得最为典型，如陆游之"死去元知万事空，但悲不见九州同"，其思乡爱国之情即是家与国的高度融合。在唐代诗人的思归之情中，家乡与国都由于地理方位的一致，有时在表述指向上是同一的。如唐代的南贬诗人，由于所贬之地多为南方岭表、江南西道东道等荒恶偏僻之州，在其"北望"的思归情景中，家乡与京城因为都处于贬地之北，二者可能都寓意其中了。如宋之问《度大庾岭》"魂随南翥鸟，泪尽北枝花"，沈佺期《遥同杜员外审言过岭》"南浮涨海人何处，北望衡阳雁几群"，即是思乡，亦是怀京。而有的诗人因为京城本是其故乡，其诗歌中的思京与怀乡则在地域指向上合二为一。如柳宗元自幼生长在长安，故其贬谪之后的思乡诗也即是怀京诗，如《零陵早春》："问春从此去，几日到秦园？凭寄还乡梦，殷勤入故园。"②《与浩初上人同看山寄京华亲故》："若为化得身千亿，散上峰头望故乡。"③ 但这些诗歌在精神内涵和情感指向上，家与国并不完全统一，甚而有时是分离、错位的。家乡代表的是内心对温馨宁静的感性诉求，而京国则代表着政治理想的执着不舍和理性追求。如贞元十九年（803）监察御史韩愈上疏论天旱人饥，为京兆尹李实所谗，贬连州阳山令。张署时亦为监察御史，同贬为郴州临武令④，曾作《赠韩退之》诗云："九疑峰畔二江前，恋阙思乡日抵年。白简

① 胡晓明:《论中国怀乡诗的人文精神》,《文史哲》1990 年第 4 期。

② 《柳宗元集》卷四三, 第 1237 页。

③ 《柳宗元集》卷四二, 第 1146 页。

④ 韩愈《唐故河南令张君墓志铭》:"君讳署, 字某, 河间人。……自京兆武功尉拜监察御史, 为幸臣所谗, 与同辈韩愈、李方叔三人俱为县令南方。"旧注:"贞元十九年, 公与张君同自监察御史以言事黜, 张为郴州临武, 公为连州阳山。"见屈守元、常思春《韩愈全集校注》, 第 1894 页。

趋朝曾并命，苍梧左宦一联翩。鲛人远泛渔舟水，鹏鸟闲飞露里天。涣汗几时流率土，扁舟西下共归田。"①韩愈在元和十四年（819）被贬潮州后曾作《次邓州界》云："潮阳南去倍长沙，恋阙那堪又忆家。心讶愁来惟贮火，眼知别后自添花。"②在这里，恋阙思京与思乡忆家应该即是两个不同的精神指向。

　　唐代诗人的家国同一情怀亦主要在国家战乱的非常时期迸发出来。安史之乱后，在漂泊西南的杜甫身上这种情怀便表现得尤为突出。杜甫深受儒家忠君报国、经世致用思想的影响，终生不改济世救民之志，其《自京赴奉先县咏怀五百字》叙其平生抱负云："杜陵有布衣，老大意转拙。许身一何愚，窃比稷与契。居然成濩落，白首甘契阔。盖棺事则已，此志常觊豁。穷年忧黎元，叹息肠内热。取笑同学翁，浩歌弥激烈。非无江海志，萧洒送日月。生逢尧舜君，不忍便永诀。当今廊庙具，构厦岂云缺？葵藿倾太阳，物性固难夺。"③在长安经过十年的旅食与干谒，终于获得右卫率府兵曹参军一职，然正逢安史之乱爆发。战乱期间，杜甫经历了其仕途中被俘长安、疏救房琯及被贬华州等惊涛骇浪的时期。乾元二年（759）七月，因关辅动乱及饥荒，杜甫终于弃官而去，踏上了漂泊西南的人生旅途。流寓期间，其恋阙忠君的情怀始终如一，这不仅表现在他对国家战事、政治以及民生疾苦的时刻挂念和高度关注，还更明显直接地体现在他恋阙怀京的系列诗篇里。如《楼上》：

　　　　天地空搔首，频抽白玉簪。皇舆三极北，身事五湖南。恋阙劳肝肺，抡材愧杞楠。乱离难自救，终是老湘潭。

《小寒食舟中作》：

　　　　佳辰强饮食犹寒，隐几萧条戴鹖冠。春水船如天上坐，老年花似

----

① 《全唐诗》卷三一四，第3538页。
② 屈守元、常思春：《韩愈全集校注》，第763页。
③ （清）仇兆鳌：《杜诗详注》卷四，第264—265页。

雾中看。娟娟戏蝶过闲幔，片片轻鸥下急湍。云白山青万余里，愁看直北是长安。

《中夜》：

> 中夜江山静，危楼望北辰。长为万里客，有愧百年身。故国风云气，高堂战伐尘。胡雏负恩泽，嗟尔太平人。[①]

以上诗歌皆表现了杜甫身在万里之外，对故国京阙的遥想和怀念。再如杜甫在夔州所作《秋兴八首》，古今学者皆一致认为此组诗歌是杜甫恋京情怀的集中体现，其中典型诗句如"丛菊两开他日泪，孤舟一系故园心"、"夔府孤城落日斜，每依北斗望京华"、"关塞极天唯鸟道，江湖满地一渔翁"等。沈德潜评组诗云："怀乡恋阙，吊古伤今，杜老生平，具见于此。"[②]王阮亭曰："《秋兴八首》皆雄浑丰丽，沉着痛快。其有感于长安者，但极言其盛，而所感自寓于中。徐而味之，凡怀乡恋阙之情，慨往伤今之意，与夫戎寇交侵，小人病国，风俗之非旧，盛衰之相寻，所谓不胜其悲者，固已不出乎意言之表矣！"[③]在情感指向上，以上诗句明显体现出杜甫在漂泊之地对京阙的依恋，"故园"之思这层内涵还不是特别地突出。实际上，家和国、乡与阙，对杜甫来说是相互融通而趋一的。在他的诗作里，思家念亲与忧国怀京两重情感常常相互交织在一起，共同指向对国家时事的关切和忧虑，如上元元年（760）四月，杜甫在成都得知李光弼破史思明于河阳西渚，并"乘河阳之胜，直捣幽燕"，便作《恨别》抒怀：

> 洛城一别四千里，胡骑长驱五六年。草木变衰行剑外，兵戈阻绝老江边。思家步月清宵立，忆弟看云白日眠。闻道河阳近乘胜，司徒

---

① 分别见（清）仇兆鳌《杜诗详注》卷二二、卷二三、卷一七，第1997—1998、2062、1460—1461页。

② （清）沈德潜：《唐诗别裁集》卷一四，第461页。

③ （清）杨伦：《杜诗镜铨》卷一三，上海古籍出版社1962年版，第649页。

急为破幽燕。

又作《散愁二首》，其二云：

> 闻道并州镇，尚书训士齐。几时通蓟北？当日报关西。恋阙丹心破，沾衣皓首啼。老魂招不得，归路恐长迷。①

诗歌表达了听闻朝廷战事告捷后的激动和对最终胜利的期盼，并由此引发了强烈的思归之情。杜甫祖籍京兆杜陵，自曾祖世居河南巩县，亦有田园在洛阳，加之其"葵藿倾太阳"般的忠君济世理想，两京对杜甫来说，不仅是国的象征，更是家的归宿。但因为国家"胡骑长驱"、兵戈动乱，使得归路阻隔，他只能在"步月"、"看云"中排遣对亲人的思念。安史之乱期间，他在西南时的其他思归之作如《野望》：

> 西山白雪三城戍，南浦清江万里桥。海内风尘诸弟隔，天涯涕泪一身遥。惟将迟暮供多病，未有涓埃答圣朝。跨马出郊时极目，不堪人事日萧条。

《遣兴》：

> 干戈犹未定，弟妹各何之？拭泪沾襟血，梳头满面丝。地卑荒野大，天远暮江迟。衰疾那能久，应无见汝期。

《村夜》：

> 风色萧萧暮，江头人不行。村春雨外急，邻火夜深明。胡羯何多

---

① 分别见（清）仇兆鳌《杜诗详注》卷九，第772、774页。

难，樵渔寄此生。中原有兄弟，万里正含情。①

在这些诗作中，思亲怀乡、国事的忧虑、老人迟暮、君恩未报与壮志未酬等诸种情感都是融合在一起的，有学人云："思乡对于他来说，有着更为重要的意义。家乡意味着亲人，意味着自己的兄弟姐妹；家乡意味着故国，意味着朝廷以及个人的政治生涯；家乡生活意味着一个逝去的、繁荣昌盛的时代，意味着美好安定的生活。所以，在杜诗中，家乡、故国、兄弟姐妹、故园等等都相互联系在一起，共同构成了诗人晚年复杂的思乡情感。"②此论甚为中肯。正因为杜甫思想中家与国的融合与同一，及其思乡情怀中如此丰富沉重的意义，当我们展卷阅读其怀乡之作时，才会觉得异常厚重及悲切。亦惟其如此，当杜甫在剑外得知官军收复河南河北的消息后，才会即刻爆发出感天动地的喜悦及震撼人心的力量，其《闻官军收河南河北》云：

> 剑外忽传收蓟北，初闻涕泪满衣裳。却看妻子愁何在？漫卷诗书喜欲狂。白日放歌须纵酒，青春作伴好还乡。即从巴峡穿巫峡，便下襄阳向洛阳。③

这种按捺不住的狂喜，归心似箭的举动，及由之而生的御风奔驰的想象和一泻千里的气势，皆是心中积压了太久太重的思归之情的骤然释放。诗人思绪中"便下襄阳向洛阳"的去向和想象中的激动，绝不仅仅因为其"田园在东京"，更重要的原因还在于其时刻忧虑的国家和民生终于有望再现太平，家和国对其来说始终是一体的。明了了这一点，我们就不难理解，为什么诗人在动乱中与家人幸运团聚之后，还依然觉得"晚岁迫偷生，还家少欢趣"了。

安史之乱时，除了杜甫的诗作，其他思归诗如张南史天宝十五载

---

① 　分别见（清）仇兆鳌《杜诗详注》卷一〇、卷九，第880、750、778页。

② 　莫砺锋：《杜甫传：仁者在苦难中的追求》，天津人民出版社2001年版，第235—236页。

③ 　（清）仇兆鳌：《杜诗详注》卷一一，第968页。

（756）避乱居扬州时所作《早春书事奉寄中书李舍人》："灵盘浸沅澧，龙首映储胥。北海樽留客，西江水救鱼。长安同日远，不敢咏归欤。"① 乾元二年（759）贾至被贬岳州司马后所作《洞庭送李十二赴零陵》："今日相逢落叶前，洞庭秋水远连天。共说金华旧游处，回看北斗欲潸然。"② 皆有家乡与社稷同在共存的意味。在唐末因长安战乱而流离在外的诗人身上，怀京诗中的这种家国通一情怀亦有。如韦庄，长安人，因广明元年（880）十二月黄巢农民军攻占长安、僖宗迫走，便于中和二年（882）春离开长安。此后，在其流离迁转的过程中，深慨世乱而有家难归便成为其诗歌创作的主要情感内容。如寓居洛阳时作《中渡晚眺》："魏王堤畔草如烟，有客伤时独扣舷。妖气欲昏唐社稷，夕阳空照汉山川。千重碧树笼春苑，万缕红霞衬碧天。家寄杜陵归不得，一回回首一潸然。"③ 避乱江南时曾作多首诗怀念故乡，如《婺州和陆谏议将赴阙，怀阳羡山居》："望阙路仍远，子牟魂欲飞。道开烧药鼎，僧寄卧云衣。故国饶芳草，他山挂夕晖。东阳虽胜地，王粲奈思归。"④《和郑拾遗秋日感事一百韵》："宦逐同天宝，遭罹异建康。道孤悲海澨，家远隔天潢。卒岁贫无褐，经秋病泛漳。似鱼甘去乙，比蟹未成筐。守道惭无补，趋时愧不臧。殷牛常在耳，晋竖欲潜肓。忸恨山思板，怀归海欲航。角吹魂悄悄，笛引泪浪浪。乱觉乾坤窄，贫知日月长。……去国时虽久，安邦志不常。良金炉自跃，美玉椟难藏。北望心如箭，西归律变商。迹随江燕去，心逐塞鸿翔。"⑤ 在这些诗里，思乡即是恋阙。在唐末动乱之一特定的时代背景下，诗人将自己的行止命运与唐王朝所遭受的战乱紧密地联系起来了，故而怀乡的情绪中有了社稷之感，家与国在本质上得以相通。可见，在古代士人的怀京情结中，家国同一的精神除了导源于士人主体的志节理想，具体时代的社会环境往往给予了决定性的影响。

---

① 《全唐诗》卷二九六，第3359页。

② 《全唐诗》卷二三五，第2598页。

③ 向迪琮校订：《韦庄集·浣花集》卷三，第34—35页。

④ 向迪琮校订：《韦庄集·浣花集》卷五，第61页。

⑤ 同上书，第67页。

第六章

唐两京与贬地诗歌传播的差异考察

在印刷术还没有得到迅速发展的宋代以前，文学传播缺乏先进的技术条件和基础稳定的流通渠道，而在数量、质量和速度上受到极大限制，诗歌的传播因为传播者、传播方式和传播环境等构成因素的不同而相应呈现出不同的效应。所以考察唐代诗人和文学，传播的地域性问题尤不可忽视。而在唐诗传播的地域空间里，京城和贬地无疑具有优劣两极的典型意义。传播环境的迥异，导致京城作家和贬地作家在当世不同的社会反馈和影响力，不仅成就了诗人的不同声名，还进而直接关联到整个诗坛面貌和风气。反过来，京城和贬地不同的传播效应对作家的创作倾向、艺术特点和艺术风格也产生了一定的制约和影响。本章试从文学传播的角度，对此现象进行考察，以此管窥唐两京与贬地之空间差异给予文学的意义与影响。

一 京城与贬地不同的传播效应

诗歌创作出来之后，要产生社会效应或影响力、成就诗人声名，除其创作质量等因素外，作品的有效传播也是必要环节和重要因素。在唐代文学史上，有个值得注意的文学现象，即诗人在当世的声名或者他们诗坛声誉的真正"打响"往往在于入京以后。如《全唐诗》陈子昂小传记载：

> 少以富家子，尚气决，好弋博。后游乡校，乃感悔修饬。初举进士入京，不为人知。有卖胡琴者，价百万，子昂顾左右，辇千缗市之。众惊问。子昂曰："余善此。"曰："可得闻乎？"曰："明日可入

宣阳里。"如期偕往，则酒肴毕具。奉琴语曰："蜀人陈子昂，有文百轴，不为人知。此贱工之伎，岂宜留心？"举而碎之，以其文百轴遍赠会者。一日之内，名满都下。①

此事颇有作秀的色彩和小说家言的性质，不可尽信。但从蜀中走出来的陈子昂，从初"不为人知"，到"一日之内，名满都下"，确实是在入京以后。卢藏用《陈子昂别传》亦载："年二十一，始东入咸京，游太学。历抵群公，都邑靡然属目矣。由是为远近所称，籍甚。"②再如大诗人李白，自"仗剑去国，辞亲远游"，也是到了长安、受文坛宿老贺知章"谪仙人"的称扬之后，美誉京华。故杜甫《寄李十二白二十韵》云："昔年有狂客，号尔谪仙人。笔落惊风雨，诗成泣鬼神。声名从此大，汩没一朝伸。文彩承殊渥，流传必绝伦。"③又如孟浩然、白居易亦分别在入京后，以"微云淡河汉，疏雨滴梧桐"、"离离原上草，一岁一枯荣。野火烧不尽，春风吹又生"之诗名动京师。这说明，京城对唐代的文人士子来说，就是最好的声名传播场。故有论者言："长安是唐王朝政治、经济、文化艺术的中心，唐诗之趣尚，尤其在安史之乱'多士奔吴'前，均以长安为转移。各地诗人要想产生影响，都必须先在长安一显身手，尤其是进士得第，往往成为颖脱而出的阶梯。今存唐人各家诗，登第或入长安前留存既少，其行事亦晦，此后则相反，原因即在于此。"④

正因京城作为风云际会之地，有如此良好的传播机遇和效应，在唐代文学史上的各个时期，当世声名最大、最有影响的诗人往往都身在京城。如开元天宝时期，作手云集，大家辈出，但王维在当时是声誉最高的。苑咸在《酬王维》序中称其："当代诗匠，又精禅理。"⑤唐代宗在《答王缙进王维集表诏》中盛誉其"天下文宗"、"名高希代"，云其诗"诵于人口，久郁

---

① 《全唐诗》卷八三，第889页。
② 《全唐文》卷二三八卢藏用《陈子昂别传》，第243页。
③ （清）仇兆鳌：《杜诗详注》卷八，第661页。
④ 赵昌平：《开元十五年前后——论盛唐诗的形成与分期》，《中国文化》1990年第1期。
⑤ 《全唐诗》卷一二九，第1317页。

文房"①。殷璠的《河岳英灵集》编于天宝十一载（752），是时人选盛唐诗的诗歌选本，其中选王维多达15首，而且在序中将王维推崇为"河岳英灵"的首席代表。杜甫也多次在其诗中以仰慕的口吻称其"中允声名久"、"最传秀句寰区满"②。在后来的文学史和读者的接受视域中，王维没有李白、杜甫那样的显赫地位与深远影响，但在开天诗坛，他却获得了李杜生前都未曾享受过的声名，其中一个重要的原因就是王维一生主要活动在京城，并在朝中长期任职。也即因此，当今不少学人把王维作为长安文化的代表。又如大历时期，从诗歌的创作质量来讲，韦应物、刘长卿当居首位，但李端、韩翃、钱起、卢纶等人在当时"文咏唱和，驰名都下"，甚至有"十才子"之称，也是因为他们身处长安，并常出入高官贵戚之门下。

与京城相比，唐代京外的各州道就没有如此快速和广泛的传播效力。如上所举开天和大历诗坛，李白、杜甫、韦应物、刘长卿在当世为什么没有斩获最为隆盛的荣誉和影响，其间一大重要缘由即是他们游离京城，处于"长安主流文化圈"之外。尤其是受到朝廷惩处而被贬逐的文人，不仅创作会因身世遭遇而改变，其文学作品的流播也会受到直接的影响。

以中唐元和诗人群为例。元和时期，柳宗元和刘禹锡早年在士人群中颇有影响。他们是永贞革新的中坚力量，然为此长期被贬，付出了最为惨痛的代价。痛苦的迁谪无情耗走了他们人生中最宝贵的年华，而生命的阻力、人生的困境激发和造就了他们创作的热情和境界的升华。他们是中唐政治革新的主体和贬谪士人的典型代表，文学才干亦受到时人极高的称扬。但是，就柳宗元而言，其诗歌在当时影响并不大，可以说诗名寂寞。不仅诗风在元和诗坛独具个性，不见仿效和趋同，现所见中晚唐有关史料亦鲜言及其诗。直到晚唐司空图出现，才在《题柳柳州集后序》中予以高评："今于华下方得柳诗，味其深搜之致，亦深远矣。"③由此开启了后世评论和接受柳诗的先声。刘禹锡的境遇及诗在当时的影响比较特殊。他与柳

---

① 《全唐文》卷四六，第510页。

② 杜甫：《奉赠王中允维》、《解闷》（其八），见（清）仇兆鳌《杜诗详注》，第454、1516页。

③ 《全唐文》卷八〇七，第8488页。

宗元因永贞革新在元和年间同时被贬，"二十年来万事同"。元和十四年（819）柳宗元离世之后，刘禹锡又先后于穆宗长庆元年（821）和四年（824）调任为夔州刺史、和州刺史，直至文宗大和元年（827）六月，才被朝廷除授主客郎中，分司东都，脱离了谪籍。从永贞元年（805）初次被贬到此次回朝，"巴山楚水凄凉地，二十三年弃置身"①，同柳宗元一样，他在贬地抒忧写怨，留下了大量的诗文著述。后人刘、柳并提，最多想到的是其贬谪经历和悲剧情调。相同的经历和生命体验使他们的诗歌在创作内容和情感上有诸多相似。从现有的文献资料，同时结合诗的自我特色来看，这部分作品在当时亦未被广泛关注。在刘禹锡的创作生涯中，其晚年与白居易、李德裕、令狐楚等人的唱和诗，尤其是刘白唱和，在中晚唐甚为知名。不过，那已是刘禹锡脱离谪籍、分司东都洛阳时的创作情形了。

柳宗元、刘禹锡的这种情形，与韩、孟、元、白等人身居京城形成了鲜明的对比。刘柳被贬的元和时期，正是韩孟、元白在长安和洛阳聚合周围追随的文人，在诗歌创作上力求创新、声驰诗坛的时期。这一时期，韩愈、孟郊在贞元年间的汴州之会后，又先后聚合于两京长安和洛阳，其他成员相继游从，形成了以韩、孟为中心的交游群体。先是元和元年（806），韩、孟二人会合于长安，创作了如《城南》、《斗鸡》等系列联句诗，争奇斗险，为韩孟诗派确立了以险怪为特征的共同诗歌审美指向。此时，历阳山之贬的韩愈独创的新体式和新风格已经成型，《南山》诗便是其中的代表。元和二年（807），韩愈分司东都至洛阳，孟郊、卢仝、李贺、马异、刘叉、贾岛等陆续到来，张籍、李翱、皇甫湜也时来过往，于是诗派全体成员得以相聚，唱酬切磋，相互奖掖，在创作上形成了审美意识的共同趋向和诗歌风格的自觉趋同。此后韩愈官职递升，在文坛的声望日高，其诗歌创作中奇险、怪异的新变因素，吻合了元和士人激躁、变异的心态和"尚奇"、"尚怪"的审美风气，韩诗遂成为众人模仿追趋的对象。赵璘《因话录》云："元和中，后进师匠韩公，文体大变。"②刘禹锡《祭韩吏部文》

①　陶敏、陶红雨：《刘禹锡全集编年校注》卷六《酬乐天扬州初逢席上见赠》，第402页。
②　（唐）赵璘：《因话录》卷三，第82页。

云："三十余年，声名塞天。"①都是当时韩诗所具传播影响力的直接记载。而元白、张王也是在这一时期集中交往，促成了当时尚俗写实的新乐府诗歌思潮。据学界对元白诗派成员生平行迹的考证，贞元十九年（803）春天，元白因同登吏部第而相识，从此拉开了元白诗派的序幕。之后贞元二十年（804）李绅应进士试、元和元年（806）张籍调补太常寺太祝先后来到长安，诗派的几位核心成员正式有了往来交游。元和三年（808），白居易除左拾遗，充翰林学士；四年（809），元稹除监察御史，李绅任校书郎，李作《乐府新题》二十首，元稹"取其病时之尤急者，列而和之"为《和李校书新题乐府十二首》，白居易复继和为《新乐府》五十首，并在序中提出"为君为臣为民为物为事而作，不为文而作"之主张。本年前后白居易又作《秦中吟》十首，并在《寄唐生》中强调"篇篇无空文，句句必尽规"、"惟歌生民病，愿得天子知"讽谕之宗旨，至此，以新乐府创作为特色的元白诗派正式确立，并形成了尚俗务尽、浅切平易的风格倾向。可见，元和时期，"以韩、孟、元、白为最"，他们的诗歌受到时人的标举和趋同，由此形成韩孟、元白两大诗派。而与韩孟、元白等人的创作相比，刘禹锡、柳宗元的诗歌独树一帜、不入流派，其影响亦远远不及。个中一大要因，乃刘柳二人长期谪伏贬地，而韩、白等人身居京城。

二　京城与贬地不同的传播环境

传播的实质是跨越一定时间与空间的信息和符号共享。唐朝存在于印刷时代之前，诗歌的生产与传播，必然受到时间和地点两个方面因素的限制。要合理解释京城与贬地的不同传播效应，就必须对这些地域的文学传播环境与传播手段这些要素进行考察。

京城为一代群贤集聚、人文荟萃之地，也是学术文化活动的中心。隋唐帝室以长安为京师，同时以洛阳为东都，并在此分设一套中央职官体系。唐代历史上，东都洛阳的政治地位有升降变化，但由历朝古都而形成的深厚历史文化积淀和在唐时陪都的特殊地位，使得洛阳同长安一样，亦具有

---

① 陶敏、陶红雨：《刘禹锡全集编年校注》卷一六，第 1083 页。

文学中心的意义，是文人活动的理想舞台、诗歌传播的最佳场域。文人集聚京城，可以通过自由交游、各种集会、侍宴应制等形式实现诗歌即时有效地传播。太宗贞观时期的宫廷诗人群、武后时期的侍从文人群，其诗歌创作往往就产生于君臣或臣僚之间游宴雅集这种公开的、群体性的传播环境下，创作与传播几乎是同步的。元和时期，如果说元白新乐府诗派的确立，是以元白及张籍在长安的任职与往还为契机，则韩孟诗派的形成则以元和前期全体成员在洛阳的集会为重要标志。活动地域的集中，使诗派群体内部之间有了紧密的交往唱酬，在赠答、唱和、联句、拟作等创作形式中，不仅及时实现了诗歌的传播和接受，亦助成了美学趣尚和创作风格的自觉趋同。尚永亮《开天、元和两大诗人群交往诗创作及其变化的定量分析》一文曾对韩孟、元白两大诗派内部交往诗进行统计和定量分析，并得出结论说："元和诗人群在扩大外部交往的同时，将更多的精力用在了群体内部，他们更重视群体成员间的诗歌唱酬和人际往还，其结果，必然使得群体成员间的联系更趋紧密，更具有一种协作意识和群体精神。……在某种意义上，似乎正是借助相互间的频繁交往，才使得诗人间的联系得到强化，诗派的风格趋于类同。"[1] 从文学传播的视角来看，此论甚确，因为当时印刷传播还不存在，诗文传播主要靠手工抄写的形式，其传播的速度和广度都受到极大的限制。在这样的情况下，文人活动地域的相对集中及此条件下的集会、宴咏、交游、唱酬，是扩大诗歌影响力的主要和重要的传播途径。唐两京长安和洛阳无疑是上演这些活动的最好舞台。考察韩孟、元白两大诗派之形成，两京长安、洛阳在地域空间上实发挥了不可或缺的作用，它既是两大诗人群体的聚合场，也为诗歌传播提供了最好的环境。

京城不仅是文人群体产生、活动和交流的活跃地带，由于具有良好的文化氛围和传播环境，同时也是诗歌在社会层面产生广泛影响的最好空间。一方面，如果作者本身在朝廷身居要职，受其政治地位的烘托，其作品的影响力往往会更大。开元时，张说、张九龄被奉为"当朝师表，一

---

① 尚永亮：《开天、元和两大诗人群交往诗创作及其变化的定量分析》，《江海学刊》2005年第 2 期。

代词宗"，其身为宰相、执秉文衡的政治地位是个中关键。"元和中，后进师匠韩公"，与韩愈在元和后仕途渐显、文名日高有关。刘禹锡晚年在东都洛阳与他人的唱和诗流传颇广，也与参与唱和的诗人令狐楚、李德裕、白居易等在政坛上的地位和影响有关。另一方面，如果作品获得京城名公贤达的印可，其延誉效应亦不可小视。如张说对王湾所投赠《次北固山下》大为叹服，手书"海日生残夜，江春入旧年"一联于政事堂，"每示能文，令为楷式"①，一时传为佳话。至晚唐，诗人郑谷尚云："何如海日生残月，一句能令万古传。"②李贺即曾因受韩愈知赏而扬名，《剧谈录》卷下"元相国谒李贺"条载："元和中，进士李贺善为歌篇，翰文公深所知重，于缙绅之间每加延誉，由此声华藉甚。"③元稹不仅深得朝廷大僚令狐楚称赏，"以为今代之鲍、谢也"，而且"穆宗皇帝在东宫，有妃嫔左右尝诵稹歌诗以为乐曲者，知稹所为，尝称其善"④。再者，京城人才荟萃、各色云集，社会文化阶层丰富，上有帝王将相、公卿贵戚、社会名流，下有青年学子、伶公歌伎乃至方外云游之人，使得文学作品有宽泛的传播对象和接受群体，诗文一旦崭露头角，容易流播开去。如元诗不仅传播宫廷，被称为"元才子"，又有"《长庆宫辞》数十百篇，京师竟相传唱"。孟郊"但是洛阳城里客，家传一本杏殇诗"⑤。刘禹锡元和十年（815）回京后作《戏赠看花诸君子》，其诗一出，传于都下。又如唐释道宣《续高僧传》卷三《释慧净传》载：

　　　又于冬日，普光寺卧疾，值雪，简诸旧游，诗曰："卧痾苦留滞，辟户望遥天；寒云舒复卷，落雪断还连。凝华照书阁，飞素婉琴弦；回飘洛神赋，皓映齐纨篇。萦阶如鹤舞，拂树似花鲜。从赏丰年瑞，沉忧终自怜。"于是帝朝宰贵赵公、燕公以下名臣和系将百许首。中

　　① （唐）殷璠：《河岳英灵集》下"王湾"，见《唐人选唐诗十种》，上海古籍出版社1958年版，第106页。

　　② 《全唐诗》卷六七五郑谷《卷末偶题三首》其一，第7736页。

　　③ （唐）康骈：《剧谈录》卷下，文渊阁四库全书本。

　　④ 《旧唐书》卷一六六《元稹传》，第4333页。

　　⑤ 《王建诗集》卷九《哭孟东野二首》其二，第75页。

书舍人李义府，文苑之英秀者也，美之不已，为诗序云："由斯声唱
更高，玄儒属目。翰林文士推承冠绝，竞述新制，请摘瑕累……"①

可见，由于京城文士众多，加之名流的推赞，一篇不凡的作品便常有轰动
的效应和不菲的影响。总之，浓厚的文化氛围、丰富的传播手段和多元的
文学受众，使得京城的文学传播具有时效性、辐射性、广泛性等特点。

与京城形成强烈反差的是，唐代用于惩处和放逐官员的远州，因自
然、交通、人文环境的恶劣和落后，使得信息流通与文化传播受到极大的
限制。故姚合在《寄贾岛时任普州司仓》中感慨道："长沙事可悲，普掾罪
谁知。千载人空尽，一家冤不移。吟寒应齿落，才峭自名垂。地远山重叠，
难传相忆词。"②唐代的贬臣多不与善地，往往被徙"五溪不毛"之乡，其中
尤以江南诸道中岭南道、江南西道为多。如元和中柳宗元和刘禹锡所贬之
地即是距离京城遥远、尚未开化的南荒。永贞元年（805）初贬之永州和朗
州，分别隶属江南西道、山南东道，为中郡和下郡；元和十年（815）再
迁之柳州和连州则皆属岭南道，更为遥远荒僻。如"柳在唐时，为极边"③。
刘禹锡先出刺播州，"诏下，御史中丞裴度奏曰：'刘禹锡有母，年八十余。
今播州西南极远，猿狄所居，人迹罕至。禹锡诚合得罪，然其老母必去不
得，则与此子为死别，臣恐伤陛下孝理之风。伏请屈法，稍移近处。'"④于
是才改授连州。这些远恶之州炎暑卑湿、毒瘴充塞，自然环境险恶，生活
条件艰苦，对来自中原的贬谪诗人来说已是身心的巨大摧残和磨难，更不
用说风俗落后、文化低下，炎荒万里、信息闭塞，诗人还要承受语言隔膜、
风俗陌生和社会隔绝而带来的精神孤独和痛苦。柳宗元被贬永州时说："竟
夕谁与言？但与竹素俱。"至柳州后谓："郡城南下接通津，异服殊音不可
亲。"⑤刘禹锡也曾云连州："君书问风俗，此地接炎洲。淫祀多青鬼，居人少

①　（唐）道宣：《续高僧传》，文殊出版社 1998 年版，第 67 页。
②　《全唐诗》卷四九七，第 5640 页。
③　《柳州府志》卷二八《迁谪》，乾隆刊本，北京图书馆 1956 年油印。
④　《旧唐书》卷一六〇《刘禹锡传》，第 4211 页。
⑤　《柳宗元集》卷四三《读书》、卷四二《柳州峒氓》，第 1254、1169 页。

白头。"①又谓："及谪官十年，居僻陋，不闻世论。……而时态高下，无从知耳。"②如此贫乏的生存条件和文化氛围，可以使诗人因真正的生命体验碰撞出不凡的篇章，但却缺乏良好的文学传播环境和信息通道。刘柳在贬地创作的诗歌除了酬唱寄赠诗因有明确的传达对象和目的，实现了与他人的信息共享，其他与自己心灵对话的独白诗创作出来后③，大多只能停滞于私密空间和潜在的信息状态，很难有良好的传播机遇。

　　进一步看，在贬地最为常见的寄赠诗，也是一种具有私密性的信息交流，和游宴、题壁等相比，对外界不具有公开性、辐射性，在传播形态上，是一种单向的传播形式，传播的对象和范围限定在寄赠对象。所以寄赠诗这种单向的传播在完成之后能否继续扩展为多向的、连锁式的传播，寄赠对象的作用尤为重要。故张说被贬岭南时，曾在《岭南送使》中云："秋雁逢春返，流人何日归。将余去国泪，洒子入乡衣。饥狄啼相聚，愁猿喘更飞。南中不可问，书此示京畿。"④诗中明确希望"使者"能在回京后将自己盼归的意愿进一步反馈给朝廷。我们以柳宗元元和年间在贬地创作的寄赠诗为例进行具体考察（见表6-1）：

表 6-1

交往类型	寄赠对象	备注
革新密友	刘禹锡	革新被贬八司马之一
	韩泰	革新被贬八司马之一
	韩晔	革新被贬八司马之一
	陈谏	革新被贬八司马之一
	李景俭	曾受王叔文器重，后贬江陵
	吕温	王叔文革新集团前期重要人物，贬道州、衡州

---

　　① 陶敏、陶红雨：《刘禹锡全集编年校注》卷四《南中书来》，第271页。
　　② 陶敏、陶红雨：《刘禹锡全集编年校注》卷一五《答道州薛郎中论书仪书》，第1021页。
　　③ 诗歌创作可分为寄赠诗和独白诗两种类型，参见拙文《柳宗元诗歌当世传播效应分析》，载于《柳宗元研究文集——第三届柳宗元国际学术讨论会研究论文撷英》，广西人民出版社2005年版。
　　④ 《全唐诗》卷八七，第952页。

续表

交往类型	寄赠对象	备注
近州迁客	吴武陵	流永州
	元稹	贬江陵
	窦常	出为朗州刺史
	韦彪	永州刺史
	崔能	刺永州
	张署	澧州刺史
	杨於陵	贬郴州刺史
	徐俊	出管容州
	裴曹长	名不详，在韶州
	周韶州	名不详
	卢衡州	名不详，出守衡州
	曹侍御	名不详，作者旧友，路过柳州象县
僧道之流	巽上人	重巽，永州龙兴寺之僧
	谢山人	—
	元暠师	—
	贾鹏山人	—
	浩初上人	—
	元居士	—
	江华长老	—
年青后进	娄图南	娄秀才，寓居永州
	段弘古	段九秀才
	韦珩	韦群玉
亲友	杨凭	岳丈
	崔策	姐夫崔简弟
	柳宗直	从弟
	柳宗一	从弟

　　表6-1中柳宗元酬唱寄赠诗的对象明显反映出柳宗元被贬后的社会关系，与他保持联系和交往的人范围有限，且位居下流，大致可分为革新密友、近州迁客、僧道之流、年青后进以及亲友五类。这与刘柳自己在诗

文中描述的状况一致，柳宗元《读韩愈所著毛颖传后题》云："自吾居夷，不与中州人通书。"① 刘禹锡在《答道州薛郎中论书仪书》中亦说："及谪官十年，居僻陋，不闻世论。所以书相问讯，皆昵亲密友。"② 因革新失败被宪宗定为"纵逢恩赦，不在量移之限"的政治罪人被大加挞伐，刘柳被斥后，罪谤交积，交游解散，受人攻击、冷落，与其来往者皆亲故旧友、境遇相似或方外之人。这样的人际往来和社会关系，被排斥在政治文化主流圈子之外。可见在刘柳寄赠诗这一传播结构中，传播参与者不具有社会声望和影响力，其对诗歌传播的扩展和附加作用甚为微小。所以刘柳贬谪的生存状态决定了即使是用于传播的酬唱寄赠诗，其传播的效果和影响也非常有限。

在诗国的唐代，诗歌是表达士人们情志和心声的普遍形式和最好方式。正是因为身处炎荒的贬逐之臣面临着诗歌传播的困境和需求，所以他们会在赴贬路上沿途赋诗，表达心志，以求传咏。《旧唐书·宋之问传》云："之问再被窜谪，经途江、岭，所有篇咏，传布远近。"③ 从创作的心理动机而言，宋之问赴贬途中的这些诗歌，如《度大庾岭》、《题大庾岭北驿》等，"除了感慨、泄怨以外，还有以诗代简，希望经传播以达圣听并获得同情和拯救的意图"④。其中最能说明这一现象的就是唐代文人贬谪途中常见的题壁诗。如刘长卿《将赴岭外留题萧寺远公院》："竹房遥闭上方幽，苔径苍苍访昔游。内史旧山空日暮，南朝古木向人秋。天香月色同僧室，叶落猿啼傍客舟。此去播迁明主意，白云何事欲相留？"⑤ 李德裕《盘陀岭驿楼》："嵩少心期杳莫攀，好山聊复一开颜。明朝便是南荒路，更上层楼望故关。"⑥ 这些题壁诗因创作、发布于驿站、寺院等来往行人众多的公共空间，具有广而告之的传播效应，其写作动机除了一抒心中块垒，根本目的恐怕还在于让诗文传播和传世。一方面，既可以让自己的遭遇和心声通过时人

---

① 《柳宗元集》卷二一，第 569 页。

② 陶敏、陶红雨：《刘禹锡全集编年校注》卷一五，第 1021 页。

③ 《旧唐书》卷一九〇，第 5025 页。

④ 尚永亮：《唐五代逐臣与贬谪文学研究》，武汉大学出版社 2007 年版，第 172 页。

⑤ 杨世明：《刘长卿集编年校注》，第 203 页。

⑥ 《全唐诗》卷四七五，第 5416 页。

的观览和传诵播扬出去，让世者知其事、了其情，如宋之问《至端州驿见杜五审言沈三佺期阎五朝隐王二无竞题壁慨然成咏》云："逐臣北地承严谴，谓到南中每相见。岂意南中岐路多，千山万水分乡县。云摇雨散各翻飞，海阔天长音信稀。处处山川同瘴疠，自怜能得几人归。"①有论者即谓："谪臣行经同地，先后留诗慰解声援。或许借着诗作的发表，共同形成一种声音，以期得到执政者的注意，矜怜悯忠，还得清白，获得释罪召回。"②另一方面，也可以通过"壁"这种相对稳固的传播媒介让自己的作品得以保存，留名后世，因为毕竟贬途茫茫，生死未卜，正如章孝标在驿站见到前人的诸多题诗后感慨的："樟亭驿上题诗客，一半寻为山下尘。"③

　　必须指出的是，身在外州或贬地的诗人，他们的文学活动和诗文创作也会在当地产生一定的声名和影响。如张说被贬岳州时，与其他荆湘逐臣交游唱和，形成了一个地方性的文学群体。王昌龄谪宦江宁时，颇多士子慕名求教，于是诗人收徒授诗，时有"诗家夫子王江宁"之称④。刘禹锡被贬时，受南方风情和民歌的影响创作了《竹枝词》、《踏歌词》等雅俗共赏的民歌体乐府诗，在民间广播人口，《旧唐书·刘禹锡传》载："武陵溪洞间夷歌，率多禹锡之辞也。"⑤但是，这些地域性的文学流播远不及京城主流文化圈的社会影响力。若以京城为唐代文学版图的中心和辐射源，总的来说，所去之地离京城越遐远、责罚程度越严厉，其文学传播的生态环境越受限制和影响。

三　京城与贬地在传播影响下的不同创作

　　京城与贬地不同的传播环境导致了诗人们迥然有异的声名，反过来，传播效应也会对诗人的创作内容和风格产生一定的制约和影响。一般来说，京中诗人因身处强大的文化传播场，其创作易受时代风会的浸染而求

---

①　陶敏、易淑琼：《沈佺期宋之问集校注》下册卷二，第433页。

②　严纪华：《试论两组与历史事件相关的谪贬题写诗——"端州驿题壁"与"玄都观题壁"》，《唐代文学研究》第7辑，第78页。

③　《全唐诗》卷五〇六《题杭州樟亭驿》，第5758页。

④　（元）辛文房：《唐才子传》卷二《王昌龄传》，第22页。

⑤　《旧唐书》卷一六〇，第4210页。

声应同，而在野或谪居贬地的诗人因为传播手段和范围的有限，其创作更多表现出自我的个性和气质。唐代文学史上诗歌最为繁荣的两大时期——开天诗坛和元和诗坛的创作面貌就很有代表性。

开元、天宝时期，诗人大家辈出，个性纷呈。如李白之高朗飘逸、杜甫之顿挫沉郁、王孟之冲淡清远、高岑之悲壮雄奇等，合奏出了文学史上独一无二的"盛唐之音"。若考察这一诗歌高潮之成因，诗人们的活动地域和传播环境实不可忽视。这一时期，诗人们虽向往长安、力求功名，却大多数才不得展，在京城过往之后，便分散各地。两京只是他们相识、交往和聚散的一个中介和枢纽。如孟浩然，求仕二京时与张九龄、王维、王昌龄等游。因困顿不遇，开元十七年（729）后乃出京南下，后又在荆州、襄阳等地与张九龄、王昌龄唱和来往。又如李白，在长安被"赐金放还"后东入洛阳、汴州，与杜甫、高适相遇，三人同游之后亦便各自西东。即使因科举登第走上仕途者，亦大多贬放外地、沉沦下僚。盛唐选本《河岳英灵集》所收诗人便多为这样的下层文士，如常建、李颀、王昌龄等。正是因为这些诗人或游或宦或贬而分散各地，他们的创作没有京城文人奉和应制、游宴唱和之类群体性社会传播的需求和影响，可以直击内心和个性而风格上多彩杂陈。所以，有学人在考察开天时期诗人的交往状况时，便发现："开天十大诗人间的联系不够紧密，他们将更多的创作精力放到了与外界其他人的分散交往上，而疏于与群体成员间的集中往还；所谓开天诗人群，只是一个较为松散的群体。一方面，受开明政治、强盛国力的浸染，他们仗剑远游，纵横干谒，或寄情于大漠，或优游于田园，挥洒出一份空前的自由和自信！但另一方面，他们也因此失去了与并时大诗人密切交往的条件和理念，其中大部分诗人缺乏自觉的群体意识，尤其缺乏明确的诗派观念，天马行空，自由创造，是此期诗人最为明显的特色。所谓'李杜'、'王孟'、'高岑'等诗人并称，主要是后人根据其诗名或创作风格作出的概括，并不能由此说明诗人们当时即具有某种自觉意识或派别追求。"[①]

---

① 尚永亮：《开天、元和两大诗人群交往诗创作及其变化的定量分析》，《江海学刊》2005年第2期。

　　而元和诗坛正好相反。这一时期，韩愈、孟郊、白居易、元稹等诗人，有较长时间在京城为官或游历过往的经历，相互之间还有集中的交往。因处当下最好的文学传播和流通环境中，京城作家的创作动机和出发点往往不同。这关涉到作家对作品传播的自觉意识。白居易可谓是其中传播意识最突出的一位。他在长安创作"惟歌生民病，愿得天子知"的讽谕诗时，为了使自己反映社会问题的诗歌广为传播，以致为朝廷所知，"采诗以补察时政"，所以在《新乐府序》中提出："其辞质而径，欲见之者易谕也。其言直而切，欲闻之者深诫也。其事核而实，使采之者传信也。其体顺而肆，可以播于乐章歌曲也。"① 从"见之者"、"闻之者"、"采之者"这些读者的立场来考虑，强调了创作新乐府诗时在语言辞章、议论写实、结构形式等方面平实直白的要求。惠洪《冷斋诗话》记载："白乐天每作诗，令一老妪解之，问曰：'解否？'妪曰解，则录之；不解，则易之。"② 更切实反映了白氏为了达到最大限度的传诵效果而有意去迎合传播者喜好和口味的创作实际。韩愈虽然没有表现出如白氏强烈和执着的传播信念，但其雄奇险怪的诗歌风格形成后，韩门诗人的推崇附和、创作趋同及后进小生的追捧跟风，无疑反过来在一定程度上进一步促进和影响了韩愈创作中生新怪奇的审美取向。而且，元白、韩孟两大诗派成员在两京赠答、唱和、联句等交往诗的创作，也因有特定的传播对象而在内容和风格上不可避免受到读者因素的影响。所以，在韩孟诗派雄奇险怪、元白诗派平易浅切之诗美风格的形成中，传播效应和读者接受的环节有促成和助长的意义存在。

　　元和诗人中，柳宗元和刘禹锡二位诗人，因身在贬所，被所属的政治文化圈子抛掷在外，使其保持了诗歌创作的本色面目和个性特色。由于缺乏良好的传播渠道和环境，他们的创作能不为传播的效应和社会的反馈干扰，"与韩愈、白居易等人多将关注视线投向社会政治有所不同"，他们"更多地将关注视线投射到自我身上。前者是外扩的，后者是内敛的；

---

① 朱金城：《白居易集笺校》卷三，第 136 页。
② （宋）释惠洪：《冷斋诗话》卷二 "老妪解诗"，凤凰出版社 2009 年版，第 44 页。

前者注重的是所作诗文的政治针对性和社会影响力，后者注重的则是文学作品抒悲泻怨、自我慰藉的功能。"① 远离长安和洛阳诗文革新的文化场景，刘柳的诗歌便少受时风的浸染而游离其外、有了自身的个性特色。唐人李肇《唐国史补》卷下谓："元和已后，为文笔，则学奇诡于韩愈，学苦涩于樊宗师。歌行则学流荡于张籍。诗章则学矫激于孟郊，学浅切于白居易，学淫靡于元稹。俱名为元和体。大抵天宝之风尚党，大历之风尚浮，贞元之风尚荡，元和之风尚怪也。"② 在"元和之风尚怪"这一大的时代背景下，刘柳的创作不可避免地沾染元和新变的时代特色，如刘禹锡前期在朗州时的古体诗好用奇险的语言铺叙排比、驰骋笔力，表现出当时诗坛风会的渗透和影响。柳宗元的多首诗，如《游南亭夜还叙志七十韵》、《韦道安》、《寄韦珩》、《同刘二十八院长述旧言怀感时书事奉寄澧州张员外使君五十二韵之作因其韵增至八十通赠二君子》等，好用僻字险韵，奇崛之气似同昌黎，而"非子厚本色"。但他们更是元和诗坛不入流派、风格卓然自异的大家。柳宗元的清丽峭拔、淡泊简古，刘禹锡的雄豪劲健、风情朗丽，都于韩孟诗派的雄奇险怪、元白诗派的平易通俗之外，另辟蹊径、独树一帜。刘克庄说："当举世为元和体，韩犹未免谐俗，而子厚独能为一家之言，岂非豪杰之士乎？"③ 管世铭《读雪山房唐诗序列·七律凡例》云："十子而降，多成一副面目，未免数见不鲜。至刘、柳出，乃复见诗人本色，观听为之一变。子厚骨耸，梦得气雄，元和之二豪也。"④ 皆看到了刘柳诗歌在元和诗坛不从流俗的独特面目。与大变诗歌于元和之际的韩孟、元白相比，刘柳在艺术道路上更着意于在传统的圆融和深化中自出新意、自成一家。究其成因，这种"未入大变"的创作，与贬地落后的传播环境及诗人与文化中心的相对疏离息息相关。

---

① 尚永亮：《柳宗元诗文选评》"前言"，上海古籍出版社2003年版。

② （唐）李肇：《唐国史补》卷下，第57页。

③ （宋）刘克庄：《后村诗话·前集》卷一，中华书局1983年版，第10页。

④ 《清诗话续编》（下），第1554—1555页。

第 七 章

唐代东都分司官与文学

洛阳自古为都，乃士人缙绅渊薮之地。其地理位置处于交通要冲，众多文人士绅、公卿官员常过往于此，故而历来人才集聚、文化繁盛。在考察唐代洛阳的文人和文学活动时，有一类特殊身份的诗人值得注意，即东都分司官。他们以中央官员的身份居留洛阳，职务闲散，耽情吟咏，频于唱和。特别是中晚唐时期，在长安朝廷斗争激烈和政治局势恶化的背景下，不少高官和文人或自请分司，或派遣至此，从而形成了洛阳诗坛人才济济和云蒸霞蔚的盛景。可以说，唐代洛阳文学兴盛和文化景况的形成，与东都分司这一职官有着非常重要的关系。

第一节 唐代东都分司官的闲散性质

唐代东都分司官，是唐王朝分设和派遣于陪都洛阳的中央职官，即"以中央的职官分在洛阳执行职务"[1]，其性质位列京官。宋人徐度《却扫编》云："唐东都有尚书省留守，略同京师，兼判其余百司。居其官者谓之分司，大抵皆闲秩。"[2]可见东都尚书省留守为分司官之首。洛阳在唐朝被正式定为东都是在高宗显庆二年（657）。据史料记载，高宗设立新都之初，朝廷就已往东都指派一些事务性的中央官员。如《唐会要》卷三〇《洛阳宫》载：

---

① 史念海：《中国古都与文化》，第529页。
② （宋）徐度：《却扫编》卷上，文渊阁四库全书本。

显庆元年，敕司农少卿田仁汪，因旧殿余址，修乾元殿，高一百二十尺，东西三百四十五尺，南北一百七十六尺。至麟德二年二月十二日，所司奏乾元殿成。

《唐会要》卷六六《宫苑监》载：

武德九年七月十九日，置洛阳宫监。显庆二年十二月十日，废洛阳总监，改青城宫监为东都苑北面监，明德宫监为东都苑南面监，洛阳宫农圃监为东都苑东面监，食货监为东都苑西面监。①

又《新唐书·韦弘机传》载：

显庆中，为檀州刺史，以边人陋僻，不知文儒贵，乃修学官，画孔子、七十二子、汉晋名儒象，自为赞，敦劝生徒，由是大化。契苾何力讨高丽，次滦水，会暴涨，师留三日。弘机输给资粮，军无饥，高宗善之，擢司农少卿，主东都营田苑。宦者犯法，杖乃奏，帝嗟赏，赐绢五十匹，曰："后有犯，治之，毋奏。"迁司农卿。②

新都初立，为备皇帝巡幸，东都的宫廷苑囿还需大规模地营建和妥善管理，所以，这一时期朝廷任命的官员主要职责在于负责东都宫苑的建设。以上材料中的田仁汪和韦弘机二人，便分别任东都司农少卿、司农卿，主宫殿维修和苑囿管理等日常具体事务。此外，高宗时，东都已有尚书省长官东都留守，并设置了御史台以行监察之职，如《唐会要》卷六七"留守"载："仪凤元年十一月四日，司农卿韦弘机为东都留守。"③《通典·御史台》载："龙朔中，改司经局为桂坊，置司直，为东宫

---

① 《唐会要》，第642、1377页。
② 《新唐书》卷一〇〇，第3944页。
③ 《唐会要》，第1400页。

之宪府，亦开北门，以象御史台，其例明矣。"① 这一时期，东都新立，其建设和地位极受朝廷重视，所任官员皆因实际政务或事务所需，被委以实权和重任。所以，东都官还未称"分司"，亦不具有分司官的闲散性质。

在唐代历史上，严格意义上东都分司官的出现应该是在中宗以后。其时在称谓上多作"留司"，东都御史台则称"留台"，意即则天退位中宗复辟、将政治中心迁回长安之后，中央机构在东都的常制留守部门。据所见史料，睿宗玄宗时即有留司官的记载，如《旧唐书·崔沔传》：

> 睿宗时，征拜中书舍人。时沔母老疾在东都，沔不忍舍之，固请闲官，以申侍养，由是改为虞部郎中。无何，检校御史中丞。时监察御史宋宣远，恃卢怀慎之亲，颇犯法，沔举劾之。又姚崇之子光禄少卿彝，留司东都，颇通宾客，广纳贿赂，沔又将按验其事。姚、卢时在政事，遽荐沔有史才，转为著作郎，其实去权也。②

《旧唐书·张说传》：

> 明年，又制皇太子即帝位。俄而太平公主引萧至忠、崔湜等为宰相，以说为不附己，转为尚书左丞，罢知政事，仍令往东都留司。③

从以上史料来看，从睿宗时开始，留司官的任命已非实际政务所需，而是根据中央机构的部门编制随时派遣和驻留，体现出虚设的性质。故而，此时留司官已带有闲散官的色彩，并被当权者用来安置受到排挤和责罚的官员。如崔沔"固请闲官，以申侍养"，由是授予虞部郎中留司洛阳。张说

---

① 《通典》卷二四"职官六"，第659页。
② 《旧唐书》卷一八八，第4928页。
③ 《旧唐书》卷九七，第3051页。

因不附太平公主而被罢相"令往东都留司"。当然，东都御史台因具有监督和纠察百官的职能特色，其权力还是比较大的（详见后），所以崔沔在东都检校御史中丞时，能"举劾"、"按验"其他留司官员。

玄宗时期，除了屡见东都"留司"、"留台"的记载，"分司"官的称谓也同时出现，如张说《酬崔光禄冬日述怀赠答》序中云："太极殿众君子，分司洛城，自春涉秋，日有游讨。既而韦公出守，兹乐便废。顷因公宴，方接咏言。"①《太平广记》卷三八"李泌"载："又天宝末，员外郎窦庭芝分司洛邑，常敬事卜者葫芦生。"②而且，这一时期，东都分司官已被时人明确地视之以"闲官"，如张说在《酬崔光禄冬日述怀赠答》诗中说："留台少人务，方驾递寻追。"分司官韦嗣立《酬崔光禄冬日述怀赠答》序云："及仆积抱羸疾，屡期放退，朝廷恩假，职以优闲。"③又如《旧唐书·严挺之传》载：

> 天宝元年，玄宗尝谓林甫曰："严挺之何在？此人亦堪进用。"林甫乃召其弟损之至门叙故，云"当授子员外郎"，因谓之曰："圣人视贤兄极深，要须作一计，入城对见，当有大用。"令损之取绛郡一状，云："有少风气，请入京就医。"林甫将状奏云："挺之年高，近患风，且须授闲官就医。"玄宗叹吒久之。林甫奏授员外詹事，便令东京养疾。④

此事亦见《旧唐书·齐浣传》：

> 会浣判官犯赃，浣连坐，遂废归田里。天宝初，起为员外少詹事，留司东都。时绛州刺史严挺之为林甫所构，除员外少詹事，留司

---

① 此诗作于先天元年（712），时韦安石以东都留守出刺蒲州，张说、崔日知等"分司官"在洛阳宴饯赋诗，张说为序。
② 《太平广记》卷三八，第244页。
③ 《全唐诗》卷九一，第988页。
④ 《旧唐书》卷九九，第3106页。

东都。与浣皆朝廷旧德，既废居家巷，每园林行乐，则杖屦相过，谈宴终日。①

严挺之为李林甫所构而授闲官养疾、留司东都，可见，分司官仍被朝廷作为罢黜之用。同时，从齐澣被"起为员外少詹事，留司东都"一事来看，留司官亦被当权者用来起复和暂置废黜之人。但无论政治功用如何，留司官的赋闲性质皆如一。故而严挺之和齐浣二人，"每园林行乐，则杖屦相过，谈宴终日"。

玄宗以降，"留司"的称谓在史料中继续得以沿用，如《旧唐书·李光弼传》载乾元二年（759），"遂移牒留守及河南尹并留司官、坊市居人，出城避寇，空其城，率军士运油铁诸物，以为战守之备"②。白居易《中隐》诗亦称："不如作中隐，隐在留司官。"但相对来说，"分司"官之称更为常见。而且，在朝廷的奏议、诏令中，一般也以"分司"作称，如《唐会要》卷六〇《御史台》记："宝历元年九月，御史台奏，'常参官及六品以下分司官，比来淹延，动经累月。今后常参官分司，请敕下后二十日发；其六品以下分司官，请待台牒到发。'"③在《唐大诏令集》中，朝廷的制文皆用"分司"，如《郑畋太子少傅分司东都制》、《李回太子宾客分司东都制》等，"留司"之称则未见。

安史之乱以后，东都洛阳的社会地位逐渐衰落，皇帝亦不再临幸，东都分司官的闲散性质更为浓厚和突出。其时东都被称为"散地"，时任分司之职的诗人亦直称自己为"散郎"，如窦牟《天津晓望因寄呈分司一二省郎》云："散郎无所属，聊事穆清居。"④许浑《中秋夕寄大梁刘尚书》曰："应念散郎千里外，去年今夜醉膺舟。"⑤白居易还有《分司》一诗专门写分司官任上的生活："散秩留司殊有味，最宜病拙不才身。行香拜表为

① 《旧唐书》卷一九〇，第5038页。
② 《旧唐书》卷一一〇，第3307页。
③ 《唐会要》，第1229页。
④ 《全唐诗》卷二七一，第3037页。
⑤ （唐）许浑著，罗时进笺：《丁卯集笺证》卷九，中华书局2012年版，第593页。

公事，碧洛青嵩当主人。已出闲游多到夜，却归慵卧又经旬。钱唐五马留三匹，还拟骑游搅扰春。"①《赠皇甫六张十五李二十三宾客》诗中也写道："昨日三川新罢守，今年四皓尽分司。幸陪散秩闲居日，好是登山临水时。"②据其诗中描述，分司官的"公事"即"行香拜表"，拜表即上奏章，据《唐六典》卷四"尚书礼部"载："东都留司文武官每月于尚书省拜表，及留守官共遣使起居，皆以月朔日，使奉表以见，中书舍人一人受表以进。"③也就是说，东都分司官除了每月在尚书省向皇帝拜表，并与东都留守共同遣使问安、奉表以献外，平日里就没有其他工作，其基本的生活状态就是悠游闲居、常日无事。白居易又有一首诗《忆晦叔》写道："游山弄水携诗卷，看月寻花把酒杯。六事尽思君作伴，几时归到洛阳来？"④游山弄水、看月寻花、携诗把酒，可谓具体地概括了分司官的生活内容。韩愈任国子博士分司时亦在《送侯参谋赴河中幕》写道："东司绝教授，游宴以为恒。"⑤唐人甚至视其为"归耕"，如大中二年（848）冬，韦瓘由桂管观察使改太仆卿、分司东都，他在离桂州时有《留题桂州碧得亭》云："从此归耕洛川上，大千江路任风涛。"⑥

作为陪都，洛阳远离政治中心长安，其政治气候自然相对温和。除了职任事务的悠闲，分司官在东都的行政氛围和人事关系也显得颇为散淡和宽松。如在人事管理上就较为放任，《新唐书·崔从传》载："宝历初，为东都留守。故事，留司官入宫城门列晨衙见留守。吏诞傲，久废，至是复行。"⑦连"晨衙见留守"这样简单的公事活动都没持久坚持，可见分司官行为之自由和纪律之散漫。正因为如此，中唐宪宗以后，随着朝廷中宦官坐大、朋党相争，政治斗争起伏激荡，平静而散淡的东都则成为朝官远离政治漩涡的避祸和缓冲之地。如韩愈元和二年（807）因避谗分司东都，他

---

① 朱金城：《白居易集笺校》卷二三，第 1589 页。
② 朱金城：《白居易集笺校》卷三一，第 2118 页。
③ 《唐六典》卷四，第 114 页。
④ 朱金城：《白居易集笺校》卷二六，第 1849 页。
⑤ 屈守元、常思春主编：《韩愈全集校注》，第 476 页。
⑥ 《全唐诗》卷五〇七，第 5766 页。
⑦ 《新唐书》卷一一四，第 4197 页。

在《东都遇春》中说："幸蒙东都官，获离机与阱。"①白居易在分司任上作《赠谈客》诗云："上客清谈何亹亹，幽人闲思自寥寥。请君休说长安事，膝上风清琴正调。"②皆道出了因任分司而远离"长安事"的满足与幸运。由于退出朝堂，疏远了权力中心，分司官员们"归来不说秦中事，歇定唯谋洛下游"③，因此他们可以搁置彼此在政见上的分歧与对立，避谈国事，免起纷争，在洛下之游中相互以诗会友。如李绅，在当时朝廷白热化的牛李党争中本属于李党一派，但他在洛阳分司后出任浙东观察使，以及从浙东回洛阳再任太子宾客时，都曾与牛僧孺在扬州宴饮，并在《州中小饮便别牛相》诗中一抒愁肠："愁不解颜徒满酌，病非伤肺为忧怀。耻矜学步贻身患，岂慕醒狂蹑祸阶！"④不仅派系明确的官员在任分司官时模糊了双方对峙的界限，不愿站队任一党派的诗人也可以同时与两党的分司官员宴饮咏诗，而不必有非此即彼的党派选择。如曾受党争影响的刘禹锡，在分司任上，即分别与李党与牛党的官员一起吟诗唱和。

　　东都分司官虽属散秩，但在禄酬待遇上享受全俸。而且其位列京官，故在唐人眼中地位尊崇，不失为恩遇荣宠之职。如张说因不附太平公主而被罢相留司东都，但他在《酬崔光禄冬日述怀赠答》序中说："太极殿众君子，分司洛城，自春涉秋，日有游讨。……若夫盛时、荣位、华景、胜会，此四者古难一遇，而我辈比实兼之。"⑤言辞中明确称分司职为"荣位"。王建《寄分司张郎中》云："江郡迁移犹远地，仙官荣宠是分司。青天白日当头上，会有求闲不得时。"⑥诗中认为，与外郡相比，分司之"荣宠"可谓为"仙官"，其誉美之意甚是明显。当然，这"荣宠"的背后，自离不开其职闲俸全的好处。虽然唐代也见少数人抱怨分司日贫，如韩愈分司东都时作《东都遇春》云："为生鄙计算，盐米告屡罄。"许浑分司东都时曾

① 屈守元、常思春主编：《韩愈全集校注》，第484页。
② 朱金城：《白居易集笺校》卷三三，第2266页。
③ 白居易：《赠晦叔忆梦得》，朱金城《白居易集笺校》卷二八，第1995页。
④ 卢燕平：《李绅集校注》，第220页。
⑤ 《全唐诗》卷八八，第970页。
⑥ 《王建诗集》卷六，第58页。

在《洛中秋日》中说:"久病先知雨,长贫早觉秋。"①但因其政务不剧、以养闲为主的职官属性,总体来看,唐人对其心存好感。王鸣盛《十七史商榷》卷八五"分司官"条谈论此职时说:"唐都长安,而洛阳为东都,相去非远,其宫阙盖亚于西都。……又设为分司官,不关政事而食其禄,本以处罢黜之人,或既远黜复量移于此,而性乐恬退者,亦或反从而求为之。"②"不关政事而食其禄",一语中的,指出了分司官的优越之处。正因于此,因嘉德美政而被赏分司东都的文人不乏其例,如刘敦儒,《旧唐书》本传载:

> 敦儒母有心疾,非日鞭人不安,子弟仆使,不胜其苦,皆逃遁他处,唯敦儒侍养不息,体常流血。及母亡,居丧毁瘠骨立,洛中谓之刘孝子。元和中,东都留守权德舆具奏其至行,诏曰:"孝子刘敦儒,生于儒门,禀此至性。王祥笃行,起孝敬而不移;曾参养志,积岁年而罔怠。用弘劝奖,而服官常,分曹洛师,俾遂私志。可左龙武军兵曹参军,分司东都。"③

也有唐代官员为了逃避繁重辛苦的职事公务而自求分司,如《唐会要》卷六六"大理寺"载:

> 大中三年三月,大理寺奏:"当寺司直、评事从前不循公理,到官便求分司,回避出使。致令官职失守,劳逸不均。伏请从今以后,待次充使后,即往分司。如未出使,不在分司限。"敕旨依奏。④

或被唐代官员视为"自便"之用,李翱《唐故金紫光禄大夫尚书右仆

---

① (唐)许浑著,罗时进笺:《丁卯集笺证》卷三,第146页。
② (清)王鸣盛:《十七史商榷》卷八五,中华书局1985年版,第921页。
③ 《旧唐书》卷一八七,第4910—4911页。
④ 《唐会要》,第1360页。

射致仕上柱国弘农郡开国公食邑二千户赠司空杨公（於陵）墓志并序》载：

> 既三年，方将告休，会以疾而罢，乃叹曰："年老致政，本吾夙志，兹则负吾平生心矣。"疾平，迁检校左仆射兼太子少傅。或劝求分司以自便者，公曰："年至力惫，便当乞骸骨于朝，何用分司为？"遂西至京师，朝谢讫不到中书，遂还私家，不判上案，三上表乞自退。①

以上史料说明，因分司官的闲散性质，及其在俸禄、地位及就职环境诸方面的优越性，使得它在唐代的行政系统中具有极其灵活的操作性。朝廷可以赏罚并用，官员也可以凭之进退斡旋。这样就导致了东都分司官员任职情况和精神风貌的多样复杂，由此折射出整个政治局势和朝廷风云的变化。

第二节　唐代东都分司文人的数据统计和分析

东都分司官"不关政事而食其禄"的闲散性质，不仅驱动了一大批唐代文人就任此职，而且为分司文人的文学活动与创作提供了良好的客观条件。为了使东都分司官与文学的关系研究更为明了和有事实依据，我们可将就任过此职的唐代文人作一个比较系统和完整的统计。统计结果见下《东都分司文人表》（表7-1）：

表 **7-1**

姓名	分司时间	前官职	分司官	分司原因	史料来源	存世诗文②
张说	睿宗景云二年	同中书门下平章事	尚书左丞	不附太平公主	《旧唐书》卷九七本传	张燕公集

---

① 《李文公集》卷一四，四部丛刊本。

② 存世诗文情况据周祖譔《中国文学家大辞典》（唐五代卷）及《全唐文》、《唐文拾遗》、《全唐文补遗》等统计。

续表

姓名	分司时间	前官职	分司官	分司原因	史料来源	存世诗文
韦嗣立	睿宗太极元年	汝州刺史	国子祭酒	从外州内迁	张说《奉酬韦祭酒嗣立偶游龙门北溪忽怀骊山别业呈诸留守之作》①	诗8首，文5篇
崔泰之	睿宗太极元年	—	礼部侍郎	—	《崔泰之墓志》②	诗4首
崔日知	睿宗太极元年	洛州司马	光禄卿	升迁	《全唐诗》卷九一③	诗2首
崔沔	睿宗时	左补阙	虞部郎中	因母老疾固求闲官以养	《旧唐书》卷一八八、《新唐书》卷一二九本传	诗1首，文14篇
	睿宗时	虞部郎中分司	御史中丞	重用		
严挺之	玄宗天宝元年	绛郡太守	员外詹事	受李林甫排挤，养疾归闲	《旧唐书》卷九九、《新唐书》卷一二九本传	文3篇④

---

　　①《新唐书》卷一一六《韦嗣立传》载："唐隆初，拜中书令。韦后败，几死于乱，宁王为救免。出为许州刺史，以定策立睿宗，赐封百户，徙汝州。入为国子祭酒、太子宾客。坐示楚客等削遗制事，不执正，贬岳州别驾。"（第4233页）仅称"入为国子祭酒"，未记分司。据《全唐诗》卷九一韦嗣立《偶游龙门北溪忽怀骊山别业因以言志示弟淑奉呈诸大僚》及张说、崔泰之、崔日知等唱和之作，当为"国子祭酒分司"。

　　②《全唐诗》卷九一亦有崔泰之唱和诗《奉酬韦嗣立祭酒偶游龙门北溪忽怀骊山别业因以言志奉呈诸大僚之作》。《唐代墓志汇编》开元一七四《崔泰之墓志》载："今天子肇扬天光……迁礼部侍郎。"（上海古籍出版社1992年版，第1277页）《唐诗纪事》卷一四"崔泰之"："泰之时以礼部居洛，故与嗣立、说、日知屡有酬唱。"（第212页）

　　③ 张说、韦嗣立、崔日知、崔泰之、魏奉古等人在睿宗太极元年（八月玄宗即位，改元先天）有诸多唱和之作，诗中皆称日知为"崔光禄"，或"光禄崔卿公"。《全唐诗》卷九一存崔日知唱和诗二首。《旧唐书》卷九九《崔日用传》附传云："景云中，为洛州司马。会谯王重福入东都作乱，群臣皆避难逃匿，日知独率人吏赴留守，与屯营合势讨贼。重福既死，以功加银青光禄大夫，累迁京兆尹。"（第3089页）按，重福之乱在景云元年八月，则崔日知为光禄卿分司，当在景云元年八月后、太极元年前。

　　④《全唐文》卷二八〇收其文，名不见《中国文学家大辞典》。

续表

姓名	分司时间	前官职	分司官	分司原因	史料来源	存世诗文
高适	肃宗乾元元年	淮南节度使	太子少詹事	遭李辅国谗言，贬官	《旧唐书》卷一一一本传①	高常侍集
王缙	代宗大历十四年	处州刺史	太子宾客	坐元载被贬，自贬地迁入	《旧唐书》卷一一八、《新唐书》卷一四五本传	诗8首，文8篇
李揆	代宗大历十四年	睦州刺史	国子祭酒	由外郡迁入	《旧唐书》卷一二六、《新唐书》卷一五〇本传	诗8句，文3篇
卢虔	德宗贞元中	右散骑常侍	御史	—	《太平广记》卷四一五②	文1篇③
姚齐梧	德宗贞元十六年	给事中	御史中丞	—	《唐会要》卷六〇④	文3篇⑤
李翱	宪宗元和初	京兆府司录参军	国子博士	转迁	《旧唐书》卷一六〇《孟郊传》及本传⑥	李文公集

---

①　《旧唐书》卷一一一本传："李辅国恶适敢言，短于上前，乃左授太子少詹事。"（第3329页）太子少詹事为分司职。高适《还京次睢阳祭张巡许远文》："维乾元元年五月日，太子詹事御史中丞高适……敬祭于故御史中丞张、许二公之灵。……呜呼，我辞淮楚，将赴伊洛，途出兹邦，悲缠旧郭。"高适《酬裴员外以诗代书》亦云："留司洛阳宫，詹府唯蒿莱。"（刘开扬《高适诗集编年笺注》，中华书局1981年版，第395、308页）

②　《太平广记》卷四一五"卢虔"引（《宣室志》）载："故右散骑常侍万阳卢虔，贞元中为御史，分察东台。"第3385页。

③　《全唐文》卷四四四收其文，名不见《中国文学家大辞典》。

④　《唐会要》卷六〇"东都留台"："贞元十六年十二月，以给事中姚齐梧为御史中丞，仍东都留台。"第1234页。

⑤　《全唐文》卷四三六收其文，名不见《中国文学家大辞典》。

⑥　李翱分司洛中事学界说法不一。《旧唐书》卷一六〇《孟郊传》："孟郊者，少隐于嵩山，称处士。李翱分司洛中，与之游。荐于留守郑馀庆，辟为宾佐。"（第4204页）同卷本传："三迁至京兆府司录参军。元和初，转国子博士、史馆修撰。"（第4205页）据阎琦《韩愈评传》，李翱当在元和元年前以国子博士分司东都。

续表

姓名	分司时间	前官职	分司官	分司原因	史料来源	存世诗文
韩愈	宪宗元和二年	国子博士	国子博士	避祸自求	《新唐书》卷一七六本传、《韩公行状》①	昌黎先生集
	宪宗元和四年	国子博士分司	都官员外郎	由前分司官转迁	《新唐书》卷一七六本传	
	宪宗元和七年	职方员外郎	国子博士	因论事被贬	刘禹锡《寄杨八拾遗》②	
韦乾度	宪宗元和三年	—	殿中侍御史	—	《太平广记》卷四九七③	文3篇④
武儒衡	约宪宗元和三年	伊阙尉	监察御史	重用	李翱《武公墓志铭》⑤	文1篇
	约宪宗元和四年	监察御史分司	殿中侍御史	由前分司官转		
元稹	宪宗元和四年	监察御史	监察御史	因劾奏得罪操权者被贬	《旧唐书》卷一六六、《新唐书》卷一七四本传	元氏长庆集

---

①　《李文公集》卷一一《故正议大夫行尚书吏部侍郎上柱国赐紫金鱼袋赠礼部尚书韩公行状》："人为权知国子博士，宰相有爱公文者，将以文学职处公。有争先者，构公语以非之。公恐及难，遂求分司东都。"四部丛刊本。

②　关于韩愈元和七年国子博士的任官地点，学界说法不一。两《唐书》本传皆载韩愈因论柳涧事得罪，官又下迁、复为博士，未云分司。李翱所撰《行状》与皇甫湜所撰《神道碑》均未及分司事。学界亦多认为韩愈此年在长安为官，不久，即于次年春改比部郎中、史馆修撰。然据刘禹锡《寄杨八拾遗》诗自注："时出为国子主簿分司东都。韩十八员外亦转国子博士，同在洛阳。"（陶敏、陶红雨《刘禹锡全集编年校注》卷二，第126页。）则韩愈当以国子博士分司东都。姑录入。

③　《太平广记》卷四九七"韦乾度"条："韦乾度为殿中侍御史，分司东都。牛僧孺以制科敕首，除伊阙尉。台参，乾度不知僧孺授官之本，问何色出身，僧孺曰：'进士。'又曰：'安得入畿？'僧孺对曰：'某制策连捷，忝为敕头。'僧孺心甚有所讶，归以告韩愈。"按，牛僧孺登制科、除伊阙尉乃元和三年事。

④　《全唐文》卷七二四收其文，名不见《中国文学家大辞典》。

⑤　《李文公集》卷一五《兵部侍郎赠工部尚书武公墓志铭》："公讳儒衡，字庭硕。年二十四得进士第，历四门助教。故相郑公馀庆尹河南，奏授伊阙尉、充水陆运判官。及郑公守东都，又请自佐，得监察御史，转殿中。"郑馀庆守东都在元和三年。

续表

姓名	分司时间	前官职	分司官	分司原因	史料来源	存世诗文
窦牟	约宪宗元和五年	—	虞部郎中	转迁	韩愈《窦牟墓志铭》①	窦氏联珠集
杨归厚	宪宗元和七年	左拾遗	国子主簿	因论事贬官	《旧唐书》卷一五《宪宗纪》、《新唐书》卷一四六《李吉甫传》	文1篇②
李渤	宪宗元和十年	右补阙	丹王府咨议参军	上章忤旨	《旧唐书》卷一七一、《新唐书》卷一一八本传、《唐会要》卷一五	诗5首，文2篇
	宪宗元和十二年	丹王府咨议参军分司	赞善大夫	由前分司官转迁		
	宪宗元和十三年	赞善大夫分司	库部员外郎	由前分司官再迁		
李逊	宪宗元和十年	襄州刺史	太子宾客	中使奏言不直而左授	《旧唐书》卷一五五、《新唐书》卷一六二本传	文1篇③
	宪宗元和十年	太子宾客分司	恩王傅	由前分司官再贬降		
韦贯之	宪宗元和十二年	湖南观察使	太子詹事	所献财赋未满权者意，左迁分司	《旧唐书》卷一五八、《新唐书》卷一六九本传	文1篇
崔元略	宪宗元和十三年	御史中丞	御史中丞	时李夷简召为大夫，故诏留司东台	《旧唐书》卷一六三、《新唐书》卷一六〇本传	诗1首，文4篇

① 窦牟是否任分司职学界说法不一。韩愈《国子司业窦公墓志铭》载："元和五年，真拜尚书虞部郎中。"（屈守元、常思春主编《韩愈全集校注》，第2529页）《唐五代文学编年史》据此及窦牟洛阳诗考定为虞部郎中分司。一说窦牟元和四年任东都留守判官，五年拜虞部郎中。

② 《唐文拾遗》卷二九收其文一篇，名不见《中国文学家大辞典》。

③ 《全唐文》卷五四六收其文一篇，《补遗》一篇，名不见《中国文学家大辞典》。

续表

姓名	分司时间	前官职	分司官	分司原因	史料来源	存世诗文
孟简	宪宗元和十三年	户部侍郎	御史中丞①	重用	《旧唐书》卷一六三、《新唐书》卷一六〇本传	诗9首,文4篇
	宪宗元和十四年	山南东道节度使	太子宾客	因奸赃被贬		
	穆宗长庆三年	常州刺史	太子宾客	由贬所迁入		
刘敦儒	宪宗元和中	—	左龙武军兵曹参军	奖赏孝行	《旧唐书》卷一八七本传	文1篇②
张季友	宪宗元和中	监察御史分司	殿中侍御史	转迁	韩愈《唐故虞部员外郎张府君墓志铭》③	文1篇④
皇甫镛	宪宗元和末	河南少尹	右庶子	避祸自求	《旧唐书》卷一三五本传、白居易《皇甫公墓志铭》	诗1首
	文宗大和三年	国子祭酒	太子宾客	谢疾改官		
	文宗大和六年	太子宾客分司	秘书监	转迁		
	文宗开成初	秘书监分司	太子少保	转迁		
张弘靖	穆宗长庆元年	卢龙节度使	太子宾客	因军乱被贬	《旧唐书》卷一六《穆宗本纪》及《新唐书》卷一二七本传	诗1首,文2篇

---

① 《旧唐书》卷一六三本传:"十二年,入为户部侍郎。十三年,代崔元略为御史中丞,仍兼户部侍郎。"(第4258页)《新唐书》卷一六〇本传:"进户部,加御史中丞。户部有二员,判使按者居别一署,谓之'左户',元和后,选委华重,宰相多由此进。"(第4968页)据《旧唐书》卷一六三《崔元略传》:"元和十三年,以李夷简自西川征拜御史大夫,乃命元略留司东台。"(第4260页)知孟简代崔元略为御史中丞分司职,且为重用之故。

② 《全唐文》卷七四〇收其文,名不见《中国文学家大辞典》。

③ 韩愈《唐故虞部员外郎张府君墓志铭》:"拜监察御史,经二年,拜真御史。明年,分司东台,转殿中。"(屈守元、常思春主编《韩愈全集校注》,第2082页)

④ 《全唐文》卷七二三收其文,名不见《中国文学家大辞典》。

姓名	分司时间	前官职	分司官	分司原因	史料来源	存世诗文
令狐楚	穆宗长庆元年	郢州刺史	太子宾客	自贬所迁入	《旧唐书》卷一七二、《新唐书》卷一六六本传	诗1卷补2首，文5卷
	穆宗长庆二年	陕虢观察使	太子宾客	复贬		
皇甫湜	穆宗长庆二年	工部郎中	官职不详①	自乞分司	《新唐书》卷一七六《皇甫湜传》	皇甫持正文集
李夷简	穆宗长庆二年	淮南节度使	太子少师	请老	《新唐书》卷一三一本传	诗1首，文4篇
崔群	穆宗长庆二年	武宁军节度使	秘书监	因失守被贬	《旧唐书》卷一五九、《新唐书》卷一六五本传	预联句2首，文6篇
白居易	穆宗长庆四年	杭州刺史	太子左庶子	秩满转官	《旧唐书》卷一六六本传、李商隐《白公墓志铭》②	白氏长庆集
	文宗大和三年	刑部侍郎	太子宾客	称病自求		
	文宗大和七年	河南尹	太子宾客	固求分务		
	文宗大和九年	授同州刺史不赴	太子少傅	固求分务		
元锡	穆宗长庆时	—	淄王傅	—	《旧唐书》卷一七《敬宗本纪》	文4篇③
卢士玫	穆宗长庆时	瀛漠节度使	太子宾客	获释东归	《旧唐书》卷一六二本传	诗1首，预联句1首
	穆宗长庆时	虢州刺史	太子宾客	—		

① 《新唐书》卷一七六本传："仕至工部郎中，辨急使酒，数忤同省，求分司东都。留守裴度辟为判官。"（第5267页）具体分司官职不详。裴度长庆二年任东都留守，皇甫湜任分司官当在此时。

② 据朱金城《白居易年谱》所考。

③ 《全唐文》卷六九三，名不见《中国文学家大辞典》。

续表

姓名	分司时间	前官职	分司官	分司原因	史料来源	存世诗文
李绛	敬宗宝历元年	尚书左仆射	太子少师	受李逢吉排斥	《旧唐书》卷一七《敬宗本纪》及卷一六四本传	诗2首,联句1首,文2卷
陈夷行	敬宗宝历末	累辟使府	侍御史	—	《旧唐书》卷一七三本传	文2篇①
	敬宗宝历末	侍御史分司	虞部员外郎	改官		
姚合	文宗大和元年	—	监察御史	—	白居易《姚侍御见过戏赠》②	姚少监诗集
刘禹锡	文宗大和元年	和州刺史	主客郎中	由贬所迁入	《旧唐书》卷一六〇、《新唐书》卷一六八本传	刘梦得文集
	文宗开成元年	同州刺史	太子宾客	患足疾		
	文宗开成四年	太子宾客分司	秘书监	由前分司官改官		
崔从	文宗大和三年	户部尚书	太子宾客	因党争受李宗闵排挤	《旧唐书》卷一七七、《新唐书》卷一一四本传	文1篇③
舒元舆	文宗大和五年	刑部员外郎	著作郎	宰执谓其躁进	《旧唐书》卷一六九、《新唐书》卷一七九本传	诗1卷,文1卷,补1篇
徐晦	文宗大和五年	兵部侍郎	太子宾客	—	《旧唐书》卷一六五本传	文1篇④

---

　　① 《全唐文》卷七四五收其文一篇,《拾遗》卷三〇收一篇。名不见《中国文学家大辞典》。

　　② 白居易《姚侍御见过戏赠》云:"晚起春寒慵裹头,客来池上偶同游。东台御史多提举,莫按金章系布裘。"(朱金城《白居易集笺校》卷二五,第1743页)《白居易年谱》系此诗于大和二年初春。则姚合任监察御史当在大和元年。

　　③ 《全唐文》卷五一四收其文,名不见《中国文学家大辞典》。

　　④ 《全唐文》卷六一一收其文,名不见《中国文学家大辞典》。

续表

姓名	分司时间	前官职	分司官	分司原因	史料来源	存世诗文
裴潾	文宗大和五六年	汝州刺史	左庶子	坐违法杖杀人而被贬	《旧唐书》卷一七一、《新唐书》卷一一八本传	诗15首，文3篇
崔玄亮	约文宗大和六年	右散骑常侍	太子宾客	以疾归	《新唐书》卷一六四本传、白居易《崔公墓志铭》①	诗2首6句，文1篇
皇甫曙	约文宗大和七年	—	郎中	—	白居易《携酒往朗之庄居同饮》等②	诗2首，文1篇
张仲方	文宗大和七年	右散骑常侍	太子宾客	因党争受李德裕排挤	《旧唐书》卷一七一、《新唐书》卷一二六本传	文3篇③
李绅	文宗大和七年	寿州刺史	太子宾客	由贬所迁入	《旧唐书》卷一七三、《新唐书》卷一八一本传	追昔游集
李绅	文宗大和九年	浙东观察使	太子宾客	因党争受李宗闵排挤	《旧唐书》卷一七三、《新唐书》卷一八一本传	追昔游集
杜牧	文宗大和九年④	淮南节度府掌书记	监察御史	移疾分司	《旧唐书》卷一四七、《新唐书》卷一六六本传	樊川文集

---

①　旧传不载。《新唐书》卷一六四本传："大和四年，繇太常少卿改谏议大夫，朝廷推为宿望，拜右散骑常侍。……顷之，移疾归东都，召为虢州刺史。卒，年六十六，赠礼部尚书。"（第5052页）《全唐诗》卷四六六崔玄亮《和白乐天》诗下注："时以太子宾客分司东都。"（第5301页）据白居易《唐故虢州刺史赠礼部尚书崔公墓志铭并序》及《感旧并序》，卒于大和七年。

②　皇甫曙，即皇甫朗之，白居易分司东都时有多首诗与其唱和，又称皇甫十、皇甫郎中、皇甫少尹。《全唐文补遗》第四册刘玄章《唐故朝议郎使持节抚州诸军事……皇甫公（炜）墓志铭》："蜀州生汝州刺史、赠尚书右丞讳曙，人艺兼茂，甲乙连登。历聘名藩，荐居郎位。亚尹洛邑，再相宫坊。……公即右丞第三子也。"此据贾晋华《唐代集会总集与诗人群研究》"大和至会昌东都闲适诗人群聚会表"。

③　《全唐文》卷七四七收其两篇，《全唐文补遗》一篇。名不见《中国文学家大辞典》。

④　据缪钺《杜牧年谱》，人民文学出版社1980年版。

续表

姓名	分司时间	前官职	分司官	分司原因	史料来源	存世诗文
李听	文宗大和九年	陈许节度使	太子太保	郑注掎其过	《旧唐书》卷一三三、《新唐书》卷一五四本传	文1篇①
李德裕	文宗大和九年	镇海军节度、浙西观察使	太子宾客（未行，再贬袁州）	党争失利	《旧唐书》卷一七四、《新唐书》卷一八〇本传	会昌一品集
	文宗开成元年	滁州刺史	太子宾客	内迁		
	宣宗大中元年	东都留守	太子少保	党争失利		
萧籍	文宗开成初	—	太子宾客	—	《容斋随笔》卷一②	文1篇
李仍叔	文宗开成初	—	太子宾客	—	同上	《墓志续编》收文1篇
吴士矩	文宗开成元年	江西观察使	秘书监	—	刘禹锡《秋斋独坐寄乐天兼呈吴方之大夫》等③	诗1首3句
殷侑	文宗开成二年	襄州刺史、山南东道节度使	太子宾客	病乞分司④	《旧唐书》卷一六五、《新唐书》卷一六四本传	文8篇⑤

① 《全唐文》卷七一三收其文，名不见《中国文学家大辞典》。

② 《容斋随笔》卷一《裴晋公禊事》载："唐开成二年三月三日，河南尹李待价将禊于洛滨，前一日启留守裴令公，公明日召太子少傅白居易，太子宾客萧籍、李仍叔、刘禹锡，中书舍人郑居中等十五人合宴于舟中，自晨及暮。"（上海古籍出版社1978年版，第11页）又见《全唐诗》卷四五六白居易《三月三日被禊洛滨序》。《全唐文》卷六九五收其文，名不见《中国文学家大辞典》。

③ 吴士矩，字方之。《新唐书》卷一五九本传不载分司东都事。开成元年，刘禹锡在洛阳有数诗与其唱和。

④ 分司原因二传记载不一。《新唐书》本传云："出侑为山南东道节度使。坐减兵不先论启，左迁太子宾客分司东都。俄领忠武节度。"（第5055页）《旧唐书》本传："出为襄州刺史、山南东道节度使。二年三月，以病求代，以太子宾客分司东都。"（第4322页）

⑤ 《全唐文》卷七吴七收其文四篇，《拾遗》卷三〇收三篇，《补遗》一篇。名不见《中国文学家大辞典》。

续表

姓名	分司时间	前官职	分司官	分司原因	史料来源	存世诗文
王彦威	文宗开成二年	户部侍郎、判度支	卫尉卿	失职被贬	《旧唐书》卷一七《文宗本纪》及卷一五七本传、《新唐书》卷一六四本传	诗1首，文11篇
李宗闵	文宗开成四年	杭州刺史	太子宾客	从贬所迁入	《旧唐书》卷一七六、《新唐书》卷一七四本传	诗1首，文1卷
白敏中	武宗会昌元年	试大理评事	殿中侍御史	—	《旧唐书》卷一六六本传	诗2首，断句1联，文5篇
苗绅	武宗会昌	—	秘书省校书郎	—	《上党苗府君墓志铭并序》①	文4篇②
牛僧孺	武宗会昌四年	东都留守	太子少保	党争失利	《新唐书》卷一七四本传、《旧唐书》卷一八《宣宗本纪》、《通鉴》	诗4首11句，文1卷，补3篇
牛僧孺	宣宗大中二年	汝州长史	太子少保	由贬所内迁		
李石	武宗会昌五年	东都留守	太子少保	—	《旧唐书》卷一七二、《新唐书》卷一三一本传	文2篇③
杨收	武宗会昌末	侍御史	职方员外郎	改官	《旧唐书》卷一七七本传	诗4首，文2篇
卢简求	武宗会昌末	苏州刺史	左庶子	牵连被贬④	《旧唐书》卷一六三本传	文2篇⑤

---

① 《唐代墓志汇编》会昌〇三一《上党苗府君墓志铭并序》下属名"第四弟将仕郎守秘书省校书郎分司东都绅谨撰并书"，第2232页。

② 《全唐文》卷八〇二收其文三篇，《补遗》一篇，名不见《中国文学家大辞典》。

③ 《全唐文》卷七三〇七收其文一篇，《补遗》一篇，名不见《中国文学家大辞典》。

④ 《旧唐书》卷一六三本传："时简辞镇汉南，弘正为侍郎，领使务，昆仲皆居显列，时人荣之。既而宰执不协，弘正出镇，罢简求为左庶子分司。"（第4272页）《新传》不载。

⑤ 《全唐文》卷七三三收其文两篇，名不见《中国文学家大辞典》。

续表

姓名	分司时间	前官职	分司官	分司原因	史料来源	存世诗文
吕让	宣宗大中初	德王傅	太子洗马	—	吕焕《东平吕府君墓志铭并序》①	诗1首
归融	宣宗大中初②	兵部尚书	太子少傅	辞疾分司	《旧唐书》卷一八《宣宗本纪》、《新唐书》卷一六四本传	文5篇③
崔琪	宣宗大中元年	商州刺史	太子宾客	转官	《旧唐书》卷一七七、《新唐书》卷一八二本传	文3篇④
	宣宗大中三年	凤翔节度使	太子少师	辞疾请罢		
韦琮	宣宗大中二年	门下侍郎兼礼部尚书、同平章事	太子詹事	因无功罢为分司官	《旧唐书》卷一八《宣宗本纪》、《新唐书》卷一八二本传	文2篇⑤
韦瓘	宣宗大中二年	桂管观察使	太仆卿	—	《容斋随笔》卷八⑥	诗1首2句，文3篇

---

① 长男吕焕撰《东平吕府君（让）墓志铭并序》中云："繇是为德王傅，因中书斥阉者，降太子洗马分司东都，复为濮王傅，改秘书监致仕。大中九年十月廿四日，弃养于归仁里之私第。"后由云"分洛八载"，可见吕让分司东都至迟在宣宗大中初。见《唐代墓志汇编》大中一〇七，第2334页。

② 《新唐书》本传云："会昌后，儒臣少，朝廷礼典多本融议。辞疾，以太子少傅分司东都。大中七年，卒，赠尚书左仆射。"（第5040页）其分司时间约在大中初。

③ 《全唐文》卷七四七收其文四篇，《唐文拾遗》卷三一篇，名不见《中国文学家大辞典》。

④ 《全唐文》卷七四一收其文两篇，《补遗》一篇，名不见《中国文学家大辞典》。

⑤ 《全唐文》卷七六〇收其文，名不见《中国文学家大辞典》。

⑥ 《容斋随笔》卷八"浯溪留题"载："永州浯溪，唐人留题颇多，其一云：'太仆卿分司东都韦瓘，太中二年过此。余大和中以中书舍人谪宦康州，逮今十六年。去冬罢楚州刺史，今年二月有桂林之命，才经数月，又蒙除替，行次灵川，闻改此官，分司优闲，诚为忝幸。'按《新唐书》：'瓘仕累中书舍人，与李德裕善，李宗闵恶之，德裕罢相，贬为明州长史，终桂管观察使。'以题名证之，乃自中书谪康州，又不终于桂，史之误如此。瓘所称十六年前，正当大和七年，是时，德裕方在相位，八年十一月始罢，然则瓘之去国，果不知坐何事也。"（第104页）《全唐诗》卷五〇七韦瓘《留题桂州碧浔亭》诗云："半年领郡固无劳，一日为心素所操。轮奂未成绳墨written，规模已壮闳闳高。理人虽切才常短，薄宦都缘命不遭。从此归耕洛川上，大千江路任风涛。"（第5766页）"从此归耕洛川上"云云，当指任分司官。

姓名	分司时间	前官职	分司官	分司原因	史料来源	存世诗文
马植	宣宗大中三年	守中书侍郎、同平章事	太子宾客	党争①	《旧唐书》卷一八《宣宗本纪》、《旧唐书》卷一七六本传	诗1首文2篇
许浑	宣宗大中六年	—	虞部员外郎	—	许浑《分司东都寓居履道叨承三川尹刘侍郎大夫恩知上四十韵》②	丁卯集
李回	宣宗大中年间（九年卒）	湖南观察使	太子宾客	党争	《新唐书》卷一三一本传	诗3首，文2篇
裴休	宣宗大中十年	汴州刺史宣武军节度使	太子少保	—	《旧唐书》卷一七七、《新唐书》卷一八二本传	诗8首文9篇
孔温业	宣宗大中十一年	检校户部尚书兼太子宾客	太子宾客	以病请告故	《旧唐书》卷一八《宣宗本纪》	诗1首文1篇
李景让	宣宗大中	西川节度使	太子少保	以病丐致仕后分司	《新唐书》卷一七七本传	诗1首，文4篇
李庾	宣宗大中		殿中侍御史	—	《李君墓志铭》③	诗1首，文3篇

① 关于马植被贬分司官的原因，二传记载不一。据《旧唐书》卷一七六本传："植以文学政事为时所知，久在边远，及还朝，不获显官，心微有望，李德裕素不重之。宣宗即位，宰相白敏中与德裕有隙，凡德裕所薄者，必不次拔擢之，乃加植金紫光禄大夫，行刑部侍郎，充诸道盐铁转运使。转户部侍郎，领使如故。俄以本官同平章事，迁中书侍郎，兼礼部尚书。敏中罢相，植亦罢为太子宾客，分司东都。"（第4565页）则马植罢为分司，乃党争之故。而《新唐书》卷一八四本传载："宣宗嗣位，白敏中当国，凡德裕所不善，悉不次用之，故植以刑部侍郎领诸道盐铁转运使，迁户部，俄同中书门下平章事，进中书侍郎。初，左军中尉马元贽最为帝宠信，赐通天犀带。而植素与元贽善，至通昭穆，元贽以赐带遗之。它日对便殿，帝识其带，以诘植，植震恐，具言状，于是罢为天平军节度使。既行，诏捕亲吏下御史狱，尽得交私状，贬常州刺史，以太子宾客分司东都。起为忠武、宣武节度使，卒。"（第5391页）中称马植因交私触怒龙颜而被贬。今从旧传。

② 据李立朴《许浑研究》，贵州人民出版社1994年版。

③ 《唐代墓志汇编》大中一一五收《唐故万年县尉直弘文馆李君墓志铭》，下属"再从叔朝议郎行殿中侍御史分司东都庚撰并书"，第2341页。

续表

姓名	分司时间	前官职	分司官	分司原因	史料来源	存世诗文
崔安潜	宣宗大中	西川节度使	太子宾客	诬罪，罢为分司	《新唐书》卷一一四本传	诗1首
郑薰	宣宗大中十二年	宣歙观察使	棣王府长史	贬	《新唐书》卷一七七本传、《全唐文》卷七九〇①	诗2首，文3篇
柳仲郢	懿宗咸通初	兴元尹、山南西道节度使	太子宾客	决赃吏过当	《旧唐书》卷一六五、《新唐书》卷一六三本传	文2篇
蒋伸	懿宗咸通二年	宣武节度使	太子少保	—	《新唐书》一三二本传	文9篇②
夏侯孜	懿宗咸通十年	河中尹、河中晋绛节度使	太子少保	惩其治蜀无政	《旧唐书》卷一七七、《新唐书》卷一八二本传	诗1首，文2篇
令狐绹	懿宗咸通十年	淮南节度使	太子太保	因丧师被贬	《旧唐书》卷一七二、《新唐书》卷一六六本传	文3篇
韦澳	懿宗时	邠宁节度使	秘书监	受宰相杜审权排挤罢镇	《旧唐书》卷一五八本传	断句1联，文1篇
裴思谦	僖宗乾符三年	—	凉王傅	—	《旧唐书》卷一九《僖宗本纪》	诗1首
郑畋	僖宗乾符六年	门下侍郎同平章事	太子宾客	与卢携争论于中书，词语不逊	《旧唐书》卷一七八、《新唐书》卷一八五本传	诗17首4句，文11篇
	僖宗中和二年	仆射平章事	太子少傅	辞疾		

---

① 《全唐文》卷七九〇郑薰《祭梓华府君神文》："维大中十二年岁次戊寅十月己丑朔二十一日己酉，中散大夫守棣王府长史、分司东都上柱国郑薰……致祭于敬亭山华府君之灵。"（第8274页）

② 《全唐文》卷七八八收其文，名不见《中国文学家大辞典》。

续表

姓名	分司时间	前官职	分司官	分司原因	史料来源	存世诗文
卢携	僖宗乾符六年	同中书门下平章事	太子宾客	与郑畋争论于中书，词语不逊	《旧唐书》卷一七八、《新唐书》卷一八四本传、《旧唐书》卷一九《僖宗本纪》	诗2首，文2篇
	僖宗广明元年	右仆射、门下侍郎、平章事	太子宾客	贼陷潼关，罢为分司		
王铎	僖宗乾符六年	侍中、荆南节度使、诸道行营都统	太子宾客	因统众无功被贬	《新唐书》卷一八五本传、《旧唐书》卷一九《僖宗本纪》	诗3首，文2篇
崔彦昭	僖宗时	—	太子太保	—	《旧唐书》卷一七八本传	文1篇①
司空图	僖宗乾符末	殿中侍御史	光禄寺主簿	赴阙迟留	《旧唐书》卷一九〇、《新唐书》卷一九四本传	司空表圣集
陆扆	昭宗天复三年②	门下侍郎、兵部尚书、同平章事	沂王傅	崔胤怒其奏言，奏贬	《旧唐书》卷一七九本传卷二〇《昭宗本纪》	诗1首1句，文10篇

据以上统计结果，唐代文人中曾任分司之职的约87人，其中包括张说、高适、王维、韩愈、白居易、刘禹锡、杜牧等文学史上的大家。对上表东都分司文人的到任情况进行观察，可以发现以下若干变化和特点。

一　文人分司任的时段变化及特点

睿宗至德宗时期，分司东都的唐代文人相对较少，历时五朝，分司文人共计11人。清人王鸣盛《十七史商榷》论及唐代分司官的任命原因

---

① 《全唐文》卷八〇二收其文，名不见《中国文学家大辞典》。
② 《旧传》与《本纪》记载分司时间不一，《本纪》载"天复三年"，《旧传》云"天复元年"。

时说:"又设分司官,不关政事而食其禄,本以处罢黜之人,或既远黜复量移于此,而性乐恬退者,亦或反从而求之。"①其中所提到的罢黜、量移、自请三种任职情况,在这一时期皆已出现。罢黜者,如张说因不附太平公主、韦挺之因受李林甫排挤而分司东都。东都分司官乃一闲散之职,无实际职掌,故朝廷常以此职处罚获罪或被疏远的官员。然作为贬官的一种,东都分司官与远逐、放流之类的典型贬谪相比,处罚的性质和严厉度显然要温和得多。其不会有"驰驿发遣"之事,亦无"不得留连宴会,擅离所任"等诸种限制和"满五考与量移"之条限,朝廷可以随时起复和任用②,故责授此职的多为罪行轻微,或在朝廷的政治起伏及斗争中失势和失利者。而且,唐人在任职观念中素重京官轻外职,黜于东都散地,既能远离天子和朝班,惩处性质上又非外放弃之,在政治考量中含有暂置和待用的意义。所以,获罪远黜的官员,若朝中局势发生了有利的变化,或朝廷予以恩遇和宽待,亦常内迁于此。如代宗时的王缙,《旧唐书》本传载:"元载得罪,缙连坐贬括州刺史,移处州刺史。大历十四年,除太子宾客,留司东都。"③又如同时期的李揆,"初,揆秉政,侍中苗晋卿累荐元载为重官。揆自恃门望,以载地寒,意甚轻易,不纳……载衔恨颇深。及载登相位,因揆当徙职,遂奏为试秘书监,江淮养疾。既无禄俸,家复贫乏,媵孤百口,丐食取给。萍寄诸州,凡十五六年,其牧守稍薄,则又移居,故其迁徙者,盖十余州焉。元载以罪诛,除揆睦州刺史,入拜国子祭酒、礼部尚书"④。他们二人留司东都,即属远黜量移和内迁的情形。因分司官"不关政事而食其禄",所以这一时期也有自求分司者,如崔沔因母病需奉养而自乞分司,但与王氏所云"性乐恬退者"有别。

到了宪宗一朝,分司东都的文人在数量上骤增,多达23人次。而且,这一时期分司东都职体现了以下新的特点。一者,在官职的变动上,因被贬降而分司东都的文人明显增多。如韩愈元和七年(812)论事得

---

① (清)王鸣盛:《十七史商榷》卷八五,第921页。
② 尚永亮:《唐五代逐臣与贬谪文学研究》,第20页。
③ 《旧唐书》卷一一八《王缙传》,第3418页。
④ 《旧唐书》卷一二六《李揆传》,第3561页。

罪，李渤元和十年（815）上疏忤旨，韦贯之元和十二年（817）所献财
赋未满权者意，孟简元和十四年（819）奸赃被发，皆左迁分司官。这说
明，随着安史之乱后洛阳地位的逐渐衰落，分司东都作为贬黜形式的性
质越来越突出。二者，这一时期任职原因相对多元复杂，其中值得注意
的是，出现了因避祸而自求分司的现象。分司官职闲禄全，洛阳自古乃
缙绅渊薮，聚集各界贤达，亦有各处官员频繁过往，给分司官员提供了
许多结交达官贵人的机会。加之洛阳作为历朝古都，文化底蕴丰厚，自
然环境优美，这些条件使得洛阳成为仕途失意者韬光养晦的最好去处。
超然的政治地位也使得在当地任职的分司官在仕途上有更多进退的空间，
所以有些官员为了躲避朝廷的政治纷争、全身远祸而自请分司。如韩愈
元和二年（807）以国子博士分司东都，李翱《韩公行状》载："入为权
知国子博士，宰相有爱公文者，将以文学职处公。有争先者，构公语以
非之。公恐及难，遂求分司东都。"①皇甫湜《韩愈神道碑》叙及此事云：
"不丽邪宠，惧而中请分司东都避之，除尚书都官郎中（'郎中'为'员外
郎'之误——引者注），分司判祠部。"②应该说，韩愈一生的主导思想是积
极用世的，他的"一生思虑"总在为君为国。此番分司，是他暂避祸患的
权宜之策，是他从政治漩涡中暂时抽离的栖身之地。又如皇甫镈，《旧唐
书·皇甫镈传》载："时镈为宰相，领度支，恩宠殊异。镛恶其太盛，每
弟兄宴语，即极言之，镈颇不悦。乃求为分司，除右庶子。及镈获罪，朝
廷素知镛有先见之明，不之罪，征为国子祭酒，改太子宾客、秘书监。"③
这说明，从宪宗时开始，东都分司官已开始成为文人远离朝中风波和政治
斗争的退避之地。

　　穆宗以后，出任东都分司官的文人在各朝代皆有不少，数量上尤以
文宗至宣宗时期为多。其中一个显著而重要的原因，便是受这一时期朝中
牛李党争的影响。《旧唐书·李宗闵传》载："长庆元年，子婿苏巢于钱徽
下进士及第，其年，巢覆落。宗闵涉请托，贬剑州刺史。时李吉甫子德裕

① 《李文公集》卷一一，四部丛刊本。
② 《全唐文》卷六八七，第7037页。
③ 《旧唐书》卷一三五，第3743页。

为翰林学士，钱徽榜出，德裕与同职李绅、元稹连衡言于上前，云徽受请托，所试不公，故致重覆。比相嫌恶，因是列为朋党，皆挟邪取权，两相倾轧。自是纷纭排陷，垂四十年。"① 这一重大政治矛盾自唐穆宗时始，历敬宗、文宗、武宗、宣宗时期，尤其在文宗、武宗、宣宗三朝，朋党之争达到白热化的阶段。史载："大和已后，李宗闵、李德裕朋党事起，是非排陷，朝升暮黜，天子亦无如之何。"② "文宗以二李朋党，绳之不能去，尝谓侍臣曰：'去河北贼非难，去此朋党实难。'"③ 在朝廷的政治起伏和党派的交构争斗中，失利的一方往往被迫遣离长安和天子，从政治中心退出，他们的出路除了出镇一方、远迁外郡或者流贬远荒以外，还有一个较为普遍的现象，就是出为东都分司官。李党的领袖李德裕、牛党的领袖牛僧孺在党争失利时都曾受到排挤几次分司洛阳。如李德裕，"特承武宗恩顾，委以枢衡"，他第三次分司洛阳，即是因为宣宗即位后失势。史载，宣宗向恶李德裕之专，曾退谓左右曰："向行事近我者，非太尉邪？每顾我，毛发为森竖。"④ 加之牛党白敏中、令狐绹等 "抵掌戟手，同谋斥逐"，"宣宗即位，罢相，出为东都留守"⑤。而东都留守为一方理政之首，地位危重，宣宗犹嫌不足，因此在次年大中元年（847）二月将其再贬为太子少保分司东都，至十二月又加贬为潮州司马。其他身为党派中人受牵连而分司东都的文人亦有不少，如崔从，"大和三年，入为户部尚书。李宗闵秉政，以从与裴度、李德裕厚善，恶之，改检校尚书右仆射、太子宾客东都分司"⑥。如张仲方，"（大和）五年四月，转右散骑常侍。七年，李德裕辅政，出为太子宾客分司。八年，德裕罢相，李宗闵复召仲方为常侍"⑦。又如李绅，"始以文艺节操进用，受顾禁中。后为朋党所挤，滨于祸患"。身为李党成员，"（大和）九年，李训用事，李宗闵复相，与李训、郑注连衡

① 《旧唐书》卷一七六，第 4552 页。
② 《旧唐书》卷一六六《白居易传》，第 4354 页。
③ 《旧唐书》卷一七六《李宗闵传》，第 4554 页。
④ 《新唐书》卷一八〇《李德裕传》，第 5341 页。
⑤ 《旧唐书》卷一七四《李德裕传》，第 4527 页。
⑥ 《旧唐书》卷一七七《崔从传》，第 4579 页。
⑦ 《旧唐书》卷一七一《张仲方传》，第 4445 页。

排摈德裕罢相，绅与德裕俱以太子宾客分司"①。

这一时期，不仅朝中"朋党事起，是非排陷"，在文宗朝，"时训、注窃弄威权，凡不附己者，目为宗闵、德裕之党，贬逐无虚日，中外震骇，连月阴晦，人情不安"②。大和九年（835），朝廷又发生令人震惊的甘露之变，"自是，中官用事，衣冠道丧"③。受当时险象环生的政治局势影响，许多文人更是不安于朝，纷纷抽身远退，离开朝廷。或出任地方官，既能远离纷争，又可施政作为。或宦情衰落，无意仕进，自请分司。代表者如因上书言事中道左迁、天涯沦落的白居易，他于穆宗即位后不久就被召回朝廷，仕途开始变得坦顺，但面对隐患丛生、矛盾激化的朝局，他急流勇退，为避祸免害，开始是求做地方官，如长庆二年（822），河北藩镇复乱，白居易多次上疏言事，不见听，于是请求外任，七月，除杭州刺史。文宗以后，随着时局进一步恶化，他则"性乐恬退"，无意仕进，转求东都闲散官，《旧唐书·白居易传》载："大和已后，李宗闵、李德裕朋党事起，是非排陷，朝升暮黜，天子亦无如之何。杨颖士、杨虞卿与宗闵善，居易妻，颖士从父妹也。居易愈不自安，惧以党人见斥，乃求致身散地，冀于远害。凡所居官，未尝终秩，率以病免，固求分务，识者多之。"④在大和三年（829），他因病免刑部侍郎，以太子宾客分司东都。之后大和七年（833）、九年（835），他先后以病告长假的方式辞去河南尹、同州刺史之职，改任分司。因为在他看来，"自到东都后，安闲更得宜"、"分司胜刺史"⑤。又如脱离谪籍复出后的刘禹锡，本想依凭宰相裴度再有一番作为，但大和以后裴度等人受李宗闵、牛僧孺排挤出朝、无所施为，刘禹锡对政局感到失望和迷茫，又失去了裴度的庇护，便请调东都洛阳，未成，先后出为苏州、汝州、同州刺史。出牧同州仅一年，刘禹锡即因足疾发作向朝廷上表辞官，获准后于开成元年（836）以太子

①　《旧唐书》卷一七三《李绅传》，第4500、4499页。
②　《旧唐书》卷一七六《李宗闵传》，第4553页。
③　《旧唐书》卷一七〇《裴度传》，第4432页。
④　《旧唐书》卷一六六，第4354页。
⑤　朱金城：《白居易集笺校》卷三七《偶作寄朗之》，第2553—2554页。

宾客分司东都。再如在南方任幕职多年的杜牧，于大和九年（835）终转监察御史，赴长安任职。然时李训、郑注权震天下，锐意去恶。同年七月，侍御史李甘因反对李、郑，被斥南荒。杜牧与李甘相善，恐祸及自身，在李甘被贬后即移疾分司。白居易、刘禹锡、杜牧自求分司，虽在形式上以疾病为由，但其出发点皆是为了远离朝廷的政治纷争。白诗《戊申岁暮咏怀三首》其三云："人间祸福愚难料，世上风波老不禁。万一差池似前事，又应追悔不抽簪。"① "前事"，即指元和十年（815）被贬江州。白居易在这首诗中表明自己年岁已老，世上的风波再也禁受不住，这风波其实指的就是仕途官场你死我活的争斗，他希望能够及时抽身，从政治中心引退。值得注意的是，这一时期，频繁出现以老、病自请的分司文人，如殷侑、归融、崔珙、孔温业、李景让等。个中缘由，除了他们自身病痛衰老的客观因素，恐怕都与当时政局的日益颓坏及文人仕进之心的减退脱离不了干系。

二　东都御史台及东宫官

东都"散地"的性质决定了分司官的闲散色彩，但文人分司任上的具体职事间又存在个体的差异。韩愈在东都任都官员外郎时，曾作《上郑尚书相公启》云："分司郎官职事，惟祠部为烦且重。愈独判二年，日与宦者为敌，相伺候罪过，恶言詈辞，狼藉公牒，不敢为耻，实虑陷祸。"② 可见，在分司任中，祠部职掌相对来说还是较为繁重的。据表7-1观察，唐代文人所任分司官多种，如尚书省各部、御史台、监寺、秘书省、东宫、王府以及诸军卫，皆有分司之务。其中，有两类官职值得注意。

一是东都御史台官。在唐代的官僚体系中，御史台作为监督机构，对文武百官有监察纠举之权，地位相对独立，亦具有十分重要的意义。御史分司东都，谓之东台。东台不仅负责监察关东地区的文武百官，同时，也

---

① 朱金城：《白居易集笺校》卷二七，第1869—1870页。
② 屈守元、常思春：《韩愈全集校注》，第1782页。

兼有对地方财政经济、礼仪司法、武器装备等方面的监督权。《唐会要》卷六〇"东都留台"载："旧制，中都留台官，自中丞已下，元额七员，中丞一员，侍御史一员，殿中侍御史二员，监察御史三员。"①但实际上，东都御史台的实际任职员额在各时期并不常备和完整，《唐会要》卷六〇"东都留台"又载："（元和）十三年三月，以权知御史中丞崔元略为东都留台，自后但以侍御史、殿中侍御史、监察御史共主留台之务，而三院御史亦不尝备焉。"②因御史台的监察监督职能和特殊地位，东台不仅具有实权和威严，而且，东都远离政治中心长安和天子，其权力相对更大，更为集中，唐人赵煜《东都留台石柱记》曾云："众所严惮，愈于京师。盖由临之者专也，奉之者一也。专则权有独断，一则政无多门。前达以之，立名于此。"③故而，与东都其他分司官相比，东都御史台的职闲性质并不突出，在任官员的人事关系相对其他分司官来说也并非散淡。分司东台的文人中，元稹和杜牧就是典型的例子。

元和四年（809），元稹受严砺之党排挤，分务东台。《旧唐书》本传载："丁母忧，服除，拜监察御史。（元和）四年，奉使东蜀，劾奏故剑南东川节度使严砺违制擅赋，又籍没涂山甫等吏民八十八户田宅一百一十一、奴婢二十七人、草千五百束、钱七千贯。时砺已死，七州刺史皆责罚。稹虽举职，而执政有与砺厚者恶之。使还，令分务东台。"④从此传的记叙来看，元稹是受朝中权势的排挤分司东都，具有贬降的性质。但另一方面，朝廷此次任命，与其他分司散官不一样，是赋予实权、重托及期望的。白居易《唐故武昌军节度处置等使正议大夫检校户部尚书鄂州刺史兼御史大夫赐紫金鱼袋赠尚书右仆射河南元公墓志铭（并序）》记载此事云："服除之明日，授监察御史。使于蜀，按任敬仲狱得情，又劾奏东川帅违诏条过籍税，又奏平涂山甫等八十八家冤事。名动三川，三川人慕之，其后多以公姓字名其子。朝廷病东诸侯不奉法，东御史府不治事，命公分台

① 《唐会要》，第1233页。
② 同上书，第1234页。
③ 《全唐文》卷三三〇，第3349页。
④ 《旧唐书》卷一六六，第4331页。

而董之。"① 可见，朝廷希望元稹在东都御史台任上严惩不法之徒，重振纲纪。而且，洛阳的权贵如云且专横跋扈，其地的监察御史很难胜任。元稹在东都分台任上秉公执法，犯颜直谏的作风得罪了不少权贵，白氏《元公墓志铭》记载他在东台任上的作为云："时有河南尉离局从军职，尹不能止。监察使死，其枢乘传入邮，邮吏不敢诘。内园司械系人逾年，台府不得知。飞龙使匿赵氏亡命奴为养子，主不敢言。浙右帅封杖杖安吉令至死，子不敢诉。凡此者数十事，或奏，或劾，或移，岁余皆举正之。内外权宠臣无奈何，咸不快意。"② 正因为御史任上的实权和职务压力，使得元稹在东都处于进退两难的境地，故而滋生了挂印归田的念头，他在东台任上的不少诗流露出这种情绪，如《东台去》云："陶君喜不遇，予每为君言。今日东台去，澄心在陆浑。旋抽随日俸，并买近山园。千万崔兼白，殷勤承主恩。"③《寄隐客》云："监察官甚小，发言无所裨。小官仍不了，谴夺亦已随。时或不之弃！得不自弃之？陶君喜不遇，顾我复何疑！潜书周隐士，白云今有期。"④

再如杜牧。大和九年（835），杜牧在李甘被贬后因避祸分察东台。他在分司任的两件事，反映了东台官员的实权地位和任职情形。一则见孟棨《本事诗·高逸第三》载：

> 杜为御史，分务洛阳时，李司徒罢镇闲居，声伎豪华，为当时第一。洛中名士，咸谒见之。李乃大开筵席，当时朝客高流，无不臻赴。以杜持宪，不敢邀置。杜遗座客达意，愿与斯会。李不得已，驰书。方对花独酌，亦已酣畅，闻命遽来。时会中已饮酒，女奴百余人，皆绝艺殊色。杜独坐南行，瞪目注视，引满三卮，问李云："闻有紫云者，孰是？"李指示之。杜凝睇良久，曰："名不虚得，宜以见惠。"李俯而笑，诸妓亦皆回首破颜。杜又自饮三爵，朗吟而起曰：

① 朱金城：《白居易集笺校》卷七〇，第3736页。
② 同上。
③ 周相录：《元稹集校注》卷一四，第455页。
④ 周相录：《元稹集校注》卷五，第147页。

"华堂今日绮筵开，谁唤分司御史来。忽发狂言惊满座，两行红粉一时回。"意气闲逸，傍若无人。①

另一则见李绅《拜宣武军节度使》诗前序：

> 开成元年六月二十六日，制授宣武军节度使。七月三日，中使刘泰押送旌节止洛阳。五日赴镇，出都门，城内少长间里士女相送者数万人。至白马寺，涕泣当车者不可止。少尹严元容鞭胥吏，市人，怒其恋慕。留台御史杜牧使台吏遮欧百姓，令其废祖帐。②

司徒李听闲居洛阳时，生活奢华，大开宴席，"以杜持宪，不敢邀置"。李绅赴任汴州，洛阳城相送者万人，杜牧"怒其恋慕"，令台吏加以阻拦。可见，东台对当地官员的监管实权和约束力，已经渗透到宴会、送别这样的日常生活中。

二是东都的东宫官。表7-1中的统计反映出，中晚唐时期，特别是唐宪宗后期以降，东都分司的文人多任太子东宫官，如三太（太子太师、太傅、太保，亦称三师）、三少（太子少师、少傅、少保）、太子宾客、太子詹事、太子洗马等职，其中尤以师傅（三太三少）宾客为多。这类分司官职务闲散，常日无事。东宫的师傅宾客本为教育训导太子而设，据《唐六典》卷二六载，"太子三师，以道德辅教太子者也，至于动静起居，言语视听，皆有以师焉"。"太子三少掌奉皇太子以观三师之道德而教谕焉。""太子宾客掌侍从规谏，赞相礼仪，而先后焉。凡皇太子有宾客宴会，则为之上齿。"③可见，其职旨在雇问、调护、论道，关心和培育皇位继承人，并不执掌具体政务。自天宝以后，皇帝不再东巡，太子常驻长安，东都的东宫分司官中则完全成为虚设性质的闲职。师傅宾客既为皇储之师友，其地位自然极其尊崇，非德高望重者和朝中名臣不能胜

---

① （唐）孟棨：《本事诗》，第17页。
② 卢燕平：《李绅集校注》，第233页。
③ 《唐六典》卷二六，第661页。

任。《通典·太子六傅》载:"贞观中,太宗撰太子接三师之仪,出殿门迎,太子先拜,三师答拜,每门让。三师坐,太子乃坐。与三师书,前名惶恐,后名惶恐再拜。"同卷"太子宾客":"盖取象于四皓焉。资位闲重,其流不杂。"①《唐会要》卷六十七"东宫官·太子宾客"亦载:"显庆元年正月十九日置,初无员品,选高名重德者为之。"②相应地,其品阶自然也非常高,薪俸亦优渥,如太子太师、太傅、太保,均为从一品,太子少师、少傅、少保均为正二品,太子宾客为正三品。故而,东都分司官中的六傅宾客,可谓集职闲、禄厚、位崇三者于一身,往往成为文人自请和乐于就任的分司职位,如白居易在文宗朝三次固求分司,所任之职即太子宾客和太子少傅,他对分司任上的待遇非常满足,在《知足吟》(下注:和崔十八未贫作)诗中谈到自己的收入说:"中人百户税,宾客一年禄。"③《从同州刺史改授太子少傅分司》云:"月俸百千官二品,朝廷雇我作闲人。"④而且,朝廷亦乐于用此职在东都安置和恩养退居的重臣和老臣,从表7-1的统计亦可看出,任东都六傅宾客者,之前多为朝中宰相、侍郎、尚书等大臣,或者权握一方的节度使、观察使。如《旧唐书·殷侑传》:"(开成元年)七月,检校左仆射。出为襄州刺史、山南东道节度使。二年三月,以病求代,以太子宾客分司东都。"⑤又如牛李党争中的领袖人物李德裕、牛僧孺在党争失利罢相时,所任分司官亦为六傅及宾客。白居易在《咏怀》诗中曾咏及宾客一职,云:"自遂意何如?闲官在闲地。闲地唯东都,东都少名利。闲官是宾客,宾客无牵累。嵇康日日懒,毕卓时时醉。酒肆夜深归,僧房日高睡。形安不劳苦,神泰无忧畏。从宦三十年,无如今气味。鸿虽脱罗弋,鹤尚居禄位。唯此未忘怀,有时犹内愧!"⑥又有《再授宾客分司》诗云:"优稳四皓官,清崇三品列。伊予再尘忝,内愧非才哲。俸钱七八万,给受无虚月。分命在东司,

① 《通典》三〇,第822页。
② 《唐会要》,第1379页。
③ 朱金城:《白居易集笺校》卷二二,第1496页。
④ 朱金城:《白居易集笺校》卷三三,第2237页。
⑤ 《旧唐书》卷一六五,第4322页。
⑥ 朱金城:《白居易集笺校》卷二九,第2029页。

又不劳朝谒。既资闲养疾，亦赖慵藏拙。宾友得从容，琴觞恣怡悦。乘篮城外去，系马花前歇。六游金谷春，五看龙门雪。吾若默无语，安知吾快活？吾欲更尽言，复恐人豪夺。应为时所笑，苦惜分司阙。但问适意无，岂论官冷热！"①可以说，东都的六傅宾客，典型体现了东都分司官的闲散性质和特点。

第三节　唐代东都分司文人的任职心态

文学，是人置身于一定时空环境中的心理投射。在唐代洛阳活动的分司文人，他们的心态和生活，他们的情绪感知和文学创作，必然要为东都分司生涯所影响。虽同是赋闲，但因任职原因和具体背景的不同，东都分司文人在心态和情绪上亦有不同的表现和细微的差别。东都分司官在任职地域和职能上的特殊性，使其在文人的"仕"与"隐"、"出"与"处"中具有可进可退的中转意义。从"仕"、"隐"这一心理范畴对东都分司文人的任职心态予以考察，大略可分为以下三种类型。

1. 热衷仕进

东都分司是唐人仕途中暂时闲置、避祸和韬光养晦的最好去处。退居于此，即可远离政治漩涡和权力中枢，以荣位获得保全；又可静观时局变化，等待政治机遇和朝廷的随时起复。所以即使被投闲于此，但仍热心仕进、恋阙思归，成为各时期东都分司文人的常见心态。

如睿宗太极元年（712），韦嗣立以国子祭酒分司东都，他在洛阳曾作《偶游龙门北溪忽怀骊山别业因以言志示弟淑奉呈诸大僚》：

> 幽谷杜陵边，风烟别几年。偶来伊水曲，溪嶂觉依然。傍浦怜芳树，寻崖爱绿泉。岭云随马足，山鸟向人前。地合心俱静，言因理自玄。短才叨重寄，尸禄愧妨贤。每把挂冠侣，思从初服旋。稻粱仍欲报，岁月坐空捐。助岳无纤块，输溟谢末涓。还悟北辕失，方求南

① 朱金城：《白居易集笺校》卷二九，第 2005 页。

涧田。

题曰"怀骊山别业""言志"云云，已见作者闲居洛阳但心系长安之心态。诗中虽然描写了伊水边的自然野趣和闲静山水，甚至觉得这样的自然能让人心静思玄，但眼前之景，归根结底在作者心中勾起的却是对"杜陵""幽谷"的思念。诗人认为现在身为分司官，是"尸禄"素餐，有愧妨碍贤才，故而仍望报效朝廷，重拾"北辕"之路。字里行间，仕进之心和念阙之情彰然若现。

又如杜牧开成元年（836）秋分察东台时所作《洛中送翼处士东游》，中云：

> 我作八品吏，洛中如系囚。忽逢翼处士，豁若登高楼。拂榻与之坐，十日语不休。论今星璨璨，考古寒飕飕。治乱掘根本，蔓延相牵钩。武事何骏壮，文理何优柔。颜回捧俎豆，项羽横矛戈。祥云绕毛发，高浪开咽喉。但可感鬼神，安能为献酬。好入天子梦，刻像来尔求。胡为去吴会，欲浮沧海舟。①

许浑大中六年（852）分司东都期间所作《洛中秋日》：

> 故国无归处，官闲忆远游。吴僧秣陵寺，楚客洞庭舟。久病先知雨，长贫早觉秋。壮心能几许，伊水更东流。②

杜牧迫于朝中政局的险恶，移疾东都，却把分司生活视如"系囚"，以致忽逢一友，大谈古今兴亡、文武治乱，胸中便觉豁然，可见其分司时才不得展、壮志不酬之抑郁。许浑久病孱弱，但在萧瑟的秋雨和长流的伊水中，缅怀的仍是自己不灭的"壮心"。

---

① 吴在庆：《杜牧集系年校注》"樊川文集卷一"，第49页。
② （唐）许浑著，罗时进笺：《丁卯集笺证》卷三，第146页。

在唐代，东都分司官常被朝廷作为远黜官员内迁的一种形式，从远郡量移于此，往往预示着被贬官员脱离了谪籍，以示朝廷宽宥和恩泽，或者表明朝中政局发生了变化，朝廷将重新擢用。如文宗开成元年（836）七月，李德裕从滁州刺史迁东都分司，时刘禹锡亦在洛阳，他在酬和李德裕的诗中写道："虽攀小山桂，此地不淹留"，"岩廊人望在，只得片时闲"①。果不其然，同年十一月，李德裕便出镇浙西。故而，在从贬地内移的分司文人身上，仕进的热情表现得尤为强烈和突出。

如刘禹锡。大和元年（827）六月，他被朝廷从谪地召回之后，第一次以主客郎中留司东都。此时的刘禹锡虽饱经贬谪之苦，但仕进之心依然未减。这在其还未脱离谪籍时即有明显的表露，如宝历元年（825）和州作《历阳书事七十韵》云："受谴时方久，分忧政未成。"②大和元年（827）召返之时，新君文宗即位，朝局改观，其钦仰和倚重的裴度亦在朝掌事。面临这样的政局，历劫归来的刘禹锡本以为能被重新起用而有所作为，故此时赋闲东都在心理上对诗人来说无疑是一次新的挫败。其《罢郡归洛阳闲居》便反映了诗人当时失望和低落的心态，诗云："十年江外守，旦夕有归心。及此西还日，空成东武吟。花间数盏酒，月下一张琴。闻说功名事，依前惜寸阴。"③诗中回顾了自元和十年（815）再贬连州之后长达十年的远谪和盼归，没想到等到西归之后，启用于朝的希望落空，只能寄情于琴酒，排遣自己功名未成和年华流逝的矛盾和苦闷。刘禹锡即分司任后，在诗歌创作中多次描写其时的生活状态。如分司之职轻松闲散，不必早朝和值宿，《酬令狐相公寄贺迁拜之作》云："不见当关呼早起，曾无侍史与焚香。"此时洛阳又无常相往来和唱和的诗友，生活甚至有些寂寥和落寞，《洛中酬福建陈判官见赠》云："南宫旧籍遥相管，东洛闲门昼未开。静对道流论药石，偶逢词客与琼瑰。"他寄书给在长安同任主客郎中的张籍，倾诉洛阳之冷清，《为郎分司寄上都同舍》云："籍同金马门，身在铜驼

---

① 分别见《刘禹锡全集编年校注》卷一〇《酬李相公喜归乡国自巩县夜泛洛水见寄》、《和李相公初归平泉过龙门南岭遥望山居即事》，第641、642页。

② 陶敏、陶红雨：《刘禹锡全集编年校注》卷六，第353页。

③ 陶敏、陶红雨：《刘禹锡全集编年校注》卷七，第410—411页。

陌。省闼昼无尘,宫树远凝碧。荒街浅深辙,古渡潺湲石。唯有嵩丘云,堪夸早朝客。"甚至将早朝勤政的朝中人视作"水击三千里,抟扶摇而上者九万里"的大鹏,而以"抢榆枋"一类的小鸟自喻,《落下初冬拜表有怀上京故人》云:"省门簪组初成列,云路鸳鸾想退朝。寄谢殷勤九天侣,抢榆水击各逍遥。"凡此,皆反映了此时刘禹锡心情的低落。但即便如此,他仍踌躇满志,在《尉迟郎中见示自南迁牵复却至洛城东旧居之作因以和之》中说:"曾遭飞语十年谪,新受恩光万里还。朝服不妨游洛浦,郊园依旧看嵩山。竹含天籁清商乐,水绕庭台碧玉环。留作功成退身地,如今只是暂时闲。"[1]闲适秀美的洛阳虽然让人留恋,但只能作为"功成身退"之地;如今虽然赋闲在此,但也只是"暂时"的。诗人仍对自己的仕途充满信心。

又如踏入仕途不久便被卷入牛李党争中的李绅。长庆四年(824),因宰相李逢吉诬构陷害,被斥炎荒端州,后又量移江州长史、滁州及寿州刺史,其间辗转播迁八年之久,至文宗大和七年(833)正月,因李德裕自西川节度使入为兵部尚书,李绅得以转任太子宾客、分司东都。李德裕的入朝,一方面导致远离京师的李绅从外郡内迁,另一方面也给李绅的仕途带来转机和希望。所以,李绅的心情自然无比明朗和愉悦。他在《发寿阳分司敕到又遇新正感怀书事》中云:"渐喜雪霜消解尽,得随风水到天津。"又在赴洛途中作《初出沁口入淮》中说:"野老拥途知意重,病夫抛郡喜身轻。"在洛阳闲居的几个月里,李绅与同在洛中分司的白居易、皇甫镛、张仲方等人一起,朝夕悠游,诗酒唱和,似乎品出了一点自足和适意的味道,《七年初到洛阳,寓居宣教里,时已春暮,而四老俱在洛中分司》云:"青莎满地无三径,白发缘头添四人。官职谬齐商岭客,姓名那重汉庭臣!圣朝寡重容三齿,愚叟多惭未退身。惟有门人怜钝拙,劝教沈醉洛阳春。"然而随着李德裕入职宰相,同年七月,李绅由分司散秩改任一方诸侯浙东观察使,他的仕进之心勃然迸发,《肥河维舟阻冻只待敕命》之二云:"疲骖岂念前程税,倦鸟安能待暮还?"《奉酬乐天立秋夕有怀见

---

① 引诗分别见陶敏、陶红雨《刘禹锡全集编年校注》卷七,第 420、434、420、433 页。

寄》云："赢牛未脱辕，老马强腾骧。"①表达自己虽为疲倦之身，但内心仍有"老骥伏枥，志在千里"之志。大和九年（835），因朝中党争交锋的起伏，李绅为李宗闵所排挤，再次分司东都。此时因朝中牛党得势，他在洛阳的心情亦没了前次分司的满足和乐观，而是无比的伤感和落寞，在《重入洛阳东门》中写道："商颜重命伊川叟，时事知非入洛人。连野碧流通御苑，满街秋草过天津。每惭清秩容衰齿，犹有华簪寄病身。驱马独归寻里巷，日斜行处旧红尘。"②因锐意作为的内心和本性并未在仕宦的沉浮中发生改变，他甚至寄望于时在东都的朝中重臣裴度，在诗中表白自己愿跟随以图再起的心迹，《和晋公三首》云："凤仪常欲附，蚊力自知微。愿假樽罍末，膺门自此依。"③几次闲居洛阳，李绅的衷情和苦闷可能只有相伴同游的知友白居易才能真正理解，白居易在《春来频与李二宾客郭外同游因赠长句》中说："我为病叟诚宜退，君是才臣岂合闲？可惜济时心力在，放教临水复登山。"④"可惜济时心力在"，可谓一语中的，道出了李绅虽登山临水任意逍遥，但心系功名不忘朝阙的分司心态。

2. 恬淡退隐

《隋书·地理志》载："豫之言舒也，言禀平和之气，性理安舒也。"⑤平和舒适的环境氛围，加上唐代陪都的特殊地位，使得洛阳成为唐人闲居的绝佳去处。故白居易《八月十五日夜同诸客玩月》诗道："月好共传唯此夜，境闲皆道是东都。"⑥《咏怀》诗云："自遂意何如？闲官在闲地。闲地唯东都，东都少名利。"⑦受所处地域环境和自身政治境遇之影响，安泰闲适、恬淡退隐，亦滋长成为分司文人一种较为典型的思想情绪。特别是在中晚唐时期，因朝中政治颓坏动荡而厌倦官场、无意仕进而自求分司者，即为此类心态的典型代表。

---

① 前引数诗分别见卢燕平《李绅集校注》，第41、42、133、33、84页。
② 卢燕平：《李绅集校注》，第224页。
③ 同上书，第80页。
④ 朱金城：《白居易集笺校》卷三三，第2251页。
⑤ 《隋书》卷三〇，第843页。
⑥ 朱金城：《白居易集笺校》卷三二，第2194页。
⑦ 朱金城：《白居易集笺校》卷二九，第2029页。

大和八年（834）三月，裴度任东都留守，《旧唐书·裴度传》载甘露之事后，继云："自是，中官用事，衣冠道丧。度以年及悬舆，王纲版荡，不复以出处为意。东都立第于集贤里，筑山穿池，竹木丛萃，有风亭水榭，梯桥架阁，岛屿回环，极都城之胜概。又于午桥创别墅，花木万株；中起凉台暑馆，名曰'绿野堂'。引甘水贯其中，酾引脉分，映带左右。度视事之隙，与诗人白居易、刘禹锡酬宴终日，高歌放言，以诗酒琴书自乐，当时名士，皆从之游。每有人士自都还京，文宗必先问之曰：'卿见裴度否？'"①中晚唐时期，裴度绰有大勋、累居台鼎，在文人中声望甚高，他留守东都时，周围追随了不少文人，其行事作风颇能反映当时东都分司文人的情志和心态。在这些性喜恬退的分司文人中，以白居易最为著名。

白居易素有兼济之志，但自元和十年（815）江州之贬后，"宦情衰落，无意于出处，唯以逍遥自得，吟咏情性为事"②。思想上从"兼济天下"退守"独善其身"。随着朝廷中牛李党争祸患不断，他更是以不介入和不争名利的态度超然于外，屡求分司，并乐于分司、安于分司。其诗《咏所乐》云：

> 而我何所乐？所乐在分司。分司有何乐？乐哉人不知。官优有禄料，职散无羁縻。懒与道相近，钝将闲自随。昨朝拜表回，今晚行香归。归来北窗下，解巾脱尘衣。③

身居散官，有朝廷俸禄提供物质上的保障，故在实际生活和精神层面上皆尽享闲适、逍遥之乐。白居易将东都分司这种半官半隐的生活称为"中隐"，并作《中隐》诗申述其义：

> 大隐住朝市，小隐入丘樊。丘樊太冷落，朝市太嚣喧。不如作中

---

① 《旧唐书》卷一七〇，第 4432 页。
② 《旧唐书》卷一六六《白居易传》，第 4354 页。
③ 朱金城：《白居易集笺校》卷二九，第 2023 页。

隐，隐在留司官。似出复似处，非忙亦非闲。不劳心与力，又免饥与寒。终岁无公事，随月有俸钱。君若好登临，城南有秋山。君若爱游荡，城东有春园。君若欲一醉，时出赴宾筵。洛中多君子，可以恣欢言。君若欲高卧，但自深掩关。亦无车马客，造次到门前。人生处一世，其道难两全。贱即苦冻馁，贵则多忧患。唯此中隐士，致身吉且安。穷通与丰约，正在四者间。[①]

　　在诗中，白居易对传统隐逸观念中的"大隐"和"小隐"进行了扬弃和超越。在他看来，"中隐"是一种最理想的生活状态，这种生活既没有大隐朝市的喧嚣，也没有小隐山林的孤寂；既可与他人自由交游、觞咏弦歌，又可以免去官场往来朝贺的俗套和烦扰；既可以远离政治斗争的漩涡，又可以避免饥寒，诗酒优游、赏玩风月。"唯此中隐"，恬淡泰适。

　　白居易数次分司东都的具体背景和原因都不尽相同，有的是纯粹为了避祸，有的是因病而自请，但这些行为方式最终的指向都是隐退。所以他在洛阳生活时的诗歌创作以吟赏风物、宴饮酬唱为主，所表达的都是一种性喜恬淡、闲适自在的心绪，如大和七年作《池上闲咏》：

　　　　青莎台上起书楼，绿藻潭中系钓舟。日晚爱行深竹里，月明多上小桥头。暂尝新酒还成醉，亦出中门便当游。一部清商聊送老，白须萧飒管弦秋。[②]

开成二年作《岁除夜对酒》：

　　　　衰翁岁除夜，对酒思悠然。草白经霜地，云黄欲雪天。醉依香枕坐，慵傍暖炉眠。洛下闲来久，明朝是十年。[③]

---

①　朱金城：《白居易集笺校》卷二二，第 1493 页。
②　朱金城：《白居易集笺校》卷三一，第 2120 页。
③　朱金城：《白居易集笺校》卷三三，第 2317 页。

两首诗书写了诗酒生活的闲雅快意，其主题突出的都是一个"闲"字。似醉还醒中，透露出世事不扰己心、悠然自得的适意。这些都是白居易分司洛阳时内在的心情写照。

中晚唐时期的分司文人表现出这种淡泊惬隐情怀的，除了白居易还大有人在，如时与白居易、张仲方等并称"四皓""四老"的皇甫镈，《旧唐书》本传载：

> 时镈为宰相，领度支，恩宠殊异。镈恶其太盛，每弟兄宴语，即极言之，镈颇不悦。乃求为分司，除右庶子。及镈获罪，朝廷素知镈有先见之明，不之罪，征为国子祭酒，改太子宾客、秘书监。开成初，除太子少保分司，卒年四十九。镈能文，尤工诗什，乐道自怡，不屑世务，当时名士皆与之交。①

白居易《唐银青光禄大夫太子少保安定皇甫公（镈）墓志铭并序》描述其分司任上的状态云：

> 初，元和中，公始因郎官分司东洛，由是得伊、嵩趣，惬吏隐心。故前后历官八九，凡二十有五年，优游洛中，无哂笑意。忘得丧穷达，与道始终，澹然不动其心，以至于考终命。闻者慕之，谓为达人。②

又如约宣宗大中初分司东都的吕让，其长男吕焕在《东平吕府君墓志铭并序》中云：

> 中庶旧官，拜命之日，涕感乐居浩然，不复以得失为念。时故相国赵国李公德裕以公孤介，欲授文柄者数矣，寒苦道艺之士，引领而

---

① 《旧唐书》卷一三五，第 3743 页。

② 朱金城：《白居易集笺校》卷七〇，第 3772 页。

望。公常语小子等曰：吾始以生物为己任，不幸多疾，今虽未老，意绪已索然矣。自尔杜门，唯以经典为娱。繇是为德王傅，因中书斥阘者，降太子洗马分司东都，复为濮王傅，改秘书监致仕。大中九年十月廿四日，弃养于归仁里之私第。①

宣宗大中年间分司东都的李景让，《新唐书》本传载：

以病丐致仕，或谏："公廉洁亡素储，不为诸子谋邪？"景让笑曰："儿曹讵饿死乎？"书闻，辄还东都。以太子少保分司。卒，年七十二……然清素寡欲，门无杂宾。李琢罢浙西，以同里访之，避不见，及去，命斸其骗石焉。元和后，大臣有德望者，以居里显，景让宅东都乐和里，世称清德者，号"乐和李公"云。②

以上皇甫镈、吕让、李景让几位分司文人在东都所作诗文情况今已不得知，但从上引史料中的描述来看，他们在分司任上，皆"乐道自怡"，"不复以得失为念"。白居易在赠与皇甫镈、张仲方等分司友人的诗《赠皇甫六张十五李二十三宾客》中云："昨日三川新罢守，今年四皓尽分司。幸陪散秩闲居日，好是登山临水时。家未苦贫常酝酒，身虽衰病尚吟诗。龙门泉石香山月，早晚同游报一期。"③"登山临水"，"酝酒""吟诗"，即是这些散秩官员的分司闲居生活，可想见这些分司文人的恬淡退隐之境。

3. 仕隐交织

除热心仕进、恬淡退隐外，还有的分司文人在心态上则处于二者的矛盾交织中。受时政动荡和洛阳闲适生活的影响，既心生林泉归隐之情，又不忘济世之志。此类可以李德裕、刘禹锡为代表。

李德裕与其父李吉甫均为晚唐名相，作为中晚唐党争一方的重要领

① 《唐代墓志汇编》大中一○七，第2334页。
② 《新唐书》卷一七七，第5291页。
③ 朱金城：《白居易集笺校》卷三一，第2118页。

袖，他一生都在党争的纠葛和政治的裹挟中进退失据，身不由己。他于开成元年（836）、大中元年（847）两次分司洛阳，都与党争的交锋起伏联系在一起。前次是从贬地内迁，待擢以大用；后次是党派失利，被贬退罢黜。其实，李德裕少时即有将来归隐伊洛的愿望，他在《平泉山居戒子孙记》中写道："先公每维舟清眺，意有所感，必凄然遐想，属目伊川。尝赋诗曰：'龙门南岳尽伊川，草树人烟目所存。正是北州梨枣熟，梦魂秋日到郊园。'吾心感是诗，有退居伊、洛之志。"①因此，早在敬宗时期，他便于洛阳精心营造了自己将来的退居之所平泉山居。所以，两次分司洛伊，使其能够在平泉山庄憩驻，也算达其所愿。他第一次到洛阳任后，作《初归平泉过龙门南岭遥望山居即事》云：

> 初归故乡陌，极望且徐轮。近野樵蒸至，平泉烟火新。农夫馈鸡黍，渔子荐霜鳞。惆怅怀杨仆，惭为关外人。

同时作《潭上喜见新月》：

> 簪组十年梦，园庐今夕情。谁怜故乡月，复映碧潭生。皓彩松上见，寒光波际轻。还将孤赏意，暂寄玉琴声。②

在李德裕的眼中，洛阳的路是"故乡陌"，洛阳的月是"故乡月"，可见他是将洛阳视为回归之地的。"簪组十年梦，园庐今夕情"，洛阳的平泉山庄是他十年仕宦中魂牵梦绕的地方，所以当他"遥望山居"时，内心感受的是"羁鸟恋旧林，池鱼思故渊"般的归休与宁静，甚而觉得有愧于西汉耻作"关外民"的杨仆③。当他一睹空中新月映潭而生、在松间流光溢彩之

---

① 《全唐文》卷七〇八，第7267页。
② 《全唐诗》卷四七五，第5403—5404页。
③ 事见《汉书》卷六《武帝纪》："（元鼎）三年冬，徙函谷关于新安。（应劭曰：'时楼船将军杨仆数有大功，耻为关外民，上书乞徙东关，以家财给其度用。武帝意亦好广阔，于是徙关于新安，去弘农三百里。'）以故关为弘农县。"中华书局1962年版，第183页。

景时，内心油然而生的是孤芳自赏之喜悦与清高。

　　李德裕此番分司东都，是因"文宗深悟前事，知德裕为朋党所诬"。故在逐李宗闵之党后，"明年（开成元年）三月，授德裕银青光禄大夫，量移滁州刺史。七月，迁太子宾客"①。在性质上，此次安置和闲居洛阳，不是贬黜，而是回迁和待用，故刘禹锡在《和李相公初归平泉过龙门南岭遥望山居即事》中说："暂别明庭去，初随优诏还。……岩廊人望在，只得片时闲。"②而且，李德裕虽有"退居伊、洛之志"，但他理想中的退隐是功成身退，是"志业大成"后在"悬舆"之年回归山林，其诗《怀山居邀松阳子同作》即云："人生不如意，十乃居七八。我未及悬舆，今犹佩朝绂。焉能逐麋鹿，便得游林樾。范蠡沧波舟，张怀赤松列。惟应讵身恤，岂敢忘臣节。器满自当欹，物盈终有缺。从兹返樵径，庶可希前哲。"③再者，与思归之情如影随形的，是他对自己处境和地位的清醒认识。刘禹锡《和浙西李大夫伊川卜居》中说其"清望寰中许，高情物外存"，即使心中有物外高情，但李德裕明白自己身居高官显贵，总有身为人臣应该负起的节行与责任。他处于朋党交锋的风口浪尖，在当时的政治局势下，即使想抽身引退，已是身不由己。洛阳闲居时，他作《郊外即事寄侍郎大尹》云：

　　　　高秋惭非隐，闲林喜退居。老农争席坐，稚子带经锄。竹径难回骑，仙舟但跂予。岂知陶靖节，只自爱吾庐。

《洛中士君子多以平泉见呼愧获方外之名因以此诗为报奉寄刘宾客》云：

　　　　非高柳下逸，自爱竹林闲。才异居东里，愚因在北山。径荒寒未扫，门设昼长关，不及鸱夷子，悠悠烟水间。④

---

①　《旧唐书》卷一七四《李德裕传》，第4521页。
②　陶敏、陶红雨：《刘禹锡全集编年校注》卷一〇，第642页
③　《全唐诗》卷四七五，第5400—5401页。
④　《全唐诗》卷四七五，第5404页。

前首诗说自己只是喜欢退居闲林，并非真正的"隐"，故而感到惭愧；又言自己哪里有陶渊明的高节，只是热爱自己的园林山居罢了。后首诗说自己虽然归居平泉，喜欢竹林之闲，但其身心并没有柳下惠的高逸，亦远不及鸱夷子扁舟烟水般的超脱与自由，所以"愧获方外之名"。字里行间，流露出李德裕向往"隐"但又不能抛却"仕"、向往"隐"但又不得"隐"的矛盾和无奈。隐退与仕进，总是交织纠缠并撕扯着诗人的内心。

这种隐与仕的交织和矛盾，不仅见于李德裕分司东都暂居平泉时，而是贯穿他仕途的始终。这集中体现于他在宦海沉浮中对平泉山居如饥似渴的思念。他一生中创作了非常多首思忆平泉山居的诗歌，其中以《怀山居邀松阳子同作》最为动容："我有爱山心，如饥复如渴。出谷一年余，常疑十年别。春思岩花烂，夏忆寒泉冽。秋忆泛兰卮，冬思玩松雪。晨思小山桂，暝忆深潭月。醉忆剖红梨，饭思食紫蕨。坐思藤萝密，步忆莓苔滑。昼夜百刻中，愁肠几回绝。"[1] 每时每刻、一动一静皆魂牵平泉的背后，蕴含着强烈的思归情绪，平泉山居就是李德裕"怅然思归"的一个载体。李德裕所希望的归隐，不需要潜行山岳也不需要泛舟五湖，只要归休洛阳、闲居园林即可。然而，无奈世网羁绊，这样简单的夙愿却成为李德裕心中一个大的难题，其《忆平泉山居赠沈吏部一首》（下注：中书作）又云：

> 昔闻羊叔子，茅屋在东渠，岂不念归路，徘徊畏简书。乃知轩冕客，自与田园疏。殁世有遗恨，精诚何所如。嗟予寡时用，夙志在林间。虽抱山水癖，敢希仁智居。清泉绕舍下，修竹荫庭除。幽径松盖密，小池莲叶初。从来有好鸟，近复跃鲦鱼。少室映川陆，鸣皋对蓬庐。张何旧寮采，相勉在悬舆。常恐似伯玉，瞻前惭魏舒。[2]

在出居山林与高处庙堂的两难境地中，李德裕襟怀难开。一方面自知癖好山水，志在林间，另一方面又希望自己的仁智之才为时所用。想到古人

---

① 《全唐诗》卷四七五，第 5400 页。
② 同上书，第 5399 页。

羊叔子与自己的境遇何其相似，他不由得感叹："乃知轩冕客，自与田园疏。"所以他只能寄望于"悬舆"之年。退居洛阳是他一生的愿望，无奈李德裕一直处于政治斗争漩涡的中心，不能抽身引退。身在宦海的他，既惭愧于晋代适时逊位的魏舒，又深恐自己随时招致伯玉一样的祸患。因宣宗所恶，大中元年（847）二月，李德裕由东都留守以太子少保分司东都，如果真能在洛阳的分司任上安享晚年，李德裕也算是一偿夙愿。可惜没过多久，李德裕又再贬为潮州司马、崖州司户，以至沦身瘴海。最终，他的担忧成真，他的愿望也成空了。

又如刘禹锡。刘禹锡第一次分司东都时，仍热衷于仕进、希望起复，已在前述。开成元年（836）刘禹锡第二次分司东都，其时朝廷已历甘露之变，局势日坏倾颓，大批官员仕进之心锐减，就连刘禹锡期以倚重的裴度此时亦为东都留守，"不复以出处为意"，所以诗人的心态也发生了明显的变化。大和年间，刘禹锡即在裴度罢事后自求分司。这次罢郡入洛，应该是诗人进退的最佳去处。所以诗人没有第一次赋闲时的怨言，抵洛后即与白居易、裴度等人唱和，写下《自左冯归洛下酬乐天兼呈裴令公》："新恩通籍在龙楼，分务神都近旧丘。自有园公紫芝侣，仍追少傅赤松游。华林霜叶红霞晚，伊水晴光碧玉秋。更接东山文酒会，始知江左未风流。"[1] 名列东宫，身在故园，光景宜人，还有友朋间的唱和雅集，此情此景对当时的刘禹锡来说，可谓赏心乐事，达其所愿。

此次分司直至会昌二年（842）秋病卒，刘禹锡的足迹未离洛阳。这期间刘禹锡病老体弱，起初"药物方书绕病身"[2]，渐后则"废书缘惜眼，多灸为随年"[3]，健康每况愈下。但因有裴度、白居易、李德裕、牛僧孺等在洛阳时常过从、唱和的诗友，生活比第一次分司洛阳时多了一份热闹和欢愉。他在诗中多次描写到闲适生活的悠游和忘机，如《酬乐天请裴令公开春加宴》云："弦管常调客常满，但逢花处即开尊。"[4]《和乐天洛下雪中宴集寄汴州李尚书》云："树上因依见寒鸟，座中收拾尽闲官。笙歌要请

---

① 陶敏、陶红雨：《刘禹锡全集编年校注》卷一○，第 639 页。
② 陶敏、陶红雨：《刘禹锡全集编年校注》卷一○《秋斋独坐寄乐天兼呈吴方之大夫》，第 641 页。
③ 陶敏、陶红雨：《刘禹锡全集编年校注》卷一○《酬乐天咏老见示》，第 683 页。
④ 陶敏、陶红雨：《刘禹锡全集编年校注》卷一○，第 653 页。

频何爽，笑语忘机拙更欢。"①特别是此时已转向"独善"之义的白居易一直闲居洛阳，其所居履道里与刘禹锡住宅怀仁坊"相去两三坊"②，两人常相往来，诗酒唱和，如刘禹锡《乐天是月长斋鄙夫此时愁卧里闾非远云雾难披因以寄怀遂为联句所期解闷焉敢惊禅》云："徇乐非时选，忘机似陆沉。鉴容称四皓，扪腹有三壬。"《酬乐天感秋凉见寄》云："闲人占闲景，酒熟且同倾。"诗中展现出一片闲逸自适的生活情趣。他甚至在《岁夜咏怀》中说："弥年不得意，新岁又如何？念昔同游者，而今有几多？以闲为自在，将寿补蹉跎。"③其退隐之情跃然纸上。

但这只是刘禹锡晚年思想的一个方面。同时应该看到，虽然洛下闲废，由于其睿智通脱的哲学头脑和坚毅顽强的精神气质，与白居易的"独善"相比，他始终保持着积极乐观的生活态度和不甘退闲的斗争精神。他对朝政还未全部灰心失望，在诗歌中不时流露对时政的关切和政局好转的期待，如开成元年（836）时望甚高的李德裕以宾客分司东都，诗人作《和李相公初归平泉过龙门南岭遥望山居即事》云："岩廊人望在，只得片时闲。"《和李相公以平泉新墅获方外之名因为诗以报洛中士君子兼见寄之什》又云："垂天虽暂息，一举出人寰。"认为李德裕必将入朝为相。他甚至希望裴度再度出山，自己亦能借以再展从政济世之愿，在开成二年春《予自到洛中与乐天为文酒之会时时措咏乐不可支则慨然共忆梦得而梦得亦分司至止欢惬可知因为联句》中云："洪炉思哲匠，大厦要群材。他日登龙路，应知觅曝鳃。"即使后来他泰志未骋，晚年的优游生活亦不失一贯的奋进、豪迈和英锐之气，正如其诗《赠乐天》中所云："在人虽晚达，于树似冬青。"《酬乐天醉后狂吟十韵》云："文墨中年旧，松筠晚岁坚。"《酬乐天咏老见示》：云"莫道桑榆晚，为霞尚满天。"④

刘禹锡与李德裕二人同是在退隐与仕进的矛盾中纠缠，但二人的情况

---

① 陶敏、陶红雨：《刘禹锡全集编年校注》卷一〇，第 684 页。

② 据王元明《刘禹锡在洛住宅考》一文考证，刘禹锡住宅在怀仁坊北边，即今洛阳市郊区李楼乡楼子村北一带。载《洛阳大学学报》2000 年第 3 期。

③ 前引刘禹锡诗分别见陶敏、陶红雨《刘禹锡全集编年校注》卷一一，第 699、701、707、728 页。

④ 前引刘禹锡诗分别见陶敏、陶红雨《刘禹锡全集编年校注》卷一〇、卷八，第 642、644、666、549、672、683 页。

又恰恰相反：刘禹锡一直到年迈之时都没有放弃其仕进的愿望与斗争的锋芒，只奈何时不我与，他只能够在洛阳诗酒唱和，优游卒岁；而李德裕却是年少之时即渴望能够归隐洛阳，在自己营建的园林中快活终老，却至死都没能真正如愿。正所谓"有人漏夜赶科场，有人辞官归故里"，二者的政治仕途和人生悲剧让人扼腕。

第四节　唐代东都分司文人的诗歌创作

白居易洛阳作《早春晚归》云："草色连延多隙地，鼓声闲缓少忙人。"洛阳闲逸的人文地理环境，为东都分司文人的诗歌创作和彼此之间的交游唱和提供了极好的氛围和条件。因为分司文人的到来，唐代洛阳在一定的历史阶段出现了群体性的唱和与集中创作，从而使得洛阳的文学活动与创作得以繁荣。其中，尤以三个时段最为突出：一是唐睿宗时，张说司东都间，与韦嗣立、崔泰之、崔日知等人之间的酬唱；二是唐宪宗元和时期韩愈分司东都期间，与其他文人唱酬往还形成的韩孟诗派；三是文宗至宣宗时期，以东都分司官白居易、刘禹锡为代表的洛下闲适诗人群。这三大诗人群体所处的历史时期不同，他们分司东都时的心态和诗歌创作也呈现出不同的风貌。

一　张说分司东都与诗人群闲适酬唱的先声

睿宗景云二年（711）冬，张说因不附太平公主罢知政事，为尚书左丞分司东都。同时，韦安石亦罢为东都留守①。这段时间，张说暂时脱离了朝中的宫廷斗争，在洛阳的生活以游宴闲居为主。其《东都酺宴四首》序云：

---

① 《资治通鉴》卷二一〇景云二年载："冬，十月，甲辰，上御承天门，引韦安石、郭元振、窦怀贞、李日知、张说宣制，责以'政教多阙，水旱为灾，府库益竭，僚吏日滋；虽朕之薄德，亦辅佐非才。安石可左仆射、东都留守，元振可吏部尚书，怀贞可左御史大夫，日知可户部尚书，说可左丞，并罢政事'。以吏部尚书刘幽求为侍中，右散骑常侍魏知古为左散骑常侍，太子詹事崔湜为中书侍郎，并同中书门下三品；书中侍郎陆象先同平章事。皆太平公主之志也。"

先天元祀孟冬十月，东都留守韦公，虔奉圣朝，述宣嘉旨。乃合洛京之五省，招河伊之二县，将吏咸集，佩章有序。锵锵济济，侃侃訚訚。供张于兴教之门，式酺宴也。……若夫吟咏德泽，播越人声，斯固雅颂之余波，政教之遗美。凡我词客，安敢阙如，赋诗展事，垂列于后。

又《酬崔光禄冬日述怀赠答》序云：

太极殿众君子，分司洛城，自春涉秋，日有游讨。既而韦公出守，兹乐便废。顷因公宴，方接咏言，崔光禄述志论文，首贻雅唱，诸公嘉德叙事，咸有报章。若夫盛时、荣位、华景、胜会，此四者古难一遇，而我辈比实兼之。至于精言探道，妙识发义，戏谑而逢规戒，指讽而见师表，益过三友，岂易得乎？谓膏泽傍润，芝兰久袭，韦公近之矣。以文会友，以友辅仁，崔公近之矣。其余寻声响答，望形影赴。故亦浚碧池之涟漪，增瑶林之沃若。是用缀集，勒成一卷，永存几阁之玩，无忘欢好之时焉。①

可见，张说分司东都期间，常有文酒欢会。除了参与东都留守召集的公宴活动，还与分司洛城之君子"日有游讨"、赋诗唱和。序文中记载的这次咏言唱和发生在先天元年（712）冬，当时参与文会的除了张说，还有分司官国子祭酒韦嗣立、礼部侍郎崔泰之、光禄卿崔日知等。先是崔日知作《冬日述怀奉呈韦祭酒张左丞兰台名贤》，"首贻雅唱"，而后"诸公嘉德叙事，咸有报章"。其中张说和诗云：

徐陈尝并作，枚马亦同时。各负当朝誉，俱承明主私。夫君迈前侣，观国骋奇姿。山似鸣威凤，泉如出宝龟。才雄子云笔，学广仲舒帷。紫绶拂三寺，朱门临九逵。昔我含香日，联尔缙云司。朝携兰省

<hr>

① 《全唐诗》卷八七、卷八八，第 946、970 页。

步，夕退竹林期。中路一分手，数载来何迟。求友还相得，群英复在兹。留台少人务，方驾递寻追。涉玩怀同赏，沾芳忆共持。迎宾南涧饮，载妓东城嬉。春郊绿亩秀，秋涧白云滋。名画披人物，良书讨滞疑。兴来光不惜，欢往迹如遗。岁晏罢行乐，层城间所思。夜魂灯处厌，朝发镜前衰。忽枉崔驷什，兼流韦孟词。曲高弥寡和，主善代为师。齐戒观华玉，留连叹色丝。终惭起予者，何足与言诗。①

张说与崔日知早有交谊，《唐诗纪事》卷一四"崔日知"条载："日知，字子骏，日用从父兄。与张说同为魏元忠朔方判官，再迁洛州司马。谯王重福之变，以功加银青光禄大夫，迁殿中少监。日知在洛，日与韦嗣立、张说酬唱。"②和诗中作者赞誉友人的才学与风采，并回顾了两人昔日同朝为官的情谊，然后着力描述了一同分司东都的"群英"好友在洛阳追寻"同赏"、嬉游"行乐"的闲适生活。参与此次唱和的"群英"，还包括韦嗣立、崔泰之。《唐诗纪事》卷一四"崔泰之"条载："泰之时以礼部居洛，故与嗣立、说、日知数有酬唱。"③其中，韦嗣立《酬崔光禄冬日述怀赠答》序云："崔公以雅道自居，未尝至偃之室。及仆积抱羸疾，屡期放退，朝廷恩假，职以优闲。多取急归林，服饵为事，门堪罗雀，庭见狎鸥。崔公则多存访，不避风雨。方知向时，迹也；今晨，情也。兰菊暮秋自芳，竹柏岁寒无变，仆敬之重之，故不能忘也。尝谈及词翰，颇申掎摭。忽枉赠章，因以投报云尔。"④崔泰之《同光禄弟冬日述怀》序则云："韦祭酒张左丞二公，并廊庙伟才，朝廷旧相，咸光首和，殊为佳作，辄继阳春，深增愧悚。（韦祭酒嗣立、张左丞说；光禄，日知也。）"⑤可见，当时分司洛城的这些"优闲"文人，其间相互存访、推重，往还酬唱频繁，在地位上则以旧相张说和韦嗣立二人为重望。

---

① 《全唐诗》卷八八，第 970 页。
② 《唐诗纪事》卷一四，第 213 页。
③ 同上书，第 212 页。
④ 《全唐诗》卷九一，第 988 页。
⑤ 同上书，第 990 页。

据所存诗文，张说与分司诸友之间，除了这次得以纪存的"欢好之时"，还有多次的文会唱和。如前引韦嗣立游龙门北溪作《偶游龙门北溪忽怀骊山别业，因以言志示弟淑奉呈诸大僚》诗：

> 幽谷杜陵边，风烟别几年。偶来伊水曲，溪嶂觉依然。傍浦怜芳树，寻崖爱绿泉。岭云随马足，山鸟向人前。地合心俱静，言因理自玄。短才叨重寄，尸禄愧妫贤。每把挂冠侣，思从初服旋。稻粱仍欲报，岁月坐空捐。助岳无纤块，输溟谢末涓。还悟北辕失，方求南涧田。①

诗写龙门北溪之秀丽山水及闲静风光，勾起了作者对"幽谷杜陵边"骊山别业的思念。据宋敏求《长安志》卷一五："唐韦嗣立构别庐于骊山凤凰原，鹦鹉谷有重崖洞壑，飞流瀑水。中宗临幸，改为清虚原幽栖谷。"②《唐语林》卷五亦载："兵部尚书韦嗣立，景龙中中宗与韦后幸其庄，封嗣立为逍遥公，又改其所居凤凰原为清虚原，鹦鹉谷为幽栖谷。"③对韦嗣立来说，长安附近的骊山别业承载着其个人仕途生涯中的恩泽与荣宠，故而诗云"稻粱仍欲报"，表达了作者仍希望再度归朝以报效朝廷的心愿。诗成之后，张说、崔日知、崔泰之、魏奉古等洛中君子纷纷和作，其中魏奉古《奉酬韦祭酒偶游龙门北溪忽怀骊山别业因以言志示弟淑奉呈诸大僚之作》云：

> 有美朝为贵，幽寻地自偏。践临伊水汭，想望灞池边。是遇皆新赏，兹游若旧年。藤萝隐路接，杨柳御沟联。道惬神情王，机忘俗理捐。遂初诚已重，兼济实为贤。迹是东山恋，心惟北阙悬。顾惭经拾紫，多谢赋思玄。未躐中林步，空承丽藻传。阳春和已寡，扣寂竟

---

① 《全唐诗》卷九一，第986页。
② 《长安志》卷一五"县五·临潼"，第202页。
③ （宋）王谠撰，周勋初校证：《唐语林校证》卷五，中华书局2008年版，第452页。

徒然。①

和作紧扣原唱之意，尤其是"迹是东山恋，心惟北阙悬"一句，准确传达了当时分司东都诸君子虽闲居洛阳，然心系朝阙的心声。《唐诗纪事》卷一四"魏奉古"条载："龙门北溪，韦嗣立山居在焉，诸公赋诗，奉古时预酬唱之末。张说序崔、韦赠答诗云：二公述志论文，首贻雅唱。其余寻声响答，望形影赴，故亦峻碧池之涟漪，增瑶林之沃若。盖奉古之徒是也。"②可见，因张说、韦嗣立等分司官的到来，在当时的洛阳已经形成了一个日与游处、频相唱和的诗人群，魏奉古即身预其中。这在以上分司文人现仍留存的其他诗作中也可以得到见证，如韦嗣立作《自汤还都经龙门北溪赠张左丞崔礼部崔光禄并序》，序曰："仆自汤还都，经龙门北溪庄宿，张左丞、崔礼部、崔光禄并枉垂光顾。数公宿敦道义，雅尚林壑，谓急于幽寻，故此命驾，遂不知别有胜赏。偶然相过，寒暄未周，神意已往，云霞之致，蔑而不存，逸辔放驱，清尘徒企，耿叹不已。而赠是诗。"诗云：

　　栖闲有愚谷，好事在朝轩。树接前驱拥，岩传后骑喧。褰帘出野院，植仗候柴门。既拂林下席，仍携池上樽。深期契幽赏，实谓展欢言。末眷诚未易，佳游时更敦。俄看啸俦侣，各已共飞骞。延睇尽朝日，长怀通夜魂。空闻岸竹动，徒见浦花繁。多愧春莺曲，相求意独存。③

又如张说的分韵唱和诗《崔礼部园亭得深字》：

　　窈窕留清馆，虚徐步晚阴。水连伊阙近，树接夏阳深。柳蔓怜垂

①　《全唐诗》卷九一，第988页。
②　《唐诗纪事》卷一四，第213—214页。
③　《全唐诗》卷九一，第987页。

拂，藤梢爱上寻。讶君轩盖侣，非复俗人心。①

从诗文的记述可以想见，在韦祭酒、崔礼部的山居园亭中，众分司官优游追寻，高歌欢言，分韵赋诗，好不快哉！然在这逍遥惬意的闲居生活背后，仍沉潜着诗人们心中对君王的感戴、对朝廷的系念。它时常在诗人的快意畅怀之后随即涌现，搅动着分司官们平静的心绪，如张说《酬崔光禄冬日述怀赠答》："岁晏罢行乐，层城间所思。夜魂灯处厌，朝发镜前衰。……终惭起予者，何足与言诗。"②崔日知《冬日述怀奉呈韦祭酒张左丞兰台名贤》："既重万钟乐，宁思二顷田。……愿逐从风叶，飞舞翰林前。"③崔泰之《同光禄弟冬日述怀》："恩华惭服冕，友爱勖垂堂。无由报天德，相顾咏时康。"④在唐中宗、睿宗时期，这些分司官皆曾受天子恩宠，现因宫廷斗争和政治风波致身散地，但丝毫不影响其仕进功名之心。故耽情于游乐，但不甘闲废，可视为他们的共同心态。而且，这一时期，东都分司官的闲散性质刚开始凸显，所以，他们的交游酬赠，无疑开启了后世分司文人闲适唱和的先声。

二　韩愈分司东都与韩孟诗派的诗歌创作

宪宗元和时期，不少文人分司东都，其中著名的诗人有韩愈、元稹、窦牟等。他们在洛阳任上皆留下不少诗作，真实记录了他们在洛阳时期的文学活动和生活。如元稹元和四年（809）六月至次年（810）三月分察东台期间，因为履职的困难和压力，既写了一些抒发其内心烦恼和沉重感的诗，如《琵琶歌》："去年御史留东台，公私蹙促颜不开。今春制狱正撩乱，昼夜推囚心似灰。"《酬翰林白学士代书一百韵》："再令陪宪禁，依旧履阽危。使蜀常绵远，分台更崄巇。匿奸劳发掘，破党恶持疑。斧刃迎皆碎，盘牙老未萎。"又留下了若干体现其退隐之思的作品，如《寄

---

①　《全唐诗》卷八七，第 948 页。
②　《全唐诗》卷八八，第 970 页。
③　《全唐诗》卷九一，第 989 页。
④　同上书，第 990 页。

隐客》："监察官甚小，发言无所裨。小官仍不了，谴夺亦已随。时或不之弃，得不自弃之？陶君喜不遇，顾我复何疑！潜书周隐士，白云今有期。"①窦牟在虞部郎中分司任上时，作诗记其在洛阳闲居的寂寥和落寞，《天津晓望因寄呈分司一二省郎》云："万乘西都去，千门正位虚。凿龙横碧落，提象出华胥。望幸宫嫔老，迎春海燕初。保厘才半仗，容卫尽空庐。要自词难拟，繇来画不如。散郎无所属，聊事穆清居。"②在元和时期的这些分司文人中，交游最广、影响最大的是韩愈。韩愈在元和二年（807）年至元和六年（811）分司东都时，不仅和元稹、窦牟有交游，而且因为其影响，大量诗人来洛依往过从。他们汇集一地，以文字相投，赠酬唱和，以致形成了一个成员众多、诗风独具的诗人群体。

关于韩孟诗派的诗歌创作，现学术界研究成果颇丰。本书基于东都分司官与文学这一研究主题，主要就分司之职对这一群体的影响加以探讨。考察东都分司官对韩孟诗派群体风格形成的意义，至少有以下几点：

其一，韩孟诗派的最终形成，以元和二年（807）韩愈以国子博士分司东都为契机，众多成员先后在洛阳集会和交游为重要标志。

元和二年（807）年韩愈分司东都之前，韩愈、孟郊以及其他少数几位诗派成员就已有过交往及唱和，并在创作上产生了交互的影响。首先是贞元八年（792），韩愈、孟郊二人在长安应试期间结识，《新唐书·孟郊传》称："性介，少谐合。愈一见为忘形交。"③这时，孟郊因长期潦倒落拓，已形成自己矫激奇险的诗风。韩愈方才登上诗坛不久，又对孟郊极为推赞，甚至愿意"低头拜东野"。所以在这一时期的诗歌创作中，韩愈在一定程度受到了孟郊的影响。之后，在贞元十二年（796）至十六年（800）间，韩愈、孟郊、张籍、李翱等人在汴州有过聚会和诗文唱和，除了核心诗人韩、孟，新成员的加入是这个诗派开始形成的一个前奏。再至元和元年（806），韩、孟二人会合于长安，创作了《城南》、《斗鸡》等系列联句诗，争奇斗险，变态百出，明显表现出意气相投的创作倾向和尚奇好险

---

① 前引数诗分别见《元稹集校注》卷二六、卷一〇、卷五，第 771、304、147 页。
② 《全唐诗》卷二七一，第 3037 页。
③ 《新唐书》卷一七六，第 5265 页。

的诗歌风格，为诗派的形成确立了共同的审美指向。元和二年（807）六月，韩愈以国子博士分司至洛阳，元和四年（809）六月改尚书都官员外郎分司，元和五年（810）冬又改河南尹，直至元和六年（811）秋韩愈被授职方员外郎赴长安任，在这四年多的时间里，韩愈一直居职洛阳。其间，孟郊、李贺、贾岛、卢仝、刘叉、马异、李翱、皇甫湜等人，或在东都任职，或在此居住，或来过往，或来依归韩愈，于是众人云集，交游唱和，在韩愈的影响下，形成了一个以韩、孟为中心的诗人群体。可见，韩孟诗派之所以能形成一个成员众多、联系紧密、协作意识强的诗人群体，有一个重要的前提条件，就是在洛阳的集中与过从。如前章所论，因为唐代的文学传播技术十分有限，诗文传播主要还是依靠抄写的形式来完成。在这样的现实情况下，文人在一定的地域空间集中起来共同进行酬唱、交游、宴咏以及集会等创作活动，是扩大诗歌传播范围及影响力的有效途径，也是诗派形成的必要依托。故而，韩孟诗派的形成，虽然肇始于贞元八年（792）韩、孟二人结交，但一直至韩愈分司东都，大量门派成员在洛阳会集，并频繁交游、追逐唱和之后，才得以真正在文学史上定型。这一诗派的许多骨干人物如卢仝、李贺、贾岛、刘叉等，即都是在洛阳时期才慕名归于韩门的。可以说，在韩孟诗派的形成中，韩愈分司洛阳为诗派成员的聚合及在创作上的趋同提供了重要的契机，有不容忽视的意义。

其二，韩愈自请分司东都，仕途的不遇使其"感激怨怼及奇怪之辞"在洛阳的诗歌创作中更为明显，艺术上对奇险的追求愈发自觉和鲜明。

韩愈因为忧谗畏祸才自请分司东都，李翱《故吏部侍郎韩公行状》云："入为权知国子博士，宰相有爱公文者，将以文学职处公。有争先者，构公语以非之。公恐及难，遂求分司东都。"尽管这个分司官职是自己所求，但这时唐王朝还呈现出一派中兴气象，其个人志节又在用世兼济，并非性乐恬退，所以自请分司只是迫于时局的一种无奈之举，他的内心颇多怨愤。其《东都遇春》一诗非常典型地表现出了他当时的心态，诗云："得闲无所作，贵欲辞视听。深居疑避仇，默卧如当暝。朝曦入牖来，鸟唤昏不醒。为生鄙计算，盐米告屡罄。坐疲都忘起，冠侧懒复正。幸蒙东都官，获离机与阱。乖慵遭傲僻，渐染生弊性。……在庭百执事，奉职各祗敬。我独胡为哉，坐与亿兆庆。譬如笼中鸟，仰给活性命。为诗告友生，负愧终究竟。"① 一方面他对自己能够避祸免难十分庆幸。另一方面，"无所作"、"默卧"、"昏不醒"、"笼中鸟"的生活又使他感到百无聊赖和痛苦。政治失意的他内心不平，从而更易于接受和产生那些奇崛险怪的想象与意象，从而使其在洛阳创作的诗歌更集中呈现出尚奇好险的美学趣尚。如元和二年（807）所作《嘲鼾睡》二首，在选材和描写上皆极为怪谲，蒋抱玄评曰："虽非完全排硬格，而造语之奇，嵌字之险，确为韩公一家法。"② 又如元和三年（808），孟郊在很短的时间内接连失去三子，心中悲痛，写了很多首诗悼念自己的亡子，而韩愈则作《孟东野失子》一诗安慰，诗云：

> 失子将何尤，吾将上尤天。女实主下人，与夺一何偏。彼于女何有，乃令蕃且延。此独何罪辜，生死旬日间。上呼无时闻，滴地泪到泉。地祗为之悲，瑟缩久不安。乃呼大灵龟，骑云款天门。问天主下人，薄厚胡不均。天曰天地人，由来不相关。吾悬日与月，吾系星与辰。日月相噬啮，星辰踣而颠。吾不女之罪，知非女由因。且物各有分，孰能使之然。有子与无子，祸福未可原。鱼子满母腹，一一欲谁怜。细腰不自乳，举族常孤鳏。鸱枭啄母脑，母死子始翻。蝮蛇生子时，坼裂肠与肝。好子虽云好，未还恩与勤。恶子不可说，鸱枭蝮蛇然。有子且勿喜，无子固勿叹。上圣不待教，贤闻语而迁。下愚闻语惑，虽教无由悛。大灵顿头受，即日以命还。地祗谓大灵，女往告其人。东野夜得梦，有夫玄衣巾。阒然入其户，三称天之言。再拜谢玄夫，收悲以欢忻。③

虽然韩愈对好友的遭遇甚为同情和关切，但此诗的构思角度非常奇特，安慰朋友的方式也非常怪异。韩愈运用超人的想象力，创造了一个奇诡荒诞

---

① 屈守元、常思春：《韩愈全集校注》，第 484 页。
② 钱仲联：《韩昌黎诗系年集释》，上海古籍出版社 1984 年版，第 671 页。
③ 屈守元、常思春：《韩愈全集校注》，第 457—458 页。

的故事，将孟东野失子之事托大灵龟问责上苍，稚子何辜，为何"薄厚不均"，天帝则以一系列令人毛骨悚然恐怖的故事为自己辩解，包括"鱼子满母腹"、"鸱枭啄母脑"、"蝮蛇生子时，坼裂肠与肝"等等，说明了有子无子本即天定，何况"祸福未可原"。诗中所列事皆诡异，语亦惊人，但所得结论，细想却又在情理之中。

一篇给好友至交的劝慰之词，却写得如此"耸人听闻"、诡怪奇特，这一方面源于韩愈此时期一贯的审美追求。分司之前的元和元年（806），韩愈在《醉赠张秘书》中评价自己与孟郊、张籍诸人的诗歌："今我及数子，固无茙与薰。险语破鬼胆，高词媲皇坟。至宝不雕琢，神功谢锄耘。"①便明确指出了自己在创作中尚奇求险的艺术倾向。到洛阳后，元和三年（808）韩愈曾为裴均、杨凭编录的《荆潭唱和集》作序，序中云："乃能存志乎诗书，寓辞乎咏歌，往复循环，有唱斯和，搜奇抉怪，雕镂文字，与韦布里闾憔悴专一之士，较其毫厘分寸，铿锵发金石，幽眇感鬼神，信所谓材全而能钜者也。"②亦鲜明表达了他对"搜奇抉怪，雕镂文字"的推崇与欣赏。这种尚奇的诗歌理想自然体现在他的诗歌创作中。然尤不可忽视的是，韩愈分司东都时的不遇心理和不平情绪，是他这一时期"搜奇抉怪"诗歌创作的重要催化因素。且看他在东都时的内心独白，《东都遇春》："譬如笼中鸟，仰给活性命。为诗告友生，负愧终究竟。"《感春五首》其一："选壮军兴不为用，坐狂朝论无由陪。如今到死得闲处，还有诗赋歌康哉！"③个人的投闲散置、岁月蹉跎，与其强烈的用世之心所产生的矛盾，导致了韩愈分司东都时的牢骚不平。这种不平之气，以自己的奇崛之笔鸣于诗中，即是他在《上宰相书》中说的："居穷守约，亦时有感激怨怼奇怪之辞，以求知于天下，亦不悖于教化。"④

其三，韩愈分司洛阳后，在以其为中心的文学往来和诗歌唱和中，众

---

① 钱仲联：《韩昌黎诗系年集释》，第 391 页。
② 此序创作时间说法不一，今从元和三年。屈守元、常思春《韩愈全集校注》系于永贞元年，第 1671 页，
③ 屈守元、常思春：《韩愈全集校注》，第 484、488 页。
④ 同上书，第 1238 页。

成员争奇斗险，相互之间有意标榜和追逐，不仅使得这一诗风成为群体共同的审美趋尚，亦在当时扩大了这一诗派的声势和影响。

韩孟诗派以奇险为其创新的艺术精神和总体风貌。在诗歌中追求怪奇之美的最初是贞元年间的孟郊，后来韩愈逐渐接受了这一诗风的影响，并在元和元年（806）二人于长安的联句唱和中，表现出争奇斗险的追逐与合作倾向。如《遣兴》联句，蒋抱玄曰："两人对口，如一鼻孔出气，故能以跌宕见长，足证韩、孟两人意气相合。"《城南》联句，方世举谓："惟二人相合，乃争奇至此，则其交济之美，有互相追逐者。"这一时期，虽有其他诗人偶尔参与唱和，如《会合》联句，即由韩愈、孟郊、张籍、张彻四人完成，朱彝尊评曰："此仍是各一联或数联，下语多新，句句醒眼，道昔离今合，昔谪今还，意宏肆，词奇峭，虽略嫌生硬，然联句正以此角采，正是合作。"① 然总体来看，这时对怪奇之美的刻意追求仍尚集中于韩愈和孟郊二人。在韩、孟的影响下，这一新的艺术风尚对其他成员产生影响，从而成为群体诗人创作中共同的审美追求，则是在元和二年（807）韩愈分司东都之后。

元和二年（807）韩愈分司东都时，孟郊已在洛阳任河南水陆转运从事一职。其后四年间，卢仝来此居留，刘叉、李贺、贾岛等人先后慕名依归韩愈，皇甫湜亦于元和三年（808）授陆浑尉，时有过往。一方面，由于东都分司官职事闲散，在这种有很多闲暇时间的生活中，与友人相互唱和，在诗歌创作上争奇斗险，也不失为排遣长日无聊与内心寂寞空虚的一种娱乐方式。另一方面，"由于韩愈在文坛的声望渐高，他诗歌创作中奇险、怪异的新变因素与原有的拗硬风格结合在一起，迎合了当时下层士人中急躁、变异的心态和审美趣味，因而韩诗遂成为众人模仿追趋的对象。这反过来又刺激、鼓励韩愈在主观上更加追求险怪，使得这种诗美风潮愈演愈烈"②。如刘叉，《新唐书》本传载："闻愈接天下士，步归之，作《冰

---

① 以上皆引自钱仲联《韩昌黎诗系年集释》，第618、524、418页。

② 尚永亮等：《中唐元和诗歌传播接受史的文化学考察》，武汉大学出版社2010年版，第35页。

柱》、《雪车》二诗，出卢仝、孟郊右。"①《冰柱》、《雪车》二诗怪怪奇奇，
即是受韩愈影响，并投其所好而作。元和三年（808）前后，皇甫湜作诗
《陆浑山火》（原作现已亡佚），韩愈则和作《陆浑山火和皇甫湜用其韵》，
中曰：

> 皇甫补官古贲浑，时当玄冬泽干源。山狂谷很相吞吐，风怒不休
> 何轩轩，摆磨出火以自燔。有声夜中惊莫原，天跳地踔颠乾坤。赫赫
> 上照穷崖垠，截然高周烧四垣。神焦鬼烂无逃门，三光弛隳不复暾。
> 虎熊麋猪逮猴猿，水龙鼉龟鱼与鼋，鸦鸱雕鹰雉鹄鹍，燖炰煨爊孰
> 飞奔？②

这首诗借和皇甫湜《陆浑山火》为其鸣不平，以泄其愤。上引诗文描写了
山火熊熊燃烧，风大火猛，直烧得鬼神皆惊，空中、地上、水中、阴司里
的飞禽走兽全都夺路而逃。诗歌想象奇特，语出奇崛，意象怪诞，樊汝霖
评曰："大抵持正文尚奇怪，公之此诗，亦以效其体也。"③韩愈自己在诗中
的结尾亦云："皇甫作诗止睡昏，辞夸出真遂上焚。要余和增怪又烦，虽
欲悔舌不可扪。"明确指出这首诗是为和皇甫湜的"怪"诗而作。

又如，元和五年（810）中秋夜，卢仝作了一首艰涩难懂的《月
蚀诗》：

> 森森万木夜僵立，寒气飖飓顽无风。烂银盘从海底出，出来照我
> 草屋东。天色绀滑凝不流，冰光交贯寒瞳眬。初疑白莲花，浮出龙王
> 宫。八月十五夜，比并不可双。此时怪事发，有物吞食来。轮如壮士
> 斧斫坏，桂似雪山风拉摧。百炼镜，照见胆，平地埋寒灰。火龙珠，
> 飞出脑，却入蚌蛤胎。摧环破璧眼看尽，当天一搭如煤炱。磨踪灭迹
> 须臾间，便似万古不可开。不料至神物，有此大狼狈。星如撒沙出，

---

① 《新唐书》卷一七六，第 5269 页。
② 屈守元、常思春：《韩愈全集校注》，第 433 页。
③ 钱仲联：《韩昌黎诗系年集释》，第 698 页。

争头事光大。奴婢炷暗灯，掩茭如玳瑁。今夜吐焰长如虹，孔隙千道射户外。玉川子，涕泗下，中庭独自行。①

韩愈也以此诗为模本，创作了《月蚀诗效玉川子作》，中云：

> 元和庚寅斗插子，月十四日三更中。森森万木夜僵立，寒气屃奰顽无风。月形如白盘，完完上天东。忽然有物来，啖之不知是何虫！如何至神物，遭此狼狈凶？星如撒沙出，攒集争强雄。油灯不照席，是夕吐焰如长虹。玉川子，涕泗下，中庭独行。念此日月者，为天之眼睛。此犹不自保，吾道何由行？②

比较二诗，韩愈应和卢仝的意图和痕迹亦非常明显。月食本是一自然现象，但在经过二人的大胆想象和主观裁夺后，皆被渲染得光怪陆离、阴冷恐怖。诗中如万木"森森""夜僵立"，夜色"绀滑凝不流"，月光清冷"寒瞳昽"，星如撒沙"争强雄"等，寻常的意象在卢、韩二人笔下显得幽森险怪，集中反映了二位诗人在创作趣尚上的相互仿效和交互影响。

这一时期，除了韩愈与他人在创作实践上的酬唱应和与交互影响，其他成员在文学往来中亦对这种险怪的诗风予以共同的标举和推赞。如《唐才子传》卷五称刘叉"酷好卢仝、孟郊之体"③，元和二年（807）前后，刘叉至洛阳结识孟郊，孟郊甚爱其诗，与之赠答。刘叉《答孟东野》云："酸寒孟夫子，苦爱老叉诗。生涩有百篇，谓是琼瑶辞。百篇非所长，忧来豁穷悲。唯有刚肠铁，百炼不柔亏。"④可见孟郊对刘叉苦涩生硬的诗风大为激赏。贾岛与孟郊二人亦在洛阳相识，贾岛很看重孟郊的诗，在《投孟郊》中云："录之孤灯前，独恨百首终。"孟郊《戏赠无本二首》其二则称赞贾岛的奇险之风曰："拾月鲸口边，何人免为吞。燕僧摆造化，万有

①　《全唐诗》卷三八七，第4364—4365页。
②　屈守元、常思春：《韩愈全集校注》，第512页。
③　（元）辛文房：《唐才子传》卷五《刘叉传》，第75页。
④　《全唐诗》卷三九五，第4445页。

随手奔。补缀杂霞衣，笑傲诸贵门。"又如，孟郊《答卢仝》一诗称誉卢仝的诗文："君文真凤声，宣隘满铿锵。"①可见，在韩愈分司洛阳时，不只韩愈、孟郊尚奇好险，随着刘叉、皇甫湜、李贺、贾岛等其他成员的加入和交游，整个诗人群体在相互的应和与追逐中共同形成了对险怪之风的欣赏和趋好，从而使得这一新的艺术风格不再集中于韩孟两个主将，而是成为整个交游群体的共同特色，险怪诗派由是而形成。唐人李肇《唐国史补》谓元和以后的文学风尚云："元和已后，为文笔，则学奇诡于韩愈，学苦涩于樊宗师。歌行则学流荡于张籍。诗章则学矫激于孟郊，学浅切于白居易，学淫靡于元稹。俱名为元和体。大抵天宝之风尚党，大历之风尚浮，贞元之风尚荡，元和之风尚怪也。"②其中提到的韩愈、樊宗师、孟郊皆是诗派中人，"尚怪"亦正是这一诗派的创作特色，由此可见这一诗人群体在当时的影响。

三　文宗至宣宗时东都分司文人的诗歌创作

唐代文宗至宣宗一段时期内，大量诗人汇聚洛阳，如白居易、刘禹锡、皇甫镛、令狐楚、舒元舆、张仲方、李德裕、裴度、牛僧孺、皇甫曙、崔玄亮、李绅、李仍叔、吴士矩等。这些诗人在身份上以白居易、刘禹锡为代表的大量东都分司官为主体，同时包括东都留守、河南尹等其他在洛阳任职的官员。他们宴饮集会、诗酒唱和，表现出一种闲适淡泊的生活情调和创作倾向，白居易将这种生活称作"中隐"。而这种"中隐"生活的基石，就是东都分司官的职官制度和体系。因此，东都分司官职官体系独有的一些属性和功能，直接影响了这一批洛阳文人的创作。

1. 东都分司文人的创作旨趣：闲适与独善

唐文宗以至宣宗这一时期的洛下闲适诗人群中，有很多人早年都曾经积极入世，渴望建功立业，尤其是在元和、长庆王朝中兴尚且有望时期。如白居易，早年志在兼济，关注民生疾苦，在创作上主张"为君、为臣、

---

① 分别见《孟郊诗集校注》卷六、卷七，第 300、338 页。
② （唐）李肇：《唐国史补》卷下，第 57 页。

为民、为物、为事而作，不为文而作"，以讽谕为主旨创作了一批脍炙人口的诗篇，意在补察时政；刘禹锡少有济世之志，渴望革除时弊，澄清天下，即使因参与革新被贬蛮荒，也没有放弃他的斗争精神，写下了诸如《聚蚊谣》、《百舌吟》、《再游玄都观》等不少的政治讽谕诗。又如李绅，热切于用世，《旧唐书》本传记载："绅始以文艺节操进用，受顾禁中。后为朋党所挤，滨于祸患"①。其于元和四年（809）所作的"新题乐府"20首，现虽不存，但从元稹的和作及李绅的《悯农二首》亦可推想其创作旨趣。他们的志向，代表了贞元、元和时期很多官员和文人的共同理想。然而唐朝后期，党争加剧，宦官专权，朝堂政治波谲云诡。随着政治形势的恶化，文人惧祸远害，仕宦之情和进取之心日渐衰减。尤其大和九年（835）"甘露之变"发生后，很多官员都萌生了隐退之意，就连权倾朝野的裴度也在朝堂风云变色之前，自请东都留守，从此忘情于游宴之乐，不复以仕进为意。同时，他们的退隐也是有限的、不彻底的。仕宦的险恶难以保全和存身，但千古文人家国梦，在他们的内心深处，对政治和现世总是难以释怀。在这样两难的现实处境下，东都分司，则给他们提供了一个可以调和内心斗争与矛盾的方法。分司官游走于庙堂之高与江湖之远，进可以再入仕途，施展抱负，退可以"闲人占闲景"，诗酒风流，优游卒岁。白居易称之为"中隐"，并深谙个中的妙处，认为："似出复似处，非忙亦非闲。不劳心与力，又免饥与寒。……人生处一世，其道难两全。贱即苦冻馁，贵则多忧患。唯此中隐士，致身吉且安。穷通与丰约，正在四者间。"②其"中隐"之说的实践基础与生活来源，即是洛阳的东都分司官。

　　正是这种以赋闲为特性、介于出处之间的职官，促使这批诗人在分司任上的创作旨趣发生了转变，诗歌多用于表现各人闲适情趣与独善之怀。如白居易《分司》云：

　　　　散帙留司殊有味，最宜病拙不才身。行香拜表为公事，碧洛青嵩

---

① 《旧唐书》卷一七三，第 4500 页。
② 朱金城：《白居易集笺校》卷二二《中隐》，第 1493 页。

当主人。已出闲游多到夜，却归慵卧又经旬。钱唐五马留三匹，还拟骑游搅扰春。①

白居易曾经四次担任东都分司官，或因病而乞，或为避祸而求，不管原因为何，他却在这种闲散的分司生涯中品出了一点滋味。此任除了行香拜表，长日无事，好登临也可，爱游荡也可，喜慵卧也可，又远离了朝野你死我活的政治斗争，故而身心都获得了一种无所挂碍的闲适宁静。有学人认为："传统的吏隐观念强调的是身与心的分离……人们可以高坐在庙堂之上，只要他们的心神逍遥自由地游翔与山林绝冥之境。"而白居易的"中隐""强调一种身心自然合一的新吏隐观，与传统吏隐观之强调身心分离不同"②。这当然不无道理。但白居易"中隐"说的思想实质和渊源所自，仍是自古以来的"独善"之义。这在元和十一年（816）也即他被贬江州第二年所作的《与元九书》中就有明确的表述：

> 仆数月来，检讨囊帙中，得新旧诗各以类分，分为卷目。自拾遗来，凡所遇所感，关于美刺兴比者，又自武德迄元和，因事立题，题为《新乐府》者，共一百五十首，谓之讽谕诗。又或退公独处，或移病闲居，知足保和，吟玩情性者一百首，谓之闲适诗。又有事物牵于外，情理动于内，随感遇而形于叹咏者一百首，谓之感伤诗。又有五言七言长句绝句，自一百韵至两韵者四百余首，谓之杂律诗。……古人云："穷则独善其身，达则兼济天下。"仆虽不肖，常师此语。大丈夫所守者道，所待者时。时之来也，为云龙，为风鹏，勃然突然，陈力以出。时之不来也，为雾豹，为冥鸿，寂兮寥兮，奉身而退。进退出处，何往而不自得哉？故仆志在兼济，行在独善，奉而始终之则为道，言而发明之则为诗。谓之讽谕诗，兼济之志也。谓之闲适诗，独善之义也。故览仆诗，知仆之道焉。……

---

① 朱金城：《白居易集笺校》卷二三，第1589页。
② 贾晋华：《唐代集会总集与诗人群研究》，第112、102页。

今仆之诗，人所爱者，悉不过杂律诗与《长恨歌》已下耳。时之所重，仆之所轻。①

在白居易所分列的四类诗中，他最看重的是讽谕诗和闲适诗，因为这两类诗集中体现了他"达则兼济"、"穷则独善"的进退出处之道，也体现了他诗歌创作的指归。检阅白居易后来分司东都时创作的大量闲适诗，亦不无充斥着他在《与元九书》中所谈到的"知足保和"的独善之想，如《对镜》：

> 三分鬓发二分丝，晓镜秋容相对时。去作忙官应太老，退为闲叟未全迟。静中得味何须道？稳处安身更莫疑。若使至今黄绮在，闻吾此语亦分司。

《再授宾客分司》：

> 优稳四皓官，清崇三品列。伊予再尘忝，内愧非才哲。俸钱七八万，给受无虚月。分命在东司，又不劳朝谒。既资闲养疾，亦赖慵藏拙。宾友得从容，琴觞恣怡悦。乘篮城外去，系马花前歇。六游金谷春，五看龙门雪。吾若默无语，安知吾快活？吾欲更尽言，复恐人豪夺。应为时所笑，苦惜分司阙。但问适意无，岂论官冷热！

又如《闲适》：

> 禄俸优饶官不卑，就中闲适是分司。风光暖助游行处，雨雪寒供饮宴时。肥马轻裘还粗有，粗歌薄酒亦相随。微躬所要今皆得，只是蹉跎得校迟。

---

① 朱金城：《白居易集笺校》卷四五，第2794—2795页。

《秋日与张宾客舒著作同游龙门醉中狂歌凡二百三十八字》：

> 暂停杯箸辍吟咏，我有狂言君试听。丈夫一生有二志，兼济独善难得并。不能救疗生民病，即须先濯尘土缨。况吾头白眼已暗，终日戚促何所成？不如展眉开口笑，龙门醉卧香山行。①

诗中深深乐道并无不自炫的"得味"、"安身"、"养疾"、"快活"、"适意"、"闲适"等生活感受，皆以分司之职为践行基础，亦皆以明哲保身、泰适自足的"独善"之路为旨向，与诗人创作讽谕诗时的济世之志迥然有别。

这种闲适之趣和独善之想，不仅止于白居易一人。大和以至会昌年间，刘禹锡、牛僧孺、李绅、李德裕、崔玄亮等东都分司官在交游酬唱中，无论思想心态、生活情趣还是诗歌创作，都出现了与白居易相近的倾向，如刘禹锡《和乐天洛下雪中宴集寄汴州李尚书》：

> 洛城无事足杯盘，风雪相和岁欲阑。树上因依见寒鸟，座中收拾尽闲官。笙歌要请频何爽，笑语忘机拙更欢。遥想兔园今日会，琼林满眼映旗竿。②

洛城无事，风雪中天色渐暗，相邀几个闲官好友，一起歌咏笑语，陶然忘机，好不乐哉！在这一时期的分司官诗人中，刘禹锡、白居易两人唱和的作品最多，两人在思想情趣上的交融和契合亦最深，刘禹锡多次在诗中表达如是的自适及退隐思想，它如："徇乐非时选，忘机似陆沉"、"吏隐情兼逐，儒玄道两全"、"处身于木雁，任世变沧桑"、"终其抛印绶，共占少微星"、"以闲为自在，将寿补蹉跎"等。又如崔玄亮，白居易在《唐故虢州刺史赠礼部尚书崔公墓志铭并序》中描述其分司任上的神采："在途

---

① 分别见朱金城《白居易集笺校》卷二七、二九、三四、二九，第 1897、2005、2333、2011 页。

② 陶敏、陶红雨：《刘禹锡全集编年校注》卷一〇，第 684—685 页。

拜太子宾客分司东都。公济源有田，洛下有宅。劝诲子弟，招邀宾朋，以山水琴酒自娱，有终焉之志。"① 他与白居易唱和颇多，现存一首《和白乐天》（自注：时以太子宾客分司东都）：

> 病余归到洛阳头，拭目开眉见白侯。凤诏恐君今岁去，龙门欠我旧时游。几人樽下同歌咏，数盏灯关共献酬。相对忆刘刘在远，寒宵耿耿梦长洲。②

又如李绅《七年初到洛阳，寓居宣教里，时已春暮，而四老俱在洛中分司》：

> 青莎满地无三径，白发缘头添四人。官职谬齐商岭客，姓名那重汉庭臣。圣朝寡重容三齿，愚叟多惭未退身。惟有门人怜钝拙，劝教沉醉洛阳春。③

樽下同歌、沉醉洛阳，可以说是分司诗人在诗歌创作中所呈现的共有状态，也是这一群经历了宦海沉浮与人生荣辱的诗人，在闲适自逸之后对个体生命的安顿与感悟。就连中晚唐朋党之争的领袖、政治漩涡的中心人物李德裕以分司之务来到洛阳，在诗歌里也表现了相似的情调。唐文宗开成元年（836），李德裕由滁州刺史迁太子宾客分司，住平泉庄，作《郊外即事寄侍郎大尹》云：

> 高秋惭非隐，闲林喜退居。老农争席坐，稚子带经锄。竹径难回骑，仙舟但跂予。岂知陶靖节，只自爱吾庐。

《洛中士君子多以平泉见呼愧获方外之名因以此诗为报奉寄刘宾客》云：

---

① 朱金城：《白居易集笺校》卷七〇，第3749页。
② 《全唐诗》卷四六六，第5404页。
③ 卢燕平：《李绅集校注》，第133页。

非高柳下逸，自爱竹林闲。才异居东里，愚因在北山。径荒寒未扫，门设昼长关，不及鸱夷子，悠悠烟水间。①

虽然此时的李德裕并非真正的"隐"，但或许是政治党争中的翻云覆雨、变化须臾让李德裕心生疲惫，所以才会出现以上诗中的"爱闲"和"喜退"。又如东都留守裴度，作为分司之首，在洛阳时是诗人们文酒之会的中心人物。早在大和二年（828）左右的《中书即事》诗中，他就因政局的险恶表明自己终将归隐洛阳的心志，云："有意效承平，无功益圣明。灰心缘忍事，霜鬓为论兵。道直身还在，恩深命转轻。盐梅非拟议，葵藿是平生。白日长悬照，苍蝇谩发声。嵩阳旧田里，终使谢归耕。"②甘露之变后，裴度彻底淡去了仕进之心，文宗开成元年（836）他在东都留守任上作《凉风亭睡觉》云：

饱食缓行新睡觉，一瓯新茗侍儿煎。脱巾斜倚绳床坐，风送水声来耳边。

《雪中讶诸公不相访》云：

忆昨雨多泥又深，犹能携妓远过寻。满空乱雪花相似，何事居然无赏心。③

《新唐书》本传记载裴度分司洛阳后，"野服萧散，与白居易、刘禹锡为文章、把酒，穷昼夜相欢，不问人间事"④。其诗中的闲适之趣与隐约可现的恬淡的精神风貌，亦与白居易、刘禹锡、崔玄亮等分司诗人如出一辙。另外，还有牛僧孺、李仍叔、萧籍等其他分司诗人，其在洛阳的诗歌多已不

---

① 《全唐诗》卷四七五，第5404页。
② 《全唐诗》卷三三五，第3760页。
③ 同上书，第3757页。
④ 《新唐书》卷一七三，第5218页。

存，但是从刘、白二人的唱和及诗歌记录中，同样可以猜测他们所共有的闲适及独善情怀。东都分司官职使得这些文人在全俸全职的状态下过着隐士一般的生活，他们暂时脱离政治的漩涡与纠缠，以一种闲散和适意的姿态进行诗歌创作，真实记载了分司诗人群的精神旨趣。职官与文学的关系，在东都分司官与洛下文人的诗歌创作中表现得尤为明显，分司职官也成为这一时期洛阳文学的主要缔造者。

当然，这些分司诗人虽在创作中普遍表现出闲适的情怀和独善的倾向，但并不是所有的分司官员都像白居易一样真正地安于恬退，只是因为时事迫人，官场倾轧，只能无奈退守东都。这些官员的心理更为矛盾复杂：深知仕宦不可为，退守东都已是较好的结局，故努力催眠自己沉醉于这肥马轻裘的快乐生活中。然而在短暂的放纵之后，有时随之而生的是壮志难酬的空虚。这种进退失据的怅惘之情，同样也成为诗歌所反映的情趣。如大和九年（835），杜牧因不为权贵郑注、李训所喜，自感危惧，以病请求分司东都，得以避开这年十一月发生的震惊朝野的"甘露之变"。在洛阳的时光中，杜牧看似心境如同草色一般清闲："草色人心相与闲，是非名利有无间"①，但是在独自登高远眺山色的时候，却也发出了"暮景千山雪，春寒百尺楼。独登还独下，谁会我悠悠"的感慨②。尤其是末二句，化用陈子昂《登幽州台歌》"念天地之悠悠，独怆然而涕下"，一抒心中块垒，可见其抑郁不平之气。而且，由于洛阳分司任上集中了一批无心仕途但仍德高望重的大臣，许多暂居洛阳的文臣仍希望借由这些朝中重臣的影响力而能有一番作为，因此，在诗文唱和中借以表明自己心志、力图有所振作的诗也不在少数，如李绅《和晋公三首》其一及其二："凤仪常欲附，蚊力自知微。愿假樽罍末，膺门自此依。""貂蝉公独步，鸳鹭我同群。插羽先飞酒，交锋便著文。"③即希望倚重裴度，借以能在仕途上打开新的出路。又如沉醉在洛阳春中的刘禹锡，从表面上看，欢歌宴饮已经成为他生活的重心，《酬乐天请裴令公开春加宴》云："弦管常调客常满，但

---

① 吴在庆：《杜牧集系年校注》"樊川文集卷三"《洛阳长句二首》其一，第163页。
② 吴在庆：《杜牧集系年校注》"樊川文集卷三"《题敬爱寺楼》，第225页。
③ 卢燕平：《李绅集校注》，第80—81页。

逢花处即开尊。"①他似乎忘记了仕宦的不如意，而尽心享受这种优游恬淡，《岁夜咏怀》曰："弥年不得意，新岁又如何？念昔同游者，而今有几多？以闲为自在，将寿补蹉跎。"②然而实际上，正如前文所提到的，赋闲的刘禹锡对朝政还抱有希望与关注，诗作中也依然有"文墨中年旧，松筠晚岁坚"的奋进与豪气。

2. 东都分司文人的创作内容：纪宴写饮与体物写意

长日无事、悠游闲居是东都分司官生活的主要状态。文宗至宣宗时期的分司官们，为了避祸远害，更是刻意保持与朝廷政治的距离，将关注的重心转向自己一身的闲散生活。白居易《洛中偶作》一诗云："独无洛中作，能不心悢悢。今为青宫长，始来游此乡。徘徊伊涧上，睥睨嵩少傍。遇物辄一咏，一咏倾一筋。笔下成释憾，卷中同补亡。往往顾自哂，眼昏鬓苍苍。不知老将至，犹自放诗狂。"③遇物辄咏、会境成诗，是白居易和其他分司文人们在创作上的一种常态，所以在创作题材上，其诗歌相应表现出日常化、生活化的特点和倾向，多描写集会、饮酒、游赏、老病、到访、吃斋等日常生活中的闲情和琐事。从总体来看，以下两类题材的诗歌在他们的创作中尤为突出，也与分司一职的特性紧密相关。

一是纪宴写饮。

闲散的东都分司生活，使得洛下文人间的交际往来和宴集聚会变得尤为频繁，刘禹锡《和乐天洛下雪中宴集寄汴州李尚书》云："洛城无事足杯盘，风雪相和岁欲阑。"④因"洛城无事"，文人们只得在"杯盘""相和"中消磨时光。裴度有《雪中诇诸公不相访》诗云："忆昨雨多泥又深，犹能携妓远过寻。满空乱雪花相似，何事居然无赏心。"⑤诗中甚至对下雪天友人的"不相访"感到讶异。白居易《长斋月满寄思黯》云："一日不见如三月，一月相思如七年。似隔山河千里地，仍当风雨九秋天。明朝斋满

---

①　陶敏、陶红雨：《刘禹锡全集编年校注》卷一〇，第653页。
②　陶敏、陶红雨：《刘禹锡全集编年校注》卷一一，第728页。
③　朱金城：《白居易集笺校》卷八，第451—452页。
④　陶敏、陶红雨：《刘禹锡全集编年校注》卷一〇，第684页。
⑤　《全唐诗》卷三三五，第3757页。

相寻去，挈榼抱衾同醉眠。"①一日不见即有如隔三秋之感，更是说明这些分司文人宴集之频繁。这些聚会规模不一，大到数十人的雅集，小到三两好友之间的聚首，活动内容通常都少不了管弦、歌舞、游赏和觞咏，故而描写歌酒声色游艺之乐的纪宴诗成为分司诗人创作中的一个重要题材。

　　刘禹锡诗云"洛阳城里多池馆"，分司文人的宴集活动通常便在个人的园林山亭中举行。洛阳的园林建造历史悠久，东汉以来，洛阳园林即闻名于世。唐代分司文人投闲在此，也多以建园赏园为乐，其中较为知名的如裴度的集贤林亭、午桥庄别墅，白居易的履道里池台，李德裕的平泉山居，牛僧孺的归仁里宅园，元稹的履信池馆，崔群的崔家池等等。某种意义上，园林是他们在精神上远离官场、隐居山林的一个象征与寄托。白居易《闲题家池寄王屋张道士》就曾经说过："进不趋要路，退不入深山。深山太濩落，要路多险艰。不如家池上，乐逸无忧患。"②分司文人之间的集会与宴饮即"家池上""乐逸"的重要内容，如裴度的集贤里，便是分司官员聚会的重要场所，白居易《过裴令公宅二绝句》题下自注曰："裴令公在日，常同听杨柳枝歌，每遇雪天，无非招宴。"③另如白居易的履道里、牛僧孺的归仁里、李仍叔的樱桃岛等，亦常开宴会饮。身处具有一定私密性和封闭性的活动空间，又能尽享园林山水、歌酒欢娱，如此背景下创作的纪宴诗往往都表现出一种恣意酣畅、迷醉癫狂、似隐似仙的状态。如白居易有多首描写宴饮场面的诗，其《夜宴醉后留献裴侍中》写在裴度府中的夜宴场景：

　　　　九烛台前十二姝，主人留醉任欢娱。翩翩舞袖双飞蝶，宛转歌声一索珠。坐久欲醒还酩酊，夜深初散又踟蹰。南山宾客东山妓，此会人间曾有无？④

---

①　朱金城：《白居易集笺校》卷三三，第 2315 页。
②　朱金城：《白居易集笺校》卷三六，第 2483 页。
③　朱金城：《白居易集笺校》卷三五，第 2442 页。
④　朱金城：《白居易集笺校》卷三二，第 2198 页。

烛光前隐映十二仙姝，歌舞翩飞与宾客为乐，欢宴直到天明尚未散去。浮光掠影的觥筹交错往来唱和中，座客们狂放不羁，快乐无双，很容易让与会者都产生一种飘然欲仙的幻觉，故而诗人不由得感喟"此会人间曾有无"？《裴侍中晋公以集贤林亭即事诗二十六韵见赠猥蒙征和才拙词繁辄广为五百言以伸酬献》一诗亦写在裴度集贤林亭中游宴的情形：

> 主人命方舟，宛在水中坻。亲宾次第至，酒乐前后施。解缆始登泛，山游仍水嬉。沿洄无滞碍，向背穷幽奇。瞥过远桥下，飘旋深涧陲。管弦去缥缈，罗绮来霏微。棹风逐舞回，梁尘随歌飞。宴余日云暮，醉客未放归。高声索彩笺，大笑催金卮。唱和笔走疾，问答杯行迟。一咏清两耳，一酣畅四支。主客忘贵贱，不知俱是谁？①

开成二年（837）作《与牛家妓乐雨后合宴》写在牛僧孺归仁里宅院开宴的场面：

> 玉管清弦声旖旎，翠钗红袖坐参差。两家合奏洞房夜，八月连阴秋雨时。歌脸有情凝睇久，舞腰无力转裙迟。人间欢乐无过此，上界西方即不知。②

山游水嬉，歌飞舞回，行杯换盏，促咏分题，诗人们在宴饮笙歌中尽情享受身心的放纵与欢娱，难怪作者将之视为人间的极乐世界，再次感叹道"人间欢乐无过此，上界西方即不知"！

白居易分司东都的时间较长，其描写宴饮的诗歌较多。其中所记较为特别的一次宴饮活动，莫过于会昌五年（845）春、夏在白居易履道里池台里发起的"七老会"和"九老会"。"七老会"的时间是在三月二十一日，对于此次宴集，白居易有《胡吉郑刘卢张等六贤皆多年寿予亦次焉偶

---

① 朱金城：《白居易集笺校》卷二九，第2033页。
② 朱金城：《白居易集笺校》卷三四，第2360—2361页。

于弊居合成尚齿之会七老相顾即醉甚欢静而思之此会稀有因成七言六韵以纪之传好事者》记之，诗曰：

> 七人五百七十岁，拖紫纡朱垂白须。手里无金莫嗟叹，樽中有酒且欢娱。诗吟两句神还王，酒饮三杯气尚粗。巍峨狂歌教婢拍，婆娑醉舞遣孙扶。天年高过二疏傅，人数多于四皓图。除却三山五天竺，人间此会更应无？[1]

诗中记叙了此次集会的盛况，以齿论序，共叙高情，是此次宴集的独特之处。全诗没有景物描写，词句都只着墨于七位老人的外貌神采，衣朱紫官服而白须飘飘，形成了鲜明的色彩对比。狂饮吟诗、醉酒高歌凸显出一种摆脱官场挂碍、世俗羁绊的仙逸之气。末二句更是将这次宴集同道家三仙山和佛家的五天竺的集会相提并论，除却这二者，人间盛会非此莫属。

刘禹锡归居洛阳之后，经常与洛下文人宴饮，喝得酩酊大醉，在酒乡中寻找地上仙的快乐和解脱，他也有不少的纪宴诗，描写这种醉乡中的陶然与忘机，如开成二年（837）《和乐天洛下雪中宴集寄汴州李尚书》云：

> 洛城无事足杯盘，风雪相和岁欲阑。树上因依见寒鸟，坐中收拾尽闲官。笙歌要请频何爽，笑语忘机拙更欢。遥想兔园今日会，琼林满眼映旗竿。[2]

另如《和乐天燕李周美中丞宅池上赏樱桃花》写道：

> 樱桃千万枝，照耀如雪天。王孙燕其下，隔水疑神仙。宿露发清香，初阳动暄妍。妖姬满鬓插，酒客折枝传。同此赏芳月，几人有华筵？杯行勿遽辞，好醉逸三年。[3]

---

① 朱金城：《白居易集笺校》卷三七，第 2563 页。
② 陶敏、陶红雨：《刘禹锡全集编年校注》卷一○，第 684 页。
③ 陶敏、陶红雨：《刘禹锡全集编年校注》卷一一，第 691 页。

"杯盘"、"笙歌"、"笑语"、"妖姬"、"酒客"、"芳月"、"华筵",诗中一派宴享的欢情和沉醉,这种现世中的恣意和熏熏然亦使得诗人产生恍惚如"神仙"的幻觉。

洛阳自古以来就有文人雅集的传统。文宗至宣宗时期,唐代洛阳因有大量分司官的到来,文人的宴集不仅限于园林山亭,在户外也有过大规模的雅集活动。《中州杂俎》"洛阳古会"条云:"洛阳山川秀美,人物高华,古来名流,率传雅会。"①并记唐代"白居易主之"的"香山会"、"裴度主之"的"春明会"于后。现有诗文记载的是开成二年(837)三月三日上巳节洛滨祓禊会。

这次宴会是以泛舟洛水为主要形式,洛阳的众多景观包括园林、魏堤、天津桥、宫墙、湖光山色等等都在游赏赋诗的范围之内。宴会之盛甚至惊动洛阳城,几乎至万人空巷的地步。参与此次盛会的有河南尹李珏、留守裴度和时任分司职的白居易、刘禹锡、萧籍、李仍叔等官员。据史料记载,在这次合舟欢宴中,裴度首先赋诗一首,引出其他人的诗歌创作。对于这次宴会的盛况,刘、白二人分别有篇章记载,白居易《三月三日被禊洛滨并序》云:

> 开成二年三月三日,河南尹李待价以人和岁稔,将禊于洛滨。……等一十五人,合宴于舟中。由斗亭,历魏堤,抵津桥,登临溯沿,自晨及暮,簪组交映,歌笑间发,前水嬉而后妓乐,左笔砚而右壶觞,望之若仙,观者如堵。尽风光之赏,极游泛之娱。美景良辰,赏心乐事,尽得于今日矣。若不记录,谓洛无人,晋公首赋一章,铿然玉振,顾谓四座继而和之,居易举酒抽毫,奉十二韵以献。
>
> 三月草萋萋,黄莺歇又啼。柳桥晴有絮,沙路润无泥。禊事修初毕,游人到欲齐。金钿耀桃李,丝管骇凫鹥。转岸回船尾,临流簇马蹄。闹于杨子渡,踏破魏王堤。妓接谢公宴,诗陪荀令题。舟同李膺

---

① (清)汪价:《中州杂俎》卷一四,民国十年安阳三怡堂排印本。

泛，醴为穆生携。水引春心荡，花牵醉眼迷。尘街从鼓动，烟树任鸦栖。舞急红腰凝，歌迟翠黛低。夜归何用烛？新月凤楼西。①

刘禹锡《三月三日与乐天及河南尹奉陪裴令公泛洛禊饮各赋十二韵》曰：

> 洛下今修禊，群贤胜会稽。盛筵陪玉铉，通籍尽金闺。波上神仙妓，岸傍桃李蹊。水嬉如鹭振，歌响杂莺啼。历览风光好，沿洄意思迷。棹歌能俪曲，墨客竞分题。翠幄连云起，香车向道齐。人夸绫布障，马惜锦障泥。尘暗宫墙外，霞明苑树西。舟形随鹢转，桥影与虹低。川色晴犹远，乌声暮欲栖。唯馀踏青伴，待月魏王堤。②

两首宴饮诗共同描绘了这次从晨曦初起至暮色降临的文酒盛会。从刘、白二人"观者如堵"、"翠幄连云起，香车向道齐"的描写中可以看出，除了当时分司洛中的与会文人以外，这次集会还吸引了全城人的眼球。白居易陶醉于此种歌舞相伴、诗酒风流的聚会中，甚至转换视角，从围观者的角度写参与这次盛会的文人"望之若仙"。他对洛阳城歌酒欢宴，通宵达旦的生活迷醉不已，甚至以神仙自居，认为这样的生活仿佛置身仙境一般，而这也是同时期分司文人的一种共同感受。

在中国诗歌史上，宴饮诗源远流长，自《诗经》即有之。《诗经》中的宴饮诗记录了周代仪礼活动的具体践行，承载着礼乐文化的精神内涵和维系社会秩序的政治功用。"这种以礼乐文化为其灵魂的宴饮诗，缺乏个体情感的自觉抒发，反倒给宴饮诗涂上了一层浓重的实用性和功利性的色彩。正因此，《诗经》宴饮诗的内容一方面表现为对宴饮仪式的直陈与客观描述，着重对宴饮的过程、场景、美酒、佳肴、觥筹交错等的铺陈；另一方面表现为对宴饮活动的道德风范的评判，即从'礼'的标准出发，对

---

① 朱金城：《白居易集笺校》卷三三，第2298—2299页。
② 陶敏、陶红雨：《刘禹锡全集编年校注》卷一〇，第659页。

宴饮活动进行衡量，并作出是非褒贬。"①建安时期，三曹七子"慷慨以任气，磊落以使才"，创作了数十首"怜风月，狎池苑，述恩荣，叙酣宴"②的宴饮诗，其中少了尊礼颂德的实用意味，而多了功业理想、慷慨不平、感时伤离等主观情感的抒发，呈现出乱世才子的风骨和志气，故《文心雕龙·时序》云："观其时文，雅好慷慨，良由世积乱离，风衰俗怨，并志深而笔长，故梗概而多气也。"③再反观这一时期东都分司文人的宴饮诗，其中有酒宴物色、场面的铺陈，狂饮醉情的酣畅，同时又出现了新的内容特点：一是园林景色的铺陈描写，二是现世生命的理性体悟和终极思考。如刘禹锡《和牛相公南溪醉歌见寄》：

> 脱屣将相守冲谦，唯于山水独不廉。枕伊背洛得胜地，鸣皋少室来轩檐。相形面势默指画，言下变化随顾瞻。清池曲榭人所致，野趣幽芳天与添。有时转入潭岛间，珍木如幄藤为帘。忽然便有江湖思，沙砾平浅草纤纤。怪石钓出太湖底，珠树移自天台尖。崇兰迎风绿泛艳，坼莲含露红襜襜。修廊架空远岫入，弱柳覆槛流波沾。渚蒲抽芽剑脊动，岸荻迸笋锥头钴。携觞命侣极永日，此会虽数心无厌。人皆置庄身不到，富贵难与逍遥兼。唯公出处得自在，决就放旷辞炎炎。座宾尽欢恣谈谑，愧我掉头还奋髯。能令商于多病客，亦觉自适非沉潜。④

诗中"携觞命侣极永日"一语前，笔墨皆在详细描摹牛僧孺城南别墅的山水之"胜"和"野趣幽芳"，具体景致如珍木、藤草、怪石、珠树、崇兰、坼莲、修廊、弱柳、渚蒲、岸荻等等，可谓琳琅满目、美不胜收。然后在"座宾尽欢"中，作者品出了富贵与逍遥难以兼得，故以"自适"为旨的

---

① 朱一清、周威兵：《从"缘事"到"缘情"——论"三曹"对〈诗经〉宴饮诗的发展》，《江淮论坛》1993 年第 4 期。

② 范文澜：《文心雕龙注·明诗》，第 66 页。

③ 范文澜：《文心雕龙注》，第 673—674 页。

④ 陶敏、陶红雨：《刘禹锡全集编年校注》卷一一，第 706 页。

人生体悟。又如白居易的《张常侍池凉夜闲宴赠诸公》：

> 竹桥新月上，水岸凉风尘。对月五六人，管弦三两事。留连池上酌，欸曲城外意。或啸或讴吟，谁知此闲味？回看市朝客，矻矻趋名利。朝忙少游宴，夕困多眠睡。清凉属吾徒，相逢勿辞醉。①

这次宴集在张仲方家池举行。诗的前六句写了山池风物和宴会情景，然后转入称道园林宴享的闲适之乐，并将"此闲味"与"趋名利"的"市朝客"进行比较，其对个体生命的珍视和理性认识自不待言。有的诗歌甚至直书宴饮中的人生意趣和生命境界，如刘禹锡的《酬乐天醉后狂吟十韵》云：

> 散诞人间乐，逍遥地上仙。诗家登逸品，释氏悟真筌。制诰留台阁，歌词入管弦。出身于木雁，任世变桑田。吏隐情兼遂，儒玄道两全。八关斋适罢，三雅兴犹偏。文墨中年旧，松筠晚岁坚。鱼书曾替代，香火有因缘。欲向醉乡去，犹为色界牵。好吹杨柳曲，为我舞金钿。②

处身于木雁之间，吏隐兼遂、儒玄两全，这是历经宦海沉浮的诗人在人间的"散诞"和"逍遥"中对个体生命的意义进行智性思索后而得出的处世态度。可以看出，这一时期分司文人的纪宴诗，不仅有酣饮迷醉的声情，还有园林赏析的雅致，难能可贵的是，他们还将现世的思索和生命的关怀融入诗歌创作中，从而使其散发着人生的理趣和智性的光辉。

二是体物写意。

文宗至宣宗时期，受当时"太平无象"朝局的影响，在东都任分司官的这批官僚文人，大多不复以荣辱仕进为意，而拥有闲适自由的心灵状

---

① 朱金城：《白居易集笺校》卷二九，第 2038 页。
② 陶敏、陶红雨：《刘禹锡全集编年校注》卷一〇，第 672 页。

态。这种"闲"不仅指公务和日常生活中的闲散无事，更指他们在精神上彻底摆脱了对仕途和名利的追求后而获得的一种平静淡泊和随性自适的心境。在分司官的日常生活中，除了与友人樽下歌咏、交游唱酬外，他们最多的活动是亲近大自然，与园林池台、自然山水为伍。因为他们的身心都浸润在逍遥自在和松散平静的生命状态下，所以他们无论是在闲游还是闲居，都能与自然万物交感神会，从中体味出生命的适意和物我共存的真趣。白居易开成四年（839）《白蘋洲五亭记》云："大凡地有胜境，得人而后发；人有心匠，得物而后开。境心相遇，固有时耶！"①他的一坐一卧，一泛一游，都能享受到心灵的感悟和愉悦，如《闲夕》：

> 一声早蝉发，数点新萤度。兰釭耿无烟，筠簟清有露。未归后房寝，且下前轩步。斜月入低廊，凉风满高树。放怀常自适，遇境多成趣。何法使之然？心中无细故。

在一个秋天的夜晚，诗人"未归后房寝"，而是来到"前轩"闲庭信步。就是在这样一次再平常不过的散步中，诗人能与清凉的秋夜"遇境""成趣"，完成了一次精神上的"自适"之旅。又如《幽居早秋闲咏》

> 幽僻嚣尘外，清凉水木间。卧风秋拂簟，步月夜开关。且得身安泰，从他世险艰。但休争要路，不必入深山。轩鹤留何用？泉鱼放不还。谁人知此味？临老十年间。

《秋池二首》其一：

> 身闲无所为，心闲无所思。况当故园夜，复此新秋池。岸暗鸟栖后，桥明月出时。菱风香散漫，桂露光参差。静境多独得，幽怀竟谁

---

① 朱金城：《白居易集笺校》卷七一，第 3799 页。

知？悠然心中语，自问来何迟？①

水木风月，菱香桂露，诗人就是在这样的幽静中感受到身心安泰的悠然与惬意，从而生发出人世艰险的感叹，并对"争要路"与"入深山"之生存状态给予了否定，真可谓"意到笔随，景到意随"。

这种静观万物，在山水园林中独得幽怀与真趣的心境，是分司诗人笔下常见并乐于书写的一种襟怀，它如裴度的《傍水闲行》和《溪居》：

闲余何处觉身轻，暂脱朝衣傍水行。鸥鸟亦知人意静，故来相近不相惊。

门径俯清溪，茅檐古木齐。红尘飘不到，时有水禽啼。②

李德裕的《潭上喜见新月》：

簪组十年梦，园庐今夕情。谁怜故乡月，复映碧潭生。皓彩松上见，寒光波际轻。还将孤赏意，暂寄玉琴声。③

刘禹锡的《秋中暑退赠乐天》：

暑服宜秋著，清琴入夜弹。人情皆向菊，风意欲摧兰。岁稔贫心泰，天凉病体安。相逢取次第，却甚少年欢。④

在洛阳闲居的裴度因摆脱了世俗"红尘"的侵扰而感到"意静""身轻"，

---

① 以上白居易数诗分别见朱金城《白居易集笺校》卷二二、卷三三、卷二二，第1518、2310、1492页。

② 《全唐诗》卷三三五，第3757、3756页。

③ 《全唐诗》卷四七五，第5404页。

④ 陶敏、陶红雨：《刘禹锡全集编年校注》卷一〇，第678页。

甚至能与水边的鸥鸟相知相惜；暂任分司的李德裕在自己魂牵梦绕的"园庐"中超然孤赏，以抚琴寄托自己的高情；晚岁优游东都的刘禹锡在秋日暑退后的闲居中亦感到身心安泰，他们皆能在与自然万物的交会中，安顿自己的身心。读他们的诗，不仅能真实体会到物境之美，还能强烈感受到人生意趣之真。

正因为闲居的分司诗人能以心观物，以静体物，大自然的一草一木，一水一石，皆可以成为他们诗歌中的生命体和大世界。诗人在这些对自然物的观照中感受生命的律动，表达他们对生活的洞见和体悟。如白居易在洛阳作《玩止水》：

> 动者乐流水，静者乐止水。利物不如流，鉴形不如止。凄清早霜降，淅沥微风起。中面红叶开，四隅绿萍委。广狭八九丈，湾环有涯涘。浅深三四尺，洞彻无表里。净分鹤翘足，澄见鱼掉尾。迎眸洗眼尘，隔胸荡心滓。定将禅不别，明与诚相似。清能律贪夫，淡可交君子。岂唯空狎玩，亦取相伦拟。欲识静者心，心源只如此。①

仁者乐山、智者乐水，水是白居易所爱之物，他曾称"天与爱水人，终焉落吾手"、"水能性淡为吾友"。他之所以为"爱水人"，是因为他在水的"洞彻"、"清澄"、"明诚"、"清淡"等物性中悟出了禅心淡定，认为水能涤除其"心滓"和"眼尘"。《唐宋诗醇》卷二五评此诗云："见理透，体物精，晋人无此分寸，宋人无此洒脱。"②的确，对白居易来说，水不仅是生活中的必需之物，更是他表达生活态度和人生意趣的一个通道和载体，其园林履道里"地方十七亩，屋室三之一，水五之一，竹九之一，而岛池桥道间之"③，其中，水在园亭的装饰设计中比重是最大的。除了水，池水中的"鱼"亦成为白居易体物见理的典型之物，其大和七年（833）作《咏兴五首》（四月池水满）云：

---

① 朱金城：《白居易集笺校》卷二二，第1502页。
② （清）官修《唐宋诗醇》卷二五"太原白居易"，清文渊阁四库全书本。
③ 白居易：《池上篇序》，见朱金城《白居易集笺校》卷六九，第3705页。

四月池水满，龟游鱼跃出。吾亦爱吾池，池边开一室。人鱼虽异族，其乐归于一。且与尔为徒，逍遥同过日。尔无羡沧海，蒲藻可委质。吾亦忘青云，衡茅足容膝。况吾与尔辈，本非蛟龙匹。假如云雨来，只是池中物。①

在这首诗中，池鱼简直成为诗人生命的化身和形象对应物。鱼的逍遥和平凡自足的特性，即是诗人自身人生意趣的写照。

因生活散淡，心态闲适，加上洛阳温润宜人的气候条件和优美的生态环境，洛阳的自然风物皆能在分司诗人笔下显出闲适优雅的意趣，如刘禹锡《酬思黯见示小饮四韵》一诗描写牛僧孺退居后的自由与放任："兵符相印无心恋，洛水嵩云恣意看。"②白居易《忆晦叔》中写到洛阳的逍遥生活："游山弄水携诗卷，看月寻花把酒杯。"特别是洛下文人私家园林中的景观陈设，如水、石、竹、亭、鹤、松、兰等等，不仅体现着他们的园林观和审美情趣，更成为诗人们在创作中理解生命价值和表达精神境界的媒介。如白居易的宅园除了"水"以外，"鹤"与"石"亦他非常看重的，其《洛下卜居》云："三年典郡归，所得非金帛。天竺石两片，华亭鹤一只。饮啄供稻粱，苞裹用茵席。诚知是劳费，其奈心爱惜。远从余杭郭，同到洛阳陌。下担拂云根，开笼展霜翮。贞姿不可杂，高性宜其适。遂就无尘坊，仍求有水宅。东南得幽境，树老寒泉碧。池畔多竹阴，门前少人迹。未请中庶禄，且脱双骖易。岂独为身谋？安吾鹤与石。"③鹤的"贞姿""高性"，石的古朴坚固，皆表征着诗人简淡高远的心志，成为他人生志趣的代言，故白居易才如此不惜"劳费"地将其从余杭郭带到洛阳陌。牛僧孺亦酷爱"石"，将之视为"园林宝"，他在《李苏州遗太湖石奇状绝伦因题二十韵奉呈梦得乐天》一诗中描写太湖石的千姿百态："胚浑何时结，嵌空此日成。掀蹲龙虎斗，挟怪鬼神惊。带雨新水静，轻敲碎玉鸣。攒叉锋刃簇，缕络钓丝萦。近水摇奇冷，依松助澹清。通身鳞甲隐，透穴洞天明。丑凸隆胡准，深凹刻兕觵。雷风疑欲变，阴黑讶

---

① 朱金城：《白居易集笺校》卷二九，第 2001 页。
② 陶敏、陶红雨：《刘禹锡全集编年校注》卷一〇，第 671 页。
③ 朱金城：《白居易集笺校》卷八，第 449 页。

将行。……侧眩魂犹悚，周观意渐平。似逢三益友，如对十年兄。旺兴添魔力，消烦破宿醒。媲人当绮皓，视秩即公卿。"①诗中太湖石历经风雨洗涤的沧桑，以及随机应变和随处得宜的灵性，实际是上牛僧孺自己对波涛岁月的一种感知和人生境界的一种追求。白居易在《太湖石记》中说："撮要而言，则三山五岳，百洞千壑，覼缕簇缩，尽在其中。百仞一拳，千里一瞬，坐而得之，此所以为公适意之用也。"②即道出了太湖石之于牛僧孺怡心养性的意义。又如李德裕，他虽然只能短暂地在洛阳享受园林之娱，但他的《春暮思平泉杂咏二十首》、《思平泉树石杂咏一十首》和《重忆山居六首》，分别以平泉山居中的书亭、桂树、金松、竹径、钓石等景观为题吟咏，以此表达自己对平泉山居的思念和对退隐生活的想往，更是借物托意的典型诗作。其中如《白鹭鹚》："余心怜白鹭，潭上日相依。拂石疑星落，凌风似雪飞。碧沙常独立，清景自忘归。所乐惟烟水，徘徊恋钓矶。"《钓石》："严光隐富春，山色溪又碧。所钓不在鱼，挥纶以自适。余怀慕君子，且欲坐潭石。持此返伊川，悠然慰衰疾。"③对于身处党争漩涡、"百尺竿头掷身难"的李德裕来说，乐在烟水而忘归的白鹭和可"挥纶自适"的钓石，皆寄寓了他憧憬抽身官场优游自适的高逸情怀。

刘勰《文心雕龙·物色》云："春秋代序，阴阳惨舒，物色之动，心亦摇焉。"④在平静适意的生存状态下，分司官诗人亦能够更多的感受到外在环境和地方风物的细微变化，一点凉风、一丝细雨、一声蝉鸣，都能够触动他们的心灵化而为诗。在对时物变化的感觉中，节序和气候变迁是洛下分司文人尤为敏感的一个方面。春思、夏感、秋悲、冬怀，雨后、新晴、暑热、寒袭，每一个时节，每一种候变都可能成为他们吟咏情怀的载体。如刘禹锡《洛中早春赠乐天》、《始闻秋风》、《秋中暑退赠乐天》，白居易《雨后秋凉》、《感秋咏意》、《开成二年夏闻新蝉赠梦得》、《和梦得冬日晨兴》，裴度《夏中雨后游城南庄》，李德裕《雪霁晨起》等。从现存

---

① 《全唐诗》卷四六六，第5291页。
② 朱金城：《白居易集笺校》外集卷下，第3936页。
③ 《全唐诗》卷四七五，第5410、5412页。
④ 范文澜：《文心雕龙注》，第693页。

的唱和诗题如刘禹锡《和牛相公夏末雨后寓怀见示》、《和仆射牛相公春日闲坐见怀》、《酬皇甫十少尹暮秋久雨喜晴有怀见示》，白居易《济源上枉舒员外两篇因酬六韵》、《洛阳春赠刘李二宾客》来看，牛僧孺、皇甫曙、舒元舆、李仍叔等当时在洛阳任司官的诗人皆有感叹时节变化之作，只是诗作没有流存下来。以刘白二人唱和牛僧孺《夏末雨后寓怀》之作为例，刘禹锡《和牛相公夏末雨后寓怀见示》曰：

> 金火交争正抑扬，萧萧飞雨助清商。晓看纨扇恩情薄，夜觉纱镫刻数长。树上早蝉才发响，庭中百草已无光。当年富贵亦惆怅，何况悲翁发似霜！①

白居易《酬思黯相公晚夏雨后感秋见赠》云：

> 暮去朝来无歇期，炎凉暗向雨中移。夜长只合愁人觉，秋冷先应瘦客知。两幅彩笺挥逸翰，一声寒玉振清辞。无忧无病身荣贵，何故沉吟亦感时？②

由夏转秋之际的一个雨后，分司诗人们体肤所感受到的炎凉天气之间的交争和转替，不仅使他们察觉到暑往寒来的时节变换，更勾起他们对人生和世情的感叹。或许是"当年富贵"、"无忧无病"的牛僧孺在原唱中因感秋凉而生"沉吟"和"惆怅"之意，才引起了白居易的不理解和对自己作为"愁人"、"瘦客"的感伤，更使得闲置洛阳的刘禹锡在和作中因功名失意而倍感"恩情薄"和人生的悲凉。多愁善感的分司诗人们，就是这样在"物色之动"和寒暑流易中共同咏唱起对人生的体悟和感叹，从而使得这些诗作景真情切、意境深远。

---

① 陶敏、陶红雨：《刘禹锡全集编年校注》卷一一，第705页。
② 朱金城：《白居易集笺校》卷三四，第2354页。

3. 东都分司文人的创作风格：淡宛与醇厚

文宗至宣宗时期，受朝中政治局势的影响，身处洛阳的分司官诗人们，普遍表现出一种追求闲适与独善的思想情趣。他们诗酒优游，在诗歌创作中品味生活点滴和体悟人生真趣，诗歌风格较之分司以前也出现了鲜明的变化和群体性的趋同。

一是情感表达更加淡宛与平和。

文宗至宣宗时期的这批东都分司官诗人，或因自请而任，或因贬官、回迁而来，任职原因不尽相同，但这些官员大都经历过宦海沉浮，而且人生已经步入中年以后。如刘禹锡分司东都之前已历经"二十三年弃置身"的坎坷，白居易亦遭遇过江州之贬的打击，裴度、李德裕、牛僧孺、李绅等因党争牵连之人，更是深谙宦海的险恶与风波并直接受当时严峻动荡的政治形势所左右。分司东都，是闲置也好，避祸也好，蛰伏待机也好，外部环境的改变映像在诗人心灵上，都会迫使他们变得更加沉默内敛，更加谨慎地表达自己的想法与诉求。这种个性气质的转变自然同时体现在诗歌创作中。很多分司东都的文人在分司之前，锐意进取，陈力以出，其在诗中的情感表现是激切、峻直、慷慨的，然而在进入分司官的生活后，因人生阅历的丰富、心性的打磨与成熟，再加上洛阳闲居生活环境的变化，使得他们在诗歌中的情感表现变得更加冲淡平和。

白居易即是其中最典型的代表，他在《与元九书》云："故仆志在兼济，行在独善，奉而始终之则为道，言而发明之则为诗。谓之讽谕诗，兼济之志也。谓之闲适诗，独善之义也。故览仆诗者，知仆之道焉。……至于讽谕者，意激而言质，闲适者，思澹而词迂。"①按照他的解释，"讽谕"与"闲适"这两种诗歌类型即代表了他的处世之道和人生哲学，同时也是对自己在不同人生境遇和精神追求下创作风格的最好囊括，一者"意激而言质"，一者"思澹而词迂"。《与元九书》作于江州之贬时，此时作者还没有进入完全的退居生活，在情感上亦尚有"同是天涯沦落人"的"迁

---

① 朱金城：《白居易集笺校》卷四五，第 2795—2796 页。

谪意"①，但作者此时在谪居心态上已尚"恬然自安"，曾言"从此万缘都摆落，欲携妻子买山居"②。他在《与元九书》中对闲适诗的定义正好是他江州之贬后在精神上努力追求泰适与独善过程中诗歌创作的最好阐释："或退公独处，或移病闲居，知足保和，吟玩情性者一百首，谓之闲适诗。"这类闲适诗的创作，在他的各个人生阶段都有，但一直到退居洛阳，不仅成为他创作的主要内容，而且在诗歌灵魂和精神意趣上真正进入了"闲适"的境界。如果说在闲居洛阳之前，白居易主要是通过山月风水之游来平息内心的不适、努力追求欣然安逸的心境，那么在分司洛阳之后，因身心彻底的萧散平和，他的一坐一卧，一出一行，皆能平静适意。"幸陪散秩闲居日，好是登山临水时"，山水园林之游虽然是他闲居生活的重要内容，但已不是其通往闲适之境的必要媒介了。贬江州时，他在庐山香炉峰下东林寺筑草堂自居，作《草堂记》云："乐天既来为主，仰观山，俯听泉，傍睨竹树云石，自辰及酉，应接不暇。俄而物诱气随，外适内和，一宿体宁，再宿心恬，三宿后颓然嗒然，不知其然而然。"③明显记述了他在"观山""听泉"中通过"物诱"而渐趋"心恬"和"颓然嗒然"的心理变化过程。苏杭为官时，在公务劳累之余，他亦是由享受山水清幽之趣来怡志畅神、抒发其淡泊平静的情思，如《宿湖中》："水天向晚碧沉沉，树影霞光重叠深。浸月冷波千顷练，苞霜新橘万株金。幸无案牍何妨醉，纵有笙歌不废吟。十只画船何处宿？洞庭山脚太湖心。"④而分司洛阳后，我们除了看到在宴饮弦歌、山水游赏等活动中逸乐自在的诗人形象，如《春来频与李二宾客郭外同游因赠长句》所云："风光引步酒开颜，送老销春嵩洛间。朝踏落花相伴出，暮随飞鸟一时还。"⑤《洛阳春赠刘李二宾客》所写："从容三两人，籍草开一樽。樽前春可惜，身外事勿论。明日期何处？杏花游赵村。"⑥作者在诗中展现更多、给予我们触动更深的是那些在日常

---

① 白居易:《琵琶引》序，朱金城《白居易集笺校》卷一二，第685页。
② 白居易:《端居咏怀》，朱金城《白居易集笺校》卷一六，第1004页。
③ 朱金城:《白居易集笺校》卷四三，第2736页。
④ 朱金城:《白居易集笺校》卷二四，第1641—1642页。
⑤ 朱金城:《白居易集笺校》卷三三，第2251页。
⑥ 朱金城:《白居易集笺校》卷二九，第2049页。

家居生活中陶然自得的优游之境。如《闲坐》：

> 婆娑放鸡犬，嬉戏任儿童。闲坐槐阴下，开襟向晚风。沤麻池水里，晒枣日阳中。人物何相称？居然田舍翁。

《闲眠》：

> 暖床斜卧日曛腰，一觉闲眠百病销。尽日一餐茶两碗，更无所要到明朝。

《闲居》：

> 风雨萧条秋少客，门庭冷静昼多关。金羁骆马近卖却，罗袖柳枝寻放还。书卷略寻聊取睡，酒杯浅把粗开颜。眼昏入夜休看月，脚重经春不上山。心静无妨喧处寂，机忘兼觉梦中闲。是非爱恶销停尽，唯寄空身在世间。

《闲乐》：

> 坐安卧稳舆平肩，倚杖披衫绕四边。空腹三杯卯后酒，曲肱一觉醉中眠。更无忙苦吟闲乐，恐是人间自在天。①

无论是在家中鸡犬和嬉戏儿童相扰下的"开襟"独坐，还是没了来宾与喧闹的闭门自处与闲眠，诗人皆能身心安泰，平和自足。因为诗人"是非爱恶销停尽，唯寄空身在世间"，心里了然无碍、安时委顺，即使是"脚重经春不上山"，没有了山水的陶冶与慰藉，在日常的起居生活中，在普通

---

① 以上白居易数诗分别见朱金城《白居易集笺校》卷三七第 2551、2558、2572，卷三五第 2460 页。

的生存场景中，已然是一片冲淡自在之境。

与白居易唱和最为频繁的刘禹锡，其诗歌创作也明显出现了以东都分司任职为界，前后两期艺术风格的变化。分司之前，诗人在创作中慷慨任气，有"巴山楚水凄凉地，二十三年弃置身"的骚怨，有"清商一曲来秋日，羞尔微形饲丹鸟"的讥讽，有"种桃道士归何处，前度刘郎今又来"的倔强，亦有"不因感衰节，安能激壮心"的豪劲，所有这些作品，皆因性情激荡、锋芒毕露而显得骨气充沛、风情俊爽，故《四库全书总目》评刘禹锡诗曰："含蓄不足，而精锐有余。"① 开成二年（837），诗人在复杂险峻的朝局下急流勇退自请分司，在洛阳的闲居生活中"出身于木雁，任世变桑田"②，其诗歌创作于情感表现上亦锋芒内敛而变得平淡和缓。如《秋斋独坐寄乐天兼呈吴方之大夫》：

> 空斋寂寂不生尘，药物方书绕病身。纤草数茎胜静地，幽禽忽至似佳宾。世间忧喜虽无定，释氏销磨尽有因。同向洛阳闲度日，莫教风景属他人。

《闲坐忆乐天以诗问酒熟未》：

> 案头开缥帙，肘后检青囊。唯有达生理，应无治老方。减书存眼力，省事养心王。君酒何时熟？相携入醉乡。③

在诗中，我们看到的是一个空斋独坐、老病缠身但心平气和的老人。因为对"世间忧喜"，他从释氏中领悟到万事"有因"，顺其自然；面对身体的老弱，他已通达"生理"，无所忧惧。所以他寄诗好友，相邀同享洛阳风景、共饮新熟美酒，在闲逸中怡情养心。这里，我们感受的是一种消磨人生阅尽世故后的通达与平静。刘禹锡在洛阳作《冬夜宴河中李相公堂命筝

---

① （清）永瑢等：《四库全书总目》卷一五〇"刘宾客文集"，第1290页。
② 陶敏、陶红雨：《刘禹锡全集编年校注》卷一〇《酬乐天醉后狂吟十韵》，第672页。
③ 同上书，第641、653页。

歌送酒》中也说:"酌我莫忧狂,老来无逸气。"①《和仆射牛相公寓言二首》(其二)又云:"心如止水鉴常明,见尽人间万物情。"②可以说,退居洛阳的刘禹锡,虽然时而不能忘怀对政治的关注,内心亦潜藏着不甘老暮的英气,但随着对政局的彻底失望,再加上在洛阳长期过着山水登临、诗酒风流的优游生活,他的诗歌因此由先前的"精锐"而走向闲淡和婉。

因为有东都分司官闲适散淡的生活内容作为诗人创作的基础,即使没有白居易、刘禹锡这般宁静恬淡、知足保和的处世心态,但情感表现上的冲淡平和,亦成为他们分司任后诗歌创作的一个普遍倾向。如一生功名仕进之心甚强的李绅,在诗歌创作中,以大笔披露自己的生活轨迹与仕途的荣辱悲欢为特色,胡震亨《唐音癸签》云:"李公垂《追昔游》诗,大是宦梦难醒;然其揽笔写兴,曲备一生穷泰之感,亦令披卷者代为怃然。"③然而他到了分司任上后,以往仕途升沉时诗歌创作中那种愤激直露与得意夸荣的情感皆不复存在。如大和七年(833),李绅在长期被贬后以太子宾客回迁洛阳,有《七年初到洛阳,寓居宣教里,时已春暮,而四老俱在洛中分司》诗:

> 青莎满地无三径,白发缘头添四人。官职谬齐商岭客,姓名那重汉廷臣。圣朝寡重容三齿,愚叟多惭未退身。惟有门人怜钝拙,劝教沉醉洛阳春。

又如大和九年(835),李绅为李宗闵所排挤,再次分司东都,作《重入洛阳东门》:

> 商颜重命伊川叟,时事知非入洛人。连野碧流通御苑,满街秋草过天津。每惭清秩客衰齿,犹有华簪寄病身。驱马独归寻里巷,日斜

---

① 陶敏、陶红雨:《刘禹锡全集编年校注》卷九,第625页。
② 陶敏、陶红雨:《刘禹锡全集编年校注》卷一一,第717页。
③ (明)胡震亨:《唐音癸签》卷七,上海古籍出版社1981年版,第70页。

行处旧红尘。①

一次是十年流徙重归洛阳，有一种恍如隔世的迷茫，再回圣朝已是白头衰残之身；一次是因政治翻云覆雨、局势改易而被挤再退洛阳赋闲。面对人生的磨难和波折变幻，诗人心中能无委曲与怨怼？但作者极为节制，只是以"愚叟"、"钝拙"、"病身"将心中的苦楚与感慨一笔带过，而着力表现对朝廷以散秩容身的惭愧，及自己"沉醉洛阳"、"驱马独归"的落寞形象。诗中没有激烈动荡的情感表达，几多无奈、辛酸和伤感，宣泄在暮春的青莎、潺湲的碧水、满街的秋草及西下的斜阳等景象中，显得和蓄淡婉。

二是诗味更显隽永与醇厚。

文宗至宣宗时期，朝中局势复杂恶化且瞬息多变。一则牛李争锋，此起彼伏。陈寅恪《唐代政治史述论稿》云："就牛李党人在唐代政治史之进退历程言之，两党虽俱有悠久之历史社会背景，但其表面形式化则在宪宗之世。此后纷乱斗争，愈久愈烈。至文宗朝为两党参错并进，竞争最剧之时。武宗朝为李党全盛时期，宣宗朝为牛党全盛时期，宣宗以后士大夫朋党似渐次消泯，无复前此两党对立、生死搏斗之迹象。"②二则宦官握权，缙绅道丧，特别是文宗大和九年甘露之变后，"宦官气益盛，迫胁天子，下视宰相，陵暴朝士如草芥"③。聚集在东都的这批文人们，有的是因明哲保身、急流勇退，如刘禹锡、白居易、杜牧；有的是因病辞官，归养洛里，如崔玄亮、归融、崔珙；有的则是政治上的赋闲与安置，如舒元舆、张仲方、李绅以及其他受牛李党争牵连的分司官们；有的是朝廷对年事已高大臣的优容与恩养，如裴度。总之，他们能从朝中的漩涡风云和地方繁杂的政务中解脱出来，投身于洛阳的自然山水、亭台园林，在登临、交友、诗酒中品味安闲散漫的优游生活。正如白居易在《对镜》中所

---

① 卢燕平：《李绅集校注》，第133、224页。

② 陈寅恪：《唐代政治史述论稿》中篇"政治革命及党派分野"，生活·读书·新知三联书店1956年版，第112页。

③ 《资治通鉴》卷二四五大和九年，第7919页。

云："静中得味何须道？稳处安身更莫疑。若使至今黄绮在，闻吾此语亦分司。"① 这种自由和诗意生活的本身即使得分司诗人对日常闲居的描写充满了闲情逸致和悠远的韵味。如崔玄亮《和白乐天》（时以太子宾客分司东都）：

> 病余归到洛阳头，拭目开眉见白侯。凤诏恐君今岁去，龙门欠我旧时游。几人樽下同歌咏，数盏灯前共献酬。相对忆刘刘在远，寒宵耿耿梦长洲。②

刘禹锡《秋晚新晴夜月如练有怀乐天》：

> 雨歇晚霞明，风调夜景清。月高微晕散，云薄细鳞生。露草百虫思，秋林千叶声。相望一步地，脉脉万重情。③

白居易《闲卧》：

> 尽日前轩卧，神闲境亦空。有山当枕上，无事到心中。帘卷侵床日，屏遮入座风。望春春未到，应在海门东。④

在这些作品中，有洛下好友相邀同游、樽下对饮同歌的回忆和期待，有月朗风清之夜对友人的思念，亦有一人独居和闲卧的淡定神闲。"游山弄水携诗卷，看月寻花把酒杯"，分司诗人的生活本身即是充满闲情和雅趣的。关注日常生活中这些自然的生态场景以及在洛阳交游圈内与家人友朋之间的普通情感，也是他们分司东都时诗歌创作的主要内容。这种书写"不事雕饰，直写性情"，不仅因生活内容的朴实生动而使得诗歌具有真切的情

---

① 朱金城：《白居易集笺校》卷二七，第 1897 页。
② 《全唐诗》卷四六六，第 5331 页。
③ 陶敏、陶红雨：《刘禹锡全集编年校注》卷一一，第 712 页。
④ 朱金城：《白居易集笺校》卷二三，第 1543 页。

韵，而且亦因分司者清雅、恬淡的心境，流溢出隽永的诗味。

除了闲官的身份，这些分司官大多还是经历过种种人生悲喜得失年过半百的老人。如白居易、刘禹锡于大和三年（829）、开成元年（836）自求分司时分别已58岁、65岁，崔玄亮大和六年（832）"病余归到洛阳头"时已65岁，李绅大和七年（833）、九年（835）两次分司洛阳时也已62岁、64岁。开成元年（836），李德裕由滁州刺史迁太子宾客分司，时年50岁，在洛阳作《雪霁晨起》亦云："雪覆寒溪竹，风卷野田蓬。四望无行迹，谁怜孤老翁。"① 而且，在分司官的周围，与他们交游唱和的，还有一些归老洛阳的致仕官员和朝廷恩养的老臣，如大和三年（829）皇甫镛分司东都、大和八年（834）裴度任东都留守时都已年齿70岁。他们经历了种种政治风波，理想退潮，更易于有人生无常、时光匆匆之感，所以生命的慨叹在分司官的创作中不时响起，使得他们的诗歌因生命之光而具有醇厚的意蕴。这突出表现在他们以"老""病"为题写意的诗篇中。

白居易即以"老""病"为题，写下了多首咏老的诗篇。如《夭老》、《逸老》、《嗟发落》、《任老》、《览镜喜老》、《病后寒食》、《老热》、《老病相仍以诗自解》、《喜老自嘲》等。其中有因身体老弱、容颜衰退而动情伤怀的，如《夭老》悲道："早世身如风里烛，暮年发似镜中丝。谁人断得人间事？少夭堪伤老又悲。"② 有因年华迟暮、光阴难追而及时寻乐的，如《劝欢》："火急欢娱慎勿迟，眼看老病悔难追。樽前花下歌筵里，会有求来不得时。"③ 有因生老病死不可抗拒而顺应任之、恬淡安然的，如《任老》："不愁陌上春光尽，亦任庭前日影斜。面黑眼昏头雪白，老应无可更增加。"④ 还有在洞达人生之后因老而幸、以老自喜的，如其《览镜喜老》：

　　　今朝览明镜，须鬓尽成丝。行年六十四，安得不衰羸？亲属惜我

---

① 《全唐诗》卷四七五，第5404页。
② 朱金城：《白居易集笺校》卷二八，第1956页。
③ 朱金城：《白居易集笺校》卷二七，第1911页。
④ 同上。

老，相顾兴叹咨。而我独微笑，此意何人知？笑罢仍命酒，掩镜捋白髭。尔辈且安坐，从容听我词。生若不足恋，老亦何足悲？生若苟可恋，老即生多时。不老即须夭，不夭即须衰。晚衰胜早夭，此理决不疑。古人亦有言，浮生七十稀。我今欠六岁，多幸或庶几。傥得及此限，何羡荣启期？当喜不当叹，更倾酒一卮。①

在鬓发须白、"行年六十四"时，人皆叹其老，而乐天在生与老、夭与老之间作了一番思辨之后，认为自己对"老"应该持"多幸"和"当喜不当叹"的态度。这种豁逸洞达的顺应和乐观精神，在白居易其他咏老诗亦多有体现，如《老热》："一饱百情乏，一酣万事休。何人不衰老？我老心无忧。"《喜老自嘲》："行开第八秩，可谓尽天年。"《逸老》："生死尚复然，其余安足道？是故临老心，冥然合玄造。"《把酒》："勿忧渐衰老，且喜加年纪。"②生老病死是人生的自然规律，也是关于生命状态最重要和最本质的问题。白居易这些诗歌虽然没有了自然山水的悠远情韵和闲姿雅趣的诗意咏叹，但却以质朴浅近的语言直击生命状态和生死问题的思索和探讨，从而使得诗歌触动心灵、引人思考而具有了醇厚的内涵。明代胡应麟《诗薮》云："乐天诗世谓浅近，以意与语合也。若语浅意深，语近意远，则最上一乘，何得以此为嫌！"③清代赵翼在《瓯北诗话》中说："然香山自归洛以后，益觉老干无枝，称心而出，随笔抒写，并无求工见好之意，而风趣横生，一喷一醒，视少年时与微之各以才情工力竞胜者，更进一筹矣。"④白居易诗中这种语浅随意但意深趣远的特点，与他对生命状态的频繁关注和直笔抒写有直接关系。

在洛阳闲居的分司诗人们宴集唱和非常频繁，在他们的唱和诗中，同样也涉及对老病问题的探讨。如白居易《同梦得和思黯见赠，来诗中先叙

---

① 朱金城：《白居易集笺校》卷三〇，第2058页。
② 以上白居易数诗分别见朱金城《白居易集笺校》卷二九、卷三七、卷三六、卷二九，第2043、2574、2477、2006页。
③ （明）胡应麟：《诗薮》内编卷六"近体下绝句"，第122页。
④ （清）赵翼：《瓯北诗话》卷四"白香山诗"，人民文学出版社1963年版，第36页。

三人同宴之欢，次有叹鬓发渐衰嫌孙子催老之意，因酬妍唱，兼吟鄙怀》，即因牛僧孺在宴饮诗中有"鬓发渐衰孙子催老"之叹继而和之（牛诗今不存）。又如白居易在洛阳曾作《咏老赠梦得》：

> 与君俱老也，自问老何如？眼涩夜先卧，头慵朝未梳。有时扶杖出，尽日闲门居。懒照新磨镜，休看小字书。情于故人重，迹共少年疏。唯是闲谈兴，相逢尚有余。①

刘禹锡读后，作《酬乐天咏老见示》一首和云：

> 人谁不顾老，老去有谁怜？身瘦带频减，发稀帽自偏。废书缘惜眼，多灸为随年。经事还谙事，阅人如阅川。细思皆幸矣，下此便翛然。莫道桑榆晚，为霞尚满天。②

白居易在赠诗中龙钟的老态从言行体貌上进行了描述，词语间有伤老之慨。而刘禹锡在和诗中的心态则较为通达和乐观。他认为老去身弱是生命的自然规律，所以人只能爱惜身体、延年益寿，正如他在《闲坐忆乐天以诗问酒熟未》中所说："唯有达生理，应无治老方。减书存眼力，省事养心王。"③而且，在刘禹锡看来，老去识广，阅历丰富，阅人亦无数，这是为老的一大"幸"。如此思之，则大可豁然翛然。况且人虽老了，但夕阳无限好，在未来的路上还有满天的霞景，所以就更不必为老而伤了。这是作者对好友白居易的宽慰和勉励，也道出了这些在洛阳闲居的老人走过半生、历过风雨沧桑之后，在平静中对生命的深刻体悟和灿然旷达的生活态度。

　　分司诗人这种隽永的诗风、醇厚的诗味，同分司洛中的任职与生活有非常深刻的关系。在这个闲人闲职上，西京的政治风云已经远去，他们

---

① 朱金城：《白居易集笺校》卷三二，第2236页。
② 陶敏、陶红雨：《刘禹锡全集编年校注》卷一〇，第682页。
③ 同上书，第653页。

无意仕进，免谈国事，悠游于园林与心灵的小天地，沉溺于声色酒宴的快乐。因此，他们的诗歌抛开了"载道"的诗教意义以及兼济天下的情怀，转而关注日常生活，关注自我的心灵世界。这种创作环境以及心态更贴近诗歌阐发自由性灵的本来意义，所以形成诗味醇厚、诗境闲远的诗歌艺术风格也就不足为奇了。

第 八 章

唐诗中的两京表述和文化差异

唐两京长安和洛阳，因各自历史、地位和意义有别，唐代诗歌对其有差异性的文学表达和文化呈现，如唐诗中的《长安道》和《洛阳道》、"灞桥"和"津桥"，以及晚唐咏史怀古诗中的两京书写，皆表现出不同的城市风貌和文化意蕴。对这些典型案例进行考察，可以窥斑知豹，从地域文化和京都文化的角度认识两京和唐代文学的关系。

第一节　唐诗中的《长安道》和《洛阳道》

在现存唐诗中，有大量以乐府古题《长安道》和《洛阳道》为题的诗歌。一方面，这些诗篇集中浓缩了唐代诗人对两京的情绪感知和文化印象，是我们考察京都与文学的重要内容；另一方面，将《长安道》和《洛阳道》两个诗歌主题进行比较，可以直接管窥两京文化的异同。

一　乐府古题《长安道》、《洛阳道》考辨

乐府古题《长安道》和《洛阳道》的相关记载，最早见于唐吴兢的《乐府古题要解》：

> 《黄鹤吟》、《陇头吟》、《出关》、《入关》、《出塞》、《入塞》、《折黄柳》、《黄覃子》、《赤之扬》、《望行人》、《关山月》、《洛阳道》、《长安道》、《梅花落》、《紫骝马》、《骢马》、《雨雪》、《刘生》……以上乐府横吹曲，有鼓角。《周礼》："以鼛鼓鼓军事。"用角。旧说云蚩尤氏帅魑魅

与黄帝战于涿鹿之野，帝始命吹角为龙鸣以御之。其后魏武北征乌丸，越涉沙漠，军士闻之，悲而思归。于是减为中鸣，尤更悲矣。又有胡角者，本以应胡笳之声，后渐用之，有双角，即胡乐也。汉博望侯张骞入西域，传其法，唯得《摩诃兜勒》一曲。李延年因胡曲更造新声二十八解，乘舆以为武乐。东汉以给边将。又有《出关》、《入关》、《出塞》、《入塞》、《黄覃子》、《赤之扬》、《黄鹄吟》、《陇头吟》、《折杨柳》、《望行人》等十曲，皆无其词。若《关山月》已下八曲，后代所加也。①

之后，宋人郭茂倩在《乐府诗集》"横吹曲辞·汉横吹曲"的解题中云：

> 《乐府解题》曰："汉横吹曲，二十八解，李延年造。魏、晋已来，唯传十曲：一曰《黄鹄》，二曰《陇头》，三曰《出关》，四曰《入关》，五曰《出塞》，六曰《入塞》，七曰《折杨柳》，八曰《黄覃子》，九曰《赤之扬》，十曰《望行人》。后又有《关山月》、《洛阳道》、《长安道》、《梅花落》、《紫骝马》、《骢马》、《雨雪》、《刘生》八曲，合十八曲。"②

以上两段是现研究乐府横吹曲来源及演变的重要史料，比较二则材料可以发现，宋人郭茂倩在对"汉横吹曲"予以解说时，直接采用了唐吴兢《乐府古题要解》中的相关记载。据其说，汉武帝时期张骞出使西域，带回胡曲《摩诃兜勒》，李延年便据此创制了"新声二十八解"，这就是汉横吹曲。由于汉横吹曲源自胡乐，有鼓角，曲调悲壮，所以西汉时乘舆以为武乐，至东汉时则给边将，用作军中之乐。魏晋时期，李延年所制"二十八解"逐渐散失，所传唯剩《黄鹄》、《陇头》、《出关》等十曲，但此时新的横吹八曲《关山月》、《洛阳道》、《长安道》、《梅花落》、《紫骝马》、《骢马》、《雨雪》、《刘生》又被创制出来，与旧有的十曲相合为十八曲。《长安道》和《洛阳道》，即为魏晋以后新兴的横吹八曲之二，也就是说，《长安道》和《洛阳

---

① （唐）吴兢：《乐府古题要解》卷上，明津逮秘书本。
② （宋）郭茂倩：《乐府诗集》卷二一，中华书局 1979 年版，第 311 页。

道》，非李延年所"造新声二十八解"，而是魏晋以后才出现的横吹新曲。

关于这一点，还可从以下文献记载中得到佐证。西晋崔豹《古今注》：

> 横吹，胡乐也。博望侯张骞入西域，传其法于西京，唯得《摩诃
> 兜勒》一曲。李延年因胡曲更进新声二十八解，乘舆以为武乐。后汉
> 以给边将军，和帝时万人将军得用之。魏晋以来二十八解不复俱存，
> 见世用《黄鹄》、《陇头》、《出关》、《入关》、《出塞》、《入塞》、《折
> 杨柳》、《（黄）覃子》、《赤之阳》、《望行人》十曲。[1]

《后汉书·班超传》李贤注引南朝陈释智匠《古今乐录》：

> 横吹，胡乐也。张骞入西域，传其法于长安，唯得《摩诃兜勒》一曲，
> 李延年因之更造新声二十八解，乘舆以为武乐，后汉以给边将，万人将军得
> 之。在俗用有者《黄鹄》、《陇头》、《出关》、《入关》、《出塞》、《入塞》、《折
> 杨柳》、《黄覃子》、《赤之杨》、《望行人》十曲。[2]

唐初官修《晋书·乐志下》：

> 胡角者，本以应胡笳之声，后渐用之横吹，有双角，即胡乐也。张博
> 望入西域，传其法于西京，惟得《摩诃兜勒》一曲。李延年因胡曲更进新声
> 二十八解，乘舆以为武乐。后汉以给边将，和帝时，万人将军得用之。魏晋
> 以来，二十八解不复俱存，用者有《黄鹄》、《陇头》、《出关》、《入关》、《出
> 塞》、《入塞》、《折杨柳》、《黄覃子》、《赤之杨》、《望行人》十曲。[3]

这三段记载均早于唐吴兢的《乐府古题要解》，是现存较早的关于乐府横
吹曲的文献资料。材料中一致记录了汉横吹曲的来由，以及魏晋以后汉李

---

[1] （晋）崔豹：《古今注》卷中，商务印书馆1956年版，第14页。
[2] 《后汉书》卷四七，中华书局1965年版，第1578页。
[3] 《晋书》卷二三，中华书局1975年版，第715页。

延年二十八解已经散佚、唯存十曲的状况。由此可以确定，至吴兢编撰《乐府古题要解》时，才出现《关山月》、《洛阳道》、《长安道》、《梅花落》、《紫骝马》、《骢马》、《雨雪》、《刘生》横吹八曲，并有"后代所加"之说。而到了宋代郭茂倩，则又沿袭了这一说法。

　　郭茂倩《乐府诗集》在编排横吹曲辞具体作品的时候，并没有将李延年"二十八解"中尚存的十曲与魏晋以后新兴的横吹八曲在类目上加以区分，而是统一编排在卷二一至卷二四"汉横吹曲"下。据此，孙尚勇《横吹曲考论》一文认为，《古今注》、《古今乐录》、《晋书·乐志》对十曲的记载分别使用了"见世者"、"在俗用者"、"用者"等词，既如此，则自应有不为世用者、不为俗用者和不用者。"十曲之外的二十八解的曲调，崔豹和智匠都未曾说完全散失。参酌他们的记录，可以确信，除《黄鹄》等为世所用的十曲之外，魏晋以后肯定还保存着二十八解中的其它一些曲调。其次，根据郭茂倩在《乐府诗集》中对《乐府解题》的引用所表现出来的矛盾以及他对五卷《汉横吹曲》的结构安排来看，吴兢'八曲后代所加'的说法，也是不符合汉横吹曲历史发展实际的，这八曲同样应该是汉二十八解中的曲调，只是这些曲调不为世用而已。"[①] 笔者以为，郭茂倩在《乐府诗集》中对《乐府解题》的引用与对"汉横吹曲"作品的结构安排并非矛盾。一者，郭氏对"横吹曲辞"仅分"汉横吹曲"和"梁鼓角横吹曲"两类，其缘由他在题序中已有表述，这点我们可以参见王运熙《梁鼓角横吹曲杂谈》一文对此的解读："从题解可知，横吹曲可分两个阶段。一是汉魏西晋阶段，先是李延年根据西域乐曲制造新声二十八解，魏晋时代仅传《黄鹄》等十曲，又衍生了《关山月》等八曲。这是横吹旧曲，《乐府诗集》因其肇始于汉代，称为汉横吹曲。二是五胡十六国至后魏阶段。后魏的《簸逻回歌》因用鲜卑语没有流传下来，流传下来的《企喻》等六十六曲，大抵是《乐府诗集》根据《古今乐录》著录的。这是横吹新声，《乐府诗集》称为梁鼓角横吹曲。"[②] 也即是说，在郭氏看来，《关山

---

①　孙尚勇：《横吹曲考论》，《中国音乐学》2003 年第 1 期。

②　王运熙：《乐府诗述论》，上海古籍出版社 1996 年版，第 469 页。

月》、《洛阳道》、《长安道》等横吹八曲，虽是在后世出现的，但其曲调和歌词风格皆与尚存的汉横吹曲同源、类似，或者说，是汉旧有横吹曲的一种衍生和演变，故皆称为"汉横吹曲"。二者，《乐府诗集》卷二一至卷二四在具体编排"汉横吹曲"作品时，按照先汉"二十八解"尚存十曲、后魏晋新兴横吹八曲的时间顺序，也明显体现了郭氏对于汉横吹曲发展演变的看法，与其在题解中的叙述是保持一致的。

二　唐前横吹曲辞《长安道》和《洛阳道》拟作

汉横吹曲在历史上古辞早不存，现学界对此有两种看法：一种认为古辞在流传过程中很早就逐次亡佚了，时间上限大约可推至东汉以后；一种则认为汉横吹曲本无古辞，只有声乐。如钱志熙《齐梁拟乐府诗赋题法初探——兼论乐府诗写作方法之流变》一文即称："横吹曲之所以本无古辞，可能是因为它本是根据胡乐改制的新声曲，声制特殊，难以配词，也可能是因为作为乘舆仪仗之乐，本来就不需有歌辞。"[①] 现所见到的横吹曲辞，都是后代文人的拟作。这种拟作的风气从南朝以后开始兴起，至唐而不衰。根据郭茂倩《乐府诗集》卷二三"横吹曲辞"下"汉横吹曲"作品的收录，我们可以对唐代以前文人拟作《长安道》和《洛阳道》的情况作如下呈现（表8-1）：

表 8-1

长安道		洛阳道	
作者	诗歌内容	作者	诗歌内容
梁·简文帝	神皋开陇右，陆海实西秦。金槌抵长乐，复道向宜春。落花依度幰，垂柳拂行人。金张及许史，夜夜尚留宾。	梁·简文帝	洛阳佳丽所，大道满春光。游童时挟弹，蚕妾始提筐。金鞍照龙马，罗袂拂春桑。玉车争晓入，潘果溢高箱。
梁·元帝	西接长楸道，南望小平津。飞甍临绮翼，轻轩影画轮。雕鞍承赭汗，槐路起红尘。燕姬杂赵女，淹留重上春。	梁·元帝	洛阳开大道，城北达城西。青槐随幔拂，绿柳逐风低。玉珂鸣战马，金爪斗场鸡。桑萎日行暮，多逢秦氏妻。

① 钱志熙：《齐梁拟乐府诗赋题法初探——兼论乐府诗写作方法之流变》，《北京大学学报》1995年第4期。

续表

长安道		洛阳道	
作者	诗歌内容	作者	诗歌内容
庾肩吾	桂宫延复道，黄山开广路。远听平陵钟，遥识新丰树。合殿生光彩，离宫起烟雾。日落歌吹回，尘飞车马度。	沈约	洛阳大道中，佳丽实无比。燕裙傍日开，赵带随风靡。领上蒲桃绣，腰中合欢绮。佳人殊未来，薄暮空徒倚。
陈·后主	建章通未央，长乐属明光。大道移甲第，甲第玉为堂。游荡新丰里，戏马渭桥傍。当垆晚留客，夜夜苦红妆。	庾肩吾	徼道临河曲，层城傍洛川。金门才出柳，桐井半含泉。日起罘罳外，车回双阙前。潘生时未返，遥心徒眷然。
顾野王	凤楼临广路，仙掌入烟霞。章台京兆马，逸陌富平车。东门疏广饯，北阙董贤家。渭桥纵观罢，安能访狭斜。	车敻	洛阳道八达，洛阳城九重。重关如隐起，双阙似芙蓉。王孙重行乐，公子好游从。别有倾人处，佳丽夜相逢。
阮卓	长安驰道上，钟鸣宫寺开。残云销凤阙，宿雾敛章台。骑转金吾度，车鸣丞相来。蔼蔼东都晚，群公骖御回。	陈·后主五首	喧哗照邑里，遨游出洛京。霜枝嫩柳发，水堑薄苔生。停鞭回去影，驻轴敞前罂。台上经相识，城下屡逢迎。踟蹰还借问，只重未知名。
萧贲	前登灞陵道，还瞻渭水流。城形类北斗，桥势似牵牛。飞轩驾良驷，宝剑杂轻裘。经过狭斜里，日暮与淹留。		日光朝杲杲，照耀东京道。雾带城楼开，啼侵曙色早。佳丽娇南陌，香气含风好。自怜钗上缨，不叹河边草。
徐陵	辇道乘双阙，豪雄被五都。横桥象天汉，法驾应坤图。韩康卖良药，董偃鬻明珠。喧喧拥车骑，非但执金吾。		建都开洛汭，中地乃城阳。纵横肆八达，左右辟康庄。铜沟飞柳絮，金谷落花光。忘情伊水侧，税驾河桥傍。
陈暄	长安开绣陌，三条向绮门。张敞车单马，韩嫣乘副轩。宠深来借殿，功多竞买园。将军夜夜返，弦歌著曙喧。		百尺瞰金埒，九衢通玉堂。柳花尘里暗，槐色露中光。游侠幽并客，当垆京兆妆。向夕风烟晚，金羁满洛阳。
江总	翠盖乘轻露，金羁照落晖。五侯新拜罢，七贵早朝归。轰轰紫陌上，蔼蔼红尘飞。日暮延平客，风花拂舞衣。		青槐夹驰道，御水映铜沟。远望陵霄阙，遥看井干楼。黄金弹侠少，朱轮盛彻侯。桃花杂渡马，纷披聚陌头。

续表

长安道		洛阳道	
作者	诗歌内容	作者	诗歌内容
北周·王褒	槐衢回北第，驰道度西宫。树阴连袖色，尘影杂衣风。采桑逢五马，停车对两童。喧喧许史座，钟鸣宾未穷。	徐陵二首	绿柳三春暗，红尘百戏多。东门向金马，南陌接铜驼。华轩翼葆吹，飞盖响鸣珂。潘郎车欲满，无奈掷花何。
隋·何妥	长安狭斜路，纵横四达分。车轮鸣凤辖，箭服耀鱼文。五陵多任侠，轻骑自连群。少年皆重气，谁识故将军。		洛阳驰道上，春日起尘埃。濯龙望如雾，河桥度似雷。闻珂知马骤，傍幰见萲开。相看不得语，密意眼中来。
		岑之敬	喧喧洛水演，郁郁小平津。路傍桃李节，陌上采桑春。聚车看卫玠，连手望安仁。复有能留客，莫愁娇态新。
		张正见	曾城启旦扉，上洛满春晖。柳影缘沟合，槐花夹路飞。苏合弹珠罢，黄间负黳归。红尘暮不息，相看连骑稀。
		陈暄	洛阳九逵上，罗绮四时春。路傍避骢马，车中看玉人。镇西歌艳曲，临淄逢丽神。欲知双璧价，潘夏正连茵。
		王瑳	洛阳夜漏尽，九重平旦开。日照苍龙阙，烟绕凤凰台。浮云翻似盖，流水到成雷。曹王斗鸡返，潘仁载果来。
		江总二首	德阳穿洛水，伊阙迮河桥。仙舟李膺棹，小马王戎镳。杏堂歌吹合，槐路风尘饶。绿珠含泪舞，孙秀强相邀。
			小平路四达，长秋听五钟。玉节迎司隶，锦车归濯龙。弦歌声不息，环佩响相从。花障荡舟笑，日映下山逢。

据表 8-1，唐前《长安道》、《洛阳道》诗歌作品各计 12 首、18 首。对以上拟作进行观察，可以发现如下特点。

1. 从时段上看，文人拟作横吹曲辞《长安道》和《洛阳道》集中出现在梁陈时期。除了简文帝萧纲、梁元帝萧绎、后主陈叔宝三位梁陈帝王，其他诗人大多是梁、陈或由梁入陈的诗人，梁朝诗人如庾肩吾、萧贲、顾野王；陈朝诗人如江总、王瑳、陈暄；由梁入陈的则有岑之敬、徐陵、张正见、阮卓几位。其中沈约生活创作的时间较长，跨越宋、齐、梁三朝；王褒（约 513—576）则为由南入北之诗人，梁元帝时任吏部尚书、左仆射。江陵沦陷后入西魏，被扣留不复南返。然观表中二人横吹曲辞拟作，很有可能作于梁陈时期。从文人身份看，拟作者萧纲、萧绎、庾肩吾、陈叔宝、江总、张正见、徐陵、陈暄、顾野王都是梁陈著名的宫体诗人。

2. 在创作方法上，以上拟作皆围绕长安道和洛阳道上的道路景观如建筑、车马、人物、风光等来写，学界将这种拟乐府创作称为"赋题法"或"拟赋古题法"，即专就古题曲名的题面之意来赋写、形容的方法。在乐府文学史上，进入南北朝以后，乐府音乐严重散佚，乐府诗逐渐脱离音乐这一母体，完全成为文人的案头创作。而汉横吹曲没有古辞流存，所以，诗人拟作的手法是按题取义，完全在曲名的意义上发挥和展开。再者，汉横吹曲的曲名诸如《出塞》、《关山月》、《长安道》、《洛阳道》等内容指向、限定性强，很吻合齐梁诗人重视题面和吟咏风物、赋写刻画的风气，"而且无古辞更有利于他们摆脱限制，自由发挥，所以赋横吹曲在齐梁陈时代特别盛行，成为当时拟乐府诗中的一个重要品类"[①]。在以上拟作中，庾肩吾的《长安道》，《玉台新咏》卷八收为《赋得横吹曲长安道》；梁简文帝的《洛阳道》，《玉台新咏》卷七记为《和湘东王横吹曲三首》之一。从诗题"赋得"与"和"中，可以推测，当时赋横吹曲的创作在文人聚会唱和的场合和活动中十分常见。

因围绕着题面进行赋写，以上拟作《长安道》和《洛阳道》皆表现出对道路的集中关注，而且在书写方式上呈现出相当高的模式化。如在

---

① 钱志熙：《乐府古辞的经典价值——魏晋至唐代文人乐府诗的发展》，《文学评论》1998年第 2 期。

用语上，诗中道路意象频繁使用，如道、路、陌、衢、车、轮（轴）、马、骑（鞭）、轩、盖、尘等出现频率最高，由道路延伸开来，与之在空间关系上紧密相联的还有河（水、川）、桥、树（柳、槐）、花等自然意象以及宫、阙、殿、台、楼、第、观、寺等建筑意象。表8-1中每一首拟作，基本上都逃离不了这些名物意象的使用。凯文·林奇在《城市意象》中曾将城市意象物质形态研究的内容归纳为五种元素：道路、边界、区域、节点和标志物，并认为：道路对许多人来说，"他是意象中的主导元素。人们正是在道路上移动的同时观察着城市，其它的环境元素也是沿着道路展开布局，因此与之密切相关的"①。也就是说，在城市意象中，道路是最重要的，与认知主体的关系最为密切。准此，上列诗歌在组织结构上，均以道路为支点或背景，展开对长安和洛阳两大古都开阔的地理空间和喧闹、富贵、繁华都城印象的描写。而且，有很多拟作直接以大道的宽广通达及其构建起来的城市空间和雄伟格局开篇，《长安道》如"神皋开陇右，陆海实西秦。金槌抵长乐，复道向宜春"、"西接长楸道，南望小平津"、"桂宫延复道，黄山开广路。远听平陵钟，遥识新丰树"、"建章通未央，长乐属明光"、"槐衢回北第，驰道度西宫"、"长安狭斜路，纵横四达分"。《洛阳道》如"洛阳开大道，城北达城西"、"徽道临河曲，层城傍洛川"、"洛阳道八达，洛阳城九重"、"建都开洛汭，中地乃城阳。纵横肆八达，左右辟康庄"、"百尺瞰金堮，九衢通玉堂"等，然后再聚焦到道路上自然风物、楼台建筑及人事活动的描写，如柳絮飞花："落花依度幰，垂柳拂行人"、"铜沟飞柳絮，金谷落花光"。宫阙宅邸："飞甍临绮翼，轻轩影画轮"、"大道移甲第，甲第玉为堂"。车马行人："张敞车单马，韩嫣乘副轩"、"游童时挟弹，蚕妾始提筐"。这种模式化的书写不仅与梁陈诗人赋物写景、追求形似的创作趣尚息息相关，还有一个很重要的原因，即由于南北分裂和阻隔，南朝诗人都没有进入长安和洛阳的机遇和经历，所以在拘泥于题面对两大古都进行赋写时，只能根据文学记忆和想象，结合自己南方都市的体验和印象，在与京都

---

① ［美］凯文·林奇：《城市意象》，第35页。

相关的物象、典故、字面及词语的连缀上下功夫，从而自然地规避了创作情感和个性并在客观描摹上出现一定的书写套路。而在创作形式上，这种赋题法皆采用其时新兴的永明声律体，"融入了时代风格之中，可以说已经完全忘却汉乐府的风格传统"①。

　　然在对道路上活动的人事场景描写中，以上拟作《长安道》和《洛阳道》分别表现出不同的关注倾向和特点，其间的差异颇耐人寻味。《长安道》多写汉代显贵和宠信，表现他们驱车走马、荣华富贵的历史场景，如"骑转金吾度，车鸣丞相来。蔼蔼东都晚，群公骖御回"、"五侯新拜罢，七贵早朝归"。还有的拟作直接引用和借助汉代显贵人物的历史典故，如"金张及许史，夜夜尚留宾"、"东门疏广钱，北阙董贤家"、"韩康卖良药，董偃鬻明珠。喧喧拥车骑，非但执金吾"、"喧喧许史座，钟鸣宾未穷"等，其中陈暄一作几乎用了全诗笔墨来写："张敞车单马，韩嫣乘副轩。宠深来借殿，功多竞买园。将军夜夜返，弦歌著曙喧。"而在《洛阳道》中，则少了如此娇宠富贵的气息，多了一道亮丽、艳情化的风景。诗中多写洛阳"佳丽"的形貌和活动，人物身份或直称"佳丽"，或以"蚕妾"、"秦氏女"、"采桑女"、"绿珠"指代，如："洛阳佳丽所，大道满春光。游童时挟弹，蚕妾始提筐。金鞍照龙马，罗袂拂春桑"、"桑萎日行暮，多逢秦氏妻"、"王孙重行乐，公子好游从。别有倾人处，佳丽夜相逢"、"佳丽娇南陌，香气含风好。自怜钗上缕，不叹河边草"、"镇西歌艳曲，临淄逢丽神"、"杏堂歌吹合，槐路风尘饶。绿珠含泪舞，孙秀强相邀"等。有的拟作不点明身份，但也是以"佳丽"为中心，如："闻珂知马蹀，傍幰见蚕开。相看不得语，密意眼中来"、"弦歌声不息，环佩响相从。花障荡舟笑，日映下山逢"特别是沈约一诗，完全围绕"佳丽"来写："洛阳大道中，佳丽实无比。燕裙傍日开，赵带随风靡。领上蒲桃绣，腰中合欢绮。佳人殊未来，薄暮空徙倚。"而诗中对男性人物的选择，也从艳情的角度聚焦于历史上的美男子如潘安、卫玠之类，

---

① 钱志熙：《乐府古辞的经典价值——魏晋至唐代文人乐府诗的发展》，《文学评论》1998年第 2 期。

特别是潘安的历史典故多次出现，明显体现出梁陈宫体诗的文学风气，如"聚车看卫玠，连手望安仁。复有能留客，莫愁娇态新"、"玉车争晓入，潘果溢高箱"、"潘生时未返，遥心徒眷然"、"潘郎车欲满，无奈掷花何"。两都对于南朝诗人来讲，是非现实的、文学想象的艺术空间，这种书写的差异表明了长安和洛阳在南朝诗人笔下政治权力、娱乐商业两种不同的文化印象。

三　唐代乐府古题《长安道》和《洛阳道》创作

唐祚建立以后，定都隋大兴城，复名长安。高祖武德四年（621），秦王李世民围洛阳，获窦建德、降王世充，中原略定。太宗贞观时，不仅执意营建洛阳宫，还三次驾幸洛阳，实际上已形成长安洛阳"东西帝王宅"的格局。至高宗显庆二年（657），下诏改洛阳为东都，由是在政治体制上正式构成了唐两京制。长安和洛阳，作为唐朝的政治文化中心，对唐人来说，不再只是悠久的历史古都和文化记忆，而是触手可及、切身可感的现实场域和政治都城。加上唐代在用人政策上打破士庶界限、大力推行科举制，为出身庶族的中下层知识分子成就一番功名展现了一个广阔的前景，长安和洛阳更是成为唐代士人谋求仕进、追求功名的必趋之地。与南朝拟作相比，由于创作主体唐代诗人对两都的体验和认知不同，必然会带来唐代诗歌中乐府古题《长安道》和《洛阳道》书写内容的根本变化。

但这种变化是到了盛唐诗人笔下才发生的。翻检初唐诗歌，不仅拟横吹曲辞《长安道》和《洛阳道》的作品非常少，而且在书写方式上主要沿袭了南朝诗人的"赋题法"，如沈佺期的《长安道》：

> 秦地平如掌，层城入云汉。楼阁九衢春，车马千门旦。绿槐开复合，红尘聚还散。日晚斗鸡还，经过狭斜看。

他又作有《洛阳道》：

> 九门开洛邑，双阙对河桥。白日青春道，轩裳半下朝。乘羊稚子

看，拾翠美人娇。行乐归恒晚，香尘扑地遥。①

格律近体诗是在初唐沈佺期、宋之问手中才得以成熟和定型的，沈佺期以上两首作品正是采用当时兴盛的新体，而且从格律来看，已是两首较为完整的五言律诗。在书写内容上，两首诗歌仍然紧扣题面，围绕长安和洛阳的道路景观来写。先展现两京开阔宏伟的地理空间和都城气象："秦地平如掌，层城出云汉"、"九门开洛邑，双阙对河桥"，然后再写道路上的建筑、车马、景色以及斗鸡、拾翠、行乐等人事场景和活动。诗的结尾"日晚斗鸡回，经过狭斜看"，与南朝王瑳《洛阳道》"曹王斗鸡返，潘仁载果来"、萧贲《长安道》"经过狭斜里，日暮与淹留"两诗比照，亦能很明显地看出前后的沿承关系。除了《长安道》和《洛阳道》，沈佺期诗歌中其他的横吹曲辞拟作也表现出对南朝模拟承袭的一致特点，如《陇头水》一诗，"水分两泉，西流东下以及征客回首，肠断自怜之意，与梁陈诗作相比，除了增加几分空灵之气，其艺术思维与创作范式未有根本的变化"②。

直到了盛唐诗人手中，乐府古题《长安道》和《洛阳道》的创作方式才逐步摆脱了南朝诗人的"拟赋古题法"，开始呈现出新的面貌和特色，如崔颢《长安道》：

> 长安甲第高入云，谁家居住霍将军。日晚朝回拥宾从，路傍拜揖何纷纷。莫言炙手手可热，须臾火尽灰亦灭。莫言贫贱即可欺，人生富贵自有时。一朝天子赐颜色，世上悠悠应始知。③

诗的前四句通过长安道上高耸入云的宅第和出行之时前后拥从、路人揖拜的派头描绘长安宠信富贵熏天、炙手可热的权势，然后以"莫言炙手手可热，须臾火尽灰亦灭"一句转入议论，抒发富贵无常、变化须臾的人生感

---

① 陶敏、易淑琼：《沈佺期宋之问集校注》上册卷四，第 206、228 页。
② 阎福玲：《如何幽咽水，并欲断人肠？——乐府横吹曲〈陇头水〉源流及创作范式考论》，《南京师范大学文学院学报》2004 年第 2 期。
③ 《全唐诗》卷一三〇，第 1323 页。

慨。可以看出，这首诗在创作模式上已经不再拘泥于传统，而是由对题面的多层赋写转入个人主体的情志抒发。也就是说，因为诗人"自我"的进入，诗歌开篇长安道上的场景描写成了诗人情感抒发的媒介和触发点。即使是客观场景的描绘，盛唐诗人亦不同于南朝诗人赋写刻画及模式化的方式，如李白的《洛阳陌》："白玉谁家郎，回车渡天津。看花东陌上，惊动洛阳人。"① 这是一首绝句，作者仅在二十字方寸之间，以叙述的口吻描写了一个美貌男子"白玉郎"在渡过天津桥看花时惊动洛阳人的生活场景，可谓言简意赅。但就是这种截图式的情景"点击"，向读者展示了洛阳妩媚旖旎的春情和独特的城市景观。诗中虽没有"我"的直接出现，但却是以"我"的独有视角来发现和描绘。

中唐以后，乐府古题《长安道》和《洛阳道》诗作数量渐次增多。仅就《全唐诗》卷一八横吹曲辞所收 12 首作品来看，其中有 10 首出自中晚唐诗人之手。这一时期朝廷政局和社会矛盾复杂多变，两京作为唐朝的政治文化中心，是社会形势、士风人情和时代环境最敏感和集中的表征空间。所以，对中晚唐社会背景下的文人士子来说，他们对长安和洛阳有更丰富的人生体验和感受认知。总体来看，继盛唐诗人创作模式的调整和新变，他们的书写仍是以个体情志的抒发为主，如韦应物的《长安道》：

> 汉家宫殿含云烟，两宫十里相连延。晨霞出没弄丹阙，春雨依微自甘泉。春雨依微春尚早，长安贵游爱芳草。宝马横来下建章，香车却转避驰道。贵游谁最贵？卫霍世难比。何能蒙主恩？幸遇边尘起。归来甲第拱皇居，朱门峨峨临九衢。中有流苏合欢之宝帐，一百二十皇凤罗列含明珠。下有锦铺翠被之粲烂，博山吐香五云散。丽人绮阁情飘飘，头上鸳钗双翠翘。低鬟曳袖回春雪，聚黛一声愁碧霄。山珍海错弃藩篱，烹犊炰羔如折葵。既请列侯封部曲，还将金印授庐儿。欢荣若此何所苦，但苦白日西南驰。②

---

① 安琪等：《李白全集编年注释》，第 216 页。
② 陶敏、王友胜：《韦应物集校注》卷九，第 544 页。

这首诗在构思模式上与前文崔颢的《长安道》有些相似。先以较少的笔墨描写长安道上的景观：巍峨的宫殿和明媚的春景，再以"贵游谁最贵，卫霍世难比"一句转入议论。不过此诗将议论的对象直接指向"何能蒙主恩，幸遇边尘起"之类以边功邀宠的武将，并用大量的篇幅铺陈这些将领得胜归来后骄奢淫逸的生活，有其时代的特殊性和个人的独到处。安史之乱爆发以后，文士退至社会的边缘，而武将有了用武之地，尤其是因守边得功的军将在当时更是骄荣无比。韦应物是长安人，15 岁时任唐玄宗侍卫曾亲身经历战乱前后唐王朝由盛转衰、由治而乱的历史变迁。所以他对都城长安观察和感受的角度自有他人所不及处。诗中在对宠将的显荣极力渲染之后，然后以"欢荣若此何所苦，但苦白日西南驰"一句作结，情绪急转，表达了时光不驻、富贵不永的议论，感喟之中寓有讽刺的意味。

中唐以降，长安仍是李唐王朝的政治中心，东都洛阳在安史之乱后，皇帝不再临幸，虽在文化经济上仍然保持繁荣和重要的地位，但其政治地位一落千丈，远不及初盛唐时期，而成了政治上的赋闲之地。两京地位和文化环境的不同，直接导致了《长安道》和《洛阳道》在具体书写内容上的差异。"长安古来名利地"，《长安道》系列诗作中，多写文人士子客游长安的心态和感受。如聂夷中的《长安道》：

> 此地无驻马，夜中犹走轮。所以路旁草，少于衣上尘。①

薛能的《长安道》

> 汲汲复营营，东西连两京。关缯古若在，山岳累应成。各自有身事，不相知姓名。交驰兼众类，分散入重城。此去应无尽，万方人旋生。空余片言苦，来往觅刘桢。②

---

① 《全唐诗》卷六三六，第 7301 页。
② 《全唐诗》卷五六〇，第 6507 页。

诗作向我们描绘了一个客子眼中的都城长安：忙碌喧嚣，名利驰逐；人情淡漠，思虑营营。显然，这不是宁静温馨家的所在，表现出古代士子在客游中对帝都长安的疏离心态和根深蒂固的家园情结。亨利·列斐伏尔的空间生产理论认为，空间是社会关系的生产，特定的空间会对处于其中的个体进行界定，左右着他的心态与行为。同样，处于特定空间中的人也会通过对于空间的感知来表达自己的存在状态，由此形成了不同创作空间下的文学表达①。故而，在《长安道》中，很多诗人直接书写自己旅食京华的生存状态和情绪心境，如孟郊《长安道》：

> 胡风激秦树，贱子风中泣。家家朱门开，得见不可入。长安十二衢，投树鸟亦急。高阁何人家，笙簧正喧吸。②

这首诗作于诗人第一次赴长安科考落第之后，写尽了出身寒门的庶族知识分子渴望有人提携却又无门可寻的悲苦心态。诗歌开篇"贱子风中泣"的自我形象即兀立诗中，紧接着表现朱门虽众却无一可托、孤苦自怜的绝望心境。再看顾况的《长安道》：

> 长安道，人无衣，马无草，何不归来山中老。③

白居易的《长安道》：

> 花枝缺处青楼开，艳歌一曲酒一杯。美人劝我急行乐，自古朱颜不再来，君不见，外州客，长安道。一回来，一回老！④

---

① ［法］亨利·列斐伏尔：《空间：社会空间与使用价值》，载包亚明主编《现代性与空间的生产》，上海教育出版社 2003 年版，第 47—49 页。

② 华忱之、喻学才校注：《孟郊诗集校注》，第 5 页。

③ 《全唐诗》卷二六五，第 2941 页。

④ 朱金城：《白居易集笺校》卷一二，第 682 页。

"人无衣，马无草"，是物质的困窘；"一回来，一回老"，则是精神的压迫。无论是呼唤"归来山中"，还是劝我"及时行乐"，均道出了"外州客"在长安的生存困境和力争解脱的心声。两者典型代表了古代士人在京都名利场上的心酸境遇和精神出路。在以上诗歌中，乐府古题《长安道》的创作已经完全实现从"赋题"向"写心"的转变，形成了以古题写己意的创作模式。

由于洛阳多朝古都的历史底蕴及在唐朝陪都的政治地位，中晚唐诗人《洛阳道》的创作自然也少不了因之兴起对人事名利富贵、忙碌奔走的感叹，如王贞白《洛阳道》："喧喧洛阳路，奔走争先步。唯恐着鞭迟，谁能更回顾。覆车虽在前，润屋何曾惧。贤哉只二疏，东门挂冠去。"[①]任翻的《洛阳道》："憧憧洛阳道，尘下生春草。行者岂无家，无人在家老。鸡鸣前结束，争去恐不早。百年路傍尽，白日车中晓。求富江海狭，取贵山岳小。二端立在途，奔走无由了。"[②]但中晚唐时期的洛阳已是赋闲之地，政治气候温和，加之风景秀丽、文化悠久等先天条件，使得《洛阳道》中少了几分《长安道》中的喧嚣焦虑，而多了自然风物和闲情逸致的书写，如顾况的《洛阳陌》二首：

莺声满御堤，堤柳拂丝齐。风送名花落，香红衬马蹄。

珂佩逐鸣驺，王孙结伴游。金丸落飞鸟，乘兴醉青楼。[③]

再如储光羲的《洛阳道五首献吕四郎中》：

洛水春冰开，洛城春水绿。朝看大道上，落花乱马足。

剧孟不知名，千金买宝剑。出入平津邸，自言娇且艳。

① 《全唐诗》卷七〇一，第 8059 页。
② 《全唐诗》卷七二七，第 8332 页。
③ 《全唐诗》卷二六七，第 2962 页。

　　大道直如发，春日佳气多。五陵贵公子，双双鸣玉珂。

　　春风二月时，道傍柳堪把。上枝覆官阁，下枝覆车马。

　　洛水照千门，千门碧空里。少年不得志，走马游新市。①

诗中自然风物主要写洛阳春景：春日、春水、春风、春花、春柳等，而人物则抓住王孙公子和游侠少年，描写他们骑射、醉游、纵乐的放荡行藏。字里行间，折射出东都洛阳温润闲适、自由轻松的城市气息。

　　"若问古今兴废事，请君只看洛阳城"（司马光《过洛阳故城》），也有诗人以《洛阳道》为题抒写盛衰之感、黍离之悲，如于武陵的《洛阳道》：

　　浮世若浮云，千回故复新。旋添青草冢，更有白头人。岁暮客将老，雪晴山欲春。行行车与马，不尽洛阳尘。②

冯著的《洛阳道》：

　　洛阳宫中花柳春，洛阳道上无行人。皮裘毡帐不相识，万户千门闭春色。春色深，春色深，君王一去何时寻。春雨洒，春雨洒，周南一望堪泪下。蓬莱殿中寝胡人，鸧鹊楼前放胡马。闻君欲行西入秦，君行不用过天津。天津桥上多胡尘，洛阳道上愁杀人。③

洛阳在历史上的兴废沉浮，牵动起诗人对人世沧桑、社稷存亡的兴叹。虽不离题面，但通篇写意、满纸悲情。由是可以看出，唐人乐府古题《长安

<hr />

① 《全唐诗》卷一三九，第1417页。
② 《全唐诗》卷一八，第195页。
③ 《全唐诗》卷二一五，第2249页。

道》和《洛阳道》的创作，从最开始受南朝诗人"拟赋古题法"的影响，到后来已经完全摆脱其桎梏，发展为借古题写我意、抒己情的个性创作。这些诗歌在内容上虽不乏对道路和京都景观的表象描摹，但皆以议论和感喟为一篇正意。而且，诗歌体式也服从于表情达意的需要，古近皆用，不拘一格。

第二节　唐诗中的"灞桥"与"津桥"

唐诗中有众多的京城意象，表征着唐两京长安和洛阳的城市形象和文化。长安如南山、北阙、青门、灞桥、曲江，洛阳如金谷、邙山、津桥、牡丹等。其中，长安的"灞桥"和洛阳的"津桥"，是唐代有名的两座石柱桥，《唐六典》卷七"水部郎中"下即载："石柱之梁四，洛三，灞一。洛则天津、永济、中桥，灞则灞桥也。"①作为京城具有代表性的地理意象和建筑意象，两座桥梁在唐诗中频繁出现，同时也被赋予了不同的审美内涵，因此折射出长安和洛阳不同的城市文化。

一　唐代的"灞桥"和"津桥"

灞桥，古称霸桥，因建于霸水之上而得称。霸水，古称滋水，《水经注·渭水》云："霸者，水上地名也。古曰滋水矣，秦穆公霸世，更名滋水为霸水，以显霸功。"②水上霸桥始建于何时，史书无明确记载，但自汉代，霸桥之名已见诸史册。如《汉书·王莽传》："（地皇三年）二月，霸桥灾，数千人以水沃救，不灭。莽恶之……正以三年终冬绝灭霸驳之桥，欲以兴成新室统壹长存之道也。又戒此桥空东方之道。今东方岁荒民饥，道路不通，东岳太师亟科条，开东方诸仓，赈贷穷乏，以施仁道。其更名霸馆为长存馆，霸桥为长存桥。"③又如《三辅黄图》："霸桥，在长安东，跨水作桥。汉人送客至此桥，折柳赠别。王莽时，霸桥灾，数千人以水沃救

---

① 《唐六典》卷七，第 226 页。
② （北魏）郦道元：《水经注》卷一九，中华书局 2009 年版，第 305 页。
③ 《汉书》卷九九《王莽传》，第 4174 页。

不灭，更霸桥为长存桥。"①《水经注》卷一九亦记汉时："吕后被除于霸上，还见仓狗载胁于斯道也。水上有桥谓之霸桥。"②可见，在汉代，霸桥即已存在，而且在王莽地皇三年（22）还遭受过一次惨烈的火灾。因其横跨长安东的霸水之上，自长安东行，路必由之，若无此桥，便阻绝东西往来、"空东方之道"，知霸桥在当时已具有交通门户的重要意义，时人不仅在此"折柳赠别"，还将之更名为"长存桥"以兆吉祥。而且，自汉时，"霸水"亦称"灞水"，如《史记·封禅书》："遂以十月至灞上，与诸侯平咸阳，立为汉王。"③降至唐代，"灞水"和"灞桥"则已成为更常见的称谓。

唐代据以为都的长安城即隋朝新建的大兴城，其地理位置移至汉长安城东南，所以唐代的灞桥亦非汉时灞桥，乃隋时在旧桥之南新建。《元和郡县图志》卷一"万年县"载："霸水，在县东二十里。霸桥，隋开皇三年造，唐隆（按：疑当作'景云'）二年仍在旧所创制为南北二桥。"④宋敏求《长安志》卷一一亦记："灞桥，隋开皇三年造。唐隆（按：疑当作'景云'）二年仍旧所，为南北两桥。"⑤唐代的灞桥即记载中开皇三年（583）所造的南桥。关于南北二桥具体的地理位置，《类编长安志》卷七"灞桥"有明确的记载："《方舆记》曰：'汉灞桥，在古长安城灞城门东二十里灞店，南北两桥，以通新丰道。……唐灞陵桥，在京兆通化门东二十五里，近汉文帝灞陵，谓之灞陵桥，孟浩然骑驴处，隋开皇三年造，唐隆（按：疑当作'景云'）二年仍旧。"⑥可知，唐代的灞桥与长安城东出的通化门相对，并与汉文帝灞陵相近。唐人若从长安东行，需从通化门出，行二十五里，然后渡灞桥而登程。另外，既为交通要道，唐朝政府不仅特置官员管治⑦，还在灞桥附近设立馆驿，以供行人方便，故唐代亦有不少的

---

① 《三辅黄图》卷六"桥"，四部丛刊三编景元本。

② （北魏）郦道元：《水经注》卷一九，第305页。

③ 《史记》卷二八，第1378页。

④ （唐）李吉甫：《元和郡县图志》卷一"万年县"，中华书局1983年版，第4页。

⑤ （宋）宋敏求：《长安志》卷一一"县一·万年"，第147页。

⑥ （元）骆天骧：《类编长安志》卷七"灞桥"，第201页。

⑦ 《新唐书》卷四八《百官志》记载："灞桥、永济桥，以勋官散官一人莅之。"第1277页。

灞陵、灞亭送别诗。

　　津桥即天津桥,横驾洛水之上,唐时亦称洛桥或洛阳桥。始建于隋,《元和郡县图志》"河南县"记载:"天津桥,在县北四里。隋炀帝大业元年初造此桥,以架洛水,用大缆维舟,皆以铁锁钩连之。南北夹路,对起四楼,其楼为日月表胜之象。然洛水溢,浮桥辄坏,贞观十四年,更令石工累方石为脚。《尔雅》'箕、斗之间为天汉之津',故取名焉。"①可见其初为浮桥。此桥在隋末战乱中遭到毁坏,《隋书·李密传》载:"武贲郎将裴仁基以武牢归密,因遣仁基与孟让,率兵二万余人袭回洛仓,破之,烧天津桥,遂纵兵大掠。"②至唐太宗时,"贞观十四年,更令石工累方石为脚",天津桥才更修为石柱大桥。唐代东都洛水河宽水急,每逢汛涨,津桥及两岸房舍常遭洛水溢坏,较为严重的情况如《旧唐书·五行志》所载:"(神龙二年)四月,洛水泛溢,坏天津桥,漂流居人庐舍,溺死者数千人。……(开元)二十九年,暴水,伊、洛及支川皆溢,损居人庐舍,秋稼无遗,坏东都天津桥及东西漕。"③因常遭水患而被损坏,唐王朝曾多次改建和修复,如玄宗开元二十年(732),改造天津桥,毁皇津桥,合为一桥④。

　　天津桥位于东都城内,是连接洛河南北的主要桥梁,具有非常重要的交通意义。这取决于隋唐洛阳城的独特设计和规划结构。东都在规划上和长安一样,由宫城、皇城和外郭城三部分组成,《旧唐书·地理志》"东都"载:"北据邙山,南对伊阙,洛水贯都,有河汉之象。"⑤《新唐书》卷三八《地理志》云:"皇城……曲折以象南宫垣,名曰太微城。宫城在皇城北……以象北辰藩卫,曰紫微城,武后号太初宫。……都城前直伊阙,后据邙山,左瀍右涧,洛水贯其中,以象河汉。"⑥故而在地图上,一方面,东都洛阳由洛水贯中,二分南北,"以象河汉";另一方面,为了突出都

---

①　(唐)李吉甫:《元和郡县图志》卷五"河南县",第132页。

②　《隋书》卷七〇,第1628页。

③　《旧唐书》卷三七,第1357页。

④　《旧唐书》卷八《玄宗本纪》,第198页。

⑤　《旧唐书》卷三八,第1420页。

⑥　《新唐书》卷三八,第982页。

城西北隅宫城的中心地位，设计者又将宫城的南北轴线，作为全城规划结构的主轴线，"于是，都城轴线一改过去居中的惯例，它北起邙山，穿过宫城、皇城、洛水上的天津桥、外郭城的南门定鼎门，往南一直延伸到龙门伊阙"①。洛阳城东西、南北二轴线的交汇处，即是天津桥。《唐两京城坊考》卷五"洛渠"载："洛水……西自苑内上阳宫之南，流入外郭城。东流经积善坊之北，分三道。当端门之南立桥，南枝曰星津桥，中枝曰天津桥，北枝曰黄道桥。元宗纪开元二十年四月，改造天津桥，毁星津桥合为一桥。"同卷"外郭城"："当皇城端门之南，渡天津桥，至定鼎门，南北大街曰定鼎街，亦曰天门街，又曰天津街，或曰天街。《河南志》引韦述记曰：'自端门至定鼎门，七里一百三十七步，隋时种樱桃、石榴、榆柳，中为御道，通泉流渠。今杂植槐柳等树两行。'"②可见，天津桥凌驾东都城内洛水之上，北端与皇城的端门相对，南端与定鼎门大街相连，南北通衢，一桥相牵，故天津桥实为东都城内南北往来的咽喉。唐代皇帝、官员由外郭城进出宫城、皇城皆走此道，如白居易分司东都时，退朝归家，必经天津桥，其《早春晚归》云："晚归骑马过天津，沙白桥红反照新。"③他甚至称其为"官桥"，在《雪后早过天津桥偶呈诸客》中云："官桥晴雪晓峨峨，老尹行吟独一过。"④《唐两京城坊考》卷五"天津桥"亦曰："唐人由西京至东都，皆由天津桥。高宗还东都，百官见于天津桥南是也。"而天津桥一旦损坏，即会严重影响洛阳城内南北的交通往来，如《旧唐书·五行志》载高宗时："永淳元年六月十二日，连日大雨，至二十三日，洛水大涨，漂损河南立德弘敬、洛阳景行等坊二百余家，坏天津桥及中桥，断人行累日。"⑤后唐时以洛阳为都，天津桥的损坏甚至直接影响到百官的上朝，《旧五代史·五行志》即载："（同光三年）七月，洛水泛涨，坏天津桥，漂近河庐舍，舣舟为渡，覆没者日有之。……八月，敕：'如

---

① 李久昌：《国家、空间与社会：古代洛阳都城空间演变研究》，三秦出版社2007年版，第311页。

② （清）徐松：《唐两京城坊考》卷五，第178页。

③ 朱金城：《白居易集笺校》卷二三，第1597页。

④ 朱金城：《白居易集笺校》卷二八，第1985页。

⑤ 《旧唐书》卷三七，第1352页。

闻天津桥未通，往来百官以舟楫济渡，因兹倾覆，兼踏泥涂。自今文武百官三日一趋朝，宰臣即每日中书视事。'"①

二　唐诗中的"灞桥"

灞桥成为唐诗中常见的意象，主要是因为其蕴含了送别的人文场景和文化意义。这首先取决于其特殊的地理位置和重要的交通意义。

长安周围八水缠绕，《西安府志》卷五载："长安之地，潏、滈经其南，泾、渭遶其后，灞、浐界其左，沣、潦合其右。"②东有浐、灞二水，但灞水是长安最东的河流和天然屏障，《雍录》云："此地最为长安冲要，凡自西东两方而入出崤、潼两关者，路必由之。""唐人语曰'诗思在霸桥风雪中'，盖出都而野，此其始也。"③王昌龄《灞桥赋》亦称："惟梁于灞，惟灞于源，当秦地之冲口，束东衢之走辕，拖偃蹇以横曳，若长虹之未翻。"④因其占据东行大道"冲要"的地理位置，唐人在心理上亦将其视作进出长安的门户和关口，故刘禹锡东出长安至灞桥时作《请告东归发霸桥却寄诸僚友》诗写其伤感："征徒出霸浐，回首伤如何。故人云雨散，满目山川多。行车无停轨，流景同迅波。前欢渐成昔，感叹益劳歌。"⑤柳宗元从贬地召回京城，至灞亭时亦作《诏追赴都二月至灞亭上》寄其兴奋："十一年前南渡客，四千里外北归人。诏书许逐阳和至，驿路开花处处新。"⑥灞桥、灞陵、灞岸等甚至成为唐诗中东来客子的一个特定语象，如韦应物《长安遇冯著》云："客从东方来，衣上灞陵雨。"⑦李频《长安感怀》曰："一第知何日，全家待此身。空将灞陵酒，酌送向东人。"⑧而且，从唐代以长安为中心的城市布局和区域发展来看，长安以东，不仅有东都

---

① 《旧五代史》卷一四一，第 1882 页。
② （清）严长明：《（乾隆）西安府志》卷五"大川志"，清乾隆刊本。
③ （宋）程大昌撰，黄永年点校：《雍录》卷七，中华书局 2002 年版，第 142 页。
④ 《全唐文》卷三三一，第 3351 页。
⑤ 陶敏、陶红雨：《刘禹锡全集编年校注》卷一，第 11—12 页。
⑥ 《柳宗元集》卷四二，第 1154 页。
⑦ 陶敏、王友胜：《韦应物集校注》卷五，第 356 页。
⑧ 《全唐诗》卷五八九，第 6843 页。

洛阳，与长安东西相望，由此构成了唐人最为轴心的活动地带——两京区域，而且整个东部地区相对来说都较为繁荣和发达。李德辉《唐代交通与文学》一著论及："较之于汉隋，唐代城市布点更均匀，呈发散型的扇形格局，东西南北四个方向，全国十道，由中央至沿边，都有地区性中心城市，南方城市增加。虽然东西南北都有都会涌现，但这个扇形的辐射方向实际上偏重于东南、东北，西南、西北主要为南诏群蛮族及吐蕃、回纥等外族所据，地阔人稀，崇山峻岭，地理、生态环境、生活条件都不及东部地区，故城市稀少。如果以太行—潼关为界划分东西，则西部城市主要分布在长安通向西域道路沿线以及长安西北、北部边防线，东部则河北平原、黄河中下游仍保持传统优势，而运河沿线、太湖流域、长江流域城市发展势头更劲。"①正由于此，都城长安与东部地区之间的人员往来与迁移相对频繁。另外，唐人若由长安往江南、淮南、山南、岭南，亦要走两都驿道至洛阳，再经运河南下；或经蓝田、武关至邓州而南行。而此两道亦须渡灞水。故处于长安门户位置的灞水、灞桥、灞亭、灞陵自然成为唐人相送、别离的重要场所。唐诗中写此地送别的诗歌很多，兹录几首，如杨炯《送李庶子致仕还洛》：

　　　　此地倾城日，由来供帐华。亭逢李广骑，门接邵平瓜。原野烟氛匝，关河游望赊。白云断岩岫，绿草覆江沙。诏赐扶阳宅，人荣御史车。灞池一相送，流涕向烟霞。②

徐坚《饯唐永昌》：

　　　　郎官出宰赴伊瀍，征传骎骎灞水前。此时怅望新丰道，握手相看共黯然。③

_____

① 李德辉：《唐代交通与文学》，湖南人民出版社 2003 年版，第 17—18 页。
② 徐明霞校点：《卢照邻集　杨炯集》卷二，第 31 页。
③ 《全唐诗》卷一〇七，第 1112 页。

李白《灞陵行送别》：

> 送君灞陵亭，灞水流浩浩。上有无花之古树，下有伤心之春草。
> 我向秦人问路歧，云是王粲南登之古道。古道连绵走西京，紫阙落日
> 浮云生。正当今夕断肠处，骊歌愁绝不忍听。①

戴叔伦《灞岸别友》：

> 车马去迟迟，离言未尽时。看花一醉别，会面几年期。樵路高山
> 馆，渔洲楚帝祠。南登回首处，犹得望京师。②

以上诗既有送友东行的，也有登程者留作与人告别的，但皆伤心断肠、神
情黯然。其伤心处，有不舍的友情，有人生的无奈，亦有不遇的惆怅。
"黯然销魂者，唯别而已矣"，因唐代灞桥上演了无数次流涕别离的场面，
以至被唐人称为销魂桥、情尽桥、断肠桥等，如《开元天宝遗事》云：
"长安东灞陵有桥，来迎去送，皆至此桥为离别之地，故人呼之'销魂桥'
也。"③《唐诗纪事》卷五六"雍陶"条载："陶典阳安，送客至情尽桥，问
其故，左右曰：送迎之地止此，故桥名情尽。"④骆宾王《晚泊江镇》诗亦
云："魂飞灞陵岸，泪尽洞庭秋。"⑤

其次，灞桥飞絮的自然风景和折柳送别的传统习俗，是灞桥意象颇受
唐代诗人青睐的重要原因。

在历史上，灞水两岸多植柳树，前引汉时《三辅黄图》即载："霸桥，
在长安东，跨水作桥。汉人送客至此桥，折柳赠别。"至唐代，灞桥两岸
更是繁茂青青，"杨柳含烟"。每逢春动时节，灞水两岸柳条依依、柳絮纷

---

① 安琪等：《李白全集编年注释》，第567—568页。
② 《全唐诗》卷二七三，第3087页。
③ （五代）王仁裕：《开元天宝遗事》卷下"销魂桥"条，第21页。
④ （宋）计有功：《唐诗纪事》卷五六，第855页。
⑤ （清）陈熙晋笺注：《骆临海集笺注》卷二，第34—35页。

飞，与石桥、流水形成一幅美丽的风景画面。唐李山甫《柳十首》其一慨叹此景云："灞岸江头腊雪消，东风偷软入纤条。春来不忍登楼望，万架金丝著地娇。"①因东晋女才子谢道韫曾以"柳絮因风起"比喻风雪，如此独特优美的灞柳风景亦被唐人意化为"灞桥风雪"，如晚唐诗人黄滔《入关言怀》："背将踪迹向京师，出在先春入后时。落日灞桥飞雪里，已闻南院看前期。"②再者，在古代的传统文化中，杨柳很早即被赋予了浓厚的伤别色彩，如《诗经·采薇》："昔我往矣，杨柳依依。"而折柳送别，也是渊源已久的一种行旅习俗，前引《三辅黄图》即有相关记载。魏晋南北朝时，还出现了专门的折柳曲和折柳诗。如《宋书·五行志》即载："太康末，京、洛始为'折杨柳'之歌，其曲始有兵革苦辛之辞，终以禽获斩截之事。"③折柳诗如梁简文帝的《折杨柳》："杨柳乱成丝，攀折上春时。……曲中无别意，并是为相思。"可见，折柳行为所寓意的离别主题已恒定，而且被广泛认同和歌咏。所以，降至唐代，与离情有关的诗歌不仅大量写折柳，如王之涣《送别》"近来攀折苦，应为别离多"、张籍《蓟北秋思》"客厅门外柳，折尽向南枝"等等，而且，灞柳作为灞岸的标志性景色，亦被浓墨重彩地描绘书写，如李益《途中寄李二》：

　　　　杨柳烟含灞岸春，年年攀折为行人。好风若借低枝便，莫遣青丝扫路尘。④

戴叔伦《赋得长亭柳》：

　　　　濯濯长亭柳，阴连灞水流。雨搓金缕细，烟袅翠丝柔。送客添新

---

①　《全唐诗》卷六四三，第6375—6376页。

②　《全唐诗》卷七〇六，第8128页。晚唐宰相郑綮曾云："诗思在灞桥风雪中驴子背上。"此"灞桥风雪"另一解并非指杨花柳絮，而是指风雪实景，借其冷寂的意境指代寻觅诗思的作诗苦心。

③　《宋书》卷三一，中华书局1974年版，第914页。

④　范之麟校注：《李益诗注》，上海古籍出版社1985年版，第134页。

恨，听莺忆旧游。赠行多折取，那得到深秋。①

李商隐《柳》：

> 江南江北雪初消，漠漠轻黄惹嫩条。灞岸已攀行客手，楚宫先骋
> 舞姬腰。清明带雨临官道，晚日含风拂野桥。如线如丝正牵恨，王孙
> 归路一何遥。②

烟花三月，柳絮飞扬，诗中对灞柳春景及折柳主题的描写，一方面美化了
灞桥画面和意境，另一方面又大大强化了这一意象惜别赠行的文化内涵。
灞桥亦被唐人称为"折柳桥"，《唐诗纪事》卷五六"雍陶"条载："陶典
阳安，送客至情尽桥，问其故，左右曰：送迎之地止此，故桥名情尽。陶
命笔题其柱曰'折柳桥'。自后送别，必吟其诗曰：从来只有情难尽，何
事名为情尽桥？自此改名为折柳，任他离恨一条条。"③在以唐代灞桥为发
生场景的送别诗中，或以灞柳作为代表性景物，如韦应物《送冯著受李广
州署为录事》："郁郁杨柳枝，萧萧征马悲。送君灞陵岸，纠郡南海湄。"④
刘驾《送友下第游雁门》："相别灞水湄，夹水柳依依。"⑤或将灞柳与风雨、
花草、流水、飞鸟等其他春日物象组合，构成更为丰富多元的灞桥风景，
如周贺《送李亿东归》：

> 黄山远隔秦树，紫禁斜通渭城。别路青青柳发，前溪漠漠花生。
> 和风淡荡归客，落日殷勤早莺。灞上金樽未饮，谯歌已有余声。⑥

刘长卿《送友人东归》：

---

① 《全唐诗》卷二七三，第 3076 页。
② 《李商隐全集》卷三，上海古籍出版社 1999 年版，第 87 页。
③ 《唐诗纪事》卷五六，第 855 页。
④ 陶敏、王友胜：《韦应物集校注》卷四，第 217 页。
⑤ 《全唐诗》卷五八五，第 6774 页。
⑥ 《全唐诗》卷五○三，第 5733 页。

> 对酒灞亭暮，相看愁自深。河边草已绿，此别难为心。关路迢迢匹马归，垂杨寂寂数莺飞。怜君献策十余载，今去犹为一布衣！①

风和日丽、莺飞草长的美丽春色，亦难以消释诗人们心头离别征行的伤感，可见灞桥特有的送别文化，决定了其有关诗歌感伤悲戚的情感特征和美学色彩。罗邺《灞上感别》于此慨叹："灞水何人不别离，无家南北倚空悲。十年此路花时节，立马沾襟酒一卮。"②

唐代诗歌中灞桥意象的频繁使用及送别意义，折射出长安的首都地位及京城最为核心的事功文化。正因为汉唐都于长安，士人皆以长安作为功名之地，才造就了人才向长安城的大量涌动、长安与东部人口的频繁迁徙及灞桥一地如此繁多的伤别离恨。与灞桥相送相关的历史情景，有贬官、出使、赴任、落第、归乡、致仕等等，这些无一不以唐人的功名理想为精神指归。故唐代灞桥因此而与士人的名利追求相联系，崔涂《灞上》云："长安名利路，役役古由今。征骑少闲日，绿杨无旧阴。"③士人在首发灞桥、离开京城时，也会回首登望，表现出依依不舍的恋京心态，如李涉《送魏简能东游二首》其一："献赋论兵命未通，却乘羸马出关东。灞陵原上重回首，十载长安似梦中。"④戴叔伦《灞岸别友》："南登回首处，犹得望京师。"⑤刘禹锡《请告东归发霸桥却寄诸僚友》："征徒出霸涘，回首伤如何。"⑥在灞桥众多的送别场面中，特别是下第还乡的送别主题及诗歌创作，典型代表了长安的京城文化及灞桥送别的感伤气息。此类诗歌较多，有为落第者离京送行的，如刘沧《送友人下第东归》：

---

① 　杨世明：《刘长卿集编年校注》，第 296 页。
② 　《全唐诗》卷六五四，第 7526 页。
③ 　《全唐诗》卷六七九，第 7777 页。
④ 　《全唐诗》卷四七七，第 5432 页。
⑤ 　《全唐诗》卷二七三，第 3087 页。
⑥ 　陶敏、陶红雨：《刘禹锡全集编年校注》卷一，第 11 页。

漠漠杨花灞岸飞，几回倾酒话东归。九衢春尽生乡梦，千里尘多满客衣。流水雨余芳草合，空山月晚白云微。金门自有西来约，莫待萤光照竹扉。①

亦有落第者留别京城友人的，如许浑《下第别杨至之》：

花落水潺潺，十年离旧山。夜愁添白发，春泪减朱颜。孤剑北游塞，远书东出关。逢君话心曲，一醉灞陵间。②

唐代长安科举考试每年举行时，应试者之多，以至长安城"麻衣如雪，纷然满于九衢"③。唐代进士发榜的时间，正月、二月、三月皆有，但以二月最为通常。因在春季，唐人称之为"春榜"。那些大多数与"春榜"无缘的落第者，有的继续旅食京华、干谒奔走，有的则选择离开京城，或归乡，或入幕，或游历。于是，柳色青青的灞桥，便年复一年地见证着京城落榜者的黯然与落寞，正所谓"年年柳色，霸陵伤别"。所以，"霸陵伤别"的文学主题，其赖以生存的文化母体，即是长安的首都地位及功名文化。宋代以后都城东迁，灞桥地理交通上的冲要地位及繁盛的人文风物便如星辰随之陨落，柳永便在《少年游》（参差烟树灞陵桥）中写道："参差烟树灞陵桥，风物尽前朝。衰杨古柳，几经攀折，憔悴楚宫腰。"④至元明清时期，灞桥几经修建，风景如画，为游览之胜地，《陕西通志》载："元时，山东唐邑人刘斌修筑坚固，凡一十五虹，长八十余步，阔二十四尺，中分三轨，旁翼两栏，有华表、鲸头、鳌首，筑堤五里，栽柳万株，游人肩摩毂击，为长安壮观。"⑤但灞桥送别的人文风华和场景，只能作为历史的典故和遗迹在诗画中想象和浮现了。

---

① 《全唐诗》卷五八六，第6801页。
② （唐）许浑著，罗时进笺：《丁卯集笺证》卷二，第99页。
③ （唐）牛希济：《荐士论》，《全唐文》卷八四六，第8889页。
④ 薛瑞生：《乐章集校注》卷中，中华书局1994年版，第133页。
⑤ （清）沈青峰：《（雍正）陕西通志》卷一六，文渊阁四库全书本。

三 唐诗中的"津桥"

因天津桥于洛阳城的特殊意义,在唐代诗歌对东都洛阳的书写中,天津桥成为一个具有代表性的城市意象。凯文·林奇《城市意象》将城市意象中物质形态研究的内容归纳为五种元素:道路、边界、区域、节点和标志物,并认为:"节点是在城市中观察者能够由此进入的具有战略意义的点,是人们往来行程的集中焦点。它们首先是连接点,交通线路中的休息站,道路的交叉或汇聚点,从一种结构向另一种结构的转换处……某些集中节点成为一个区域的中心和缩影,其影响由此向外辐射,它们因此成为区域的象征,被称为核心。当然许多节点具有连接和集中两种特征,节点与道路的概念相互关联,因为典型的连接就是指道路的汇聚和行程中的事件。节点同样也与区域的概念相关,因为典型的核心是区域的集中焦点,和集结的中心。"[1] 若将天津桥在城市的地位予以参照,正可视作洛阳的"节点"。它是洛阳城的一个"焦点",因位于皇城端门外,很多政治事件在这里上演,如神龙元年(705)中宗复辟,"诛易之、昌宗于迎仙院,并枭首于天津桥南"[2]。安史之乱时至德二载(757)十月唐军收复洛阳,"子仪奉广平王入东都,陈兵于天津桥南,士庶欢呼于路"[3]。因连接着宫城皇城与洛水以南的外郭城,尤其是直通长达"七里一百三十七步"的南北大街定鼎街,它又是百官公卿、市民百姓"集结的中心"。刘希夷《公子行》描绘初盛唐时期天津桥上的繁华景色云:"天津桥下阳春水,天津桥上繁华子,马声回合青云外,人影动摇绿波里。"[4] 由于天津桥在洛阳城的"节点"和"核心"意义,唐代诗人惯常于在桥上登望洛阳景色。如阎济美《天津桥望洛城残雪》:

① [美]凯文·林奇:《城市意象》,第36页。
② 《旧唐书》卷七八《张易之张昌宗传》,第2708页。
③ 《旧唐书》卷一二〇《郭子仪传》,第3452页。
④ 《全唐诗》卷八二,第885页。

新霁洛城端，千家积雪寒。未收清禁色，偏向上阳残。①

孟郊《洛桥晚望》：

天津桥下冰初结，洛阳陌上人行绝。榆柳萧疏楼阁闲，月明直见嵩山雪。②

姚合《过天津桥晴望》：

闲立津桥上，寒光动远林。皇宫对嵩顶，清洛贯城心。雪路初晴出，人家向晚深。自从王在镐，天宝至如今。③

李益《上洛桥》：

金谷园中柳，春来似舞腰。何堪好风景，独上洛阳桥。④

天津桥凌驾在宽阔的洛水之上，与洛阳南、北二城皆形成了一定的审美距离，便于观览洛阳全景，如李益所谓"何堪好风景，独上洛阳桥"。诗中境界皆显得开阔高远，所见有上阳宫、皇宫、千家，还有"远林"及"嵩山雪"等。

　　将天津桥景色写得最迷人，亦最有名的是白居易。白居易分司东都间，在居宅履道坊与皇城之间往来时，须经天津桥。他有多首诗吟咏上朝和退朝时所见津桥景色，如《天津桥》：

津桥东北斗亭西，到此令人诗思迷。眉月晚生神女浦，脸波春傍窈娘堤。柳丝袅袅风缲出，草缕茸茸雨剪齐。报道前驱少呼喝，恐惊

---

① 《全唐诗》卷二八一，第3197页。
② 华忱之、喻学才：《孟郊诗集校注》卷五，第219页。
③ 《全唐诗》卷五〇〇，第5684页。
④ 《全唐诗》卷二八三，第3223页。

黄鸟不成啼。

《晓上天津桥闲望偶逢卢郎中张员外携酒同倾》：

> 上阳宫里晓钟后，天津桥头残月前。空阔境疑非下界，飘飘身似在寥天。星河隐映初生日，楼阁葱茏半出烟。此处相逢倾一盏，始知地上有神仙。

《早入皇城赠王留守仆射》：

> 津桥残月晓沉沉，风露凄清禁署深。城柳宫槐谩摇落，悲愁不到贵人心。[①]

在白居易的诗里，楼阁、明月、波光、柳槐、春风、绿草以及鸟啼、钟声，共同组成了津桥清雅幽静的画面和意境，尤其是"天津晓月"的美丽景致，更为后人称道，成为"洛阳八景"之一。

津桥位于东都洛阳的中心，唐诗中对津桥景致的描写，具有休闲静谧的城市色彩，进而折射出唐代洛阳作为陪都的闲适文化特色。唐人李庚《东都赋》云："世治则都，世乱则墟。时清则优偃，政弊则戚居。"[②] 可谓精当概括了洛阳在唐代的城市形象和变化特点。初盛唐时，洛阳经济发达、城市繁荣，在诗人笔下，呈现出一片蓬勃生机和娱情悠游的城市图景。如张九龄《天津桥东旬宴得歌字韵》："清洛象天河，东流形胜多。朝来逢宴喜，春尽却妍和。泉鲔欢时跃，林莺醉后歌。赐恩频若此，为乐奈人何。"[③] 李白《忆旧游寄谯郡元参军》："忆昔洛阳董糟丘，为余天津桥南造酒楼。黄金白璧买歌笑，一醉累月轻王侯。"[④] 醉酒当歌，好不痛快。可

①　数诗分别见朱金城：《白居易集笺校》卷二八、卷三二、卷三五，第 1972、2193、2431 页。
②　《全唐文》卷七四，第 7648 页。
③　熊飞：《张九龄集校注》卷四，中华书局 2008 年版，第 285 页。
④　安琪等：《李白全集编年注释》，第 853 页。

谓除尽风光之赏，又极游宴之娱。正如李庾在《东都赋》中所云："开元太平，海波不惊。乃驾神都，东人夸荣。时则辚辚其车，殷殷其徒。行者不赍，衣食委衢。冠冕之夫，绮罗之妇。百室连歌，千筵接舞。高楼大观，陈宾宴侣。金堂玉户，丝哇管语。"可见，开元时期在太平清明的社会环境下，洛阳已是一个熙攘华丽的大都市。而在政治上洛阳只是具有辅助作用的"陪都"以供皇帝巡幸游玩，同时，因远离天子朝班和政治纠纷，又被朝廷作为赋闲之地，用来优容、安置或罢黜朝廷的官员，故而其政治气候轻松温和，不仅社会市民一派富足安逸，折射出"世清""优偎"的文化气息，如《东都赋》云："同轨同文，昼呼夜欢。父怪子愉，去径即盘。既兆既亿，动动植植。无声之乐，薰然不息。"来此就职的东都分司官如张九龄、张说等亦颇优游自适。而在中晚唐以后，随着东都洛阳在历史地位上沦于"散地"，诗人笔下津桥风景亦渐趋于清雅幽静，甚至萧条冷落，如以上所引阎济美、孟郊、姚合、白居易诸诗。个中透露的，则是整个城市的闲散安逸和洛阳地位的衰落及"政弊则戚居"的文化色彩。白居易诗甚至在津桥景致中直写东都的闲适，如《早春晚归》：

> 晚归骑马过天津，沙白桥红反照新。草色连延多隙地，鼓声闲缓少忙人。还如南国饶沟水，不似西京足路尘。金谷风光依旧在，无人管领石家春。

《春尽日天津桥醉吟偶呈李尹侍郎》：

> 宿雨洗天津，无泥未有尘。初晴迎早夏，落照送残春。兴发诗随口，狂来酒寄身。水边行嵬峨，桥上立逡巡。疏傅心情老，吴公政化新。三川徒有主，风景属闲人。

《雪后早过天津桥偶呈诸客》：

> 官桥晴雪晚峨峨，老尹行吟独一过。紫绶相辉应不恶，白须同色

复如何？悠扬短景澜年急，牢落衰情感事多。犹赖洛中饶醉客，时时誑我唤笙歌。①

无论早春、早夏还是雪后，津桥景色清新，桥上行人稀少，都城皆显得冷清静谧，不似尘土飞扬、人声喧闹的西京长安。而之所以如此，则缘于中晚唐的东都洛阳，地位衰落，经济萧条，在政治功能上以安置失势者、闲散官、致仕官为主，成为朝廷优容、养老、闲置的"散地"，故城市具有"鼓声闲缓少忙人"、"风景属闲人"的闲适色彩。白居易《咏怀》云："自遂意何如？闲官在闲地。闲地唯东都，东都少名利。闲官是宾客，宾客无牵累。嵇康日日懒，毕卓时时醉。酒肆夜深归，僧房日高睡。形安不劳苦，神泰无忧畏。"②即是对东都闲散生活的典型描述。这些诗句虽道出了致身散地远离"秦中事"的幸运与恬淡，但朝局恶化时势衰落之下其心头的落寞与伤感依然难以消除，故他在《早春晚归》中惋惜："金谷风光依旧在，无人管领石家春。"又在《和友人洛中春感》中慨叹："莫悲金谷园中月，莫叹天津桥上春。若学多情寻往事，人间何处不伤神？"③

到了晚唐诗坛，诗中津桥的冷落景色，则常寄寓着诗人们对唐之衰微的唏嘘感慨。如雍陶《天津桥望春》：

> 津桥春水浸红霞，烟柳风丝拂岸斜。翠辇不来金殿闭，宫莺衔出上阳花。④

杜牧《洛阳秋夕》：

> 泠泠寒水带霜风，更在天桥夜景中。清禁漏闲烟树寂，月轮移在

---

① 前引数诗分别见朱金城《白居易集笺校》卷二三、卷三三、卷二八，第1597、2259、1985页。

② 朱金城：《白居易集笺校》卷二九，第2029页。

③ 朱金城：《白居易集笺校》卷一三，第731页。

④ 《全唐诗》卷五一八，第5926页。

上阳宫。①

李商隐《天津西望》：

> 虏马崩腾忽一狂，翠华无日到东方。天津西望肠真断，满眼秋波
> 出苑墙。②

顾非熊《天津桥晚望》：

> 晴登洛桥望，寒色古槐稀。流水东不息，翠华西未归。云收中岳
> 近，钟出后宫微。回首禁门路，群鸦度落晖。③

津桥所望，洛阳一片冷清和凄凉。在城中"宫莺"、"霜风"、"秋波"、"群鸦"、"落晖"等自然风物的冲击下，诗人们感慨"翠华"不归，由此生发出唐王朝的盛衰之叹。正是因为唐王朝的日趋没落，东都才不复昔日光华。时在末世，他们的触景兴叹和哀怨伤感，已不仅仅是个人的，还是一个时代的，更是一个王朝的，所以来得格外凝重沉郁。"若问古今兴废事，请君只看洛阳城"，可以说，唐代的洛阳"世治则都，世乱则墟"，其沉浮兴废就是整个唐王朝政治变迁和社会盛衰的一个缩影。洛阳兴废下唐代士人的"优偃"、"戚居"和"津桥"诗中的情感内涵，皆源于其陪都的政治地位和温润闲适的城市文化。

第三节　唐两京与晚唐咏史怀古诗

诗至晚唐，咏史怀古主题的创作蔚为风气。关于咏史怀古诗，学界在概念的界定上存在争议。有的主张将二者区分，如《文镜秘府论·文意》

---

① 吴在庆：《杜牧集系年校注》"樊川外集"，第 708 页。
② 《李商隐全集》卷三，第 96 页。
③ 《全唐诗》卷五〇九，第 5784 页。

曰：咏史诗"读史见古人之成败，感而作之"，怀古诗"经古人成败，咏
之"①。施蛰存《唐诗百话》云："咏史诗是有感于某一历史事实，怀古诗是
有感于某一历史遗迹。"②有的则认为二者既有区分，又有交叉，概念难以
明辨，如袁行霈主编《中国文学史》："怀古诗和咏史是既有区分而又很接
近的两类诗。大体上说，怀古诗是就能够引起古今相接情绪的时地与事物
兴发感慨。咏史诗则无须实际事物作媒介，作者直接以史实为对象抚事寄
慨。由于两者都是咏'古'，又时有交叉，界限并不很严。"③本书并不对这
一问题加以辨析，但以此来观照晚唐诗人此类诗歌对唐两京的咏写，确实
表现出耐人寻味的差异，即：对长安的书写以咏史为主，兼及怀古；对洛
阳的书写以怀古为主，兼及咏史。

一　晚唐诗人与长安：咏史为主，兼及怀古

在唐朝近三百年的历史中，玄宗前期励精图治、长袖善舞而开创的开
元盛世是最为鼎盛的时期，而后期由于沉迷声色、荒于朝政而导致的安史
之乱则是整个王朝由盛转衰的关口。当晚唐士人将目光投注到本朝历史的
兴衰演变时，与安史之乱有关的重要历史人物及活动场所自然成为他们所
关注的焦点。因此，晚唐以都城长安为歌咏对象的诗歌，表现出明显的趋
同，即很多作品以骊山、华清宫、马嵬坡为吟咏题材，对本朝皇帝唐玄宗
与杨贵妃之史事发表评论，从而在内容上表现出一定的集中性和较为明显
的咏史议政的特征。

建于骊山上的华清宫是唐玄宗和杨贵妃避寒享乐之地④，天宝以后，
玄宗常于冬十月携贵妃幸此，朝廷重要官员随驾，至来年春时始还长安。
《新唐书·杨贵妃传》记载其驾幸场面云："每十月，帝幸华清宫，五宅车
骑皆从，家别为队，队一色，俄五家队合，烂若万花，川谷成锦绣，国忠

①　王利器：《文镜秘府论校注》，中国社会科学出版社1983年版，第298页。
②　《施蛰存文集》，华东师范大学出版社1996年版，第251页。
③　袁行霈：《中国文学史》（第二卷），高等教育出版社1999年版。第421页。
④　骊山北麓有温泉，秦汉时既有开发。汉武帝时扩建为离宫。唐贞观间在山上建别宫，
明汤泉宫。高宗时易名为温泉宫。至玄宗天宝六载（747）改名华清宫。

导以剑南旗节，遗钿堕舄，瑟瑟玑珢，狼藉于道，香闻数十里。"①华清宫内的享乐更是极尽奢华，杜甫《自京赴奉先县咏怀五百字》描述道："中堂有神仙，烟雾蒙玉质。暖客貂鼠裘，悲管逐清瑟。劝客驼蹄羹，霜橙压香橘。"②"渔阳鼙鼓动地来"，安禄山在范阳兵变时，唐玄宗尚不知情，还与杨贵妃及皇亲国戚在宫内尽享人间欢荣，因而，此宫在唐人眼里成为玄宗荒淫误国及王朝衰败的缩影和见证。白居易《长恨歌》便云："云鬓花颜金步摇，芙蓉帐暖度春宵。春宵苦短日高起，从此君王不早朝。承欢侍宴无闲暇，春从春游夜专夜。"③因安史兵乱的破毁，华清宫在中晚唐沦为一座政治废宫，皇帝不再临幸。但见证和承载如此沉痛变迁的历史遗迹，自然容易牵动文人词客的思古幽情。特别是在国运沦丧、咏古风气盛行的晚唐，骊山和华清宫更成为诗人们感慨凭吊和反复吟咏的对象。所见篇目如林宽、高蟾、司空图同题《华清宫》，徐夤《华清宫》、《再幸华清宫》，姚合《晓望华清宫》，杜牧《经古行宫》（一作经华清宫），崔橹《华清宫三首》，吴融《华清宫四首》，罗邺《温泉》，张祜《集灵台二首》（即华清宫侧长生殿），许浑《途经骊山》等，共计约有二十余篇。其中大多数篇目以议论见长，具有明显的借古讽今、以古鉴今的意味。如罗隐《华清宫》：

> 楼殿层层佳气多，开元时节好笙歌。也知道德胜尧舜，争奈杨妃解笑何。④

李商隐《华清宫》：

> 华清恩幸古无伦，犹恐蛾眉不胜人。未免被他褒女笑，只教天子

---

①《新唐书》卷七六，第3494页。

②（清）仇兆鳌：《杜诗详注》卷四，第269—270页。

③ 朱金城：《白居易集笺校》卷一三，第659页。

④《全唐诗》卷六六四，第7608页。

暂蒙尘。①

杜牧《过华清宫绝句三首》：

> 长安回望绣成堆，山顶千门次第开。一骑红尘妃子笑，无人知是荔枝来。
>
> 新丰绿树起黄埃，数骑渔阳探使回。霓裳一曲千峰上，舞破中原始下来。
>
> 万国笙歌醉太平，倚天楼殿月分明。云中乱拍禄山舞，风过重峦下笑声。②

所谓"历代兴亡亿万心，圣人观古贵知今"（周昙《吟叙》），以上数诗直接对唐玄宗宠幸贵妃一事发表自己的评论和见解，意在通过总结本朝历史教训，揭示政治得失，从而达到以史为鉴、讽时刺政的目的。如罗隐一诗，据《唐诗纪事》卷六九载："昭宗欲以甲科处之，有大臣奏曰：隐虽有才，然多轻易，明皇圣德，犹横遭讥谤，将相臣僚，岂能免乎凌轹。帝问讥谤之词，对曰：隐有《华清》诗曰：楼殿层层佳气多，开元时节好笙歌。也知道德胜尧舜，争奈杨妃解笑何！其事遂寝。"③因"讥谤"玄宗，致怨于昭宗君臣，结果失去了身登科甲的机会，可见其诗讽议甚浓。李商隐诗，则将宠幸女色的两位皇帝唐玄宗与周幽王进行比较，表面上说玄宗宠幸贵妃招致天宝覆辙，后果不及周幽王因褒姒而亡国杀身严重，实际上是以反语出之，目的在于批评君主重色倾国，示鉴于今朝。故朱鹤龄评论此诗云："深戒色荒，意最警策。"清人冯浩云"语殊尖薄"、"大伤名教"④。相较之下，杜牧组诗对史事的批评不及前二者直切。诗中选取了几个典型的事件，加以艺术性的描述和概括，同时又不露声色地将

---

① 《李商隐全集》卷三，第76页。
② 吴在庆：《杜牧集系年校注》，第115页。
③ （宋）计有功：《唐诗纪事》卷六九"罗隐"条，第1033—1034页。
④ （清）冯浩：《玉溪生诗详注》卷三，清乾隆德聚唐刻本。

讽谕之意寄寓其中。如第一首选取了杨贵妃好食荔枝事，李肇《唐国史补》卷上云："杨贵妃生于蜀，好食荔枝。南海所生，尤胜蜀者。故每岁飞驰以进，然方暑而熟，经宿则败，后人皆不知之。"①杜牧诗截取了荔枝运达、妃子笑悦的场景进行描绘，却以"无人知"几字表达了深邃的感慨和微妙的讽刺。《注解选唐诗》评此诗云："形容走传之神速如飞，人不见其何物也。又见明皇致远物以悦妇人，穷人之力，绝人之命，有所不顾。如之何不忘？"《增定评注唐诗正声》云："'无人知'，写得忽然，又讽得婉。"《唐诗绝句类选》曰："此赋当时女宠之盛，而今日凄凉之意于言外见之，太白'吴王美人'篇同意。"②第二首描述了"帝使中使辅璆琳探禄山反否，璆琳受禄山金，言禄山不反"，故又安于淫乐的场景，更是语带诙谐、批评甚浓。总而言之，无论讽得直，还是谏得婉，这些作品皆以咏史求鉴戒，其根本意图在于指陈时政、批评时世。题面所咏的是历史上的长安故事，言下所指的是晚唐当下日趋没落的政治现实，个中反映的则是诗人们退避现实，而在咏史中寄托政治见解和用世情怀的社会心态和创作风气。

"六军不发无奈何，宛转蛾眉马前死"，马嵬坡是玄宗无奈赐死贵妃的伤心地。晚唐诗人以马嵬坡古迹为吟咏题材的作品也很多，如罗隐《马嵬坡》和《帝幸蜀》，苏拯《经马嵬坡》，黄滔《马嵬二首》，李商隐《马嵬二首》，贾岛《马嵬》，高骈、于濆《马嵬驿》等。其中很多作品就唐玄宗宠幸女色一事发表议论，以达到观政、刺政之目的。如罗隐《帝幸蜀》：

> 马嵬山色翠依依，又见銮舆幸蜀归。泉下阿蛮应有语，这回休更怨杨妃。③

诗写中和元年（881）黄巢攻克长安、唐僖宗奔蜀事，通过君王被迫奔蜀这一历史悲剧的重演及古今对比，以"这回休更怨杨妃"一句，推翻杨妃

---

① （唐）李肇：《唐国史补》卷上，第19页。
② 陈伯海：《唐诗汇评》下册，第2348页。
③ 《全唐诗》卷六六四，第7609页。

误国的历史言论，从而表达了对君王昏庸和现实政治的辛辣讽刺。又如李商隐《马嵬二首》：

　　冀马燕犀动地来，自埋红粉自成灰。君王若道能倾国，玉辇何由过马嵬。

　　海外徒闻更九州，他生未卜此生休。空闻虎旅传宵柝，无复鸡人报晓筹。此日六军同驻马，当时七夕笑牵牛。如何四纪为天子，不及卢家有莫愁。①

第一首"君王若道能倾国，玉辇何由过马嵬"一句，以反问的语气同样表达了对红颜倾国论的批评；第二首则有"当时七夕笑牵牛"、"不及卢家有莫愁"云云，讥讽的语气甚为尖刻，《唐诗选脉会通评林》云："此诗讥明皇专事淫乐，不亲国政，不唯不足以保四海，且不能庇一贵妃，用事用意俱深刻不浮。"②二首的焦点皆在批评唐玄宗乱政误国，尤其对身边的女子都不能得以保全一事给予了嘲讽，从而既对本朝史事发表了议论见解，又为现实政治敲响警钟，用作鉴戒。

　　在以骊山、华清宫、马嵬坡为吟咏题材的晚唐诗歌中，有些作品并不以观往知来、讽时刺政为创作目的，而是从男女情爱的角度，纯粹对李杨的情感悲剧发表自己的议论和见解，如吴融《华清宫四首》其三、其四：

　　上皇銮辂重巡游，雨泪无言独倚楼。惆怅眼前多少事，落花明月满宫秋。

　　别殿和云锁翠微，太真遗像梦依依。玉皇揾泪频惆怅，应叹僧繇彩笔飞。③

许浑《途经骊山》：

---

① 《李商隐全集》卷三，第79页。
② 陈伯海：《唐诗汇评》下册，第2450页。
③ 《全唐诗》卷六八五，第7873页。

闻说先皇醉碧桃，日华浮动郁金袍。风随玉辇笙歌迥，云卷珠帘剑佩高。凤驾北归山寂寂，龙旍西幸水滔滔。贵妃没后巡游少，瓦落宫墙见野蒿。①

罗邺《温泉》：

一条春水漱莓苔，几绕玄宗浴殿回。此水贵妃曾照影，不堪流入旧宫来。②

这几首诗依史立议，或对李杨二人的爱情悲剧寄以同情、惋惜，或是在对这一历史事件的回忆和追述中，表达物是人非、昔盛今衰的感叹，兼有怀古的性质，但中心旨意皆不离本事，围绕着李杨一事发表自己的感情和见解，从而表现出以咏史为主的特色。

在咏史与怀古的区分上，有学人认为："怀古诗多因景生情，抚迹寄慨，所抒者多为今昔盛衰人事沧桑之慨；而咏史诗多因事兴感，抚事寄慨，所寓者多为对历史人事的见解态度或历史鉴戒。"③ 或者认为：咏史之作"侧重于表现主观情感"，怀古之作"侧重于观照历史兴衰"④。从情感内容上看，这些说法均不无道理。在晚唐以唐代长安为咏古题材的诗歌中，即多围绕李杨事件生议，史论、鉴戒色彩较强。而与长安相关的怀古诗则多转向以秦汉两代的故都为书写题材，如刘沧、韦庄、刘兼、许浑等人的咸阳怀古诗。其中刘沧《咸阳怀古》云：

经过此地无穷事，一望凄然感废兴。渭水故都秦二世，咸原秋草汉诸陵。天空绝塞闻边雁，叶尽孤村见夜灯。风景苍苍多少恨，寒山

---

① （唐）许浑著，罗时进笺：《丁卯集笺证》卷六，第 308 页。
② 《全唐诗》卷六五四，第 7523 页。
③ 刘学锴：《李商隐咏史诗的主要特征及其对古代咏史诗的发展》，《文学遗产》1993 年第 1 期。
④ 尚永亮：《刘禹锡咏史怀古诗的类型和特点》，《东南大学学报》2000 年第 3 期。

半出白云层。①

许浑《咸阳西门城楼晚眺》(一作《咸阳城东楼》)云:

> 一上高城万里愁,蒹葭杨柳似汀洲。溪云初起日沉阁,山雨欲来风满楼。鸟下绿芜秦苑夕,蝉鸣黄叶汉宫秋。行人莫问前朝事,渭水寒声昼夜流。②

面对秦汉留下的历史遗迹,诗人怀古感今,引起的是对历史苍茫、人事兴废的叹惋。诗中古今相接,抒写时空之怀、世事之感,具有反思历史、体察人生的深度,亦具有一定的抽象性和哲理色彩,与前述具有现实针对性的咏史诗大异其趣。

二 晚唐诗人与洛阳:怀古为主,兼及咏史

洛阳自古帝王州,在唐代以前,即有夏、商、西周、东周、东汉、曹魏、西晋、北魏、隋等朝于此建都,几经浮沉兴废。在唐代,除了武周执政时洛阳成为实际的政治中心,其他时期则为唐王朝的陪都。而且以安史之乱为界,洛阳在唐代也经历了一个由逐渐繁荣、鼎盛而后走向萧条、衰落的变迁过程。正所谓"若问古今兴废事,请君只看洛阳城"(司马光《过故洛阳城》),在晚唐诗坛,诗人们多以洛阳为吟咏题材,于其中寄寓古今兴废、世事变迁之感,从而表现出浓厚的怀古特色和吊古伤今的情绪。

在此类诗歌中,最常见的一种写法即是:在昔盛今衰的对比中,尤其是在对洛阳今之荒凉衰败的着力刻画中,表达内心深沉的伤悼之感。如许浑《故洛城》:

---

① 《全唐诗》卷五八六,第 6803 页。
② (唐)许浑著,罗时进笺:《丁卯集笺证》卷六,第 311 页。

禾黍离离半野蒿，昔人城此岂知劳。水声东去市朝变，山势北来官殿高。鸦噪暮云归古堞，雁迷寒雨下空壕。可怜缑岭登仙子，犹自吹笙醉碧桃。①

罗邺《经故洛城》：

一片危墙势恐人，墙边日日走蹄轮。筑时驱尽千夫力，崩处空为数里尘。长恨往来经此地，每嗟兴废欲沾巾。那堪又向荒城过，锦雉惊飞麦陇春。②

刘沧《晚秋洛阳客舍》：

清洛平分两岸沙，沙边水色近人家。隋朝古陌铜驼柳，石氏荒原金谷花。庭叶霜浓悲远客，宫城日晚度寒鸦。未成归计关河阻，空望白云乡路赊。③

杜牧《洛阳》：

文争武战就神功，时似开元天宝中。已建玄戈收相土，应回翠帽过离宫。侯门草满宜寒兔，洛浦沙深下塞鸿。疑有女娥西望处，上阳烟树正秋风。④

以上诗歌，皆流露出对昔日洛阳盛时的追忆和怀念，然而繁华已逝、盛世不再，诗人们只能在现实的哀叹中表达对历史不可挽回的留念和伤感。而在对现实的感喟中，景物描写占据了很大的比重，野蒿、寒雨、空壕、荒

---

① 《全唐诗》卷五三三，第 6088 页。
② 《全唐诗》卷六五四，第 7509 页。
③ 《全唐诗》卷五八六，第 6788 页。
④ 吴在庆：《杜牧集系年校注》"樊川外集"，第 681 页。

城、荒原、寒鸦、寒兔、秋风等自然风物，既组构出晚唐洛阳荒寒衰飒的环境画面，又将诗人内心对现实的悲凉意绪如盐化水般的融入其中。诗歌虽不直接诉情，但全诗已笼罩在一派凄凉冷清的情景氛围中，伤悼情绪无处不在。

还有一种写法即是：将洛阳历史的兴亡、世事的变迁，与永恒的自然和时空进行对照，从而在人事与自然、古与今、短暂与永恒的对立中，生发出对历史人生的否定意味和感伤意绪。如刘沧《经龙门废寺》：

> 因思人事事无穷，几度经过感此中。山色不移楼殿尽，石台依旧水云空。唯余芳草滴春露，时有残花落晚风。杨柳覆滩清濑响，暮天沙鸟自西东。①

许浑《洛阳道中》：

> 洛阳多旧迹，一日几堪愁。风起林花晚，月明陵树秋。兴亡不可问，自古水东流。②

前诗凭吊龙门古迹，"山色不移"、"石台依旧"，而寺庙废弃、人事转空，只有大自然的风露花草、水天树鸟等依然生生不息；后诗感怀洛阳旧迹，在与自然的对照中，更觉朝代更迭、历史兴亡如东流之水，不可逆转与抗拒，故"愁"不堪任。正是将洛阳置于这种广远的时空背景，晚唐诗人在历史与现实的反观中体悟出了历史与人生的双重虚无，从而流露出一种强烈的空漠之感和无可奈何的落寞情绪。有学人在论及晚唐怀古诗时云："他们的情绪，既完全不同于盛唐士人那种建立不朽功业的心理状态，也完全不同于贞元末、元和年间那种立意改革，还企望中兴的心情。他们已经把强盛与繁荣看成过去，把中兴的愿望化作一声不无眷恋的深沉的叹息

---

① 《全唐诗》卷五八六，第6797页。
② 《全唐诗》卷五三一，第6073页。

了。这种情绪，还常常带着一种对人生哲理的体认，反映着这些士人对于唐王朝衰落的认识。他们带着一种既对于过去繁荣昌盛的眷恋，又带着一种对现今衰落的无可奈何的心情，接受了中兴已成一梦的现实，从中体认到盛衰兴亡不可抗拒的道理。这种矛盾复杂的心情，既深沉浓烈而又表现得十分平静。"①可以说，因久远的古都文化和在唐代的起伏变迁，洛阳成为晚唐诗人表达这种"无可奈何的心情"及"深沉的叹息"的最好意象和载体。

在晚唐诗人的创作中，洛阳城内的诸多历史遗迹如金谷园、上阳宫、北邙山等，亦成为诗人们吊古伤今的常见题材。其中金谷园作为洛城繁华的代名词，最易引发诗人们荣华易逝的人生之慨，如杜牧的《金谷怀古》和《金谷园》：

> 凄凉遗迹洛川东，浮世荣枯万古同。桃李香消金谷在，绮罗魂断玉楼空。往年人事伤心外，今日风光属梦中。徒想夜泉流客恨，夜泉流恨恨无穷。

> 繁华事散逐香尘，流水无情草自春。日暮东风怨啼鸟，落花犹似堕楼人。②

西晋时石崇富可敌国，其别墅金谷园亭台错落、富丽堂皇，还有妩媚动人的宠姬绿珠陪伴左右、歌舞升平，可谓显贵当世、荣华一时。可时过境迁、人去园废，韶光过眼，风云不再，空有凄凉的遗迹和恒久不变的落花、流水，可供人凭吊。杜牧在咏古题材中以咏史议论见长，这两首诗虽然以石崇和绿珠这一历史事件为内容，但诗中抚迹寄慨，古今相接，在情感内容上抒发的仍然是人生如梦、富贵如烟的感伤和叹惋。

王建《北邙行》云："北邙山头少闲土，尽是洛阳人旧墓。"③北邙山作

---

① 罗宗强：《隋唐五代文学思想史》，上海古籍出版社1986年版，第349页。
② 分别见吴在庆《杜牧集系年校注》"集外诗"、"樊川别集"，第806、756页。
③ 《王建诗集》卷一，第2页。

为洛阳的主要墓地，历经春秋，见证了多少的历史人物和历史事件！在日趋没落的晚唐，它以亡灵之地更直接牵动起诗人的思古幽情和生死之叹，如刘沧的《过北邙山》：

> 散漫黄埃满北原，折碑横路碾苔痕。空山夜月来松影，荒冢春风变木根。漠漠兔丝罗古庙，翩翩丹旐过孤村。白杨落日悲风起，萧索寒巢鸟独奔。[①]

罗隐的《北邙山》：

> 一种山前路入秦，嵩山堪爱此伤神。魏明未死虚留意，庄叟虽生酩满巾。何必更寻无主骨，也知曾有弄权人。羡他缑岭吹箫客，闲访云头看俗尘。[②]

前诗缅怀古迹，满纸悲情，胡震亨《唐音癸签》卷八云："刘沧诗长于怀古，悲而不壮，语带秋意，衰世之音也欤？"[③]正见于此。后诗通过对魏明帝、庄叟等历史人物的追怀，亦抒发了世事如烟的悲叹和对脱尘生活的向往。

在晚唐以洛阳为咏古题材的诗歌中，也有少数以咏史议事为篇中旨意的作品，如于濆的《金谷感怀》："黄金骄石崇，与晋争国力。更欲住人间，一日买不得。行为忠信主，身是文章宅。四者俱不闻，空传堕楼客。"[④]诗中从家富敌国、忠心王室、以信结友、富秉文才四个方面对石崇予以推赞，可谓独抒己见，另出新议。又如司空图的《洛阳咏古》："石勒童年有战机，洛阳长啸倚门时。晋朝不是王夷甫，大智何由得预知。"[⑤]赞

---

① 《全唐诗》卷五八六，第6803页。
② 《全唐诗》卷六六四，第7604页。
③ （明）胡震亨：《唐音癸签》卷八，第77页。
④ 《全唐诗》卷五九九，第6929页。
⑤ 《全唐诗》卷六三四，第7283页。

咏石勒少年有志，讽刺西晋王朝的昏庸无能，具有明显的观政刺政意图。但总体来说，由于洛阳在唐代并非政治中心，再加上城市本身自古多有沉浮兴衰，故常成为晚唐诗人抚今追昔、怀古感今的媒介和诗情触发点。而长安作为一国政治中心和诸多重大政治事件的发生地，自然成为晚唐诗人在咏史中观政刺政的议论对象。两者在诗歌中的不同表现所折射的，正是唐两京首都和陪都文化的差异。

主要参考文献

主要史料

《史记》，（西汉）司马迁，中华书局 1959 年版。

《汉书》，（东汉）班固，中华书局 1962 年版。

《后汉书》，（南朝）范晔，中华书局 1965 年版。

《晋书》，（唐）房玄龄等，中华书局 1975 年版。

《宋书》，（梁）沈约，中华书局 1974 年版。

《梁书》，（唐）姚思廉，中华书局 1975 年版。

《隋书》，（唐）魏徵等，中华书局 1973 年版。

《旧唐书》，（五代）刘昫等，中华书局 1975 年版。

《新唐书》，（宋）欧阳修等，中华书局 1975 年版。

《旧五代史》，（宋）薛居正，中华书局 1976 年版。

《新五代史》，（宋）欧阳修，中华书局 1974 年版。

《资治通鉴》，（宋）司马光，中华书局 1956 年版。

《资治通鉴考异》，（宋）司马光，四部丛刊本。

《贞观政要》，（唐）吴兢，上海古籍出版社 1978 年版。

《唐六典》，（唐）李林甫撰，陈仲夫点校，中华书局 1992 年版。

《通典》，（唐）杜佑，中华书局 1984 年版。

《封氏闻见记》，（唐）封演，中华书局 1985 年版。

《剧谈录》，（唐）康骈，清文渊阁四库全书本。

《本事诗》，（唐）孟棨，古典文学出版社 1957 年版。

《因话录》，（唐）赵璘，古典文学出版社1957年版。

《唐国史补》，（唐）李肇，古典文学出版社1957年版。

《幽闲鼓吹》，（唐）张固，中华书局1958年版。

《大唐新语》，（唐）刘肃，中华书局1984年版。

《云溪友议》，（唐）范摅，中华书局1985年版。

《唐摭言》，（五代）王定保，上海古籍出版社1978年版。

《开元天宝遗事》，（五代）王仁裕，中华书局1985年版。

《唐会要》，（宋）王溥，上海古籍出版社2006年版。

《唐语林校证》，（宋）王谠撰，周勋初校证，中华书局2008年版。

《南部新书》，（宋）钱易，中华书局1985年版。

《青箱杂记》，（宋）吴处厚，中华书局1991年版。

《北梦琐言》，（五代）孙光宪，中华书局2002年版。

《唐会要》，（宋）王溥，上海古籍出版社2006年版。

《宾退录》，（宋）赵与时，上海古籍出版社1983年版。

《画墁录》，（宋）张舜民，明稗海本。

《却扫编》，（宋）徐度，文渊阁四库全书本。

《容斋随笔》，（宋）洪迈，上海古籍出版社1978年版。

《册府元龟》，（宋）王钦若，中华书局1960年版。

《太平广记》，（宋）李昉，中华书局1961年版。

《太平御览》，（宋）李昉，中华书局1960年版。

《玉海》，（宋）王应麟，江苏古籍出版社1987年版。

《文献通考》，（元）马端临，中华书局1986年版。

《十七史商榷》，（清）王鸣盛，中华书局1985年版。

《二十二史札记》，（清）赵翼，丛书集成初编本。

《登科记考》，（清）徐松撰，赵守俨点校，中华书局1984年版。

《西京杂记》，（汉）刘歆，上海古籍出版社1991年版。

《三辅黄图》，（汉）佚名，四部丛刊三编景元本。

《水经注》，（北魏）郦道元，中华书局2009年版。

《洛阳伽蓝记》，（北魏）杨衒之撰，周祖谟校，中华书局1965年版。

《荆楚岁时记》,（南北朝）宗懔,民国景明宝颜堂秘笈本。

《元和郡县图志》,（唐）李吉甫,中华书局 1983 年版。

《长安志》,（宋）宋敏求,中华书局 1991 年版。

《洛阳名园记》,（宋）李格非,文学古籍刊行社 1955 年版。

《雍录》,（宋）程大昌撰,黄永年点校,中华书局 2002 年版。

《类编长安志》,（元）骆天骧,中华书局 1990 年版。

《中州杂俎》,（清）汪价,民国十年安阳三怡堂排印本。

《（乾隆）西安府志》,（清）严长明,清乾隆刊本。

《（雍正）陕西通志》,（清）沈青峰,文渊阁四库全书本。

《唐两京城坊考》,（清）徐松撰,（清）张穆校补,中华书局 1985
    年版。

《增订唐两京城坊考》,（清）徐松撰,李健超增订,三秦出版社 1996
    年版。

《河南志》,（清）徐松辑,高敏点校,中华书局 1994 年版。

《直斋书录解题》,（宋）陈振孙,上海古籍出版社 1987 年版。

《崇文总目》,（宋）王尧臣,中华书局 1985 年版。

《通志》,（宋）郑樵,文渊阁四库全书本。

《四库全书总目》,（清）永瑢等,中华书局 1965 年版。

诗话诗评

《乐府古题要解》,（唐）吴兢,明津逮秘书本。

《文心雕龙注》,（南朝梁）刘勰著,范文澜注,人民文学出版社 1958
    年版。

《刘宾客嘉话录》,（唐）韦绚,中华书局 1985 年版。

《后村诗话》,（宋）刘克庄,中华书局 1983 年版。

《诚斋诗话》,（宋）杨万里,中华书局 1983 年版。

《沧浪诗话校释》,（宋）严羽著,郭绍虞校释,人民文学出版社 1983
    年版。

《山堂考索》,（宋）章如愚,中华书局 1992 年版。

《唐诗纪事》，（宋）计有功，中华书局 1965 年版。

《唐才子传》，（元）辛文房，古典文学出版社 1957 年版。

《瀛奎律髓汇评》，（元）方回著，李庆甲集评校点，上海古籍出版社
　　1986 年版。

《诗薮》，（明）胡应麟，上海古籍出版社 1979 年版。

《唐音癸签》，（明）胡震亨，上海古籍出版社 1981 年版。

《两汉萃宝评林》，（明）李光缙，明万历二十年刻本。

《石遗室诗话》，（清）陈衍，人民文学出版社 2004 年版。

《瓯北诗话》，（清）赵翼，人民文学出版社 1963 年版。

《唐宋诗醇》（清）官修，文渊阁四库全书本。

《清诗话续编》，郭绍虞编选，上海古籍出版社 1983 年版。

《文论十笺》，程千帆编著，黑龙江人民出版社 1983 年版。

主要文集

《唐大诏令集》，（宋）宋敏求编，商务印书馆 1959 年版。

《乐府诗集》，（宋）郭茂倩编，中华书局 1979 年版。

《会稽掇英总集》，（宋）孔延之编，文渊阁四库全书本。

《全唐诗》，（清）彭定求等编，中华书局 1960 年版。

《全唐文》，（清）董诰编，中华书局 1983 年版。

《唐诗别裁集》，（清）沈德潜编，上海古籍出版社 1979 年版。

《全唐诗补编》，陈尚君辑校，中华书局 1992 年版。

《全唐文补遗》，陈尚君辑校，中华书局 1992 年版。

《先秦汉魏晋南北朝诗》，逯钦立辑校，中华书局 1983 年版。

《唐代墓志汇编》，周绍良主编，上海古籍出版社 1992 年版。

《王子安集注》，（唐）王勃著，（清）蒋清翊注，汪贤度校点，上海
　　古籍出版社 1995 年版。

《卢照邻集　杨炯集》，（唐）卢照邻、杨炯著，徐明霞校点，中华书
　　局 1980 年版。

《骆临海集笺注》，（唐）骆宾王著，（清）陈熙晋笺注，上海古籍出

版社 1985 年版。

《沈佺期宋之问集校注》，（唐）沈佺期、宋之问著，陶敏、易淑琼校
　　注，中华书局 2001 年版。

《张燕公集》，（唐）张说著，上海古籍出版社 1992 年版。

《张九龄集校注》，（唐）张九龄著，熊飞校注，中华书局 2008 年版。

《王维集校注》，（唐）王维著，陈铁民校注，中华书局 1997 年版。

《岑嘉州诗笺注》，（唐）岑参著，廖立笺注，中华书局 2004 年版。

《孟浩然集校注》，（唐）孟浩然著，徐鹏校注，人民文学出版社 1989
　　年版。

《高适诗集编年笺注》，（唐）高适著，刘开扬笺注，中华书局 1981
　　年版

《李白全集编年注释》，（唐）李白著，安琪等注，巴蜀书社 2000
　　年版。

《王昌龄诗校注》，（唐）王昌龄著，李国胜校注，文史哲出版社 1973
　　年版。

《杜诗镜铨》，（唐）杜甫著，（清）杨伦注，上海古籍出版社 1962
　　年版。

《杜诗详注》，（唐）杜甫著，（清）仇兆鳌注，中华书局 1979 年版。

《韦应物集校注》，（唐）韦应物著，陶敏、王友胜校注，上海古籍出
　　版社 2011 年版。

《刘长卿集编年校注》，（唐）刘长卿著，杨世明校注，人民文学出版
　　社 1999 年版。

《李益诗注》，（唐）李益著，范之麟校注，上海古籍出版社 1985
　　年版。

《权德舆诗集》，（唐）权德舆著，霍旭东校点，甘肃人民出版社 1994
　　年版。

《白居易集笺校》，（唐）白居易著，朱金城笺校，上海古籍出版社
　　1988 年版。

《王建诗集》，（唐）王建著，中华书局 1959 年版。

《刘禹锡全集编年校注》，（唐）刘禹锡著，陶敏、陶红雨校注，岳麓书社 2003 年版。

《李绅集校注》，（唐）李绅著，卢燕平校注，中华书局 2009 年版。

《元稹集》，（唐）元稹著，中华书局 1982 年版。

《元稹集校注》，（唐）元稹著，周相录校注，上海古籍出版社 2011 年版。

《五百家注昌黎文集》，（唐）韩愈著，（宋）魏仲举注，文渊阁四库全书本。

《韩昌黎诗系年集释》，（唐）韩愈著，钱仲联集释，上海古籍出版社 1984 年版。

《韩愈全集校注》，（唐）韩愈著，屈守元、常思春校注，四川大学出版社 1996 年版。

《李文公集》，（唐）李翱著，四部丛刊本。

《柳宗元集》，（唐）柳宗元著，中华书局 1979 年版。

《孟郊诗集校注》，（唐）孟郊著，华忱之、喻学才校注，人民文学出版社 1995 年版。

《贾岛集校注》，（唐）贾岛著，齐文榜校注，人民文学出版社 2001 年版。

《丁卯集笺证》，（唐）许浑著，罗时进笺证，中华书局 2012 年版。

《李商隐全集》，（唐）李商隐著，朱怀春、曹光甫、高克勤校点，上海古籍出版社 1999 年版。

《杜牧集系年校注》，（唐）杜牧著，吴在庆校注，中华书局 2013 年版。

《韦庄集》，（唐）韦庄著，向迪琮校订，人民文学出版社 1958 年版。

《欧阳修集编年笺注》，（宋）欧阳修著，李之亮笺注，巴蜀书社 2007 年版。

《栾城集》，（宋）苏辙著，曾枣庄、马德富校点，上海古籍出版社 1987 年版。

《乐章集校注》，（宋）柳永著，薛瑞生校注，中华书局 1994 年版。

《饮冰室文集》，梁启超著，中华书局 1989 年版。

文史研究

《唐诗杂论》，闻一多著，上海古籍出版社 1998 年版。

《中国妇女文学史纲》，梁乙真著，上海书店 1990 年版。

《中国文学家大辞典·唐五代卷》，周祖譔主编，中华书局 1992
年版。

《白居易年谱》，朱金城著，上海古籍出版社 1982 年版。

《元稹年谱》，卞孝萱著，齐鲁书社 1980 年版。

《杜牧年谱》，缪钺著，人民文学出版社 1980 年版。

《唐代科举与文学》，傅璇琮著，陕西人民出版社 2003 年版。

《唐五代文学编年史》，傅璇琮著，辽海出版社 1998 年版。

《中国文学概论》，袁行霈著，高等教育出版社 1990 年版。

《乐府诗述论》，王运熙著，上海古籍出版社 1996 年版。

《杜甫传：仁者在苦难中的追求》，莫砺锋著，天津人民出版社 2001
年版。

《唐代文学丛考》，陈尚君著，中国社会科学出版社 1997 年版。

《唐五代逐臣与贬谪文学研究》，尚永亮著，武汉大学出版社 2007
年版。

《中唐元和诗歌传播接受史的文化学考察》，尚永亮等著，武汉大学出
版社 2010 年版。

《隋唐五代文学思想史》，罗宗强著，上海古籍出版社 1986 年版。

《唐代集会总集与诗人群研究》，贾晋华著，北京大学出版社 2001
年版。

《唐诗学引论》，陈伯海著，东方出版中心 1988 年版。

《唐诗汇评》，陈伯海编著，浙江教育出版社 1995 年版。

《唐代园林别业考录》，李浩著，上海古籍出版社 2005 年版。

《唐代三大地域文学士族研究》，李浩著，中华书局 2002 年版。

《唐代交通与文学》，李德辉著，湖南人民出版社 2003 年版。

《魏晋本土文学地理研究》，胡阿祥著，南京大学出版社 2001 年版。

《晚年白居易与洛下诗人群研究》，赵建梅，京华出版社 2010 年版。

《初唐诗歌系年考》，彭庆生著，北京大学出版社 2012 年版。

《唐诗发展的地域因素和空间形态》，胡可先著，中国社会科学出版社
　　2010 年版。

《中古应制诗的双重观照》，程建虎著，人民出版社 2010 年版。

《许浑研究》，李立朴著，贵州人民出版社 1994 年版。

《金石论丛》，岑仲勉著，上海古籍出版社 1981 年版。

《隋唐制度渊源略论稿》，陈寅恪著，生活·读书·新知三联书店
　　2004 年版。

《唐代政治史述论稿》，陈寅恪著，生活·读书·新知三联书店 1956
　　年版。

《中国古都和文化》，史念海著，中华书局 1998 年版。

《唐宋帝国与运河》，全汉升著，商务印书馆 1944 年版。

《唐代城市史研究初编》，程存洁著，中华书局 2002 年版。

《中国中古社会史论》，毛汉光著，上海书店 2002 年版。

《现代性与空间的生产》，包亚明著，上海教育出版社 2003 年版。

《唐代东都分司官研究》，勾利军著，上海古籍出版社 2007 年版。

《隋唐洛阳》，郭绍林著，三秦出版社 2006 年版。

《中古应制诗的双重观照》，程建虎著，人民出版社 2010 年版。

《国家、空间与社会：古代洛阳都城空间演变研究》，李久昌著，三秦
　　出版社 2007 年版。

《城市意象》，[美]凯文·林奇著，华夏出版社 2001 年版。

《情感心理学》，[苏]П.М.雅科布松著，黑龙江人民出版社 1988
　　年版。

《人论》，[德]恩斯特·卡西尔著，甘阳译，上海译文出版社 2004
　　年版。